Lattenknaller

Regina Ramstetter wurde 1972 in Niederbayern geboren. Bereits im Grundschulalter schrieb sie kleine Geschichten, verlegte sich später aufs Gedichteschreiben. Nach Schule, Au-pair-Aufenthalt in England, BWL-Studium, Auslandssemester in Nordirland, Diplom und dem ersten Job als Redakteurin der Mitarbeiterzeitschrift eines großen Konzerns verschlug es sie zurück in die niederbayerische Heimat, wo sie ihren ersten Roman schrieb. Heute lebt sie mit ihrem Mann und drei Kindern als freie Autorin auf dem elterlichen Hof.

REGINA RAMSTETTER

Lattenknaller

NIEDERBAYERN KRIMI

emons:

Bibliografische Information der Deutschen Nationalbibliothek
Die Deutsche Nationalbibliothek verzeichnet diese Publikation in der Deutschen Nationalbibliografie; detaillierte bibliografische Daten sind im Internet über http://dnb.d-nb.de abrufbar.

FSC www.fsc.org
MIX
Papier aus verantwortungsvollen Quellen
FSC® C083411

Umschlagmotiv: Konrad Wothe/LOOK-foto
Umschlaggestaltung: Tobias Doetsch
Gestaltung Innenteil: César Satz & Grafik GmbH, Köln
Lektorat: Susanne Bartel
Druck und Bindung: CPI – Clausen & Bosse, Leck
Printed in Germany 2015
ISBN 978-3-95451-576-9
Niederbayern Krimi
Originalausgabe

Dieser Roman wurde vermittelt durch die Autoren- und Projektagentur Gerd F. Rumler, München.

Für Lisa und Christiane

Es gibt Leute, die überall ihren Senf dazugeben.
Die waren Weltmeister und haben
keine Ahnung von Fußball.
Markus Babbel, ehemaliger Nationalspieler

Sonntag, 1. Juni

1

Ausgerechnet! Der Johannes und die Zwillinge. Baumelten wie Blutwürste an einer Schnur.

Farblich passte das Bild einwandfrei, nur in Bewegung waren die Genitalien des Toten nicht mehr. Absolut nicht. Sie schwangen allein in den vor Müdigkeit glänzenden Augen des Hauptkommissars. Hin und her. Unaufhörlich.

Ein kalter Ostwind pfiff Kroner ins Genick, hatte vorhin schon versucht, ihn auszuhöhlen, als er auf den Sechziger-Jahre-Bungalow zugegangen war und sich den Kragen seines Lodenjankers bis unter das Kinn hochschlagen musste. In Garmisch hatte es in der Nacht geschneit. Schneechaos, Straßensperren, Unfälle. Von dort kam Kroner gerade, die Fahrt nach Hause hatte ewig gedauert, die Nacht war kurz gewesen. Zu kurz. Sein Gemütszustand war instabil wie ein Kartenhaus bei offener Tür.

Geschneit. Anfang Juni. Unfassbar!

Er nickte den Kollegen von der Streife zu, die längst mit Absperren, Beobachten, Befragen fertig waren. Seit Stunden flatterten die rot-weißen Plastikbänder im eisigen Wind. *Schon wieder ein Toter in Passau!*, schrien sie hysterisch.

Kroner fröstelte, der Wind fuhr ihm unbarmherzig unter die *Krachlederne**, fand jedes Loch. Heute hätte er gegen das obligatorische Ganzkörperkondom keine Einwände gehabt, aber die Kollegen von der Spurensicherung waren längst mit ihrer Arbeit fertig, also konnte er sich die sterile Verpackung sparen.

Hüttinger vom Kriminaldauerdienst blieb in der Tür stehen.

---

* Kleine Überlebenshilfe für Preußen und andere Ahnungslose im Anhang.

Er hatte den Herrn Kriminalhauptkommissar von einem eiskalten Flur durch eine muffige Linoleumbodenküche hinaus auf die Terrasse geleitet, wo der Tote lag.

Die Luft schnitt Kroner in die Lungen, mischte sich mit Moder, ausgespuckt von einem Garten, der über die Jahre nicht viel Sonne erwischt hatte, weil die Thujen-Hecke jungfräulich unbeschnitten geblieben war und das Laub vergangener Jahre in jeder Ritze vor sich hin rotten durfte. Natürlich war das kleine Stück Rasen vermoost.

Der Tote lag auf blankem Estrich. Kroner konnte die Arbeitsrichtung des Maurers erkennen, der mit seinem Reibebrett hier am Werk gewesen war, obwohl das sicher über zwanzig Jahre zurücklag – wenn nicht noch länger. Die Fliesen auf dem Estrich zu verlegen, war scheinbar vergessen worden.

Lieblos? Vielleicht dauerhaft klamm?

Kroner würde es erfahren.

Die Arschbacken des Toten waren jedenfalls dunkelviolett verfärbt – die Ausnahme bildete ein weißes Gittermuster. Dorthinein hatte das Blut nach Eintritt des Todes aufgrund des Auflagedrucks nicht sacken können, denn bis vor ein paar Stunden hatte der Mann laut Hüttinger noch auf der polsterlosen Hollywoodschaukel gesessen – das Drahtgitter hatte seine Spuren hinterlassen. Jetzt lag er halb seitlich auf dem Bauch, Penis und Hoden blau angelaufen, genau wie der »karierte« Allerwerteste. Kein schöner Anblick. Kroner drückte die Schultern durch, spürte ein fieses Ziehen in der Leistengegend.

Mannomann!

»Unfall oder Tötungsdelikt?« Die Frage aller Fragen in Kroners Geschäft.

»Es gibt Anhaltspunkte für Fremdverschulden. Definitiv.«

Hüttingers Tonfall hätte einen reißenden Fluss zu Eis erstarren lassen. Normalerweise hörte Kroner derlei »Feinheiten« gar nicht, doch sein Schlafdefizit dünnte sein sonst recht robustes Nervenkostüm empfindlich aus. Es wurmte ihn, dass der Kollege so offensichtlich angepisst war. Natürlich machte der Kriminaldauerdienst auch in Abwesenheit des Ersten Kriminalhauptkommissars der Passauer Kripo einen guten Job. Es wäre nicht unbedingt nötig gewesen, am Sonntag hier aufzutauchen. Ganz und gar nicht. Die Toten liefen nicht davon. Dieser Meinung waren sie alle, nur er selbst nicht. Das wusste jeder, der in und um Passau auch nur im Entferntesten mit der Materie befasst war, und deshalb musste Kroner immer dabei sein, wenn es irgendwo einen Toten gab. Auch wenn das hieß, dass der Rest der Meute warten musste. So wie heute.

»Der Tote heißt Stefan Windisch. Neunundzwanzig Jahre alt, hier wohnhaft. Die Nachbarin hat ihn gefunden.« Hüttingers Ton erwärmte sich etwas. »Die Streife hat nichts angerührt, aber dem Notarzt ist er auf den Boden gerutscht.«

Kroner schloss die Augen, atmete tief durch. So machte er es immer, wenn er einen möglichen Tatort in Augenschein nahm. Das leise Quietschen der Hollywoodschaukel stahl sich vorwitzig in sein Ohr, kippte einen lauen Guss von Geborgenheit über ihn aus, weckte bei Kroner für einen kurzen Moment die Erinnerung an seine Kindheit. In so einem Ungetüm hatte die Mama dem kleinen Kroner-Bub an lauen Abenden stundenlang vorgelesen.

»Er hatte nicht gerade viel an, als wir ankamen.« Hüttinger umfasste die Nacktheit des Toten mit einer schwungvollen Geste. »Die Boxershorts schlabberten wie jetzt um seine Knie.« Er zog ein neues Paar Gummihandschuhe über und reichte Kroner ebenfalls welche. »›Starke optische Gewalteinwirkung, das Nasenbein ist definitiv gebrochen. Möglicherweise haben innere Schädelverletzungen zum Tod geführt‹, so hat es der Notarzt formuliert.« Vorsichtig drehte Hüttinger den Kopf des Toten, damit Kroner auch die anderen Verletzungen sehen konnte. »Dem Tod ging eine Kampfhandlung voraus, so viel ist sicher, aber es gibt einen ziemlich großen zeitlichen Abstand zwischen …«

Kroner nickte. Ihm wäre es lieber gewesen, Hüttinger hätte noch eine kleine Weile seinen Schnabel gehalten. Er nahm die ersten Eindrücke gern unkommentiert in sich auf, um sie dann unverfälscht in seinen Hirnschrank einzusortieren. Prompt legte Bruhan, sein junger Kollege, einen Finger auf die Lippen und schob den KDD-Mann zurück in die Küche.

Ben Bruhan. Ihn hatte Kroner von Garmisch aus angerufen, damit wenigstens einer vom K1 von Anfang an vor Ort wäre.

Ben war seit ziemlich genau einem Jahr in seinem Team. Kaum dass er dazugestoßen war, hatten sie einen abartigen Mordfall aufzuklären gehabt – mitten im schlimmsten Hochwasser, das Passau je gesehen hatte. Es war einiges aus dem Ruder gelaufen, alte Geschichten waren an die Oberfläche geploppt, die beinahe zu einer Katastrophe geführt hatten. Kroner hatte seinem Neuen daraufhin Sitzungen beim Psychologen aufgebrummt. Er wollte lieber nicht daran denken, was alles hätte passieren können – auch mit Valli, seiner jungen Nachbarin, die sich immer und überall einmischen musste und für ihn wie eine Tochter war.

Mein Gott!

Trotzdem. Bruhan war ein guter Ermittler, ein Ans-Licht-Zerrer, und er wusste, wann er das Maul zu halten hatte. Das war überhaupt eines seiner herausragendsten Talente, fand Kroner.

Gerade presste Bruhan Zeige- und Mittelfinger gegen eine Verfärbung am Rücken des Toten. »Die Livores lassen sich wegdrücken. Er ist also noch keine sechsunddreißig Stunden tot.« Er ging in die Knie, inspizierte das, was vom Bauch zu erkennen war. »Die Totenflecken haben sich nur teilweise umgelagert. Er dürfte also länger als sechs Stunden tot sein.«

Kroner nickte. Das konnte hinkommen. Oder?

»Paradoxes Entkleiden?«

Kroner seufzte. Rechtsmedizinisch war er eine Niete. Totenflecken, gut, mit denen kannte er sich noch einigermaßen aus, Rigor Mortis, okay, aber sonst hatte er keinen Schimmer. Bei Bruhan war das anders, den interessierten derlei Dinge brennend, doch ihm wurde schon schlecht, wenn ihm jemand eine Kanüle in steriler Verpackung unter die Nase hielt. Einen Toten in Augenschein zu nehmen, war ein Aspekt seines Berufes, den er nicht sonderlich mochte, und seit dem Tod seiner Frau fiel er ihm mit jedem Mal schwerer. Ob das ein ausreichender Grund für eine vorzeitige Pensionierung war?

»Kälteidiotie? Terminale Halluzinationen und paradoxes Wärmegefühl in fortgeschrittenen Stadien der Unterkühlung führen laut Danzl und Pozos zu –«

»Erfroren? Im Juni?« Kroner winkte ab. Er wollte das nicht hören, hier und jetzt konnten sie ohnehin nur spekulieren. Außerdem hatte er das Bruhan-Schweigezertifikat anscheinend etwas voreilig ausgestellt.

»Meinen S'leicht, dass der Stefan erfroren ist?« Die Nachbarin war wie aus dem Nichts der Hecke entsprungen. »Mei, daran hab ich auch gleich denken müssen. Besoffen und halbert nackert, wie der war. Heut in der Nacht hat's an Frost ghabt, ob Sie's glauben oder nicht. Gut, dass ich gestern meine Blumen noch in die Garage bracht hab. Die Schreiederin von gegenüber, die war sich z' faul. So ein *Dapperl*, geschieht ihr ganz recht.«

Hüttinger hechtete aus der Küche und packte die Kaiser Erni am Ellbogen. »Sie können da nicht einfach hereinspazieren, wie es Ihnen passt, Frau Kaiser. Das hier ist ein Tatort.«

»Ein was bitte?«, fragte die Erni und zog den Hüttinger am Krawattl zu sich herunter. »Ich hör nimmer so gut, müssen S'wissen.«

»Ein Tatort! Spuren!«, brüllte der Hüttinger der alten Schachtel in den Faltenvorhang. »Da kann man nicht überall herumspazieren, wie es einem gefällt.«

»Mein Gott, sind die Polizisten heutzutage empfindlich. Seinerzeit, als ich jung war –«

Hüttinger schob die Alte energisch durch die Terrassentür ins Haus. Wer hätte auch ahnen können, dass die Neugier die Kaiserin mit ihren fast neunzig Jahren durch die Hecke trieb?

***

Gut zwei Stunden später verfügte Ben auf seinem iPhone über die gesammelten Weisheiten der Kaiser Erni zum Tod des Nachbarsbuben, wie sie ihn nannte. Realsatire vom Feinsten, ohne Frage, allerdings würde es ihn die halbe Nacht kosten, herauszufiltern, was für die Morgenandacht des Teams am Montag relevant wäre. Auch deshalb, weil er die Hälfte von dem, was die Erni von sich gegeben hatte, nicht auf Anhieb verstanden hatte.

»Die Mutter des Toten ist mit dem Bruder in München bei der Tante.« Wenigstens das konnte Ben seinem Chef mitteilen, der wie er in einem Zimmer stand, das die Kaiser Erni für die Herren Kriminaler als das »vom Stevie« ausgewiesen hatte.

»Stefan Windisch wohnte hier mit seiner Mutter und dem älteren Bruder. Anscheinend ist Letzterer geistig zurückgeblieben.« Die Nachbarin hatte zwar nichts dergleichen erwähnt, aber immer wenn die Sprache auf den Bruder des Toten gekommen war, hatte sie mit der Hand vor ihrem Gesicht hin- und hergefuchtelt wie ein Scheibenwischer auf höchster Stufe.

»Telefonnummer?«

»Die Mutter hat anscheinend kein Handy, und von der Tante wusste die Nachbarin lediglich den Mädchennamen. Da musste ich in der Nachbarschaft fragen.«

»Und?«

»Sie heißt Gabler. Christa Gabler.«

»Telefon?«

»Keine Einträge.«

»Was ist mit dem Nummernspeicher des Festnetzanschlusses?«

Bruhan hob die Schultern. »Konnte nichts Passendes finden. Sind nur sehr wenige Nummern gespeichert.«

»Und die Anrufliste?«

»Es war keine Münchner Nummer dabei und auch keine von einem Handy.«

»Hm.« Ein schriftliches Auskunftsersuchen kam nicht in Frage, das würde zu lange dauern. »Was machen wir?«

»Die Nachbarin meint, die Mutter käme heute so gegen zweiundzwanzig Uhr zurück. Sie heißt übrigens Anneliese Windisch, geborene Hintereder.«

»Warum weiß die Kaiserin so genau, wann die Mutter zurückkommt?« Kroner ging zum Fenster, gähnte und streckte die Arme in die Luft.

»Weil sie sich um die Katzen kümmert, wann immer die Hausherrin weg ist und der Sohn des Hauses ›um die Häuser zieht‹. Nach einem Spiel würde der nämlich regelmäßig im Vereinsheim versumpfen, hat sie gesagt.«

»Die Nachbarin hat also einen Schlüssel?«

»Sieht so aus.«

»Welches Vereinsheim?«

»Sturm Hacklberg. Lüftlbergstraße. Auf der –«

»Ich weiß, wo das ist.«

Das hatte sich Ben fast gedacht. Kroner war ein gestandener Bayern-Fan, hatte früher selbst höherklassig gekickt und verfolgte die Leidenswege der regionalen Clubs mit lückenhafter Regelmäßigkeit. Er kannte sich aus. »Der Tote hat beim Sturm gespielt. Gestern war ein Auswärtsspiel.«

»Aha.« Kroner gähnte schon wieder. »Und er hat ganz gern gesoffen, unser Toter?«

»Wenn man der Nachbarin Glauben schenkt.«

»Dann könnte sie recht haben.«

»Womit?«

»Dass unser junger Mann im Suff auf der Terrasse erfroren ist. Kalt genug war es wahrscheinlich.« Und auch die Kotze-Pizza neben der Hollywoodschaukel sprach eindeutig für eine Alkoholvariante.

Ben zuckte mit den Schultern. Alkoholkonsum und Erfrieren passten ziemlich gut zusammen, das war schon richtig. Außerdem hatte er vorhin ja selbst in diese Richtung gedacht, trotzdem: Es war Anfang Juni. *Juni!* »Und die Verletzungen?«

»Eine Rauferei im Suff. Daran muss man nicht gleich sterben. Außerdem waren die Wunden nicht frisch.«

»Unterlassene Hilfeleistung? Leute, die lieber zuschauen als eingreifen?«

»Auch eine Möglichkeit.« Kroner ging zur Tür. Sie mussten warten, was die Rechtsmedizin ihnen lieferte. Gerade bereiteten die Erkennungsdienstler die Leiche für den Transport vor. Bald würden sie erfahren, wie es mit der Blutalkoholkonzentration aussah und ob die Verletzungen todesursächlich gewesen sein konnten.

»Irgendwie sieht dieses Zimmer viel zu aufgeräumt aus, findest du nicht?« Ben hatte das schon die ganze Zeit gestört. »Ein junger Mann, der zu viel säuft, dem es die Mutter deshalb nicht mal zutraut, sich um die Katzen zu kümmern, und dann ein blitzsauberes Zimmer wie dieses? Das passt doch nicht zusammen.«

»Hotel Mama?« Für Kroner passte das sogar sehr gut zusammen. Ein fast dreißigjähriger Sohn, dem die Mama – wenn es denn nottat – sogar noch den Hintern abwischte, war keine Seltenheit.

Ben hob den Abfalleimer an. Nichts. Kein Fitzelchen Papier im ganzen Zimmer, keine Notiz. Geradezu steril.

»Wir warten, bis die Mutter aus München zurück ist«, entschied Kroner kurzerhand. »Die Kollegen sollen einen Zettel an die Tür hängen und die Nachbarin instruieren, dass sie uns anrufen soll, sobald die Windisch auftaucht. Das Haus wird erst freigegeben, wenn die Obduktion ohne Auffälligkeiten durch ist. Ich rufe Leo an, sie kann mich später begleiten.« Er drückte die Klinke nach unten. »Und du fährst morgen nach München in die Rechtsmedizin.«

Ben seufzte. Die Kroner'schen Routinen! Kollegin Maurer holt den Kaffee, Kollegin Weissenbeck überbringt die Todesnachricht, und Bruhan fährt zur Leichenöffnung.

Na, bravo!

2

Nachdem der gegnerische Torhüter einen genialen Fernschuss von Brenner nur abprallen ließ, konnte der Hacklberger Angreifer Schütz den Ball aus kurzer Distanz nicht im Tor unterbringen?

Valli las laut vor und musste lachen. »Du fragst mich ernsthaft, wie ich das finde?«

Joschi Brenner saß neben ihr auf den Stufen, die zum Kroner-Haus hinaufführten. Auf seinen Knien balancierte er ein iPad, auf dem Valli den Bericht vom gestrigen Spiel überflog. Die durchzechte Nacht sah man ihm nicht an, man roch sie. Ein bisschen.

»Wie immer genial emotional, aber die Beschreibung deiner eigenen Leistung ist etwas übertrieben positiv dargestellt.«

»Der Schuss war der Wahnsinn, Valli! Das musst du zugeben. Volley, volles Risiko, und wie der sich reingedreht hat. Definitiv ein Anwärter auf das ›Tor des Monats‹.« Als Joschi die Flugbahn des Balles in der Luft nachzeichnete, wäre das Tablet fast von seinen Knien gerutscht.

»Nur dass es kein Tor war. Schon vergessen?« Valli mochte Joschi. Er hatte die letzte Nacht in ihrem Bett gepennt, nachdem er im Vereinsheim zu viel getankt hatte und niemand außer ihr sich letztendlich seiner hatte erbarmen wollen. Seine Berichte, die er seit der letzten Saison für das regionale Fußballportal »FuPa« schrieb, fand sie normalerweise richtig gut. Endlich mal Texte mit Herz, mit Enthusiasmus, mit Leidenschaft. Nix da nüchterne Berichterstattung, wie sie einem sonst überall entgegengähnte. Und Valli war nicht die Einzige, der das gefiel. Joschis Fangemeinde im Internet wuchs täglich, und sie bekam ein klein bisschen von seinem Ruhm ab, weil sie die Fotos zu den Artikeln lieferte. Miss Megapix. Ihr Pseudonym – auch eine von Joschis Ideen.

»Wenn ich nie sagen dürfte, wie gut ich bin, nur weil ich die Berichte schreibe, dann wäre das doch unseriös. Falsche Bescheidenheit verhält sich konträr zu objektivem Journalismus. Darin stimmst du mir doch zu, oder?«

Valli schlug sich die Hände vor das Gesicht. »Objektiv? Du?«

»Oh ja!« Joschi legte einen Arm um sie. »Und danke.«

»Wofür?«

»Dass du mich mitgenommen hast.«

»Ich konnte dich ja schlecht allein zurücklassen – in deinem Zustand.«

»In welchem Zustand? Und warum allein?« Joschi atmete theatralisch aus. »Ich hatte vielleicht zwei Bier, und ich war definitiv nicht allein.«

»Häh?« Zwei Bier mochten stimmen, aber die Bargetränke hatte er wohl vergessen. Valli schüttelte den Kopf.

»Ich glaube ja, du hast nur nach einem Grund gesucht, mich endlich in dein Bett zu kriegen.«

Sie schob seinen Arm von ihren Schultern. »Leidest du an Amnesie?«

»Wir haben doch …? Ich meine …?«

Vallis Augen kullerten fast aus den Höhlen. »Du denkst, wir haben miteinander geschlafen?« Sie nannte die Dinge gerne beim Namen.

»Etwa nicht?« Ein schelmisches Grinsen stahl sich unter Joschis Piratenbart. »Dann habe ich das wohl geträumt. Schade. Es war ein echt geiler Traum, der absolute Wahnsinn.« Er boxte Valli in die Seite und stand auf. »Ich war der Hammer! Bombe, wirklich wahr. Dir entgeht was.«

Sie verdrehte die Augen. »Na dann …«

Er strahlte noch breiter, bis sein Hintern zu vibrieren begann und ein schriller Alarmton einsetzte.

Er zog sein Handy und ging ran. »Servus, Alf. – Nein – echt? ECHT! – Mann! Mann! Mann! – Bist du sicher? Was hast du gesagt? – Nein. Niemals. Du musst dir keine …?« Er brach ab, sah Valli an. »Okay. Wir treffen uns dort. Geht klar.« Grußlos ließ er das Smartphone wieder in der Versenkung seiner Jeans verschwinden.

»Was ist los?« Valli verfolgte, wie Joschis Gesicht erst das Grinsen und dann alle Farbe verlor. Ihr eigenes Herz stolperte. Die Erinnerung an ein Gefühl schlich sich ein.

»Stevie …« Joschi brach der kalte Schweiß aus allen Poren, ihm wurde schlecht.

»Was ist mit Stevie? Jetzt sag schon!«

»Alf …« Joschi stützte sich mit den Händen auf den Knien ab, würgte. »Also, Alf wollte gerade bei Stevie vorbeifahren … Die Bullen standen vorm Haus, alles war abgesperrt …«

»Und?«

Joschi übergab sich, alles flatschte auf die Stufen. Er wischte sich mit dem Handrücken über den Mund. »Stevie ist tot.«

»Stevie?« Vallis Hirn arbeitete langsam, die elektrischen Impulse schafften es kaum, sich durch den zähen Schleim zu quälen. »Stevie Windisch?«

Kroners Garagentor klickte und begann langsam, nach oben zu rollen. Valli hörte es, stand wie paralysiert auf, stolperte die paar Stufen zum Asphaltweg hinunter und sah den BMW. Zeitlupentempo. Alles lief in Zeitlupentempo ab. Aber wieso war Hannes überhaupt schon aus Garmisch zurück? Er wollte doch erst morgen kommen.

Inzwischen stand Joschi neben ihr, atmete so laut, dass sie sich am liebsten die Ohren zugehalten hätte. Darth Vader in Reinstform.

Stevie. Tot.

Aber vielleicht stimmte es gar nicht. Alf war ein Schwätzer.

Sie mochte diesen Kerl nicht, und sie mochte Stevie nicht. Kein bisschen.

Aber tot? Schon wieder?

Die Tür neben dem Garagentor ging auf, und Kroner trat heraus. Er stutzte.

»Stimmt es?« Valli fiepte wie eine halb verhungerte Maus, jede Faser in ihrem Körper geriet in Panik, erinnerte sich zu gut, schrie: *Flucht! Abhauen! Ohren zuhalten! Kopf in den Sand stecken! Wegbeamen!*

Fast ein Jahr war es mittlerweile her, dass Sara, Vallis einstmals beste Freundin aus Schulzeiten, getötet worden war, dass Valli vor dem Scharfrichterhaus mitten im Juni-Hochwasser ein totes Mädchen aus den braunen Fluten gefischt hatte. Bestialisch ermordet.

Das Milchgassenmädchen.

Damals hatte sie sich eingemischt, hatte auf eigene Faust ermittelt, weil sie geglaubt hatte, schlauer zu sein als die Bullen. Schlauer als Kroner, als Bruhan, schlauer als sie alle zusammen. Sie war so dumm gewesen, so naiv! Um ein Haar wäre sie draufgegangen und durchlebte seither die Stunden im Schuppen und den Showdown danach immer wieder. In den Nächten. An den Tagen. Und jetzt das! Sie hatte genug Leichen für ein ganzes Leben. Genug Nervenkitzel. Genug Angst. Für zwei Leben. Oder drei.

»Stimmt es, dass Stevie tot ist?« Wissen musste sie es trotzdem. Ein Reflex, Automatismen, die sich in Gang setzten.

Nonetheless.

Auch Kroner wich jetzt jede Farbe aus dem Gesicht, er starrte Valli an. »Woher zum Teufel weißt du das?« Er packte sie am Arm.

»Alf hat mich eben angerufen.« Joschi trat vor, holte wie zum Beweis sein Handy aus der Hosentasche, wischte und touchte, bis ein Foto von den Flatterbändern, das Alf vorhin geschickt hatte, auf dem Display erschien. »Er hat die Absperrungen gesehen und alles. Kann es sein, dass er sich irrt?«

»Löschen! Sofort!« Normalerweise jagte Kroner mit seinen braunen Dackelaugen niemandem Angst ein. Jetzt schon. Heutzutage musste jeder alles fotografieren und irgendwo posten. Er fand das abartig, absolut hirnlos. Da wurde er zum Tier.

Joschi lief rot an, wischte und löschte, fuhr tausendmal über seinen Bart. Kalter Schweiß perlte auf seiner Stirn wie Wasser auf einer gut gekühlten Flasche Wein, brachte jede Winzigkeit Restalkohol an die Oberfläche. Jetzt sah man ihm die durchzechte Nacht an. Und wie!

»Daniel Allgeier?« Kroners Augen fixierten Valli, doch es war Joschi, zu dem er sprach. »Ist mit ›Alf‹ Daniel Allgeier gemeint?«

Brenner nickte. »Wissen Sie –?« Weiter kam er nicht.

»Du gehst jetzt sofort ins Haus, und zwar nicht in meines!« Kroner wies Valli mit der Hand den Weg die Stufen hinauf. Als ob sie nicht wüsste, wo es langging. Trotzdem. Kroners Knie zitterten. Diesmal würde er nicht zulassen, dass Valli ihre Nase in Dinge steckte, die sie nichts angingen. Er würde nie wieder zulassen, dass sie sich in Gefahr brachte – schon um ihrer Mutter willen.

Zu Kroners Überraschung gehorchte Valli. Sie schleppte sich die Treppe hinauf, sah sich nicht um. Das Mädchen hasste es, wenn man sie wie ein Kleinkind behandelte. Druck erzeugte bei ihr normalerweise Gegendruck – und das nicht zu knapp. Allerdings hatte Valli seit dem Milchgassenmord einiges von dieser Sturheit eingebüßt und ein noch größeres Stück ihrer Unbekümmertheit dazu.

Erst als Valli außer Sichtweite war, zog Kroner Joschi in die Garage und schloss die Tür. »Und wer bist du?« Zu einer förmlichen Anrede konnte er sich gerade nicht durchringen.

»Jonas Brenner. Alle nennen mich Joschi.«

Kroners Brauen wanderten nach oben. »Der ›FuPa‹-Joschi?«

Brenner nickte.

»In welcher Beziehung stehst du zu …?«

»Ich habe bei ihr übernachtet. Wir sind –«

»Ich meine nicht Valli!« Kroner fuhr sich mit beiden Händen durch seine grau melierten Haare. »Was das angeht, erspar mir bitte die Details. Ich will nichts davon hören.« Er zog sein kleines schwarzes Notizbuch aus der Jackentasche. »Du spielst also beim

Sturm? Innenverteidiger, wenn mich nicht alles täuscht?« Der Junge war ihm von Anfang an bekannt vorgekommen.

Joschi nickte.

»Wie würdest du dein Verhältnis zu Windisch beschreiben?«

Joschi wand sich wie ein Regenwurm auf trockener Teerstraße. »Ich spiele mit ihm in einer Mannschaft.«

»Seid ihr Freunde?«

»Eher nicht.«

»Was heißt ›eher nicht‹?«

Joschi atmete durch. »Wir spielen in einer Mannschaft, wir trainieren und wir feiern zusammen, aber ich mag ihn nicht.«

»Du mochtest ihn nicht?« Kroner zog die Brauen hoch. Normalerweise erzählte jeder nur das Beste über einen Toten, wenn die Polizei danach fragte. Dieser Joschi hier hatte anscheinend Veritaserum erwischt. Vier Söhne, die Harry Potter verschlungen hatten – Kroner kannte sich aus.

»Ist er wirklich tot?«

»Ja.«

»Woran ist er gestorben?«

Kroner schüttelte leicht den Kopf.

Joschi verstand.

»Was hat dir dieser Daniel Allgeier erzählt?«

»Nicht viel.« Joschi wischte seine Hände an der Jeans ab. »Er wollte auf einen Sprung bei Stevie vorbeischauen, ihn abholen. Der übliche Treff am Sonntagabend im Vereinsheim, auch wenn gerade keine Bundesliga läuft.« Er schluckte. »Da waren überall Bullen ... Polizisten, meine ich natürlich. Die haben ihn gleich voll in die Mangel genommen.«

Es war Kroner selbst gewesen, der mit Allgeier gesprochen hatte. Von In-die-Mangel-Nehmen konnte keine Rede sein. Der junge Mann war am Fundort aufgetaucht, hatte die Absperrung gesehen und Gas gegeben. Nur einem aufmerksamen Streifenbeamten, der den Wagen angehalten und Allgeier höflichst gebeten hatte, ein paar Fragen zu beantworten, war es zu verdanken, dass sie Allgeiers Auftauchen überhaupt bemerkt hatten. Verdächtig? Oder einfach überrumpelt? Kroner tendierte zu Ersterem. Alf war ausgiebig befragt und für Montag aufs Kommissariat bestellt worden. Was er gesagt hatte, deckte sich allerdings mit dem, was ihm Joschi hier gerade erzählte. Also vielleicht doch Zweiteres?

»Gestern war das Rückspiel gegen Hauzenberg in der ersten Relegationsrunde um den Erhalt der Landesliga. Stevie ist nicht zum Treffpunkt gekommen, obwohl er am Dienstag noch drei wichtige Tore gemacht hat.«

Kroner unterbrach ihn. »Hat ihn niemand angerufen?«

»Doch, aber er war nicht erreichbar, wahrscheinlich …«

»Wahrscheinlich was?«

»Am Donnerstag war er auch schon nicht im Training. Unentschuldigt.«

»Und das lässt euch der Trainer einfach so durchgehen?« Kein Wunder, dass der Sturm bis zum Hals im Abstiegssumpf steckte.

Joschi schüttelte den Kopf. »Eigentlich nicht.«

»Aber?« Diesem Kerl musste man ja alles aus der Nase ziehen, und überhaupt kam es Kroner ziemlich spanisch vor, dass ausgerechnet der Kumpel, den Allgeier bezüglich Stevie sofort ins Vertrauen zog, bei ihm vor der Tür hockte. Das gefiel ihm nicht.

Joschi seufzte. »Stevie hat immer gegen die Trainer rebelliert, aber beim neuen war es besonders schlimm.«

Kroner kritzelte die letzte Bemerkung auf seinen Block.

»Eigentlich dachte ich, er würde nach dem Spiel schon im Vereinsheim sitzen, schön angedödelt, um Bascht erst recht eins reinzuwürgen.«

Kroner runzelte die Stirn. Ein Topscorer, der offen gegen den Trainer rebellierte? Eine heikle Angelegenheit, so viel war klar. Schmeißt man ihn raus und die Mannschaft verliert, bist du als Trainer der Depp. Lässt man ihm derlei Dinge durchgehen, erst recht. Definitiv nicht gerade eine Win-win-Situation. Aber ein Grund, jemanden umzubringen? Wohl kaum.

»Valli hat sich voll über ihn aufgeregt.«

»Valli? Wieso Valli?« Ihr Name in diesem Zusammenhang? »Über Stevie oder den Trainer?«

»Über Stevie. Obwohl ja Bascht mit der Schlägerei angefangen hat, wenn man ehrlich ist.«

»Was für eine Schlägerei?« Das wurde ja immer schöner.

Die Möglichkeit einer natürlichen Todesursache und die damit einhergehende Arbeitserleichterung rieselten Kroner wie Sand durch die Finger. Er kritzelte und kritzelte.

»Am Dienstag nach dem ersten Relegationsspiel sind die zwei aneinandergeraten. Aber wie.«

»Mit Bascht meinst du Sebastian Reisinger?« Kroner hatte von dessen Verpflichtung beim Sturm in der Zeitung gelesen. Wäre er nicht in Garmisch bei diesem Geburtstag gewesen, hätte er sich das Nachbarschaftsderby unter Reisingers Regie vermutlich sogar angesehen. Heiße Kiste, beim Hinspiel hatten fast zweitausend Leute mitgefiebert, gestern dürften es vermutlich sogar noch mehr gewesen sein.

»Ja. Sebastian Reisinger. Der neue Trainer.«

»Und?«

Joschi stopfte die Fäuste in die Taschen seiner Jeans, der Hosenbund rutschte noch tiefer. »Bascht ist wie ein Irrer auf Stevie losgegangen. Voll krass.«

»Warum?«

Er zuckte mit den Schultern. »Liegt auf der Hand, oder?«

Darüber musste Kroner kurz nachdenken. Würde er handgreiflich werden, wenn jemand seine Autorität als Trainer untergrub? Möglich wäre es. »Wer hat diese Auseinandersetzung noch mitbekommen?«

»Die ganze Mannschaft, ein paar Funktionäre. Die üblichen Verdächtigen und eine Reihe anderer Leute, die normalerweise nicht im Vereinsheim sind.« Joschi strich mit Daumen und Zeigefinger über seinen Bart. »Aber am besten fragen Sie Valli. Sie war die Erste, die dazwischengegangen ist.«

»Valli? Was hatte Valli dort zu suchen? Verdammt noch mal!«

Brenner trat einen Schritt zurück. »Wir machen zusammen die Berichte für ›FuPa‹. Also, ich schreibe, und sie schießt die Fotos. Meistens treffen wir uns gleich nach den Spielen. So war es auch am Dienstag.«

Kroner presste die Daumen auf seine müden Lider. Valli war also dort gewesen, sie war Zeugin, hatte wenige Tage vor Stevies Tod Kontakt zu ihm gehabt. »Ich fasse es nicht«, stieß er hervor.

»Was fassen Sie nicht?« Joschi verstand nur Bahnhof.

Kroner brauchte einen Moment, um sich zu fangen. Dieser Allgeier hatte nichts von einer Schlägerei gesagt, obwohl er bei der kurzen Befragung durchaus erwähnt hatte, dass die gesamte Mannschaft nach dem Heimspiel am Dienstag im Vereinsheim versumpft war. Wahrscheinlich lag dort der Ursprung allen Übels.

Und Valli mittendrin. Schon wieder.

Kroner schnaufte tief durch, wedelte die letzte Brenner-Frage ungeduldig fort. »Stimmt es, dass Reisinger sein Handy verloren hat?« Diese Info stammte ebenfalls von Allgeier, und Kroner wollte sichergehen, dass dieser nicht noch mehr verschwieg, verbog, vertuschte. Aus welchen Gründen auch immer.

»Ja, das hat er bei der Spielersitzung am Donnerstag gesagt. Es würde ein paar Tage dauern, bis er sich ein neues besorgen könne. Bis dahin sollten wir bei den Großeltern anrufen, wo er gerade wieder einzieht.«

Kroner ließ sich die Nummer geben. »Kannst du mir eine Liste von den Leuten machen, die am Dienstag die Schlägerei im Vereinsheim mitbekommen haben?«

Joschi zögerte. »Das waren aber eine ganze Menge.«

Kroner musste den Burschen erst streng anschauen, ehe dieser sich zu einem »Ja« durchringen konnte.

»Am besten kommen Sie nachher im Vereinsheim vorbei, da werden Sie die meisten von denen sowieso antreffen.«

Keine schlechte Idee. »Fährst du auch hin?«, fragte Kroner.

»Ich hab es zumindest vorgehabt, bis –«

Kroner packte Joschi am Arm. »Hör zu, ich werde mit ein paar Kollegen dort aufkreuzen, und bis dahin möchte ich, dass dieses Gespräch hier unter uns bleibt. Ist das klar?«

Das Burschilein nickte.

»Und bring die Liste mit.«

Wieder brach dem »FuPa«-Joschi der Schweiß aus. *Scheiß Streif.* Er stopfte seine Fäuste noch tiefer in die Taschen.

3

»Dahinten muss es sein.«

Der Dienstwagen rollte über den Schotterweg auf das Anwesen zu: bogenförmige Durchfahrt, alter Baumbestand, üppig bepflanzter Innenhof, Kopfsteinpflaster, roter Backstein. Etwas schattig vielleicht, aber ansonsten wunderschön.

Ben parkte den Audi direkt vor dem zweistöckigen Haus. Der Kies knirschte unter den Reifen. »Meinst du, es ist jemand zu Hause?«

Kroner stieg aus. Er hatte bestimmt zehnmal versucht, bei den Großeltern des neuen Sturm-Trainers anzurufen. Die Chancen standen schlecht.

Ben steuerte auf die Haustür zu, suchte nach einer Klingel. Kroner deutete auf eine gusseiserne Stange neben der Tür und machte eine Bewegung, als wolle er einhändig eine Kuh melken. Ben zog, und eine Glocke im Inneren des Hauses erklang.

Niemand rührte sich. Bruhan lugte durch das Fenster neben der Haustür, sah an der Fassade nach oben und molk erneut, stärker diesmal.

Wieder nichts.

»Wir vergeuden unsere Zeit, Bruhan. Geh ma!« Kroner wollte gerade die Beifahrertür öffnen, als vom Nebengebäude ein pfeifendes Geräusch ertönte. »Da schau her! Scheint, als wäre doch jemand daheim.«

Sie machten sich nicht die Mühe zu klopfen, der Maschinenlärm verschluckte jedes Geräusch. Als Kroner die Tür öffnete, musste er an Meister Eders Werkstatt denken. Überall hingen Stemmeisen, Drechsel, Zwingen, Bohrer, Feilen, Raspeln. Alles war aufgeräumt, aber staubig, die Luft roch nach Holz, in einer Ecke verbreitete ein rußiger Ofen etwas Wärme, und an der Hobelmaschine im hinteren Teil des Raumes stand ein alter, gebeugter Mann, der sich eine lederne Schürze vor den Bauch gebunden hatte. Der orangefarbene Gehörschutz saß auf einem üppig grau beschopften Kopf. Kroner erkannte Ludwig Simmerling sofort, seine Hacklberger *Schafkopfspezln* hatten ein paar wirklich gute Geschichten über ihn auf Lager. Dass aber der Geier-Wigg, wie er genannt wurde, der Großvater von diesem

Bascht, dem neuen Spielertrainer beim Sturm, der den Toten verprügelt haben sollte, war, das wusste er erst seit gut einer Stunde.

Ben hielt sich die Ohren zu, der hohe Pfeifton fraß sich bis in seine Zahnwurzeln. Als er Ludwig Simmerling mit dem Finger antippte, um auf sich aufmerksam zu machen, fiel dieser vor Schreck fast auf die Knie.

Ein Handgriff, und die Maschine verstummte. Der alte Mann zog den Gehörschutz ab, blickte die Kommissare entgeistert an. »Wollts ihr, dass ich einen Herzkaschperl bekomm?«

»Wir haben angerufen und geklopft …« Kroner hob entschuldigend die Hände, auch wenn Zweiteres gelogen war.

Es dauerte ein paar Minuten, bis sich der alte Simmerling beruhigt hatte. Die Polizeimarken steckten mittlerweile wieder in den Taschen, und Kroner hatte sämtliche Familienverhältnisse offengelegt. Vorher ging ohnehin nix bei den alten Leuten. Das kannte er.

»Ja, den Vadda kenn ich. Geht's ihm gut?«

»Danke der Nachfrage«, retournierte Kroner artig, »er ist beinah so rüstig wie Sie.«

»Darfst ruhig Du sagen. Wo samma denn?«

»Ist Ihr Enkelsohn da?«, fragte Ben, der endlich zur Sache kommen wollte.

»Welcher denn? Ich hab ein halbes Dutzend.«

»Der Sebastian.«

»Ah.«

»Ist er da?«, wiederholte Ben.

»Noch nicht.«

»Wo ist er, und wann kommt er zurück?«

»Die holen ein paar Sachen von der Juli aus Salzburg. Aber warum wollts ihr das überhaupt wissen?«

Kroner schob Ben ein Stück zur Seite und übernahm. »Stefan Windisch wurde heute Morgen tot aufgefunden. Wir befragen alle Leute, die vor Kurzem Kontakt mit ihm hatten.«

»Der Stevie?« Simmerling ließ sich auf ein Holzgestell fallen, in dem Kroner einen alten *Dengelbock* erkannte. Kroner selbst hatte noch einen solchen im Schuppen stehen, dengeln konnten aber nur noch sein Vater und Valli. Wenn es nottat, schärften sie mit Hingabe die Sensen.

»Hab immer gewusst, dass es mit dem Stevie irgendwann ein böses Ende nimmt. Ein *hinterfotziger Bachratz* war der.«

Ben sah Kroner an, verstand null. Aber die Verwandlung, die Ludwig Simmerling gerade durchmachte, war nicht zu übersehen. Jetzt war er nicht mehr der freundliche alte Mann.

»Was meinen S'jetz damit?« Kroner kam das Du beim besten Willen nicht über die Lippen. Ein tief eingeimpfter Respekt vor der alten Generation, da war nichts zu machen.

Simmerling winkte ab, eine dicke Ader trat auf seine Stirn. Sie pochte. »Eine alte Geschichte, alles erstunken und erlogen. Dass die Leut das überhaupt glauben.«

»Na, dann erzählen Sie mal. Es heißt, Ihr Enkelsohn hätte den Stevie vor ein paar Tagen zusammengeschlagen. Im Vereinsheim.«

Der alte Simmerling erstarrte, strich dann energisch über die Lederschürze vor seinem Bauch. »Das glaub ich in hundert Jahr nicht, dass der Bascht einen zusammenschlägt. Ihr könnts mir viel erzählen.«

»Es gibt ein paar Leute – Zeugen! –, die genau das sagen.«

Es war wie beim Schafkopf. Nichts im Gesicht vom Geier-Wigg verriet ihnen, welches Blatt er in der Hand hielt. Auf einmal war er wie zugemauert. »Wer sagt das? Die Windisch?«

Warum die Windisch?, wollte Kroner fragen, hielt sich aber zurück. Meinte Simmerling damit Stevies Mutter?

»Ich hab ihm gesagt, dass das nicht gut gehen kann. Er und Stevie in einer Mannschaft. Dass die Vorstände so saudumm sein können.«

»Was meinen Sie?«, fragte Kroner. »Die alte Geschichte?«

Der Geier-Wigg sah die Kommissare giftig an. »So *deppert* war ich ein Mal, ein zweites Mal bin ich's sicher nicht. Ich sag euch gar nichts, so schaut's aus!«

Kroner und Ben blickten einander an. Was war hier los? Warum blockte Baschts Großvater dermaßen ab?

»Ist Ihre Frau zu Hause?«, fragte Ben, weil ihm nichts Besseres einfiel.

»Nein.«

»Würden Sie uns dann wenigstens sagen, wie wir Sebastian erreichen können? Was macht er in Salzburg? Wer ist Juli?«

Simmerling presste die Lippen aufeinander. Fast glaubte Kroner, dass gleich Dampf aus dessen Ohren zischen würde, doch der Alte überraschte ihn aufs Neue, verriet ihnen doch noch etwas. »Dem Sebastian seine Freundin, die Juli, bekommt ein Kind. Sie zieht bald hier ein. Sie und der Sebastian sind heute Morgen nach Salzburg gefahren, um schon mal einen Teil ihrer Sachen zu holen.«

»Gibt es in Salzburg einen Festnetzanschluss, eine Telefonnummer, oder können Sie uns die Handynummer von dieser Juli geben? Wir müssen dringend mit Sebastian sprechen. Es ist wichtig.« Ben zückte sein iPhone, um die Nummer einzutippen.

Doch Ludwig Simmerling schüttelte den Kopf, die Ader auf seiner Stirn pulsierte wie verrückt. Man sah ihm an, dass er mit sich kämpfte, dass er nicht wusste, was er tun sollte.

Kroner legte ihm eine Hand auf die Schulter, packte das Du doch noch aus. »Ich glaube, du tust deinem Enkelsohn keinen Gefallen, wenn du uns nicht sagst –«

Langsam stemmte sich Simmerling vom Dengelbock hoch, wies mit der Rechten zur Tür. »Scherts euch hinaus! Und zwar flott!«

»Aber –« Ben wollte sich das nicht gefallen lassen, setzte zu einer Erwiderung an, doch sein Chef packte ihn am Arm und zog ihn mit sich nach draußen. »Lass ihn. Das bringt jetzt nichts.«

Die Kommissare verabschiedeten sich mit einem Nicken und verließen die Werkstatt.

»Aber, der kann doch nicht einfach –« Ben ärgerte sich.

»Doch, das kann er, und das weißt du auch, Bruhan.«

»Aber das macht seinen Enkelsohn kaum weniger verdächtig. Ganz im Gegenteil.«

»Dessen ist er sich im Moment nicht bewusst.« Kroner fuhr sich nachdenklich übers Kinn. »Ich denke, wir sollten mal nachhaken, ob die Simmerlings oder der Enkel in letzter Zeit mit dem Gesetz in Konflikt geraten sind. Danach sieht mir das hier nämlich aus.« Er zog den Kragen seines Jankers hoch. Es war immer noch saukalt.

»Schön und gut, aber –« Ein alter Passat rollte durch die Einfahrt, parkte neben dem Audi. Eine Frau und ein Mann stiegen aus, beide etwa Mitte fünfzig, außerdem eine jüngere Version der Frau. Das Auto war rostig und verbeult. Der Mann zerrte zwei prall gefüllte Körbe aus dem Kofferraum, die Tochter kickte mit der Hacke die Fahrertür zu, und die Mutter sah Kroner und Ben entgegen. Lächelte.

»Hallo. Wollen Sie zu meinem Vater? Der ist in der Werkstatt. Hat er Sie nicht gehört?«

Kroner holte seinen Ausweis aus der Jackentasche, klappte ihn auf. »Kroner, Kriminalpolizei Passau. Darf ich fragen, wer Sie sind?«

Henkel rutschten aus Händen, Kartoffeln rollten über den Kies. Die Frau schlug die Hand vor den Mund, ihre widerspenstigen grauen Locken hüpften aufgeregt. »Oh, mein Gott! Ist was mit dem Bascht?«

Kroner kannte das. Kaum gab man seine Profession preis, breitete sich Panik aus. Panik vor dem Erwischtwerden oder Panik davor, dass etwas Schlimmes passiert sein könnte. »Keine Sorge, es gab keinen Unfall oder Ähnliches. Bitte sagen Sie uns erst einmal nur Ihren Namen.«

»Eva Reisinger.«

»Sind Sie mit Sebastian Reisinger verwandt?«

»Ich bin seine Mutter.«

»Und Sie?«, wandte sich Kroner an den stummen Begleiter und die junge Dame.

»Ich bin sein Vater.«

»Die Schwester.«

»Das trifft sich gut.« Kroner sah Ben an.

Bingo!

»Wir müssen dringend mit Ihrem Sohn sprechen. Können wir ihn in Salzburg oder über seine Freundin erreichen?«

»Warum?« Die Mutter beruhigte sich nur langsam, versuchte zu erfassen, was vor sich ging. Papi schwieg sich aus, überließ das Reden seiner Frau. Es war eindeutig, wer in dieser Ehe die Hosen anhatte.

»Ein Spielerkollege Ihres Sohnes wurde heute Morgen tot aufgefunden. Wir befragen alle Personen, die zuletzt Kontakt zu ihm hatten. Das ist alles.«

Baschts Mutter schnappte nach Luft, fuhr sich mit beiden Händen durch die wilde Lockenpracht, sortierte ihr Haar und das Gehörte gleichermaßen. »Tot? Das ist alles? Sie sind gut.« Eva Reisinger begann, die verstreuten Kartoffeln einzusammeln. »Wer?«

»Das tut jetzt nichts zur Sache. Wir möchten nur wissen, wann Sebastian aus Salzburg zurückkommt und ob wir ihn dort telefonisch erreichen können, eventuell über das Handy seiner Freundin Juli. Sein eigenes Handy hat er ja verloren, das stimmt doch, oder?«

»Haben Sie mit meinem Vater gesprochen?«, wollte Baschts Mutter wissen.

»Mit Ludwig Simmerling?«

»Ja. Sie waren in der Werkstatt, oder?«

»Wir haben mit ihm gesprochen. Richtig.«

»Aber?« Eva Reisinger stemmte sich aus der Hocke hoch.

»Er wollte uns nichts sagen«, gab Kroner zu.

»Aha.«

»Bitte. Sie tun Ihrem Sohn keinen Gefallen, wenn Sie …«

Baschts Mutter sah Kroner fest in die Augen. »Wirft man meinem Sohn irgendetwas vor?«

»Nein. Wie gesagt, wir möchten einfach nur mit ihm reden.«

»Reden. Einfach so?« Ließe sich Skepsis in Fon umwandeln, hätte es den Kommissaren in diesem Moment das Trommelfell zerfetzt. Doch das Wunder geschah: Eva Reisinger diktierte ihnen eine Nummer, die Ben eifrig in sein Handy hackte, und packte die letzten verstreuten *Erdäpfel*, einen nach dem anderen, zurück in die Körbe. Ihr nettes Lächeln war wie vom Erdboden verschluckt. »Bascht und Juli wollten heute Abend zurück sein.«

4

Diese Frau war nervös, unglaublich nervös sogar. Hier war etwas faul, darauf hätte Ben jederzeit seinen Allerwertesten verwettet. Aus den Augenwinkeln heraus beobachtete er fast schon amüsiert, wie sie zwischen Spüle, Kühlschrank und Anrichte hin und her tigerte und dabei abwechselnd die Arbeitsfläche mit einem feuchten Lappen bearbeitete und die Edelstahlfronten mit einem Trockentuch polierte. Ganz die fleißige Hausfrau, die es »kein bisschen« interessierte, was am Tisch gesprochen wurde.

Gleich nach der sonderbaren Begegnung mit Baschts Familie und den vielen Fragezeichen, die diese bei Ben und Kroner hinterlassen hatte, waren sie hierhergefahren. Ben fand, dass Kroner hinsichtlich dieser Ermittlung etwas hyperaktiv war, denn sie wussten bislang nicht, ob überhaupt eine Straftat vorlag. Diese angebliche Rauferei war der einzige Ermittlungsansatz auf weiter Flur und noch dazu ein ausgesprochen vager. Korrekterweise hätten sie die Ergebnisse der Obduktion abwarten müssen, und auch ermittlungstaktisch wäre es vermutlich klüger gewesen, den Reisinger nicht vorzuwarnen, falls sich herausstellen sollte, dass die Rauferei schlussendlich ursächlich für Windischs Tod gewesen war.

Der Mann, mit dem Kroner gerade sprach, hieß Leonhard Ranner, Macher des Fußballwunders Sturm Hacklberg – so jedenfalls hatte Kroner das Ben erklärt. Über fünfundzwanzig Jahre lange hatte der Mann all seine Freizeit dem Verein geopfert und diesen von der A-Klasse bis hinauf in die Landesliga geführt, in der das Team nun in der zweiten Saison spielte. Unter seiner Regie waren ein neues Vereinsheim, eine neue Tribüne und neue Parkplätze gebaut worden – nicht immer mit Zustimmung der Anwohner. Ranner hatte sehr gute Kontakte in alle Richtungen, so viel war klar. Finanziert wurde das Fußballwunder durch hervorragendes Sponsorenmanagement und ein alljährliches Sommerfest, welches Ranner seit mehr als zwei Jahrzehnten mit der Vorstandschaft aufzog. Zuletzt schien er es mit den Machenschaften allerdings übertrieben zu haben, denn seit Anfang des Jahres lief gegen ihn ein Verfahren wegen Vorenthaltung und Veruntreuung von Arbeitsentgelt. Insgesamt waren vier Razzien durchgeführt worden, eine davon natürlich im Privathaus des Vorstandes, der mittlerweile Exvorstand war. Unangenehme Sache, ohne Zweifel. Kroner hatte die Arbeit der Kollegen gespannt mitverfolgt, ein Ergebnis stand noch aus, denn um welche Prämien und Gehälter für welche Vertragsamateure, Spieler und Trainer – auch aus Tschechien – es ging, war zuletzt noch unklar gewesen. Das Strafmaß für ein solches Vergehen reichte jedenfalls von Geldstrafe bis hin zu fünf Jahren Knast. Ein fairer Lohn für ein Vierteljahrhundert ehrenamtliches Engagement! Aber darum ging es hier ja nicht.

»Nach einem solchen Spiel sind die Gemüter erhitzt, da kann das schon mal passieren. Wir reden von einer halben Minute, länger hat das Geplänkel sicher nicht gedauert.« Leonhard Ranner saß an der Stirnseite des Küchentisches, ein frisches *Weißbier* vor sich. Die Kommissare nippten brav an ihrem Wasser. Natürlich hatte Ranner wie auch seine Frau automatisch angenommen, dass Kroner und Ben wegen dieser unleidlichen Sache hier aufschlugen. Seit er wusste, dass Stevie tot war und die Beamten in diesem Zusammenhang Fragen zu stellen hatten, war er von anfänglicher Schockstarre recht schnell zu erleichterter Entspanntheit übergegangen, nachdem er die notwendige Zeugenbelehrung einmal hinter sich gebracht hatte. Eine Sache, die Ben ebenso störte wie die Panik der ehrenwerten Frau Gattin im Küchenblock hinter ihnen.

»Haben Sie gesehen, wer auf wen losgegangen ist und warum?« Kroner stellte die Fragen, Ben beobachtete.

»Nein. Das kurze Intermezzo fand an der Bar statt, ich saß an einem der Tische und habe Schafkopf gespielt. Die waren schon mittendrin, als ich das mitbekommen habe, und genauso schnell war's auch wieder vorbei.«

»Gab es früher schon Streitigkeiten zwischen Reisinger und Windisch?«

Ranner steckte seine Nase für einen tiefen Schluck in das Weißbierglas, ehe er antwortete. »Ich bekomme nicht viel mit, seit … Meine Anwesenheit ist nicht mehr erwünscht, obwohl ich so viel für den Verein getan habe.«

Nachvollziehbar, dass ihm das bitter aufstieß. Kroner dachte nach. »Reisingers Großvater hat uns gegenüber erwähnt, dass die Sache mit Stevie und seinem Enkelsohn nie hätte gut gehen können. ›Dass die Vorstände so saudumm sein können!‹, so hat er sich ausgedrückt. Was meinte er damit?«

Ranner lachte. »Der alte Simmerling übertreibt gerne. Trotzdem steckt ein Funken Wahrheit drin. Stevie und Bascht haben schon als Junioren zusammengespielt und sich nie gut riechen können.«

»Warum? Gab es dafür einen triftigen Grund?«

»Wahrscheinlich schlicht der Duft der Sympathie oder vielmehr der fehlende. Ich weiß es nicht genau, so was hat mich nie interessiert, solange die Jungs auf dem Platz klarkamen.«

»Sie haben nie nachgefragt?«

»Nein. Um das Wohl unserer Schützlinge kümmern sich die Trainer, nicht der Vorstand.«

»Was anderes: War Stevie nach der Rauferei verletzt? Blutete er?«

»Ach woher! Wie ich schon sagte, das war keine große Sache, die Welpen müssen die Hierarchie nun mal unter sich ausmachen, das ist alles, und Stevie spielte gerne das Alphatier, da musste der Bascht ja irgendwann mal auf den Tisch hauen.«

Ben stutzte. Er fand es unpassend, dreißigjährige Männer als Welpen zu bezeichnen. Erst recht, wenn bei den »Rangordnungskämpfen« einer draufging.

»Na gut, das wäre vorerst alles«, quetschte sich Kroner da unvermittelt zwischen Bens Gedanken. Er stand auf und winkte seinen jungen Kollegen mit einem lässigen Schnippen bei Fuß.

Überrascht erhob sich auch Ranner, und sofort flog das Frauchen an seine Seite. »Sie können gerne wiederkommen, wenn Sie noch etwas wissen wollen«, fiepte sie den Kommissaren hinterher.

Kroner nickte und entschwand, Ben bedankte sich und folgte ihm hinaus. »Etwas überstürzt, dein Abgang«, sagte er leise, als die Haustür hinter ihnen ins Schloss fiel. »Ein paar Sachen hättest du schon noch fragen können, Chef. Zum Beispiel, warum –«

»Pure Zeitverschwendung, glaub es mir. Der hat uns doch

nur schwammiges Zeug hingewürgt, damit wir Ruhe geben. Übung darin hat er ja.«

Kroner sprach von den Unregelmäßigkeiten im Verein, das verstand Ben durchaus. Trotzdem. »Wenn du mich fragst, ist da was faul. Die Gattin war supernervös und er superentspannt, nachdem er erfahren hat, dass es ›nur‹ um den Tod eines Sturm-Spielers geht.«

Kroner brummte und stapfte weiter, was Ben als Zustimmung wertete. Er kannte die Kroner'sche Sprache mittlerweile ganz gut.

Aber dann blieb der Chef doch stehen, drehte sich um und winkte den Ranners zu, die hinter dem Vorhang des Küchenfensters Position bezogen hatten. »Frag mal bei den Kollegen und der Staatsanwaltschaft nach, wie weit die Ermittlungen im Ranner-Fall inzwischen gediehen sind. Wir sollten uns das unbedingt mal genauer ansehen.«

5

Im »Anpfiff« roch es nach Schweiß, abgestandenem Alkoholdunst und Zigarettenrauch vom Vortag. Das Vereinslokal des Sturms war eine richtige *Boazn*. Der Gegensatz zu den modernen Anlagen draußen vor der Tür, den nagelneuen Kabinen und dem multimedial ausgestatteten Raum für Spielersitzungen im Anbau hätte nicht größer sein können. Der Schankraum war das einzige Überbleibsel aus Zeiten, da sich die Hacklberger noch in der *Hammelklass* getummelt hatten. Ein wahres Kleinod also. Vergilbte Meisterfotos, Myriaden von Wimpeln und Pokale zierten die Wände. Einzig der überdimensionale Flatscreen und die »Sky«-Leuchte passten nicht so recht ins Bild.

Heute gab es keine Bundesliga, keine Esther Sedlaczek, deren Interviews man in glückseliger Verzückung lauschen konnte. Drei Wochen luftleerer Raum lagen bereits hinter allen Fans des rollenden Balles, doch bis zu Beginn der Fußballweltmeisterschaft in Brasilien galt es, weitere zwölf Tage zu überbrücken. Immerhin war die Ödnis für die Hacklberger dadurch erträglich, dass der Verein mitten in der Relegation um den Erhalt der Landesliga steckte. Jeder Tiefschlag des Lebens hatte eben auch seine guten Seiten. Die Gespräche an den Tischen drehten sich entweder darum oder um das anstehende Weltturnier.

Kroner und Ben hatten sich mittlerweile in die dunkelste Ecke des Schankraumes verzogen, nachdem ihnen beim Eintreten alle Blicke zugeflogen waren. Mit dem zwingend erforderlichen Outing wollten sie warten, bis die Streifenbeamten eintrafen, die Kroner zur Unterstützung angefordert hatte. Ein bisschen die Stimmung erfühlen, nannte Kroner das, ein bisschen reinriechen in die Geschichte, die hinter allem steckte.

»Khedira spielen zu lassen, ist ein Fehler, und Schweini ist auch noch nicht wieder fit«, lamentierte gerade ein selbst ernannter Fußballexperte am Nebentisch, »und wieso der Löw den Kießling nicht nominiert, kann ich überhaupt nicht nachvollziehen.«

Kroner prostete Ben mit seinem alkoholfreien Hacklberg Jakobi Weißbier zu und nickte in Richtung Nebentisch. »Ehrlich gesagt habe ich für die Deutschen diesmal auch überhaupt keine Hoffnung. Ich glaube, die überstehen nicht mal die Gruppenphase.«

Ben war überrascht. Er hätte dem Chef etwas mehr Optimismus zugetraut. »Portugal ist natürlich auch nicht gerade ein Gegner, den man sich für das Auftaktspiel wünscht.« Immerhin hatte die halbe deutsche Mannschaft erst kürzlich gegen die halbe portugiesische Mannschaft im Champions-League-Halbfinale Bayern gegen Real mit null zu vier verkackt.

»Man muss auch gegen solche Mannschaften gewinnen können, wenn man etwas erreichen will.«

Ben nickte, Kroner hatte vollkommen recht, aber das war ihm im Moment herzlich egal. »Ist dieser Joschi Brenner schon da?«

Obgleich Kroner es bislang vermieden hatte, sich allzu auffällig umzusehen, war er sich dessen absolut sicher. Es wunderte ihn, dass die Neuigkeit von Windischs Tod hier tatsächlich noch nicht die Runde gemacht hatte. Bis auf vier junge Männer, die sich an der Bar recht aufgebracht unterhielten, war alles ruhig, und das wäre mit Sicherheit anders gewesen, wäre die Hiobsbotschaft bereits bis ins Kleinod vorgedrungen. Gut so. »Diesen Allgeier sehe ich auch nirgendwo.«

Ben nahm seinen Teufelstoast entgegen und rollte gerade das Besteck aus der Serviette, als die Tür aufschwang und ein unverschämt lässiger Typ hereinkam, der eine abgerissene Gestalt in labbrigen Hosen hinter sich herzog. Das Labbrige kam Ben irgendwie bekannt vor: Valli. Vor Schreck ließ er die Gabel fallen, Kroner drehte sich sofort um.

»Was macht sie hier?«, fragte Ben. Seit den dramatischen Ereignissen vor fast einem Jahr hatte er Valli kaum zu Gesicht bekommen, dabei hatte er sie damals geküsst, dabei hatte er sich – entgegen seinen sonstigen Präferenzen – ein ganz klein wenig in sie verliebt. Aber dann war seine Exfreundin Luisa aufgetaucht, hatte ihm seinen Seitensprung mit ihrer besten Freundin verziehen und war wie geplant bei ihm eingezogen. Valli hatte daraufhin jede Kontaktaufnahme seinerseits abgeblockt und war jeder möglichen Begegnung aus dem Weg gegangen, was gar nicht mal leicht gewesen sein dürfte, denn Markus, Kroners Jüngster und eine Art Bruder von Valli, war Bens bester Freund in Passau. Verzwickte Sache also. Trotzdem konnte Ben nicht ganz nachvollziehen, warum sein Herz bei ihrem Anblick nun partout den Vorschlaghammer mimen musste, und es passte ihm erst recht nicht, dass Vallis Hand in der von diesem Jack-Sparrow-Verschnitt steckte.

»Dem Brenner dreh ich den Hals um.« Kroners Kiefer hätten locker-flockig Granitsteine zermalmt, er hatte Mühe, sich zu beherrschen. »Valli war am Dienstag bei dieser angeblichen Schlägerei zugegen, aber nie und nimmer hätte ich gedacht, dass sie so dumm ist, heute hier aufzutauchen.«

Ben wunderte das überhaupt nicht. So war das Fräulein Milner nun mal: eigensinnig und in gewisser Weise geradezu lächerlich naiv. Anscheinend hatte Valli nichts dazugelernt. Wenigstens das hatte Ben sich für sie erhofft.

Wenigstens das.

Kroner leerte sein Glas und knallte es auf den Tisch. Hinter den Vorhängen sah er, dass gerade drei Streifenwagen vorfuhren. Die Show musste beginnen.

Nichtsdestotrotz.

***

Drei Stunden später gähnte Kroner laut und sah auf die Uhr. »Fassen wir das kurz zusammen.« Mit »wir« meinte er Ben, denn er selbst lehnte sich in seinem Stuhl zurück, schloss die Augen und verschränkte die Hände auf seinem Haupt. Es war Viertel nach elf, er war müde, und Kollegin Weissenbeck war eben aufgetaucht, um Kroner beim Überbringen der Todesnachricht, was für heute als letzte Amtshandlung noch auf dem Programm stand, moralisch zu unterstützen. Dass sie darauf so spät am Sonntag überhaupt keine Lust mehr hatte, sah man ihr an. Der Unmut spiegelte sich in gewohnter Weise auf dem Weissenbeck'schen Antlitz. Ungefiltert und ungeschönt, das schätzte Kroner an ihr. Er schmunzelte.

In den informativen Vorgesprächen hatte sich herausgestellt, dass von den zweiunddreißig anwesenden Gästen sechsundzwanzig auch an besagtem Dienstagabend hier gewesen waren, aber nur zwölf etwas gesehen beziehungsweise Konkretes zu berichten hatten. Dieses Dutzend war von den Streifenpolizisten belehrt worden, um schließlich zu Kroner und Ben zur Vernehmung in den Multimedia-Raum geschickt zu werden. Joschi Brenner hatte wie verlangt eine Liste für Kroner mitgebracht, und auf diesem Papier hatte der Erste Kriminalhauptkommissar immerhin gut die Hälfte der Personen abhaken können, die laut Brenner am Dienstagabend anwesend gewesen waren, als es zwischen Reisinger und Windisch zu Handgreiflichkeiten gekommen war. Der Besuch im Vereinsheim hatte sich also gelohnt, auch wenn die Aussagen nicht widersprüchlicher hätten sein können.

»Angeblich gab es bereits direkt nach dem gewonnenen Spiel am Dienstag eine recht heftige verbale Auseinandersetzung zwischen dem Trainer und Windisch. Beim Duschen.« Ben spielte eine entsprechende Stelle vom Tonträger ab. »Irgendeine alte Sache aus Jugendzeiten, genauer konnte oder wollte das aber niemand benennen, obwohl fünf Leute dabei waren. Ich schätze, da möchte keiner die Katze aus dem Sack lassen. Da müssen wir dranbleiben.«

Kroner brummte Zustimmung. »Passt mit dem zusammen, was der alte Simmerling gesagt hat.«

Daran hatte Ben auch schon gedacht. »Drei Personen behaupten, Windisch hätte ein bisschen geblutet, als er das Vereinsheim verlassen hat, andererseits würden acht bezeugen, dass er nicht den kleinsten Kratzer hatte. Einer kann überhaupt nichts dazu sagen.«

»Wann genau kam es zu dem Streit?«, fragte Kroner. Seine Augen waren noch immer geschlossen.

»So um Viertel nach elf. Zumindest darin waren sich alle einig.«

»Und gegangen ist Windisch um?«

»Erst zwischen Mitternacht und ein Uhr morgens. Genauer haben wir das leider nicht.«

»Und der Trainer? Reisinger?«

»Einige behaupten, er hätte direkt nach dem Streit das Lokal verlassen, andere glauben zu wissen, dass er mindestens noch ein oder zwei Stunden da war.«

Ein oder zwei Stunden? Na bravo! Das waren mal konkrete Angaben. Im Dampf von Siegestaumel und Alkoholkonsum beschlugen anscheinend nicht nur Fensterscheiben, sondern auch die Glaskörper des menschlichen Auges.

»Sechs der befragten Personen beschreiben Stefan Windisch als eine tragende Stütze des Erfolges«, fuhr Ben fort, »andere schildern ihn als disziplinlos und eigennützig. An Reisinger scheiden sich die Geister ebenfalls. Für die einen ist er eine Art Pep Guardiola, der den Verein retten wird, für die anderen jemand, auf den man sich nicht verlassen kann, jemand, der dem Sturm einmal zu oft den Rücken gekehrt hat. Sie beschreiben ihn als Luftikus, als einen, der sich aufspielt, der Stevie das Leben absichtlich schwer gemacht hat.«

Das alles hatte Ben auf Band, zusammen mit den jeweiligen Unterschriften der Zeugen auf dem dazugehörigen Formblatt. »Angeblich hätte der Reisinger den Windisch von Anfang an auf dem Kieker gehabt. Und anscheinend stand Windisch bei diesem Spiel am Dienstag nur deshalb in der Startelf, weil der Stammstürmer verletzt war.«

»Und dann knallt der vermeintliche Ersatz drei Dinger unter die Latte«, sagte Kroner. »Kein Wunder, dass danach die Kritik am Trainer groß ist.« Früher oder später war der Trainer sowieso immer der Depp, das hatte Kroner in einer anderen Zeit bereits am eigenen Leib erfahren müssen, aber bei den Hacklbergern war dies schon recht früh der Fall. Reisinger war gerade mal ein paar Wochen im Amt. »Ruf noch mal die Nummer an, die uns Reisingers Mutter gegeben hat. Von dieser Juli, seiner Freundin. Ich möchte jetzt ganz dringend ein paar Worte mit dem Hacklberger Pep wechseln.«

Bens Bemühungen blieben erfolglos. »Da nimmt niemand ab, und die Mailbox ist deaktiviert.« Er legte sein iPhone wieder auf den Tisch.

Das erinnerte Kroner an etwas. »Immer noch keine Spur von Stefan Windischs Handy?« Sie hatten weder im Haus noch im Auto ein Mobiltelefon gefunden.

»Nein. Vielleicht hat es ihm jemand gestohlen?«

»Möglich.« Klar.

»Valli gehört übrigens zu der Fraktion, die dem Toten gegenüber sehr reserviert geblieben ist, dafür hatte sie umso lobendere Worte für Reisinger.« Dass Valli Ahnung von Fußball hatte, wusste Ben längst, dass sie aber in der Szene als Bildreporterin mitmischte, war neu für ihn.

Kroner drückte mit Daumen und Mittelfinger seiner Rechten gegen die geschlossenen Lider. Während Vallis Vernehmung hatte er draußen gewartet, das hatte er nicht mitansehen können. Dabei war ein Haufen alten Frusts hochgekommen.

»Niemand von denen hat Windisch nach Mittwochabend gesehen.«

Kroner beugte sich nach vorn. Das war jetzt interessant. Hochinteressant sogar.

»Ein gewisser Andreas Schütz wollte am Mittwochabend bei Stevie Windisch auf ein Bier vorbeischauen, aber Windisch war zu diesem Zeitpunkt ›total dicht‹, so hat sich der Zeuge ausgedrückt, also ist er wieder gefahren. Das war um neunzehn Uhr dreißig. Ein anderer Spielerkollege, Roland Hasenkopf, hat mehrmals versucht, Windisch telefonisch zu erreichen, und ist dann am Freitag zum Haus gefahren. Es hat aber niemand aufgemacht.«

»Vermutlich hatte die Mutter Kontakt zu ihrem Sohn«, sagte Kroner, »das werden wir hoffentlich bald erfahren.«

»Auch andere haben versucht, Windisch zu erreichen, und alle fanden es komisch, dass sein Handy quasi stillgelegt war. Sonst war das wohl nie der Fall.«

»Vielleicht war er schon tot? Oder krank?«

Das bezweifelte Ben stark. »Die Livores ließen sich noch wegdrücken, also kann er definitiv nicht länger als sechsunddreißig Stunden tot gewesen sein.«

»Um neun Uhr hat die Nachbarin die Polizei verständigt«, Kroner rechnete, »also Todeseintritt frühestens am späten Freitagabend.«

»Das dürfte korrekt sein.«

»Wäre gut, wenn du morgen in der Runde die Aussagen von heute für die Kollegen kurz darstellen könntest. Damit alle im Bilde sind, falls wir es tatsächlich mit einem Tötungsdelikt zu tun haben.« Solange sie Fremdeinwirkung nicht ausschließen konnten, verblieb der Fall Windisch in ihrem Ressort.

Ben nickte, schob die unterschriebenen »Formblätter Zeugenvernehmung« zusammen und steckte sie in die Mappe, die ein Kollege eigens dafür mitgebracht hatte. Dann ließ er sich zurück auf die Bank fallen und gähnte. Doch seine Müdigkeit verflog, ehe sie sich richtig in ihm breitmachen konnte, denn draußen, im milchigen Laternenlicht vor dem »Anpfiff«, tat sich etwas. Ben kniff die Lider zusammen. War das Valli, die da gerade bei diesem Kerl, der sie vor ein paar Stunden ins Lokal geschleppt hatte, auf den Lenker von dessen Fahrrad kletterte?

Kroner, der endlich die Augen geöffnet hatte, folgte Bruhans Blick hinaus und schlug mit der Faust auf den Tisch. »Es ist stockdunkel. Das Mädel ist wohl lebensmüde!« Er packte Ben am Arm, zog ihn hoch und bellte: »Geh raus und fahr sie heim. Aber flott!«

6

Am Ende saß nicht nur Valli bei Ben im VW-Bus, sondern auch Joschi, der im Fonds des Multivans sein Rad festhielt, um die Sitze nicht zu versauen.

Valli hatte sich mit Händen und Füßen gegen diese »polizeiliche« Maßnahme gewehrt. Kroner hatte seine ganze Autorität als Beamter auffahren müssen, von allein hätte sie ihren niedlichen Hintern niemals auf den Beifahrersitz platziert. Jetzt herrschte eisige Stille. Ein Schweigen, das einem die Lungen austrocknete. Entsetzlich.

»Dahinten links und dann den Berg hoch.« Joschi steckte seinen Kopf zwischen die Vordersitze, sah von einem zum anderen. »Habe ich was verpasst, oder warum ist hier drin so dicke Luft?«

Schweigen.

Brenner tippte Valli auf die Schulter. »Willst du bei mir übernachten?«

Jetzt sah sich Ben doch nach Joschi um. Valli ebenfalls.

»Wir könnten die Ereignisse der vergangenen Nacht Revue passieren lassen«, sagte Brenner, begleitet vom Dauerzucken seiner Augenbrauen.

Valli musste lachen, obwohl ihr nicht danach zumute war. War Joschi Stevies Schicksal egal? Wohl kaum, er ließ nur niemanden wissen, wie es in ihm drin aussah. Die meisten Leute hielten ihn deshalb für einen oberflächlichen Lumpen, der nichts und niemanden ernst nahm. Valli kannte ihn mittlerweile etwas besser, sie hatte im letzten Dreivierteljahr viel Zeit mit ihm verbracht. Tief drinnen war Joschi ein feiner Kerl, ein äußerst sensibler Typ sogar, davon war sie überzeugt. Nur manchmal neigte er dazu, sich und sein direktes Umfeld in Schwierigkeiten zu bringen. Genau wie Valli. Wahrscheinlich verstanden sie sich deshalb so gut.

Ben trat auf die Bremse. »Wir sind da.«

Joschi öffnete die Schiebetür und sprang samt Rad hinaus. »Bei mir im Bett gefällt es dir sicher besser als bei diesem Schnösel im Bus. Dass du darüber überhaupt nachdenken musst.« Er schüttelte den Kopf, riss die Beifahrertür auf und küsste Valli mitten auf den Mund. »Wir sehen uns.«

Und hinfort schwand er.

Verwirrt wischte Valli mit dem Handrücken die Feuchtigkeit von ihren Lippen und zog die Tür wieder zu.

»Netter Typ«, sagte Ben beißend. »Passt zu dir.«

»Danke.« Valli drehte den Kopf weg, sah in die Dunkelheit hinaus. Sie hatte keine Lust auf ein Gespräch mit Ben, und Joschi hatte außerdem so was von recht. Bei ihm zu übernachten, wäre jetzt allemal angenehmer, als hier in diesem Bus mit Ben zu hocken – und der sah heute tatsächlich aus wie ein Schnösel. Anzug, Krawatte und die Frisur natürlich seinem Pendant Beckham nachempfunden. Fehlte nur noch, dass er sich identische Tattoos stechen ließ. Sonst trug Bruhan zwar auch teure, aber eher lässige Klamotten, vielleicht einen Tick zu lässig, wenn sie das jemandem zum Vorwurf machen konnte. So jedenfalls hatte Valli das in Erinnerung. Aber es war lange her, sehr lange, und vielleicht war Bens Wandlung ja das Werk der zurückgekehrten Ex.

You never know.

»Kroner dreht voll am Rad, weil du schon wieder in einen Fall verwickelt bist.«

»Ich bin nicht verwickelt. In gar nichts.«

Er sah sie von der Seite an. Ihre langen braunen Haare steckten in einem wirren Dutt auf dem Kopf, und sie trug das obligatorische Schlabbershirt mit noch schlabbrigeren Jogginghosen.

Abstoßend. Definitiv. Wie gut, dass daraus nichts geworden war. Ein Look wie ihrer war ein-, maximal zweimal süß, aber auf Dauer könnte er ihn nie ertragen. Oder?

»Hast du geheiratet?«

Häh? »Spinnst du?«

Sie sah ihn an, ihre schwarzen Augen musterten ihn von oben bis unten. »Was soll dann dieser Aufzug? Ist das die neue Amtsuniform für Arschgeigen?«

Ben lachte auf. »Ich dachte wirklich, dieses Stadium hätten wir hinter uns.« Sie benahm sich wie damals, als Markus sie einander vorgestellt hatte. Mit Vergnügen hatten sie sich gegenseitig die *banderillas* in den Nacken gestoßen, um den anderen zu reizen. Wie beim Stierkampf, wie bei der *corrida de toros*.

Valli schluckte, ihr stiegen Tränen in die Augen. *Auch das noch. So ein Mist!* Am liebsten hätte sie sich selbst geohrfeigt. Flennen war der Super-GAU, noch tausendmal schlimmer, als ständig rot zu werden. Und rot wurde Valli in Bens Gegenwart ohnehin viel zu oft. Heulen würde sie nicht. Niemals. Außerdem hätte sie gedacht, das alles läge längst hinter ihr. Pustekuchen, so wie sich das hier anfühlte.

»Ich wollte schon lange mal mit dir reden, wollte dir alles erklären. Ich weiß, dass –«

»Es gibt nichts zu reden, es ist alles gesagt.« *Wenn nur keine Träne über den Rand rollt. Mein Gott! Was für eine Scheiße.*

»Doch, gibt es. Ich habe versucht anzurufen, und geklingelt habe ich auch.«

»Ich war nicht da.«

War sie schon gewesen. Ben wusste es. Aber vielleicht half es, erst mal in etwas seichteren Gewässern zu dümpeln. »Wie geht's dir überhaupt nach dieser Geschichte von vor einem Jahr?« Zugegeben, so seicht war das auch wieder nicht.

»Gut. Kann nicht klagen.«

Von Markus wusste Ben, dass Valli immer noch Alpträume hatte, dass sie sogar in Behandlung war – genau wie er. »Mir hilft die Therapie.«

Überrascht wandte Valli den Kopf. Als sie vor einem Jahr diesem Wahnsinnigen in die Arme gelaufen und beinahe getötet worden war, hatte auch Ben eine schlimme Zeit durchgemacht. Bei ihm waren alle Sicherungen durchgebrannt. Seine kleine Schwester Zoe war von einem Mann missbraucht und getötet worden, als er noch ein Kind gewesen war. Nie hatte er darüber mit jemandem gesprochen, und dann war alles auf einmal über ihn hereingebrochen – ausgerechnet an diesem einen Tag. Um ein Haar hätte Ben einen Unschuldigen erschossen, er hatte die Realität nicht mehr von den Bildern in seinem Kopf trennen können und war hinterher drauf und dran gewesen, den Job zu schmeißen. Kroner hatte davon nichts hören wollen und hatte seinen Neuen stattdessen zu einer Therapie verdonnert. Nie hätte Valli es für möglich gehalten, dass Ben jemals zugeben würde, dass ihm das Couchgequatsche, wie er es mal genannt hatte, half. Zu Therapeuten und Psychologen hatte Ben ein zwiespältiges Verhältnis – nicht ohne Grund.

»Ich habe sogar meine Eltern angerufen.« Er lächelte.

Das überraschte sie noch mehr.

»Sie kommen mich besuchen. Am Wochenende.«

»Das ist gut.« Vallis Stimme funktionierte irgendwie nicht richtig, klang brüchig. »Das freut mich für dich.«

»Vielleicht könntest du auch kommen? Markus wird da sein. Zumindest am Sonntagabend. Ich versuche zu kochen.«

»Ich? Warum? Nein.«

»Ich habe ihnen von dir erzählt, dass du mich ermutigt hast, die Therapie zu machen, und so.«

Es war ihm peinlich, Valli merkte es natürlich. Ben sprach nicht gern über seine eigenen Unzulänglichkeiten – typisch Mann eben –, aber anscheinend verstand der Therapeut sein Handwerk. »Da müsstest du schon eher Kroner einladen.«

»Der hat keine Zeit.«

Da war das Fräulein Milner baff.

»Sie kommen am Samstagabend und müssen am Montag wieder abreisen. Ich wäre echt froh, wenn –«

»Das geht nicht, ich muss mit meiner Diplomarbeit vorankommen.« Und das war nicht mal gelogen. Der Abgabetermin rückte näher und näher.

»Klar.« Ben nickte. »Markus hat mir erzählt, dass du die Prüfungen im Wintersemester nachholen durftest, weil deine Mutter alle Hebel in Bewegung gesetzt hat. Ausnahmsweise.«

»Ausnahmsweise. Ja.« Valli musste lächeln. Joja, ihre Mutter, war ein Messie. Keiner von der ganz schlimmen Sorte, aber nichtsdestotrotz ein Messie. Normalerweise brachte sie nichts auf die Reihe, normalerweise musste Valli alles in die Hand nehmen. Aber in diesem Fall hatte Joja alle überrascht und dafür gesorgt, dass Valli die Diplomprüfungen nachschreiben durfte, die sie aufgrund der Vorfälle vor einem Jahr versäumt hatte. Sie hatte Gespräche geführt, Termine gemacht und Atteste besorgt.

»Wo schreibst du deine Diplomarbeit?«

»Uniklinik Regensburg, Abteilung für forensische Psychiatrie.«

»Welches Thema?« *Gesprächig ist sie ja nicht gerade.*

Valli druckste rum. Der Stoff war ihr nicht einfach zugeflogen, sie hatte ihn sich gezielt ausgesucht, auch weil es ein bereits verurteilter Täter mit guter Prognose gewesen war, der Bens Schwester ermordet hatte. Und Ben würde den Zusammenhang erkennen, wenn sie jetzt davon anfing, das wusste sie.

»Sag schon.«

Also raus damit. »Verlässlichkeit forensischer Prognosegutachten bei Gewalt- und Sexualstraftätern.«

Er fuhr rechts ran. »Ernsthaft?«

Sie nickte.

Nun war es Ben, der an einem riesigen Brocken im Hals zu schlucken hatte, der gefühlte tausend Mal versuchte, etwas zu sagen.

Auch Valli fiel nichts ein. Lange. Irgendwie peinlich. »Ich konnte nicht aufhören, daran zu denken.«

Er nahm ihre Hand, drückte sie. Ganz kurz nur.

Vallis Herz klopfte dennoch viel zu laut. »Mein Prof ist nicht gerade von mir begeistert, er hat schon dreimal meine Mutter angerufen, weil er sich Sorgen macht, dass ich die Arbeit versemmle. Wenn der wüsste, dass er da bei meiner Mom an der völlig falschen Adresse ist.«

Ben lachte. Er hätte Vallis Mutter gerne mal wiedergesehen. »Du wirst dich doch nicht einmischen?«

Natürlich sprach er von dem neuen Fall, das war Valli sonnenklar. »Glaubst du, ich bin blöd?«

»Ja.«

Ein Lachen entwischte ihrer Kehle. »Stimmt. Fast hätte ich vergessen, was du von mir hältst.«

»Deshalb würde ich dich gerne zum Essen einladen. Um dir die Leviten zu lesen.« Der Satz quoll aus Bens Mund, ehe er richtig nachdenken konnte – normalerweise eher Vallis Spezialressort. Ein Restaurantbesuch mit ihr wäre ganz sicher kein Vergnügen, und er müsste das Lokal sorgfältig wählen, weil er sich nicht darauf verlassen konnte, dass sie anständig angezogen auftauchen würde.

»Dinnerpartys sind nicht so mein Ding. Müsstest du eigentlich wissen. Aber vielleicht nehmen Joschi und ich dich und Markus mal mit, um euch als freie Athleten einzuführen. Wie wäre das?«

Freie Athleten? Er hatte keine Ahnung, wovon sie sprach, und auf Joschis Gesellschaft legte Ben nicht den geringsten Wert, der Piraten-Casanova konnte ihm gestohlen bleiben. »Gern. Wann und wo?«

»Ich sag Markus Bescheid. Deine Freundin kannst du auch mitbringen, wenn du willst.« *Mann!* Valli ärgerte sich. Warum nur sagte sie immer so einen Scheiß. *Das Püppchen soll zu Hause bleiben. Verdammt!*

»Vielleicht.« Ben startete den VW-Bus und reihte sich wieder in den Verkehr ein. Schweigend fuhren sie über die Marienbrücke, dann den Maria-Hilf-Berg hinauf bis zum Brunnhäuslweg. Von der Straße aus waren es nur noch ein paar Schritte bis zum Anwesen der Kroners, in dessen Hinterhof das Milner'sche Hexenhaus stand.

Valli stieg aus.

Sie weiß es nicht, Markus hat nichts gesagt.

Ben verabschiedete sich und fuhr weiter.

7

»Danke, Frau Kaiser, Sie haben uns sehr geholfen«, sagte Kroner laut. »Wir würden jetzt gerne allein mit Frau Windisch sprechen.«

Das passte der Kaiser Erni allerdings überhaupt nicht. Präpotent blieb die alte Schachtel in ihrem abgewetzten Ohrensessel hocken. »Des is ja wohl immer noch mein Haus!«

In der Tat. Kollege Hüttinger hatte die Kaiserin am Nachmittag eine halbe Stunde anschreien müssen, ehe die verstanden hatte, dass sie Stevies Mutter zu sich ins Haus bitten solle, sobald diese heimkäme, und dann sofort den Herrn Kroner auf dem Handy anrufen müsse.

So geschehen vor gut zehn Minuten, aber jetzt präsentierte ihnen die Alte eine gepfefferte Rechnung für ihr Entgegenkommen. Sie wollte dabei sein und zuhören, auch wenn sie eh nix verstand. Zudem musste die Windisch auch noch hier übernachten, weil sie ins eigene Haus ja nicht durfte. Doch Leo war nicht zimperlich, war sie nie. Kroners Kollegin packte die alten Knochen und beförderte sie ins Nebenzimmer.

Kroner setzte sich. Anneliese Windisch saß ihm gegenüber am Küchentisch, die Augen rot vor Kummer, Massen von Schminke verschmiert, ein Stofftaschentuch in der Hand. Letzteres hatte ihr garantiert die Kaiserin kredenzt. »Tut mir sehr leid, Frau Windisch.«

Stevies Mutter nickte, wischte sich mit dem alten *Schneizhodan* Tränen und Farbe aus den Augenwinkeln. »Morgen wäre er dreißig geworden, morgen hätte mein Stefan Geburtstag gehabt.«

Keine noch so klug gewählten Worte konnten das Leid eines solchen Verlustes lindern, das hatte Kroner der Job gelehrt, aber sie waren nicht hergekommen, um zu schweigen.

Und Leo legte auch prompt los. »Da der Notarzt keine natürliche Todesursache feststellen konnte, liegt es an uns, zu klären, woran Ihr Sohn gestorben ist. Deshalb möchte ich Ihnen einige Fragen stellen. Schaffen Sie das?«

Stevies Mutter nickte.

»Hatten Sie in den letzten Tagen Kontakt zu Ihrem Sohn? Haben Sie telefoniert?«

Anneliese Windisch schüttelte den Kopf. »Wir waren ja nur ein paar Tage weg, und Stevie ist erwachsen …« Sie drückte ihr Gesicht ins Taschentuch.

»Wer ist wir, Frau Windisch?«

»Ich und Michael, Stevies Bruder.«

Der Scheibenwischer-Bruder? Kroner hütete sich nachzufragen.

»Haben Sie irgendeine Ahnung, woran Ihr Sohn gestorben sein könnte?«, fuhr Leo fort. »War er in letzter Zeit anders als sonst, hat sich sein Umgang geändert? Auch Gedanken, die Ihnen im Moment völlig abwegig erscheinen, können uns eventuell weiterhelfen.«

Unter Tränen sah Stevies Mutter auf. »Er ist erfroren, sagt die Erni. Im Suff, das hätten ihr die Polizisten so erklärt.«

So ein Schmarrn! Kroner wäre am liebsten ins Nebenzimmer

marschiert und hätte den »kaiserlichen« Knochensack mal so richtig durchgeschüttelt. Niemand hatte hier irgendetwas erklärt, und schon gar keine Todesursache.

Herrschaftszeiten!

Leo blieb die Ruhe in Person, ließ sich nichts anmerken. »Glauben Sie denn, das wäre möglich? Erfroren im Suff? Am ersten Juni? Trinkt Ihr Sohn häufig und über die Maßen?« All das passte natürlich erstens zu der Aussage von Andreas Schütz, der Windisch am Mittwochabend angeblich volltrunken angetroffen hatte, und zweitens dazu, dass Stevie fast nackt auf der Hollywoodschaukel gelegen hatte – bei Temperaturen, die eher in den Februar oder März passten als in den Juni.

Die Windisch sortierte ihre toupierten schwarzen Haare, zupfte an ihrem knallengen pinken Oberteil herum. »Das müssten doch eigentlich Sie mir sagen, ob man im Juni erfrieren kann, und wenn mein Stefan mal ein Bier trinkt, dann heißt das noch lange nicht –«

Leo packte Anneliese Windisch am Handgelenk, zwang sie, sich zu konzentrieren. »War Ihr Sohn krank? Ein chronisches Leiden, etwas Akutes, eine unheilbare Krankheit?«

»Mein Stefan war nicht krank, und er war schon gar kein Alkoholiker, was ihm manche ja gerne andichten. Glauben Sie das bloß nicht, wenn Ihnen das einer weismachen will.«

Kroner schwieg und bestückte seinen Hirnschrank mit der Information. Da die Windisch so empfindlich auf die Erwähnung von Stevies Alkoholkonsum reagierte, war davon auszugehen, dass die Trinkgewohnheiten des Sohnes nicht unproblematisch waren. Aber am eigenen Erbrochenen erstickt war er nicht, so viel stand fest. Davon hatte der Notarzt nichts gesagt.

Während Leo nun die Familienverhältnisse abfragte, hatte Kroner ausreichend Zeit, Frau Anneliese zu scannen. Sie war erschüttert über den Tod ihres Sohnes. Verständlich. Sie heulte sich die Augen aus dem Kopf, aber, und das ließ Kroners Ermittlerinstinkt aufhorchen, sie schien jederzeit bereit für den Gegenangriff. Etwas loderte dicht unter der Oberfläche. Nur was? Außerdem befremdete Kroner Anneliese Windischs Aussehen. Eine vierundsechzigjährige Frau, die sich anzog wie eine

Zwanzigjährige und dermaßen viel Schminke im Gesicht hatte, dass nicht mehr erkennbar war, ob sie eher dem skandinavischen oder dem südländischen Typ entsprach. Dazu – das Schlimmste überhaupt! – ausgerupfte Brauen, die durch einen dünnen, schwarz aufgemalten Strich ersetzt worden waren.

Abartig!

»Wann haben Sie ihn zuletzt gesehen?«, wollte Leo wissen.

»Das war am Dienstag, nachdem er das Spiel für den Sturm gewonnen hat. Kurz nach dem Schlusspfiff.«

Nachdem er das Spiel für den Sturm gewonnen hat? Kroner horchte auf.

»Ich war so stolz auf den Buben, und jetzt ist er …«

»Und Sie haben wirklich nichts von Ihrem Sohn gehört? In der Zwischenzeit?«, hakte Leo nach.

Sie schluchzte auf. »Wäre ich doch nur zu Hause geblieben, vielleicht würde er dann noch leben.«

Das mochte durchaus stimmen. Kroner erhob sich. Er wollte diese Befragung nicht künstlich in die Länge ziehen, die Mutter des Toten nicht mehr Stress als nötig aussetzen.

»Wissen Sie, wo Stefans Handy ist?«, fragte Leo.

Anneliese Windisch hob überrascht den Kopf. »Wieso?«

»Die Spurensicherung hat keines gefunden. Er hatte doch ein Handy, oder?«

»Natürlich! Und normalerweise …«

Legte er es kaum aus der Hand. Wie so viele junge Leute. Leo lächelte wissend.

Ratlos sah Windischs Mutter die Beamten an. »Vielleicht wurde es gestohlen? Vielleicht hat jemand bei uns einge …«

»Nach aktuellem Kenntnisstand nicht, Frau Windisch. Wenn das Telefon noch auftaucht, wären wir Ihnen jedenfalls dankbar, wenn Sie uns gleich Bescheid geben könnten. Ja?«

»Natürlich.«

Kroner reichte ihr die Hand. »Sobald wir das Ergebnis aus der Rechtsmedizin haben, melden wir uns bei Ihnen.«

»Haben Sie jemanden, der sich um Sie kümmern kann?«, fragte Leo. »Verwandte, Freunde, irgendwer?«

Die Windisch schüttelte den Kopf. »Mein anderer Sohn ist

in München bei meiner Schwester, und mein Mann ist letzten Herbst überraschend verstorben.«

»Sollen wir einen Arzt rufen? Er könnte Ihnen etwas zur Beruhigung geben.«

Ein Sedativ schadete nach dem Empfang solcher Hiobsbotschaften meist nicht, da war Kroner ganz Leos Meinung. Aber eine Sache interessierte ihn jetzt doch noch. »Frau Windisch, Ihr Sohn hatte Verletzungen im Gesicht, die sehr wahrscheinlich von einer tätlichen Auseinandersetzung herrührten. Wissen Sie etwas darüber?«

»Wie bitte?« Anneliese sprang vom Tisch auf. »Jemand hat meinen Stefan geschlagen? Wer?«

Kroner beobachtete, wie im Gesicht der Frau alles durcheinandergeriet. »Wir haben mit einigen Leuten gesprochen, die am Dienstag nach dem Spiel Zeugen eines Streites zwischen Ihrem Sohn und dem neuen Spielertrainer wurden. Es steht bislang nicht fest, wer –«

»Der Reisinger?«, kreischte die Windisch hysterisch auf. »Schon wieder.«

Schon wieder? In Kroners Kopf reihte sich Fragezeichen an Fragezeichen. Auch Leo sah ihn verdutzt an.

»Diese Drecksau!« Trotz all der Schminke wurde Anneliese Windischs Gesicht puterrot. »Der Reisinger hat meinen Buben umgebracht, stimmt's? Der Reisinger war's!«

War es so? Nach allem, was Kroner bislang gehört und gesehen hatte, war das nur eine von vielen möglichen Varianten. Es gab eine ganze Reihe von Ungereimtheiten, denen sie nachgehen mussten.

Inzwischen rannte die arme Frau in der Küche auf und ab und ließ sich durch nichts von Leo beruhigen, ganz im Gegenteil. Sie wurde immer wütender, immer aufgebrachter, stieß Dutzende unflätige Namen aus, bis sie viel zu hektisch zu atmen begann und kein Wort mehr herausbrachte, obwohl sie ständig den Schnabel aufriss, um genau das zu tun.

»Sie hyperventiliert«, konstatierte Leo und zog einen Hundekotbeutel aus ihrer Jackentasche, um ihn Stevies Mutter vor die Nase zu halten. »Ruf mal besser einen Arzt, Hannes.«

Kroner parierte und sah indes zu, wie Kollegin Weissenbeck versuchte, die Windisch dazu zu bringen, in den Beutel zu atmen. Hoffentlich war das Köttelding noch jungfräulich. Leo traute er in dieser Hinsicht alles zu.

Es dauerte sieben Minuten, bis der Krankenwagen eintraf. Anneliese Windisch hechelte mittlerweile brav in Leos braune Plastiktüte, obschon ihre Augen nach wie vor rollten wie die eines Pferdes, das gerade in Panik ausbricht.

Grauslich.

Als Stevies Mutter endlich sediert war, atmete Kroner erleichtert auf. Wenigstens ein Mensch, der heute Nacht gut schlafen würde.

Fünf Tage zuvor

Den entscheidenden Treffer drückt der genial aufspielende Windisch nach guter Flanke von Brenner per Kopf ein. Drei Tore in sieben Minuten, ein Hattrick, der seinesgleichen sucht. Doch wie ist es dazu gekommen, dass eine Granate wie Windisch seit nunmehr fünf Pflichtspielen auf der Bank sitzt?

Die Antwort liegt auf der Hand. Windisch passt nicht in das taktische Konzept von Spielertrainer Reisinger. Der Angreifer arbeite zu wenig nach hinten mit, bliebe bei Ballverlust einfach stehen. Darüber hinaus wirft ihm Reisinger Disziplinlosigkeit, ja sogar Rebellion vor. Der Mann wiegle die ganze Mannschaft auf.

Stimmt das? Wollen wir das glauben?

Macht man sich einmal die Mühe, hinter den Vorhang des rein Sportlichen zu blicken, so blüht dort eine gänzlich andere Blume. Die Blume des Neides, die Blume alter Feindschaft, die Blume verletzter Eitelkeiten.

Eine Blume, die von Tag zu Tag hässlichere Blüten treibt.

Kein Wunder also, dass Windisch seinem Trainer nach dem Abpfiff den Handschlag verweigert, kein Wunder, dass die Zuschauer Reisinger mit Schmährufen überziehen.

»Hau ab, du Sau! Wir brauchen dich nicht. Jede Hausfrau hat mehr Ahnung von Fußball als du. Geh zurück, wo du hergekommen bist, bei de Schanen *is wurscht, da kannst wenigstens nix verkehrt macha!«*

Sind die kritischen Zuschauer im Recht?

Kann man es der Mutter verübeln, dass sie nach dem Spiel vor Reisinger ausspuckt? Kann man das?

Wohl kaum.

Es ist das Schicksal aller Trainer,
früher oder später mit Tomaten beworfen zu werden.
Dino Zoff, ehemaliger italienischer Nationaltrainer

Montag, 2. Juni

1

»Himmelherrschaftszeiten! Hier geht's ja zu wie im ›Haslinger Hof‹.« Kroners Brauen zuckten – ein sicheres Zeichen dafür, dass ihn gerade *der Grant* übermannte. »Macht einer das Radio aus, aber flott!«

Kollege Paulus eilte dienstbeflissen zum Kabuffradio, legte seine Wurstfinger ans Knöpfchen, verweigerte jedoch die Befehlsausführung. »Gleich, Kroner, ich wart noch auf –«

Ehe er weiterreden konnte, raunte die Stimme einer jungen Frau, die sich jedes männliche Wesen im knappsten Krankenschwestern-Outfit vorstellen musste, durch den Nachhall von Gabaliers »I sing a Liad für di«: »Grüner Tee ist so etwas wie ein Zaubertrunk für den Stoffwechsel. Der Biostoff in den Blättern steigert die Fettverbrennung. Zwei bis vier Tassen pro Tag lassen fünf Pfund Bauchfett in zwölf Monaten schmelzen. Einfach so, ohne Sport oder Diät.«

»Die Top-Schlankmacher von ›Bild der Frau‹. Interessant, oder?« Paulus nickte in Kroners Richtung, strich über die Kugel unterhalb seines Dreifachkinns. »Die Ilse meint, ich müsst abnehmen. Weiß auch nicht, was die wieder hat.«

Kollege Kutscher bohrte Paulus den Zeigefinger in die Wampe. »Da kannst du am Tag fünf Liter Grüntee saufen, ich geb dir Brief und Siegel drauf, dass da nix schmelzen wird. Du hast einen Gasbauch, kein Schwarterl. Und ohne Sport geht sowieso gar nichts.«

Kroner schnaufte durch, umfasste heimlich das eigene Speckröllchen. Längst hatte er sich vorgenommen, diesem den Garaus zu machen – aber vornehmen allein half halt nichts.

»Jetz is fix, i bleib blaad!« Paulus drehte die Lautstärke hoch,

anstatt auszuschalten. Er liebte den volkstümlichen Schlager im Allgemeinen und Helene Fischer, deren glöckchengleiche Stimme gerade das Schwesternuniform-Häschen mit ihrem Grünteeschmarrn abgelöst hatte, im Besonderen.

Kutscher wandte sich lachend um. »Damit wäre besiegelt, dass Paulus für immer um die Mitte herum geschwollen bleibt«, sagte er zu Ben, den gebürtigen Bonner, der für die verbale bayerische Ursprünglichkeit im Team ab und an noch eine Übersetzung brauchte. »Und der ›Haslinger Hof‹ ist ein Etablissement in Bad Füssing, das man am ehesten mit Speeddating auf Bayerisch umschreiben könnte. Da findet jeder noch so verschlampte Topf einen Deckel; da wird sowieso nur einmal aufgekocht.« Er überlegte. »In Passau gibt es da kaum was Vergleichbares, höchstens ›Bienenkorb‹ oder ›Bachl's Kerzenstube‹ in Kellberg – etliche Nummern kleiner allerdings.«

»Da solltest du unbedingt mal hinfahren, Kroner«, empfahl Paulus und wiegte seinen Astralkörper im Takt zu »Atemlos, schwindelfrei, großes Kino für uns zwei«. »Wie lang ist die Giulia jetzt schon tot?«

Kroner schnappte nach Luft, verschluckte sich an der eigenen Spucke, bekam einen Hustenanfall. Bruhan musste ihm erst auf den Rücken klopfen, ehe er wieder ein Wort herausbrachte. »Schluss jetzt mit dem Schmarrn!« Er fuhr sich mit beiden Händen durch die drahtigen Haare. Foxterrier-Art, so hatte Giulia das immer genannt. Seine Frau.

Dreizehn Jahre. Fast auf den Tag genau.

»Wir sind unzertrennlich, irgendwie unsterblich …«

Von wegen unsterblich! Kroner musste sich höchstpersönlich zum Radio begeben, um die Fischerin abzuwürgen, schüttelte dann die Schwermut aus seinem Fell und pflanzte sich auf seinen angestammten Tisch im Kabuff – dem K1-Besprechungsraum. »Also, was hat die Rechtsmedizin in Sachen Stefan Windisch für uns auf Lager, Bruhan?«

Die versammelte Mannschaft vom Kommissariat für Leib und Leben nahm endlich die Plätze ein und lauschte.

Ben räusperte sich. Da der Termin für die Leichenöffnung kurzfristig auf neun Uhr vorverlegt worden war, hatte Leo es in der Morgenrunde übernommen, die Kollegen auf den aktuellen Stand zu bringen. Jetzt warteten alle gespannt darauf, endlich zu erfahren, ob der Fall Windisch tatsächlich im K1 verbleiben würde oder nicht.

Professor Kammerlocher hatte die Obduktion selbst durchgeführt, und dieses Mal hatte Ben die Nasenklammer genommen, die ihm der Sektionsassistent anbot. Vor einem Jahr, bei den Ermittlungen zum Milchgassenmord, war er zuletzt in der Rechtsmedizin München gewesen und wäre ohne »Geruchsstopper« beinahe *vom Stangerl gefallen*, so jedenfalls hätten das die Passauer Kollegen ausgedrückt.

»Die Verletzungen im Gesicht und der Nasenbeinbruch waren zwar schwerwiegend, aber weder primär noch sekundär todesursächlich. Stevie Windisch ist einem Hirntod infolge eines Hirnödems erlegen.«

»Und was heißt das jetzt für uns?«, wollte Ömer Arslan, in Deutschland geborener Türke und EDV-Spezialist der Truppe mit derbster bayerischer Aussprache, sogleich wissen.

»Das heißt, dass wir das toxikologische Gutachten abwarten müssen. Die Leber des Toten sah nämlich nicht gerade gut aus. Gelb, verfettet, zerfallen. Möglicherweise durch langjährigen übermäßigen Alkoholkonsum.«

Kroner strich sich mit Mittelfinger und Daumen seiner Linken über die wilden Brauen. Sollte es also tatsächlich wahr sein, dass Stefan Windisch ein notorischer Säufer gewesen war? Ein Fußballer, der in der Landesliga immerhin erst vor wenigen Tagen drei Tore gemacht hatte? Aber konnte man eine solche Leistung bringen, wenn ein so wichtiges Organ wie die Leber derart in Mitleidenschaft gezogen war?

»Laut Kammerlocher gibt es eine ganze Reihe von möglichen Ursachen für ein Hirnödem, aber –«

»Welche?«, fragte Kollegin Maurer dazwischen und blinkerte Ben unter sorgfältig getuschten Wimpern herzallerliebst an. Die ganze Versammlung wusste, dass das Fräulein Tina am Kollegen Bruhan einen Narren gefressen hatte, auch wenn der werte Freund nur ein paar Türen weiter beim K3 hinter seinem Schreibtisch saß.

»Schlaganfall, Meningitis, Enzephalitis oder Toxoplasmose können Gehirnschwellungen verursachen. Hirntumor oder Höhenkrankheit scheiden aus, und auch ein Schädel-Hirn-Trauma kommt kaum in Frage, dafür waren die Verletzungen im Gesicht wahrscheinlich nicht schwerwiegend genug, und sonst gab es keine Verletzungen in der Kopfregion.«

»Und weiter?« Tom Reischl, einer der älteren Kollegen, rutschte ungeduldig auf seinem Stuhl hin und her.

»Ein Verlust der Leberleistung kann ebenfalls Ursache eines Hirnödems sein.«

Kroner stand auf und öffnete das Fenster. »Hat sich der Kammerlocher zu einer Annahme hinreißen lassen?«

»Ja, hat er.« Der Professor war Kauz und Koryphäe in Personalunion – eine Begegnung mit ihm immer ein Kuriosum. Ben hielt viel von ihm. »Er tippt auf Medikamentenmissbrauch, wobei es rein medizinisch dafür noch keine Anhaltspunkte gibt, dazu müssen wir den Befund –«

»Aus der Toxikologie abwarten«, maulte Ligeia, der Kollege mit griechischen Wurzeln. »Wir haben's schon kapiert, Bruhan.«

Leo dachte wie immer pragmatisch. »Fremdeinwirkung oder nicht? Bleibt das unser Fall?«

Ben hob die Schultern, ließ sie fallen. »Natürlich habe ich danach gefragt, aber der Professor wollte sich nicht festnageln lassen. Möglich wäre beides, vorausgesetzt, dass wir es tatsächlich mit überdosierter Einnahme von Medikamenten zu tun haben.«

»Alkohol scheidet aus?«, wollte Paulus wissen.

»Bleibt eine Option, ist aber eher unwahrscheinlich. Die Alkoholkonzentration im Blut erfahren wir ebenfalls erst mit dem –«

»Toxikologischen Gutachten!«, riefen Paulus, Ligeia und Arslan im Chor.

»Und wann bekommen wir dieses vermaledeite Gutachten?« Kroner kannte die üblichen Bearbeitungszeiten, wobei es immer auch darauf ankam, wie viel Kundschaft bei der Rechtsmedizin in München gerade auf den Stahltischen lag.

»Vielleicht morgen, wahrscheinlich erst übermorgen.«

»Und der Todeszeitpunkt?«

»Liegt irgendwo zwischen Samstagabend und Sonntag kurz nach Mitternacht.«

Kroner wäre es lieber gewesen, wenn Bruhan mit seinen Erkenntnissen endlich Klarheit geschaffen hätte. So mussten sie vom höherwertigen Delikt ausgehen und möglicherweise einen Haufen Arbeit umsonst machen. Aber auch für das Gespräch mit Sebastian Reisinger und seiner Freundin Juli, die seit gut einer Stunde im Nebenzimmer darauf warteten, dass endlich jemand mit ihnen sprach, half das alles herzlich wenig. »Nun gut«, sagte er deshalb missmutig. »Bruhan und ich werden mit diesem Reisinger reden. Bin gespannt, was der zu der angeblichen Schlägerei und dem Gerede von der alten Feindschaft zu sagen hat. Leo, du klopfst das familiäre Umfeld der Windischs ab. Ach ja, und könntest du vorher noch diesem Daniel Allgeier auf den Zahn fühlen, der wartet auch schon länger.«

Kroner überflog seine Notizen. »Paulus, du durchleuchtest das Leben und Wirken der Reisingers. Ganz besonders interessiert mich, warum der alte Simmerling so schlecht auf unseren Berufsstand zu sprechen ist. Außerdem sollte jemand noch mal zu dieser schwerhörigen Nachbarin fahren, vielleicht ist ihr in den letzten Tagen doch etwas aufgefallen.«

»Das mach ich, Chef«, meldete sich Karl Schlegel, der aufgrund seines fortgeschritteneren Alters gerne die ruhigeren Jobs übernahm. Ob er sich da in der Kaiserin mal nicht täuschte?

»Die übrigen Leute von Brenners Liste müssen angefahren oder einbestellt werden. Die Verletzungen in Stefan Windischs Gesicht passen ja immer noch nicht mit dem zusammen, was die Zeugen uns erzählt haben. Das halbe Gesicht des Toten war zermatscht, er muss geblutet haben wie Sau, nachdem Reisinger im Vereinsheim auf ihn losgegangen ist, ansonsten liegt nahe, dass es zu weiterer Gewalteinwirkung gekommen ist, nachdem er das ›Anpfiff‹ verlassen hat.« Kroner sah in Kutschers und Waffenschmidts Richtung. Die beiden waren enge Freunde und arbeiteten gerne und gut zusammen.

Und irgendjemand musste es übernehmen, der Mutter des Toten die neuesten Erkenntnisse zu unterbreiten. Immerhin hatte die seit dem frühen Morgen im Halbstundentakt angerufen und wünschte, endlich zu erfahren, woran ihr Bubi nun tatsächlich gestorben war.

Nur zu verständlich, aber damit konnte Kroner nicht dienen. Noch nicht.

2

Der Farbton des schäbigen grauen Kapuzenpullis hob sich kaum von Sebastian Reisingers Haut ab, und die eigenwillige Bartkreation, die Kinn und Oberlippe schmückte, hatte sicher auch schon bessere Tage gesehen. Der Mann sah schlecht aus, befand Ben, trotzdem konnte er sich nicht entscheiden, ob er dessen Erscheinungsbild in die Kategorie lässig oder abgefuckt stecken sollte. War wohl eine Mischung aus beidem – irgendwie.

»Das stimmt alles«, gab Reisinger gerade zu und streifte endlich die Kapuze in den Nacken. »Ich hab dem Stevie eine reingehauen. Er hatte es verdient, und ich würd's wieder tun. Also …«

Dem Herrn Spielertrainer ging wohl gerade ein Licht auf, dass so eine Reinhau-Wiederholung nicht ohne Weiteres möglich war – bei einem Toten.

»Warum haben Sie ihm eine verpasst?« Heute stellte Ben die Fragen.

Bascht zog nun auch die Wollmütze ab und fuhr sich mit beiden Händen durch die halblangen Haare. »Ich hätte ihn anzeigen können, aber soll er doch machen, was er will.«

Der macht gar nichts mehr!, wollte Ben ihn am liebsten erinnern, ließ es aber bleiben. Stefan Windisch war tot, und dieser Scheißer vor ihm spuckte partout nicht aus, was er zu sagen hatte. Vorhin schon war das ein Riesentamtam gewesen, als seine Freundin Juli in ein anderes Zimmer gebracht worden war, weil ja nicht auszuschließen war, dass Bascht, der momentan nur als Zeuge befragt wurde, im Laufe des Gesprächs in die Beschuldigtenrolle wechseln würde.

»Warum hätten Sie Windisch anzeigen können?«

»Seit ich beim Sturm das Traineramt übernommen habe,

postet er auf Facebook dumme Kommentare und Fotos von mir. Der Mann hat eintausendvierhundertzweiunddreißig virtuelle Freunde. Ein paar Likes und geteilte Inhalte und ganz Passau spricht von diesem Scheiß.«

Hatte! Der Mann hatte! Baschts Ignoranz hinsichtlich Windischs Dahinscheiden ging Ben allmählich auf die Nerven. Trotzdem war Cybermobbing ein Problem, klar. Vielen Menschen war überhaupt nicht bewusst, dass sie sich damit strafbar machten.

»Sehen Sie sich seine Chronik bei Facebook an, dann wissen Sie, wovon wir hier reden.«

Ben erweckte den Rechner aus dem Halbschlaf, klickte sich bis zu besagtem sozialen Netzwerk durch und tippte Stefan Windisch ins Suchfenster ein.

»Besser, Sie probieren es mit ›Stevie Sturm‹, so nennt er sich. Genial, oder?« Reisinger lachte abfällig.

Kroner stand inzwischen hinter Ben, gemeinsam starrten sie auf den Bildschirm. Bascht, so wie Gott ihn erschaffen hatte, blickte ihnen entgegen. Nackt. Ein fetter Pfeil wies auf seine empfindlichsten, zwar geschwärzten Teile, aber das machte die Worte darunter kaum besser: »Matschei-Reisinger is back!«

Matschei? Ben und Kroner sahen einander an.

»Ich bin selbst nicht auf Facebook, deshalb habe ich zuerst gar nichts davon mitbekommen. Joschi war der Einzige, der die Eier hatte, mir das zu zeigen. Das war vor ein paar Tagen.«

Der die Eier hatte, wie passend!

Ben und Kroner scrollten sich durch Stevie Sturms frühere Posts. Immerhin trug Reisinger auf den älteren Fotos Kleidung am Leib, aber die Kommentare waren durch die Bank absolut geschmacklos.

»Über sein dummes Gelaber habe ich nur gelacht, darauf habe ich nicht reagiert. Als er dann aber dieses letzte Foto in die Welt pusten musste, hat es mir gereicht.«

Ben fand das absolut nachvollziehbar. Intime Fotos anderer Leute online zu stellen, fiel in den Bereich der Verletzung höchstpersönlicher Lebensbereiche nach Paragraf 201a Strafgesetzbuch. Auch das Recht am eigenen Bild würde hier sicher greifen. »Und dann haben Sie ihn zusammengeschlagen?«

»Korrekt.« Bascht verschränkte die Arme vor der Brust.

Kroner fläzte sich wieder in seinen Freischwinger-Stuhl. »Warum hat Windisch das gemacht?«

Bascht lachte auf. »Der gute Stevie Sturm hat einen Knall. Ich habe keine Ahnung, was in seinem kranken Hirn vorgeht. Wahrscheinlich ist er schizophren oder sonst was. Auf jeden Fall tickt er nicht ganz richtig.«

Wären Windischs Gesichtsverletzungen todesursächlich gewesen, würde Ben Baschts Status spätestens jetzt von Zeuge zu Beschuldigtem »upgraden«. Aber so? »Einige Leute aus dem Sturm-Umfeld behaupten ja, dass es schon nach dem Spiel gegen Hauzenberg in der Kabine Ärger zwischen Ihnen und Windisch gegeben hat. Stimmt das?«

»Und wie das stimmt! Er hat mich beim Duschen fotografiert. Ich wollte, dass er das Foto löscht.«

»Hat er aber nicht.« Ben zeigte auf den Bildschirm.

»Nein.«

»Und später im Vereinsheim haben Sie mitbekommen, dass er das Foto gepostet hat. Ist das richtig?«

Reisinger nickte.

»Von wem haben Sie's erfahren?«

»Vom Alf. Der wollte mich provozieren.«

***

Alfs Kopf war kahl geschoren, seine Arme von den Handgelenken bis hinauf zu den Ellbogen tätowiert. Totenköpfe und Rosen, Stacheldraht und heraldische Kreuze – sinnfrei, aber bunt.

»Der Stevie hat das mit dem Foto nicht böse gemeint, der wollte nur Spaß machen.«

Nur Spaß machen? Das war fast so dämlich wie der Spruch so manches Hundehalters, wenn dessen leinenloser Mastiff kurz davor ist, sein Gebiss im Fleisch des Spaziergängerbeins zu versenken. *Der tut nix. Niemals!*

Ben und Kroner standen inzwischen bei Leo im Vernehmungszimmer, um Daniel Allgeier auf den Zahn zu fühlen. Reisinger hatte zuletzt doch noch sehr konkrete Angaben zu

Uhrzeiten und zur Schwere der Verletzungen gemacht, die er Windisch zugefügt hatte. Das alles wollten sie jetzt überprüfen.

»Wann kam es zu der Schlägerei im Vereinsheim?«, fragte Ben.

»Ich habe nicht auf die Uhr gesehen, aber …« Alf dachte nach, legte angestrengt die Stirn in Falten. »Muss so um elf gewesen sein. Rein gefühlsmäßig.«

Kroner notierte das neben Baschts Angabe. Eine Abweichung von gut einer halben Stunde war nicht allzu viel.

»Windisch war verletzt«, fuhr Ben fort. »Beschreiben Sie uns doch bitte kurz die Art der Verletzungen.«

Allgeier winkte ab. »Das war fast nichts. Der Stevie ist eine harte Sau, der kann einstecken. Vielleicht eine aufgeplatzte Lippe, mehr nicht.«

»Wo standen Sie, als Stevie verletzt wurde?«

»Direkt neben ihm.«

»Haben Sie ihm geholfen?«

»War nicht notwendig. Der kommt alleine klar. Sorry. Kam.«

»Und Sie sind absolut sicher, dass es sich nur um ein harmloses Gerangel und einen kleinen Kratzer handelte?«

»Absolut.«

»Blut?«

Alf zögerte. »Höchstens ein bisschen. Da.« Er wischte mit dem Zeigefinger über den rechten Mundwinkel.

Kroner schmerzte allmählich die Hand. Wort um Wort krakelte er in sein schwarzes Notizbüchlein, obwohl das Aufnahmegerät mitlief. Reisinger hatte vorhin behauptet, er hätte Windisch Punkt dreiundzwanzig Uhr die Faust ins Gesicht gedroschen und dabei die Nase knacken hören. Das Blut hätte nur so gespritzt. Die Polizei könne das gerne nachprüfen, es gäbe davon sicher Spuren auf T-Shirt und Hose. Oder vielleicht auch nicht, denn die versauten Klamotten hatte er gleich, als er zu Hause war, in die Wachmaschine gesteckt.

»Und wann hat Reisinger das ›Anpfiff‹ verlassen?« Ben stellte die Fragen wie vereinbart schön der Reihe nach.

»Schätze mal, das war eine Stunde später, also so um Mitternacht.«

Abermals wurde eine Abweichung notiert: fünf Minuten.

»Und wann ist Stevie gegangen?«

»Ich bin um halb eins weg, da hat er sich noch einen Cuba Libre bestellt. Also sicher nicht vor ein Uhr.«

Aha. Vielleicht doch die Alkohol-Variante? Ben sah Kroner fragend an. Eigentlich hatten sie alles durch. »Warum Matschei-Reisinger?«

Alf gab sich amüsiert. »Keine Ahnung. Irgendeine uralte Sache, davon weiß ich nichts.«

Und auch Juli Quendler, Baschts Freundin, wusste nicht, was es damit auf sich hatte. »So lange kennen wir uns auch wieder nicht«, meinte sie auf Bens Nachfrage hin.

Aber zum Schwangerwerden hat's gereicht, hätte Kroner da gerne retourniert.

Bei Stevie Sturms wundersamem Facebook-Verlauf fiel das Fräulein Quendler allerdings fast um, da musste Ben sie eine Zeit lang stützen, und Kroner sah sich schon zwischen Blut und Fruchtwasser ein käseschmieriges Neugeborenes in Empfang nehmen.

Viermal musste doch reichen, Herrgott!

Bei allen vier Söhnen war er dabei gewesen. Manchmal träumte er heute noch davon, und es waren keine angenehmen Träume.

Garantiert nicht.

Aber nach längerem Durchschnaufen beruhigte sich Baschts Freundin wieder, die Gefahr einer Sturzgeburt war abgewendet, und die werdende Mutter offenbarte den Kommissaren, dass sie nicht wusste, wann Sebastian Reisinger zu ihr ins Bett geschlüpft war. In der Früh wäre er halt neben ihr gelegen.

Tja. Somit stand fest: Juli Quendler wusste vom Vater ihres Kindes herzlich wenig, und entweder log Bascht oder Alf der Polizei ins Gesicht.

Vielleicht auch beide.

3

Anneliese Windisch präsentierte sich heute ungeschminkt. Beinahe hätte Kroner die Hände vor die Augen geschlagen, als er sie so sah.

Heilige Maria, Muttergottes!

Gleich nach dem Gespräch mit Daniel Allgeier hatte er seine Mannschaft in den verdienten Feierabend geschickt, selbst *seine sieben Zwetschgen* zusammengepackt und war nach Hacklberg gefahren, um dem Leid, das sicherlich hinter den vielen Anrufen der hinterbliebenen Mutter steckte, Tribut zu zollen.

Wenigstens war die Kaiserin ausgeflogen, er konnte also ungestört mit Stevies Mutter reden.

»Wir wissen leider noch nicht, woran Ihr Sohn gestorben ist, das wird noch –«

»Aber ich weiß es!«, kreischte Anneliese Windisch in Verteidigung ihrer mutterrechtlichen Prinzipien, als hätten sich die Stimmen der Furien Alekto, Megaira und Tisiphone in ihr vereint.

Der Erste Kriminalhauptkommissar zuckte zusammen, duckte sich wie ein Hund, der Schläge erwartet.

»Die Erni hat mir gesagt, was die Polizei … was Sie vor mir verheimlichen wollten.«

Was lief denn jetzt für ein Film?

»Die Erni sagt, das Gesicht von meim Buben hätt fürchterlich ausgesehen. Die Erni sagt, jemand hätt ihn erschlagen!«

Wow! Gestern noch im Suff erfroren, heute schon erschlagen? Das nannte Kroner mal eine rasante Entwicklung. Fast hätte er darüber gelacht, aber ihm graute davor, was die Erni morgen halluzinieren würde.

»Sie haben es gestern selbst gesagt und der Ranner auch und der Matzeder, und bei Alf habe ich auch angerufen. Alle sagen sie das Gleiche. Der Reisinger, die Drecksau, hat meinen Stefan so zugerichtet. Der ist schuld, dass mein Bub tot ist!«

Jetzt schwirrte Kroner endgültig der Kopf. Hätte er doch nur Leo mitgenommen, die verstand sich hervorragend darauf, in solchen Situationen für Ruhe zu sorgen – zwar mit der Holzhammermethode, aber immerhin.

Bumm!

»Sie müssen den Reisinger festnehmen! Die Mördersau gehört hinter Gitter.«

Mördersau? »Jetzt beruhigen Sie sich mal, Frau Windisch, wir –«

Doch Anneliese Windischs Zeigefinger bohrte sich anklagend in Kroners Schulter. »Einen Scheißdreck werde ich. Mein Bub ist tot. Warum soll ich mich da beruhigen? Noch dazu, wenn die Polizei den Mörder frei herumlaufen lässt. Eine Schand ist das!«

»Frau Windisch, wenn Sie nicht gleich mit diesem Schmarrn aufhören, dann muss ich meine Kollegen –«

Sie lachte schrill. »Nur zu, Herr Kommissar. Nehmen Sie mich fest, tun Sie sich keinen Zwang an, dann wird die ganze Welt erfahren, wie dilettantisch die Passauer Kriminalpolizei arbeitet.«

Kroner seufzte. Am liebsten hätte er der Frau den Kotbeutel von gestern über den Kopf gestülpt – nur mit Inhalt diesmal, mit ganz viel Inhalt sogar. Dass Hinterbliebene manchmal austickten, dafür hatte er wirklich Verständnis, aber das hier ging zu weit – viel zu weit!

»Wenn Sie nichts tun, dann kümmer ich mich selbst darum, da können Sie Gift drauf nehmen! Die Mördersau, die bring ich um, und daran sind dann Sie allein schuld.«

Jetzt dreht die total durch. Kreizsakrament!

»Die Drogensache wollte der Reisinger damals auch meinem Stefan anhängen.«

Welche Drogensache?

»Die Polizei hat den Bascht mit dem Zeug erwischt, aber der brauchte ja nur behaupten, es wären Stefans Drogen, und schon haben ihn die Bullen laufen lassen.«

»Wovon sprechen –«

»Damals schon hätt man diesen Verbrecher einkassieren müssen. So einer gehört für immer weggesperrt, dann würde mein Stefan jetzt noch leben.«

Endlich brach die Windisch am Küchentisch zusammen. Kroner dankte dem Herrgott im Himmel dafür, versuchte erst gar nicht, nochmals an die viel zitierte Vernunft zu appellieren, sondern wählte die Nummer des Kriseninterventionsteams. Durch das Küchenfenster sah er, dass die Kaiser Erni auf die Einfahrt zuwackelte. In jeder Hand eine Blumendekor-Henkeltasche, vollgepackt bis oben hin, schleppte sie sich über die Betonsteine. Kroner eilte in den Flur, öffnete ihr die Tür. Nie hätte er für möglich gehalten, dass er sich so darüber freuen könnte, diese *Ratschkathl* zu sehen.

»Kümmern Sie sich ein bisschen«, bat er und nickte in Richtung Küchentür. »Der Anneliese geht es schlecht … Es kommt gleich jemand … Ich muss jetzt leider weg.«

Ernis Blick streifte Kroner mit solcher Geringschätzung, dass er rot anlief wie ein Schulbub. Grußlos drückte sie ihm ihren Einkauf in die Hände. »Der Stevie könnt noch leben, wenn die Gendarmen ihre Hausaufgaben machen täten«, bemerkte sie despektierlich, und ihre trüben alten Augen bohrten sich tief in Kroners Seele.

Daraufhin stellte der Erste Kriminaler Passaus der Kaiserin ihren Einkauf ab und ergriff die Flucht.

Endlich in Freiheit, ließ Kroner seinen Dienstwagen stehen und ging den Hubertusweg entlang. Von dieser Odyssee musste er sich erst einmal erholen. Todesdrohungen von der Mutter gegen den vermeintlichen Mörder des Sohnes! Musste er das ernst nehmen? Eher unwahrscheinlich, dass die Frau tatsächlich zur Tat schritt, aber falls doch …

Himmelherrschaftszeiten.

Es stand doch überhaupt nicht fest, dass Reisinger oder sonst irgendjemand bei Stefan Windischs Tod nachgeholfen hatte. Wieso konnte Anneliese Windisch nicht abwarten, warum glaubte sie dieser alten Schachtel mehr als ihm? Und ob sich die Drogensache so zugetragen hatte, wie die Windisch das darstellte, das würde er nachprüfen, ganz sicher würde er das. Bestimmt lag hier der Ursprung des Grolles, den der alte Simmerling gegen die Polizei hegte. Darauf würde Kroner glatt sein gesamtes Vermögen verwetten.

Sogar, dass Reisinger so unverblümt und freiheraus zugab,

seinem Wunderstürmer die Nase zermatscht zu haben, störte Kroner, wenn er jetzt so darüber nachdachte. Logischer wäre es doch gewesen, wenn Bascht die Rauferei gegenüber der Polizei verharmlost, das Ganze herunterspielt hätte, um glimpflich aus der Sache herauszukommen. Der konnte nämlich nicht wissen, dass Windisch eben nicht an diesen Verletzungen gestorben war. Bislang war nicht nach außen gedrungen, wann Stevie genau hinübergeschlummert war, und erst der doch recht große zeitliche Abstand zwischen Schlägerei Dienstagnacht und Todeseintritt Samstagnacht machte das auch für Außenstehende unwahrscheinlich. Stefan Windisch könnte genauso gut bereits seit Mittwoch tot gewesen sein – außer Schütz gab es bislang niemanden, der ihn nach Mittwochabend noch lebend gesehen hatte. Und dennoch konnten Tod und Schlägerei zusammenhängen. Es war zum Haareraufen!

Kroner blieb stehen, sah sich um. In Hacklberg kannte er sich nicht allzu gut aus. Er wohnte in der Innstadt, auf der gegenüberliegenden Seite von Passau – Donau, Inn und die Altstadt lagen dazwischen. Bis auf seltene Besuche im Stadion kam er kaum in diese Gegend, aber seinem Gefühl nach musste die Werkstatt vom Simmerling hier irgendwo sein.

Kroner ging eine steile Betontreppe hinunter, traf auf einen Kiesweg. Das ehemals apricotfarbene Haus am Hang mit den Rundumbalkonen hatte schon bessere Tage gesehen, wirkte heruntergekommen und unbewohnt, aber am Ende des Schotterweges lag tatsächlich das Anwesen von Reisingers Großvater. Aus der Werkstatt tönte ein leises Sirren bis zu Kroner herüber.

Zwischen dem Haus der Windischs und Baschts Heim lagen also keine fünf Minuten Fußmarsch. Ob das wohl eine Rolle spielte?

Kroner ging in die entgegengesetzte Richtung weiter, passierte mehrere Anwesen, bog ein paarmal ab und stand plötzlich in einem Buchenwäldchen direkt hinter den Häusern. Ein kleiner Pfad führte leicht bergab. Linker Hand plätscherte Wasser, Efeu rankte, Kroner atmete tief durch, entspannte sich. Ein idyllisches Fleckchen Erde, dachte er gerade, als er die Blechdächer und den Zaun sah.

Laubenhäuschen! Schrebergarten! Nicht schon wieder.

Im Umfeld eines solchen war Valli letztes Jahr fast umgebracht worden. Kroner stolperte vorwärts, wollte nicht mehr daran denken, und auf einmal stand er auf dem Parkplatz des Hacklberger Fußballwunders. Höchstens acht Minuten zu Fuß von Reisingers Bleibe und maximal zehn oder zwölf von den Windischs entfernt. Kroner runzelte die Stirn. Da taten sich ungeahnte Möglichkeiten auf, da klopfte sein Ermittlerherz.

Er sah sich genauer um. Zum letzten Gartenhaus vor dem Parkplatz gehörte ein kleiner Weiher, die schmalen, verzweigten Wege rund um das Holzhäuschen waren mühevoll mit Naturstein eingefasst worden. Außerdem gab es einen Grillplatz und eine Art umlaufende Veranda, auf der man es sich an lauen Abenden gemütlich machen konnte – schön versteckt im Wald und unbemerkt vom Rest der Welt.

Kroner zückte sein Handy, fotografierte. Falls Reisinger log und Windisch die Verletzungen im Gesicht tatsächlich erst beigebracht worden waren, nachdem er das Vereinsheim verlassen hatte, dann bestand durchaus die Möglichkeit, dass der Herr dieses Lauben-Domizils etwas mitbekommen hatte. Bislang hatte die Kripo nur in der direkten Nachbarschaft der Windischs nachgefragt – nicht hier. Das würde Kroner gleich morgen früh ändern.

***

Zur selben Zeit durchschnitt Leo mit ihrem Autoschlüssel das amtliche Siegel an der Eingangstür des Windisch-Hauses. Sie wollte sich doch noch einmal am Fundort umsehen, und Ben hatte sich spontan entschieden, sie zu begleiten.

Frau Hauptkommissarin ging voraus – das tat sie gerne –, setzte sehr langsam Fuß vor Fuß und drehte dabei den Kopf samt blonden Ponyfransen von links nach rechts und wieder zurück – immer wieder. Ben sprang das Bild der neueren Version von RoboCop, der seine Umgebung scannte, ins Hirn. *»No threat«*, würde das superschlaue Visier des Helmes jetzt mitteilen. »Keine Gefahr!« Die Enttäuschung des Jahres, dieser Kinofilm.

»Mehrere offene Chipstüten, volle Aschenbecher, ungelesene Zeitungen und ungeöffnete Briefe.« Inzwischen stand Leo breitbeinig in der Küche und scannte weiter, was das Zeug hielt. »Kleidung auf dem Boden, Kleidung auf Stühlen und«, sie stieß ihren Zeigefinger in kurzen Abständen in alle möglichen Richtungen und zählte dabei, »zwölf offene Bierflaschen, die nicht annähernd ausgetrunken wurden. Das stinkt zum Himmel. In Bayern gehört die Verschwendung des Gerstensaftes definitiv zu den Todsünden.«

Ben war das gestern auch aufgefallen, hatte sich aber keinen Reim darauf machen können. »Vielleicht hatte er Gäste?«

»Und denen spendiert er erst einen halben Kasten Bier und schmeißt sie dann raus, bevor sie ausgetrunken haben?«

»Streit?«

»Möglich.« Leo öffnete den Kühlschrank. »Da schau her!«

Ben blickte ihr über die Schulter. »Die Kollegen haben das gestern alles schon fotografiert und dokumentiert. Wie es aussieht, hat Windischs Mutter vorgekocht, die verschiedenen Mahlzeiten in mikrowellenfeste Gefäße gefüllt und jedes fein säuberlich beschriftet.« Die Rindsroulade mit Spätzle für Mittwoch und das Chili für Donnerstag standen im normalen Kühlfach. Kartoffelsuppe, Thunfischauflauf und Risotto, die Mahlzeiten für Freitag bis Sonntag, im Gefrierfach. Das Dienstagsmenü lag in der Spüle. Außerdem hing ein Zettel an der Kühlschranktür, welche Beilagen und Salate zu welchem Menü passten und wo diese zu finden waren.

»Wie alt war der Tote gleich noch mal?«, fragte Leo.

»Heute wäre er dreißig geworden.«

»Würde dir deine Mutter für fünf Tage vorkochen?«

»Niemals!« Ben war im gleichen Alter wie der Tote, aber seine Mutter kochte schon seit ewigen Zeiten nicht mehr für ihn. Wie auch? Er hatte sie seit über zehn Jahren nicht gesehen.

»Das ist nicht normal«, konstatierte Leo und zog den Deckel vom Züngerl ab. Sie verzog das Gesicht. »Riecht nicht mehr ganz so gut, aber bis auf ein Stück Knödel und etwas Soße hat er alles aufgegessen.«

Ben hoffte insgeheim, dass das »Saure Lüngerl« nicht das war, wonach es sich anhörte. Die Bayern verleibten sich – das wusste er inzwischen – ja allerhand Abscheulichkeiten ein: Saukopf, Hirn, Blutwürste, gebratene Leber, Schweineherz. Und jetzt auch noch Lunge?

Unfassbar!

»Von der Rindsroulade und den Spätzle hat er ungefähr die Hälfte gegessen.« Leo las das am Fettrand der Schüssel ab. Sie nahm das Donnerstagsmenü und hob auch von diesem den Deckel an. »Davon hat er gar nichts mehr angerührt.« Sie hielt Ben das tiefgefrorene Chili unter die Nase. »So ein dreißigjähriger Kerl müsste das doch wegputzen wie nix.«

»Es sei denn, er war krank. Es sei denn, es ging ihm schlecht. Es sei denn, er hat auswärts gegessen oder hatte den Einheitsfraß der Mutter satt.« Es gab so viele Möglichkeiten, so viele banale Erklärungen.

»Einheitsfraß trifft es nicht ganz. Die Frau Mama hat sich mit Verlaub ordentlich Mühe gegeben, um es dem Sohn recht zu machen.«

»Trotzdem.«

Leo ignorierte Bens Einwand. »Denken wir einen Schritt weiter. Am Dienstag hat es diesem Stefan Windisch also noch gemundet, am Mittwoch nicht mehr ganz so gut, und ab Donnerstag hat er keinen Bissen mehr hinuntergebracht? Sogar das Bier hat ihm nicht mehr geschmeckt.«

»Aber das konnte oder wollte er nicht glauben, also hat er sich immer wieder eine frische Halbe aufgemacht?«

Leo grinste. »Könnte doch sein, oder?«

Ben blieb skeptisch und glaubte eher an die Besucher-Variante. Er warf einen Blick in die Speisekammer, öffnete das hellbeige lackierte uralte Medizinschränkchen mit dem roten Kreuz vornedrauf. »Schau mal, Leo.«

Kollegin Weissenbeck riss die Augen auf. »Da hat aber mal jemand auf Vorrat eingekauft. Respekt!«

»Aspirin und Tramal in rauen Mengen.« Ben zählte von jeder Sorte mindestens fünf bis zehn volle Schachteln. »Sichergestellt hat die Spusi aber ein anderes Schmerzmittel. Davon steckte eine fast leere Packung in der Hosentasche des Toten. Wie hieß das Zeug gleich noch?«

Leo kratzte sich am Kopf, schüttelte das Blondhaar. Sie hatte das Sicherstellungsverzeichnis der Spurensicherung nur überflogen. »Keine Ahnung.«

Ben lag der Name auf der Zunge, er zermarterte sich das Hirn.

»Eine Tante von mir war abhängig von Tramadol. Schlimme Sache. Es wundert mich ehrlich gesagt, dass man davon so viel anhäufen kann. Der Wirkstoff müsste doch rezeptpflichtig sein.« Leo nahm eine der Arzneimittelschachteln in die Hand. »Tramal 500 long. Komisch.«

»Über das Internet bekommt man heutzutage fast alles«, sagte Ben.

»Nur weiß man am Ende nicht genau, was wirklich drin ist.«

Damit hatte Leo sicher recht. »Der Hausarzt hätte doch erwähnt, wenn er in letzter Zeit ein Tramal-Rezept für Stefan Windisch ausgestellt hätte. Ein starkes Schmerzmittel bekommt man nicht einfach so, da muss eine Erkrankung vorliegen, aber davon hat dieser Dr. Stibli nichts gesagt.«

»Dann schluckt das wohl die Mutter. Nachfragen sollten wir auf jeden Fall.«

Da war Ben ganz Leos Meinung. Sie gingen die Treppe hinauf ins Zimmer des Toten. »Fällt dir etwas auf?«, fragte er.

Leo überlegte kurz. »Im ganzen Haus sieht es aus, als hätte dieser junge Mann alles stehen und liegen lassen, die Mülleimer sind leer, weil der ganze Dreck auf Boden und Tischen verstreut ist, aber hier ist es geradezu steril?«

»Ganz genau.«

Leo beugte sich über das Kopfkissen und schnupperte an der FC-Bayern-Bettwäsche. »Riecht absolut frisch.«

FC-Bayern-Bettwäsche! Ben fand das lächerlich. »Hat er sein Zimmer selbst aufgeräumt?«

»Oder hat die Mutter das vor ihrer Abreise erledigt?«

»Was aber heißen würde, dass Stefan Windisch seit Dienstag nicht in seinem Bett geschlafen hätte.«

Leo klatschte in die Hände. »Also gut, wie sieht das Zimmer der Mutter aus? Wie das des Bruders?«

»Aufgeräumt. Genau wie das hier.«

»Vielleicht hat Windisch woanders übernachtet. Eine amouröse Liebschaft, von der niemand – nicht mal die Mutter – wusste. Könnte doch sein.«

Ja, könnte sein. »Weißt du, was mich noch stört?«

Leo sah ihn erwartungsvoll an.

»Hast du die Fernseher gesehen?« Ein Monsterteil stand im Wohnzimmer, ein noch geileres hier in Stevies Zimmer. Außerdem gab es kleinere Geräte im Schlafzimmer der Mutter und in dem des Bruders. Gleich zwei Laptops lagen auf dem Fensterbrett, ein Computer stand auf dem Schreibtisch. »Teurer Elektronikkram, wohin man schaut. Alles vom Feinsten, aber sonst ist die Ausstattung des Hauses eher unterdurchschnittlich, um nicht zu sagen: ärmlich.«

»Auf ein gehobenes Wohnambiente legt Familie Windisch wahrscheinlich einfach keinen Wert«, mutmaßte Leo.

»Möglich.«

»Habt ihr den Boliden in der Garage gesehen? Ist auf unseren Toten zugelassen.«

Leo und Ben fuhren herum.

Kroner stand in der Zimmertür, beide Hände in den Hosentaschen versenkt. »Doch kein Feierabend?«

»Nein, ich wollte –«

Der Chef ignorierte Leos Einwurf. »Soviel ich weiß, war Stefan Windisch Lackierer in Schalding. Wie hat das der Spielerkollege gestern Abend doch so treffend ausgedrückt? ›Das macht ihm die Birne hohl?‹«

»Stimmt«, meinte Ben, »der Schütz hat das gesagt.«

»Stevie ist also Lackierer, Anneliese Windisch geht putzen, der verstorbene Vater war Gelegenheitsarbeiter. Woher kommt dann bittschön das Geld für ein Audi Sportcoupé?«

»Klingt nach krummen Geschäften, wenn du mich fragst.« Leo quetschte sich an Kroner vorbei, wollte das Rennwägelchen mit eigenen Augen sehen.

»Meines Erachtens wäre es sinnvoll, die Aussagen der Windisch zu überprüfen«, wandte sich Kroner an Ben. »Die Kollegen in München sollen der Schwester einen Besuch abstatten. Eine knappe Sachverhaltsschilderung zusammen mit dem Abdruck der Zeugenaussage der Windisch sollte eigentlich reichen, damit die Münchner im Bilde sind.«

»Klar«, sagte Ben, »mach ich gleich morgen früh.«

Kroner wackelte mit dem Haupt. »Besser heute noch.«

So viel zum Thema Feierabend. Ben seufzte.

Sechs Tage zuvor

»Ich hab dir den Arsch gerettet, Reisinger, also sag schön Danke, wie sich das gehört.«

»Halt einfach die Fresse, Windisch, tu mir den Gefallen. Du hast gut gespielt, du hast drei Tore gemacht, aber der Sieg geht nicht allein auf deine Kappe.«

»Auf deine etwa?« Stevies Lachen hallt von den Kacheln wider. Er geht einen Schritt auf Reisinger zu, der mit dem Rücken zu ihm steht und sich den Shampooschaum von seinen Haaren streicht. »Wann kommt das Balg eigentlich zur Welt?«

Reisinger dreht sich um. »Was interessiert dich das?«

Stevie drückt eine Portion Duschgel, groß wie ein Tümpel, in seine Linke, reibt die Hände aneinander, bis es schäumt. »Ich hätte ja ein Problem damit, wenn meine Freundin mir ein Kind unterjubeln würde.«

Bascht erstarrt. Seine Hände beginnen zu zittern.

»Mir wird schon schlecht, wenn ich nur daran denke, dass ein anderer sein Ding in meine Freundin …«, macht Stevie weiter.

Bascht ballt die Fäuste, beißt die Zähne zusammen. »Was redest du für einen Scheiß?«

»Um ehrlich zu sein, fühle ich mich ein bisschen schuldig, weil ich es ja war, der dir damals …«

In den Gesichtern der anderen Spieler erkennt Bascht die Neugier, sieht er deren Mitleid. Langsam dreht er sich um, wendet diesem Arschloch den Rücken zu. Jedes Wort wäre verschwendet. Jedes einzelne Wort. Eiskaltes Wasser läuft über sein Gesicht.

»Na, fällt dir dazu nichts ein, Mister Taktikfuchs? Weil du weißt, dass sie alle Bescheid wissen? Jeder von ihnen?« Windisch kommt noch einen Schritt näher, steht jetzt direkt hinter Bascht und rammt diesem unvermittelt einen Ellbogen in den Rücken, stößt ihn gegen die gekachelte Wand und umfasst von hinten das, worum sich in diesem Streit alles dreht. »Damit kannst du gar kein Kind zeugen. Da drin ist nur noch Matsch, Reisinger! Matsch! Sonst nichts.«

Der Trainer hat gesagt, wir haben verloren,
weil wir keine Eier haben.
Mats Hummels, deutscher Nationalspieler

Dienstag, 3. Juni

1

Das Potpourri aus Farben, Formen und Stilen hatte Kroner noch nie am »Café Stephan's Dom« gemocht. Die neobarocke Einrichtung direkt neben dem altehrwürdigen Passauer Dom rief bei ihm eher eine Assoziation mit dem »Moulin Rouge« als dem Glanz höfischen Lebens früherer Jahrhunderte hervor. Na ja. An Pink und Schwarz schieden sich eben die Geister – vor allem Kroners.

An der angrenzenden Pralinenmanufaktur konnte er dagegen nie vorbeigehen, da kaufte er immer ein kleines Tüterl von den Sissi-Prosecco-Rosentrüffeln, und auch die allseits *fingerdapperfreie* Vitrine mit den speichelflussfördernden Torten hier im Café löste bei ihm Kaufzwang aus. Dazu ein Haferl Braunen, serviert im Bodum-Brüher, und die Kampfansage gegen die Kroner'schen Speckröllchen war vollends vergessen.

Staatsanwältin Dr. Dorothee Michels hingegen aß nie Kuchen, trank immer nur einen Cappuccino mit mordsmäßig viel Crema. Sie hatte das Etablissement gewählt, weil es so günstig direkt neben ihrem Büro am Domplatz lag. Doch trotz aller Enthaltsamkeit saß auch ihr eine wachsende Schicht Fett auf den Hüften – gut verteilt zwar und dank der überwältigenden Oberweite wenig bemerkt, aber dennoch vorhanden.

Kroner liebte Frau Doktors Melonen, versank in schwachen Momenten in deren Pracht. Die Michels – natürlicherweise seit Ende des Brustwachstums an die abschweifenden Blicke der Herrenwelt gewöhnt – scherte sich nie darum. Auch heute nicht. Sie lächelte Bruhan seit einer gefühlten Ewigkeit an wie ein junges Mädel seinen Reitlehrer. Etwas, das sie mit sonst niemandem tat, etwas, das Kroner wirklich ärgerte. Er selbst fand sich für sein Alter zwar nicht überdurchschnittlich attraktiv, aber doch ganz gut in Schuss, und diese Staatsanwältin konnte doch wohl nicht ernsthaft glauben, dass sie bei einem Jungspund wie Ben noch einen Stich machen konnte. Nicht mal der Kollegin Maurer räumte Kroner ernsthafte Chancen ein, und die war nicht nur ausgesprochen fesch, sondern auch mindestens fünfzehn Jahre jünger.

Du meine Güte!

»Es gibt also neue Erkenntnisse im Fall Windisch?«, wandte sich Frau Dr. Michels an ihren Ersten Kriminalhauptkommissar. Ihr Mund verwandelte sich in Sekundenbruchteilen von einem volllippigen Schwung zum dünnen Strich.

»Allerdings.« Sonst kam Kroner gut mit Madame Staatsanwältin aus, aber die Ungleichverteilung ihrer Sympathien wurmte ihn über die Maßen.

»Na, dann mal raus damit!«

Ben übernahm das Update, und sofort setzte Frau Doktor ihr verklärtes Lächeln wieder auf. Kroner verdrehte die Augen, lehnte sich zurück und hörte zu. Wenigstens hier auf dem Sonnendeck des »Stephans«, direkt am Glockenturm, blieb er von Pink und Schwarz verschont. Sein Blick ritt mit den Wellen über den vorbeifließenden Inn. Das beruhigte. Vorerst.

»Das toxikologische Gutachten liegt vor.«

Dorothee Michels unterbrach ihr Dauerlächeln, um am Cappuccino zu nippen, ihr gelackter Zeigefinger erlaubte Bruhan jedoch fortzufahren.

»Stefan Windischs Alkoholkonzentration im Blut war null, er starb an einer überdosierten Einnahme von Paracetamol.«

»Paracetamol? Sind das nicht diese Kinderzäpfchen?«

Ben nickte. »Im Prinzip, ja, aber der Wirkstoff steckt auch in vielen Schmerzmitteln für Erwachsene.«

»Also Suizid?«

»Möglich. Allerdings spricht nach unserem Erkenntnisstand nichts dafür.« Einen Abschiedsbrief hatten sie jedenfalls nicht gefunden. »Und eigentlich ist Paracetamol auch nicht das geeignete Mittel dafür.«

»Medikamentenmissbrauch?«

Kroner legte die Hände auf sein Haupt, allmählich machte ihn das Reiten auf den Wellen schwindlig.

Ben schob Dr. Michels den Ausdruck des Gutachtens über den Tisch. »Der Tote hatte eine Schachtel Benuron 1000 bei sich. Der Blister war bis auf zwei Tabletten leer. Das würde also passen.«

»Und acht Tabletten sind eine tödliche Dosis?«

»Nicht zwingend. Professor Kammerlocher sagte am Telefon, dass die letale Dosis bei etwa zehn Gramm Paracetamol und mehr liegt, allerdings hatte er schon Patienten, die zwanzig Gramm überlebt haben, und welche, die bereits an sieben gestorben sind. Das kommt immer auch auf die körperliche Konstitution an und darauf, ob das Antidot frühzeitig, also innerhalb von zehn Stunden, verabreicht wird.«

»Ein Antidot hat ihm niemand vergönnt«, warf Kroner ein und wechselte von Wellenansicht zurück zu Melonenwunder.

»Die Packungsgröße, die Windisch bei sich trug, ergäbe zwar exakt zehn Gramm«, fuhr Ben fort, »aber sie war – wie bereits erwähnt – nicht leer, und die Spurensicherung hat auch keine weiteren angebrochenen oder leeren Benuron-Packungen im Müll oder im Haus gefunden.«

»Er kann das Medikament außerhalb des häuslichen Umfelds eingenommen und eventuelle Überreste der Verpackung entsorgt haben.«

»Das wäre selbstverständlich möglich.«

»Ist Benuron ein Kombipräparat?«, wollte die Michels wissen.

»Nein. Benuron enthält ausschließlich den Wirkstoff Paracetamol, was aber nicht abhängig macht.«

»Dann vielleicht einfach zu laxer Umgang mit Schmerzmitteln?«

»Sehr wahrscheinlich.«

»Wie viel von diesem Wirkstoff konnte Professor Dr. Kammerlocher nachweisen?«

»Gar nichts.«

»Wie bitte?« Die Michels zupfte verwirrt an ihrer mausgrauen Bluse. »Aber Sie sagten doch –«

»Paracetamol ist nur drei bis vier Tage im Körper nachweisbar.

Danach fällt bei der toxikologischen Untersuchung lediglich ein Abbauprodukt auf, das sich an das Bluteiweiß dranhängt. Von diesem Abbauprodukt gab es jedoch reichlich in Stefan Windischs Blut. Was wiederum bedeutet, dass die überdosierte Einnahme mindestens drei oder vier Tage vor Eintritt des Todes erfolgt sein muss.«

Genau wie bei der Michels jetzt hatten auch in Kroners Augen überdimensionale Fragezeichen geblinkt, als er davon zum ersten Mal gehört hatte. Und die Michels kam zu exakt der gleichen Schlussfolgerung. »Die Einnahme von Paracetamol erfolgte demnach bereits am Montag oder Dienstag, spätestens jedoch am Mittwoch?«

Bruhan nickte. »Die Experten aus der Toxikologie tendieren zu Dienstagnacht.«

»Und damit liegen die Einnahme der letalen Dosis und die Handgreiflichkeiten zwischen Windisch und Reisinger zeitlich auf einmal ganz nah beieinander«, ergänzte Kroner und rieb sich das Kinn. »Und aus der Einnahme wird eine Verabreichung. Möglicherweise.«

»Geht das überhaupt?«, warf das analytische Hirn der Staatsanwaltschaft sofort ein.

»Das werden wir prüfen, Frau Dr. Michels.« Bruhan versprühte jungenhaften Charme wie eine Spraydose Haarlack – mindestens genauso klebrig.

»Wie muss ich mir den Tod durch Paracetamol-Überdosierung vorstellen?« Natürlich wollte es die Michels ganz genau wissen.

»Vierundzwanzig bis achtundvierzig Stunden nach Einnahme beziehungsweise Verabreichung hat Stefan Windisch wahrscheinlich nicht viel gespürt, höchstens leichte Übelkeit und Appetitlosigkeit. Er hat sich erbrochen, was zu den Überresten neben der Hollywoodschaukel am Auffindeort passt, wahrscheinlich war er blasser als sonst.«

Wäre seine Mutter zu Hause gewesen, dachte Kroner, könnte der Bursche tatsächlich noch leben. Die hätte ihr Herzipuppi zum Doktor geschleift. Garantiert. Dem Schätz, Stevies letztem Besucher, war allerdings nichts komisch vorgekommen. Bei ihm hatte Ben gleich nachgefragt, nachdem das Gutachten aus der

Rechtsmedizin durch das Fax geflattert war. Stevies Teamkollege blieb dabei, dass Windisch einfach nur *rauschig* gewesen war.

»Im weiteren Verlauf müssen Windisch undefinierbare Unterleibsschmerzen geplagt haben, die stetig schlimmer wurden. Spätestens dann würde jeder vernünftige Mensch zum Arzt gehen, meinte der Professor. Aber unser Toter hat das nicht getan, und es war niemand da, der dafür hätte sorgen können.« Ben hielt kurz inne, trank einen Schluck Wasser. »Seine Gehirnleistung ließ nach, Schreibstörungen setzten ein, eventuell sogar Bewusstlosigkeit. Windisch bekam bei leichtesten Berührungen blaue Flecken, was übrigens später auch bei der Obduktion aufgefallen ist. Kalter Schweiß bildete sich, seine Lippen wurden blau, er konnte kaum atmen. Spätestens ab Freitag war der junge Mann nicht mehr ansprechbar und völlig handlungsunfähig. Vermutlich hat er deshalb nicht mehr auf die zahlreichen Anrufe reagiert.«

Kroner kratzte sich am Kopf. Eine grauenhafte Art zu sterben.

»Bei vielen Patienten ist es akutes Leberversagen, das letztendlich zum Tod führt. Bei Stefan Windisch sammelte sich Wasser im Gehirn, der Druck wurde irgendwann zu groß, das Gewebe starb ab. Hirntod.«

Dr. Michels wischte mit dem Daumen über die Lippenstiftspuren an ihrer Tasse. »Hört sich für mich nicht nach einem Tötungsdelikt an. Was meinen Sie, Kroner?«

Der Erste Kriminalhauptkommissar zuckte leicht mit den Schultern. »Im Moment können wir das Gegenteil nicht beweisen. Vor allem dann nicht, wenn wir die Möglichkeit eines Suizides ausschließen.« Und davon ging Kroner mittlerweile aus.

»Außerdem passen Stefan Windischs Fingerabdrücke zu einer Einbruchserie«, warf Ben ein, »die die Kollegen seit gut zwei Jahren beschäftigt.«

Die Michels beugte sich vor. »Wieso haben Sie bei dem Toten eine ED-Behandlung durchgeführt? Wir wussten, wer er war.«

Immer auf Zack, die Michels! Das musste Kroner zugeben. Normalerweise wurden Leichen, deren Identität bekannt war, nicht erkennungsdienstlich behandelt, aber als Kroner gestern die fette Karre in der Garage und Ben und Leo die vielen hochwertigen Elektronikgeräte im Haus aufgefallen waren, hatte er das kurzerhand noch veranlasst.

»Es bestand der Verdacht, dass Stefan Windisch möglicherweise in strafbare Handlungen verwickelt war«, erklärte Bruhan.

»Wir reden hier von der Einbruchserie in Vereinsheime?«

»Sehr wahrscheinlich. Die Kollegen prüfen gerade, ob Gegenstände in Windischs Haus aus den Diebstählen stammen und ob Profilspuren von Stevies Schuhen zu den an den Tatorten sichergestellten passen.«

»In der Garage des Toten steht ein sündteures Auto, was nicht zum Einkommen der Windischs passt.« Kroner setzte sich auf. »Ich möchte eine Kontoauskunft.«

Obwohl das der Michels offensichtlich nicht in den Kram passte, stimmte sie zu. »Tun Sie, was nötig ist.« Sie blickte auf die Uhr. »Sonst noch was?«

»Gegen Sebastian Reisinger wurde wegen eines Drogendeliktes ermittelt. Es handelte sich um eine relativ geringe Menge Cannabis und fiel damals noch unter das Jugendstrafrecht.« Kroner nickte Ben zu, der dieser Sache nachgegangen war.

»Der Eintrag war nur deshalb noch vorhanden«, übernahm Bruhan, »weil Reisinger nach Ablauf der Aussonderungsfrist keinen festen Wohnsitz und auch keine Anstellung nachweisen konnte und der zuständige Sachbearbeiter ihm demnach keine günstige Zukunftsprognose ausstellen wollte. Vor allem auch deshalb, weil Reisinger sich nach wie vor uneinsichtig gab. In der Aktennotiz steht, er habe erneut behauptet, dass Windisch die Drogen gehört hätten, nicht ihm.«

»Damals stand Wort gegen Wort«, erläuterte Kroner. »Schlussendlich war es die Aussage von Stefan Windischs Mutter, die Reisinger vor Gericht unglaubwürdig machte.«

»War das diese Angelegenheit aus Jugendzeiten, von der bereits die Rede war?«, wollte die Michels wissen.

»Vermutlich. Und sollte es tatsächlich stimmen, dass Reisinger zu Unrecht beschuldigt worden war, ist das sicherlich auch der Grund, weshalb der alte Simmerling jeden Glauben an die Justiz verloren hat.«

Von Irrtümern der Justiz wollte die Staatsanwältin selbstredend nichts hören. Sie stand auf.

»Die Kollegen von der Spurensicherung werten gerade die Fingerabdrücke auf der sichergestellten Benuron-Schachtel und dem Blister aus«, sagte Kroner und schüttelte die dargebotene Hand. »Außerdem würde ich das K3 gerne noch mal ins Windisch-Haus schicken, vielleicht ergeben sich ja aufgrund der veränderten Ausgangslage neue Anhaltspunkte.«

»Tun Sie sich keinen Zwang an, Kroner«, erwiderte die Michels kühl und schenkte Ben zum Abschied ihr wärmstes Lächeln.

Kroner verzichtete daraufhin, seiner Staatsanwältin mitzuteilen, dass die Rechtsmediziner anhand der Grünfärbungen von Stefan Windischs Hämatomen im Gesicht deren Ursprung frühestens auf Dienstag, spätestens auf Mittwoch datierten.

Beleidigt dampfte er ab. Diese eingebildete *Urschel* konnte ihm gestohlen bleiben.

2

Carlo Schlegel drückte Leo die Operation »Kaiserin« aufs Auge – mit der schlechtesten Ausrede seit Menschengedenken: »*D'Scheißerei* hat mich erwischt! I muaß beim *Häusl* bleim.«

Was sollte man dagegen machen?

Mittlerweile taten Leo die Hände weh, sie hatte zigmal geläutet und schließlich mit beiden Fäusten an die Haustür gedonnert. Nichts rührte sich. Es war Mittag, sie hatte Hunger – in diesem Zustand sah sie von Haus aus rot –, und ihr graute vor dem, was Kollege Hüttinger vom Kriminaldauerdienst ihr so wortreich in Aussicht gestellt hatte. »Des is as fürchterlichste *Weibaleid* in Passau, wenn nicht gar in ganz Niederbayern.«

Was für eine Scheiße!

Sie gab die Läuterei auf, stieg über eine niedrige Buchsreihe, überwand eine Wildrosenhecke und lugte durch das Fenster.

Küche. Leer. Mist!

Ein klappriges Gartentürchen führte hinter das Haus zu besagter Thujen-Hecke, die Frau Erni laut Hüttinger am Sonntag aus lauter Neugier wie ein Rehbock auf der Flucht durchbrochen hatte. Leo drückte die Stirn gegen das erstbeste Fenster, schirmte die Augen mit der Hand ab.

Wohnzimmer, Fernseher läuft, und die Erni hockt im Ohrensessel. Bingo!

Sie klopfte – schon wieder. Doch die Kaiserin ließ sich nicht stören, blinkerte nur ein bisschen mit den Augen und tippte unbeholfen auf der Fernbedienung herum.

Also bumperte Leo stärker gegen das Glas und sah sich schon mit Schnittwunden an Händen und Unterarmen im Krankenhaus landen. »Das gibt's doch nicht, das muss die doch hören. Frau Kaiser!«, schrie sie, »Frau K A I S E R! Hören Sie mich?«

Gleich würde die Nachbarschaft zusammenlaufen. Sicherlich waren nach dem Jahrhundertereignis vom Sonntag noch sämtliche Ohren gespitzt. Ein Toter in der Nachbarschaft, Polizei und Spurensicherung vor Ort, dazu Flatterbänder. Was könnte aufregender sein?

Doch alle Klopferei half nichts, Leo musste ihre Jacke ausziehen und das Fenster verdunkeln, genau so, wie sie das bei ihrer eigenen schwerhörigen Oma immer machte. Tatsächlich reckte die Erni ihren dürren Hals fast augenblicklich in Richtung Sonnenfinsternis, stemmte sich hoch und musterte den Eindringling durch die fliegenverschissene Scheibe.

Erst nachdem Leo ihren Dienstausweis gegen das Glas gepresst und die Kaiserin eine gefühlte halbe Stunde lang ihre Brille gesucht hatte, bis sie endlich die amtlichen Buchstaben entziffern konnte, fand sich Leo an einem Küchentisch wieder, auf dem ein armseliges lila Primerl ums Überleben kämpfte.

»Wollen S'einen Tee, Fräulein?«

Leo lächelte. »Fräulein«, so hatte sie lange niemand mehr genannt. »Gern.«

»Ein paar Linden drüben beim Nicolaholz blühen schon, davon könnt ich was kredenzen.«

»Soll mir recht sein, Frau Kaiser.«

»Darfst Erni zu mir sagen, Kindchen.«

Aha! Kindchen also. Auch gut. »Was riecht denn hier so lecker?«

In Leos Mund wuchs sich der Seiber allmählich zu Seegröße aus.

Die Kaiserin lachte scheppernd, fasste in ein Leinensackerl, das an einer langen Schnur von der Gardinenstange baumelte, und holte eine Handvoll Lindenblüten heraus. »Mein Dirndl kommt heut zu Besuch, da muss ich doch was Gscheites auf den Tisch bringen.« Sie ging zum Herd, stellte den Wasserkocher an, bröselte die Blüten in einen kleinen schwarz beschlagenen Seier und hob den Deckel von einem Topf. »Rinderbraten mit Blaukraut und Knödel. Wollen S'probieren?«

»Ach woher denn!«, protestierte Leo. »Ich bin hier, um Ihnen ein paar Fragen zu stellen, wegen dem Windisch und überhaupt.«

»Das eine schließt das andere ja nicht aus«, konterte die Alte sogleich, »und ich würd mich freuen, dann brauch ich nicht alleine essen.«

»Aber was ist mit Ihrer Tochter? Ich kann doch nicht –«

»Und ob! Bei mir hat's noch für jeden Gast greicht, das darfst ruhig glauben.« Die Erni band sich eine Schürze um den mageren Leib, holte zwei Eier aus dem Kühlschrank, eine Schüssel Mehl, Muskat und Salz von einem Regal. »Ist alles fertig bis auf die Knödel, aber die Semmeln sind längst mit Milch überbrüht, und das Wasser kocht eh gleich. Dauert höchstens zwanzig Minuten, derweil beantworte ich alle Fragen.« Die alten Augen blitzten schelmisch in Leos Richtung. »Ausgmacht?«

Leo lächelte zurück. »Ausgemacht!« Wer hatte behauptet, dass die Frau fürchterlich war?

Das *Gewuzle* lenkte Leo ein wenig ab, sie musste ihre Notizen zu Hilfe nehmen. »Wann haben Sie Stefan Windisch zuletzt lebend gesehen?«

Ein schöner runder Knödel versank im sprudelnden Wasser. »An Christi Himmelfahrt hat er die Zeitung reingeholt. Da hab ich ihn gesehen.«

Leo stutzte sofort. »Das haben Sie meinem Kollegen am Sonntag aber nicht gesagt.«

»Daran hab ich mich halt jetzt erst wieder erinnert.«

»Ist Ihnen sonst auch noch etwas Neues eingefallen?«, fragte Leo und seufzte. Je länger Zeugen Zeit hatten, über etwas nachzudenken, desto bunter wurden ihre Erinnerungen. Mit der Realität hatte das in manchen Fällen leider nicht mehr viel zu tun.

Die Kaiserin wusch den *Semmelbatz* unter dem Wasserhahn ab, wischte die Hände an der Schürze trocken und zog ein zigmal gefaltetes Karopapier aus der Schublade vor ihrem Bauch. »Ich hab alles aufgeschrieben, weil ich halt schon recht vergesslich bin. Und am Sonntag war ich dermaßen *ausm Häusl*, da hab ich dem feschen Kollegen wahrscheinlich nicht alles ganz korrekt diktiert. Einen Toten findet man schließlich nicht alle Tage.«

Leo überhörte »fesch« und »diktiert«, nahm lieber das Schriftstück in Empfang und entfaltete es. Wer sollte das lesen können, bitte schön? Die Buchstaben waren so wackelig, dass einem beim Betrachten schwindlig wurde.

Die Erni setzte den letzten Knödel ins Wasser, kam dann zu Leo an den Tisch und schwieg.

Allmählich gewöhnten sich deren Augen an die Zitterschrift. Vieles stimmte glücklicherweise mit dem überein, was Ben am Sonntag in Erfahrung gebracht hatte, jedoch tauchten auch einige markante »Neuzugänge« auf. »Ihnen ist ein Auto aufgefallen?«

»Jawohl! Gestern hab ich erst wieder dran gedacht.« Der Kaiser-Finger bohrte sich in das Karopapier. »Um neun Uhr am Sonntagvormittag hab ich den Stevie gefunden und gleich die Polizei verständigt.«

Das wusste Leo.

»Grad als die Streifenbeamten sich alles anschauten, fuhr ein Auto sehr langsam am Haus vorbei. Einen richtigen Schock hab ich da noch ghabt, ganz wacklig waren meine Beine, deshalb ist mir das wohl erst im Nachhinein a bisserl komisch vorgekommen. Der Fahrer wollte stehen bleiben, hundertprozentig, aber da war das Polizeiauto, und er …«

Im Nachhinein! »Ein Er? Sind Sie sich da sicher?«

Die Kaiserin nickte, stand auf, ging zum Herd, nahm einen Löffel aus der Besteckschublade und drückte die oberen Knödel nach unten. »Gleich sind S'fertig.«

»Könnten Sie den Mann beschreiben?«

»Ach woher!«, winkte Erni ab. »Ich konnte das ja alles gar nicht richtig sehen, das ging so schnell, und ich war so aufgeregt.«

Leo strich das »Mann« in ihrem Notizbuch durch und ersetzte es durch »Geschlecht unklar«. »Erinnern Sie sich an das Fabrikat des Wagens, an die Autofarbe?« Davon stand nämlich nichts in den gesammelten Werken der Kaiser Erni.

»Ford Kuga, silbergrau.«

Hoppla! Diese Exaktheit in der Angabe hätte Leo der Alten nicht zugetraut.

»Meine Tochter hat auch so einen, deshalb weiß ich das.« Sie drehte den Regler der Herdplatte auf null und streckte den krummen Rücken durch. »Fünf Minuten müssen S'noch ziehen.« Zwei Teller und Besteck landeten vor Leo auf dem Tisch.

»Haben Sie sich das Kennzeichen gemerkt?«

»Ein Passauer war's, da bin ich sicher.«

»Buchstaben? Ziffern?«, fragte Leo hoffnungsvoll.

»Bin ich Miss Marple? Nein.«

»Na schön.« Leo rückte ihren Stuhl zurecht. »Uns interessiert außerdem alles, was in der letzten Woche bei den Windischs so los war. Ab Montag ungefähr. Fällt Ihnen dazu etwas ein?«

»Warum?«

Leo seufzte. »Es ist wichtig für unsere Ermittlungen.«

»Also ist der Stefan ermordet worden.«

Halt! Stopp! Vollbremsung!

»Das steht nicht fest!«, grätschte Leo rigoros dazwischen. »Es ist lediglich unklar, woran Ihr Nachbar gestorben ist, und das müssen wir jetzt herausfinden, Erni. Oder etwa nicht?«

»Aber –«

»Nix aber!« Jetzt musste Leo doch ein bisschen strenger werden. »Und bitte erzählen Sie Ihrer Nachbarin nicht wieder solche Schauermärchen, von wegen der Stefan wäre erfroren oder erschlagen worden. Wir wissen es nicht, und Sie machen damit die Anneliese nur ganz verrückt. Überlegen Sie doch mal, was die arme Frau gerade durchmacht.«

Davon wollte die Erni komischerweise partout nichts hören. »Die Anneliese macht sich schon selber narrisch. Von mir hat die das nicht, ich hab ihr nichts erzählt. Rein gar nichts. Eine Frechheit ist das, so was zu behaupten!«

Leo schwirrte der Kopf. Die Grenzen zwischen Schein und Wirklichkeit zerflossen vor ihren Augen.

Malefiz noch amal!

Aber eigentlich war es auch egal, wer hier wem was erzählte, Hauptsache, die Kaiserin bemühte ihre grauen Zellen und spuckte noch ein paar neue Informationen aus. Leo durfte die alte Dame nicht vergraulen. »Wir müssen wissen, was in dieser Woche passiert ist, und Sie können uns dabei sicherlich behilflich sein.« Sie wies auf Ernis Aufzeichnungen und lächelte aufmunternd.

Die Empörung in dem alten Gesicht wich prompt einer Mischung aus Verständnis und Stolz. Erni tätschelte sogar Leos Hand. »Soll ich's wieder aufschreiben, Kindchen?«

Himmel, nein!, wollte Leo parieren. »Erzählen Sie's mir lieber gleich.«

Doch das musste warten, denn erst mal kam der Braten auf den Tisch. Die Kaiserin löffelte ihrem Gast ordentlich Blaukraut auf den Teller, dazu einen Riesenknödel mit Rahmsoße und Fleisch, das einem auf der Zunge zerging.

Leo konnte sich nicht erinnern, jemals etwas so Köstliches gegessen zu haben. Die alte Frau war eine Meisterin der Küche, so viel stand fest. Natürlich lehnte sie auch den Nachschlag nicht ab, schaufelte genüsslich bis zum letzten Bissen und erfuhr währenddessen Folgendes:

Dienstagabend um zweiundzwanzig Uhr nahm Frau Erni Kaiser den Schlüssel für das Nachbarhaus, ging hinüber und ließ Bliz und Fanni herein. Wann immer die Garage offen stand – der Sohn also ausgeflogen war –, so war das mit der Anneliese ausgemacht, kümmerte sich die Kaiserin um die Katzen des Hauses, ließ sie herein oder hinaus und fütterte sie. Je nachdem, was eben gerade anstand. So geschehen auch am siebenundzwanzigsten Mai, also genau vor einer Woche.

In derselben Nacht beobachtete die Erni, wie Stevie heimkam, das Auto in die Garage fuhr und das elektrische Tor sich langsam schloss. Es war ein Uhr dreißig, die übliche Zeit, da der »kaiserliche« Kater seine Herrin aus den Federn holte, um nach der nächtlichen Runde bei seinen Weibern Einlass ins Schlafzimmer zu verlangen.

Keine halbe Stunde später – die Erni schloss erst nach einem ausführlicheren Abortbesuch das Fenster im Schlafzimmer – fuhr ein fremdes Auto in die Auffahrt. Ein Mann – Annahme! – mit Tasche stieg aus, klopfte ans Küchenfenster und verschwand wenig später im Haus.

Davon nicht weiter irritiert legte sich die Erni zu ihrem ausgelaugten Maunzer ins Federbett und schlummerte bis zum Morgengrauen. Der Stefan hatte ja öfter mitten in der Nacht Besuch von allen möglichen – teils recht dubios ausschauenden – Leuten gehabt. Doch seit sie nicht mehr so gut hörte, störte das die Erni nicht weiter.

An allen darauffolgenden Tagen blieb das Rolltor unten, und die Kaiserin musste zu keinem weiteren Katzeneinsatz ausrücken – der Stevie war und blieb zu Hause.

Jetzt, da sich die Erni den letzten Bissen Fleisch zwischen die Dritten schob, wunderte sie sich darüber. »Normalerweise treibt's den Stefan *alle damlang* zum Türl hinaus. Daheim hält's der nicht aus. Der fährt auch nie mit dem Radl oder geht zu Fuß. Sogar zum Training nimmt er den Wagen! Und das ist ja nun wirklich ein Katzensprung, wenn man mal ehrlich sein darf. Den Buben hat die Anneliese sauber verzogen, aber, du meine Güte, wer könnt ihr's verdenken, nach dem *Gschiss* mit dem Michael?«

Da musste Leo nachhaken. »Was für ein Gschiss?«

»Na, der Bruder vom Stefan ist doch behindert. Von klein auf …« Ihre Arme fuhrwerkten wie Scheibenwischer vor ihrem Gesicht herum.

Leo runzelte die Stirn.

»Und dabei war die Anneliese doch noch ein ganz ein junges Ding, den Michael *hat sie ja ledige ghabt.*« Erni Kaiser beugte sich vor und senkte die Stimme. »Das war vielleicht eine, hör mir auf!«

Doch die Moralvorstellungen der Windisch von anno dazumal interessierten Leo kein bisschen. »Das Auto von dem Unbekannten, können Sie das auch so exakt beschreiben?«

»Ich mein, das war ein roter Passat mit Passauer Kennzeichen, aber sicher bin ich mir nicht.«

Leo notierte. »Altes oder neues Modell?«

Die Alte winkte ab. »Was weiß denn ich, das interessiert mich doch nicht mehr.«

»Und Sie haben nie nach den Katzen geschaut, wenn der Stefan daheim war?«

»Nicht im Traum wär mir das eingefallen, so *gschert*, wie der immer zu mir war.«

Den Grund dafür wollte Leo Weissenbeck ebenfalls unbedingt erfahren.

»›*Oide Schoaßrodl*, geh auf d' Seitn!‹, so hat der zu mir gsagt, wann immer wir uns über den Weg glaufen sind. So eine Frechheit! Schoaßrodl! Pah! Der hätt's schon noch selbst gmerkt, dass man die Flatulenz in meim Alter nimmer so gut im Griff hat.« Der Erni platzte ein ganz gschertes Lachen von den Lippen. »Jetzt merkt er nix mehr. Gschieht ihm recht!«

3

Zurück im Büro, hackte Leo »Flatulenz« in die Suchmaschine. Wikipedia spuckte breitwillig das gesammelte Wissen aus:

Von lateinisch flatus »Wind«, »Blähung«, bezeichnet die verstärkte Entwicklung von Gasen (beispielsweise Methan, Kohlenstoffdioxid, Schwefelwasserstoff und anderen Gär- bzw. Faulgasen), im Magen und/oder Darm, wonach es zum rektalen Entweichen (Flatus) von Darmgasen kommt. Sitzen diese Darmgase fest (Flatus incarceratus), kann es zu schmerzhaften Bauchkrämpfen kommen. Es werden je nach Region unterschiedliche volkstümliche Bezeichnungen für die Flatulenz verwendet, zum Beispiel Furz, Pfurz, Pups oder Schoaß als bayerische Variante, Schaas in der österreichischen Sprache.

»Kennst du den Begriff ›Schoaßrodl‹?«, fragte Leo Paulus, der wie sie und die anderen darauf wartete, dass Kroner endlich auftauchte, um das weitere Vorgehen zu besprechen.

»Nie gehört. Ist sicher was Österreichisches.«

»Bernd!«, schrie Leo sofort durch das Kabuff. »Du hast doch

an einer österreichischen Brust genuckelt. Was genau ist bitte schön eine ›oide Schoaßrodl‹?«

Kollege Waffenschmidt drehte sich um und grinste breit. »Freilich hab ich an einer österreichischen Brust genuckelt, Leo. Nur deshalb«, er schob einen Ärmel seines T-Shirts bis über die Schulter hinauf und ließ seinen gewaltigen Bizeps hüpfen, »ist aus mir auch so ein stattliches Exemplar geworden. Da können die deutsch gesäugten Männer einpacken, das darfst du glauben.«

Leo gluckste. Waffenschmidt mit seiner derben aufschneiderischen Art war ihr einer der liebsten Kollegen. »Deine Physis interessiert keinen. ›Oide Schoaßrodl‹, was das ist, wollen wir wissen!«

In diesem Moment enterte Kroner den Besprechungsraum und setzte sich erhitzt auf seinen Tisch.

»Reifere Damen, die beim Gehen ihre Winde nicht halten können, nennt man ›Schoaßrodln‹.« Waffenschmidt zwängte seinen bulligen Körper in einen der Stühle.

»Der Kaiserin ist dem Vernehmen nach also hin und wieder einer entwischt, und das hat dazu geführt, dass der liebe Nachbarsjunge sie fortan als ›oide Schoaßrodl‹ betitelt hat«, erklärte Leo für ihren Chef. »Nett, oder?«

Kroners Augenbrauen zuckten bedrohlich. *Was tischen die mir hier für einen Schmarrn auf?* Aber dann musste er doch lachen. »War vielleicht nicht böse gemeint.«

»Von wegen«, widersprach Leo. »Die Kaiserin hat kein gutes Haar an ihrem Nachbarn gelassen. Es geschähe ihm ganz recht, hat sie gesagt.«

»Die redet viel, wenn der Tag lang ist, Weissenbeck.« Kroner zog ein paar Papiere aus einer Mappe.

Ben stürmte in den Raum. Er war spät dran für die Tagesabschlussbesprechung und hatte nur die letzten Sätze aufgeschnappt. »Dann hat der alte Simmerling womöglich recht.«

»Womit?«, tönten Kroner und Leo wie aus einem Mund.

»Dass der Windisch eine ›gescherte Bachratte‹ war.«

Die ganze Mannschaft brach komplett zusammen. Wenn Ben versuchte, bayerisch zu reden, lachten sich alle schlapp.

Leo fing sich als Erste. »Ich weiß gar nicht, was ihr habt. Die Erni Kaiser war total nett, und kochen kann die. Ein Traum!«

»Du hast dich von ihr verköstigen lassen?« Die Maurer fiel aus allen Wolken. Das entsprach ganz und gar nicht ihrer Auffassung von Dienst nach Vorschrift.

»Es war ein Akt der Nächstenliebe.« Leo gab sich unschuldig und verschwieg die Tupperbox mit den Rindsbratenresten, die sie im K1-Kühlschrank zwischendeponiert hatte.

»Sag uns lieber, was sie dir Neues erzählt hat«, drängte Kroner, ehe Leo hier noch mit Kochrezepten anfing.

Seine Hauptkommissarin brauchte nicht lange und servierte ihre Erkenntnisse schön der Reihe nach.

»Es tauchen also mehrere Leute am Fundort auf. Allgeier und ein Unbekannter in einem Ford Kuga am Sonntag und am Dienstag ein Mann in einem roten Passat mit Passauer Kennzeichen«, resümierte Paulus für den Rest der Mannschaft.

»Fragt mal nach, welche Autos die Leute vom Sturm und aus Stevies persönlichem Umfeld fahren.« Kroner tippte nervös mit seinem Kuli auf den Tisch. »Mich interessiert schon, was die von Windisch wollten. Es gibt in diesem Fall so viele Ungereimtheiten, so viele Graubereiche.«

»Und es gibt eine ganze Menge Personen, die nicht gut auf das Opfer zu sprechen waren«, ergänzte Reischl.

»Mindestens genauso viele können den Reisinger nicht riechen. Also?« Carlo Schlegel hatte die Diarrhö offensichtlich auskuriert. »Spontanheilung«, das war der Begriff, den er Leo gegenüber frech und ungeniert bemüht hatte.

»Meinst du echt, eine achtundachtzigjährige Frau kennt sich mit Automarken aus?« Der Skeptiker in Reischl wollte das partout nicht glauben.

Leo sah zur löchrigen Zimmerdecke. »Das kam wie aus der Pistole geschossen. Anscheinend fährt ihre Tochter auch einen Kuga.«

»Ihre Tochter?« Paulus, der wie üblich zwischen Reischl und Schlegel saß, runzelte die Stirn.

»Ja, ihre Tochter«, bestätigte Leo. »Die kommt heute zu Besuch, deshalb hat die Erni ja so aufgekocht.«

»Und du hast ihr alles weggefressen«, warf Waffenschmidt ein und schnalzte mit der Zunge. »Typisch!«

»Die Tochter von der Kaiserin ist tot. Könnt ihr euch daran nicht erinnern?« Paulus überlegte kurz. »2002 oder 2003 muss das gewesen sein. Der Unfall auf der B 8 bei Seestetten. Katharina Damböck hieß sie. Frontal gegen einen entgegenkommenden Lastwagen geknallt, ihr nagelneuer Ford Kuga war nur noch Schrott. Sie war sofort tot.«

»Stimmt.« Schlegel fiel es jetzt auch wieder ein. »Wir waren zusammen bei der Kaiserin, um die Todesnachricht zu überbringen.«

»Dann muss die Erni noch eine andere Tochter haben.« Leo kratzte sich am Kopf. »Für wen hätte sie sonst den Braten gemacht?«

Paulus schüttelte das Haupt. »War das einzige Kind.«

Man konnte förmlich hören, wie es in den Köpfen der Anwesenden ratterte. Ligeia sprach schließlich aus, was alle dachten. »Die Nachbarin kocht also für eine vor mehr als zehn Jahren verunglückte Tochter. Meinst du, es lohnt sich nachzuprüfen, ob dieser Ford Kuga tatsächlich existiert?« Die Frage ging an den Chef. Eindeutig.

»Wir prüfen zumindest, wie viele graue Kugas mit Passauer Kennzeichen zugelassen sind und ob uns von den Haltern jemand bekannt vorkommt.«

Paulus notierte sich den Auftrag.

»Sonst noch was?« Kroner blickte in die Runde und sah es den Kollegen an, dass sie sich am liebsten sofort in den Feierabend verabschiedet hätten. Die Tage, da im Kommissariat übliche Büroschlusszeiten eingehalten wurden, waren selten genug.

»Ein gewisser Severin Hielscher, Mittelfeldspieler beim Sturm, ist heute Vormittag hier aufgetaucht, um eine Aussage zu machen«, meldete sich Ligeia zu Wort. »Er sagt, dass Stefan Windisch Spielschulden bei einem Teamkollegen hatte. Und zwar nicht zu knapp.«

Kroner runzelte die Stirn. »War das einer von denen, die noch auf unserer Liste vom Brenner stehen?«

»Genau. Hielscher war am Dienstag im Vereinsheim und hat

den Streit zwischen Reisinger und Windisch mitbekommen. Dazu hatte er allerdings nichts Neues zu berichten. Neu ist nur die Behauptung, dass Windisch bei Schütz Schulden hatte.«

»Schütz?« Ben blätterte in seinen Unterlagen. »Ist das nicht der, der am Mittwochabend bei Stevie vorbeigeschaut hat?«

»Richtig.« Ligeia reckte den Daumen hoch. »Angeblich geht es um mehrere tausend Euro, und angeblich wäre Schütz vor allem deshalb so extrem angefressen gewesen, weil Windisch dieses neue Auto gekauft, seine Schulden aber nicht bezahlt hätte.«

»Da würde ich an seiner Stelle auch ausrasten.« Ligeia lehnte wie so oft am Fenster. »Welche Art von Spielschulden?«

»Angeblich hat Schütz Windisch das Geld bei einer illegalen Pokerrunde geliehen.«

Leo schmierte Gesagtes sofort an das Flipchart. »Wo wurde gespielt?«

»Das wusste Hielscher nicht.«

»Kann es sein«, spann Leo den Faden weiter, »dass Schütz dem Windisch eine Überdosis Paracetamol verpasst hat?«

»Klingt für mich unlogisch«, sagte Tom Reischl. »Ich jedenfalls würde niemanden umbringen, der mir noch Geld schuldet.«

Kroners Mannschaft war ein paar Atemzüge lang erheitert. »Hat das K3 bezüglich der Benuron-Schachtel eigentlich schon geliefert?«, wollte der Chef wissen.

»Die sind noch dabei«, antwortete Paulus. »Anscheinend gibt es recht viele Fingerabdrücke auf der Schachtel. Dauert wahrscheinlich bis morgen früh.«

»Ich will Abgleiche mit Reisinger, Windisch, Windischs Mutter und Hielscher.«

»Windischs Mutter?« Leo blickte Kroner äußerst skeptisch an.

Der zuckte mit den Schultern. »Man kann nie wissen.«

»Hielscher hatte außerdem noch eine andere Information auf Lager.« Ligeia leerte seine Wasserflasche, ehe er fortfuhr. »Windischs Ex kam am Dienstag ins Vereinsheim, als die meisten schon nach Hause gegangen waren. Sie wollte mit Stevie reden.«

Aha, eine Ex!

»Da Stevie nicht mehr da war, hat sie Hielscher ihr Herz ausgeschüttet.«

»Und?«

»Er hat nicht gerade ehrfürchtig von der Dame gesprochen, nannte sie die ›Sturm-Matratze‹.«

Leo verlangte nach Futter für die Wand. »Name?«

»Jacqueline Brandmeier. Laut Hielscher absolut unterbelichtet, säuft zu viel, labert nur Müll.« Der Mittelfeldmann hatte nicht mit delikaten Details gespart, aber Ligeia verkniff es sich, sie alle hier aufzuzählen. »Auf jeden Fall soll sie sich um kurz vor drei Uhr morgens von Hielscher verabschiedet haben. Dabei hätte sie ihm gesagt, dass sie jetzt zu Stevie fahren würde. Wie der sie abserviert hat, das würde sie sich nicht gefallen lassen.«

Das war ja mal interessant! Kroner juckte es in den Fingern. »Mit der Dame sollten wir reden. Haben wir eine Adresse?«

Ligeia überreichte seinem Chef einen Zettel mit Jacqueline Brandmeiers Anschrift und Telefonnummer.

Kroner faltete das Papier und schnippte es in Bens Richtung. »Du solltest das Fräulein Jacqueline besser gleich mal überraschen. Nicht dass sie sich noch eine Geschichte ausdenkt.«

Ben fing die Luftpost mit der Linken. »Stefan Windischs Mutter nimmt das Tramal übrigens selbst.« Er hatte eben mit ihr telefoniert, deshalb wäre er fast zu spät zur Besprechung gekommen. »Ihr Sohn nahm manchmal Aspirin gegen Kopfschmerzen. Von Benuron wisse sie nichts. Sie kannte nicht mal den Namen.«

»So viel dazu, dass die Mutter ihren Sohn eigenhändig um die Ecke gebracht haben könnte.« Leo stemmte die Arme in die Hüften.

»So eine Lüge geht leicht von den Lippen, wenn man schuldig ist.« Schlegel widersprach schon aus Prinzip.

»Er kann das Benuron auch von einem Kumpel bekommen haben«, meinte Arslan.

»So viel?« Ligeias Augen glänzten ungläubig.

»Der frühere Hausarzt der Windischs bescheinigt der Mutter eine Medikamentenabhängigkeit«, fuhr Ben fort. »Er konnte und wollte das Tramal nicht länger verordnen, deshalb hat sie den Arzt gewechselt. Das ist nicht mal vier Monate her.«

»Eine abhängige Mutter erinnert sich womöglich nicht allzu genau daran, was der Sohn geschluckt hat, um die vielen Stunden mit Kopfschmerz und Dehydration nach Alkoholkonsum zu überstehen«, murrte Leo in Schlegels Richtung.

Kroners Rechte fuhr durch die Luft und beendete das Geschnatter. »Ich will wissen, woher die Windisch ihr Tramal bezieht und ob sie eventuell auch Benuron gekauft hat. Schlegel?«

Der Kollege seufzte, notierte aber den Arbeitsauftrag.

»Windischs Handy?«

Keiner sagte etwas, also gab es diesbezüglich wohl nichts Neues. Schade, dachte Kroner. Handydatenauswertungen brachten normalerweise allerhand Gewohnheiten ans Licht. »Ist denn endlich klar, wann genau dem Toten die Verletzungen beigebracht wurden?«

»Mittlerweile gibt es eine Mehrheit für die Version, in der Windisch keine größeren Verletzungen hatte, solange er im Vereinsheim war.« Waffenschmidt hatte sich damit am Nachmittag beschäftigt und noch einmal alle Zeugenaussagen verglichen.

»Wenn das stimmt, lügt uns Reisinger an.« Kroner erhob sich von seinem Platz, ging hinüber zum Fenster und lehnte sich neben Ligeia. »Aber warum, verdammt noch mal? Warum nur?«

4

Ben presste den Daumen auf die Klingeltaste und betrachtete dabei die liebevoll arrangierten Schmetterlinge an Jacqueline Brandmeiers Wohnungstür. Was war das? Glas? Vorsichtig stupste er eines der filigranen Kunstwerke an und las den verschnörkelten Text, der in Folie geschweißt von der bunten Pracht umschwirrt wurde:

Pour connaître la rose,
quelqu'un emploie la géométrie
et un autre emploi le papillon. (Paul Claudel)

Als die Tür aufschwang, vergaß Ben die Schuppenflügler sofort und musste an die *frisch gestrichenen Damen* aus einem Ärzte-Song denken, die sich von *sportlich modernen Herren mit heißem Blick auf die Tanzflächen der Republik zerren ließen*. Das möglicherweise hübsche Gesicht der jungen Frau war dermaßen mit Make-up zugekleistert, dass er einen Moment lang glaubte, einer jüngeren Version von Stevie Windischs Mutter gegenüberzustehen. Dem äußeren Schein nach *the perfect match* als Schwiegertochter. Definitiv!

Um eine Rose kennenzulernen,
verwenden manche die Geometrie
und andere einen Schmetterling.

Auch wenn Bens Französischkenntnissen etwas Flugrost anhaften mochte, dafür reichten sie gerade noch. Ob diese Jacqueline wohl die Geometrie dem Schmetterling vorzog? Bei all der Farbenpracht im Gesicht glaubte er das eher nicht.

»Jacqueline Brandmeier?«, fragte er.

Sie tippte auf das Namensschild unterhalb des Klingelknopfes, kaute Kaugummi wie Kit de Luca an der Rezeption dieses sündteuren Hotels in »Pretty Woman«. Die aufgeklebten Nägel waren mit Schmetterlingen verziert. Womit sonst? »Wer will das wissen?« Lasziver Augenaufschlag in Kombination mit Zurückwerfen der blonden Mähne – ein jahrelang einstudierter Auftritt. Garantiert.

»Bruhan, Kriminalpolizei Passau.« Ben holte seinen Ausweis aus der Hosentasche, klappte ihn auf. »Ich möchte Ihnen ein paar Fragen stellen.«

Die Inszenierung geriet durcheinander, Jacquelines Augen wurden noch größer, der rot geschminkte Mund öffnete sich zu weit, um noch verführerisch zu wirken. Sie sagte nichts, aber sie wusste genau, weshalb er hier war. Ben sah es ihr an.

Er durfte auf einer roten Kunstledercouch, die er überraschenderweise ziemlich cool fand, Platz nehmen. Auch sonst war die Wohnung ganz in Ordnung. Sauber, ein paar Grünpflanzen und nicht mit Kitsch überladen, was das Schmetterlings-Ensemble an der Tür eigentlich vermuten ließ. Ein getigerter Kater schmeichelte um seine Beine. »Stimmt es, dass Sie in der Nacht auf Mittwoch, den achtundzwanzigsten Mai, bei Stefan Windisch zu Besuch waren?«

Sie wusste längst, dass Stevie tot war. Tränen standen in ihren Augen, hielten sich tapfer, kullerten nicht über die Lidränder. »Woher wissen Sie das?«

Ben schwieg.

»Ah! Der Sevo hat Ihnen das erzählt.« Es schwang kein Vorwurf in ihrer Stimme, eher Resignation. »Es stimmt. Ich war in dieser Nacht bei Stevie.«

Und? Ben hätte das Fräulein Brandmeier am liebsten durchgerüttelt. Er war mit Eros verabredet, Kroners Jüngstem, Valli würde auch da sein, und er wollte nicht zu spät kommen.

»War wieder mal total dicht, der Typ. Saß in der Küche auf der Couch und konnte kaum sprechen.«

»Hat er Ihnen die Tür aufgemacht?«

Sie schüttelte den Kopf. »Ein Ersatzschlüssel liegt unter dem Topf mit den Geranien.« Sie sah Ben schuldbewusst an. »Er hat ihn mir mal gezeigt.«

Grandioses Versteck! »Um welche Uhrzeit war das?«

»Sehr spät.« Sie seufzte. »Ich war nicht mehr ganz nüchtern. Wenn ich ehrlich bin, weiß ich das gar nicht mehr.«

»Sie kamen aber direkt vom Vereinsheim?« Hielscher hatte diesbezüglich recht konkrete Angaben gemacht.

Jacqueline zögerte erst, nickte dann aber.

»Waren Sie zu Fuß unterwegs oder mit dem Auto?« So wie Ben die Lage einschätzte, gehörten zehn Zentimeter hohe Absätze bei Fräulein Brandmeier zum Pflichtprogramm. Und mit so was ging die Damenwelt normalerweise nicht zu Fuß heim.

»Mit dem Auto«, gab Jacqueline zu. »Ich hatte aber höchstens zwei oder drei Bier.«

Ihre Blutalkoholkonzentration in jener Nacht interessierte Ben nicht im Geringsten. »Sie waren aber kein Paar mehr, oder?«

Jacquelines Atem stolperte. »Vor zwei Wochen hat er Schluss gemacht. Einfach so.« Jetzt kullerten die Tränen doch über ihr Gesicht.

»Und das wollten Sie sich nicht gefallen lassen?«

Nervös glitten ihre Hände auf den Oberschenkeln vor und zurück. Das Fahrgestell der Brandmeier war erste Sahne, die Beine, verpackt in leicht transparenten schwarzen Leggings und Minirock, hatten definitiv Überlänge, Wow-Effekt inbegriffen. »Ab und an hatten wir noch … Sie wissen schon. Deshalb bin ich –«

»Er hat Schluss gemacht, aber auf den Sex wollte er nicht verzichten? Eine ziemliche Schweinerei, wie ich finde!«

Jacqui wischte die Tränen fort, blickte Bruhan empört an. »So war das nicht. Ich hab den Stevie geliebt, ich hätte alles für ihn getan.«

Ob sie all die anderen wohl auch geliebt hatte? Spitznamen wie »Sturm-Matratze« musste man sich meist verdienen. »Aber Sie wollten ihm eine Abreibung verpassen. Stimmt doch, oder? Zumindest hat Hielscher das behauptet.« Hatten verletzte Gefühle die Brandmeier dazu getrieben, Windisch zu schlagen? Hatte sie ihm die Verletzungen im Gesicht verpasst und ihm hinterher vor lauter schlechtem Gewissen etwas zu viel Schmerzmittel gegeben? Ben betrachtete Jacquelines Hände. Sie sahen gepflegt und unversehrt aus. Hätte sie damit ihrem Ex solche Verletzungen zugefügt, wären davon sicher – auch nach einer Woche – noch sichtbare Spuren vorhanden gewesen. Der Bericht der Rechtsmedizin besagte, dass die Verletzungen nicht mit einem Gegenstand beigebracht worden waren.

»Stevie sah schlimm aus, ist er daran …?« Sie konnte es nicht aussprechen.

Ben ließ die Frage unbeantwortet. »Beschreiben Sie ihn. Wie sah er aus?« Er beugte sich nach vorne. »Versuchen Sie, sich genau zu erinnern.«

Sofort wanderten die lackierten Nägel an ihr rechtes Auge. »Alles war blau und verschwollen, die Nase irgendwie krumm. Und sein T-Shirt war voller Blut. Ich habe es ihm über den Kopf gezogen, wollte es waschen, da habe ich auch die vielen anderen blauen Flecken gesehen. An den Rippen … einfach überall.« Ein Schluchzer entwischte ihr.

Ben lächelte aufmunternd, verfolgte jede Regung in Jacqueline Brandmeiers Gesicht. *Spielt die mir etwas vor?* Er musste aufmerksam bleiben. Unbedingt.

»Ich habe den Erste-Hilfe-Kasten aus meinem Auto geholt, das Blut abgetupft und wollte einen Verband anlegen, aber«, sie schüttelte den Kopf, »ich konnte nicht. Mir wurde schlecht, und ich musste mich übergeben.«

Die Spurensicherung hatte tatsächlich einige blutverschmierte Wundauflagen und Mullbinden im Haus gefunden. Bisher waren die Beamten jedoch davon ausgegangen, dass Stevie versucht hatte, seine Wunden selbst zu versorgen. »Wo haben Sie sich übergeben?« Ben wollte wissen, ob der Fladen neben der Hollywoodschaukel nun doch nicht von Windisch war.

»Ins Klo.«

»Sicher?«

Jacqui runzelte die Stirn und sah den Kommissar verstört an. »Warum ist das so wichtig?«

»Nur so.« Ben tippte eine kurze Notiz in sein Handy. »Ist Ihnen im Haus irgendetwas aufgefallen?«

Sie überlegte angestrengt, kam aber zu keinem Ergebnis.

»Hat Stefan Windisch irgendetwas zu Ihnen gesagt?«

Sofort strömten die Tränen aus Brandmeiers Augen. Sie presste die Lippen aufeinander.

»Was hat er gesagt?«, hakte Ben nach.

»Hau ab, du Schlampe!« Das Katerchen sprang auf Frauchens Schoß und begann, laut zu schnurren.

Das war starker Tobak. Sogar für eine wie Jacqueline. Ben stand auf, legte ihr eine Hand auf die Schulter. »Was ist sonst noch passiert?«

Sie sah zu ihm auf. »Nichts. Die Schlampe ist gegangen, genau wie man es ihr gesagt hat.«

In Ben keimte Mitleid auf, aber womöglich wollte Jacqueline genau das erreichen. Er nahm seine Hand von ihrer Schulter. »Kennen Sie Benuron?«

»Was soll das sein? Ein Getränk, eine neue Band?«

Die Antwort kam etwas zu schnell, zu prompt. Oder? »Wann haben Sie Stefan Windischs Haus verlassen?«

»Ich war um Viertel vor vier zu Hause, also …«

Das konnte Ben sich selbst ausrechnen. Vom Hubertusweg bis in die Stephanstraße dauerte es mit dem Auto keine fünf Minuten. »Und wie lange, glauben Sie, waren Sie da?«

»Eine halbe Stunde vielleicht.«

Das passte dann also auch mit dem zusammen, was Severin Hielscher der Polizei gesagt hatte. Somit musste Jacqueline Brandmeier etwa um drei Uhr nachts bei Stefan Windischs Haus aufgeschlagen sein. Aber warum, verdammt noch mal, hatte sie das vorhin nicht schon erwähnt: Allmählich wurde Ben sauer.

»Da fällt mir noch was ein.« Stevies Ex schwang sich von der roten Couch hoch. »Daran hätte ich fast nicht mehr gedacht.« Sie wurde ganz aufgeregt, warf die Haare zurück und lächelte Ben auf eine Art an, die er nicht einordnen konnte. »Als ich bei Stevie ankam, hätte ich um ein Haar einen Mann über den Haufen gefahren.«

»Wie bitte?«

»Ja! Mein Gott! Der ist mir direkt vor die Karre gelaufen, als ich in die Einfahrt einbog.«

»Der Mann kam aus dem Haus?«

Jacqueline schüttelte den Kopf. »Aus der Garage, glaube ich. Der ist unter dem Rolltor durchgetaucht, bevor es sich schloss.«

»Und weiter?«

»Er musste sich auf meiner Motorhaube abstützen, hat mich durch die Scheibe kurz angeblickt, geschimpft und ist gegangen.«

»Wohin?«

Sie zuckte mit den Schultern.

»Links oder rechts?«

»Keine Ahnung, mir hat das Herz bis zum Hals geschlagen!«

Ben glaubte ihr nicht. »Kannten Sie den Mann?«

»Nö.«

»Können Sie ihn beschreiben?«

»Ich habe ja kaum sein Gesicht gesehen. Es war dunkel.«

»Was hatte er an?«

»Ich war ein wenig betrunken, müssen Sie wissen.« Anscheinend hatte sie jetzt keine Angst mehr davor, als Verkehrssünderin überführt zu werden.

Ben ballte die Fäuste. »Es könnte also auch eine Frau gewesen sein?«

»Möglich, aber ich glaube, es war ziemlich sicher ein Mann. Die Haltung, der Gang …«

Aha. An Gang und Haltung konnte sie sich also trotz Dunkelheit erinnern. »Könnte es Andreas Schütz gewesen sein?«

Jacqueline überlegte. »Möglich. Der Mann hatte eine Allerweltsvisage.«

»Ich dachte, Sie hätten das Gesicht nicht gesehen?«

Sie zog einen Flunsch und blinkerte unschuldig mit den Wimpern.

Ben verdrehte die Augen. »Könnte es Daniel Allgeier gewesen sein?«

»Der Hämorrhoiden-Kratzer? Auf keinen Fall!«

Hämorrhoiden-Kratzer? Ben wollte sich das gar nicht erst vorstellen. Auch so einen Spitznamen bekam man nicht ohne Grund.

»Dem Alf sein dürres Klappergestell hätte ich ganz sicher erkannt.« Jacquelines Kummer schien nun endgültig verflogen zu sein. »Wahrscheinlich jedenfalls.«

Bei Ben schrillten sämtliche Alarmglocken. *Die lügt mich an!* »Kommen Sie doch morgen aufs Kommissariat, dann wird sich ein Kollege von mir noch mal mit Ihnen unterhalten. Vielleicht können Sie sich dann ja besser erinnern. Wir würden auch gerne Fingerabdrücke nehmen, wenn Ihnen das recht ist.« Um zu überprüfen, ob sie womöglich doch die Benuron-Schachtel angefasst hatte.

»Fingerabdrücke?« Die gute Jacqui kicherte. »Das ist ja wie bei ›CSI‹.«

Jetzt kommt die sich auch noch wichtig vor und freut sich über all die Aufmerksamkeit. Einfach unfassbar!

Jacqueline Brandmeier war wirklich saublöd.

5

Er kam zu spät. Das ärgerte ihn. Dabei hatte er sich nach der verstörenden Begegnung mit Jacqueline in seiner Wohnung in der Milchgasse nur rasch umgezogen und war mit dem Mountainbike über Innkai und Innpromenade zu dem alten Sportplatz in der Nähe der Uni geradelt. Bloß gut, dass Luisa gerade nicht da gewesen war. Die hätte ihn sicher wieder vollgetextet. Das tat sie in letzter Zeit häufig.

Schon von Weitem sah er, dass Markus, Joschi und Valli bereits angefangen hatten. Ben lehnte sein Fahrrad an den Zaun.

Freeletics.

Joschi und Valli wollten ihm und Markus diesen Trendsport heute näherbringen. Wie verabredet hatte Ben bereits zu Hause die App runtergeladen und sich auch einige Videos angesehen. War schon beeindruckend, was ein paar Wochen Freeletics aus einem untrainierten, schwabbeligen Männerkörper – Attribute, die Ben für sich selbst Gott sei Dank nicht beanspruchen musste – machen konnte, das musste er zugeben. Die »Bodytransformation-Videos« von Arne und Levent hatte er sich mehr als einmal angesehen. Einfach unglaublich! Und anscheinend die größte Schinderei seit Menschengedenken. Er war echt gespannt.

»Na, endlich!« Markus Kroner hörte auf, sich auf den Boden zu werfen und wieder aufzuspringen. »Du bist zu spät.« Er begrüßte Ben mit Handschlag und zog ihn ein paar Meter mit sich fort. »Ich bin echt froh, dass du da bist, die spinnen total«, keuchte er. »Das ist saumäßig anstrengend.« Er schüttelte den Kopf.

Ben beobachtete, wie Valli und Joschi synchron ihre Burpees machten. Sie sprangen von der Bauchlage in die Hocke, dann weiter in den Stand und klatschten hinter dem Kopf in die Hände, dann machten sie alles in umgekehrter Reihenfolge, bis sie wieder auf dem Boden lagen. Sah leicht aus. »Welches Workout?«, fragte er Markus und breitete sein Handtuch aus.

»Artemis. Fünfzig Burpees! Fünfzig Pull-ups! Hundert Pushups!«, Markus' Stimme wurde mit jedem Wort schriller. »Hundertfünfzig Squats und dann noch mal fünfzig Burpees! Das ist totaler Irrsinn.«

Joschi trug schwarze Nike-Shorts und dazu schwarze Nike-Turnschuhe mit neongelben Schuhbändern. Sonst nichts. War eine Art Dresscode bei den *Freien Athleten*. Auch Markus hatte das T-Shirt ausgezogen, genau wie Valli, die ein bauchfreies verwaschenes Top trug und barfuß war. Alle glänzten vom Schweiß, alle keuchten, aber nur an Joschis Körper sah man jeden Muskel. Ein extrem ausdefiniertes Sixpack und eine unglaublich muskulöse Schulterpartie sprangen Ben an. Einen Moment lang blieb ihm fast die Luft weg, und er verzichtete daraufhin auf den exhibitionistischen Teil dieser Sportart: Er behielt sein T-Shirt an.

Anscheinend hatten Valli und Joschi ihre ersten fünfzig Burpees geschafft, denn sie drückten auf ihren Handys herum und schütteten Wasser in sich hinein. Joschi ließ sich sogar zu einem »Na, hat's die Polizei auch endlich an den Tatort geschafft?« herab. Valli nickte ihm zu, zupfte an ihrem Oberteil. Sie sah aus wie eine Spitzensportlerin. Letztes Jahr war das noch nicht so gewesen, wenngleich sie schon damals sportlich gewesen war. Sie konnte sogar ganz gut Fußball spielen. Auch etwas, das Ben sonst nicht an Frauen mochte. »Du stemmst wohl seit Neuestem?« Die Boshaftigkeit drängte explosionsartig aus diesem unkontrollierbaren Loch in seinem Gesicht. Er zeigte auf ihre Oberschenkel. Nicht dünn, lang und schlaksig wie bei Luisa, die eine Modelfigur hatte. Nein, bei Valli sah man jeden Muskel, da spannte die Jeans schon mal um den Oberschenkel rum und auch am Arsch. Der war ebenfalls runder als bei anderen Frauen, und man konnte durchaus Angst bekommen, dass sie einem damit die Finger zerquetschte, sollten diese – aus welchen Gründen auch immer – da hineingeraten.

Aber er schweifte ab, Ben musste sich zusammenreißen, denn er wollte Kroners Ziehtochter gar nicht ärgern – im Gegenteil.

Valli verdrehte bei Bens Gewichtheberinnenanspielung nur die Augen und hing sich neben Joschi an die Reckstangen, um die Klimmzüge in Angriff zu nehmen.

Also startete jetzt auch Ben sein allererstes Freeletics-Workout, während Markus sich neben ihm auf seine Matte plumpsen ließ.

Die ersten zehn Wiederholungen waren leicht, bis zwanzig ging es auch gerade so, aber dann stieg Bens Puls in schwindelerregende Höhen. Er keuchte wie eine Gebärende, bei der sich das Köpfchen gerade durch die Engstelle schob und dabei das

Perineum – besser bekannt als der Damm – mindestens bis zum After aufzureißen gedachte. Abartig. »Wie viele hast du schon?«, presste er Richtung Markus heraus.

»Zwanzig.« Kroners Jüngster ging es jetzt ruhiger an. Zwischen den einzelnen zäh gesprungenen Wiederholungen machte er ausufernde Pausen. »Ich hasse Burpees.«

Ben quälte sich ein weiteres Mal in die Hocke, dachte an die Slogans von diesen Fitnessfanatikern auf der Facebook-Seite. *Quitting is no option!* Oder: *Push beyond your limits!* Oder: *A true athlete fights through pain and exhaustion!* Auch er kämpfte sich durch Schmerz und Erschöpfung. Jawohl! Wieder zwang er sich in den Stand, machte einen Minihopser und brachte die Hände hinter den Kopf. *No excuses!* Ziemlich pathetisch, aber doch irgendwie mitreißend. »Ist er ihr Freund?«

»Joschi?« Markus drehte den Kopf und sah, wie Brenner sich ein ums andere Mal mit den Armen hochzog, als könne es an einem Dienstagabend nichts Angenehmeres geben. »Nicht offiziell, aber er übernachtet oft bei ihr.«

»Also nur eine Bettgeschichte?«

»Kann sein.« Markus schnaufte, gönnte sich ein weiteres Päuschen. »Jedenfalls verbringt sie mehr Zeit mit ihm als mit mir.«

»Das ist nicht schwer. Du arbeitest ja auch in München«, presste Ben hervor.

»Aber ich hatte gerade eine Woche Urlaub, wie du sehr wohl weißt, und trotzdem ist das hier das erste Mal, dass wir was gemeinsam machen.«

Das war in der Tat seltsam. Kroners Jüngster und Valli waren sonst unzertrennlich. »Vielleicht braucht sie etwas Abstand?«

Markus stand auf, klickte in seiner App auf »fertig« und wischte sich mit dem Handtuch den Schweiß von Stirn und Oberkörper. »Joschi ist ein Schlitzohr, der ist sicher nicht gut für sie.«

Da also lag der Hund begraben. Ben musste lachen. »Du bist eifersüchtig?«

»Spinnst du? Valli ist wie eine kleine Schwester für mich.«

»Eben.«

Markus boxte Ben in den Oberarm. »Ich mach mir halt so meine Gedanken. Der Joschi Brenner hat schon öfter krumme Dinger gedreht. Nicht dass Valli wieder in was hineinstolpert und sie …« Er hielt inne, sah auf und wechselte das Thema. »Was ist eigentlich beim Sturm los? Stimmt es, dass Windisch erschlagen vor dem Sportheim gefunden wurde?«

Ben setzte die Wasserflasche ab. »Das hast du gehört?«

»Hat mir heute jemand erzählt. Ja.«

»Wer?«

»Ein alter Schulspezl. Beim Bäcker.«

Unglaublich!

»Hat dir Kroner nichts gesagt?« Ben wunderte sich etwas.

»Nur dass Stevie tot ist und bislang nicht feststeht …« Markus wischte sich den Schweiß von der Stirn. »Er war viel unterwegs, genau wie ich.«

»Na schön«, Ben seufzte. »Die Nachbarin hat Stevie zu Hause gefunden, aber es steht nicht fest, dass bei seinem Tod jemand nachgeholfen hat.«

»Aber es besteht die Möglichkeit?«

Ben zuckte mit den Schultern. »Es gibt einige Anhaltspunkte.«

»Welche?«

Ben hätte jedes Detail der Ermittlung an Markus weitergeben können. Kroners Sohn schickte sich an, in die Fußstapfen seines Vater zu treten – sehr zu dessen Verdruss –, war selbst Kommissar bei der Münchner Polizei, hatte einen Diensteid geleistet und war deshalb zur Amtsverschwiegenheit verpflichtet. »Später, okay?« Ben nickte in Richtung Reckstangen. »Lass uns das hier erst hinter uns bringen.«

Doch er musste alleine zur Tat schreiten. Erleichtert registrierte er, dass Valli wohl doch keine Überfrau war. Sie hatte ungefähr fünf echte Klimmzüge geschafft, sprang jetzt aber nur noch vom Stand zum Pull-up hoch und senkte sich dann möglichst langsam ab, bis ihre Füße wieder den Boden berührten – die Light-Version der Übung. Auf die würde er sicher auch noch zurückgreifen müssen. Fünfzig Wiederholungen schaffte er nie, und trotzdem war er froh, dass sie keines der Workouts mit Handstand-Liegestütz machten, denn davon hätte er keinen einzigen geschafft. Das hatte er zu Hause schon versucht. Gut, dass er sich vor Joschi die Blöße nicht geben musste. Markus saß immer noch auf seiner Turnmatte, chillte und kippte Wasser in sich hinein. Eigentlich war er ein sportlicher Typ, bezeichnete sich selbst als echten Beißer.

»Eros, jetzt mach!«, schrie Valli. »Sonst wirst du nie fertig.«

Ben grinste, als Markus' Spitzname fiel. Der Unwiderstehliche mit den italienischen Wurzeln. Lachhaft. Als Ben Valli im »Scharfrichterhaus« vor einem Jahr zum ersten Mal begegnet war, hatte sie Markus auch so genannt.

»Jetzt komm, du alter Sackkratzer. Reiß dich zusammen!« Der Tiefschlag kam von Joschi.

Valli krümmte sich vor Lachen. »Er hat recht«, sagte sie zu Ben und hielt sich den Bauch. »Nach dem frühen Tod der Mutter wurde es im Männerhaushalt der Kroners versäumt, dem guten Eros beizubringen, dass man nicht immer und überall seine Murmeln kraulen kann, wie es einem gefällt.«

»Ist aber auch das schönste Spielzeug, das man sich vorstellen kann«, ergriff Joschi für Markus Partei und zupfte selbst am Höschen.

Ben hätte diesem Brenner am liebsten die Fresse poliert und Valli den Hintern versohlt. Schon wieder. Er schätzte es gar nicht, wenn die Damenwelt sich ordinär gab. Noch ein Punkt auf seiner No-go-Valli-Liste. Und trotzdem …

»Luisa! Hey, hier sind wir!« Markus sprang von der Matte auf, zog den Bauch ein und winkte in Richtung Straße, wo gerade ein BMW Cabrio parkte.

»Sieh an, die werte Freundin gibt sich doch noch die Ehre.« Valli sah Ben kurz an, fuhr dabei die Brauen hoch, genau wie Kroner das immer tat. »Bei der Wahl des Outfits hat sie allerdings mächtig danebengelangt.«

Ben ignorierte diesen durchaus berechtigten Einwand, aber Luisa war nicht hier, um zu schwitzen. Luisa machte nie Sport, Luisa aß nur einfach wenig genug, um nicht fett zu werden, und sie liebte teure Autos, teure Kleider und teure Etablissements. Alles schön von Vati finanziert, da das Fräulein Tochter ja mindestens noch ein Jährchen brauchen würde, bis sie sich als Anwältin allein durchs Leben schlagen konnte. Und bis es so weit war, sollte sie keinesfalls darben.

Markus hopste aufgeregt an Bens Seite. »Was macht sie hier?«

»Keine Ahnung.« Ben packte sein Handtuch und stapfte auf das Auto zu. »Ich hab sie nicht eingeladen.«

»Dann muss sie meinetwegen hier sein«, freute sich Markus. »Sie hat vorhin angerufen, und ich hab ihr gesagt, wo sie uns finden kann.«

Ben blieb stehen und sah Kroners Sohn finster an. »Wieso?«

Markus überlegte. »Weil sie gefragt hat und ich einer schönen Frau nichts abschlagen kann?«

Bruhan schüttelte verärgert den Kopf und ging weiter. Markus folgte dicht auf, und hätte er ein Hundeschwänzchen gehabt, dann hätte er damit gewedelt wie ein junger Dackel, und garantiert wären ihm auch noch ein paar Spritzer Pipi ausgekommen – vor lauter Glück.

Luisa war mittlerweile ihrer Karosse entstiegen und lief ihnen entgegen. Ausnahmsweise sah sie etwas zerzaust aus, trug enge, knöchellange Jeans und ein goldenes lässig geschnittenes Blüschen aus einem Stoff, der alles, was unter ihm verborgen lag, nur noch mehr betonte.

»Hat sie keinen BH an?«

Dafür hätte Ben Markus am liebsten eine reingehauen. »Mann! Reiß dich zusammen. Du sabberst ja schon.«

Markus fuhr sich mit dem Unterarm über seinen Mund und blieb stehen. Neben ihm flog Luisa Theissen in Bens Arme und heulte, was die Tränendrüsen hergaben.

»Die haben mir abgesagt!«

»Wie bitte?«

»Die neue Wohnung am Domplatz. Der Vermieter hat mir abgesagt.«

»Was?« Ben wollte das nicht glauben. »Du solltest doch nächste Woche einziehen, der Vertrag ist seit Monaten unterschrieben. Das kann der Typ doch nicht machen.«

»Eigenbedarf.« Sie heulte noch lauter, presste sich noch fester an ihn.

Er glaubte ihr kein Wort. Luisa und er waren offiziell seit dem

Winter kein Paar mehr – inoffiziell schon viel länger. Da die Wohnsituation in Passau nach dem verheerenden Hochwasser im letzten Jahr aber noch angespannter war als sonst und eine Theissen natürlich nicht irgendeine Wohnung beziehen konnte, hatte sich die Suche nach dem geeigneten Objekt hingezogen. Und jetzt sollte all das von Neuem beginnen? Ben packte Luisa am Handgelenk und zog sie zum Auto.

Valli legte sich auf ihre Matte und fing mit den Liegestützen an. Hundert. Eine gute Zahl. Im letzten Jahr hatte sie den Schmerz lieben gelernt. Sie biss die Zähne zusammen.

»Nicht schlecht«, befand Joschi, der sich jetzt lieber auf die Heulsuse konzentrierte als auf sein Workout. »Und ich dachte, der steht auf dich.«

Sieben Tage zuvor

Was, wenn es stimmt?

Bascht legt seinen Kopf in beide Hände, die Ellbogen stützen sich auf dem abgewetzten Holz der Bar ab.

Der eiskalte Spezi tut gut nach zu viel Bier, nach zu viel Schnaps, nach viel zu vielen Worten. Alkohol macht ihn aggressiv. Deshalb trinkt er nicht mehr. Heute schon. Heute muss er die schwarzen Wolken vertreiben. Egal wie. Sonst erdrücken sie ihn, sonst kann er nicht nach Hause gehen.

Zu ihr.

Juli.

Der Vadder hat recht. Es war von vornherein zum Scheitern verurteilt. Der Idiot wird noch in hundert Jahren diesen alten Scheiß rumerzählen. Und neuerdings verbreitet es Stevie Sturm sogar im Netz. Lob und Preis den technologischen Errungenschaften!

Gerade eben hat er die Sauerei auf Facebook gesehen. Diese Valli wollte, dass er zur Polizei ging. Zu einem Herrn namens Kroner. So etwas dürfe man sich nicht gefallen lassen, hat sie gesagt.

Niemals.

Aber was soll das schon ändern? Er hat sich die Finger längst verbrannt. An der Justiz. An den Bullen. An der Gerechtigkeit. Verbrannt. Aufs Übelste! Sein Urvertrauen ist im Arsch. Unwiederbringlich.

Irgendwann gleicht sich alles aus. In der Natur wie im Leben. So ist der natürliche Fluss der Dinge. Über kurz oder lang findet alles seine Balance. Alles bewegt sich fort, und nichts bleibt.

So etwas Hirnverbranntes!

Heraklit und Platon hatten keine Ahnung.

Ein Arm legt sich um Baschts Nacken, alkoholschwerer Atem trifft sein Ohr.

»Vielleicht bin ich ja der Vater von deinem Balg? Mir war immer klar, dass ich würde nachhelfen müssen, wenn es so weit ist.« Er spricht laut, damit es auch ja alle hören. »Und es hat ihr gefallen. Wie froh sie war, endlich mal einen richtigen Hengst im Bett zu haben.«

Bascht rutscht vom Barhocker, macht sich frei.

»Das muss ich nachher unbedingt posten, das bringt sicher einige Likes.«

Der erste Schlag trifft Stevie unvorbereitet.

Man hetzt die Leute auf mit Tatsachen,
die nicht der Wahrheit entsprechen.
Toni Polster, österreichischer Fußballspieler

Mittwoch, 4. Juni

1

Dieser Vormittag hatte das K1 kaum weitergebracht. Kollege Ligeia hatte aus Jacqueline keine tieferliegenden Erinnerungen an das Aussehen des mysteriösen Mannes vor Stefan Windischs Haus herauskitzeln können – bei aller Mühe nicht. Kapuzenpulli, Mütze, ungefähr eins achtzig groß, recht schlank. Ende. Hörte sich im ersten Moment vielleicht nach Sebastian Reisinger an, würde aber keinesfalls standhalten, wenn es darauf ankam. Es machte außerdem kaum Sinn, Baschts Fingerabdrücke mit möglicherweise vorhandenen Spuren auf der Motorhaube von Jacquelines Auto zu vergleichen. Selbst wenn eine Anhaftung festgestellt würde, gäbe es dafür genügend plausible Erklärungen, gerade weil das Auto der Brandmeier ja tatsächlich beim Sportheim gestanden hatte, bevor sie zu ihrem Ex nach Hause gefahren war. Der neue Spielertrainer hätte sich beim Rauchen anlehnen können – nur eines von vielen denkbaren Szenarien.

Die Suche nach bekannten Eignern des Ford Kuga mit Passauer Kennzeichen hatte auch nichts ergeben. Zudem fuhr kein Sturm-Spieler ein solches Auto und auch keiner der Funktionäre. Den Kreis zu erweitern, dazu hatten sie sich heute Morgen nicht durchringen können. Zu viel Aufwand auf Grundlage der Aussage einer fast Neunzigjährigen, die für ihre tote Tochter Essen kochte. Nachvollziehbar. Auch deshalb, weil Jacqueline einen Fiat 500 in Gelatoweiß fuhr.

Gelatoweiß!

Keinen roten Passat. Das Einzige, was an ihrem Fiat rot war, waren die Seitenstreifen des Italo-Designs. Und weder hatte der Mann, der ihr vor das Auto gehüpft war, einen Koffer bei sich getragen, noch hatte währenddessen ein roter Passat in der Auffahrt gestanden. Den hätte die gute Jacqui ja sonst erst recht gerammt. *Und wenn die Kaiserin sich in der Zeit vertan hat?*, spekulierten die einen. *Und wenn das Auto, das sie meint, gesehen zu haben, kein roter Passat war, sondern das* Schnauferl *des Fräulein Brandmeier?*, fragten sich die anderen. *Und wenn die restlichen Aussagen der Kaiserin sich als ähnlich präzise herausstellen sollten wie der ›gelatorote Fiat-Passat‹, der zur Katermaunzzeit in die Auffahrt gefahren sein soll?*, ja, dann würden sie sich gescheiter tagelang am Hintern kratzen, als diesen Hinweisen nachzugehen. Darin waren sich ausnahmsweise alle einig.

Himmelherrschaftszeiten!

Wenigstens das Benuron war noch nicht aus dem Rennen. Das K3 hatte die Arzneimittelschachtel samt Inhalt bereits am Sonntag vorschriftsmäßig eingetütet und nach Prüfung, dass auch genügend Minutien – also Merkmale zur Auswertung – vorhanden waren, ans LKA weitergeleitet. Kroner erwartete dessen Anruf minütlich. Außerdem hatten sich zwei Kollegen vom K3 noch mal im Windisch-Haus umgesehen. Ihnen war ein einsames Wasserglas aufgefallen, das inmitten des vorhandenen Chaos und der vielen kaum angetrunkenen Bierflaschen doch etwas fehl am Platze wirkte. Kroner fand es gerechtfertigt, das Glas auf Spuren untersuchen zu lassen und mit vorhandenem Material zu vergleichen.

»Aber ich bin gar nicht eingeladen.« Ben saß heute ausnahmsweise auf dem Beifahrersitz.

»Das macht nichts. Bei den Scholzns gibt's immer reichlich.« Kroners drittältester Sohn Lorenz hatte heute Geburtstag. Traditionell tauchte an solchen Tagen die Horde zum Mittagessen auf, zumindest der Teil, der vor Ort wohnte und sich für ein Stündchen freimachen konnte. Simon, Kroners Ältester, war Ingenieur bei BMW in München, Mattias, der Zweitälteste, unterrichtete Sport und Mathe an einer Realschule in Deggendorf. Die beiden fielen also aus, würden aber am Abend zum gemütlichen *Flaschlausschank* vorbeischauen. »Außerdem können wir uns eh nicht lange aufhalten, wir müssen gleich weiter nach Thyrnau.« Der Chef lenkte seinen BMW durch den Georgstunnel in die

Ilzstadt. »Ich bin mir ja immer noch nicht sicher, ob wir es tatsächlich mit einem Tötungsdelikt zu tun haben.«

Ups! »Ah, da fällt mir noch was ein«, beeilte sich Ben zu sagen. »Der Fernseher und die beiden Laptops aus Stefan Windischs Zimmer stammen aus den Einbrüchen in die Vereinsheime. Genauso wie die leere rote Geldkassette.«

»Seit wann weißt du das?« Kroner blinkte.

»Das hat mir der Paulus hinterhergerufen, als ich gerade raus bin.«

»Hm. Illegales Glücksspiel, Spielschulden, Einbruch, Drogen, Cybermobbing. Mit der Anzahl der Delikte steigt gewöhnlich auch die Auswahl an möglichen Motiven.«

Ben sah das genauso. »Dieser Stevie war sicher kein Unschuldslamm, wie uns die Mutter weismachen will.«

»Ich denke, wir sollten ihn noch mal gründlicher durchleuchten. Kümmerst du dich darum?«

Das würde er. Ben blickte aus dem Fenster. An den Fassaden mancher Häuser in der Freyunger Straße sah man immer noch die Spuren des letztjährigen Hochwassers. Bis in den ersten Stock oder, besser gesagt, bis ins Hochparterre war das Wasser gestiegen, hatte Menschen tagelang eingesperrt und Besitztümer zerstört. Um vor einem Jahr hier durchzufahren, hätten sie ein Amphibienfahrzeug, wenn nicht gar ein U-Boot, gebraucht. Heute konnte man sich das nicht mehr vorstellen.

Die Schreinerwerkstatt Scholz lag außerhalb der Hochwasserzone in Obersölden – beschaulich inmitten knorriger Apfelbäume und der landwirtschaftlichen Fläche des früheren Bauernhofs. »Liebe vergeht, Tagwerk besteht«, sagte Kroner und grinste zufrieden, als er vor dem Wohnhaus parkte und ausstieg. »Alles in Schuss.«

Ben wusste, dass Lorenz bei den Scholzns Schreiner gelernt und sich dabei tüchtigerweise in die Tochter verliebt hatte.

Kroners Handy klingelte. Es verging eine Ewigkeit, ehe das gute Stück aus seiner Hosentasche auftauchte und er rangehen konnte. »Ja? – Aha! – Das ist in der Tat hochinteressant. – Danke. – Freilich. – Ihnen auch.«

»Und?«

»Wir haben es mit einer Probepackung Benuron zu tun.«

»Probepackung?« Ben verstand nicht ganz.

»Ein Probe für Ärzte, wie sie Pharmareferenten verteilen. Ein Muster. Im freien Handel nicht erhältlich.«

»Und? Was heißt das jetzt?« Irgendwie stand Ben gerade auf dem Schlauch.

»Das Zeug stammt aus dem Fundus eines Arztes oder eines Apothekers. Mit etwas Glück lässt sich das zurückverfolgen.«

»Wäre genau der richtige Auftrag für Reischl, oder?«

»Da hast du recht. Unser Spürhund wird sicher rausfinden, woher diese Schachtel kommt, und dann –«

»Was hat überhaupt der Abgleich der Fingerabdrücke ergeben?« Das interessierte Ben weitaus brennender als der Herkunftsort der Tabletten.

»Es waren acht verschiedene Fingerspuren auf der Schachtel. Fünf konnten die Leute vom LKA nicht zuordnen, aber Windischs Abdrücke, Jacquelines Abdrücke und die von Reisinger waren drauf.«

Puh! Ben nahm sich kurz Zeit, die Neuigkeit zu verdauen. »Leider sagt das nichts darüber aus, wann diese Personen die Benuron-Schachtel angefasst haben.«

»Und selbst, wenn wir es wüssten, ließe sich sicherlich – mit etwas gutem Willen – ein Haufen plausibler Erklärungen für jede dieser Anhaftungen finden.« Immer dasselbe mit den Spuren. Reisinger bräuchte nur zu behaupten, er hätte die Schachtel bei der Rauferei zufällig angefasst, Jacqui, als sie Windisch das T-Shirt auszog … Blablabla.

»Von der Mutter waren keine Abdrücke drauf?« Die Windisch hatte Gift und Galle gespuckt, als die Kollegen vom K3 ihre manikürten Finger auf den Scanner legen wollten. Ben hatte selbst Hand anlegen müssen, um die gute Frau dazu zu bringen, freiwillig ihre Minutien zur Verfügung zu stellen.

»Nein«, sagte Kroner. »Und wenn, dann wären ihre Spuren erst recht erklärbar gewesen.«

Auch wieder wahr. Ben zog die Jacke aus, wollte sie lieber im Auto lassen.

»Ich glaube ja, der Reisinger lügt uns an. Die ganze Zeit

schon. Der hat dem Windisch im Vereinsheim nicht diese schweren Verletzungen verpasst, wie er uns glauben machen will. Da wäre sicher jemand dazwischengegangen. Der hat ihn sich später noch mal vorgeknöpft. Hundertprozentig!«

Klang plausibel und Gründe dafür gab es reichlich. »Vielleicht sollten wir mit Reisinger zum Vereinsheim fahren und den Ablauf vom Dienstag nachstellen. Bei solchen Aktionen verstricken sich Beschuldigte gern in widersprüchliche Aussagen, bei so was kommt die Wahrheit meist ans Licht.« *Beschuldigter?* Hatten sie jetzt tatsächlich einen Beschuldigten?

»Gute Idee!«, pflichtete Kroner bei. »Ruf im Kommissariat an, die sollen den Reisinger einsammeln und in einer Stunde zum ›Anpfiff‹ bringen.«

Während Ben den Auftrag erledigte, holte Kroner sein Präsent aus dem Geldbeutel, rollte den Hunderter zusammen und zwickte ihn zwischen Zeige- und Mittelfinger ein. Das war der übliche Bubentarif und seine ganz eigene Herangehensweise bei solchen Anlässen. Giulia, seine verstorbene Frau, hatte sich immer etwas von ideellem Wert zum Geburtstag gewünscht, hatte partout nichts Materielles haben wollen. Lieber ein Gedicht oder eine liebevolle, bewusst ausgesuchte Kleinigkeit.

Mein Gott!

Das hatte Kroner schon Wochen vor dem Tag der Tage Kopfschmerzen bereitet, das hatte massenhaft graue Haare sprießen lassen. Er war nun mal kein ideeller Typ, kein Romancier, kein kreativer Ideenjungbrunnen, und er konnte und wollte auf keinen Fall Gedichte verfassen. Kroner vermisste seine Frau, und wie, aber dass er sich nicht mehr derart verrenken musste, darüber war er echt froh. Jetzt schrieb er zu solchen Anlässen nicht mal mehr eine Karte. Ein Grüner – heimlich beim Begrüßungshandschlag zugesteckt – musste doch reichen. *Oder?*

Das alte Deckengewölbe des ehemaligen Pferdestalles gefiel Ben, dazu weiß getünchte wuchtige Wände und Holz in allen Formen und Spielarten – ganz wie es sich für ein alteingesessenes Schreinerei-Imperium gehörte.

Mach's aus Holz und geh zum Scholz! Den Slogan kannte jeder in Passau, und der Umbau war wirklich gelungen. Lorenz würde eine gute Partie machen, so viel stand fest, und Ben wusste, dass Kroner seinen Sohn am liebsten *rundumgfotzt* hätte – ja, so nannte er das –, weil Lorenz seine Berni noch immer nicht gefragt hatte.

So eine Dummheit!

Es gab ein *Erdäpfelbradl* mit knackigem *Krustl*, das man nur im Holzofen so gut hinbekommen konnte. Erdäpfel = Kartoffeln, Bradl = Braten, Krustl = knusprig gebratene Haut. Ben fand sich in der bayerischen Sprache allmählich zurecht. Dazu Semmelknödeln und Sauerkraut. Ein Traum. Ein weiterer Grund, warum nach Kroners Dafürhalten diese Heirat schnurstracks vollstreckt werden musste. Wo fand man denn heutzutage bittschön noch eine Frau, die so kochen konnte? Früher hatten Resi und Helmut Scholz den Hof und die Schreinerei nebeneinander betrieben. Sehr fleißige Leut, keine Frage, aber nachdem das Dreimäderlhaus komplett war, hatten sie die Landwirtschaft aufgegeben und sich mangels Hoferben auf das Handwerk konzentriert. Und natürlich hatte die Resi als Bäuerin ihren Töchtern mit auf den Weg gegeben, wie man sauber was auf den Tisch zauberte. »Jawohl! Und das lernt man nur von einer, die aus einem Hof raus ist«, wie Opa Kroner vorhin noch lauthals verkündet hatte.

Kroner aß bereits den dritten Knödel und fraß fast das ganze Krustl allein auf. »Vom Sauerkraut lasse ich lieber die Finger«, sagte er gerade, »sonst überlebt der Bruhan den Nachmittag nicht.«

Hurra! War das lustig.

Ben fand solche Anspielungen peinlich. Nie im Leben würde er beim Mittagessen sagen, dass er kein Kraut nehmen könne, weil er sonst den Kollegen ins Grab furzen würde.

Unvorstellbar.

Die strenge Erziehung hallte in ihm nach – laut genug jedenfalls. Manche Gewohnheiten legte man nicht so leicht ab, und wenn er ehrlich war, hatte er ein klein bisschen Schiss vor dem Wiedersehen mit seinen Eltern.

Die versammelte Kroner-Verwandtschaft plapperte wild

durcheinander, es war laut, niemand scherte sich um Tischmanieren, die Katze saß hinten auf der Anrichte und schleckte das abgeräumte Geschirr ab. Gemeinsames Essen in seinem Elternhaus, daran erinnerte sich Ben noch, war geprägt gewesen von Stille. Zumindest nach Zoes Tod. Wie es vorher gewesen war, wusste er nicht mehr. Er wusste vieles nicht mehr. Leider.

Ein schwungvoller Ellbogenrempler von Opa Kroner riss Ben aus seinen Gedanken. »Jetzt stell dich halt nicht so an.« Fest umschlossen die alten Finger Bens rechte Hand, und keine Sekunden später langte Valli über den Tisch und forderte seine linke. Entgeistert sah er sie an.

»Mama, wir vermissen dich«, sagte Lorenz Kroner am anderen Tischende, und dann fingen alle an zu singen:

Ninna nanna ninnaò questo amore a chi lo do
Lo do a te finché vivrò solo te io amerò …

Opa Kroner beugte sich zu Ben hinüber. »An Lorenz' Geburtstag denken wir immer auch an seine Mutter. Gestern war ihr Todestag.«

Ti coccolerò
Sognami amore mio
Io ti riscalderò
E come in una favola
Con un bacio ti sveglierò …

Der alte Kroner blinzelte eine Träne weg. »Das hat sie den Buben beim Schlafengehen immer vorgesungen.«

Endlich nahm Ben Vallis Hand. Er konnte nicht mitsingen, kannte weder Text noch Melodie, aber er spürte einen Schmerz, der auch ihn beinahe zu Tränen rührte.

Dann war alles vorbei. Hände lösten sich voneinander, Tränen wurden abgewischt, und das Geschnatter ertönte lauter denn je. Nur Kroner saß auf seinem Stuhl und schwieg sich aus. Er sagte schon die ganze Zeit nicht sonderlich viel – mal abgesehen von der Sauerkraut-ins-Grab-furz-Story –, und Ben hatte keine Ahnung, warum. Die Stille – vor allem im Kreise seiner Familie – passte nicht zu seinem Chef.

»Weiß man schon, woran der Stefan gestorben ist?«, wollte Lorenz wissen.

Kroner reagierte nicht.

»Papa?«

Des Hauptkommissars Oberkörper kippte aus der Versenkung langsam nach vorn. »Was? Was ist?«

»Weiß die Polizei schon, woran Windisch gestorben ist?«, wiederholte Lorenz.

»Ja.«

»Und?«

Aufsteigende buschige Brauen gaben die Antwort.

»Sag uns wenigstens, ob es stimmt, was die Leute über Reisinger erzählen.« Die Kroner-Buben wussten natürlich, dass ihr Vater zu Hause nicht alles ausplaudern konnte.

»Was erzählen die Leute denn?«

»Na, dass der Bascht den Stevie umgebracht hätte.«

»Und wie?« Das wollte Kroner jetzt schon wissen.

Lorenz nahm seiner Berni ein paar Teller aus der Hand und trug sie nach hinten zur Spüle. »Heimtückisch erschlagen?« Er scheuchte die Katze von der Anrichte.

Kroner lachte kalt.

»Das erzählt die Windisch allen, die es wissen wollen.« Auch Berni legte jetzt ein paar Teller in die Spüle.

»Ich kann mir das überhaupt nicht vorstellen«, sagte Lorenz und kam zurück an den Tisch. »Der Bascht hat mit mir gelernt, wir haben uns gut verstanden. Dem trau ich so was nicht zu. Ehrlich.«

»Wie lang ist das jetzt her? Zehn Jahre?«

»Fast.«

»Menschen ändern sich.« Kroner stand auf. »Bruhan, komm, wir müssen.«

»Also war er's?« Valli konnte sich die Frage nicht verkneifen.

»Halt du dich da raus, Fräulein«, keifte Kroner sofort in ihre Richtung. »Wir alle wissen, was passiert, wenn du dich einmischst.«

Valli nickte. »Immerhin habe ich die Polizei damals zum wahren Täter geführt.«

Da blieb Kroner glatt die Luft weg.

»Vor lauter Blödheit.« Lorenz puffte Valli in die Seite und legte dann seinen Arm um sie. »Hör besser auf ihn.«

Ben beobachtete, wie Kroner ohne ein Wort des Abschieds entschwand. Er selbst bedankte sich bei Lorenz und Berni, entschuldigte sich für seinen Chef, versprach artig, heute Abend zur Party zu kommen, und lief dann wie ein gut dressierter Dackel dem Herrchen hinterher.

Im Flur holte ihn Valli ein. »Warte.«

Überrascht drehte er sich um und grinste blöd.

»Schau mal.« Sie holte ihr Handy raus und wischte darauf herum. »Eigentlich wollte ich es Markus zeigen, aber der ist ja wieder mal nicht da, wenn man ihn braucht.« Sie zog die Brauen hoch.

Ben sah auf das Display. Eine Szene auf irgendeinem Fußballplatz. »Was soll das?«

Valli zoomte einen Ausschnitt des Hintergrundes heran. »Ist mir gestern Abend aufgefallen, als ich meine Fotos vom Relegationsspiel am Dienstag durchgesehen habe.«

Ben musste sich anstrengen, im Flur war das Licht ziemlich diffus. »Ist das Stevie Windisch neben …?«

Sie nickte. »Genau. Und jetzt schau dir an, was passiert.«

Die Einzelbilder der Serie leuchteten in kurzen Abständen nacheinander auf – wie bei einem Daumenkino.

Wie im Film!

2

Ben parkte den Dienstwagen direkt vor der Wohnung von Andreas Schütz in Thyrnau. Zu ihrer beider Überraschung hatte der Tag mit einer weiteren heißen Information aufgewartet. Ein anonymer Anrufer hatte behauptet, er hätte gesehen, wie Stevie in der Nacht von Dienstag auf Mittwoch vor dem Sportheim verprügelt und bewusstlos in sein eigenes Auto gezogen worden wäre.

»Wer könnte das gewesen sein?« Kroner kratzte sich am Kopf.

»Entweder wusste es der Anrufer nicht, oder er wollte es nicht sagen.«

»Und weiter?«

»Nichts weiter.« Ben löste den Gurt.

»Ist der große Unbekannte danach mit Stevie weggefahren? Sind sie wieder ausgestiegen?«

»Das haben die Kollegen auch gefragt, aber darüber gab der Anonymus ebenfalls keine Auskunft.«

Kroner wunderte sich. »Wurde nachgeprüft, woher der Anruf kam?«

»Aus einer Telefonzelle am Residenzplatz.« Ben lachte. »Ein alter Münzfernsprecher!«

»So was gibt es noch?«

»Anscheinend.«

Der Chef fuhr mit beiden Zeigefingern an seiner Nase entlang. »Wieso anonym? Wieso diese Mühe?«

Ben überlegte einen Augenblick. »Angst, Scham darüber, die Petze zu sein, oder –«

»Der Mann hat selbst Dreck am Stecken.«

»Könnte sein, denn um gegenüber Dritten anonym zu bleiben, hätte es doch genügt, uns das mitzuteilen.«

»Nur wissen das die meisten Leute nicht.«

»Auch wieder wahr.«

»Hat jemand nachgefragt, warum dieser ›geheime Beobachter‹«, Kroner malte Gänsefüßchen in die Luft, »Windisch nicht geholfen hat?«

»Nein.«

»Na bravo!« Der Chef seufzte. »Ich wette, hinter dem Anrufer verbirgt sich der Reisinger selbst. Ich bin ehrlich gespannt, ob er weiterhin darauf besteht, seinem Busenfreund die Verletzungen bereits *im* Sportheim beigefügt zu haben.«

»Sollten wir nicht der Michels Bescheid geben, dass demnächst vielleicht ein Haftbefehl fällig wird?«

»Das bisschen Information reicht dem Richter niemals aus, aber wenn Bascht heute nicht auspackt und uns weiterhin anlügt, dann werden wir ihn vorläufig festnehmen.«

Also war das ausgemacht.

»Was wollte Valli vorhin noch von dir?«

Kroner bekam aber auch alles mit. »Sie hat mir ein paar Fotos gezeigt.«

»Von wem?« Kroner produzierte diesen echt angepissten Tonfall, so wie immer, wenn »Valli« und »polizeiliche Ermittlung« in ein und demselben Kontext auftauchten.

Ben öffnete schnell das Daumenkino, das ihm Valli auf sein Handy geschickt hatte.

»Interessant.« Die Stimme des Chefs lag immer noch bei ungefähr zwanzig Grad unter null.

»Habe ich mir auch gedacht, aber –«

»Kann harmlos sein«, kam Kroner Ben zuvor. »Vielleicht motiviert der werte Exvorstand nur einen seiner Spieler.«

Es war Ranner, der Windisch auf dem Foto am Kragen gepackt hielt und durchschüttelte. »Eine recht aggressive Art der Motivation, oder?«, gab Ben zurück.

»Liegt in der Natur der Sache, Fußball ist eine martialische Sportart.« Kroner öffnete die Beifahrertür. »War das vor oder nach Windischs Einwechslung?«

»Wieso? Ist das wichtig?«

***

Zur selben Zeit saßen Joschi und Valli im »Café Duftleben« in der Theresienstraße vor der roten Backsteinmauer im Freien und genossen die Sonne.

»Glaubst du, dass Bascht Stevie umgebracht hat, so wie die Mutter das überall herumtratscht?«

Joschi lachte. »Niemals!«

»Nachvollziehbar, dass die Frau verzweifelt ist, aber … sie kann doch nicht einfach jemanden zum Mörder ausrufen, obwohl es dafür keine Beweise gibt.«

»Siehst doch, dass sie es kann.« Er stopfte sich das halbe Chickencurry auf einmal in den Mund.

Es stimmte. Die Leute plapperten – und das nicht mal hinter vorgehaltener Hand – überall nach, was die Windisch ihnen auftischte. Ihre Version der Geschehnisse zog immer größere Kreise, sie servierte der interessierten Öffentlichkeit den Mörder ihres Sohnes quasi auf dem Silbertablett.

»Alf hatte mit Stevie irgendeine Sache am Laufen.«

Valli verschluckte sich ob dieser Neuigkeit fast an ihrer Rhabarberschorle. »Was für eine Sache?«

Joschi spülte mit Almdudler nach, wollte Zeit schinden – ganz eindeutig.

»Jetzt sag schon! Was für eine Sache?«

»Alf und Stevie … also, sie haben …« Joschi fasste über den Tisch, nahm Vallis Hand und fing auf einmal sogar an zu flüstern. »Stevie und Alf, sie haben …«

»Jetzt spuck es endlich aus, Joschi, sonst …«

»Ich sag's erst, wenn du mir versprichst, dass du kein Wort davon deinem Nachbarn erzählst. Diesem Bullen. Niemals.«

Valli konnte nicht antworten, nur starren.

»Versprich es!«

»Ich versprech's«, knurrte sie und kreuzte die Finger hinter ihrem Rücken – rein gedanklich, versteht sich, denn sie steckten ja in Joschis Fäusten auf dem Tisch fest.

»Alf und Stevie haben Vereinsheime ausgeräumt.«

»Wie? Ausgeräumt? Was meinst du?«

Er verdrehte die Augen. »Na, sie sind eingebrochen. Diebstahl. Zabam!«

Valli riss ihre Hände aus Joschis Fäusten. *Diebstahl! Einbruch!* Natürlich musste sie das Kroner sagen, auf jeden Fall würde sie das Kroner sagen! Dieser Umstand spielte hundertprozentig eine Rolle bei Stevies plötzlichem Dahinscheiden.

»Ich hänge auch mit drin.«

Bum! Zack. Totale Mattscheibe. Denkprozess eingestellt. »Du?« Valli gaffte wie Tarzan, würde dieser zum ersten Mal durch die Straßen von New York laufen.

»Jetzt sag halt was.«

»Was soll ich dazu sagen? Verdammte Scheiße, Joschi! Bist du völlig beknackt?« Er nickte, und seine riesigen Hundeaugen glotzten dabei dermaßen herzerweichend, dass Valli den Welpen am liebsten an sich gedrückt hätte, um ihn zu trösten.

»Wieso machst du so was? Wieso hast du dich da reinziehen lassen?«

Joschi zuckte mit den Schultern. »Ich habe keine Ahnung. Alf hat gefragt, ob ich ein bisschen was nebenher verdienen will, und du weißt ja, dass ich zundermäßig gesehen recht limitiert bin.«

In der Tat. Joschi war notorisch klamm. Er hatte keinen richtigen Job und sandelte rum. Lebenskünstler, so nannte die Fraktion der Romantiker das, Loser die der Realisten. Valli charakterisierte solche Persönlichkeiten gerne mit einer Liedzeile der Band Rosenstolz: *… ich muss mich jetzt nicht finden, darf mich nur nicht verlieren.* Das ließ etwas Raum für Entwicklung, für Hoffnung, aber Joschi war auf dem besten Weg, in eine Einbahnstraße abzubiegen und dort verloren zu gehen, und er war auch nicht gestern erst geboren worden. »Mensch, Joschi! Willst du dir dein ganzes Leben versauen?«

»Ich war nur einmal dabei, um Schmiere zu stehen, ich schwör's!« Er legte die Rechte auf sein Herz. »Aber jetzt hab ich total Schiss, dass meine Fingerabdrücke irgendwo auftauchen, dass durch Stevies Tod … und Alf …« Er leerte seine Flasche Almdudler, wischte sich mit dem Handrücken über den Mund. »Die Bullen wissen sicher längst, dass Stevie in die Einbruchserie verwickelt war. Der große Fernseher in seinem Zimmer stammt aus dem Bruch in Hebertsfelden, davon hast du sicher in der Zeitung gelesen. Die Laptops aus anderen Sportheimen. Seit es die digitalen Spielberichte gibt, stehen die ja überall rum.«

Valli erinnerte sich vage. In den Medien war von einer Bande mit »erheblicher krimineller Energie« die Rede gewesen. »Das geht schon mindestens ein Jahr, oder?«

»Zweieinhalb.«

Wow! »Und du wusstest von Anfang an Bescheid?«

»Aber nein! Ich war nur beim letzten Mal dabei.«

»Wo?«

»Simbach am Inn.«

»Weit weg.«

»Weit genug –«

»Um den Bezug zu Passau nicht gleich zu erkennen.«

Er nickte. »Das Schema ist immer dasselbe. Abgelegenes Sportheim, mindestens fünfzig Kilometer von Passau entfernt, vorher alles abchecken, ohne irgendetwas zu tun, frühestens vier Monate später dann der eigentliche Einbruch.«

»Hattet ihr Waffen?«

Joschi nickte. »Stevie hatte eine Knarre.«

»Habt ihr sie benutzt?« Wenigstens konnte sich Valli nicht spontan erinnern, dass in der Zeitung je gestanden hätte, dass jemand verletzt oder angeschossen worden war, und Gott sei Dank schüttelte Joschi auch prompt den Kopf.

»Wir haben vor ein paar Wochen zum Spaß mal auf Dosen geschossen, mehr nicht. Und wie gesagt, ich stand nur Schmiere.« Er nahm die Hände hoch, als würde Valli ihm einen Revolver auf die Brust setzen. »Ich habe sonst nichts gemacht, ehrlich nicht.«

»Wie blöd bist du eigentlich?« Valli konnte es nicht fassen. »Dann sind deine Fingerabdrücke auf der Kanone.« Valli hätte zu gerne gewusst, ob die Polizei in Stevies Haus bereits eine Waffe sichergestellt hatte. »Wurdest du schon mal erkennungsdienstlich behandelt?«

»Erkennungsdingsdi… was?«

»Hat die Polizei schon mal Fingerabdrücke von dir genommen?«

»Nicht dass ich wüsste.« Erst allmählich ging Joschi ein Licht auf. »Du meinst …?«

»Falls sie die Knarre bei Stevie gefunden haben und du wirklich nicht im System bist, werden sie deine Abdrücke nicht zuordnen können.«

»Du hörst dich an wie ein Scheiß-Bulle.«

Sie bleckte die Zähne. »Sei lieber froh! Ich an deiner Stelle würde jedenfalls von jetzt an dafür sorgen, dass meine Fingerabdrücke nie im System landen. Hast du das kapiert?«

Der Schalk, der Joschi sonst im Nacken saß, hockte heute auf der Auswechselbank. Er sah ziemlich betreten drein. »Was soll ich bloß machen, Valli?«

»Geh zu Kroner und sag ihm alles.«

»Du willst, dass ich im Knast lande?«

»Eben nicht. Besser, du packst freiwillig aus, ehe die sonst irgendwie auf dich kommen. Womöglich bringen sie dich dann auch noch mit Stevies Tod in Verbindung.« Sie schluckte. »Du hast doch nichts mit Stevies Tod zu tun, oder?«

»Bist du irre?«

»Also hat Alf deshalb bei dir angerufen, als er vor Windischs Haus die Polizei stehen sah.« Allmählich fügten sich in Vallis Kopf die Einzelteile zusammen. »Ich habe mich im Nachhinein über den Anruf gewundert, denn eigentlich ist Alf gar kein so guter Kumpel von dir, stimmt's?«

»Er hat mich gewarnt.«

»Wovor?«

»Falls ich der Polizei gegenüber seinen Namen erwähnen sollte, dann …«

»Was dann?« Vallis Akkuleistung in puncto Geduld neigte sich rapide dem Ende entgegen. »Dann würde er dich auch hinhängen?« Sie lachte. »Ich gehe jetzt mal davon aus, dass du dich in so einem Fall schon selbst denunziert hättest.«

»Genau das wollte er verhindern.«

»Und wie?«

»Ich hatte mal einen Unfall und bin einfach weitergefahren.«

»Fahrerflucht?« Valli kriegte sich nicht mehr ein. »Du lässt aber auch nichts aus, wie?«

»Es war Freitagfrüh, Alf und ich hatten die Nacht durchgemacht, wir haben eine ganze Menge gesoffen … Ich habe die Kleine einfach übersehen.«

»Das warst du? Vor der Grundschule in Hacklberg?«

Er nickte langsam. »Ich hab sie nicht gesehen.«

»Und da bist du einfach abgehauen?« Das Mädchen war mit einer schweren Gehirnerschütterung davongekommen, aber die Sache hätte auch viel schlimmer ausgehen können. Die Polizei hatte damals den Fahrer nicht ermitteln können.

»Ich war ein Idiot, aber –«

»Aber was?«, keifte Valli.

»Alf saß neben mir und hat mich angeschrien, ich solle Gas geben.«

»Und du tust immer, was man dir sagt?«

»Ich stand unter Schock, ich wusste nicht, was ich tun sollte.«

»Meinst du etwa, das kleine Mädchen hatte keinen Schock?« Valli knallte Geld auf den Tisch. »Sei lieber still, sonst hau ich dir noch eine rein!« Dass Joschi ein Lump war, wusste sie längst, aber dass er so dumm sein konnte …

»Es tut mir alles so leid.« Er versuchte zu lächeln, aber das ging völlig daneben.

Valli wickelte eine Serviette um ihren Zeigefinger. »Ich versteh dich echt nicht. Wieso machst du so einen Scheiß?«

»Wenn ich das wüsste.«

»Wenigstens ist mit Stevies Tod die Sache mit den Einbrüchen passé«, sagte Valli, aber etwas in Joschis Blick ließ sie sofort misstrauisch werden. »Das ist doch jetzt vorbei, oder?«

Er nickte.

»Versprich es mir.«

Joschi zögerte, starrte auf seine Hände.

»Ich verpfeif dich bei Kroner. Ohne mit der Wimper zu zucken. Echt!«

»Okay. Ich versprech's.«

Und dann erfuhr Valli alles über die Misere mit den Glocken vom Reisinger.

***

Der gute Schütz hingegen lieferte den Kommissaren nach ihrem Auftauchen in seiner Wohnung zuerst nichts als dünne Luft, der Kerl gab sich abgeklärt. Seine Beteuerungen, er habe Stefan Windisch kein Haar gekrümmt, juckten die Herren Kommissare wenig, auch nicht, dass es sich bei den Schulden angeblich nur um hundertachtzig Euro gehandelt hätte. Wer sollte das jetzt noch nachprüfen? Außerdem war schon für kleinere Beträge getötet worden.

Blass wurde der sonst so abgezockte Stürmer erst, als Bruhan den relevanten Abschnitt aus Paragraf 285 Strafgesetzbuch runterleierte, welcher besagte, dass allein für die Beteiligung an unerlaubtem Glücksspiel sechs Monate Knast fällig werden konnten. Und weiß wie die Wand wurde er, als ihm Ben zwei bis fünf Jahre in Aussicht stellte, sollte er nicht Teilnehmer, sondern

Veranstalter einer solchen Runde gewesen sein. Zu guter Letzt warf Kroner noch ein, er würde das schon herausfinden und alles fröhlich lächelnd an die zuständige Stelle weitergeben. Und so spuckte Andi Schütz alle gewünschten Angaben aus wie ein Spielautomat Münzen.

Ja, er habe Dienstagnacht draußen auf dem Parkplatz vor dem »Anpfiff« auf Windisch gewartet, um ihn endlich zur Rede zu stellen und ihm eine gehörige Abreibung zu verpassen. Windisch sei aber ewig nicht aufgetaucht, und so habe er es sein lassen. Nein, er habe nicht gesehen, dass Windisch verprügelt worden sei, und nein, er habe auch nicht anonym bei den Bullen angerufen. Ehrlich. Am Mittwoch habe er sich bei Windisch die Kohle abholen wollen, aber da sei der Kerl schon wieder total dicht gewesen.

Ungelogen.

So sei das gewesen.

3

Die Belehrung als Beschuldigter eines vermeintlichen Tötungsdeliktes brachte Sebastian Reisinger so richtig auf die Palme. Er schlug um sich wie ein Berserker – rein verbal zwar, aber Weissenbeck, Kroner und Bruhan hatten dafür umso größere Mühe, all die Worte auszublenden, mit denen Bascht den Straftatbestand der Beleidigung mehr als erfüllte.

Hornochs! Deppenhaufa! Gschockter!

Und das waren noch die harmlosesten Varianten, die ihnen da mitten auf dem Parkplatz vor dem »Anpfiff« um die Ohren flogen. Aber in Bayern war diese Art des Druckablassens durchaus gelitten, Leo und Kroner hatten ein dickes Fell, und der Bruhan-Preuße verstand es eh nicht so genau. Warum also sollten sie daraus ein Tamtam machen?

Der Wirt des Vereinsheimes beobachtete aus sicherer Entfernung das Schauspiel vor seiner Haustür. Dass Reisinger hier von der Polizei »vorgeführt« wurde, dürfte das Feuer in den Hacklberger Gerüchteküchen mächtig schüren. Das war allen klar, aber es half nichts. Reisinger benahm sich verdächtig, er hatte ein Motiv, vielleicht sogar mehrere, und seine Fingerabdrücke befanden sich auf dieser Medikamentenschachtel. Punktum.

»Sodala, jetzt erklären Sie uns mal ganz genau, wie das am Dienstag hier stattgefunden hat.« Leo wollte Reisinger am Arm packen und zum Vereinsheim dirigieren, doch der machte sich los, stemmte die Arme in die Seiten und sagte: *»Nemo tenetur se ipsum accusare.«*

Leos Augen wurden groß, Kroners ebenfalls. Beide sahen sie Bruhan an.

»Dieser Grundsatz ist im deutschen Strafrecht verankert, das ist richtig.« Ben ging einen Schritt auf Bascht zu. »Sie sind nicht gehalten, sich selbst zu beschuldigen oder sich zu belasten. Sie müssen auch nicht an der Beweisführung gegen sich mitwirken, und Sie können uns anlügen, wie es Ihnen gefällt, allerdings …«

»Allerdings was?« Reisinger war nervös, das war nicht zu übersehen.

»Das hier könnte helfen, die Verdachtsmomente gegen Sie auszuräumen.«

Er lachte. »Das habe ich einmal versucht, und der Schuss ging nach hinten los, das tue ich mir kein zweites –«

»Ich kann Sie gut verstehen«, unterbrach ihn Ben sofort, »aber mittlerweile sind wir uns sicher, dass Sie Windisch die Verletzungen nicht im Vereinsheim beigebracht haben, sondern später. Und natürlich fragen wir uns, warum Sie uns diesbezüglich anlügen.«

Jetzt lachte Reisinger nicht mehr, jetzt wich ihm alle Farbe aus dem Gesicht. »Ähm … Also …«

»So eine Lüge ist strafrechtlich zwar nicht relevant, und Sie können natürlich weiterhin am Nemo-tenetur-Grundsatz festhalten, aber weniger verdächtig machen Sie sich dadurch nicht gerade.«

Daran hatte Reisinger erst mal zu beißen, der Mann kämpfte mit sich, alle konnten das sehen, und es fiel ihnen ein Stein vom Herzen, als er endlich anfing zu reden.

»Wissen Sie, was Stevie zu mir gesagt hat? Im Vereinsheim.

Da würde jeder ausflippen, das verspreche ich Ihnen, und außerdem –«

Weiter kam er nicht, denn drei Autos fuhren auf den Parkplatz. Aus dem ersten stieg Anneliese Windisch. Als sie Reisinger entdeckte, färbte sich ihr Kopf rot, und ihre Adern am Hals schwollen zu gewaltigen Regenwürmern an. »Glaubt's die Polizei jetzt auch endlich, dass *er* der Schuldige ist? Die Schnellsten seid's ihr ja nicht grad.«

Bascht wandte sich ab, presste die Lippen aufeinander, seine Fäuste ballten sich. Ben beobachtete ihn genau.

»Du Mördersau, du dreckerte! Verrecken sollst du im Knast, da hättest schon längst hinghört.«

Leo lief auf Stevies Mutter zu, packte sie am Arm. »Halten Sie sofort den Mund, Frau Windisch! Solange nichts bewiesen ist, gilt immer noch der Grundsatz ›In dubio pro reo‹. Und daran sollten auch Sie sich halten.«

Doch nicht mal Leos energische Art und schon gar nicht ihre spärlichen Lateinkenntnisse konnten die Windisch einbremsen – im Gegenteil.

»Von einer dahergelaufenen Politesse lass ich mir gar nichts sagen. Ich weiß, was ich weiß. Der da hat meinen Sohn auf dem Gewissen, und wenn Sie nicht dafür sorgen, dass er dafür bezahlen muss, dann werde ich das selbst in die Hand nehmen.« Die Gestalten, die den beiden anderen Autos entstiegen, Annelieses Unterstützer sozusagen, bezogen hinter ihr Aufstellung. Demonstrativ.

Kroner zog den Kopf ein, sah weg. Eine Gänsehaut lief ihm über die Arme – so übersetzte sein Gehirn »Fremdschämen« in Körpersprache. Er hielt Reisinger die Wagentür auf. »Steigen Sie ein, das müssen Sie sich nicht antun.« Im Hintergrund lieferten sich Leo und Stevies Mutter einen heftigen verbalen Schlagabtausch.

Bascht schien überrascht. »Wieso? Sie glauben doch auch, dass ich es war, also kann es Ihnen egal sein, was die Windisch rumerzählt. Vielleicht stimmt es ja, vielleicht habe ich Stevie umgebracht. Woran ist er eigentlich gestorben?«

»Dazu kann ich nichts sagen, aber Sie dürfen sicher sein,

dass wir nicht einseitig ermitteln, sondern uns selbst ein Bild machen.«

Reisinger klatschte in die Hände. »Meine Hochachtung! Deshalb werde ich auch als Beschuldigter befragt, obwohl Sie rein gar nichts gegen mich in der Hand haben.«

Es war nie von Vorteil, wenn sich die Klientel mit dem Strafrecht auskannte. »Steigen Sie ein«, knurrte Kroner.

»Wieso sollte ich?«

Allmählich verlor er die Geduld. »Na, damit die da uns nicht hört.« Er nickte in Richtung Anneliese Windisch. »Ich muss Ihnen eine wichtige Frage stellen.« Ihm war es jetzt wurscht, dass Reisinger ihnen noch immer nicht gesagt hatte, wann er Windisch die schwereren Verletzungen wirklich verpasst hatte. Im Grunde war es auch vollkommen egal. Kroner wollte nur noch eines wissen, also legte er die Rechte auf Reisingers Hinterkopf und versuchte, ihn in den Dienstwagen zu schieben.

»Bin ich verhaftet? Ist mir da etwas entgangen?« Bascht versteifte sich, wollte den BMW partout nicht von innen sehen.

»Rein da, sonst werd ich grantig!«

Das Wunder geschah. Bascht stieg tatsächlich ein und Kroner gleich hinterher. Leider konnte er diesen autoritären Triumph nicht zweifelsfrei für sich verbuchen, weil sich die Windisch zeitgleich mit seiner repressiven Ansage zu neuen Höhen aufgeschwungen hatte. Aber egal. Jetzt saß der Mann im Auto, und Kroner konnte seine Frage stellen. Dazu zog er die eingetütete Benuron-Schachtel aus seiner Jackentasche und hielt sie Bascht unter die Nase. »Kommt Ihnen die bekannt vor?«

Ben nahm auf dem Fahrersitz Platz.

»Was ist das?«

Kroner verdrehte die Augen. »Das frage ich Sie. Also?«

Reisinger war offensichtlich genervt. »Keine Ahnung, was das ist. Ein Medikament.« Er versuchte, die Buchstaben zu entziffern, aber Kroners Finger verdeckten den halben Schriftzug. »Benu… irgendwas.«

»Benuron. Ein Schmerzmittel.« Kroner fixierte Reisinger.

»Ja, und?«

»Es wurde bei Stefan Windisch gefunden.«

»Mir egal.« Reisinger zuckte mit den Schultern.

»Sie haben diese Schachtel also noch nie gesehen.«

»Nein. Nie.« Der Hacklberger Spielertrainer blickte stur auf seine Hände.

»Und Sie hatten sie«, Kroner hielt Reisinger das Beweisstück sehr dicht unter die Nase, »auch nie in den Fingern?«

Bascht schob Kroners Hand weg, schlug mit der Faust gegen den Vordersitz. »Wenn ich es Ihnen doch sage! Nein.«

»Sicher?«

»Todsicher.« Jetzt sah Reisinger dem Kriminalhauptkommissar fest in die Augen.

Zu fest?

Kroner zögerte einen Moment, überlegte. »Gut, wenn Sie sich da so sicher sind, muss ich Sie vorläufig festnehmen. Ihre Fingerabdrücke sind nämlich auf der Schachtel.«

Bascht schluckte, sagte aber keinen Ton, sondern sah wie versteinert durch die Scheibe hinaus auf das Sportgelände.

»Sturm – auf geht's, Buam!«, stand in riesigen Lettern über dem Zuschauereingang.

Ben übernahm die Formalitäten, forderte einen Streifenwagen an. Als Letzterer samt Reisinger vom Parkplatz rollte, sahen die Kommissare Anneliese Windisch zufrieden lächeln. Die Regenwürmer an ihrem Hals verschwanden.

Kroner wechselte indes ein paar Worte mit dem Wirt, fragte nach, ob was dran wäre, dass Stevie es mit der Medikamenteneinnahme nicht so genau genommen hätte, und kassierte dafür ein glasklares »Kann schon sein«.

»Nix für ungut, die Herren Kommissare«, kam sodann Anneliese Windisch angewatschelt und schob ihre hochgepressten Spitztüten pseudoerotisch vor sich her. »Das ham S'jetzt gut gemacht. Mei, bin ich froh, dass dieses Monster endlich eingesperrt wird.«

»Herrschaftszeiten!«, brach es da aus Kroner heraus. »Trauern Sie um Ihren Sohn, das kann jeder nachvollziehen, meinetwegen heulen Sie sich die Augen aus dem Kopf, aber halten Sie in Zukunft gefälligst Ihr Schandmaul. Was, wenn der Reisinger überhaupt nichts mit dem Tod Ihres Sohnes zu tun hat? Ha? Soll ich Sie dann wegen Verleumdung oder übler Nachrede einsperren lassen? Wollen Sie das?«

Der Windisch gefror das Grinsen im vollbespachtelten Gesicht, die Regenwürmer kehrten zurück, dafür schrumpften ihre Lippen zusammen und bildeten einen runzeligen, trockenen Ring.

»Und eins sag ich Ihnen«, Kroner stocherte vor dem Gesicht der Windisch mit dem Zeigefinger herum, »sollte ich noch einmal mitbekommen, dass Sie sich –«

Schnell packte Bruhan seinen Chef am Arm und zog ihn zum Auto. »Was soll das? Das bringt doch nichts.«

»Die wird mich kennenlernen! Solche Leut *hab ich dick*! Da kann sie tausendmal gerade eine schlimme Zeit durchmachen, bei so was werd ich zum Tier.«

Ben hielt Kroner die Autotür auf, wartete, bis er einstieg. »Ich hoffe bloß, dass die Michels uns dafür nicht den Hintern versohlt.« Er sprach natürlich von der vorläufigen Festnahme.

»Apropos Michels, mit der habe ich auch noch eine Rechnung offen, und überhaupt …« Kroner sah Ben von der Seite an, als der neben ihm im Auto saß. »Wie die dich immer anhimmelt. Einfach zum Kotzen.«

»Mich?« Ben tat, als fiele er aus allen Wolken, doch dann kam ihm ein Schmunzeln aus. »Ist dir das also auch aufgefallen?«

Der Chef knurrte. »Dein Kopf steckt bis zum Anschlag bei der im Arsch. Dass dir nicht graust?«

Ben wollte sich das gerade bildlich vorstellen, als ein weiterer Wagen auf den Parkplatz rollte. Ranner. Exvorstand und Macher des Hacklberger Fußballwunders. »Was will der denn hier?«

Ranner stieg aus, wechselte ein paar Worte mit dem Wirt, der auf den geparkten Dienstwagen verwies, was Ranner wiederum veranlasste, die paar Meter Entfernung zurückzulegen, um schwungvoll gegen das Glas zu klopfen. »Grüß Gott, die Herren«, sagte er, als die Seitenscheibe herunterfuhr. »Gerade hör ich, dass der Reisinger verhaftet wurde. Stimmt das?«

Aus Kroners Ohren dampfte der Grant, seine Augenbrauen hüpften auf und ab, als hätten sie Sprungfedern. Ben musste übernehmen. »Was machen Sie hier, Herr Ranner?«

Die Gegenfrage verwirrte den Mann. »Was ich hier mache? Nichts.«

»Wollten Sie uns etwas Wichtiges mitteilen?«

»Ähm. Nein.«

»Dann guten Tag.« Ben lächelte freundlich und betätigte den automatischen Fensterheber, fuhr die Ranner-Hand samt Scheibe in die Höhe.

»Auch so einer, den die Sensationslust aus dem Haus treibt.« Kroner kannte seine Pappenheimer.

»Vielleicht hätte ich ihm die Fotos von Valli zeigen sollen?«, meinte Ben.

»Das heben wir uns für später auf.«

Bruhan war das nur recht, er startete den BMW, legte den ersten Gang ein und rollte langsam über den Split. Er liebte das Geräusch von prallen Reifen auf knirschendem Kies, das hatte so etwas Majestätisches. Als er an Ranners Wagen vorbeirollte, fing sein Herz auf einmal an, schneller zu schlagen.

Bummbumm. Bummbumm. Bummbumm. Bummbumm.

Irgendetwas in seinem Gehirn drängte nach vorn, kämpfte sich durch Erinnerungen, durch Massen an Informationen. Es war mühsam, doch dann bekam er den Gedanken zu fassen. »Chef, sieh dir mal das Auto an.« Ben stieg auf die Bremse.

»Was ist damit?«

»Sieht aus wie ein Ford Kuga, ist aber ein Toyota RAV4.«

»Stimmt die Farbe?«

»Soweit ich mich erinnere, hat die Kaiser Erni von einem silbergrauen Gefährt gesprochen.«

Kroner beugte sich vor, um besser sehen zu können.

»Soll ich ihn fragen, ob es sein Wagen war, der am Sonntag vor Windischs Haus gesehen wurde?« Ben drehte sich um, sah, dass Ranner wieder beim Wirt stand und beide gespannt verfolgten, warum die Polizei immer noch nicht verschwunden war.

Kroner schüttelte den Kopf. »Jetzt will ich erst mal wissen, wer den Ranner bei dieser Unterschlagungsgeschichte damals hingehängt hat. Ich könnte wetten, dass das irgendwie mit Windischs Tod zusammenhängt.«

Eigentlich war Kroner mehr der rationale Typ, gab wenig bis

gar nichts auf Bauchgefühl. Ben wunderte sich, zog sein Handy aus der Tasche und fotografierte durch die Scheibe Ranners Wagen.

4

Es ist nicht schlimm – gar nicht so schlimm. Das Wasser fühlt sich gut an: weich, kühl, beruhigend. Ich muss nicht atmen. Jetzt nicht mehr. Bald ist alles vorbei.

Vallis Augen sind weit aufgerissen, sie sieht das grünliche Wasser, sieht einen Fisch, der vorbeischwimmt, und spürt, wie sie dem Grund entgegensinkt. Zu Laurenz. In die Unendlichkeit.

Ich werde sterben, aber das ist nicht schlimm. Nein. Es ist Erlösung. Die lang ersehnte Erlösung. Endlich.

Drrrrr. Drrrrrrrrrr. Drrrrrrrrrrr.

Valli schlug die Augen auf, fühlte Schweiß auf ihrer Stirn, in ihren Haaren, unter ihrem T-Shirt, zwischen ihren Brüsten. Langsam stemmte sie sich hoch, strampelte die leichte Sommerbettdecke weg.

Derselbe Traum. Immer wieder derselbe Traum.

Seit Valli letztes Jahr beinahe dem Milchgassenmörder zum Opfer gefallen war, träumte sie schlecht, träumte sie in so vielen Nächten die immer selbe Szene. Und an den Tagen. So wie jetzt. Dabei war es nicht mal ein schlechter Traum. Zumindest das Ende nicht. Das Ende brachte Erleichterung.

Mein Gott! Was für eine Hölle.

Drrrrr. Drrrrrrrrr.

Sie sprang aus dem Bett, ordnete die klammen Haare, rannte die Treppe hinunter, landete im Chaos ihrer Mutter, nahm einen Schluck aus einer Wasserflasche, die im Flur auf einem Regal stand, und öffnete die Haustür.

»Kann ich kurz reinkommen?«

Valli kannte die junge Frau, wusste aber nicht gleich, woher.

»Entschuldige, du erinnerst dich sicher nicht an mich, oder?«

Valli legte den Kopf schief. Ihre Besucherin hatte dicke blonde Haare, die bis zum Kinn reichten, dazu extrem wilde dunkle

Augenbrauen und schwarze Wimpern, die wie angeklebt aussahen. Ungeschminkt und nicht gestylt und dennoch der absolute Wahnsinn. Valli war ein bisschen neidisch.

»Ich bin die Juli Quendler, und ich –«

»Du bist Baschts Freundin, richtig?« Erst ihr österreichischer Slang und der Blick auf den Kugelbauch hatten Vallis Erinnerungsvermögen wachgerüttelt. Sie lächelte, kam sich aber auf einmal schäbig vor und zupfte an ihrem T-Shirt.

»Oh, gut, du erinnerst dich.« Sie atmete hörbar aus. »Da bin ich froh.«

Valli war ein bisschen überrumpelt. Sie hatte beim letzten Heimspiel ein paar Worte mit Juli gewechselt, als sie zufällig am Kiosk hintereinander anstehen mussten. Über das gängige oberflächliche Gequatsche waren sie in der kurzen Zeit zwar nicht hinausgekommen, aber Valli mochte Juli. Um das zu entscheiden, brauchte der Verstand in Personalunion mit Sehen und Geruchssinn ja nur wenige Augenblicke, trotzdem wunderte sie sich über den Besuch.

»Darf ich reinkommen?«, wiederholte Juli.

Valli nickte, führte ihre Besucherin in die Küche. »Tut mir leid, meine Mutter ist etwas chaotisch.« Sie umfasste das heillose Durcheinander in Flur und angrenzendem Wohnzimmer mit einer ausladenden Armbewegung. »Etwas chaotisch« war maßlos untertrieben, denn Joja Milner war ein Messie, und die Auswüchse dieses Problems umfassten das ganze Milner'sche Hexenhaus mit Ausnahme von Vallis Zimmer, Küche und Bad.

»Das ist mir gerade so was von wurscht …«

Valli bemerkte erst jetzt, dass Juli den Tränen nahe war. »Setz dich doch«, sagte sie schnell und zog einen Stuhl heran.

Tatsächlich fielen auch schon die ersten Tropfen wie Regen auf die Tischplatte. *»Duad ma load«*, presste Baschts Freundin hervor, holte ein Tempo aus ihrer Hose und wischte gegen die Sturzflut an.

In solchen Fällen half nur das Notfallprogramm. Valli hatte zwar selbst keine Freundinnen, die sich bei Liebeskummer oder sonstigen Desastern in ihrem Schoß ausheulten, kannte aber als X-Chromosom-Trägerin natürlich das grundsätzliche Prozedere.

Sie goss ein Glas Wasser ein, stellte es vor Juli ab und setzte sich. »Dann spuck den ganzen Dreck mal aus. Das hilft bestimmt.« Die Jumbopackung Sahneeis blieb im Gefrierfach, die gab's nur im Film.

Drei Anläufe waren nötig, ehe Juli Quendler überhaupt einen vernünftigen Satz zustande brachte. »Sie … sie haben Bascht verhaftet.«

Die Neuigkeit haute Valli ansatzlos vom Hocker. Vergessen waren dumme Liebeskummertussis und blödes Rumgeheule. »Echt? Wann?«

»Vor … vor einer Stunde. Er hat mir das hier geschickt.«

Valli las die WhatsApp-Nachricht dreimal.

Wurde verhaftet, mach dir keine Sorgen. Das klärt sich sicher schnell. Bascht.

Das war alles? Mehr hatte er dazu nicht zu sagen? Valli war sprachlos.

»Wir hätten um fünf einen Termin beim Frauenarzt für einen 3D-Ultraschall gehabt. Ich habe versucht, ihn anzurufen, aber ich konnte ihn nicht erreichen. Sein Handy war aus, er …« Ein neuerlicher Weinkrampf schüttelte Mutter und Kind.

»Glaubt die Polizei, dass er …?« Valli konnte, sie wollte das gar nicht in Worte fassen, musste sich regelrecht überwinden. »Glauben die, dass Bascht was mit Stevies Tod zu tun hat?«

Juli nickte, ihre Lippen zitterten, rastlos fuhr sie mit den Fingerknöcheln an deren Rändern entlang.

Valli ging an die Spüle, goss sich nun auch ein Glas Wasser ein und exte es weg. »Traust du ihm das zu?«, fragte sie, ohne sich umzudrehen.

Juli schluchzte auf. »Seit wir … seit er beim Sturm ist … Ich erkenne ihn kaum wieder! Er ist so … so anders, so in sich gekehrt. Alles dreht sich nur noch um Windisch, dauernd gibt es wegen ihm Ärger, und er spricht ja kaum noch mit mir. Sieht mich immer nur an, als wäre ich …«

Schweigend setzte Valli sich neben Reisingers Freundin und legte unbeholfen einen Arm um sie. Wenn nicht mal sie von seiner Unschuld überzeugt war, wer dann?

»Er lässt mich einfach im Stich. Ich musste mir unseren Sohn alleine ansehen. Beim Ultraschall habe ich andauernd geheult. Jetzt hat mich die Ärztin krankgeschrieben, eigentlich müsste ich längst wieder zurück nach Salzburg in die Schule, der Mutterschutz beginnt erst in ein paar Wochen …« Die vielen Worte stolperten durcheinander. »Er lässt mich im Stich. Schon wieder.«

Schon wieder? Valli kam nicht ganz mit. »Na ja, eigentlich kann er ja nichts dafür, dass er den Arzttermin versäumt hat.«

Juli sah auf. Irgendwie empört. »Und wenn die Polizei recht hat? Wenn er tatsächlich …?« Die Worte blieben ihr nun endgültig im Hals stecken, das Schluchzen erstickte jeden Laut.

Doch Valli wusste auch so, was Baschts Freundin ihr sagen wollte: *Was, wenn es stimmt? Dann geht er für lange, sehr lange Zeit in den Knast, und mein Kind wird ohne Vater aufwachsen.* Das wollte sie sagen. Hundertpro. Aber wieso, Herrgott noch mal, lud sie diesen Mist bei ihr ab? Sie kannten sich kaum. Eine wie Juli hatte sicher einen Haufen Freundinnen.

Wieso ausgerechnet ich?

Valli verstand die Welt nicht mehr.

»Außerdem lügt er mich an, schon eine ganze Zeit lang. Er bleibt über Nacht weg, kommt erst frühmorgens heim. Stinkt nach Zigaretten und Alkohol, obwohl er eigentlich nichts trinkt.« Sie holte tief Luft. »Er hat mir versprochen, nicht mehr zu trinken.«

»Kann ich irgendetwas für dich tun?«, fragte Valli zaghaft, ehe noch mehr Seelenmüll auf sie einstürzte. Sie war keine gelernte Problemfresserin, damit hatte sie nicht viel Erfahrung. »Soll ich jemanden anrufen? Deine Eltern? Geschwister? Freunde?« Den Ball weiterspielen, eine spitzenmäßige Idee!

Doch Juli schüttelte den Kopf. »Meine Eltern halten nichts von Bascht, sie wollten mir das … ausreden.« Zornig wischte sie die Tränen fort. »Er wäre nicht gut für mich.« Sie lachte. »Ich kann sie sogar verstehen. Er hat in seinem Wohnwagen gehaust, Fußball gespielt und lebte von dem, was er dabei verdiente. Bascht ist ein Lebenskünstler, war er immer.«

Davon hatte Valli gehört, und ihretwegen durfte jeder Mensch gern nach seiner eigenen Fasson leben, nur leider sahen das Eltern in der Regel weniger liberal. Valli kannte das.

»Wenn die erfahren, dass er verhaftet wurde, dann …«

Valli konnte sich die Reaktion bildlich vorstellen.

»Und meine Freundinnen mochten ihn auch nicht, die konnten nie verstehen, warum …«

Damit war alles klar. Entgegen allen guten Ratschlägen hatte Juli Quendler also einen Mann gewählt, der überhaupt nicht in ihr bisheriges Leben passte.

»Mein Bruder war der Einzige, der einigermaßen mit ihm klarkam. Dabei kannten Bascht und ich uns noch gar nicht lange, als feststand, dass er nach Brasilien gehen würde, aber nicht wusste, wann und ob er überhaupt zurückkommt.«

Okay. Valli überlegte. Sie selbst war solchen Abenteuern nicht abgeneigt, hatte es bisher allerdings nur bis nach Italien geschafft. Würde sie ohne Rückflugticket nach Brasilien wollen? Eher nicht.

»Wir wollten locker in Kontakt bleiben, alles easy und relaxed angehen. Eventuell mal eine E-Mail schreiben oder skypen. Er wollte sich melden, aber dann wurde mir eines Tages klar, dass ich schwanger sein musste, und –«

»Und dann war's vorbei mit der Entspanntheit.«

Juli legte beide Hände auf ihren Bauch, lächelte kurz. »*Madonna Klara*, war das ein Schock!«

»Das kann ich mir vorstellen«, sagte Valli, obwohl sie keine Ahnung von ungewollter Schwangerschaft und dem damit einhergehenden Gefühlschaos hatte. »Wie hast du's ihm beigebracht?«

»Gar nicht. Er hat sich drei Monate nicht bei mir gemeldet. Drei Monate! Und als er es schließlich tat, da –«

»Hattest du keine Lust, gleich mit der Tür ins Haus zu fallen, stimmt's?«

»Stimmt. Ich war stocksauer, weil er sich so lange nicht gemeldet hatte.«

»Wie kommt's, dass ihr jetzt doch gemeinsam ein Nest für den *Schraazn* baut?«

Juli sah Valli unter Tränenschleiern in die Augen. »Mit seinem Opa hatte Bascht regelmäßig Kontakt.« Es klang eindeutig vorwurfsvoll. »Von ihm hat er vom Angebot des Sturms und der freien Trainerstelle erfahren. Anscheinend lief es in Südamerika nicht so, wie er sich das vorgestellt hatte, also kam ihm das gerade recht.« Das Stimmchen versagte, brauchte ein wenig. »Ich wusste nichts davon, eines Tages stand er einfach vor meiner Tür und … Er dachte, das Kind wäre von irgendeinem anderen Typen, mit dem ich mich getröstet hätte, nachdem er … Ich musste ihm alles tausendmal vorrechnen, bis er mir endlich geglaubt hat.«

Heikles Thema. Definitiv. Gerade weil die Herren der Schöpfung es bei der Nachzucht in solchen Fällen nicht in der Hand hatten, die notwendige Monopolstellung einzufordern.

»Je näher der Entbindungstermin rückt, desto schlimmer wird es.« Sie seufzte. »Er zweifelt.«

Valli schluckte. In Julis Haut wollte sie wirklich nicht stecken.

»Ich dachte, du könntest«, Baschts Freundin zögerte, »vielleicht könntest du ein gutes Wort für ihn einlegen?«

Was ging denn hier ab? Valli stutzte. »Bei Kroner? Woher weißt du überhaupt, dass ich –«

»Baschts Opa hat mir erzählt, dass er mit Kommissar Kroner gesprochen hat, und ich weiß ja, dass Markus dein Bruder –«

»Markus ist nicht mein Bruder!«

»Nein? Ich dachte –«

»Die Kroners sind meine Nachbarn. Ich kenne sie gut, aber glaub mir, in dieser Sache kann ich rein gar nichts für dich tun.« Sie schnaubte. »Hannes würde mich nicht mal anhören.«

Juli trank die Enttäuschung weg, die Tränen auf ihrer Haut kondensierten an der Innenseite des Glases, ließen die Konturen ihrer Nase hinter Nebel verschwinden. »Jemand hat die Hauswand beschmiert.«

Häh? »Welche Hauswand?«

»Die bei Baschts Großeltern.« Sie lachte auf. Es war alles, nur kein fröhliches Lachen. »Dort, wo wir zusammen unser Kind aufziehen wollten.«

»Und?«

»Heute Morgen, als ich aufstand, war es einfach da. ›Du Mördersau, wir kriegen dich!‹.«

Wie bitte? Valli konnte es nicht fassen. »Wer macht denn so was?«

»Baschts Opa glaubt, dass es Stevies Mutter war.«

»Spinnt die?«, platzte es aus Valli heraus, aber es tat ihr sofort leid. Man konnte nie wissen, wie man selbst reagieren würde, wenn das eigene Kind …

»Ich verstehe das alles nicht. Erst am Wochenende haben wir ein paar Sachen aus meiner Wohnung in Salzburg«, sie musste Luft holen, »aus meiner Wohnung geholt, und ich habe mich auf Passau, das Baby und die gemeinsame Zeit wirklich gefreut. Und jetzt?« Tränen quollen aus ihren Augen. »Am liebsten würde ich mein Zeug wieder einpacken und verschwinden. Mich in Salzburg verkriechen, aber meine alte Wohnung ist bereits vermietet, und …«

Und ziemlich sicher wollte sie das Ausmaß dieser Misere nicht vor ihren Eltern ausbreiten.

»Außerdem habe ich die Polizei angelogen.«

Valli traute ihren Ohren nicht.

»Die wollten von mir wissen, ob ich gehört hätte, wann Bascht in der Nacht von Dienstag auf Mittwoch heimgekommen ist.«

»Und?«

»Ich habe ihnen gesagt, ich wüsste es nicht, aber ich weiß es. Ich weiß es sogar ganz genau. Er hat sich im Bad ausgezogen und seine Klamotten in die Waschmaschine gesteckt. Sonst kümmert er sich nie um die Wäsche.« Nervös rieb Juli die Fingerknöchel der einen Hand an der Innenseite der anderen.

Valli musste es wissen. »Wann? Wann ist er nach Hause gekommen?«

»Um fünf Uhr früh. Ich habe ihn gefragt, wo er war, aber er wollte es mir nicht sagen.«

5

Ben verabscheute alle Arten von Lauben. Warum hatte der Chef die Aufgabe ausgerechnet ihm aufhalsen müssen? Wahrscheinlich, um ihn zu testen, um sicherzustellen, dass die Vergangenheit in den Psycho-Sitzungen schön wegverarbeitet wurde.

Von wegen.

Diese Vergangenheit würde immer Teil von ihm sein, auch wenn dieses Schrebergartenhäuschen ein Kleinod im Vergleich zu dem war, wo seine Schwester Zoe vor so vielen Jahren …

Der Laubenbesitzer hieß Adalbert Gunter – genauer gesagt war er einer der insgesamt vier Gartenhäusler. Leo hatte das recherchiert und Bruhan diese Audienz verschafft. Von den anderen war an besagtem Dienstagabend niemand da gewesen.

»Da hat man wirklich einen schönen Blick.« Mittlerweile saß Ben in einem urgemütlichen Schaukelstuhl auf der umlaufenden Veranda und wippte vor und zurück. Die Laube lag direkt unterhalb des Parkplatzes des Hacklberger Fußballclubs, von dem man durch eine hölzerne Hintertür dieses kleine Stückchen Paradies betrat. Ben fühlte sich an das Buch »Der geheime Garten« von Frances Hodgson Burnett erinnert, allerdings nur an die Holztür. Direkt gegenüber sah er den Pfad, der vom Parkplatz direkt zur Hacklberger Siedlung führte. Acht Minuten Fußmarsch zu Reisingers Heim, zwölf Minuten bis zu den Windischs. Mannigfaltige Möglichkeiten taten sich auf, damit hatte Kroner recht. Und von der Veranda aus konnte man alles überblicken, ohne von anderen wahrgenommen zu werden – zumindest bei Nacht, wenn alle Lichter aus waren.

»Gut, dass das hier«, Ben umfasste die Hütte und den liebevoll angelegten Garten mit einer ausladenden Handbewegung, »nicht ›in einen Parkplatz umgewidmet wurde‹.« Letzteres setzte er in Anführungszeichen. Er hatte das heute Vormittag im Büro aufgeschnappt. Als der Aufstieg des Sturms in die Landesliga perfekt gewesen war, hatte Ranner das Vereinsheim umbauen, eine Tribüne auf der Ostseite errichten und Parkplätze planieren und asphaltieren lassen. Wäre es nach ihm gegangen, hätte er die Lauben unterhalb des jetzigen Parkplatzes zugeschüttet, um für weitere dreißig Autos Platz zu schaffen.

»Hören S'mir bloß damit auf.« Adalbert Gunter war ein Kauz, trug Nickelbrille und ein selbst gestricktes Wollkäppi und sah aus wie jemand, der vor fünfundzwanzig Jahren aufgehört hatte, sich zu verändern. Dabei war der Mann ungefähr in Kroners Alter. Sicher hatte er weder Frau noch Kinder. »Die wollten uns einfach über den Haufen schieben. War eine herbe Niederlage für den Ranner, als er damit nicht durchkam.« Gunter grinste zufrieden. »Verlieren ist nichts, was der gut vertragen kann.«

Auch darüber war Ben bereits im Bilde. Zwischen Ranner und Gunter war es zu Handgreiflichkeiten gekommen – auf offener Straße, vor zahlreichen Zeugen. Ranner hatte nicht akzeptieren wollen, dass diese Lauben eine Daseinsberechtigung besaßen, obwohl »seine« Zuschauer dann keinen Parkplatz finden würden. Ober stach also doch nicht immer Unter, wenngleich ansonsten alles bis zur Haltestelle »Aumühlweg« den neuen Parkplätzen hatte weichen müssen.

»Meine Kollegin hat Ihnen gesagt, warum ich hier bin?«

Gunter reichte Ben ein Weißbier, ließ sich in einem identischen Schaukelstuhl schräg gegenüber nieder und steckte sich eine Pfeife an. »Es geht um die Nacht von Dienstag auf Mittwoch, vom siebenundzwanzigsten auf den achtundzwanzigsten Mai. Richtig?«

Ben nickte und prostete Gunter zu. Die kühle Iso-Halbe tat gut. »Meine Kollegin sagte mir, dass Sie hier übernachtet und lange auf der Veranda gesessen haben?«

»Das stimmt. Es war die erste laue Nacht im Mai, und ich hatte am Mittwoch frei. Das Wetter ist dieses Jahr ja unberechenbar, ein paar Nächte später hätte ich mir den Arsch abgefroren, aber …« Er merkte wohl selbst, dass der Wetter-Small-Talk und die Ausdrucksweise fehl am Platze waren.

»Sie bekommen wahrscheinlich so einiges mit«, mutmaßte Ben.

»Das dürfen Sie glauben! Wenn ich abends im Dunkeln auf meiner Veranda sitze, ist das spannender als jeder Krimi. Ich könnte Ihnen Geschichten erzählen.«

Ben war nur an einer Geschichte interessiert – an der von Dienstagnacht.

»Nicht dass Sie jetzt auf die Idee kommen, ich wäre ein Spanner«, Adalbert Gunter lachte gekünstelt, »aber die jungen Leute können sich manchmal einfach nicht bremsen, und ich muss alles mitansehen – unfreiwillig quasi.«

Von wegen müssen! Garantiert genoss der gute Gunter gerade diesen Vorzug seiner Laube. »Und Dienstagnacht? Was haben Sie da gesehen?« Allmählich wurde Ben ungeduldig. Er hatte Lorenz und Berni heute Mittag versprechen müssen, bei der kleinen Feier in der Werkstatt am Abend vorbeizukommen. Markus' Freunde wären automatisch auch ihre Freunde, hatten sie zu ihm gesagt. So war das bei den Kroners. Komische Familie.

»Man glaubt ja nicht, wie viele Leute nachts durch dieses Wäldchen latschen. Mit dem Hund, für eine letzte Zigarette oder einfach so. Da ist einiges los.«

Jetzt spuck es endlich aus! Ben hätte dem Kerl am liebsten einen Schlag auf den Hinterkopf verpasst.

»Dienstagabend gab es die übliche Laufkundschaft, für einen Werktag war allerdings ungewöhnlich lange Betrieb.«

»Mit Betrieb meinen Sie das Sportheim?« Ben kam nicht ganz mit.

»Nein.« Gunter winkte ab. »Was im ›Anpfiff‹ vor sich geht, davon bekommen wir hier unten kaum etwas mit. Ich spreche von den Leuten, die das *Wegal* benutzt haben.«

Ach so. »Und?«

»Ab elf wird es normalerweise ruhiger. Zumindest unter der Woche, aber Dienstagnacht ist mir jemand aufgefallen.«

Wow! Ben musste an sich halten, um seinen Zeugen nicht zu drängeln.

»Kurz vor Mitternacht war ein junger Mann unterwegs, der wohl einen ziemlichen Frust mit sich herumtrug.« Gunter zog an der Pfeife, genoss den edlen Geschmack. »Er hat geschimpft und mit den Fäusten gegen die Baumstämme gedroschen, dass es eine wahre Freude war.«

Könnte Reisinger gewesen sein, dachte Ben. Frust hat der bestimmt *en masse* geschoben. Wann genau dieser nach der Auseinandersetzung mit Windisch das Vereinsheim verlassen hatte, darüber gingen die Meinungen und Aussagen allerdings bisher noch auseinander. »Sind Sie sich bezüglich der Uhrzeit sicher?«

»Ja.«

Ja? So einfach? »Wie sah der Mann aus?« Wenn dieser Adalbert Gunter gesehen hatte, dass Bascht um Mitternacht heimgegangen war, dann würde Kroners Theorie, dass Reisinger sich Windisch auf dem Parkplatz noch mal vorgeknöpft hatte, nicht aufgehen, denn Stevie hatte erst kurz vor eins das »Anpfiff« verlassen. Wenigstens darin waren sich die Zeugen einig.

»Der Weg ist nicht beleuchtet, aber von der Siedlung oberhalb fällt immer etwas Licht ein, trotzdem …«

Jetzt spuck es halt aus, mein Gott!

»Das war so ein Typ, mittelgroß, schlank. Ich glaube, er hatte einen Kapuzenpulli an. An den Ärmeln«, Gunter fuhr mit seiner Rechten von der linken Schulter bis zum Ellbogen, »waren so komische weiße Pfeile. Das ist mir aufgefallen.«

Komische weiße Pfeile? Reisinger hatte bei seiner Vernehmung am Montag einen Kapuzenpulli getragen. Ein altes Hummel-Teil, wenn Ben sich recht erinnerte. Breite weiße Pfeile waren das Markenzeichen des Sportartikelherstellers. Klar!

»Wissen Sie, was komisch war?«

»Sagen Sie's mir, Herr Gunter.«

»Kurz vor zwölf verschwand der Mann in Richtung Malerweg aus meinem Blickfeld, aber höchstens zwanzig Minuten später kam er zurück. Und wie! Der ist regelrecht durch den Wald gesprintet.«

»Sind Sie sicher, dass es ein und dieselbe Person war?«

Er nickte.

»Und?«

»Nichts und. Danach war alles ruhig, ich habe mir eine Pfeife angezündet, und …«

Musste man diesem Gunter denn alles aus der Nase ziehen?

»… und kaum war ich fertig, gab es einen ziemlichen Krach da oben.« Mitsamt Weißbierglas zeigte er hinter sich auf das Gartentürchen. »Vor meiner Haustür müssen zwei so richtig aneinandergeraten sein, und ich wette, einer von denen war der aufgeregte junge Mann mit dem Kapuzenpulli.«

»Haben Sie ihn gesehen?«

»Nicht doch, ich halte mich bei so was immer raus. Aber die waren so laut, dass ich sie nicht überhören konnte.«

Ben überlegte. »Um wie viel Uhr war das?«

Gunter rechnete. »Da mich um halb eins meine Freundin angerufen hat, um mir zu sagen, dass sie jetzt doch nicht mehr kommt, müsste das in etwa um ein Uhr gewesen sein. Wahrscheinlich kurz vorher.«

Also doch eine Freundin. »Und wie lange hat das Geplänkel gedauert?«

»Ach, die wollten gar nicht mehr aufhören. Fast wäre ich entgegen meinen Prinzipien doch hochgegangen, um denen mal zu sagen, dass sie nicht allein auf der Welt sind, aber ich hab's gelassen. Vernunft ist dem fußballbegeisterten Teil der Menschheit meiner Erfahrung nach völlig fremd.«

Aha. Auf die Fußballwelt war Gunter also gar nicht gut zu sprechen. Irgendwie verständlich, aber für Bens Geschmack verallgemeinerte er da etwas zu freizügig. Was er über den Streit vor seiner Haustür zu sagen hatte, passte allerdings mit dem zusammen, was dieser anonyme Anrufer den Kollegen erzählt hatte. Ob es Reisinger gewesen war, der zuerst nach Hause gegangen und später zurückgekehrt war, um Windisch auf dem Parkplatz die längst fällige Abreibung zu verpassen, wussten sie damit zwar immer noch nicht mit Sicherheit, aber es wurde immer wahrscheinlicher. »Wenn Sie hier Ihre Laube haben, dann müssten Sie die Sturm-Spieler doch kennen?«, wagte Ben einen Vorstoß.

»Nein. Ich sehe mir nie ein Spiel an. Schon aus Prinzip.«

»Und was ist mit Sebastian Reisinger?«

»Nie gehört.«

Ein Ignorant also, schließlich würde jeder normale Mensch die Veränderungen vor seiner eigenen Haustür verfolgen, und Reisinger war die jüngste Neuerung beim Sturm. »Ist der Mann mit der Kapuze nach dem Streit noch einmal auf dem Weg aufgetaucht?«

»Nicht solange ich hier auf der Veranda saß.«

»Und wie lange saßen Sie?«

»Bis vier Uhr früh. Es war aber auch eine wunderbare Nacht.«

6

Als Ben auftauchte, war die Party bereits in vollem Gange. Er drückte dem Geburtstagskind eine Flasche Wein in die Hand, bekam im Gegenzug ein *Schnapperl* verpasst und wurde sogleich in die Warteschlange beim Burgergrill geschoben, wo Markus und dessen Brüder ebenfalls anstanden.

»Servus, Ben. Na, keine Beschwerden?« Mattias, der Lehrer, verpasste ihm einen deftigen Schlag auf den Rücken. »Unser kleiner Scheißer hier«, er zeigte auf Markus, »jammert uns seit Stunden voll, er hätte den Muskelkater seines Lebens.«

Markus lächelte, ließ die Sticheleien der älteren Kroner-Brut wie immer anstandslos über sich ergehen. Daran war er gewöhnt. »Echt jetzt, ich kann kaum gehen, mir tut alles weh.« Er klopfte auf Arme, Bauch, Oberschenkel, Hinterteil. »Einfach alles!«

Ben ging es ähnlich. Er machte regelmäßig und intensiv Sport, aber auch sein Körper war seit heute früh damit beschäftigt, die durch die Mikrotraumata gebildeten Entzündungsstoffe aus den Muskeln zu spülen, und das schmerzte – ziemlich sogar. »Kann nicht klagen«, sagte er nichtsdestotrotz und grinste. »Mir geht's gut.«

Markus verdrehte die Augen, und seine Brüder lachten ihn aus.

»Er geht wie ein Cowboy, der drei Tage ununterbrochen im Sattel saß.« Simons Augen glänzten vor Heiterkeit. Neben ihm stand seine Frau. Ben tippte auf achtzehnten Monat – dieser Babybauch war gigantisch, fast genauso gigantisch wie der Monsterburger, den er gleich verschlingen würde.

An der Bar trafen sie Kroner, der die Eltern der Traumschwiegertochter anschleimte. Trotzdem entging ihm nicht, dass sein Jüngster wie eine Ente daherwatschelte. »Was ist denn mit dir los?«

Markus winkte ab, hievte sich auf einen Barhocker.

»Muskelkater«, erklärte Mattias. »Von einer halben Stunde Sport.«

Länger hatte das Workout tatsächlich nicht gedauert. Ben stopfte den Burger in seinen Mund und dachte nicht daran, Markus zu verteidigen. Geschah ihm ganz recht, der haute sowieso viel zu oft auf den Putz, da konnte er ruhig auch mal einstecken. Die Burgersoße tropfte von seinem Kinn.

»Vielleicht sollte ich da auch mal mitmachen, wollte mich sowieso etwas in Form bringen«, sagte Kroner gerade, als hinter ihnen die Tür aufging und Valli über sie hereinbrach wie eine Urgewalt.

Ben bemerkte die Empörung auf ihrem Gesicht sofort und sah, wie sie den Raum scannte auf der Suche nach … nach …

Er hörte auf zu kauen.

Als Valli den Ersten Kriminalhauptkommissar entdeckte, stellte sich ihr Navi auf das neue Ziel ein und erreichte es nach weniger als zehn Sekunden. »Ihr habt Bascht verhaftet! Wieso?«

Die locker angenehme Atmosphäre entschwand – ebenso wie Kroner. Ohne ein Wort stand er auf und ging.

»Seine Freundin ist hochschwanger, und irgendwelche Idioten beschmieren die Hauswände!«, rief Valli ihm nach.

Simon hielt sie davon ab, seinem Vater hinterherzulaufen. »Musste das unbedingt sein? Du weißt doch, dass –«

»Sie haben Bascht verhaftet? Wann?«, wollte Markus wissen.

»Heute.« Valli schüttelte Simons Hand ab und erklomm den frei gewordenen Barhocker. »Seine Freundin war bei mir.«

»Ihr kennt euch?«

Valli verneinte Markus' Frage und bestellte bei einer von Bernis Schwestern, die sich um die Bar kümmerten, ein Pils.

»Wie kommt sie dann auf die Idee, sich bei dir auszuheulen?«

Ben hatte genug gehört. Er spülte den letzten Bissen seines Burgers hinunter, stand auf, packte Valli am Arm und zog sie in eine finstere Ecke, wo eine kleine Couch stand. »Setz dich!«

Die anderen sahen ihnen nach.

»Was soll das?«

»Fängst du schon wieder an?«

»Womit?« Valli stemmte die Arme in die Seiten wie ein störrisches Kind.

»Womit wohl?« Ben ließ sich in die weichen Kissen sinken. »Dich einzumischen. In Dinge, die dich nichts angehen.«

Sie starrte auf ihn hinab, atmete zu laut, zu schnell, zu aufgeregt.

Unglaublich, wie emotional sie immer reagiert. Überraschenderweise setzte sie sich neben ihn. »Was hat dir Baschts Freundin erzählt?«

»Dass er verhaftet wurde, dass sie nicht weiß, was sie noch

glauben kann, dass sie am liebsten abhauen würde und dass sie die Polizei belogen hat.«

»Bitte was?« Bens Oberkörper kippte nach vorn, er sah Valli ins Gesicht.

»Sie hat euch belogen. Sie weiß, wann er in der Nacht von Dienstag auf Mittwoch nach Hause gekommen ist.«

»Und?«

»Um fünf Uhr früh.« Eigentlich hatte sie nicht vorgehabt, es Ben zu erzählen. Nicht ihm.

Er überlegte. Diese Offenbarung machte kaum einen Unterschied. Sie vermuteten ohnehin, dass Bascht der Polizei nicht die ganze Wahrheit sagte, es spielte also keine Rolle, ob die Freundin in dieser Hinsicht den Vater ihres Kindes hatte schützen wollen. Ja, es war sogar ihr gutes Recht.

»Sie hat ihn gefragt, wo er war, aber …«

Ben sah Valli aufmunternd an.

»Bascht wollte es ihr nicht sagen. Er zweifelt daran, dass das Kind von ihm ist. In letzter Zeit benimmt er sich komisch, und Juli kann nicht ausschließen, dass er etwas mit Windischs Tod zu tun hat.« Valli schossen Tränen in die Augen. Sie kam sich vor wie die Oberpetze, dabei konnte sie Julis Verwirrung und Angst so gut verstehen.

Ben legte einen Arm um sie. »Jetzt beruhige dich erst mal.« Sein Herz klopfte wie wahnsinnig.

Valli sah ihn an, ihre Augen glänzten tränennass. »Ich wünschte, sie hätte mir das alles nicht gesagt.« Sie schrumpfte unter seinem Arm zusammen wie ein Luftballon, der an einem Kaktus anlandete.

Ben nahm seinen Arm lieber weg, er wollte ja nicht, dass sie sich vollends in Luft auflöste.

»Juli hat gesagt, dass auf Baschts Kleidung Blut war, es wäre beim Waschen nicht rausgegangen, und seine Hände haben fürchterlich ausgesehen … aufgeplatzte Haut, Schnitte …« Valli knabberte noch immer an den Erlebnissen vom letzten Sommer, sie wollte nicht schon wieder Teil eines Dramas werden. Lieber lud sie gleich alles ab. Hier und jetzt. Bei Ben. Es fühlte sich gar nicht so schlecht an. »Sie glaubt, dass Bascht Stevie so arg verprügelt hat, dass der daran gestorben ist.« Tatsächlich hatte Juli das genauso gesagt, als sie vor nicht einmal einer Stunde das Milner'sche Hexenhaus verlassen hatte.

Ben spürte Valli neben sich. Überdeutlich. Sie zitterte. Sonst war sie ein toughes Mädchen, viel zu tough für seinen Geschmack, aber anscheinend …

»Was soll sie tun, wenn es stimmt, dass Bascht tatsächlich …? Sie zieht gerade hierher, erwartet ein Kind und kennt keine Sau in Passau.«

Er ist nicht an den Verletzungen gestorben, Valli, hätte Ben gerne gesagt, ehe sie noch vollends durchdrehte.

»Es muss schrecklich für sie sein.«

Er nickte, wusste, dass sie noch vor einem Jahr freiheraus gefragt hätte, woran Reisinger gestorben wäre. Ein natürlicher Tod kam nicht in Frage, denn dann hätte die Polizei längst aufgehört zu ermitteln. Als eine Art Stieftochter Kroners wusste sie so etwas. Doch sie hielt sich zurück, hatte anscheinend ein ganz klein wenig dazugelernt. Immerhin. Er war froh.

Doch in Vallis Hirn überschlugen sich die Fragen. *Was, wenn Windisch nicht an den Folgen der Schlägerei gestorben ist? Woran dann? Und wieso wurde Bascht dann trotzdem verhaftet? Heißt das …?* Sie hatte Mühe, sich zu bremsen, normalerweise plapperte ihr Mund, bevor das Oberstübchen Zeit hatte, seinen Job zu machen. *Wenn Bascht einmal zu oft zugeschlagen hatte, dann war das Körperverletzung mit Todesfolge, aber wenn er …*

»Bist du mit Joschi zusammen?« Ben musste es wissen. Unbedingt.

Der prompte Themenwechsel überraschte Valli. »Kann schon sein«, sagte sie. »Warum interessiert dich das?« Das Bild von der Luisa-Tusse drängte sich vor ihr inneres Auge, rief eindringlich in Erinnerung, wie umwerfend sie bei dieser Szene auf dem Sportplatz ausgesehen hatte. Das transparente Blüschen, die blonden Haare …

Sie ist nicht mit ihm zusammen! Jetzt war sich Ben sicher. Er hatte Valli – abgesehen von der Busfahrt am Sonntag und der Freeletics-Einheit am Dienstagabend – zwar fast ein ganzes Jahr nicht gesehen, aber den zänkischen Unterton in ihrer Stimme wusste er dennoch zu deuten. *Sie hat nichts mit Joschi laufen. Sicher! Und sie weiß nicht, dass Luisa und ich …*

»Hörst du mir überhaupt zu?«

»Ähm, ja, natürlich.« Er wühlte in seinem Hirn. *Was hat sie gerade gesagt?*

Valli nippte an ihrem Pils, wischte über ihren Mund und versuchte, gelassen zu wirken, obwohl sie aufgekratzt war wie ein Teenager nach dem ersten Kuss. »Windischs Mutter hat bei den Reisingers die Hauswand beschmiert.«

Die Info nahm der sich möglicherweise anbahnenden Gefühlsduselei allen Wind aus den Segeln. »Windischs Mutter? Woher weißt du das?« Er würde Valli später die Wahrheit über seinen Beziehungsstatus offenbaren.

»Der alte Simmerling ist sich diesbezüglich ziemlich sicher.«

»Und woher sollte der das wissen?«

Valli zuckte mit den Schultern. »›Du Mördersau, wir kriegen dich!‹. Abartig, oder?«

In Bens Magen stieg heiße Wut auf. Mit seiner Vermutung hatte Simmerling vermutlich recht, das passte wunderbar damit zusammen, wie Ben Stevies Mutter bislang kennengelernt hatte. Was für eine Furie! Und dennoch hatte sie alles Mitleid verdient. Ihr Kind war tot. Verdammt!

»Die Polizei muss etwas unternehmen.«

»Das werden wir.« Natürlich. Sachbeschädigung ist gleich strafbare Handlung, das hieß, die Polizei war schon per Gesetz verpflichtet, dem nachzugehen.

»Und die Schweinereien, die Stevie auf Facebook gepostet hat? Kann die nicht jemand von euch aus dem Netz nehmen?«

»Ligeia kümmert sich darum, er hat alles gemeldet, die entsprechenden Beiträge dürften bald gelöscht oder geblockt sein.«

»Wie lange?«

Ben wusste es nicht.

»Na bravo!« Zwar konnte niemand Stevie jetzt noch dafür zur Rechenschaft ziehen, aber trotzdem. »Er war ein echtes Arschloch.«

»Sieht so aus.« Ben dachte an Windischs erschreckend vielfältige Palette, was Rechtsverstöße anging.

Kann ich mich ihm anvertrauen? Valli rutschte nervös auf der Couch herum. *Soll ich ihm sagen, dass Joschi zusammen mit Alf und Stevie diese Einbrüche gedreht hat?*

»Noch mal zur Schlägerei im Vereinsheim.«

»Ja?«

»Wie schlimm war das wirklich?« Ben wusste nicht, wohin mit Armen und Beinen, er wetzte herum. Die Couch war ziemlich eng. »Jeder sagt etwas anderes.«

Valli überlegte. »Ich hab das ja erst auch nicht richtig mitbekommen, aber dann bin ich dazwischengegangen und …«

»War Stevie verletzt?«

Valli schüttelte den Kopf. »Nicht schlimm jedenfalls.«

Ben verstand. »Hatte Stevie Schmerzmittel dabei?«

»Schmerzmittel? Davon weiß ich nichts, ich kannte ihn ja kaum.«

»Und Sebastian Reisinger? Was hältst du von ihm?«

Sie dachte kurz über die Frage nach. »Ich mag ihn. Er ist ein feiner Kerl. Als Trainer für die Hacklberger aber sicher zu intellektuell, die wollen lieber einen, der in der Halbzeitansprache so was sagt wie:«, Valli stand auf, stemmte die Arme in die Seiten und ließ ihre Stimme tief klingen, »›Hörts zu, Burschen! Wenn wir jetzt wieder auf den Platz gehen, dann denkts dran. Das Stadion ist unser Haus, unsere Heimat, unser ganzer Stolz! Das lassen wir uns nicht kaputt machen. Von niemandem! Wir lassen uns von denen nicht ins Haus scheißen.‹« Sie verdrehte die Augen und grinste dabei dämlich.

Ben kam nicht ganz mit.

»Das hat Reisingers Vorgänger mal in der Kabine zu den Spielern gesagt.« Sie wusste es von Joschi und mit »ins Haus scheißen« war natürlich »ein Gegentor kassieren« gemeint. »Derlei Ansprachen stehen im niederbayerischen Fußballraum noch immer hoch im Kurs. Was brauchen die Vereine Taktik und Fußballverstand, wenn doch eine deftige Ansprache in der Halbzeit alles wieder ins Lot bringen kann?« Sie zog die Brauen hoch.

Das sollte also ironisch gemeint sein, erkannte Ben. »Ich wusste ja immer, dass die Niederbayern etwas zurückgeblieben sind.« *Wie sie sich wieder ausdrückt!* »Und sonst?« Ben streckte seine Hand aus, wollte, dass Valli aufhörte, so derb daherzureden, und sich wieder neben ihn setzte.

»Joschi hat mir eine interessante Geschichte über Stevie und Bascht erzählt. Willst du sie hören?«

Natürlich wollte er. Er schnappte ihre Hand, zog sie zurück auf die Couch und bemühte sein charmantestes Lächeln, das beim weiblichen Geschlecht sonst so erfolgreich war. Nur nicht bei ihr. »Leg los!«

Doch dazu kam es nicht. Markus trabte herbei, und wen hatte er im Schlepptau? Luisa. Ben hätte sie am liebsten beide auf den Mond geschossen.

»Da ist er ja«, sagte Markus auch schon und schob Bens Ex wie eine wertvolle Trophäe vor die Couch.

Wahrscheinlich erwartet er jetzt unendliche Dankbarkeit von mir, dachte Ben und schloss einen kurzen Moment lang die Augen.

»Hallo. Ich bin Luisa. Bens …« Sie reichte Valli die Hand. »Schön, dich kennenzulernen. Ich habe schon viel von dir gehört. Markus und Ben sind ja beide ganz begeistert von dir.«

Vallis Zunge ertrank in Speichel, ein mildes Würgen machte sich in ihrem Hals bemerkbar. *Was schleimt die Tussi mich jetzt an?* Sie stand auf.

Ben hievte sich ebenfalls aus der Couchversenkung. »Was willst du hier?«, fragte er Luisa.

»Markus hat mich eingeladen.« Sie machte eine kurze Pause. »Er meint, ich gehöre irgendwie auch zur Familie. Nett, oder?«

Valli ging die Luft aus, sie peilte die Bar an, wo Simon und Mattias immer noch mit Frau, Freundin und kleinem Bruder über irgendetwas lachten. Joja, Vallis Mutter, war mittlerweile auch da und saß neben Hannes. Schon wieder.

Was lief da eigentlich zwischen denen? Valli wunderte sich. Früher hatte Joja den nachbarlichen Beamtenarsch durchweg mit Nichtbeachtung gestraft, doch seit einigen Monaten war das anders. Aber wenn Valli genauer darüber nachdachte, wollte sie diesbezüglich keine Details erfahren, das wäre … irgendwie … ja, es wäre irgendwie verstörend gewesen. Genau. Joja und Kroner?

Das war wie Feuer und Wasser, wie Himmel und Hölle, wie Streichwurst und Nutella auf ein und demselben Brot. Genau wie Valli und Ben. Das ging auch nicht zusammen.

»Warte.«

Valli fuhr herum, war überrascht. Nicht positiv. Nein.

»Darf ich mitkommen?« Es war Luisa, die Valli unschuldig wie ein Kätzchen anschnurrte. »Außer den beiden kenne ich kaum jemanden hier, und ich glaube, wir könnten gute Freundinnen werden. Was denkst du?«

Sorry, daraus wird nichts, wollte Valli schon zurückblaffen, aber Mattias winkte ihnen zu, orderte zwei Aperol Spritz und bot die Barhocker an, die er und Simon frei machten.

»Lust, mitzuspielen?« Simon schwenkte den Würfelbecher.

Luisa sprang vor Begeisterung fast an die Werkstattdecke, sah die Kroner-Brüder mit großen Augen der Reihe nach an.

Wie diese Plüschtiere mit den überdimensionalen Glubschern, dazu verdammt, geliebt zu werden. Valli seufzte, nahm den Bierdeckel mit den Würfeln und legte vor. »Zweierpasch«, log sie und hielt Luisa den Becher vor die Nase.

Die Theissen-Tochter nahm ihn ungeschickt, kippte eine Ewigkeit hin und her. »Ach, schade«, sagte sie endlich, als sie zum x-ten Mal unter den Becher gelugt und dabei dumm mit den Wimpern geklimpert hatte. »Nur einundzwanzig, dann habe ich wohl verloren.« Sie war völlig geknickt.

Sofort sprang die versammelte Männlichkeit von den Plätzen, sprach dem *armen Hascherl* Mut zu, wollte das zarte Wesen vor allem vergangenen und noch kommenden Ungemach dieser Welt bewahren. Unbedingt! Nur Valli durchschaute das Spiel und verdrehte die Augen.

Einundzwanzig. Ja, genau!

Ein Meier war das. Die höchste Variante, die bei diesem Würfelspiel möglich war. Und Luisa wusste es.

Die blöde Sau.

Acht Tage zuvor

Die Nacht ist lau und angenehm. Unpassend. Heuchlerisch. Viel zu anheimelnd für das dunkle Herz und die schweren Schritte, die ihn nach Hause begleiten.

Heim. Zu ihr.

Sie hat nichts getan. Nicht mit ihm jedenfalls. Bestimmt nicht. Sie kennen einander doch gar nicht.

Oder?

Bascht zieht die Kapuze weit ins Gesicht, seine Hände schmerzen, Blut tropft von den Fingern. Er nimmt immer den Weg durch den Wald, liebt die Stille, liebt den Geruch, liebt das Alleinsein.

Nicht heute.

Heute tobt sein Herz, heute drischt er gegen unschuldige Stämme. Mit Fäusten, mit Füßen, ja sogar seinen Kopf schlägt er dagegen. Er muss die Zweifel auslöschen, wie will er sonst weitermachen? Weitermachen, als wäre alles in bester Ordnung.

Nichts ist in Ordnung. Gar nichts.

Und zerplatzen Illusionen nicht wie Seifenblasen?

Viel zu früh endet der Waldweg, nur noch wenige Schritte, gleich ist er da. Zu Hause. Sein neues altes Zuhause. Ihr gemeinsames Heim. Das Nest. Für ihn, für Juli und für das Kind.

Für mein Kind?

Der Kies knirscht unter seinen Turnschuhen, der Bewegungsmelder reagiert, hüllt ihn in milchiges Licht. Gleich ist er bei ihr, gleich wird sie ihn wieder mit diesen großen traurigen Augen ansehen, und doch kann er ihr nicht sagen, dass alles gut ist, dass alles gut werden wird, denn er weiß es einfach nicht. Er weiß überhaupt nichts mehr.

Sein Handy vibriert in der Hosentasche, meldet den Eingang einer Nachricht. Eigentlich hat er keine Lust auf Nachrichten, auf Neuigkeiten, auf sinnlose Posts. In letzter Zeit hatte er davon mehr als genug. Trotzdem holt er das Ding heraus. Liest.

»Hey, Bascht, gleich morgen früh wird das Netz eine weitere wundervolle Wahrheit über dich enthüllen. Du darfst gespannt sein. Dein Freund und Helfer (Du weißt, was ich meine!)«

Baschts Herz brennt, seine Fäuste haben noch nicht genug, er kehrt um, beginnt zu laufen. Er sieht nicht, dass im Haus hinter ihm ein Fenster hell wird.

Er sieht schon lange nichts mehr.

Wir sind extrem beschissen gestartet,
zwischendrin war es okay,
dann war es wieder beschissen,
dann war es wieder bemüht,
und dann war es noch mal beschissen.
Thomas Müller, Bayern-Spieler und deutscher Nationalspieler

Donnerstag, 5. Juni

1

Am nächsten Morgen im Büro musste Kroner seinen Schädel mit einer Dreifachdosis Aspirin besänftigen. Die Feier in der Werkstatt war zu laut, zu lang und zu feucht gewesen. Das würde er heute, morgen, vielleicht sogar noch übermorgen büßen – das Ausmaß der Nachwehen stieg mit fortschreitendem Alter überproportional an. Trotzdem war Kroner gut drauf, summte fortwährend dieses Lied, zu dem er – unter anderem zusammen mit Joja (Ausrufezeichen! Ausrufezeichen!) – getanzt hatte.

Tanzen? Er? Eigentlich unvorstellbar. Aber vier Weißbier und der Schnaps hatten ihn extrem entspannt. Wie viele Runden hatte er beim Würfeln verloren? Fünf? Oder sechs? Und Lügen? Nein, das war nicht sein Spezialgebiet, dafür konnte Joja das umso besser.

Joja.

Oh ja! Früh entflammte platonische Liebe. Definitiv. Kroner konnte sich gar nicht erinnern, dass es mal eine Zeit gegeben hatte, in der er die kleine Nachbarin nicht bezaubernd gefunden hätte. Gut, er hatte zwischendurch geheiratet, hatte seine Frau geliebt, sehr sogar, aber angehimmelt hatte er Joja Milner dennoch – ausdauernd, ausgiebig und aus sicherer Entfernung. So wie es der Traum vieler Buben war, Fußballprofi zu werden. Etwas, von dem man wusste, dass es nie wahr werden konnte, was man aber trotzdem nicht aus dem Kopf bekam.

Jedenfalls hatte sich Vallis Mutter gestern mindestens zwölfeinhalb Minuten mit ihm unterhalten. Allein und ohne zwingende Gründe. Das war mehr als in den letzten zwanzig Jahren zusammen, wenn man die Zeit nach Vallis Einmischung in den Milchgassenmädchen-Fall einmal außen vor ließ.

Kroner stemmte sich aus seinem Bürostuhl hoch, schnappte sich sein Kaffeehaferl und trottete zum Automaten. Eine Dreifachdosis Koffein würde dem Aspirin, das er bereits intus hatte, unter die Arme greifen und helfen, die Nebel in seinem Hirn schneller zu vertreiben.

Oder?

Bescheidenerweise hatte die Morgenbesprechung nicht gerade viel Neues hervorgebracht und Reisingers Verhaftung dummerweise noch viel weniger. Genauer gesagt gar nichts. Der Mann schwieg sich aus, kommunizierte nur über seinen Anwalt, und der riet ihm dringend zu – na, zu was wohl? – schweigen, genau.

Hurra!

Nix da Geständnis, nix da aufschlussreiche Aussage. Allmählich mutmaßte Kroner, dass Reisinger, sollte er tatsächlich selbst nichts mit Windischs Tod zu tun haben, jemanden deckte. Warum sonst hielt er die Wahrheit zurück? Und das tat er. Garantiert. Es stimmte ganz einfach nicht, dass er die Benuron-Schachtel noch nie in der Hand gehabt hatte, und es stimmte noch weniger, dass er Windisch im Vereinsheim verprügelt hatte. Allerdings verschlammte die Aussage des Laubenbesitzers diese sonst glasklare Theorie ein wenig, denn sollte wahr sein, dass Gunter Bascht in jener Nacht beobachtet hatte, dann konnten die Verletzungen an dessen Händen auch von den Schlägen gegen die Baumstämme herrühren.

Mist.

Spürhund Reischl hatte sämtliche Ärzte in und um Passau unter die Lupe genommen, bei Krankenhäusern, ja, sogar bei Apotheken nachgefragt. Viele hatten solche Benuron-Musterpackungen im Schrank, aber eine Verbindung zu Sebastian Reisinger hatte sich nicht aufgetan. Noch nicht. Doch Tom Reischl ließ nie locker, wenn er einmal die Fährte aufgenommen, wenn er einmal Blut geleckt hatte.

Die Michels stand auch ziemlich unter Strom, stöckelte im Gang auf und ab wie eine aufgescheuchte Henne, wollte von dringendem Tatverdacht, Verdunkelungs- oder Fluchtgefahr nichts wissen. Gäbe es diese Verbindung Benuron-Musterpackung – Reisinger, wäre das womöglich anders. Kroner konnte Bascht also bis Mitternacht hier festhalten; sollte Madame Staatsanwältin aber weiterhin störrisch bleiben und nach Prüfung des Sachverhaltes die Voraussetzungen für einen Haftbefehl nicht erfüllt sehen, würde sie diesen auch nicht beim Ermittlungsrichter beantragen. Damit wäre Bascht spätestens ab der ersten Minute des neuen Tages wieder auf freiem Fuß. Allerspätestens.

Nicht einmal die Fingerabdrücke auf der Medikamentenschachtel hatten Dorothee Michels überzeugen können. Ihrer Meinung nach gab es durchaus plausible Erklärungen dafür, wie Reisingers Spuren ausgerechnet dort gelandet waren.

»Die da wären?«, hatte sich Kroner erdreistet nachzufragen.

»Zum Beispiel, dass er sie während dieser tätlichen Auseinandersetzung mit Windisch zufällig in die Finger bekommen hat«, insistierte die Michels.

»Aber wenn der Reisinger himself doch beteuert hat, dass er die Schachtel nie zuvor gesehen, geschweige denn in der Hand gehabt hat? Ha? Was dann?«, kontrainsistierte da ihr Erster Kriminalhauptkommissar.

Ja, mein Gott, sie sei auch keine Hellseherin, und mittlerweile schweige er ja wie ein Grab, der Reisinger.

»Aber der andere liegt drin!«, grätschte Kroner dazwischen, woraufhin sie – die *Gscheidmeierin* – klarstellte, dass es so weit noch gar nicht sei. Der arme Kerl liege in der Aussegnungshalle, nicht im Grab. Kroner solle die Kirche doch gefälligst im Dorf lassen.

»Und wo liegt da der Unterschied, bitte sehr?«

Kroner stellte sein Haferl unter die Düse, drehte das Heißwasser auf, bis es dampfte. Wenigstens hatte die Michels einer Durchsuchung von Reisingers Haus zugestimmt. Vielleicht fanden sie ja dort Stevies Handy.

Er schüttete das Spülwasser in den Ausguss, goss Milch in die Tasse und startete die Aufschäumprozedur.

Drei Sekunden zischte es, dann war's vorbei. »Wassertank füllen«, meldete das Display der Saeco.

Herrschaftszeiten aber auch!

Wäre er für die Programmierung der Elektronik solcher Kaffeeautomaten zuständig, würde er wenigstens die Schrift nicht so schadenfroh blinken lassen. Umständlich holte Kroner den Behälter aus der Halterung und füllte ihn auf. Die Wand dieses durchsichtigen Plastikdings sah aus wie Porzellan, so dick haftete ihr die Kalkschicht an. Wahrscheinlich würde ihm die Maschine das als Nächstes um die Ohren hauen.

Drecks-Emanzipation!

Früher hätten die Damen Sekretärinnen derlei Aufgaben übernommen, da war immer alles schön vorbereitet und blitzeblank gewesen, wenn die Herren der Schöpfung antrabten, um sich mit einem Käffchen zu entspannen. Aber heutzutage? Anika und Mel, die jungen dynamischen Bürofeen, fanden nicht, dass ein solcher Service in ihren Zuständigkeitsbereich fiel, und leider sah das die Stellenbeschreibung tatsächlich auch nicht vor. Ein Versäumnis, das Kroner längst ausgeräumt hätte, läge das wiederum in seinem Zuständigkeitsbereich. Aber so?

Anika und Mel waren wirklich in Ordnung, beliebt bei allen Kollegen, unkompliziert und sehr fleißig, aber sie tranken halt nicht mal Kaffee, sondern schlürften ausnahmslos ayurvedischen Chai.

Ayurvedischer Chai! Pfui Teufel.

Wenn Kroner so was schon hörte. *Mann!*

Als endlich der Wassertank an Ort und Stelle saß und Kroner die Düse aufdrehte, zischte ihm der heimtückische Automat zur beinahe fertig aufgeschäumten Milch einen Schwall lauwarmes Wasser in die Tasse.

Kroner musste sich zusammenreißen. Er schloss die Augen und pfefferte dann den versauten Schaum in den Ausguss. Zu allem Überfluss reichte die übrige Milch nicht mehr für einen weiteren Versuch, er musste eine neue Packung aufmachen, natürlich riss die Lasche des Verschlusses ab, sodass auch noch ein Messer zum Einsatz kam, ehe Kroner endlich, endlich weiße fluffig aufgeschäumte Milch in der Tasse hatte.

Und dann das.

Bohnenfach auffüllen.

»Kreizsakrament!«

»Herr Kroner, also bitte, das muss doch nicht sein.«

Er spürte die Melonen der Michels in seinem Rücken, ehe er ihrer ansichtig wurde. »Ah, die Frau Staatsanwältin. Immer noch da? Ich dachte, Sie wären schon längst –«

»Ich war noch kurz bei Bruhan im Büro.«

Aha! Bei Ben also? »Und?«

Sie lächelte glückselig. »Nichts weiter.«

Zu ihm ins Büro war die Michels noch nie wegen eines »Nichts weiter« gekommen.

Leo Weissenbeck stolperte auf den Gang und peilte ebenfalls den Kaffeeautomaten an. »Es gibt Neuigkeiten.«

»Und?« Bei dieser Fragestellung waren sich K1-Leitung und Staatsanwaltschaft ausnahmsweise einig.

»Die Kaiserin hat angerufen, sie erinnert sich an die Ziffern des Ford Kuga, den sie –«

Kroner wedelte ausufernde Hinführungen aus dem Weg.

»Sie konnte zwar nicht sagen, um welche Ziffern es sich handelte, aber sie ist sich ›tausendprozentig‹ sicher, dass es drei gleiche waren.«

Tausendprozentig! Aha. »Und weiter?«

Leo schäumte etwas Milch auf, fuhr mit dem Zeigefinger einmal durch das Bohnenfach, um die Reste zusammenzukratzen, und nippte zwanzig Sekunden später am wunderbarsten Latte, den Kroner je gesehen oder gerochen hatte. »Der Ranner hat drei Sechser im Kennzeichen.«

»Interessant«, merkte die Michels sofort an. »Bruhan hat mir eben erläutert, dass sich Ford Kuga und Toyota RAV4 in Fensterlinie, D-Säule und Form der Rückleuchten und Scheinwerfer stark ähneln und eine Verwechslung deshalb durchaus möglich ist, auch wenn die Kiemen an den vorderen Kotflügeln und die ausgeprägten Lichtkanten beim Kuga etwas auffälliger sind.«

Kroner klappte der Mund auf. War Frau Staatsanwältin jetzt Autofachverkäuferin?

»Und es gibt noch etwas, das die Umstände von Windischs Tod in ein ganz neues Licht rückt.« Leo lächelte, tippte einmal kurz in den Schaum und steckte sich den Finger in den Mund.

»Die Kollegen von der Spurensicherung haben die anonyme Anzeige gegen Ranner untersucht, wie du gestern angeordnet hast.«

Jetzt zog die Michels die Brauen hoch. Diese Info hatte Kroner ihr nämlich nicht offenbart, und er musste deshalb auch kein schlechtes Gewissen haben, egal wie vorwurfsvoll sie ihn gerade anblickte. Er sprach mit ihr über Ermittlungsergebnisse und die weitere Vorgehensweise, nahm ihre Weisungen entgegen, aber ansonsten hatte sich die Staatsanwaltschaft nicht in die polizeiliche Arbeit einzumischen, was die Michels in letzter Zeit – sehr zu Kroners Verdruss – häufiger vergaß.

»Es waren Fingerabdrücke auf dem Brief im Inneren des Kuverts, den die Kollegen damals eingetütet und zu den Ermittlungsakten gelegt haben.«

»Konnten sie zugeordnet werden?«

»Ja.«

»Windisch«, kam Kroner Leo zuvor.

»Woher weißt du das?« Weissenbeck war echt überrascht. »Darauf wäre ich nie gekommen.«

»War so ein Gefühl.«

Dorothee Michels sah ihren Ersten Kriminalhauptkommissar von der Seite an. »Gefühl? Sie?«

»Solche Anwandlungen habe ich manchmal. Ja.« Er zuckte mit den Schultern.

»Ich denke, Sie sollten diesem Ranner einen Besuch abstatten«, sagte die Staatsanwältin. »Heute noch.«

»Das denke ich auch«, pflichtete ihr der Erste Kriminalhauptkommissar artig bei.

»Meinst du, dass er es war, der bei uns angerufen hat?«, mutmaßte Leo dazwischen. »Dass er gesehen hat, wie Windisch auf dem Parkplatz vor dem ›Anpfiff‹ von jemandem verprügelt wurde?«

»Könnte durchaus sein.« Kroner stellte seine Tasse mit dem Milchschaum unter die Düse, kopierte Leos Zeigefingerrundfahrt, was den Automaten aber diesmal nicht mehr gnädig stimmte. »Bruhan kann mich begleiten.«

»Der junge Kollege hat einen Termin bei Matzeder, dem

aktuellen Vorstand vom Sturm, aber Frau Weissenbeck würde das sicher gerne übernehmen.« Dorotheechen schürzte die Lippen. »Ich muss dann jetzt. Schönen Tag noch.«

Sie mich auch!, hätte Kroner da gerne geschrien und stellte sich vor, wie das Zäpfchen hinten im Hals ihm dabei vor lauter Vibration bis an seine Nasenspitze schlug. *Wer wo was in meinem Kommissariat erledigt, das bestimme immer noch ich!* Völlig entnervt lugte er in das Nachschubfach der Kaffeeecke. Es glänzte mit Leere. Nirgendwo auch nur ein Böhnchen. Kroner schlug die Schranktür zu und nippte an seinem Milchschaum.

Kalt.

2

Im »Alten Bräuhaus« in der Altstadt, direkt an der Hängebrücke, hatte Ben bislang noch nie gegessen, und das, obwohl er seit einem Jahr in der Milchgasse wohnte, die Entfernung nicht der Rede wert war und er außerdem viel Positives darüber gehört hatte. Jahrhundertealte Gemäuer, süffiger Gerstensaft, urbayerische Gemütlichkeit und deftige Schmankerl. Letztere gab es als sogenannte »Mittagsrenner«, täglich variierend für schlappe fünf Euro fünfzehn. Da ließ sich Bernhard Matzeder nicht lumpen und lud den Vertreter der Passauer Kriminalpolizei glatt zu ofenfrischem Schweinsbraten in Dunkelbiersoße mit Reiberknödel ein.

»Letztes Jahr der Mann, jetzt der Stefan, und der Michael ist ja nur eine Belastung für die Anneliese.«

Ben beobachtete, wie Matzeder der Schweiß auf die Stirn ploppte. Mit jedem Bissen, den der Mann in sich hineinstopfte, trat mehr Wasser aus. Ein natürlicher Ausgleich und unausweichlich, nachdem der neue Vorstand des Sturms zum zweiten Mal Reiberknödel nachbestellt hatte. Ben schaffte die Normalportion kaum, und das, obwohl er durchaus ganz gut schaufeln konnte.

»Die Familie Windisch ist seit jeher innig mit dem Sturm verbunden, die Anneliese wäscht seit fünfundzwanzig Jahren die Trikots sämtlicher Junioren- und Seniorenmannschaften und putzt das Vereinsheim, und ihr Mann war seit Ende seiner aktiven Zeit mit Leib und Seele Platzwart und zuletzt auch noch Stadionsprecher.«

Ben konnte sich nicht so recht auf Matzeders Lobgesang konzentrieren. Er überlegte, an wen ihn sein Gegenüber erinnerte. Hundertzwanzig Kilo, rötliches Haar, Oberlippenbärtchen, aufgedunsen. Es lag ihm auf der Zunge.

»Wäre es nicht so tragisch, dann …« Die fettigen Finger wurden an der Hose abgewischt.

Ben tat, als hätte er nichts gesehen.

»Pitts Tod war legendär.«

War Pitt der Hund? »Pitt?«

»Peter Windisch. Stevies Vater. Beim Platzmähen hat er einen Herzinfarkt erlitten, das Ding fuhr weiter, bis es irgendwann im Zaun hängen blieb. Mit ihm obendrauf.« Matzeder lachte. »Gestorben in Erfüllung seiner Pflichten für den Verein. Den Anblick werd ich mein Lebtag nicht vergessen. Irgendwie tröstlich. Dem Pitt hätt das gefallen. Ein paar Jahr zu früh war's halt. Schad drum.«

Ben lehnte sich in seinem Stuhl zurück, sah in den Himmel hinauf. Alles blau. Endlich.

»Die Anneliese war ja nicht mal achtzehn Jahre alt, als der Michael zur Welt kam. Ein lediges Kind, zur damaligen Zeit.« Matzeder schnalzte mit der Zunge. »Und dann dieses Unglück.«

»Sie sprechen von der Behinderung?«

Matzeder nickte. »Ein Kind mit solchen«, er fand die Worte nicht, wollte seinem Geist mit einem Schluck Weißbier auf die Sprünge helfen, »mit solchen Defiziten aufzuziehen, das war für beide nicht leicht.«

Ben schätzte, dass »Defizite« nicht das Wort war, das Matzeder wählen würde, säße er mit seinen Spezln im Wirtshaus beieinander.

»Der Pitt hat sich damit nie arrangieren können, sein ganzer Stolz waren sein BMW und dann – viele Jahre später – der gesunde Sohn. Da war es aber schon zu spät, dass er noch mit dem Saufen hätte aufhören können.«

Ein immenser Altersunterschied. Und der Vater empfand

den eigenen Sohn als eine Art Schandfleck. Puh. »Was ist mit der Mutter? Anneliese Windisch?« Ben wusste, dass manchmal vordergründig unwichtige Details halfen, ein Bild komplett zu machen. Er hörte gut zu.

»Ach, die Anneliese hat viel aushalten müssen. Sie hat den Michael genauso geliebt wie den Stefan, aber«, ein Bissen Knödel landete im Mund, wurde ungekaut hinuntergeschluckt, »weil der Michael so viele Umstände machte, hat sie den Stefan mit übermäßiger Fürsorge überschüttet. Das hat ihm nicht gutgetan.«

»Inwiefern?«

Matzeder nahm die Serviette. »Sie hat ihn zum Halbgott hochstilisiert. Furchtbar war das. Was die Anneliese sich vom Stefan gefallen ließ, schon als er noch ganz klein war, nicht auszuhalten! Der Bursche war schon zu Jugendzeiten schwierig.«

Ben wartete geduldig, bis der Teller leer geleckt war.

»Der Stevie wusste nie, wo seine Grenzen sind, kannte weder Anstand noch Bescheidenheit. Großes Maul, wenig dahinter, das beschreibt es ganz gut.«

Anscheinend gehörte der Mann nicht zu jenen, die sich scheuten, Tacheles zu reden, auch wenn damit das Bild eines Menschen postum Schaden nahm.

»Zuletzt hatte sogar der Verein wegen ihm Ärger.« Matzeder holte tief Luft. »Dass er ständig besoffen vom Vereinsheim mit dem Auto heimgefahren ist, obwohl er genauso gut zu Fuß hätte gehen können, habe ich sowieso nie verstanden, aber in letzter Zeit, genauer gesagt, seit er dieses Sportcoupé hatte, fuhr er jedes Mal auf dem Heimweg durch die Sophienstraße. Erstens ist die nur für Anlieger frei, und zweitens fuhr er viel zu schnell. Das hat die Leute natürlich auf Dauer geärgert.«

»Wieso haben sie ihn nicht angezeigt?«

»Die kannten den Pitt, die kennen die Anneliese und wissen, wie schwer sie's mit dem Michael hat. Deshalb vielleicht?« Matzeder zuckte mit den Schultern, war ratlos.

»Und was haben Sie unternommen?«

»Nicht viel. Reden half nichts, über alle Arten von Sanktionen hat Stefan nur gelacht. Der Rausschmiss wäre meine letzte Option gewesen, und weit entfernt davon war ich zuletzt nicht mehr, das dürfen Sie mir glauben, aber das hat sich ja nun erledigt.« Matzeder sah Ben schuldbewusst an. »Nicht dass Sie jetzt meinen –«

Ben winkte ab. »Und Reisinger? Wie würden Sie den beschreiben?«

»Stand immer im Schatten von Windisch, obwohl das völlig ungerechtfertigt war. Die Zuschauer liebten Stevie, verziehen ihm alles, dem Bascht jedoch nichts. Mit ihm waren sie strenger. Er galt als Revoluzzer, Taugenichts, Drogenhippie. Und das alles nur wegen seiner langen Haare, dabei war er sonst eher unscheinbar, fußballerisch aber immer ein oder zwei Klassen besser als die anderen – auch wenn die Windischs das nie so gesehen haben. Ein Träumer. Ich glaube, dass er ein wenig ins Drogenmilieu abgerutscht ist, bevor er nach Salzburg zu Red Bull wechselte, aber eigentlich …«

Ben hätte Matzeder am liebsten das Weißbierglas aus der Hand gerissen. Wann immer es spannend wurde, dürstete es den Vorstand nach einer spritzigen Denkpause.

»Wahrscheinlich hat er deshalb den Sprung ins A-Team nie geschafft.«

Aha! Matzeder schrieb es also Baschts Drogenvergangenheit zu, dass der Traum vom Profifußball schlussendlich nicht wahr geworden war. Ben hingegen hielt das für ausgemachten Schwachsinn. Es war ganz und gar unmöglich, überhaupt so weit zu kommen, hätten Drogen für Reisinger eine so große Rolle gespielt, wie sich das hier darstellte – wie die Windisch das gerne darstellte! Oder? »Der Verein war damals bestimmt nicht glücklich über Reisingers Wechsel nach Salzburg.«

Matzeder nickte. »Der Ranner ist schier ausgeflippt. Den besten Spieler zu verlieren, das war bei seinen ehrgeizigen Plänen eine ziemliche Klatsche.«

»Sie haben das weniger dramatisch gesehen?«

»Mein Gott. Reisende soll man nicht aufhalten, und außerdem war es doch auch für etwas gut. Bascht hat in Salzburg eine ganze Menge gelernt, und das bringt er jetzt mit nach Hause. Wir alle profitieren davon.«

Respekt! Ben war überrascht. Ein vernünftiger Mann, der Matzeder.

»Stevie war über Reisingers Verpflichtung nicht glücklich, das kann ich Ihnen sagen. Er hielt sich selbst für die bessere Wahl, und seine Mutter hat ihn darin bestärkt. Sie drohte mir sogar, all ihre Ämter niederzulegen, wenn ihr Bub nicht den Trainerposten bekommen würde.«

»Wirklich?« Bei diesen Worten krümmte sich Ben der Rücken vor Scham. »Und Windisch war das nicht, ähm, peinlich?«

»Ach woher! Dem war nichts peinlich. Auch nicht, dass seine Eltern, später nur die Mutter, vom Spielfeldrand aus dauernd jede Trainerentscheidung angezweifelt haben – von der F-Jugend bis hinauf in die Landesliga. Wenn er ausgewechselt wurde, haben die jedes Mal geschimpft, wenn ihr Bub nicht von Anfang an spielte, bei jeder Gelegenheit eigentlich. Und zwar aufs Übelste.«

Fußball war ein Proletensport, das wusste Ben längst, und genau deshalb liebten alle das Spiel.

»Tatsächlich hat die Anneliese nach Reisingers Verpflichtung drei Wochen lang gestreikt und weder Trikots gewaschen noch das Vereinsheim geputzt.«

Hörte sich für Ben ganz klar nach einem Aber an.

»Ich habe an ihre Vernunft appelliert, sie angefleht, doch sie blieb stur. Erst als ich endlich eine neue Kraft an der Hand hatte, ist sie eingeknickt. Sie braucht das Geld. Trotzdem haben sie und Stefan dem Bascht den Einstand nicht gerade leicht gemacht.«

»Inwiefern?«

Matzeder bestellte ein Weißbier. Alkoholfrei diesmal. »Wollen Sie auch?«, fragte er Ben.

»Gern.«

»Wie die beiden das angestellt haben, wollen Sie wissen?«

Ben nickte.

»Stevie hat sich im Training und bei Spielen andauernd quergestellt, und die Anneliese hat die Zuschauer aufgehetzt, vor allem die alteingesessenen. Der Reisinger wäre ein Abtrünniger, den wir beim Sturm nicht brauchen könnten.« Über so viel Dummheit konnte Matzeder nur den Kopf schütteln. »Dabei ist Reisinger in der Geschichte vom Sturm ziemlich sicher der Trainer, der am meisten Ahnung von Fußball hat. Taktisch macht dem keiner was vor.«

»Aber wenn der Gegenwind zu stark ist, hilft auch die beste Taktik nichts.«

»Genau«, pflichtete Matzeder Ben bei. »Die Anneliese ist auf mich immer noch nicht gut zu sprechen. Unter Ranner hatte die Familie lange Zeit Narrenfreiheit, aber das hat sich jetzt geändert. Sie tun viel für den Verein, mehr als andere, und gerade der Pitt hat sich regelrecht aufgeopfert«, er seufzte, »aber trotzdem darf das kein Freifahrschein für ein solch dummes Verhalten sein.«

Ben zog den Hut vor Matzeder. Es war nicht einfach, bei derlei Angelegenheiten hart zu bleiben. »Wissen Sie etwas über den Streit zwischen Reisinger und Windisch?«

»Sie sprechen von Dienstagnacht?«

»Ja«, antwortete Ben, wenngleich ihn auch die alte Geschichte aus Jugendzeiten interessiert hätte.

»Ich bleibe grundsätzlich nie länger im ›Anpfiff‹ als nötig. Bevor die Bierseligkeit richtig losgeht, bin ich weg.«

»Und was haben Sie gehört?«

»Dass Stevie Bascht schon in der Dusche angefegt hat, dass es im Vereinsheim noch schlimmer wurde und dass Reisinger sich nur gewehrt hat. Und zwar zu Recht.«

»Hat Reisinger es mit dem Wehren übertrieben? Was sagen die Leute?«

»Ja.«

»Und Sie? Was glauben Sie?«

Matzeder winkte der Kellnerin. »Ich hoffe inständig, dass es nicht so war. Sonst erwischt es den Falschen.«

Hoppla! Was meinte er jetzt damit? Ben sah Matzeder abwartend an.

»Ich könnt's dem Bascht nicht verübeln.« Er schob den Teller endgültig von sich. »Hätte der Stevie all das mit mir gemacht, hätt ich ihn längst *ungspitzt in Boden neighaut.*«

Ben musste nicht nachfragen. Matzeder sprach von den verbalen Attacken beim Fußball und von den Schweinereien im Netz.

»Ich hätte viel früher einschreiten müssen, mal so richtig auf den Tisch hauen.« Matzeder schnaufte tief durch, wusste, dass es dafür jetzt zu spät war. »Der Bascht ist keiner von den

Bösen, dann schon eher der Stevie. Der hatte nie übermäßig viel Mitgefühl mit anderen.«

»Auch nicht mit seinem Bruder?«

»Doch.« Matzeder schien seine eigene Antwort zu überraschen. »Wenn er den Michael dabeihatte, war der Stefan wie ausgewechselt. Komisch. Das ist mir bisher nie richtig bewusst geworden.«

»Noch eine andere Frage.« Die Kellnerin kam mit der Rechnung an den Tisch, Ben holte sein Portemonnaie heraus, doch Matzeder schob es weg. Etwas arg gönnerhaft, wie Ben fand, aber ihm sollte es recht sein. »Es gibt diese alte Geschichte zwischen Bascht und Stevie. Worum geht es da?«

»Da ist nichts dran, bestimmt nicht, aber genau weiß ich es auch nicht. Besser, Sie fragen beim Simmerling nach.«

Verdammt! Ben ärgerte sich. Der Simmerling war gegenüber der Polizei überhaupt nicht redselig.

»Baschts Vater weiß aber sicher auch Bescheid. Schon von Berufs wegen.«

»Wie meinen Sie das?«

»Na, weil er …«

Eine junge Frau steuerte auf ihren Tisch zu und legte Matzeder die Hände auf die Schultern. »Paps, wo bleibst du denn? Ich warte schon seit einer Ewigkeit.«

Sie hatte das rote Haar vom Herrn Papa, sonst glücklicherweise nicht viel. Ben schätzte sie auf achtzehn, maximal zwanzig.

»Entschuldigen Sie mich, Herr Bruhan, ich habe meiner Tochter versprochen –«

»Kein Thema«, beeilte sich Ben zu sagen und stand auf. »Danke für Ihre Zeit.« Er legte seine Visitenkarte auf den Tisch. »Rufen Sie mich an, falls Ihnen noch etwas Wichtiges einfällt.«

Der Hacklberger Vorstand nickte, hievte sich aus seinem Stuhl hoch, steckte die Karte ein und verabschiedete sich.

Auf einmal wusste Ben, an wen Matzeder ihn erinnerte. Logisch. Der Mann sah aus wie der Ex-Löwen-Boss Karl-Heinz Wildmoser. Die beiden hätten eineiige Zwillinge sein können.

***

Ungefähr zur selben Zeit verabschiedete sich Leo Weissenbeck von Daniel Allgeier. Der junge Mann hatte ihr mit der fadenscheinigen Ausrede, dass nicht aufgeräumt wäre, den Zutritt zu seiner Wohnung verweigert. Das stank zum Himmel. Definitiv. Aber Leo würde schon noch herausfinden, was wirklich dahintersteckte. Wenn sie einmal Lunte gerochen hatte, gab sie so schnell nicht auf. Dabei hatte sie eigentlich nur noch mal mit eigenen Ohren hören wollen, warum Alf am Sonntag bei Stevie vorbeigefahren war und wie er über den Tod seines Freundes dachte. Ganz harmlos.

Doch die einzig halbwegs sachdienliche Information, die Alf auf diese Frage hin – mit verschränkten Armen im Rahmen seiner Wohnungstür stehend – formuliert hatte, war folgende gewesen: Vielleicht hätte die Wirtin Stevie Dienstagnacht heimgefahren. Das täte die nämlich manchmal, wenn ihr einer gefiel und die Fahrtüchtigkeit desselbigen und damit dessen Zurechnungsfähigkeit ausreichend in Mitleidenschaft gezogen waren. Und dann hat sie sich die Kleider vom Leib gerissen, und er ist draufgegangen, weil sie so schiach war.

Ha, ha, ha. Wie lustig!

Dem würde Leo so richtig in den Arsch treten. Sie freute sich darauf.

3

Wer sich vor dem Wolf fürchtet, der soll nicht in den Wald gehen.

Ein kluger Spruch, aber Hildegard Ranner war nicht in den Wald gegangen. Der Wolf stand vor ihrer Tür und erschreckte sie fast zu Tode.

Kroner kam sich vor wie der böse Isegrim, dessen Zähne bereits tief im Schafspelz steckten. Zu tief. Das Blut spritzte nur so – rein metaphorisch. Ranners Gattin zitterte, Tränen liefen über ihre Wangen, und dann sagte sie etwas, das Kroner fast von den Socken haute.

»Sind Sie gekommen, um meinen Mann zu verhaften?«

»Aber Frau Ranner«, brach es erst nach Sekunden des Staunens aus ihm heraus, »Sie wissen doch, dass ich nichts mit dem Verfahren zu tun habe, das gegen Ihren Mann läuft.«

Sie streckte den Rücken durch, wischte die Tränen fort. »Ja, das weiß ich.«

Aber weshalb glaubt sie dann …? Denkt Ranners Gattin etwa, dass …? Kroners Gehirn kämpfte gegen einen Daten-Overflow. Konnte das tatsächlich sein?

»Mein Mann hat Windisch umgebracht. Deshalb sind Sie hier. Um ihn zu verhaften.« Längere Satzgefüge waren dem Lämmchen im Angesicht des Wolfes anscheinend nicht möglich. »Seit ich es weiß, warte ich.«

»Darf ich hereinkommen?« Was Schlaueres fiel Kroner auf die Schnelle nicht ein, und korrekterweise hätte er die werte Gattin jetzt wohl besser über ihr Zeugnisverweigerungsrecht belehrt, aber falls das ihren Redefluss hemmen sollte …

»Er ist nicht da.«

Ein Schritt nach vorn. Eigentlich war Kroner hergekommen, um Ranner mit den neueren, durchaus belastenden Erkenntnissen zu konfrontieren. Und jetzt so was! War der Fall gelöst?

Er machte noch einen Schritt, doch das Lämmchen war anscheinend in eine Art Schockstarre verfallen. Es wich keinen Zentimeter zurück, bewegte sich nicht und blickte durch ihn hindurch ins Leere.

Totstellreflex.

Kroner meinte sich zu erinnern, dass dieses Phänomen im Tierreich häufig vorkam. Aber egal. Ganz offensichtlich tat sich ihm hier die Chance auf, von Ranners Ehefrau ein paar knackige Neuigkeiten zu erfahren, die sie womöglich nicht preisgeben würde, wäre der Gatte zu Hause. Eile war geboten. Noch ein Schritt und er berührte Hildegard sanft am Arm. »Frau Ranner? Hören Sie mich?«

Keine Reaktion.

»Frau Ranner? Hallo!« Zaghaft tätschelte er ihre Wange. Die Frau sah schlecht aus, nervlich extrem angespannt, davon konnte auch die von Föhn und Haarspray gefestigte Frisur nicht ablenken. Sie tat ihm leid.

Hildegard Ranner blinzelte. »Äh, ja, verzeihen Sie.« Mit dem

Rücken drückte sie die Haustür auf, wies Kroner mit der Rechten den Weg.

Er landete in der Küche. Ben hatte recht gehabt, die Rannerin war schon bei ihrem ersten Besuch vor vier Tagen hypernervös gewesen. Und jetzt war klar, warum.

»Wollen Sie einen Kaffee?«

»Nein, danke«, sagte Kroner. Er wollte nicht riskieren, dass Hildegards Mann auftauchte und dem Wahrheitsdrang der Gattin in die Quere kam. »Setzen Sie sich einfach zu mir und erzählen Sie.«

Und das tat sie dann auch.

***

Valli brauchte Ablenkung. Vielleicht hätte sie doch ein anderes Thema wählen sollen. Etwas Unverfänglicheres, etwas, das sie nicht Tag und Nacht verfolgte.

Der Gutachter hatte den Häftling Jochen S., einen Vergewaltiger, […] an einem einzigen Tag getroffen. Also hatte der Psycho-Experte nur wenige Stunden, um diesem Menschen hinter die Stirn zu blicken. […] Dennoch klingt der Satz, den der Gutachter im Anschluss aufschrieb, erstaunlich sicher: »Nachdem Herr S. bereits vor der Therapie schon zu einer Gruppe mit einem eher mäßigen Risiko gehörte«, steht dort, »kann die Gefahr erneuter Straftaten gegen Leib und Leben oder gegen die sexuelle Selbstbestimmung nun als sehr gering eingeschätzt werden.« Und: »Die Strafaussetzung zur Bewährung wird deshalb uneingeschränkt empfohlen.« […] Keine zwölf Wochen später stand gegen sechs Uhr morgens die Krankenschwester Monika F., 39, auf dem Weg zur Arbeit an einer roten Ampel in Bayreuth, als plötzlich der entlassene Strafgefangene Jochen S. die Tür ihres Autos aufriss und einstieg. Laut Staatsanwaltschaft zwang er die Frau zunächst, an zwei Geldautomaten Geld abzuheben, dann vergewaltigte er sie auf einem Parkplatz. Danach brachte er sie um. (Schmidt, 2006)

Schon über diese Einleitung hatte sich ihr Prof aufgeregt, hatte Valli vorgeworfen, sie wäre nicht unvoreingenommen, hätte gar nicht die Absicht, das Thema objektiv anzugehen, weil für sie ohnehin feststünde, dass kein Gutachten je sicher sein könnte.

Warum sie dann überhaupt Psychologie studiere, wenn sie den Methoden der Wissenschaft nicht traue?

Das fragte sie sich manchmal auch. Früher hatte Valli das gewusst. Logo! Sie hatte Menschen helfen wollen, die Schreckliches durchgemacht hatten. Menschen, wie sie nun selbst einer war. Wäre es nicht besser, sich auf die Seite der Verhinderer zu stellen?

Ursachen bekämpfen, nicht Symptome.

Wann immer Nebel in Vallis Hirn aufzog, fuhr sie zu Joschi. Er tat ihr gut, er munterte sie auf, er hatte immer Zeit. Früher hatte Markus Kroner diesen Part in ihrem Leben eingenommen, aber Eros arbeitete während der Woche in München, und außerdem …

Jedenfalls wäre Valli an einem Tag wie heute normalerweise schon am Vormittag bei Joschi aufgetaucht, aber seine Offenbarungen von gestern machten ihr zu schaffen. Sie war sauer auf ihn.

Um sechzehn Uhr war Stevies Beerdigung, die komplette Mannschaft vom Sturm würde dort erscheinen – also auch Joschi. Eigentlich hatte Valli nicht vorgehabt hinzugehen, weil Stevie in ihren Augen ein echtes Arschloch gewesen war und sie Heucheleien nicht ausstehen konnte, aber womöglich war diese Einstellung – in Anbetracht der Ereignisse – doch etwas zu drastisch.

Nachdem Valli ihre unfertige Diplomarbeit ein weiteres Mal in die Tiefen ihres Dateiverzeichnisses verbannt hatte, fuhr sie nun mit dem Mountainbike über die Marienbrücke und weiter an der Innpromenade entlang Richtung Uni. Sie hatte zwar auch keine Lust auf eine Freeletics-Einheit, überhaupt nicht, aber vielleicht würde sie sich hinterher besser fühlen.

Bestimmt.

Seit letztem Sommer hatte Valli diese Art von Therapie beinahe täglich angewandt. Und sollte sie es sich mit der Beerdigung doch anders überlegen, hätte sie hinterher noch genügend Zeit, zu duschen und hinüber nach Hacklberg zu fahren, um Stevie das letzte Geleit zu geben.

Auf der Terrasse beim »Innsteg« herrschte Hochbetrieb – Valli sah es schon von Weitem. An sonnigen Tagen war das um diese Zeit immer so, und Valli hätte sich sehr gerne an einen der Tische gesetzt, um auf die Wellen hinauszustarren und dabei einen Latte mit viel Schaum zu trinken. Nur würde sie das nicht aufmuntern. Leider.

Joschi!

Saß er da? Valli zwickte die Augen zusammen, blinzelte gegen die Sonne an.

Joschi. Tatsächlich.

Und Alf.

Valli lenkte ihr Mounti nach rechts, ließ es fallen und sprang in die Hecke.

Was mache ich bloß?

Sie klatschte sich an die Stirn, hatte keine Ahnung. Warum zum Teufel hechtete sie vom Rad und versteckte sich? Alf und Joschi in einem Biergarten? Was sollte daran komisch sein? Sie waren Freunde. Nicht die besten zwar, aber trotzdem.

Ihr Herz hämmerte brutal gegen die Rippen, ihr Atem geriet aus dem Rhythmus. Die beiden saßen nicht weit entfernt, sie würden das Geklopfe und Gehechele sicher hören. Valli legte beide Hände an ihre Brust, versuchte runterzukommen.

Keine Panik! Alles okay.

»Bist du nun dabei oder nicht?«

Alfs Stimme. Eindeutig.

Durch Vallis Ohren zwängte sich ein ganzer Hornissenschwarm auf einmal. Ihr wurde schlecht.

***

»Mein Mann hat alles dem Verein untergeordnet. Alles. Ich weiß nicht genau, ob die Vorwürfe berechtigt sind, aber …«

Hildegard Ranner tippte fortwährend ihre Fingerspitzen aneinander. Das Nägelgeklacke machte Kroner schier wahnsinnig.

»… aber sich selbst wollte er dadurch nicht bereichern. Sicher nicht.«

Das war vielleicht ehrenwert, blieb aber dennoch strafbar. Kroner seufzte.

»Stefan Windisch hat meinen Mann erpresst.«

Wie immer fiel es Kroner schwer, den Mund zu halten, nicht sofort nachzufragen.

»Er wollte Geld, sonst würde er alles auffliegen lassen, hat er gesagt.«

»Was würde er auffliegen lassen?« *Zum Teufel mit den Vorsätzen!*

»Na, die Sache mit den Zahlungen an Spieler. Ich wusste davon nichts, und über Details war und bin ich sowieso nicht im Bilde.«

»Aber Windisch war es?«

Hildegard Ranner verlegte sich darauf, an ihrer Uhr herumzufummeln. Auch unerträglich, aber immer noch besser als das Fingernägelklackklack.

»Mein Loni und der Pitt haben alles gemeinsam gemacht, da gab's keine Geheimnisse. Ich kann mir das nur so erklären, dass Stevie wohl so einiges mitbekommen hat, und nachdem sein Vater gestorben war, hat er ...«

Mit Loni war Leonhard Ranner gemeint, das war Kroner klar, und den unvollendeten Satz musste Hildegard Ranner seinetwegen auch nicht fertig formulieren. Der gute Stevie hatte sich anscheinend die offenen Geheimnisse zwischen Loni und seinem Vater zunutze gemacht. Für Kroner passte das verdammt gut ins Bild.

»Ich habe das alles ja erst vor ein paar Wochen erfahren. Der Loni hat mir nie etwas davon erzählt. Wollte mich damit nicht belasten.«

Ja, weil die werte Gattin ihm sonst schon viel früher auf die Zehen gestiegen wäre.

»Diese ständige Lügerei, das Versteckspiel. Ich kann das nicht. Ich kann das einfach nicht!« Sie wischte die letzten Tränen fort, schien regelrecht erleichtert zu sein, endlich ihren Seelenschutt loszuwerden. »Mein Mann dachte gar nicht daran, Stevie Geld zu geben. Erst als die Polizei, als diese anonyme Anzeige ... da wurde ihm klar, dass der Stevie es ernst meinte, also hat er gezahlt.«

Hoidaus! Öha!

Kroner knallte ein Brett vors Hirn. *Wumm!* Hieß das jetzt,

dass Stevie von Ranner Geld bekommen hatte, obwohl er seine Drohung bereits wahr gemacht hatte? Was wiederum bedeutete, dass Windisch, nachdem er die Polizei auf die Missstände beim Sturm hingewiesen hatte, immer noch Informationen in der Hinterhand hatte, die Ranner – einer, von dem Kroner annahm, dass er sich so leicht nicht einschüchtern ließ – veranlassten, der Erpressung nachzugeben. Gab es da also Dinge, die weiterhin im Verborgenen bleiben sollten? Womöglich Unterlagen, die im Windisch-Haus sicher verstaut lagen? Denn soweit Kroner sich erinnerte, waren die anderen Razzien damals beim Kassier des Sturms und beim zweiten Vorstand durchgeführt worden – nicht aber beim Greenkeeper und Stadionsprecher Pitt. Den Tipp musste Kroner schleunigst an die Kollegen weitergeben.

»Und er wurde immer dreister.« Hildegard Ranner konnte nicht länger sitzen bleiben. Sie begann, zwischen Spüle, Kühlschrank und Anrichte hin und her zu schleichen, um abwechselnd Arbeitsfläche und Edelstahlfronten mit einem feuchten Lappen abzuwischen – genau wie vor vier Tagen, bei Kroners erstem Besuch. Ben hatte ja so was von recht gehabt.

»Vor zwei Wochen tauchte Stevie wieder auf und wollte tausend Euro bar auf die Hand.«

»Und?«

»Loni hat ihm die Hälfte gegeben, mehr hatte er nicht daheim, aber als Stevie weg war, hat er sich fürchterlich aufgeregt. Er sagte …«

»Was hat er gesagt?«

»›Den bring ich um.‹«

4

»Du?«

»Ja, ich. Was dagegen?« Valli hatte kein Training absolviert und doch eine durchaus passable Zeit mit einer Herzfrequenz an der Schwelle zum anaeroben Bereich hingelegt.

Heckensprung und Lauschangriff. Was für eine irrsinnige Aktion!

Inzwischen war sie frisch geduscht, trug ihr schwärzestes

Knallig, grübelte und zweifelte. Die »Innsteg«-Lauschaktion hallte in ihr nach, obwohl es nur ein Satz gewesen war, den sie aufgeschnappt hatte: »Bist du nun dabei oder nicht?«

Joschi hatte mit Ja geantwortet. Er würde Scheiße bauen. Schon wieder. Und Valli musste es verhindern.

Unbedingt.

»Ich dachte, du mochtest ihn nicht?«, fragte Ben und stellte sich neben sie. Der städtische Teil des Friedhofs St. Korona in Patriching gefiel ihm. Grüne Wiesen, alter Baumbestand mit viel Schatten. Nicht der schlechteste Ort für die letzte Ruhe. Er wunderte sich, warum er Kroners Ziehtöchterchen nicht schon früher entdeckt hatte.

»Nein, ich mochte ihn nicht«, antwortete Valli. Sie war nicht wegen Stevie hier. Nach der Aktion beim »Innsteg« hatte sie gefühlte zweihundert Mal versucht, Joschi zu erreichen. Ohne Erfolg. Also würde sie ihn eben hier zur Rede stellen. Freilich hätte sie besser an Ort und Stelle auf den Tisch hauen sollen, dann wäre jetzt alles schon geklärt, aber ehe sie zu dieser Erkenntnis gelangen konnte, war es dafür zu spät gewesen. Die Jungs hatten bezahlt und waren gegangen. »Bist du dienstlich da?«

Er nickte. Ben mochte Beerdigungen nicht, sie erinnerten ihn zu sehr an die Umstände des Todes seiner Schwester Zoe. Anastacia sprang ihm jedes Mal ins Hirn, sobald er einen Friedhof betrat.

Somebody told me, you were not coming home.

»Ziemlich viele Leute, oder?«, sagte er zu Valli.

Without a moment to say goodbye.

Sie verzichtete auf eine Antwort. Überall standen aufgelöste junge Frauen und Kumpels von Stevie, die heulten wie kleine Kinder, die einander Trost zu spenden versuchten, dass Valli an ihrer eigenen Menschenkenntnis zu zweifeln begann.

Ist Stevie doch ein guter Kerl gewesen?

Tatsächlich hatten die Fußballer des Sturms einen Kranz mit der Inschrift »Only the good die young« niedergelegt. Gehörte Stevie zu den Guten und Bascht war das Scheusal? Valli wusste es nicht mehr.

»Kroner hat mir erzählt, dass hier irgend so ein hohes Nazischwein begraben liegt und dass es vor zwei Jahren deshalb einen Aufmarsch gab. Wusstest du davon?«

Natürlich wusste sie das. Valli war eine von sechs – ! – Gegendemonstranten gewesen, als diese rechtsradikalen Idioten ihren Fackelzug mit behördlicher Genehmigung zum Nibelungenplatz abhielten. Die Kranzniederlegung an Busses Grab auf dem Friedhof St. Korona war zwar verboten worden, aber die spontane Demo wegen Polizeiwillkür nicht. Ein Skandal, auch weil die Passauer Bürgerinnen und Bürger im Vorfeld nicht informiert worden waren. Valli hatte sich mit Kroner wochenlang über dieses Thema gestritten. Sie hatte nicht wahrhaben wollen, dass man diesen dummen Menschen erlaubte, jedes Schlupfloch zu nutzen, das sich im deutschen Recht auftat. »Die Gelegenheit hat dein Verein genutzt, um sich so richtig mit Ruhm zu bekleckern. Hut ab.«

Ben stutzte.

Gab sie etwa ihm die Schuld, obwohl er damals noch gar nicht in Passau gewesen war? Als Kriminalbeamter wäre er sowieso nicht dafür zuständig gewesen. Typisch! »Was wolltest du mir eigentlich auf Lorenz' Feier sagen?« Er hatte Markus gehörig die Meinung gegeigt dafür, dass er seine Ex angeschleppt hatte.

»Was meinst du?«

»Du wolltest mir gestern eine Geschichte erzählen, bevor –«

»Deine Freundin auftauchte.« Valli musste an Luisas Getue beim Meiern denken. Ätzend.

»Sie ist nicht –«

»Stimmt! Jetzt fällt es mir wieder ein. Darüber sollte die Polizei wohl im Bilde sein, auch wenn an der alten Lattenknaller-Geschichte vermutlich nichts dran ist.«

»Lattenknaller-Geschichte?« *Was plappert sie da nur?*

»Ein derber Lattenschuss ist nämlich der Ursprung dieser alten Feindschaft zwischen Stevie und Bascht.«

Lattenschuss? »Und woher weißt du das auf einmal?«

»Von Joschi« *Und darüber hinaus hat er mir noch ein anderes – für die Polizei durchaus interessantes – Geheimnis anvertraut.* Valli kämpfte mit sich. Ihr Verstand drängte sie, Kroner oder Ben die Wahrheit zu sagen, aber ihr Herz wollte Joschi nicht verpfeifen, wollte ihn beschützen. Es musste doch einen Weg geben …

Joschi? Wieso labert Valli andauernd von diesem Joschi? Allmählich bekam Ben einen regelrechten Hass auf den Typen. »Dann lass mal hören!«

»Ich glaube nicht, dass das hier der richtige Rahmen für eine solche Geschichte ist, und außerdem …«

Die Beerdigung war vorbei, Ben bemerkte es auch gerade. Menschentrauben lösten sich auf, strömten großteils dem Ausgang zu, ein paar Leute gingen an die eigenen Gräber, zu ihren Lieben, zupften verblühte Blätter, rissen Unkraut aus, warfen Schnecken vom eigenen aufs nächste Grab, beteten. Ben hatte nichts davon getan, seit Zoe tot war.

»Von Beileidsbezeugungen am Grabe bitten wir Abstand zu nehmen«, so war es in Windischs Sterbeanzeige zu lesen gewesen. Das Anstehen, um den trauernden Angehörigen die Hand zu schütteln, entfiel also.

»Da drüben ist Stevies Bruder.«

»Wo?«

»Da vorn.« Valli hob ihren Arm.

Ben sah ihn. Michael Windisch. Geistig und körperlich schwer beeinträchtigt, das konnte er sogar aus dieser Entfernung erkennen. Er schämte sich für Erni Kaisers Scheibenwischer.

Valli setzte sich in Bewegung, hielt direkt auf Windischs Bruder zu, der etwas abseits unter einem Baum stand und mit den Fingern an der Rinde kratzte. Eine Frau sah sich allenthalben nach ihm um, sie war Anneliese Windisch wie aus dem Gesicht geschnitten, verzichtete selbst aber auf das Zuviel an Make-up und Styling, das die Schwester für sich beanspruchte. Dieser Umstand machte sie Ben gleich sympathisch. Wie die Ratten in Hameln ihrem Fänger, so trottete er Valli hinterher.

»Hallo, Michael«, sagte diese und streckte die Hand aus. »Es tut mir sehr leid, was mit deinem Bruder passiert ist.«

Michael blickte sich um, unterbrach sein konzentriertes Arbeiten am Baumstamm. Er lächelte sogar. Ben fand, dass er Stevie überhaupt nicht ähnlich sah. Seine Haare waren grau, der Körper war ausgemergelt, nicht vital und lebendig. Eher das Gegenteil. Der Mann war über vierzig, wirkte aber wie ein hilfloses Kind. Ben kannte keine Menschen mit Behinderung, er war im Umgang mit ihnen stark gehemmt. Valli hingegen überhaupt nicht. Sie nahm Michaels Hand, strich mit der anderen darüber, lächelte ihn an. So vollkommen natürlich, als täte sie nichts sonst im Leben.

Ich könnte das nicht. Niemals.

Die jüngere Version von Anneliese Windisch eilte über den Rasen und legte schützend den Arm um Michael. »Wer sind Sie, und was wollen Sie?«

Ob der forschen Stimmlage zog Valli den Kopf ein, trat einen Schritt zurück und stellte sich neben Ben. »Mein Name ist Valli Milner, ich kannte Michaels Bruder und wollte ihm nur mein Beileid aussprechen. Das ist alles. Das da«, sie zeigte auf Ben, »ist ein Bekannter von mir.«

Die Frau zögerte einen Moment, bevor sie wesentlich milder fortfuhr. »Sehr anständig von Ihnen. Tatsächlich haben das heute nicht viele Leute getan. Die meisten tun so, als würden sie Michael gar nicht sehen, dabei starren sie ihn an, sobald sie glauben, dass es niemand mitbekommt.« Sie seufzte. »So ist es immer.«

Ben fühlte sich ertappt.

»Christa Gabler, ich bin Stefans Tante. Und Michaels natürlich auch.« Sie reichte ihnen die Hand.

»Tut mir schrecklich leid, was mit Stevie passiert ist.« Valli hatte den Kerl nicht gemocht, aber einen frühen Tod hatte sie ihm dennoch nicht gewünscht.

»Ja, es ist schlimm.« Christa Gabler kramte in ihrer Tasche. »Ich wünschte nur, ich könnte meiner Schwester einen Teil dieser Last abnehmen. Den Kummer. Die Mühe mit Michael. Aber ich wohne in München, ich arbeite dort und kann nicht dauernd …« Das Papiertaschentuch war gefunden, trocknete Tränen. »Michael wird Stevie am meisten von allen vermissen, und die Liesl, es ist schwer für sie, aber sie verrennt sich da in etwas.«

Was meint sie jetzt damit? Ben hätte gerne nachgefragt, aber da er sich nicht als Vertreter der Passauer Kriminalpolizei vorgestellt hatte, war das kaum angebracht. Valli übernahm für ihn. Er sah sie von der Seite an.

»Sie reden von den Schmierereien bei den Reisingers?« Valli holte Luft. »Können Sie … können Sie Ihre Schwester nicht zur Vernunft bringen? Noch ist nichts bewiesen, noch steht nicht einmal fest, dass Stefan tatsächlich gewaltsam zu Tode gekommen ist.«

Die Fragezeichen in Christa Gablers Augen wuchsen sich zu Übergröße aus, ihr Blick wurde finster.

»Das macht doch alles nur noch schlimmer.«

Stefans Tante musterte Valli. »Sind Sie von der Polizei?«

Valli schüttelte den Kopf. Schwieg ausnahmsweise.

Christa Gabler sah sie lange an, putzte sich dann die Nase und verstaute das Tempo in ihrer Tasche. »Ich habe weiß Gott versucht, der Liesl das auszureden, aber … ich kann sie auch verstehen.«

Valli wartete.

»Sie hat so viel durchgemacht. Mit Pitt, mit Michael und am meisten mit Stevie. Das hat sie nicht verdient.«

»Natürlich nicht, aber –«

»Und jetzt haben die Reisingers beide Windisch-Buben auf dem Gewissen. Da hat sie doch allen Grund, auszuflippen.«

Ben und Valli sahen einander an. Verstanden nichts von dem, was die Tante da gerade gesagt hatte. Die Reisingers sollten beide Windisch-Buben auf dem Gewissen haben?

Wieso beide?

»Was meinen Sie damit?« Bens Sprachzentrum funktionierte doch noch.

»Ach, gar nichts.« Christa Gabler winkte ab. »Vergessen Sie's einfach. Das nimmt sowieso niemand ernst.« Sie packte Michaels Hand und dirigierte ihn zurück zu seiner Mutter.

»Weißt du, was das zu bedeuten hatte?« Ben zückte sein Handy und tippte ein Memo ein.

»Keine Ahnung.« Valli sah den beiden nach. »Wie könnten die Reisingers den Michael auf dem Gewissen haben? Weil er behindert ist?«

Ben beobachtete, wie Stevies Bruder an der Hand seiner Tante zappelte. »Soviel ich weiß, ist der von Geburt an so.«

»So?« Valli hob die Brauen und sah Ben streng an.

»Ja.« Verlegen strich er über seine Krawatte, die er zusammen mit dem Anzug extra für die Beerdigung herausgesucht hatte. Wie sollte er das sonst nennen? Gehandicapt? Ein besonderer Mensch? Das machte es auch nicht besser. »Dahinten schleicht übrigens dein ganz spezieller Freund zum Friedhofstor hinaus.« Er zeigte auf Joschi, der mit einigen anderen Spielern vom Sturm auf den Parkplatz zusteuerte. »Sieht aus, als liefe er vor dir davon.«

»Wo?« Valli drehte sich im Kreis.

»Dahinten.« Ben musste seinen Arm ein weiteres Mal bemühen.

Sie lief los.

Was bin ich nur für ein Idiot! Ben klatschte sich die Rechte gegen die Stirn und seufzte. Wenn das so weiterging, würde er es nie schaffen, Valli zu sagen, dass das Kapitel »Luisa Theissen« in seinem Leben abgeschlossen war.

Damn it!

Sämtliche noch auf dem Friedhof anwesenden Trauergäste drehten sich empört um.

Habe ich gerade laut seinen Namen gerufen? Verflucht! Valli lief rot an, drängelte sich dennoch recht rabiat durch die mittelgroße Menschentraube, die sie noch von Joschi trennte, und packte ihn schließlich an der hinteren Hosentasche seiner Jeans. »Joschi! Jetzt warte halt mal.«

Überrascht drehte Brenner sich um. »Hey, Valli! Ich hab dich gar nicht gesehen.«

Von wegen. Sie stemmte die Arme in die Seiten. »Wieso gehst du nicht ans Telefon?«

»Mein Handy«, er betatschte sämtliche Ausbuchtungen seiner Jeans, »ähm, das muss ich irgendwie verlegt haben.«

Valli stopfte die Fäuste in die Ausbuchtungen seiner Jeans und drückte die Wahlwiederholungstaste ihres Mobiltelefons.

Düdldidü. Düdldidü. Düdldidü. Düdldidü.

»Wieso lügst du mich an?« Hinter Joschi sah sich Alf nach ihnen um.

»Öhm, also … Ich hatte wenig Zeit, die Beerdigung, das alles …« Er strich Valli flüchtig mit dem Daumen über die Wange. Lächelte. Traurig irgendwie. »Ich ruf dich morgen an, okay?«

Nichts war okay. Gar nichts! Joschi würde sich ein weiteres Mal von Alf in diese Sache hineinziehen lassen. Valli musste unbedingt mit ihm reden. Allein. In Ruhe. Und möglichst sofort. Es gleich hier auf dem Friedhof zu tun, wo alle Leute mithören konnten, war allerdings womöglich doch keine so glorreiche Idee. »Ich komme heute Abend bei dir vorbei.«

»Das geht nicht.«

»Warum nicht?«

»Ich bin nicht da.«

»Wo bist du? Was machst du?«

»Ich muss etwas Dringendes erledigen.«

»Gut, dann begleite ich dich.« Sie würde nicht lockerlassen. Niemals.

Er schüttelte den Kopf.

»Oh doch!«

Wieder schüttelte er den Kopf – stärker diesmal. Er schaute sie ernst an. »Das geht wirklich nicht.«

»Wieso?«

»So halt.«

So halt? Mit einer derart dämlichen Ausrede brauchte er ihr nicht zu kommen. Joschi hatte sie noch nie abgewimmelt.

»Ich treffe mich mit einer Braut.«

Einer Braut? »Du hast ein Date?« Valli glaubte ihm kein Wort.

»Ja.«

»Und wieso weiß ich davon nichts?« Überraschenderweise keimte so etwas wie Eifersucht in ihr auf. »Eine Freundin? Du?«

»Noch nicht, aber nach heute Abend vielleicht.«

»Aha.« Sie wusste nicht, was sie sonst sagen sollte.

»Du wolltest mich ja nicht.«

Darauf fiel Valli erst recht nichts ein. Staunend blieb sie zurück und beobachtete, wie Joschi bei Alf ins Auto stieg.

5

»Ihre Frau sagt, Sie hätten Stefan Windisch umgebracht.«

»Die Hilde is eine *dumme Drutschn*!« Ranner saß im Vernehmungszimmer und schwitzte wie ein Schwein. Genau wie vor ein paar Stunden, als er fröhlich pfeifend heimgekommen war und seine Anvermählte mit Kriminalhauptkommissar Kroner unverblümt plaudernd vorgefunden hatte. Da war ihm plötzlich auch die Soße ganz dick zwischen die Arschfalte gelaufen.

Wobei?

Wenn man es sich recht überlegte, stimmte das Bild nicht. Schweine schwitzen nicht. »Ich schwitze wie ein Schwein«, so hatte man früher gesagt, wenn man einen Tag faul gewesen war und die Anstrengung einem ausnahmsweise mal nicht das Wasser aus den Poren hatte quellen lassen.

Verkehrte Welt.

»Ihr Auto wurde letzten Sonntag vor Windischs Haus gesehen.« Leo setzte sich selten bei Vernehmungen, sie umkreiste ihre »Opfer« lieber, sah Ranner einmal von links, einmal von rechts über die Schulter. »Sie fahren doch einen Toyota RAV4 mit dem Kennzeichen PA LR 666?«

Genau genommen hatte die Kaiserin das weniger präzise angegeben, und tatsächlich gab es in Passau noch einen RAV4 und einen Kuga, deren Kennzeichen ebenfalls drei identische Ziffern aufwiesen, deren Halter aber nicht mit Windisch oder dem Sturm in Verbindung gebracht werden konnten. Was nichts hätte heißen müssen, was die Kollegen aber selbstverständlich überprüft hatten.

Kroner stand hinter dem Spiegel und beobachtete. Ihm zog sich jetzt noch alles zusammen, wenn er daran dachte, wie Ranner seine Frau zur Schnecke gemacht hatte, als der realisiert hatte, was in seiner Küche vor sich ging.

Mistbritschn! Kircharutschn, verlogene! Hundsmatz, greislige!

In Endlosschleife hatte er seine Schmeicheleien hinausgeschossen, und nicht einmal einer von Kroners resoluten Anschissen hatte ihn beruhigen können. Erst die Androhung einer vorläufigen Festnahme zeigte dann doch Wirkung. Zu Letzterer war es aber nicht gekommen, weil Ranner den Herrn Gendarm auf einmal sogar unbedingt und sofort und auf jeden Fall freiwillig auf das Kommissariat hatte begleiten wollen, um reinen Tisch zu machen, wie er das nannte. Kroner war gespannt.

»Freilich war ich dort.« In einem fort wischte Ranner mit dem Stofftaschentuch, das ihm seine Frau zum Abschied ans Revers gedrückt hatte, über seine Stirn. »Der wollte immer mehr Geld von mir, andauernd. Was hätte ich denn tun sollen?«

»Was hatte er denn gegen Sie in der Hand?«, fragte Leo unschuldig.

»Ja, nichts. Eigentlich.«

»Aha. Nichts. Sehr interessant.« Die Hauptkommissarin lehnte sich an die Wand. »Und wegen nichts haben Sie so fleißig gezahlt? Weil Sie ein sozialer Mensch sind?«

Ranner seufzte. »Der Pitt hat alle Unterlagen aufbewahrt, die …«

»Weiter.« *Hopp! Hopp!*

»Die nicht astrein waren.« Die Schultern sackten tief. Sehr tief. Dem Exvorstand von Sturm Hacklberg wurde gerade klar, dass eine Strafe wegen Mauscheleien bei Sozialversicherungsbeiträgen im Vergleich zu der, die einem bei Mord blühte, das weitaus kleinere Übel war.

Kroner hatte dem Kollegen Bescheid gegeben, der bei Ranner die Hausdurchsuchung geleitet hatte und zuletzt bei allen K1-Besprechungen dabei gewesen war. Bachmeier stand neben ihm, rieb die Hände aneinander und genoss die überraschende Wendung in seinem Fall.

»Ich hatte tausend Euro dabei, dafür wollte ich sämtliche Unterlagen von ihm.«

Leo runzelte die Stirn. »Sie haben ihm zuvor schon öfter Geld bezahlt. Wieso haben Sie bei diesen Gelegenheiten nicht die Herausgabe der Unterlagen verlangt?«

Ranner lachte zynisch. »Entschuldigung, dass ich das nicht korrekt abgewickelt habe. War meine erste Erpressung.«

Trotzdem. Man forderte doch das Corpus Delicti ein, wenn man schon dafür bezahlte, oder? Kroner kaufte Ranner die Geschichte nicht ab.

Leo stieß sich von der Wand ab, postierte sich wieder hinter

Ranner. »Sie haben außerdem schon Dienstagnacht auf Windisch gewartet. Um ihn zur ›Rede zu stellen‹.« Sie malte Gänsefüßchen in die Luft. »Und weil sich der dumme Junge uneinsichtig zeigte, haben Sie ihn vermöbelt. Beinahe hätten Sie das schon zuvor beim Fußballspiel getan.« Leo legte eine DIN-A4-Vergrößerung des Fotos, das Valli geschossen hatte, vor Ranner auf den Tisch. »Als Sie hörten, dass Stevie tot war, brachen Sie in Panik aus, und es fiel Ihnen nichts Besseres ein, als anonym bei uns anzurufen, um die Sache einem anderen unterzujubeln.«

Ranner starrte auf das Foto. »Sie haben ja einen ...« Er bremste sich mühsam. »Sie ... Sie sind ja vollkommen ...« Husten, Räuspern, Zeit schinden. »Meinetwegen. Dann habe ich ihm eben auf dem Sportplatz so richtig die Meinung gegeigt und später auf dem Parkplatz vor dem ›Anpfiff‹ auf ihn gewartet. Ich hatte Geld dabei, um das ein für alle Mal zu regeln, aber dann ... dann ist genau das passiert, was ich der Polizei am Telefon gesagt habe. Stevie kam kurz vor eins aus dem Vereinsheim, torkelte zu seinem Auto, und als ich aussteigen wollte, um ihn mir vorzuknöpfen, tauchte jemand aus dem Schatten der Bäume auf. Erst stritten die nur miteinander, aber dann ging der andere wie wild auf Stevie los. Es wurde immer schlimmer, immer heftiger, bis Windisch am Boden lag, bis er sich nicht mehr rührte. Der Mann hat Stevies Taschen durchsucht, mit dem Autoschlüssel den Audi aufgesperrt, Stevie auf den Beifahrersitz gehievt, und weg waren sie.«

»Warum haben Sie Stevie nicht geholfen?«

Ranner zuckte mit den Schultern.

Kroner verstand schon. Wieso hätte der leidgeplagte Exvorstand eingreifen sollen, wenn sich alle Probleme vor seinen Augen in Luft auflösten? Aber halt! Hatte Ranner zu diesem Zeitpunkt damit rechnen können, dass Windisch sterben würde? Eher nicht.

»Ach ja, er hat jemanden angerufen. Das fällt mir erst jetzt wieder ein.«

»Wer?«, fragte Leo nach.

»Der Typ, der Windisch ... Ich glaube, der hat mit Stevies Handy telefoniert, zumindest sah das so aus. War eine heftige Debatte, da musste ganz schön Überzeugungsarbeit geleistet werden.«

»Und wieso nicht mit dem eigenen Handy?« Leo musste sich sammeln, stellte aber schnell den Zusammenhang her. Reisinger hatte sein Handy verloren, dafür gab es unzählige Zeugen, und Ranner wusste das vermutlich. Er könnte also versuchen, Bascht die Kiste unterzuschieben, obwohl er selbst … »Haben Sie zufällig gehört, was –«

»Nein. Mein Fenster war zwar offen, aber ich parkte ja genau entgegengesetzt.« Ranner strich über die Tischplatte, als wolle er Staub wegwischen. »Sie könnten das doch überprüfen. Handydaten auswerten oder so.« Er sah Leo an, als hätte er gerade den Fall gelöst.

»Das würden wir gerne, Herr Ranner, nur leider ist Stefan Windischs Mobiltelefon unauffindbar. Haben Sie es zufällig?«

»Ich? Nein!« Er schüttelte empört den Kopf.

»Gut.« Leo drehte ab. »Dann zurück zu diesem dubiosen Fremden. Wer war der Mann? Wie sah er aus, was hatte er an?«

Ranner überlegte kurz. »Er war ungefähr so groß wie ich, schlank. Kapuze. Dort, wo Stevies Auto stand, war es ziemlich finster. Recht viel konnte ich nicht erkennen, aber …«

»Aber was?« Allmählich wurde Leo ungeduldig.

»Ich glaube, dass es Bascht war. Ziemlich sicher sogar.«

Holla, die Waldfee! Der Reisinger?

Nicht dass sie das nicht ohnehin angenommen hätten, aber es aus Ranners Mund zu hören, gab diesem Verdacht eine ganz andere Qualität, gerade vor dem Hintergrund, dass Ranner allen Grund hatte, sein eigenes Wirken zu verschleiern. Leo sah durch die Scheibe hindurch zu Kroner, zog die Schultern hoch. »Wie sicher?«

Ranner zögerte. »Sehr sicher.«

»Und aus welchem Grund haben Sie das am Telefon nicht erwähnt?«

»Na … na, weil ich den Bascht nicht hinhängen wollte, weil … weil man so was eigentlich nicht macht, wenn man sich kennt. Deswegen.«

»Warum haben Sie dann überhaupt angerufen?«, wollte Leo erfahren.

»Als ich am Sonntag hörte, dass Stevie tot war, da kam ich ins

Grübeln, da sah ich es als meine Pflicht an … Es hat ja auch alles gepasst. Die Größe, die Kleidung und natürlich auch, dass Stevie und Bascht schon vorher beim Duschen und im ›Anpfiff‹ aneinandergeraten sind. Freilich, es lagen einige Tage dazwischen, aber wenn die Verletzungen so schlimm –«

»Und warum haben Sie den Herren Kroner und Bruhan diese Geschichte nicht schon am Sonntag erzählt, als sie bei Ihnen waren, Herr Ranner?«

»Ich war überrumpelt, hatte Angst. Ich wollte nicht, dass die Polizei von der Erpressung erfährt und dadurch auf die Dokumente stößt, die …« Er brach ab, holte tief Luft. »Wie hätte ich außerdem erklären sollen, dass ich vor dem ›Anpfiff‹ Stevie aufgelauert habe? Verraten Sie mir das mal.«

Kroner fand das einigermaßen nachvollziehbar, aber was, wenn Ranner Stevies Audi nachgefahren war, um das zu vollenden, was Reisinger begonnen hatte? Was dann?

Leo dachte in dieselbe Richtung. »Kann es sein, dass Sie noch auf einen Sprung bei Stevie reingeschaut haben, nachdem Sie diese Beobachtung gemacht haben? Windisch war bereits ›vorbehandelt‹, wenn ich das so sagen darf, Sie hätten leichtes Spiel mit ihm gehabt.«

»So ein Schmarrn!«, regte sich Ranner auf. »Ich war genau ein einziges Mal bei den Windischs, das war am Sonntag, wie Sie wissen. Und da bin ich auch nur langsam am Haus vorbeigefahren.«

»Und was ist mit Benuron?«

Ranners Nase kräuselte sich. »Benuron? Wieso fragen Sie mich das?«

»Antworten Sie einfach.«

»Ein Schmerzmittel. Meine Frau nimmt es, und ich sage ihr ständig, sie soll es sein lassen, weil sie Magenschmerzen davon bekommt. Aber sonst?« Er zuckte mit den Schultern. »Ich nehm's nicht, wenn es das ist, was Sie hören wollen.« Er drehte sich zum Spiegel um. »Oder ist das etwa …? Kann man daran …?«

Hildegard Ranner, ein Benuron-Junkie? Hatte womöglich sie …? Kroner brauchte dringend einen Schluck Kaffee aus der Tasse, die hinter ihm auf dem Tisch stand. Aber wieso hatte sie die Polizei dann auf ihren Mann gehetzt? Zur Ablenkung? Dann wäre sie ja ein ganz ausgefuchstes Luder, die Hilde.

Leo dachte ungefähr das Gleiche, Kroner sah es ihrer Nasenspitze an. Sie glaubte nicht, dass Ranner etwas mit Windischs Tod zu tun hatte. Gift – was ein Medikament im weitesten Sinne ja war – passte zudem viel besser zu einer Frau, allerdings hatten sie gegen Ranners Gattin bislang noch überhaupt nichts in der Hand. Die hatten sie nicht mal auf dem Schirm gehabt, aber womöglich war Hildegards Leidensdruck, was Windischs Erpressungen anbetraf, einfach zu groß geworden. Alles war möglich, auf nichts war Verlass.

Kroner hatte die Schnauze voll. Ranner war von den Kollegen erkennungsdienstlich behandelt worden, sie würden seine Fingerabdrücke mit den Abdrücken auf der Benuron-Schachtel und dem vereinsamten Wasserglas aus der Windisch-Küche vergleichen, und mit Hildegards Minutien sollten sie das Gleiche tun. Vielleicht brachte das Klarheit in die Sache.

Und den Reischl musste Kroner danach auch gleich noch bitten, seine Nachforschungen bezüglich der Herkunft der Benuron-Musterpackung auf das Ehepaar Ranner auszuweiten. Einen Haftbefehl würde die Michels anhand der vorliegenden Erkenntnisse niemals beantragen, aber Kroner glaubte selbst nicht, dass das nötig war.

Und Bascht Reisinger? Immerhin hatten sie jetzt einen Beinahe-Zeugen für die Schlägerei auf dem Parkplatz, aber nach allem, was dieser gerade erzählt hatte, gäbe es damit eine simple Erklärung für Baschts Spuren auf der Benuron-Schachtel. Er hatte Stevies Hosentaschen auf der Suche nach den Schlüsseln durchwühlt und dabei möglicherweise die Medikamentenschachtel zwischen die Finger bekommen – vorausgesetzt, eine solche war darin gewesen. So einfach und genau, wie Madame Staatsanwältin gemutmaßt hatte. Ein neues belastendes Element kam dazu, ein anderes fiel weg. So war die Polizeiarbeit.

Elende Sisyphusarbeit.

***

Valli war schockiert.

»Mördersau!«

Mit neongelber Farbe an die wunderschöne Klinkermauer gesprüht. Daneben Buchs, Oleander und ein Olivenbäumchen, die ihre Äste der Sonne entgegenstreckten.

Idyllisch? Keine Spur!

Juli hatte nicht übertrieben. Überhaupt nicht. Valli ging durch das Tor bis zur Haustür und zog an der Stange für die Glocke. Wieso waschen die das nicht ab?, fragte sie sich gerade, als sie Eva Reisinger mit Eimer, Putzlumpen und Bürste bewaffnet fast über den Haufen rannte.

»Hallo, ich bin die Valli und wollte zu Baschts Freundin. Zu Juli.«

»Die ist nicht da.« Eva Reisinger blies sich eine widerspenstige Locke aus dem Gesicht, sammelte sich kurz. »Was willst du von ihr?«

Valli kannte Baschts Mutter vom Fußballplatz. Offen, herzlich, fröhlich, so hätte Valli sie beschrieben. Nicht heute. In ihrem Ton, in ihrer Haltung, in ihrem Gesicht spiegelten sich Zurückhaltung, Skepsis, vielleicht sogar Wut und Verzweiflung wider. Man hatte ihren Sohn verhaftet! Wen wunderte das also?

»Sie war gestern bei mir, ich wollte sehen, wie es ihr geht.«

»Woher kennt ihr euch? Juli hatte bisher wenig Gelegenheit, sich in Passau neue Freundinnen zu suchen.«

»Vom Fußballplatz. Wir haben am Sonntag kurz miteinander gesprochen.«

Die Erklärung überzeugte Baschts Mutter keineswegs.

»Sie dachte, ich wäre Kroners Tochter, sie wollte wohl –«

»Kroner? Der Polizist, der Bascht verhaftet hat?« Ihr Blick wurde finster wie eine mondlose Nacht.

Valli nickte.

»Sie haben den Falschen. Besser, du fährst nach Hause.« Eva Reisinger ließ Valli stehen, ging einfach an ihr vorbei.

Valli lief ihr hinterher. »Juli ist sich da gar nicht mehr so sicher. Sie zweifelt.« Wahrscheinlich hätte sie das lieber für sich behalten sollen, aber …«

»Er ist ein guter Junge, die Scheidung, mein neuer Freund, das alles war nicht leicht für ihn.« Tränen quollen aus Eva Reisingers Augen, sie wischte mit dem Unterarm über ihr Gesicht. Blieb stehen. »Vielleicht bin ich schuld?«

Valli nahm ihr Eimer und Bürste aus den Händen. »Ich helfe Ihnen.«

Schweigend setzten sie den Weg über den Hof und durch das Tor fort. Vor der beschmierten Wand tauchte Valli die Bürste ins schaumige Wasser und schrubbte über das große M. »Eine Schweinerei ist das. Furchtbar.« Vorverurteilung konnte hässliche Blüten treiben. Das war nichts Neues. Leider.

Eva Reisinger nickte. »Stevies Mutter war das. Vielleicht würde ich das auch tun, wenn mein Sohn …«

»Kroner wird Bascht freilassen müssen. Ohne Beweise können sie ihn nicht dabehalten.«

»Und wenn es Beweise gibt?«

Sie traut es ihm also auch zu? Valli schrubbte wie besessen, einfach, um nicht antworten zu müssen, machte aber an der Mauer alles nur noch schlimmer.

»Gegen Mittag fuhr ein Polizei-Kombi voller Leute in den Hof, die haben Baschts und Julis Wohnung im Dachgeschoss auseinandergenommen. Vielleicht haben die was gefunden? Ich weiß es nicht.«

Kroner machte also tatsächlich ernst.

»Es gab immer Reibereien zwischen Stevie und Bascht. Ein fieser Feger war der Windisch. Ein Drecksack.«

»Trotzdem! Deshalb bringt man niemanden um.« *Oder doch?*

Eva Reisinger tauchte den Lappen ins Wasser, wrang ihn aus. »Die ganze Aufregung schadet auch dem Kind. Juli hat seit dem Morgen vorzeitige Wehen, die Frauenärztin hier wollte sie schon stationär aufnehmen. Ich weiß gar nicht, wo sie jetzt ist.«

Und Bascht kann ihr nicht beistehen. Er lässt Juli im Stich. Schon wieder. Valli schloss kurz die Augen. *Schlimm.*

»Ich wünschte, sie würde ihren Eltern Bescheid geben«, sagte Eva Reisinger leise, »aber –«

»Aber sie will nicht, dass sie von Baschts Verhaftung erfahren?«

Überrascht sah Eva Reisinger Valli an. »Sie hat dir also ihr Herz ausgeschüttet.«

»Ein wenig«, gab Valli zu, verschwieg aber, dass sie damit heillos überfordert gewesen war.

»Sie kann wahrlich eine Freundin gebrauchen.« Eva Reisinger lächelte traurig. »Ich als Schwiegermutter in spe bin dafür nicht sonderlich gut geeignet, obwohl ich mich bemühe.«

»Wann kommt sie denn zurück?«

»Sie müsste eigentlich längst hier sein«, sagte Baschts Mutter. »Hast du ihre Handynummer?«

Valli schüttelte den Kopf.

»Ich wäre dir wirklich dankbar, wenn du dich ein bisschen um sie kümmern könntest. Juli ist so dermaßen durch den Wind, lässt aber niemanden an sich ran. Meine Eltern haben es auch versucht, aber …«

Valli strich Eva Reisinger über den Arm. »Das mache ich gern.« Und dann erstellte sie auf ihrem Handy unter ihren Kontakten eine neue Visitenkarte für Juli Quendler.

Ihre neue Freundin.

***

Bascht beherzigte die Ratschläge seines Anwalts. Zumindest so lange, bis ihm Kroner eröffnete, dass ihn jemand auf dem Parkplatz beobachtet hatte.

»Meinetwegen, dann hab ich mir Stevie eben draußen vor dem ›Anpfiff‹ vorgenommen. Dabei war ich schon zu Hause, der Schlüssel steckte im Schloss, als diese …« Er wühlte mit den Händen durch seine Haare. Lockig wie die seiner Mutter, nur ohne das Grau. »Aber dann bin ich zurückgelaufen. Ich hab's einfach nicht mehr ausgehalten. Seine Lügerei, seine blöden Scherze, die Sache auf Facebook. Wie ein Irrer habe ich auf ihn eingedroschen, bis er sich nicht mehr bewegt hat. Ich dachte, er wäre tot.«

»Und weiter?«, fragte Ben in die sich ausdehnende Stille hinein.

»Ich wollte das nicht, das müssen Sie mir glauben. Hätte ich geahnt, dass Stevie … Ich wäre doch …« Er brach ab.

Kroner beschrieb mit dem Zeigefinger kleine Kreise vor der Nase des Beschuldigten, wollte, dass er weitererzählte.

»Ich habe in seinen Taschen nach den Schlüsseln gesucht, habe das Auto aufgesperrt, ihn hineingesetzt und habe ihn nach Hause gefahren.«

»Wieso nicht in ein Krankenhaus?«

»Ich weiß es nicht.« Bascht zuckte mit den Schultern. »In der Garage kam Stevie zu sich, aber als ich ihn reinbringen wollte, stieß er mich weg und schrie mich an. ›Hau ab, du Arschloch!‹ Er wurde ziemlich aggressiv, deshalb dachte ich, die Verletzungen könnten nicht so wild sein.«

»Sie waren nicht im Haus?«

»Nein. Bevor ich ging, habe ich an der Tür geläutet, um seine Mutter zu wecken, damit sie sich um ihn kümmert.«

»Die aber nicht da war«, sagte Kroner. Stefan Windisch würde heute vielleicht noch leben, wenn das anders gewesen wäre, und jemand hatte Stevie das Paracetamol-Präparat in Überdosierung verabreicht, dessen war er sich inzwischen auch fast hundertprozentig sicher.

»Mit wem haben Sie telefoniert?«, fragte Ben.

Bascht sah ihn an. Verstört irgendwie. »Telefoniert? Wann?«

»Auf dem Parkplatz, als Stevie bewusstlos war. Unser Zeuge sagt, Sie hätten jemanden angerufen.«

Langsam schüttelte Reisinger den Kopf. »Ich habe mein Handy verloren, das habe ich Ihnen doch gesagt.«

»Unser Zeuge behauptet, Sie hätten mit Stevies Handy telefoniert.«

Wieder schüttelte Reisinger den Kopf. »Da muss sich Ihr Zeuge täuschen. Kann sein, dass ich Stevies Handy in der Hand hatte, als ich seine Schlüssel gesucht habe. Da ist so einiges auf den Boden gefallen. Geldbeutel, anderes Zeug. Womöglich auch sein Handy.«

Und eine Schachtel Benuron?

»Aber telefoniert habe ich damit garantiert nicht.« Bascht sah erst Bruhan, dann Kroner fest in die Augen.

Sofort sträubten sich die feinen Härchen an Kroners Unterarmen wie das Fell einer Katze, wenn der zottige Nachbarshund um die Ecke biegt. *Der Kerl lügt, dass sich die Balken biegen.*

»Ich wollte Stevie nicht umbringen, das müssen Sie mir glauben! Hätte ich geahnt, dass er … Ich wäre doch …« Reisinger brach ab. »Ich wollte das nicht. Wirklich nicht.«

Und als der Beschuldigte sich all das von der Seele geredet hatte, durfte er ein Formular unterzeichnen, erfuhr, dass die Beweislage für den zuständigen Staatsanwalt nach Rücksprache mit dem Ermittlungsrichter momentan für einen Haftbefehlsantrag nicht ausreichte, zudem aufgrund der familiären Umstände – seine Freundin erwartete schließlich ein Kind – keine Fluchtgefahr bestand und sie ihn deshalb unerfreulicherweise wieder auf freien Fuß setzen mussten, denn die Beamten hatten auch in seiner Dachgeschosswohnung nichts Belastendes gefunden. Überhaupt gar nichts.

Um siebzehn Uhr sechsundfünfzig trat Sebastian Reisinger auf die Nibelungenstraße hinaus und fuhr mit dem Bus heim zu Juli und dem ungeborenen Kind.

6

Hast du's schon gesehen?

Was?

Na, das Posting?

Welches Posting?

The latest Stevie-Sturm-News?

Wie bitte?

Hast du was an den Ohren?

Aber Stevie ist tot!

Ich weiß. Trotzdem.

Unmöglich.

Dann schau nach.

–

Wie kann das sein?

Keine Ahnung.

Makaber, absolut widerlich, findest du nicht?

Wenn er tatsächlich ermordet wurde, dann …

Meinst du?

Oh Gott, mir wird schlecht!

Das müssen wir unbedingt den anderen zeigen.

Ja. Ich teile mal, dann sehen es meine Freunde auch.

Gute Idee.

Binnen Minuten verbreitete sich die kolossale Neuigkeit, dass Stefan Windisch, toter Fußballer in Passau, post mortem eine Nachricht im Netz hinterlassen hatte, im sechsstelligen Bereich – um es mal in Facebook-Dimensionen auszudrücken.

Ich war ein Arschloch und habe den Tod verdient.

Dazu drei Fotos. Auf dem ersten war Windischs Visage kaum zu erkennen. Überall getrocknetes Blut, überall aufgeplatzte, geschwollene Haut. Furchtbar zugerichtet. Ein Bild des Grauens. Das zweite Foto war ähnlich. Verletzungen im Gesicht, nicht mehr frisch, geschlossene Augen, die Haut gelb verfärbt. Dann der Sarg. Anneliese Windisch und Michael standen daneben, was bedeutete, dass derjenige, der das Foto geschossen hatte, mitten unter den Trauergästen agiert haben musste. Und Foto zwei? War es das Abbild eines Toten? Falls ja, konnte das eigentlich nur eines heißen: Der Mörder war an den Tatort zurückgekehrt und prahlte jetzt mit seinem Tun auf Facebook – unter Stevies Namen, in dessen Profil.

Wie ging das überhaupt? Reingehackt?

Valli hatte keine Ahnung, sie starrte, schwitzte, zitterte – alles gleichzeitig – und musste es sich doch wieder und wieder ansehen, obwohl ihr dabei die Knie weich wurden.

Was für ein krankes Schwein!

War das Baschts Werk? Valli dachte an Juli, dachte an das Kind, das möglicherweise ohne Vater aufwachsen musste.

Horror.

Genauso schnell, wie sich die Ursprungsnachricht verbreitet hatte, kamen jetzt die Reaktionen rein. Ein regelrechter Shitstorm braute sich im Netz zusammen.

Psycho! Verrecken sollst du!

Geh zur Polizei und steh ein für das, was du getan hast!

Du Drecksau! Stürz dich in die Donau und ersauf!

Und immer wieder: *Mördersau!*

Immer wieder.

Nach dreihundertachtunddreißig Kommentaren tauchte erstmals Baschts Name auf.

Du warst es, Reisinger, komm raus aus deinem Loch, dann machen wir mit dir, was du Stevie angetan hast.

Auge um Auge.

Wir machen dich kalt!

Nein, Bascht war's nicht. Niemals!

Doch, der war's, der war schon immer neidisch auf Stevie.

Valli ballte die Fäuste, Tränen stiegen ihr in die Augen. Nicht weil ihr Stevie leidtat, der hatte den Tod zwar nicht verdient gehabt, aber Mitleid konnte sie dennoch keines für ihn aufbringen. Wie man in den Wald hineinrief, so schallte es zurück. Sogar Stevie musste diese Weisheit irgendwann in seinem Leben gehört haben.

Die humaneren Beiträge waren von Leuten, die Valli kannte – die extremen teilweise auch. Das lief aus dem Ruder. Valli musste an die Heimsuchungen des Ku-Klux-Klans denken, an wild gewordene Mobs im Mittelalter und an die jüngsten Beiträge in sozialen Netzwerken von selbst ernannten Hütern des Heimatlandes, weil Flüchtlinge aus Syrien, Afrika oder Afghanistan das schöne, wohlhabende Deutschland überrannten und aussaugten – wie die das nannten.

Sprengt die Turnhalle!

Aber erst, wenn alle drin sind.

Pfui Deife, des is das Allerletzte, armes Deutschland.

Machts Dachau wieder auf und sperrts die Notunterkünfte zu.

Ungeniert. Vollkommen ungeniert schrieben diese Leute solche Kommentare – teilweise unter ihren echten Namen mit ihren Fotos daneben.

Unglaublich!

So viel Dummheit, so viel Ignoranz machte Valli rasend. Nur einer von diesen Maulaufreißern sollte mal das mitmachen, was diese Flüchtlinge hinter sich hatten.

Was Bascht hinter sich hat.

Volksverhetzung war das.

Und dennoch blieb in Vallis Mund ein saurer Nachgeschmack. Was, wenn Bascht Stevie tatsächlich ermordet hatte oder zumindest in irgendeiner Weise an seinem Tod beteiligt war? Wenn er in die Rolle von Stevie Sturm geschlüpft war?

Trotzdem. Die Unschuldsvermutung war eines der Grundprinzipien des Rechtsstaates, und die Urheber dieses Shitstorms und Anneliese Windischs »Kunst am Haus« traten es mit Füßen. Das war einfach nicht okay.

Blieb zu hoffen, dass die Auswüchse dieses Horrors sich auf das Netz beschränkten und die besonders aggressiven Shitstormer nicht doch von der virtuellen in die reale Welt wechselten. Wenigstens war Bascht in seiner Zelle sicher. Aber Juli? Vielleicht sollte Valli Baschts Familie warnen?

Sie griff nach ihrem Handy, wählte die Nummer ihrer neuen Freundin. Mailbox.

Wenn Sie eine Rückrufbitte per SMS senden möchten, drücken Sie die Eins.

Das tat sie. »Verdammt!«

Ihr Handy klingelte, sie ging ran. »Juli, gut, dass du –«

Es war Joschi.

»Was willst du?«

»Hast du's schon gesehen?«

»Ja.«

»Ich mache eine Gegendarstellung auf ›FuPa‹. Zwei Seiten.«

»Was soll das bringen?«

»Die Leute beruhigen, Tatsachen von Mutmaßungen trennen. Ich bin fast fertig und wollte es dir schicken, bevor ich es online stelle.«

»Damit wirst du nichts erreichen.«

»Egal.«

»You know nothing, Jon Snow!«, sagte Valli und vermisste auf einmal sehnsüchtig die vielen Abende, an denen sie mit Joschi »Game of Thrones« geglotzt hatte.

Er lachte, aber es klang nicht heiter. »Irgendwas müssen wir doch tun, oder willst du sie all die Lügen über Bascht verbreiten lassen? Er war das nicht.«

»Und wenn doch?«

Le silence.

»Ich bin mir nicht mehr so sicher.« Valli ließ ihren Kopf auf die Tischplatte knallen. »Sogar seine Freundin glaubt, er könnte es gewesen sein.«

»Echt?«

»Ja. Sie war bei mir.«

»Krass.«

»Besser, du hältst dich raus.«

Joschi atmete durchs Telefon – schien erstaunt. Normalerweise gehörte Valli den Fraktionen »Einmischer« oder »Nicht-Wegseher« an, aber er wusste auch, dass sie seit dem letzten Jahr vorsichtiger geworden war, dass sie Risiko und Nutzen nun genauer gegeneinander abwog.

»Aber vielleicht schadet es auch nicht.« Erst jetzt fiel Valli ein, dass sie unbedingt mit Joschi über das belauschte Gespräch mit Alf hatte reden wollen. »Wo bist du eigentlich?« Sie sah auf ihre Armbanduhr. Es war Viertel vor elf. »Was ist mit deinem Date?«

»Ähm, das läuft prima. Die Taube sitzt gerade auf dem Klo.«

»Wo?«

»Wie, wo? Was meinst du?«

»Auf welchem Klo? In was für einem Lokal?«

»In keinem.«

»Bei dir zu Hause?« Valli musste tief durchatmen. »Gleich beim ersten Mal?«

Er schwieg.

»Also ist es gar nicht das erste Mal. Aha.« Valli hörte im Hintergrund eine Tür, dann rauschte die Klospülung. Es stimmte tatsächlich.

»Du, Valli, ich muss Schluss machen. Bis dann.«

Es knackte und knisterte, und dann hörte Valli eine Stimme. Weit entfernt, gedämpft, aber doch hundertprozentig … *Alf!*

Sie brauchte einen Moment, um sich zu fangen, doch dann plärrte sie los: »Joschi? Alf ist bei dir, ich höre ihn! Warum lügst du mich an?«

Piep. Piep. Piep. Aufgelegt.

Mist!

Stieg der Bruch heute Nacht? Wollten die beiden das tatsächlich durchziehen? Valli geriet in Panik. Sie sprang auf, zog eine

Jacke über, lief die Treppe hinunter, stolperte über einen Stapel »art«-Magazine aus dem Jahr 1983 und fiel beinahe auf die Knie.

Mein Handy!

Sie erwartete Julis Rückruf. Es lag oben. Sie musste es holen. Drei Stufen auf einmal, fünf Sprünge. Geschafft! Und wieder zurück.

Drrrrrrrrrrr. Drrrrrrrrrrr.

Das Herz blieb ihr stehen. Joja steckte den Kopf aus dem Wohnzimmer. *Wer läutet so spät noch an unserer Tür?*, fragte ihr Blick. Vallis Mum hatte schon das Nachthemd an, ihre knackigen braunen Beine steckten in selbst gestrickten, viel zu bunten Socken. Die brünetten Haare sahen ein bisschen zerzaust aus. Sie fuhr mit den Fingern hindurch und gähnte.

Valli erwartete keinen Besuch, außerdem hatte sie es eilig. »Wer kann das sein?«

»Vielleicht ist es Hannes. Sieh mal nach, ich zieh mir was über.«

»Hannes? Wieso Hannes? Was soll der um diese Zeit bei uns wollen?« Kroner kam so gut wie nie ins Hexenhaus, nannte das »Intimsphäre wahren«, obwohl ihn einfach nur jedes Mal das Fremdschämen übermannte, wenn er Jojas Chaos sah. Valli wusste es genau.

Sie öffnete die Tür. »Du? Was willst du?« Es klang schrecklich barsch, entsetzlich kalt. Valli hörte es im selben Moment, da die Worte ihrem Mund entwichen.

»Ich weiß, es ist spät, aber ich muss dringend mit dir reden.«

Ben stand vor ihr wie ein Schulbub. In Jogginghosen. Ungestylt. Er kaute sogar auf seiner Unterlippe.

Ist er das überhaupt? Valli rieb sich die Augen.

Zaghaft reichte er ihr ein einsames Gänseblümchen, das aussah, als wäre es schon vor zwei Tagen ausgerupft worden.

Joja enterte erneut die Szene. »Hallo, Ben!«, sagte sie, und ihre Stimme wechselte die Tonlagen wie ein Flittchen seine Männer. »Lange nicht gesehen.«

»Mum!«, quiekte Valli, zog die Brauen hoch und verdrehte die Augen. »Wolltest du nicht ins Bett?«

»Ihr wollt mich loswerden?« Joja zwinkerte Ben zu. »Na dann viel Spaß euch beiden.«

Schweigen. Fehlende Worte. Und gleich so viele auf einmal!

Angesichts dieser Misere ließ das Gänseblümchen sein Köpfchen noch tiefer sinken.

»Ähm«, fabulierte Valli eloquent, »wollte gerade weg. Was Dringendes?«

Die Hand mit dem »Bouquet« sank. Eigentlich war er hier, um endlich diese Geschichte von ihr zu erfahren und um ihr zu sagen, dass Luisa …

»Spuck schon aus, was du willst, ich muss wirklich dringend los.«

»Wo willst du denn hin?«

»Zu Joschi.«

Ben sah auf seine Uhr. *Um diese Zeit?*

Sie schnappte sich ihre Turnschuhe, setzte sich auf die unterste Treppenstufe und schlüpfte hinein. »Bist du mit dem Auto hier?«

»Rad.«

»Mist.« Valli sprang auf. »Sonst hättest du mich fahren können.«

Sie denkt, ich würde sie zu Joschi fahren, damit sie bei ihm übernachten kann?

»Macht aber nichts.« Valli nahm die Schlüssel vom Haken, quetschte sich an Ben vorbei und zog die Haustür hinter sich zu. Erst vor vier Wochen hatte Joja ein Auto erstanden. Das war für alle noch so ungewohnt, dass Valli daran fast nicht gedacht hätte. Früher hatten die Milner-Frauen Opa Kroners alten Benz mitbenutzt, aber die Zeiten waren vorbei, seit Valli den Oldie im letzten Jahr beinahe ruiniert hätte.

»Vielleicht könntest du mir noch kurz die Geschichte von der alten Feindschaft zwischen Reisinger und Windisch erzählen, das wäre wirklich wichtig für unsere –«

»Ach so. Klar.«

Ein Vorwand. Nichts weiter. Ben war einzig und allein hier, um es ihr zu sagen. Er wollte, dass Valli erfuhr, wie oft er im letzten Jahr an sie gedacht hatte.

»A-Jugend. Lattenknaller. Matschei.«

Häh? »Außerdem wollte ich dir sagen, dass –«

»Stevie hat Bascht in der A-Jugend bei einem Trainingsspiel

einen Vollspanschuss zwischen die Beine geknallt. Hodenruptur. Er musste ins Krankenhaus. Stevie hat hinterher rumerzählt, dass die Ärzte Baschts Eier amputieren mussten, was natürlich Quatsch ist. Ich glaube, das mit der Ruptur stimmt nicht mal.« Valli überlegte kurz, wie Joschi das ausgedrückt hatte. »Und seine Glocken sind auch noch beide dran. Alle konnten sich zuletzt beim Duschen davon überzeugen, und trotzdem hält sich das Gerücht hartnäckig.«

Ich liebe sie. »Welches Gerücht?«

»Na, dass er zeugungsunfähig ist.«

»Valli, ich muss dir –«

Sie hüpfte vor ihm die Stufen zur Garage hinunter, als hinge ihr Leben davon ab, so schnell wie möglich in Joschis Bett zu landen.

Ben blieb stehen, sah ihr nach, kam sich auf einmal dämlich vor. Womöglich hatte er die Lage falsch eingeschätzt. Valli war vielleicht nicht mit diesem Brenner zusammen, aber so, wie es aussah, war es das, was sie sich wünschte.

Auf der vorletzten Stufe machte sie halt, drehte sich um. »Was wolltest du noch mal sagen?«

»Ach, nichts.«

»Er zweifelt übrigens, dass das Kind von ihm ist.«

»Wer?«

»Na, Bascht!«

»Zugegeben, das würde ich auch, wenn meine …« *Klöten Schaden genommen hätten.* Ben drückte sich normalerweise nicht derart vulgär aus – nicht mal in Gedanken –, aber seit er Valli kannte, änderte sich vieles.

»Meinst du, Stevie könnte der Vater von Julis Kind sein?« Valli kam das abwegig vor. *Wieso ausgerechnet Stevie? Nein. Niemals! Die kennen sich doch nicht mal. Oder?*

»Wie lange ist diese Lattenschuss-Geschichte her?«

»Zehn Jahre.«

»Und bis heute haben die deswegen gestritten?«

»Stevie konnte einfach keine Ruhe geben, musste immer wieder darauf herumreiten.« *Das Arschloch!* Valli mäßigte sich gerade noch.

Gut, dass ich nichts gesagt habe.

»Ich muss dir etwas zeigen.« Valli holte ihr Handy raus, öffnete die Facebook-App.

Als Ben auf das Display sah, blieb ihm jeder Kommentar im Hals stecken. Damit musste er sofort zu Kroner. »Das ist ja …«

Abartig! Ja. Vallis Handflächen suppten inzwischen wie Haut nach fünfundzwanzig Minuten auf der obersten Bank in einer hundert Grad heißen Finnsauna. *Soll ich Ben von Joschis und Alfs Plänen erzählen? Und ihm bei dieser Gelegenheit gleich noch sagen, wie doof seine Freundin ist? Soll ich?* Ihr Herz klopfte wie wahnsinnig.

Ben rief Stevie Sturms Facebook-Seite auf seinem eigenen Handy auf und blickte zwischendurch zum Kroner-Haus hoch, wo noch Licht brannte.

Valli verstand. »Hannes geht nie vor elf ins Bett, du kannst ruhig läuten.«

Er nickte. »Das mache ich.«

Sie sah ihn an. »Okay, dann pack ich's mal. Joschi … er …« Noch hatte sie die Chance, Ben einzuweihen, noch konnte sie das Richtige tun.

»Bestell ihm schöne Grüße von mir.«

Sarkasmus pur troff aus Bens Worten, und damit war es für Valli entschieden. Sie würde Joschi und Alf alleine die Flügel zurechtstutzen. Aber mit ganz herzlichen Grüßen von den Bullen.

7

Der rote Passat kam Valli in der engen Kurve die Schulstraße hinauf zu St. Konrad entgegen. Sie stieg auf die Bremse, winkte und schrie, ja sie hupte sogar, doch Joschi Brenner starrte stur geradeaus, bemühte lediglich seinen Mittelfinger, den er ihr durch die Windschutzscheibe präsentierte. Alf, der auf dem Beifahrersitz herumhektierte, beanspruchte Joschis ganze Aufmerksamkeit.

Valli hupte noch mal. Schimpfte.

Verdammter Mist! Ich komme zu spät.

Ohne sie wahrzunehmen, rollten die Jungs an ihr vorbei. Ganz langsam. In Zeitlupentempo. So jedenfalls kam es Valli vor. Sie verrenkte sich den Hals, drosch mit beiden Händen gegen das Lenkrad des Lupo. »Kacke! Wieso sehen die mich nicht?« Aber wie hätten sie? Joschi kannte Jojas Auto nicht, es war dunkel, und sie blendete die anderen mehr als umgekehrt. Wahrscheinlich dachten sie, irgend so ein dämliches Weibsstück kam mit ihrem Schnauferl nicht klar.

Valli wählte Joschis Nummer. Natürlich hob er nicht ab. Rückwärtsgang. Gas. Dann erst Rückspiegel. Vollbremsung. Der Fahrer hinter ihr riss die Arme vor das Gesicht, erwartete den Knall.

Knapp. Sauknapp!

Das Herz klopfte, Valli zwang den ersten Gang rein, das Getriebe krachte, sie ließ die Bremse los, rollte ein Stück rückwärts. Abstand zwischen den Autos höchstens Löschblattstärke. Allerhöchstens!

Puh!

Die Kupplung kam gerade rechtzeitig, der Lupo sprang nach vorn, der Motor würgte, kapitulierte fast. Valli gaste wie bescheuert, fuhr bis zur Kirche hoch, ehe sie den Nerv hatte, den Blinker zu setzen und umzudrehen. Ihr »Nachfahrer« musste warten – schon wieder.

Endlich unten an der Zwölfer angelangt, wusste sie nicht, wohin. Hinter ihr drei Autos, von links und rechts kaum Verkehr. Freie Bahn.

Wo fahren diese Idioten hin?

Der Hang nach rechts überwog, also heizte Valli dem kleinen VW gehörig ein, überschritt jede Geschwindigkeitsbegrenzung, sah nirgendwo Joschis Auto. Nirgendwo.

Bei Kachlet fuhr sie über die Brücke, dann weiter zur A 3, dort Richtung Linz. Alles, ohne groß nachzudenken.

Hirn ausschalten.

Eine ihrer Kernkompetenzen.

In Pocking, wo Valli von der Autobahn abfuhr, tauchte Joschis Passat plötzlich fünf Autos vor ihr auf.

Ihr Handy klingelte.

***

Ben haderte mit sich und seinem Schicksal. Mindestens eine Viertelstunde saß er nun schon auf den Stufen vor dem Haus seines Chefs und starrte auf die Garage, in die Valli verschwunden war, um mit Jojas neuem Auto wegzufahren.

Zu dieser Analgeburt.

Bens Kopfkino produzierte die wildesten Bilder von Joschi und Valli, kannte keine Gnade mit seinem »Wirt«. Sämtliche Variationen. Auch in 3D.

Unerträglich. Echt.

Er sah auf die Uhr, drehte sich um. Das Licht brannte noch. Mühsam stand er auf, schleppte sich die Stufen hinauf. Nach der Steifheit seiner Glieder zu urteilen, hatte er eher schon eine halbe Stunde oder länger hier rumgesessen. Langsam wurde es Zeit. Er läutete.

Opa Kroner machte auf, die grauen Haare wild durcheinander. »Du bist's. Wart, ich hol den Hannes, der schnarcht vor dem Fernseher.«

Derart detailliert hätte Ben sich die Informationen nicht gewünscht, aber egal. Kroner sah bei seinem Auftauchen in der Haustür so mitgenommen aus, dass Ben das schlechte Gewissen übermannte.

Fast.

»Was gibt's so Dringendes?« Die rechte Gesichtshälfte des Ersten Kriminalhauptkommissars Passaus bestand großflächig aus Reliefs von Kissenfalten, die sich in seiner Haut verewigt hatten. Am Mundwinkel klebte angetrocknete Spucke, schickte sich an, weißlich abzubröseln. Nicht gerade appetitlich.

»Das hier.« Ben reichte Kroner sein Handy mit Stevie Sturms Facebook-Chronik.

Daraufhin bat der Chef seinen Adjutanten in die Küche und setzte seine Lesebrille auf.

***

»Bei uns vor dem Haus stehen Leute. Mit Fackeln.«

Valli schloss die Augen, versuchte, der glühenden Kohle in ihrem Magen Herr zu werden.

Scheiße! Natürlich beschränkten die ihr Tun nicht auf die virtuelle Welt. Die machten ernst.

Trotzdem hätte Valli niemals abgehoben – gerade jetzt, da sie Joschis Karre wiedergefunden hatte. Sie musste diese Idioten davon abhalten, Dummheiten zu machen. Das hatte oberste Priorität, doch Jojas Autoradio hatte die Anrufannahme – übereifrig wie eine aufgetakelte Sekretärin – ungefragt für sie erledigt und ließ jetzt die Stimme von Baschts Freundin den Innenraum des Lupo ausfüllen.

»Sie singen, schreien Parolen.«

»Habt ihr die Polizei gerufen?«

»Bascht will das nicht.«

Bascht? »Er ist frei?«

»Ja.«

Gott sei Dank! »Seit wann?«

»Ein paar Stunden erst.«

Klar, dass der nicht gleich wieder die Streif im Haus haben wollte. Verständlich. Irgendwie.

»Was sollen wir tun?«

Wieso fragt sie mich? »Keine Ahnung. Was Klügeres als der Tipp mit der Polizei fällt mir nicht ein. Sorry.« Ziemlich abweisend. *Pfui!* Valli schämte sich.

Juli schwieg, trotzdem hörte Valli sie. Hörte ihren Atem, das unterdrückte Schluchzen, das leise Luftholen. Hörte den stummen Hilferuf. *Was zum Teufel will sie von mir?* »Ich würde ja mit Kroner vorbeikommen, aber ich bin mit dem Auto unterwegs, weit weg, ich –«

»Naa. Duad ma load.« Wieder das zittrige Atemholen, das unterdrückte Stöhnen. »Deshalb rufe ich nicht an.«

Weshalb dann? Valli brachte so viel Feingefühl auf, die Frage nicht zu stellen. Joschis Auto war gut zu erkennen, sie war an diesen *Haderlumpen* dran, die kamen ihr nicht aus. Denen würde sie gewaltig in die Suppe spucken.

»Bascht glaubt, dass Stevie der Vater meines Kindes ist.«

»Wieso denn das? Kanntest du ihn überhaupt, bevor du –«

»Ja.«

Ja?

»Ein paar Freunde aus Hacklberger Jugendzeiten waren bei Baschts letztem Spiel für Red Bull Salzburg, bevor er nach Brasilien ist.«

Valli wollte das nicht hören, konnte Seelensondermüll äußerst schlecht vertragen, seit sie …

»Nach dem Spiel trafen wir uns mit den Jungs im ›Rockhaus‹ in der Schallmooser Hauptstraße in Salzburg. Die waren alle voll nett, und ich wusste doch nicht, dass …«

Stevie hatte sich also damals noch zu Baschts »Freunden aus Hacklberger Jugendzeiten« gezählt. Interessant. »Er hat dich angemacht?«

»Ja.« Juli hörte sich überrascht an.

»Und Bascht hat es mitbekommen?«

»Nein.«

Das wiederum verwirrte Valli. »Und?«

»Stevie nervte ehrlich gesagt, er wurde richtig aufdringlich. Ich hatte alle Mühe, ihn auf Abstand zu halten.«

Und das soll Bascht nicht mitbekommen haben?

»Die anderen waren an der Bar, von denen hat keiner gesehen, dass wir überhaupt miteinander geredet haben.«

Schön. Und weiter? Valli blinkte.

»Er muss sich meine Telefonnummer besorgt haben, denn nur wenige Tage nachdem Bascht weg war, hat er mich angerufen. Immer wieder. Er wollte mich treffen. Unbedingt.«

Dem anderen die Freundin ausspannen zu wollen, das passte zu Stevie. »Er war echt ein Arsch.«

Jetzt heulte Juli ungeniert, brauchte zwischen den Worten viel Platz. Stöhnte, als hätte sie Schmerzen. »Bascht war gerade … fort … Ich war so, so … sauer auf ihn. Ich dachte, es würde ihn ärgern, wenn ich … Ich habe ihm eine Nachricht geschrieben.«

Also hatte Juli sich in Salzburg zu einem Date mit Stevie getroffen und das auch noch ihrem Freund auf die Nase gebunden. Wie dumm!

»Anfangs war Stevie tatsächlich nett, witzig und charmant. Aber als er merkte, dass er bei mir nicht landen konnte, da –«

»Wurde er aggro?«

»Nein.«

Nein?

»Er hat mir heimlich was in mein Getränk getan.«

Wie bitte? In Vallis Ohren rauschte es. Sie vergaß zu blinken, wurde angehupt, fand das Abblendlicht nicht. »Hat er dich etwa …? Hat er dich …«, sie brauchte noch einen Anlauf, »vergewaltigt?«

»Nein. Dazu kam es nicht.«

Gott sei Dank!

»Eine Freundin von mir hat alles mitbekommen. Zufällig! Sonst hätte er wahrscheinlich doch …«

Warum sonst tat man einem Mädchen K.-o.-Tropfen in den Drink! »Hast du ihn angezeigt?«

»Nein. Als meine Freundin Stevie darauf ansprach, hat er das Glas umgestoßen, uns ›blöde Fotzen‹ genannt und sich verzogen.«

»Feige Sau!«

Darüber lachte Juli zwischen all ihren Tränen. »Die Reste im Glas hätten mit Sicherheit gereicht, vor allem, da meine Freundin ja alles bezeugen konnte, aber … das wusste ich erst hinterher, nachdem ich mich im Netz schlaugemacht hatte.«

Ich war ein Arschloch und habe den Tod verdient.

Beinah verspürte Valli so etwas wie Respekt vor demjenigen, der diesen Facebook-Kommentar in Stevies Namen hinterlassen hatte. Windisch hatte alles, was ihm angetan worden war, verdient. Alles.

Und noch mehr!

»Bascht wusste nichts davon, ich hab es ihm nie erzählt, weil ich Angst hatte, er würde …« Unzählige Schluchzer mussten weggeatmet werden. »Und dann hat er mich nicht mehr angerufen, seit meiner SMS hatten wir keinen Kontakt, er war in Brasilien, ich in Salzburg, und irgendwann …«

Merkte sie, dass sie schwanger war, und wollte gar nicht mehr daran denken, was gewesen wäre, wenn Stevie sie doch …

Hoppla!

Vallis Gedanken gingen mit ihr durch. Vielleicht log Juli sie an, und mit Stevie war doch was gelaufen, schön einvernehmlich. Oder eben andersherum. Die »zufällig anwesende Freundin« hatte es nie gegeben. Womöglich wollte Juli einfach nur, dass ihr unschuldiges Kind nicht ein Leben lang den Makel mit sich herumtragen musste, das Ergebnis einer Vergewaltigung zu sein. Da passte Baschts Argwohn gar nicht gut ins Konzept. Klar.

»Aber seit dieser Nacht, als er so spät nach Hause kam«, unterbrach Juli Vallis gedanklichen Spagat, »seitdem weiß er es. Da bin ich mir hundertprozentig sicher. Stevie muss ihm irgendwas erzählt haben.«

Das war allerhand! Garantiert würde die Bullerei sofort erkennen, was sie vor sich hatte. Ein glasklares Motiv. Und Valli erkannte es auch.

»Er kann mir nicht mehr in die Augen schauen.«

Herzerweichend, die Schluchzerei.

Valli drehte das Fenster runter. Die kühle Luft tat gut, sie atmete tief durch.

Nein. Sie lügt nicht. Juli ist völlig am Ende. Wieso hätte sie mit Stevie etwas anfangen sollen?

Um Bascht eins auszuwischen! Weil er sie im Stich gelassen hat. Deshalb!

Teufelchen und Engelchen säuselten Valli von beiden Seiten ihre Weisheiten in die Ohren. Sie wusste überhaupt nicht mehr, was sie glauben konnte, sollte oder wollte. »Hast du ihn mal gefragt?«

»Was?«

Was wohl? Valli seufzte. »Ob er es weiß?«

»Nein.«

»Wieso nicht?«

»Ich habe Angst.«

»Wovor?« Ihn zu verlieren? Aber das war nach Vallis Dafürhalten gerade Julis kleinstes Problem.

»Dass er ihn umgebracht hat.«

Valli hörte Julis lauten Atem um sich herum, ihr Schluchzen, das aus den Lautsprechern rann wie heißes Öl. Der Innenraum des Lupo war viel zu klein für so großen Kummer.

Energisch zerrte Valli das Teufelchen von ihrer Schulter. »Jetzt versuch erst mal, dich zu beruhigen, Juli, es wird schon alles gut, glaub mir.« Sie schloss für einen Moment die Augen, bevor sie weitersprach. »Ich komme morgen vorbei, und dann reden wir. In aller Ruhe. Okay?«

Doch dazu sollte es nicht mehr kommen.

***

Kroner leitete noch in der Nacht alles in die Wege, teilte dem Bereitschaftsstaatsanwalt mit, dass er erstens schnellstmöglich wissen musste, in welchem Funkmastenbereich Stevies Handy eingewählt war, als der auferstandene Stevie Sturm seinen Kommentar auf Facebook gepostet hatte, und zweitens, dass er die dazugehörige Funkzellenauswertung wollte, um zu erfahren, wer zur selben Zeit in der Nähe telefoniert hatte – mit dem eigenen Handy! Damit ließe sich eventuell ein Bewegungsbild sowohl von Stevies Handy als auch von der Person erstellen, die Stevies Handy benutzt hatte.

Vom Täter?

Vorausgesetzt, eine solche Auswertung ergab eine überschaubare Datenmenge. Allerdings beanspruchten das Abwickeln der Formalitäten und das Einhalten der Vorschriften sehr viel Zeit. Zeit, die den Ermittlern durch die Finger rann wie trockener, feiner Sand.

Tätervorsprung.

So nannte Kroner das Warten auf grünes Licht von Staatsanwaltschaft und Richter gerne. Dummerweise hatten die Beamten Stevies Handy heute nicht bei Sebastian Reisinger gefunden. Nur ein paar Klamotten mit Blutflecken, deren Anhaftung bereits plausibel erklärt war. Ob die Michels Baschts Freilassung jetzt trotzdem anders beurteilte? Wer sonst könnte diesen Kommentar verfasst haben?

»Wen hast du eigentlich auf der Liste?« Ben saß Kroner gegenüber am Tisch, machte Notizen, während der Chef es bei der Michels läuten ließ.

»Als Verdächtige, meinst du?«

Ben nickte.

Kroner nahm die Brille ab und fuhr mit den Zeigefingern an seiner Nase entlang, als seine Staatsanwältin auch nach zehnmaligem Klingeln nicht abhob. »Reisinger, Ranner, Ranners Frau, die arme Exfreundin. Es gibt eine ganze Reihe von Leuten, denen Windisch übel mitgespielt hat.«

Ben packte sein Handy weg. »Was ist mit dem alten Simmerling? Was mit Baschts Freundin? Seinem Vater? Seiner Mutter? Sie fährt doch einen Passat.«

»Stimmt.« Kroner konnte sich erinnern, das verrostete Exemplar gesehen zu haben, als sie Baschts Großvater in dessen Werkstatt einen Besuch abgestattet hatten. »Der war silbern, oder?«

»Trotzdem. Vielleicht hat sich die Kaiserin nur bei der Farbe vertan. Alle, denen Bascht am Herzen lag, mussten immer wieder mitansehen, wie Stevie ihn fertigmachte.«

Kroner überlegte. »Genauso gut kann Windischs Tod mit den Einbrüchen zusammenhängen. Womöglich wollte jemand einen Mitwisser loswerden.«

»Und dass er versehentlich selbst zu viel Benuron geschluckt hat, scheidet für dich aus?«

Tat es. Ja. Schon lange.

»Liebe.« Ben blickte Kroner an.

Liebe?

»Liebe ist immer noch eines der stärksten Motive überhaupt. Und jeder, der Sebastian Reisinger liebte, hatte allen Grund, Windisch zu hassen.«

***

Valli wusste nicht mehr, wo sie war. Sie war den Jungs in Rich tung München gefolgt, aber irgendwo waren sie abgebogen, als Juli angefangen hatte, von den K.-o.-Tropfen zu erzählen.

Nirvana.

Ortsschilder tauchten auf, die Namen sagten ihr nichts. Navis fand Joja doof.

Mist!

Marktl am Inn. Okay. Geburtsstadt des emeritierten Papstes. Daran wenigstens meinte sich Valli zu erinnern. Jetzt fuhr sie fast direkt hinter Joschis rotem Passat und wunderte sich, dass den beiden nicht längst aufgefallen war, dass sie verfolgt wurden. Der Lupo war nicht gerade ein Allerweltsauto.

Lichthupe?

Sollte sie versuchen, die Jungs mit der Lichthupe anzuhalten? Besser nicht. Was, wenn Alf und Joschi nur einen Ausflug machten? An einem Donnerstagabend konnte auch irgendeine Disco, irgendein Event Ziel ihrer nächtlichen Aktion sein. Kein Bruch.

Bestimmt!

Plötzlich kam Valli sich doof vor, und keine Sekunde später hob der Lupo unter ihrem Hintern ab und flog … flog durch die Luft und setzte hart auf der Teerstraße auf.

Holladrio!

Ein Bahnübergang. Valli hatte den Hügel unterschätzt. Ihr Herz drehte durch. Hoffentlich war an Jojas neuer Karre noch alles Wichtige dran. Und dann kam der Berg. Und was für einer! Mit Serpentinen.

Wo bin ich da nur hingeraten?

Als sie endlich Wald und Schlängelstraße hinter sich ließ, war der Passat verschwunden.

Verdammt!

Sie gab Gas, holte bergab alles aus dem kleinen Auto raus, sah irgendwo Scheinwerferlicht, Rückblenden. Der einzige Anhaltspunkt. Das mussten sie sein.

Bitte!

Die Straße wurde schmaler. Bauerndörfer. Ein Kaff einsamer als das andere. Immer wieder verlor Valli bei Kurven, Kuppen und Waldstücken den Anschluss.

Erlbach.

Die roten Lichter fuhren nach links, wieder einen Berg hoch, dann waren sie verschwunden.

Ausgeschaltet.

Vallis Herz klopfte wie wild, sie machte ebenfalls die Scheinwerfer aus, blieb stehen. Parkte. Stieg aus.

Der Passat kroch weiter die kleine Teerstraße hinauf, schlich sich an, auf einen Wald zu. Verschwand darin.

Valli rannte und rannte und rannte, war bald außer Puste.

Das ist kein Wald.

Nein. Tennisplätze, Parkplätze, Flutlichtmasten. Vereinsheim. Eindeutig. »SV 1963 Erlbach«, stand da.

Sie musste durchatmen, musste sich sammeln.

Was soll ich tun?

Hinter einem Stamm spähte sie hervor, sah, wie Joschi und Alf den Kofferraum öffneten, Sturmhauben aufsetzten, Handschuhe anzogen. Alf klebte das Nummernschild ab, hielt kurz darauf ein Stemmeisen in der Hand. So wie Joschi.

Nur Schmiere stehen? Von wegen!

Valli war wie gelähmt, Kroner fiel ihr ein – und Ben. Das Donnerwetter, das sie erwarten würde, wenn die hiervon erführen. Doch noch war nichts passiert.

Noch nicht.

Sie stürmte aus ihrem Versteck, begann zu schreien: »Stopp! Aufhören! Sofort!«

Zu spät, Alf beherrschte sein Werkzeug, wusste es einzusetzen, die Tür sprang auf. Er war drin, bekam nicht mit, dass draußen ein Sturm losbrach. Nur Joschi drehte sich um, seine Augen glotzten aus dem Schlitz seiner schwarzen Haube.

Wie ein Tier, das vom Jäger in die Enge getrieben wird.

Langsam rutschte ihm das Stemmeisen aus der Hand, fiel zu Boden. Zwei Augenblicke später drückte Joschis Unterarm Valli den Atem ab, lag der Lauf seiner Pistole an ihrer Schläfe an.

Kalt. So kalt.

Neun Tage zuvor

»Was habe ich getan?«

Er schmeckt Blut im Mund. Metallisch. Warm. Im Dunkeln kann er die feinen Sprenkel nicht sehen, dennoch weiß er, dass sie da sind. Auf seinem T-Shirt, auf seiner Hose, in seinem Gesicht, an den Händen.

Ausgerastet. Vollkommen ausgerastet.

Vorsichtig legt er seine Rechte flach auf Stevies Bauch. Atmet er? Sein Arm jedenfalls fällt ohne Widerstand, als er ihn anhebt und loslässt.

Auf dem Boden liegen Handy, Geld, Autoschlüssel. Er sammelt alles ein, stopft es zurück in Stevies Taschen.

Er muss jemanden anrufen. Hilfe holen. Schnell!

Entschlossen greift er nach seinem Telefon, weiß, wen er um diesen Gefallen bitten kann, ja sogar bitten muss, schließlich …

Verdammt!

Das Display ist eingedrückt. Alles hin. Wann ist das passiert? Er kratzt sich am Kopf, sinkt in die Hocke, kramt erneut in den Taschen des anderen, greift zuerst die Autoschlüssel, holt sie heraus, dann das Handy. Unversehrt. Zum Glück!

Der auserkorene Helfer ist nicht begeistert. Überhaupt nicht. Dennoch lautet seine Antwort ja.

»Wir treffen uns dort. In maximal zehn Minuten.«

Bascht schiebt das Handy zurück in Stevies Hosentasche, dann greift er ihm unter die Arme, schleift ihn zum Auto, macht sich Sorgen um die ledernen Sitze, dabei zählt jetzt nur noch eines.

Dass das Arschloch lebt.

Ich habe viel von meinem Geld für Alkohol,
Weiber und schnelle Autos ausgegeben.
Den Rest habe ich einfach verprasst.
George Best, nordirischer Fußballspieler

Freitag, 6. Juni

1

Kroner zwang den Verdächtigen mit vorgezogener Waffe zum Aussteigen, nahm ihm so jede Chance, zur Pistole zu greifen und um sich zu ballern.

»Sehr gut. Alles richtig gemacht.«

Kroner steckte die Waffe weg, nickte abwesend. Deeskalationsstrategien, besonnenes und psychologisch geschicktes Verhalten gegenüber Straftätern, Würgen von hinten, Schwitzkasten, Halbkreis-Fußtritt, all das hatten sie mittlerweile hinter sich gebracht, lediglich zwei Kollegen vom K1 mussten sich noch im Schießkino beweisen, dann war das PE-Training für heute beendet.

PE. Polizeiliches Einsatzverhalten. Den Gebrauch der Schusswaffe möglichst im Vorfeld vermeiden, das stand auf dem Plan.

Ausgerechnet heute Vormittag.

Der nahkampferfahrene Trainer sah zufrieden aus, freute sich jedes Mal, wenn die Buffe im Holster blieb. Kroner tat das auch, hatte noch nie in seiner seit über dreißig Jahre währenden Amtszeit einen Schuss außerhalb von Schießstand oder Schießkino abgefeuert – außer um verendende Tiere nach einem Wildunfall zu erlösen. Auch nicht zu Uniformträgerzeiten. Und das sollte auch so bleiben – bei ihm und bei seinen Leuten.

Eine wichtige Sache also, diese Schulung, *aber doch bitte nicht heute!*

Dem Morgenkreis mit Kriminalrat Wendlandt und den K-Leitern hatte auch Frau Dr. Michels beigewohnt – unüblicherweise. Sie nannte den nächtlichen Anruf beim Bereitschaftsstaatsanwalt übereilt und rückte kein bisschen von ihrem Standpunkt ab, was

Reisingers Freilassung anbetraf. Bislang war nicht bewiesen, dass dieser den Facebookeintrag verfasst hatte, also lagen noch immer genau dieselben dringenden Haftgründe vor wie gestern.

Keine.

Kroner kochte jetzt noch das Mütchen hoch, wenn er an Madames herablassendes Lächeln dachte. Immerhin hatte sie ihm in Sachen Funkzellenauswertung dann doch zähneknirschend zugestimmt und sogar beim zuständigen Richter angerufen, um der Sache Nachdruck zu verleihen, nur war bislang trotzdem kein Beschluss durchs Fax gerauscht. Der Tätervorsprung wuchs und wuchs.

Jetzt war es kurz vor Mittag, und Kroner erwartete minütlich die Einschätzung der Rechtsmedizin in München, ob das zweite Foto von Stefan Windisch, das gestern im Netz aufgetaucht war, das eines Toten war. Wäre das so, würde das heißen, dass der Täter im Haus gewesen sein musste und dabei vielleicht seine Spuren hinterlassen hatte.

»Fernsehen und Facebook, die Pranger unserer Zeit.« Leo Weissenbeck stand neben ihrem Chef und beobachtete, wie Ben in einen Häuserblock eindrang, um einen Verdächtigen zu stellen. »Jörg Kachelmann und Dominique Strauss-Kahn. Zwei prominente Beispiele. Die waren schon schuldig, ehe überhaupt verhandelt wurde.«

Und beide waren davongekommen. Kroner sah Leo von der Seite an, runzelte die Stirn. »Jede Frau, die ich kenne, ist sich sicher, dass die wirklich schuldig waren. Du etwa nicht?«

Sie zuckte mit den Schultern. »Kann schon sein. Solche Leute haben überall wichtige Freunde sitzen, die sich für sie einsetzen. Sollte aber Reisinger tatsächlich nichts getan haben, dann machen er und seine Familie gerade die Hölle durch, und niemand wird einen Finger rühren.«

Wenn wir es nicht tun. Kroner seufzte.

»Und noch finsterer wird Reisingers Hölle, wenn er was getan hat.«

»Auch wieder wahr.«

Bruhan war fertig und bekam gerade sein »Fleißbildchen« vom Trainer überreicht. Er grinste. Leo und Kroner wussten beide, dass für Bruhan der Schusswaffengebrauch seit der Sache vor einem Jahr mit besonders vielen Emotionen verbunden war. Und die mussten weg, Gefühle durften keine Rolle spielen. Er war auf einem guten Weg, aber noch lange nicht da, wo er sein sollte.

»Wie geht das eigentlich? Hat da jemand Windischs Facebook-Account gehackt, oder lief das über sein Handy?« Kroner war kein Technikfreak, überhaupt nicht.

»Würde auf das Handy tippen.« Leo kratzte sich am Kopf. »Reisinger hat es eingesteckt und mitgenommen, das sagt zumindest Ranner.«

»Er sagt, Reisinger hat damit telefoniert«, widersprach Kroner. »Von Einstecken war nie die Rede.«

»Liegt aber nah beieinander, oder?« Leo ließ sich von einer einmal gebildeten Meinung nicht so leicht abbringen. »Und wenn es keine PIN gibt, dafür aber eine Facebook-App, dann ist es ganz leicht, im Namen eines anderen zu posten, dessen Handy man zufällig in die Finger bekommen hat.«

»Reisinger hat aber doch geglaubt, dass Windisch an den Folgen der Schlägerei gestorben ist, oder?«, fragte Ben dazwischen, als er neben Leo und Kroner die Stufen vom Keller in den ersten Stock hinaufstieg.

»Das wiederum ließe vermuten«, warf Leo ein, »dass er vom Benuron nichts wusste.«

»Oder er ist ein ganz ausgefuchst guter Schauspieler.« Kroner schnaufte. »Auf jeden Fall lügt er uns an.«

»Was diesen Anruf angeht, da bin ich mir auch sicher, dass uns Reisinger nicht die Wahrheit sagt.« Ben zog seinen Pulli aus, schlang ihn sich um die Hüften. »Wenn wir nur endlich dieses verdammte Handy finden würden. Ich wette, es wäre sehr aufschlussreich, zu erfahren, wen er da nach der Schlägerei angerufen hat.«

»Diese Info könnte uns die Funkzellenauswertung liefern«, grantelte Kroner, »wenn wir dafür endlich grünes Licht bekämen.«

»Und die Aussage von der Tante? Von wegen die Reisingers hätten jetzt beide Windisch-Söhne auf dem Gewissen?« Leo hatte davon erst heute Vormittag während des PE-Trainings erfahren. Die Morgenrunde war auf den Nachmittag verschoben worden, deshalb waren noch nicht alle auf dem gleichen Stand.

Kroner und Bruhan schwiegen sich aus, wussten darauf beim besten Willen keine Antwort.

»Ich hab den Paulus darauf angesetzt«, sagte der Chef schließlich.

»Diesem Allgeier muss ich auch noch mal auf den Zahn fühlen«, bemerkte Leo ein bisschen kleinlaut. »Hat mich der Scheißer doch gestern einfach vor seiner Wohnungstür abgefertigt.« Sie hätte sich im Vorfeld um einen Durchsuchungsbeschluss bemühen sollen, jetzt hatte dieser Alf einen Haufen Zeit, um Zeug verschwinden zu lassen. »Der Kerl ist in die Sportheim-Einbrüche verwickelt, darauf wette ich!«

»Weiß man schon was von den Schmierereien an der Simmerling-Werkstatt?«, wollte Ben wissen.

»Zwei Kollegen waren heute Vormittag dort, die kümmern sich darum«, wusste Leo. »Und die Ermittlungen zu Ranners Erpressung laufen auch.«

»Apropos Ranner. Kollege Bachmeier schickt heute noch ein Team ins Windisch-Haus, um nach den ›nicht ganz sauberen‹ Unterlagen zu suchen, die Pitt angeblich für seinen Freund aufbewahrt hat.« Diesen Beschluss hatte der zuständige Richter sofort unterschrieben. Das ärgerte Kroner. Ganz gewaltig sogar.

»Wann?«, fragte Ben.

Kroner zog die Brauen hoch, verstand nicht ganz.

»Wann ist die Hausdurchsuchung? Ich würde mich dort auch gerne noch mal umsehen.«

»Wieso? Unsere Leute waren doch schon zweimal drin, das sollte erledigt sein.«

»Trotzdem.« Von Anfang an hatte Ben das Gefühl, in diesem entsetzlich aufgeräumten Zimmer etwas übersehen zu haben. »Ich wollte einfach noch mal –«

Weiter kam er nicht. Willi Paulus' asthmatischer Ruf hallte durch das Treppenhaus. »Chef? Chef!«

Kroner, Ben und Leo blieben stehen, beugten sich über das Geländer, sahen nach unten.

»Wichtige Info, Kroner.« *Schnauf. Schnauf.* »Echt dringend!«
»Wir sind fast oben«, bellte Leo. »Komm rauf!«

Einvernehmlich stiegen die drei Kommissare die letzten Stufen hoch, kippten sich durch die schwere Glastür und warteten vor dem Aufzug, bis dieser ihnen Paulus servierte.

***

Alfs Bude war wirklich ein Saustall. Klein, zugemüllt, und es stank. Nach altem Zigarettenrauch und tausend Tagen geschlossenen Fenstern.

Wäh!

Die hatten sie eingesperrt! Unfassbar. Zum hundertsten Mal rüttelte Valli an der Zimmertür, hämmerte mit ihren Fäusten dagegen, schrie, bis ihr der Hals wehtat. Doch in der Wohnung lief seit Stunden Maroon 5, und zwar auf Anschlag. Wer, bitte schön, sollte da ihr zartes Stimmchen vernehmen? Und wieso zum Henker verständigten die Nachbarn bei so einem Lärm nicht die Polizei?

Angst?

Nein. Valli hatte keine Angst. Nicht wie damals, als sie gedacht hatte, die Zuhälter hätten sie in einem Stundenhotel eingesperrt. Sie war sauer, unglaublich sauer sogar, aber Joschi würde ihr niemals etwas tun. Auf keinen Fall.

Zugegeben. Die Waffe an ihrer Schläfe zu spüren, das hatte Valli schon einen Schrecken eingejagt, aber Joschi hatte das Ding ja gleich wieder weggenommen und sich tausendmal entschuldigt. Er hätte sich total erschrocken, ihm wäre selbst fast das Herz stehen geblieben, als auf einmal Valli beim Erlbacher Sportheim aufgetaucht war.

Dieser Idiot! Dieser dumme, dumme Junge.

Ihre Angst hatte sich in Sekundenbruchteilen in Wut verwandelt. Valli schlug Joschi ins Gesicht, ging auf Alf los, bis der sie mit dem Stemmeisen von den Beinen holte und Joschi sich dazwischenwarf, um Schlimmeres zu verhindern. Ein heilloses Durcheinander brach aus, extrem lautes Geschrei. Joschi musste Valli den Mund zuhalten – gewaltsam –, so aufgebracht war sie.

Aber natürlich sah sie ein, dass sie nicht die ganze Nachbarschaft zusammenschreien durfte, nur damit sie am Ende alle drei auf frischer Tat ertappt würden. Deshalb war sie ihnen nicht nachgefahren. Nein. Deshalb nicht.

Alf hatte ihr die Autoschlüssel abgenommen und den Lupo zurück nach Passau gesteuert. Joschi blieb in seinem Passat direkt hinter ihnen. Ohne was gestohlen zu haben, ohne das Vereinsheim ausgeräumt zu haben, wie die beiden das geplant hatten. »Ein fetter Fisch, der uns da durch die Lappen geht«, war das Einzige, was Alf während der Fahrt sagte. »Und du bist schuld, du dumme Sau.«

Und dann hatten sie Valli nicht heimfahren lassen, sondern in Alfs Schlafzimmer eingesperrt und ihr das Handy abgenommen. Der Lupo stand in der Garage. Am Morgen würden sie beraten, was zu tun war, hatten sie ihr gesagt. Jetzt läutete St. Konrad zur Mittagszeit, und Valli bekam allmählich Hunger.

***

»Auf dem Glas, das in der Spüle stand, sind bekannte Spuren drauf.« Tataaa! Paulus freute sich wie ein kleines Kind.

»Von wem?«, verlangte Kroner sofort zu wissen.

»Na, vom Reisinger.«

»Nur von ihm?«

»Yep! Nur von ihm. Windischs Abdrücke sind nicht drauf und sonst auch keine.«

»Tatsächlich? Aber das heißt ja …« Ben nahm Paulus das Papier aus der Hand, auf dem er das Ergebnis der Untersuchung schwarz auf weiß nachlesen konnte. »Das heißt, dass Reisinger im Haus war. Und zwar in der Woche vor Windischs Tod, denn seine Mutter hat mir gesagt, dass sie die Küche am Dienstag noch picobello aufgeräumt hätte, bevor sie mit dem Bruder nach München gefahren wäre. Sämtliches Geschirr will sie gespült haben.«

»Das Glas und die Spuren können also nicht von einem früheren, ganz harmlosen Besuch stammen?«, wollte Leo sichergehen.

»Nicht wenn wir der Mutter glauben«, merkte Kroner an.

Paulus räusperte sich, schüttelte den nächsten Trumpf aus dem Ärmel. »Außerdem konnten die Kollegen Reste von Paracetamol im Glas nachweisen.«

Leo überlegte laut. »Das wiederum bedeutet wohl, dass Windisch den möglicherweise tödlichen Drink nicht selbst eingenommen hat. Denn Handschuhe hätte er dafür doch kaum angezogen, oder? Und wie sonst ließe sich erklären, dass seine Minutien eben nicht auf dem Glas sind, dafür aber die vom Reisinger?«

Das mussten die Kommissare erst mal sacken lassen.

»Heißt das, der Fall ist gelöst?« Leo sah in die Runde. »Wow!«

»Sieht so aus«, bestätigte Kroner. Euphorie stellte sich allerdings nicht ein – bei ihm nicht und bei den anderen genauso wenig, wie es aussah. »Jetzt *muss* uns die Michels beim Richter den Haftbefehl besorgen«, sagte er stattdessen. »Am besten erklärst du ihr die neue Situation, Bruhan.« Es konnte nicht schaden, den Schleimscheißer vorzuschicken.

»Und die Rechtsmedizin hat auch angerufen.«

Was denn, noch ein Trümpfchen? Kroner neigte das Haupt und sah Paulus streng an.

Der verstand. »Auf dem Facebook-Foto Nummer zwei war Windisch bereits tot. Die konnten das anhand der Verfärbungen der Blutergüsse im Gesicht feststellen«, beeilte er sich zu erläutern. »Und die Aufnahme stammt von der Windisch-Terrasse, das ist hundertprozentig sicher.« Letzteres hatten die Kollegen vom K3 überprüft.

Ehe irgendjemand noch etwas dazu sagen konnte, warf die Glastür zum Treppenhaus Fuhrmann aus, der, seit sie wussten, dass Windisch an den Einbrüchen in die Vereinsheime verwickelt war, bei allen K1-Besprechungen dabei war. *He was not amused*, als er sah, dass Paulus den Aufzug blockierte. *Not amused at all!*

»Wirst du jetzt dafür bezahlt, deinen Allerwertesten von der Lichtschranke bestrahlen zu lassen, Willi? Und unsereins muss sich die Lunge aus dem Leib keuchen, nur damit ich dem K1-Chef höchstpersönlich eine wichtige Info übermitteln kann? Weil der auch lieber zusieht, wie sich sein bester Mann den Popo grillt, als ans Telefon zu gehen.«

Kroner kratzte sich am Kopf, blinzelte beschämt. Deftige Ansagen mochte er – im Prinzip –, aber der Fuhrmann übertrieb es einfach, das war sogar für Kroners Geschmack ein bisschen arg *krachert.*

»Wir haben einen neuen Einbruch, der zur Serie passen könnte«, brachte Fuhrmann sein Begehr vor.

»Wo?«, wollte Kroner wissen.

»Erlbach.«

»Oberbayern?«

»Genau, Leona!« Fuhrmann zog den Namen in die Länge wie einen Kaugummi und nickte Leo dabei anerkennend zu, die die Augen verdrehte. Diesem Idioten hatte sie ihren neuesten Spitznamen zu verdanken. Er hatte ihn gleich bei seiner ersten K1-Besprechung der versammelten Mannschaft serviert: rund und knackig, die Leona. Freilich sprach er von der Wurst, von der mit Ypsilon, nicht von der Langversion von Leos Vornamen, und er sprach das Wort auch so aus.

Lyoner. Eine Frechheit!

»Die zuständige Dienststelle hat angerufen. Anscheinend wurde in der Nacht im Erlbacher Vereinsheim eine Tür aufgebrochen. Gleiches Vorgehen, gleiche Spuren wie bei den anderen Brüchen. Stemmeisen, abgelegener Ort, nur mitgenommen haben sie diesmal nichts. Weiß der Geier, warum. Soweit die Kollegen das bis jetzt ermitteln konnten, wurden die Täter nämlich nicht überrascht.«

Kroner nickte, aber eigentlich hatte er dafür gerade gar keinen Nerv.

»Die Anwohner wurden befragt, und ein Nachbar hat tatsächlich etwas gesehen.«

»Und was?«, fragte Leo in klirrend kaltem Tonfall.

»Ein kleines Auto im Zebra-Look und mit Passauer Kennzeichen.«

»Fabrikat?«, wollte Ben wissen.

Fuhrmann schüttelte den Kopf. »Fiat, VW, Citroën. Der Zeuge konnte sich nicht festlegen. Eher italienisches Design, das war noch die konkreteste Beschreibung, und eben die Zebra-Optik.«

»Was sagt die Zulassungsstelle?«

»Gibt kein Zebra-Auto in Passau«, antwortete Fuhrmann. »Die Grundfarbe des Lacks könnte weiß, creme oder eierschale sein. Sehr hell jedenfalls. Davon hingegen gibt es eine ganze Menge.«

Leo und Ben seufzten. Kroner auch. Er musste dringend weg. Das Zebra stand bei ihm im Stall.

Verdammt!

2

Ben saß seit einer geschlagenen Stunde in Windischs Zimmer und tat, na, was? Im Grunde gar nichts.

Normalerweise freute er sich, wenn ein Fall aufgeklärt war, normalerweise löste sich damit die Anspannung. Gut, sie hatten noch kein Geständnis von Reisinger, mussten seine Festnahme und die Vernehmung abwarten, doch die Beweislast war mehr als erdrückend. Bascht müsste schon eine sehr gute Geschichte auf Lager haben, wenn er sich jetzt noch herausreden wollte.

Umgekehrt hätte Ben sich vermutlich gefreut. Wenn sie einen wie Windisch einer so hinterhältigen Tat überführt hätten. Eigentlich unprofessionell seine Einstellung, aber was sollte man machen?

Bloß gut, dass Kroner so schnell in die Mittagspause verschwunden war, dass er nicht mehr daran gedacht hatte, nachzufragen, warum Ben unbedingt noch mal in Windischs Zimmer wollte.

Ich weiß es ja selbst nicht genau.

Blöderweise hatte Anneliese Windisch Ben sofort erkannt und schnurstracks kombiniert, dass er nicht zu der Einheit gehörte, die nach Ranners Geheimdokumenten suchte. Ein neuerlicher Aufschrei war das gewesen, eine Empörtheit hatte die aufgetakelte Kuh da an den Tag gelegt, echt ätzend. Vor allem, als Ben freiheraus fragte, ob sie bei den Simmerlings die Hauswand beschmiert hätte. Sie bestritt es lauthals – mit Worten –, doch ihre Gesten, ihre Mimik verrieten das Gegenteil. Ben wusste, dass sie es gewesen war.

Dabei war er hier, um den Tod ihres Sohns aufzuklären. Das Wort »Mord« hatte die Polizei gegenüber Anneliese Windisch bislang noch nicht in den Mund genommen, das benutzte sie selbst schon viel zu inflationär. Anstatt auf den Putz zu hauen, täte Stevies Mutter gut daran, die Polizei bei der Aufklärung zu unterstützen.

Und dann war Michael aufgetaucht, Stevies behinderter Bruder, hatte Ben angelächelt und ihm sämtliche Bilder zeigen wollen, die er in seinem Leben je gemalt hatte.

Das stimmte Mutter Anneliese milde, denn der Michi wäre Fremden gegenüber sonst recht zurückhaltend, wie sie sich ausdrückte. Danach war Bens Wunsch, sich im Zimmer des toten Sohnes umzusehen, überhaupt kein Problem mehr gewesen, und Ben hatte sich sofort dankbar in Stevies Bude hineingeflüchtet, aber vorher noch miterlebt, wie rührend die Schreckschraube von Mutter mit dem erwachsenen Kind umging. Wie natürlich, wie normal.

Genau wie Valli. Völlig ungeniert.

Nun saß Ben auf der Bettkante und kam sich mies vor. Soziale Intelligenz: Note Sechs. Emotionale Intelligenz: Sechs minus. Daran gab's nichts zu rütteln. Er wollte die Kleinkindzeichnungen eines fünfundvierzigjährigen Mannes nicht sehen, davon bekam er Bauchschmerzen, dabei fiel ihm kein einziges Wort ein, das er sagen konnte.

So schäbig! So unbeholfen.

Er stand auf und streifte durch den Raum. Alles war genauso wie bei seinen ersten beiden Besuchen. Tipptopp aufgeräumt. Papierkorb leer, und auch sonst lag nichts herum. Absolut gar nichts. Ben setzte sich an den Schreibtisch, knipste die Lampe an. Kaputt. Egal. Der Reihe nach öffnete er alle Schubladen des Containers. Ein Lineal, ein Locher, ein paar leere Bogen Papier, ein Briefblock – mehr nicht. Dieser Schreibtisch war außer Betrieb – und das seit Langem.

Die Arbeit in der Lackiererei macht ihm die Birne hohl.

Ben musste an die Worte denken. Wer hatte das noch mal gesagt?

Die gestohlenen Laptops und den Fernseher hatten die Kollegen bereits abgeholt und waren dafür von Anneliese Windisch des Diebstahls bezichtigt worden. Sie sträubte sich zu glauben, dass ihr unschuldiger Bubi es gewesen war, der anderen Leuten das Eigentum geklaut hatte – nicht umgekehrt.

Vielleicht weiß sie Bescheid?

Ben hielt das durchaus für möglich.

Sie weiß davon und tut es als Dummejungenstreich ab.

Das würde zu ihr passen. Ben seufzte und griff nach dem Kugelschreiber, dem einzigen Stift, der in einer Tasse darauf wartete, benutzt zu werden.

Briefblock.

Der Gedanke breitete sich in Bens Hirn aus wie ein Tropfen Tinte in einem Glas klarem Wasser.

Niemals hat Stevie Briefe geschrieben!

Das hätte einfach nicht zu ihm gepasst. Ben riss die dritte Schublade des Schreibtischcontainers auf, nahm den Block in die Hand, fuhr mit den Fingern über das oberste Blatt.

Altes Briefpapier? Wofür hat er es benutzt?

Hinter Ben öffnete sich die Tür. Michael steckte den Kopf herein. Lachte ihn an, drehte dabei den Kopf nach hinten.

Ben lächelte zurück. Es fühlte sich überraschend gut an. Mutig. Ehrlich. Aus irgendeinem idiotischen Reflex heraus stopfte er den Block in den hinteren Hosenbund und zog das Hemd darüber. Keine Sekunde später tauchte Anneliese Windisch auf und bot ihm einen Kaffee an.

Habe ich das richtig verstanden? Sie bietet mir Kaffee an?

»Danke. Sehr nett, aber ich muss gehen.«

Michael zupfte seine Mutter am Arm, zeigte eindeutig auf den Block unter Bens Hemd.

Jetzt bereute er diese absolut hirnrissige Aktion. Dafür gab es keinen Grund, er konnte ein Beweisstück jederzeit mitnehmen, auch wenn Stevies Mutter das nicht passen sollte.
Brachte ihn Michael dermaßen aus dem Konzept? Weil er gehandicapt, weil er ein besonderer Mensch war?

Die Mutter stöckelte hinter Michael her durchs Zimmer und staunte nicht schlecht, als ihr Junge geleimtes Papier aus dem »Beamtenarsch« zog.

»Die Polizei bestiehlt uns also schon wieder?«, fragte sie spitz.

»Ich stelle Beweismittel sicher.«

»Unbeschriebenes Papier?« Sie lachte.

Lachte ihn aus. Stevies Mutter lachte Ben tatsächlich aus. Das ärgerte ihn.

»Und wenn ich es nicht erlaube?« Sie griff sich den Block und drückte ihn wie einen Säugling an ihre Brust.

»Dann werde ich das Ding beschlagnahmen müssen. Ganz einfach.«

»Und warum stecken Sie ›das Ding‹ dann heimlich in Ihre Hose, wenn alles doch so einfach ist?«

Das wusste Ben leider auch nicht. »Warum hat Ihre Schwester gesagt, dass die Reisingers jetzt beide Windisch-Buben auf dem Gewissen haben?« *Gegenangriff. Gute Taktik!* Ben war mit sich zufrieden.

Anneliese erstarrte. »Da müssen Sie sich verhört haben«, sagte sie leise, fast ein bisschen drohend.

»Und woher kommt das Geld für das teure Auto? Laut Bankauskunft passt das nicht –«

»Rubbellotterie.«

Rubbellotterie? Wie aus der Pistole geschossen! Sehr seltsam. »In welchem Laden haben Sie das Los gekauft? Wenn Sie mir bitte die Adresse aufschreiben würden?«

Die Windisch pfefferte den Block auf den Schreibtisch und packte die Hand ihres Sohnes. »Manchmal hat man einfach Glück im Leben, ob Sie's glauben oder nicht.«

Glück war nicht unbedingt das Wort, das Ben im Zusammenhang mit Stevie und seiner Familie einfiel. »Wie ist Michael eigentlich so geworden?«

Anneliese Windisch drehte sich um und sah Ben finster an. »Eine Krankheit, als er noch ganz klein war. Solche Dinge passieren.«

Ja, Glück und Unglück lagen manchmal sehr nah beieinander. Das wusste Ben aus eigener leidvoller Erfahrung.

Bevor er das Haus verließ, trug Ben Bruhan, Kriminaloberkommissar der Passauer Kripo, Stevie Windischs jungfräulichen Briefblock in seiner besten Handschrift in das Sicherstellungsverzeichnis der Hausdurchsuchung ein. Alles ganz korrekt, alles genau nach Vorschrift.

***

Konnte das sein?

Der Umwelt zuliebe hatte sich Kroner angewöhnt, mit dem Rad zur Arbeit zu fahren. Ohnehin war es nur ein Katzensprung von seinem Haus in der Innstadt bis zur Kriminalinspektion, und Dienstfahrten erledigte er sowieso vorschriftsmäßig mit den Autos der KPI. Körper, Seele und Umfeld profitierten von dieser Neuerung gleichermaßen. Er traf entspannter im Büro ein und kam entspannter zu Hause an. Nur heute blieb der gewünschte Effekt aus, kehrte sich ins Gegenteil um.

Ausnahmezustand. Absoluter Ausnahmezustand.

Mit jedem Strampler den Maria-Hilf-Berg hinauf stieg der Druck in Kroners Kopf, knockte der Vorschlaghammer heftiger gegen seine Schädeldecke.

Bumm. Bumm. Bäng. Bäng. Zebra. In. Meinem. Stall.

Wiederholt in Endlosschleife. Als er in den Brunnhäuslweg einbog, explodierte Kroner schier der Kopf. Vor seiner Garage ließ er den Drahtesel fallen und tippte die Ziffernkombi für das Garagentor ein.

Das. Zebra. Steht. Nicht. Im. Stall!

Auch das noch! Drei Stufen auf einmal nehmend sprang er hinauf zum Haus, rannte über die Steinplatten im Rasen in den Hinterhof zum Hexenhaus. Läutete Sturm.

»Hannes!«

Schmetterlinge versus Vorschlaghammer. Kontrastprogramm pur. Er schnappte nach Luft. Joja stand vor ihm. Nicht Valli. Im leichten Sommerkleid. Brauner Print, eindeutig Uromas Gardine, perlenbestickter Ausschnitt, nackte Schultern, nackte Knie, barfuß, ganz dünner Stoff. Er fiel fast in Ohnmacht.

»Schön, dass du reinschaust.«

Jetzt lächelte sie ihn auch noch an. Tat sie sonst nie. Hatte sie vierzig Jahre nicht getan. »Ähm …« Mehr ging nicht, mehr kam nicht raus aus diesem nutzlosen Loch in seinem Gesicht.

»Ist was passiert?«

Und ob! Dein Auto ist bei einem Einbruch gesehen worden. Wie kann das sein? Und wo ist Valli? Kroner sah sein anderes Ich neben sich stehen. Ein stattlicher Grizzly, der einschüchtern konnte – und zwar so was von –, der bis ins Mark erschütterte, wenn es denn sein musste. Einen Rivalen. Einen Jäger. Ein Weibchen. Das weiche Maul des Bären schlabberte nur so, während er brüllte. Und er konnte gar nicht mehr aufhören zu brüllen. Der Atem schoss heraus wie aus einer Windmaschine, der Sabber wie aus einem Feuerwehrschlauch. In den Grundfesten würde es die Welt erschüttern, stünde Valli jetzt vor ihm zwischen den Türpfosten. Kroner sah sie vor sich, sah, wie ihr der Sturm ins Gesicht watschte und die Haare vom Kopf riss. Wie er sie umhauen würde! Das Bild gefiel ihm. Sehr gut sogar.

Aber es ist nicht Valli. Es ist Joja. »Wo ist dein Auto?«

»Valli hat es genommen.« Sie zupfte ihre Haare zurecht. »Warum?«

»Wo ist sie damit hin?« Der Grizzly neben dem zahmen Kroner ließ sich kaum bändigen.

»Ben war gestern spätabends hier. So um elf oder noch später.« Joja machte eine kleine Pause, lächelte vielsagend. »Ich glaube, die sind zusammen weg.«

»Bruhan? Spätabends? Zusammen weg?« Hatte Ben nach dem gestrigen Besuch im Kroner-Haus auch noch bei Valli reingeschaut? Joja nickte jedenfalls. Leicht irritiert zwar, aber sie schien sich dessen sicher. *Einfach bezaubernd.* »Was wollte *der* um diese Zeit bei ihr?«

Vallis Mum lächelte schon wieder. Noch süßer.

Ihr Lächeln brachte Kroner fast um den Verstand. Aber vielleicht war alles nur ein Missverständnis, womöglich gab es noch andere Zebras in Passau. Sonderlackierungen musste man bei Halterwechsel bei der Zulassungsstelle eintragen lassen, aber das wussten die meisten Leute sicherlich nicht. Jojas Auto hatte ebenfalls erst kürzlich einen Halterwechsel hinter sich, trotzdem war sein Zebra-Look offensichtlich nirgendwo dokumentiert worden. Sogar das Kennzeichen musste nicht unbedingt ein Passauer Nummernschild gewesen sein. So ein N übersah man in der Nacht schnell oder löste sich in den Weiten der Erinnerung in Luft auf, und schon wurde aus einem PAN-Kennzeichen ein Passauer. Vielleicht stammte das Zebra ja doch aus dem Landkreis Rottal-Inn und alles war ganz harmlos.

Hoffentlich.

Kroner holte sein Handy hervor, wählte Vallis Nummer.

Der Teilnehmer ist zurzeit nicht erreichbar, wenn Sie einen Rückruf per SMS …

Er drückte die Eins.

»Hannes, was ist los?« Joja streckte die Hand aus, berührte seinen Arm.

»Glaubst du, Valli könnte heute Nacht in Oberbayern gewesen sein?«

»Oberbayern? Wieso denn das?« Sie schüttelte den Kopf. »Du meinst, sie und Ben haben Markus besucht? In München? Hatten sie … hatten sie etwa einen Unfall?«

»Nein«, beeilte sich Kroner zu sagen, »aber dein Auto wurde in Erlbach gesehen, in der Nähe von Marktl, wo der frühere Papst …«

Jojas Stirn legte sich in Falten. Tiefe Täler. Sehr tiefe. »Valli ist doch nicht schon wieder …?«

In irgendetwas verwickelt? Konnte schon sein. Diesem *Saudirndl* traute Kroner einiges zu. Nur dass sie so dumm war, bei einem Einbruch mitzumachen, das glaubte er eigentlich nicht.

Eigentlich!

Das Wörtchen allein sprach Bände.

Definitiv litt Valli seit frühester Kindheit an einem Helfersyndrom – genau wie ihre Mutter. Kroner griff sich an den Kopf, ihm war schwindelig. Er musste dringend den Kollegen Bescheid geben, musste ihnen sagen, dass möglicherweise seine Ziehtochter dieses Zebra, das mit dem Einbruch in Erlbach in Verbindung gebracht wurde, geritten hatte. Nur wollte er vorher selbst mit ihr reden. Unbedingt. Er musste wissen, was sie dort zu suchen hatte.

Sein Handy klingelte. »Bruhan«, meldete das Display. Der Grizzly ließ sich nicht länger bändigen, übernahm. »Beweg deinen Arsch sofort hierher! Ich will wissen, was du gestern Nacht von Valli wolltest und wo sie hin ist.« Feuerwehrschlauch und Windmaschine putzten alles in Reichweite ritzeratze weg.

Joja boxte den Bären in die Seite. »Beruhige dich mal, Hannes. Die mögen sich, da ist doch nichts dabei.«

Doch der Grizzly hörte sie nicht, brüllte weiter wie von Sinnen. »Ich. Will. Sofort. Wissen. Was. Verdammt. Noch. Mal. Du. Gestern. Von. Valli. Wolltest. Und. Wo. Sie. Hingefahren. Ist!«

Sofort!

3

Ben stieg es heiß auf, er wünschte sich, die Erde würde sich unter ihm auftun. Dorothee Michels und Kriminalrat Wendlandt standen neben ihm, hörten mit, tauschten vielsagende Blicke.

Spielte sich Kroner jetzt als Vallis Tugendwächter auf? Passte es ihm nicht, dass er bei ihr vorbeigeschaut hatte? Zog er die falschen Schlüsse? Glaubte er gar …?

Ben drückte heimlich das Knöpfchen, um den Lautsprecher leiser zu stellen. So wie Kroner schrie, würde sonst die ganze KPI dessen Ausbruch mitbekommen – ganz sicher aber die Michels und der Wendlandt, die dem gloriosen Auftakt schon interessiert-amüsiert gelauscht hatten.

»Es gibt neue Schmierereien am Haus der Simmerlings«, unterbrach er den Anschiss seines Chefs, ohne dessen Frage zu beantworten. »Die ganz Nacht durch hat eine Art Mahnwache Parolen vor der Schreinerei gebrüllt.« *Mördersau, komm raus!*, hatten diese Idioten in einem fort geschrien. Der alte Simmerling hatte das gerade aufgeregt am Telefon geschildert. Reisingers Familie wollte, dass jemand kam, um sich die neuesten Sauereien anzusehen, verlangte, dass die Polizei endlich etwas unternahm und eventuelle weitere solche Taten unterband. Zu Recht, allerdings wäre es klüger gewesen, fand Ben, bereits in der vergangenen Nacht die Polizei anzurufen, nicht erst jetzt.

»Was jucken mich diese Schmierereien? Es war Jojas Auto, das bei diesem Einbruch gesehen wurde. Valli saß drin. Garantiert.

Und du warst gestern Nacht noch bei ihr. Jetzt spuck schon aus, was du weißt, sonst … sonst … dreh ich dir den Hals um, darauf kannst du Gift nehmen!«

Ben zeigte auf sein Mobiltelefon und lächelte die Michels treuherzig an. »Ich soll ihn abholen. Wir werden gemeinsam hinfahren, um uns das anzusehen.« Er knickste vor der Obrigkeit, machte auf dem Absatz kehrt und verschwand drei Sekunden später im Aufzug. Der Betonschacht machte Kroners Geplärr erst mal den Garaus.

Puh!

Draußen vor der KPI verlangte das Handy jedoch sofort wieder und extrapenetrant Bens Aufmerksamkeit zurück.

Drrrr. Drrrrrrr. Drrrrrrr!

Kurz wappnete er sich für die Fortsetzung des cheflichen Anschisses, atmete durch, dann ging er ran.

»Was fällt dir ein, einfach aufzulegen! Ich will sofort wissen, wo du mit Valli hingefahren bist.«

»Nirgends! Ich bin nirgends mit ihr hingefahren.« Wäre er gern, zugegeben, aber … »Sie wollte zu Joschi Brenner.« *Konnte es kaum erwarten!* Ben sah beinahe vor sich, wie sich die Rädchen hinter Kroners Stirn drehten, wie dessen Brauen diesen allseits gefürchteten angepissten hohen Bogen beschrieben.

»Was wollte sie bei dem Chaoten?«

»Keine Ahnung. Das musst du sie schon selber fragen.«

»Zu Hause ist sie nicht, sie geht nicht ans Handy, und Joja glaubt, dass du und sie, dass ihr …«

Kroners Stimme wurde leiser, Ben konnte hören, wie Joja im Hintergrund versuchte, den Grizzly zu bändigen.

»Bist du bei ihrer Mutter?«

»Ja.«

»Ich komme vorbei und hol dich ab.«

Erst Vallis Lattenknaller-Story und Bens zehnte Versicherung, dass er nur bei ihr gewesen war, um diese Geschichte zu erfahren, vertrieb den Grizzly. Stinkig blieb Kroner trotzdem. »Was rennst du damit zu ihr? Das bringt sie nur wieder auf dumme Gedanken«, hatte er Ben zusammengeschissen. Und jetzt machte

Brenner die Tür nicht auf, und über sein Handy war er auch nicht erreichbar. Das regte Kroner gleich noch mal auf.

»Sicher ist er in der Arbeit.« Ben sah auf die Uhr.

»Ach woher, der faule Hund arbeitet doch nix!« Kroners Blick wanderte an der Fassade des Wohnhauses hoch.

»Glaubst du, er steckt hinter den Einbrüchen?« Ben konnte sich das durchaus vorstellen. Oder war da der Wunsch Vater des Gedankens? Wegen Valli? »Sogar Markus hat erwähnt, dass Joschi ein Schlitzohr ist und Valli der Umgang mit ihm nicht guttun würde.«

»Markus macht sich über Vallis Umgang Gedanken? Seit wann?« Kroner drückte erneut auf den Klingelknopf, wartete gespannt wie die Katze vor dem Mauseloch.

»Leo glaubt ja, dass Allgeier in die Einbruchserie verwickelt ist, und wenn mich nicht alles täuscht, verbindet Alf und Brenner mehr als nur der Sturm.«

Will er mir jetzt sagen, dass die beiden schwul sind?

Kroners Kopf war eine Baustelle, da ging es rund. Er konnte nicht mehr klar denken. »Dann fahren wir halt bei dem auch noch vorbei. Vielleicht ist der wenigstens da.«

War er nicht, zumindest machte er nicht auf, und die Garagentür war zu. Vielleicht besser so, denn wenn er Leo schon die Tür nicht öffnete, wieso sollte er dann gleich zwei Bullen auf ein Tässchen Tee hereinbitten – ohne Durchsuchungsbeschluss. Das brachte Ben auf eine Idee. »Meinst du, Leo bekommt einen DuSu für Allgeiers Wohnung?«, fragte er, als sie wieder im Auto saßen.

»Niemals«, murrte Kroner. »Vom Bauchgefühl einer Kommissarin haben sich die Michels und der Richter noch nie überzeugen lassen.«

Damit hatte Kroner ziemlich sicher recht. Ben blinkte. Der Chef rutschte auf seinem Sitz herum, tippte mit den Fingern gegen die Armaturen, drehte halb durch. Trotzdem mussten sie jetzt erst mal bei den Reisingers vorbeischauen, wenn sie quasi schon vor Ort waren, sich um die Schmierereien und die nächtliche Ruhestörung kümmern. Außerdem konnte es nicht schaden, die eine oder andere intelligente Frage zu stellen, was die sozialen Kontakte der Beteiligten untereinander betraf, denn Allgeier, Brenner, Windisch und Reisinger wohnten alle in Hacklberg – nicht mal tausend Meter Luftlinie voneinander entfernt. Kannten sich von klein auf. Spielten alle beim Sturm, hatten diesen Schleichweg durch das Buchenwäldchen an den Gartenhäuschen vorbei sicherlich unzählige Male benutzt. Und alle waren sie Dienstagnacht im »Anpfiff« gewesen.

Eine Schlangengrube tat sich auf.

»Mördersau. Mördersau. Mördersau.« Ben und Kroner sahen die Schmierereien schon von Weitem. In allen Variationen. Entsetzlich. Ben parkte den Dienst-Golf vor der Durchfahrt, sie stiegen aus. Vom Innenhof her drang sofort Lärm an ihre Ohren.

Aufregung. Panik.

Ben begann zu laufen, Kroner ebenfalls. Ein Krankenwagen stand vor dem Haus. Baschts Mutter hing dem alten Simmerling heulend in den Armen. Eine alte Frau kam auf einen Stecken gestützt hinter zwei Sanitätern aus der Haustür. Auf der Trage lag Juli Quendler. Zwischen ihren Beinen alles voller Blut. An ihren Händen. Sogar im Gesicht. Bascht lief neben ihr her, sprach leise auf sie ein.

Ben und Kroner hielten Abstand, sprangen zur Seite, als ein Ford Focus durch die Einfahrt an ihnen vorbeischoss und neben dem Sanka parkte.

Reisingers Vater.

Ben erkannte ihn wieder. Er rannte erst zu Bascht, drückte Julis Hand, wischte das Blut an seiner Hose ab, sprach kurz mit dem Notarzt, der inzwischen auch aus dem Haus gekommen war, ging dann zu Eva Reisinger und nahm sie dem Großvater aus den Armen.

Vorsichtig schoben die Sanitäter Juli in den Rettungswagen, zogen die Türen hinter sich zu. Das Blaulicht blinkte, das Martinshorn heulte auf. Bascht sprang in die abgefuckte Karre seiner Mutter, der Notarzt in sein Auto. Dann waren sie weg. Der Rest der Familie verschwand im Haus, ohne sich nach den Kommissaren umzusehen.

Kroner musste die Bilder erst einmal verdauen, seine Knie

hatten die Konsistenz weicher Butter, wie man sie zum Backen brauchte. »Verliert sie das Baby?«, fragte er mit zitternder Stimme. In menschlichen Adern floss Blut, das wusste er, aber es außerhalb des Körpers zu sehen, das konnte er nicht gut vertragen. Und schon gar nicht in solchen Mengen! Er wurde *kasweiß*. »Welche Schwangerschaftswoche? Hat das Kind überhaupt eine Chance?«

Neun Monate. Sehr viel mehr wusste Ben über diesen Aspekt der menschlichen Fortpflanzung nicht, damit hatte er sich nicht so intensiv auseinandergesetzt wie mit dem, der einer Schwangerschaft vorausging. »Ihr Bauch war ziemlich dick, oder?«

Von wegen! Kroners Frau Giulia hatte bei allen vier Buben schon in der zwanzigsten Woche eine Riesenkugel vor sich hergeschoben, dagegen war Juli Quendlers Bäuchlein ein etwas ausladenderes Kirschkernkissen.

»Jetzt bin ich ehrlich gesagt froh, dass wir keinen Haftbefehl dabeihaben.« Ben sah seinen Chef von der Seite an.

Der nickte. *Oh ja!* Richterliche Anordnungen mussten unverzüglich ausgeführt werden. Um den Haftbefehl für einige Stunden auszusetzen, hätten sie erneut die Genehmigung eines Richters benötigt, das heißt, sie hätten Bascht von Juli fortreißen, ihm den Haftbefehl eröffnen und die Festnahme erklären müssen.

Eine schreckliche Vorstellung!

Kroner hätte das nicht übers Herz gebracht. Definitiv nicht. Und hätte Joja je von so einer Aktion erfahren, sie hätte bestimmt kein Wort mehr mit ihm gewechselt. Die nächsten vierzig Jahre nicht.

»Was sollen wir tun?«, fragte Ben.

»Wir fragen, was los ist«, retournierte Kroner und ging auf das Haus zu.

***

Vallis Magen knurrte, und sie hatte Durst. Vorhin war Alf bei ihr gewesen, hatte ihr ein in Zellophan gewickeltes Sandwich und eine Wasserflasche zugeworfen, aber keine ihrer Fragen beantwortet und auf keine ihrer Beschimpfungen reagiert.

Wo verdammt noch mal ist Joschi?

Sie wollte mit ihm reden. Nur mit ihm! Deshalb hatte sie wie eine bockige Ziege ihr »Wasser und Brot« auf Alf zurückgefeuert. Er hatte beides aufgefangen, mit den Schultern gezuckt und war verschwunden. Den Schlüssel umzudrehen, hatte er nicht vergessen.

Idiot.

Wenn sie genauer darüber nachdachte, war das hier Freiheitsberaubung, aber Kroner würde sie das nicht erzählen. Überhaupt durfte er nicht das Geringste davon erfahren, was in den letzten vierundzwanzig Stunden passiert war. Hoffentlich machte Joja nicht auf hysterisch, weil ihre erwachsene Tochter über Nacht weggeblieben war. Seit einem Jahr war sie diesbezüglich geradezu manisch besorgt, verlangte minutengenaue Aufenthaltsberichte. Hätten diese Deppen Valli nicht das Handy abgenommen, hätte sie ihrer Mutter jetzt wenigstens eine beruhigende Nachricht senden können. Aber so?

Suchen die schon nach mir?

Wahrscheinlich dachte Joja, dass ihre Tochter frühmorgens in die Uniklinik nach Regensburg gefahren war. Recherche. Für ihre Diplomarbeit. Hatte Valli eigentlich auch tatsächlich diese Woche noch erledigen wollen. War überfällig.

Genervt warf sich Valli auf Alfs Bett und überlegte. Allgeiers Bude lag im zweiten Stock. Aus dem Fenster springen? Sich alle Knochen brechen? Besser nicht. Natürlich könnte sie versuchen, die Nachbarn zusammenzuschreien. Seit gut einer Stunde war die Musik verstummt, früher oder später würde sie jemand hören, aber dann hätte sie die Jungs auch gestern schon verpfeifen können.

Es muss einen anderen Weg geben.

Sie schloss die Augen. Eine ganze Nacht lang hatte sie nicht geschlafen, alles fühlte sich schwer und gleichzeitig leicht an. Ihr Herz schlug langsam und gleichmäßig.

Bumm. Bumm. Bumm.

Und dann schlief sie ein.

***

Eva Reisinger öffnete die Tür. Ihre Locken standen kreuz und quer von ihrem Kopf ab, die Schminke war überall, nur nicht dort, wo sie hingehörte. »Was wollen Sie denn noch hier?«

Hinter ihr tauchte der alte Simmerling auf, trotz seines Alters sprang er behände wie ein Wolf auf die ungebetenen Gäste zu. »Ihr seids schuld! Ihr ganz allein!«

Kroner wich einen Schritt zurück. Wunderte sich, hatte doch der Geier-Wigg höchstselbst um diesen Besuch gebeten. Dann sah er die blutigen Handabdrücke an der Wand zum Treppenaufgang, die Blutlache auf den Stufen. Er riss die Hand vor den Mund. Würgte.

Mein Gott!

Ben blieb lieber gleich draußen stehen. Seine Idee war es nicht gewesen, sich ausgerechnet jetzt nach dem Gesundheitszustand von Frau und Kind ihres Hauptverdächtigen zu erkundigen. Was sollte das bringen? Sie hatten die Unmengen Blut mit eigenen Augen gesehen.

Ben hätte sowieso niemals für möglich gehalten, dass ein Mensch allein so viel Blut verlieren konnte. In diesem Treppenhaus sah es aus wie nach einem Kettensägenmassaker. Die Lage war definitiv kritisch, mehr wussten die Angehörigen sicher auch nicht.

Eva Reisinger packte ihren Vater am Arm, hielt ihn davon ab, tatsächlich auf die Kommissare loszugehen. »Die machen bloß ihre Arbeit, Vadder!« Allein ihr Tonfall verriet, dass sie es nicht so meinte, wie sie es sagte.

»Dass ich nicht lache!«, keifte der Simmerling unbeeindruckt. »Die Windisch kann tun und lassen, was sie will. Ungestraft. Aber unseren Bascht, der ist von Haus aus schon schuldig. So war das damals, und so ist's immer noch.«

Sicherlich sprach der alte Mann von der Drogengeschichte. Kroner duckte sich lieber und wich noch einen Schritt zurück.

»Dass die Juli da durchdreht, dass die sich aufregt … da braucht sich doch keiner wundern … Und wenn … und wenn ihr und dem Kind was …«

Wenn beide Schaden nähmen, ja, das wäre wirklich schlimm. Da stimmte Kroner dem Alten vollkommen zu. Auch seine

Aufregung konnte er nachvollziehen und seine Wut auf die Polizei erst recht.

Und so viel Blut. So verdammt viel Blut!

Kroner schluckte, vermied es, in Richtung der rot glänzenden Lachen zu sehen. War das das Blut des Kindes?

»Und die Franzi hat der Windisch auch –«

»Jetzt sei still, Vadder!«, schrie da die Tochter dazwischen. *»Halt einfach die Bappn!«*

Halt einfach die Bappn?

Ben drängte sich an Kroner vorbei, trat in den Flur. »Was hat Windisch mit Ihrer Tochter Franziska getan?«, fragte er Eva Reisinger.

Schnell kombiniert!, zollte Kroner seinem Jungspund Respekt, aber eine Antwort würde er nicht bekommen, das hatte er nach so vielen Jahren im Gefühl, dafür reagierte die Mutter viel zu emotional.

»Es ist besser, wenn Sie jetzt gehen«, sagte diese auch prompt in eisigem Tonfall. »Sie können uns gerne auf das Kommissariat bestellen, wenn Sie noch Fragen haben, aber jetzt wollen wir unsere Ruh.« Sie baute sich vor Ben und Kroner auf, schlüpfte ins eben erst frei gewordene Grizzly-Kostüm. »Meine Schwiegertochter hat eine Menge Blut verloren, wir wissen nicht, ob es meinem Enkelkind gut geht. Also lassts uns in Ruh und *schauts gefälligst, dass weiterkommts!«*

Und das taten sie. Schweigend gingen Kroner und Ben über den Hof, durch die Einfahrt und blieben vor dem Dienstwagen stehen.

»Wieso spricht Baschts Mutter immer nur von ›ihrer‹ Schwiegertochter und ›ihrem‹ Enkelkind, nicht von ›unserem‹?« Ben suchte die Autoschlüssel in seinen Hosentaschen. »Findest du das nicht komisch?«

Kroner zuckte mit den Schultern. Fand er das komisch? Nein. Er checkte sein Handy. Bürofee Mel hatte versprochen, ihm eine Nachricht zu senden, sobald Reisingers Haftbefehl vorlag. Keine SMS.

Gott sei Dank.

Kroner wollte sich im Moment nicht vorstellen, wie Mutter, Vater, Großvater reagieren würden, wenn sie schnurstracks wiederkämen, um den Sohn beziehungsweise den Enkel zu verhaften.

Du meine Güte!

Es gab schönere Aufgaben. Wirklich. Er konnte es direkt schon vor sich sehen, wie uniformierte Beamte Bascht vom Krankenbett wegzerrten, womöglich noch, ehe er sein Kind – das hoffentlich am Leben war! – in die Arme hatte schließen können.

Kreizsakrament! Was für ein Dilemma.

Kroner drosch mit der Faust auf das Dach des VW, wünschte sich zum ersten Mal in seinem Leben als Kommissar, dass der Richter keinen Anlass für diesen Haftbefehl sah. Dass er ihn einfach nicht ausstellte – zumindest nicht heute –, obwohl ihm das die Ermittlungsbehörde doch vor wenigen Stunden so dringend ans Herz gelegt hatte.

Als Kroner und Ben im Auto saßen, raste der Ford aus der Hofeinfahrt und bretterte an ihnen vorbei, dass der Kies nur so spritzte.

»*Dem pressiert's* aber.« Kroner sah dem Wagen nach.

Ben startete den Golf. »Wahrscheinlich fährt er ins Krankenhaus.«

»Saß die Mutter auch drin? Konntest du das sehen?«

»Glaube nicht«, sagte Ben, legte den Rückwärtsgang ein und wendete.

An der roten Ampel vor der Zwölfer holten sie Reisingers Vater ein, mussten direkt hinter ihm warten, bis es grün wurde.

»Siehst du das?« Kroners Zeigefinger zielte durch die Windschutzscheibe auf ein Schild, das mit Gummisaugknöpfen von innen an der Heckscheibe des Focus angebracht war.

»Arzt im Dienst«.

4

Eigentlich hatte Leo schon Feierabend, aber auf dem Heimweg in die Lederergasse überfraute sie *ein unbandiger Glusta auf Obadzdn mit Schnidla, Zwiefe und Brezn*, und zwar ganz zufälligerweise auf genau den vom »Hacklberger Bräustüberl«. Dazu eine schöne Halbe Festbier direkt aus dem Flaschl – *sakrisch gschmackig, des derfst glaum!*

Insgesamt ein sauberer Umweg – eigentlich –, da aber der Leo ihr neuester Busenfreund keine fünf Minuten von der Brauerei entfernt residierte, lag die Lokalität irgendwie auch wieder auf dem Weg. Die Belegschaft vom »Bräustüberl« reichte auf Nachfrage das Obadzdn-Arrangement to go, und so wurde Leos schokobrauner Mini auf dem Parkplatz vor Allgeiers Wohnung in der Glockenstraße zur Chill-out-Area, wie man Gemütlichkeit am Feierabend neumodern nannte.

Leo wischte mit dem letzten Stück Breze gerade den Rest vom Obadzdn aus der Plastikschale, als hinter ihr ein Auto parkte, dem zwei junge Männer entstiegen. Sie nahm ihr Handy, tat so, als würde sie telefonieren, sammelte Müll aus dem Fußraum des Beifahrersitzes auf – ihrer Meinung nach immer noch die beste Tarnung, wenn man unbeachtet in einem Auto sitzen wollte. Und am Abfall scheiterte es bei ihr nie, davon hatte sie zu jeder Zeit ausreichend dabei.

Die beiden Burschen steuerten auf die Haustür zu, Allgeier holte seinen Schlüssel heraus und sperrte auf. Der Fahrer kam Leo bekannt vor. Sturm-Spieler. Ziemlich sicher. Sie sah in den Rückspiegel.

Roter Passat. Wie überaus interessant!

Obwohl durchweg alle Kollegen vom K1 nicht das Geringste auf die Hirngespinste der Kaiserin gaben, behielt Leo alles, was die alte Dame ihr beim Rindsbratenessen offenbart hatte, stur im Hinterkopf. Selbstverständlich auch den roten Passat, den die Erni Dienstagnacht vor dem Haus der Windischs gesichtet haben wollte. Allgeier fuhr einen schwarzen Golf, das wusste Leo, und so einer parkte auf der anderen Straßenseite.

Inzwischen diskutierten die Männer heftig vor der Haustür, konnten sich anscheinend nicht überwinden, hineinzugehen. Leo wählte Reischls Nummer, hoffte, dass er noch erreichbar war, denn bei ihm liefen alle Ermittlungsergebnisse zusammen. Tatsächlich nahm er ab.

»Hey, Tom. Kannst du mir schnell sagen, welcher von den Sturm-Spielern noch mal einen roten Passat fährt?« Natürlich hatten sie trotz aller Zweifel an Ernie Kaisers Aussage überprüft, ob ein Hacklberger Spielerkollege von Stevie ein solches Auto fuhr.

»Jonas Brenner.«

Das Kennzeichen, das Reischl durchgab, passte. »Und? Haben wir den auf dem Kieker?«

»Bis aufs Auto unauffällig und für Dienstagnacht hat der ein Alibi, und zwar von dem Chef seiner Nachbarin.«

»Wer hat das überprüft?«

»Der Bernd.«

Aha. Der Bernd. »Das war's auch schon. Dank dir und servus.« Leo legte auf, wählte Waffenschmidts Büronummer.

Niemand da.

Diensthandy, privates Festnetz und Handy ebenfalls Fehlanzeige.

»Mist!« Die näheren Umstände dieses Alibis hätten sie jetzt brennend interessiert. Allgeier und Brenner verschwanden währenddessen im Haus. Leo knüllte die Serviette zusammen, pfefferte sie in den Fußraum und schob mit der Rechten ihre Müllsammlung vom Beifahrersitz wieder an den angestammten Platz. Man konnte nie wissen, wann die nächste gute Tarnung vonnöten sein würde. Pfeifend stellte sie das Radio an und legte den Kopf zurück.

Höchstens fünf Minuten später steckte Brenner seinen braunen Schopf schon wieder zur Tür hinaus. Sah sich um.

Komisch.

Leo kippte nach vorn, äugte durch die Windschutzscheibe. Hinter Brenner tauchte Allgeier auf, der jemanden mit sich zog. Das Seitenfenster von Leos Mini war einen Spalt offen, sie konnte bruchstückhaft verstehen, was gesprochen wurde.

»Jetzt mach schon … Selbst schuld, wenn du … Meinst du, mir macht es Spaß, dich zu …«

Dann legte Brenner den Zeigefinger auf die Lippen, Leo hörte ein lautes, energisches »Schsch!«, und es herrschte Ruhe. Kein Wort drang mehr an ihr Ohr. Leo fand das alles sehr dubios.

Soll ich aussteigen und fragen, was da los ist?

Aber Allgeier war abgebrüht, der würde sich nicht so leicht einschüchtern lassen. Vermutlich würde er Leo genauso abfertigen wie beim letzten Mal. Wie eine blutige Anfängerin! Den Fehler durfte sie nicht noch einmal machen.

Wie jetzt? Das Alibi höchstselbst?

Leo blinzelte. Auf einmal stand Valli zwischen Alf und Joschi auf der Straße. Sah aus, als wurde sie von den Burschen abgeführt, als zwängen die sie, in den Passat einzusteigen.

Oder haben sie die Jungs nur in die Mitte genommen?

Leos Magen rebellierte, die verdrückte Zwiebel und der frische Schnittlauch wollten partout ihren Dunst verbreiten. Sie rülpste.

Pfui Teufel! Ehrlich.

Die Hauptkommissarin wedelte die Luft vor ihrem Mund weg, überlegte angestrengt.

Valli ist Brenners Alibi für Dienstagnacht. Alf und Joschi sind anscheinend recht speziell, und außerdem haben beide –

Die aktuelle Sequenz ihrer Observierung kappte jeden weiteren Gedanken, ließ Leo wie einen Crashtest-Dummy nach vorne schnellen.

Spinne ich? Bedrohen Allgeier und Brenner die Milner?

Alfs Rechte steckte in der Tasche seiner Trainingsjacke, schob Valli vorwärts, das sah aus, als hätte er eine …

Der hat eine Waffe!

In Leo schrillten sämtliche Alarmglocken unisono, jagte literweise Adrenalin durch ihre Adern. Sie riss die Fahrertür auf, sprang hinaus und wollte gerade über die Straße rennen, als Joschi seine Arme um Valli schlang und ihr einen Kuss auf die Backe drückte.

In letzter Sekunde drehte Leo ab, tat so, als wäre ihr der Schuh aufgegangen. Ihr Herz klopfte. Von unten beobachtete sie, dass Valli von Brenners Liebesbekundungen nicht sonderlich angetan war, sich aber auch nicht wirklich dagegen zur Wehr setzte.

Leo zupfte an den Schnürsenkeln ihrer Joggingschuhe, verbarg sich halb hinter einem parkenden Auto, blieb in Alarmbereitschaft.

Jetzt schubste Valli Brenner energisch weg, machte sich frei und wurde von Alf am Arm gepackt, der ihr etwas ins Ohr flüsterte. Sekunden verstrichen, Valli hörte anscheinend gut zu, dann streckte Joschi ihr seine Hand entgegen. Valli schlug sie aus, folgte Brenner aber zum Auto. Und dann lachte sie.

Leo atmete auf.

Weder Joschi noch Alf und schon gar nicht Valli nahmen von der Kriminalbeamtin mit der Waffe im Anschlag Notiz, die erleichtert zurück zu ihrem Mini schlich, sich auf den Fahrersitz fallen ließ und grinste.

Dann wollen wir das junge Glück mal nicht stören.

***

Etwa zeitgleich polterte Kroner durch den Gang der KPI, erstürmte das Kabuff wie eine Rotte Wildschweine ein Maisfeld auf Futtersuche, und wie ein Keiler haute er *Haderer* und *Hauer* ins Fleisch seiner eigenen Herde. »Kreizsakrament! Wieso erfahren wir das erst jetzt?«

Nur vereinzelt saß seine Mannschaft an den Tischen, ziemlich ausgedünnt präsentierten sich die Reihen.

»Wo ist der Rest?«, forderte die *Wuidsau* zu wissen.

Betreten sahen alle auf ihre Uhren. Es war achtzehn Uhr dreiunddreißig. Freitagabend. Im Grunde musste sich niemand rechtfertigen, wenn er nach einer harten Woche um diese Zeit heim zur Familie ging. Da konnte Kroner noch tausendmal vom Auto aus anklingeln, um eine seiner berühmt-berüchtigten kurzfristigen Besprechungen anzuberaumen.

Außertourlich. Freitagabends.

Und doch *saßen sie da wie die Zeiserl.*

»Dem Reisinger sein Vater ist Arzt!«, donnerte Kroner weiter. »Über ihn hatte sein Sohn vermutlich jederzeit Zugang zu ärztlichen Musterpackungen des Schmerzmittels Benuron. Wieso ist das niemandem von euch aufgefallen?« Der Chef zupfte ein Papiertuch aus einer Box, die auf dem Fensterbrett stand, wischte über seine feuchte Stirn. »Wie konnte das durchrutschen?« Kroner sah der Reihe nach seine Leute an. Paulus, Reischl,

Arslan, Kutscher und die Maurer. Mehr waren nicht da. »Wo ist Weissenbeck?«

»Musste heute früher weg«, erklärte Mario Kutscher.

Kroner seufzte und setzte sich. Erst das Zebra und dann dieses Arztschild an der Heckscheibe. Eine Hiobsbotschaft allein brachte ihn normalerweise nicht dermaßen in Rage, aber zwei an einem Tag waren schon eine ziemliche Packung. Und wo sich Valli herumtrieb, wusste er immer noch nicht. Bruhan war mittlerweile auf dem Weg zu Dr. Jacobis Praxis in Bad Füssing. »Wie konnte so ein Fauxpas passieren?«

»Eva Reisinger und Dr. Bernd Jacobi haben nie geheiratet«, erklärte Reischl, der von Kroner auf die Benuron-Fährte angesetzt worden war und sich für alle offensichtlich nicht daran erfreute, dass man ihm jetzt die Schuld in die Schuhe schieben wollte. »Natürlich wurde der Vater gleich zu Anfang befragt, seine Telefonnummer und seine Adresse hat uns aber Reisingers Mutter aufgeschrieben. Jemand muss irrtümlich angenommen haben, dass der Vater so heißt wie Mutter und Kinder, und hat auf den Zettel mit der Nummer den Namen ›Reisinger‹ vor ›Bernd‹ ergänzt.«

Bei Verlauten dieser Information fiel Kroners Kopf in seine Hände wie eine Betonkugel. Er schloss die Augen, sah Leo vor sich, wie sie ihm ebenjenen Zettel von Eva Reisinger reichte. »Schreib den Nachnamen drauf«, hatte er sie selbst aufgefordert, »sonst kennt sich hinterher wieder keiner aus.« Und natürlich hatte Leo – genau wie Kroner – angenommen, dass der Vater von Sebastian auch Reisinger hieß.

»Das kapier ich nicht«, sagte Arslan. »Baschts Mutter müsste doch heißen wie ihre Eltern, also Simmerling. Ich dachte die ganze Zeit, sie wäre eine geborene Simmerling, verheiratete Reisinger.«

Genau Kroners Rede.

Paulus schüttelte den Kopf. »Nur die Schreinerei heißt Simmerling. Der alte Reisinger hat sie vor gut vierzig Jahren von den kinderlosen Vorbesitzern übernommen, soviel ich weiß. Der Name ist geblieben.«

Wer sollte da den Überblick behalten? Der Geier-Wigg, den alle Simmerling nannten, hieß also offiziell Reisinger?

Du meine Güte.

»Wir wussten durchaus«, beeilte sich Reischl um eine lückenlose Verteidigung, »dass Eva Reisinger von dem Vater ihrer Kinder seit Längerem getrennt lebt.« Er blätterte um. »Seit zwanzig Jahren, wenn du es genau wissen willst.«

»Und was hat er dann dauernd bei den Simmerlings verloren? Also, bei den Reisingers? Letzten Sonntag, als ihr bei dem Alten in der Werkstatt wart, und heute wieder?« Paulus kam da nicht ganz mit.

»Einvernehmliche Trennung, gegenseitiger Respekt, Freundschaft?« Arslan zuckte mit den Schultern. »Das machen doch heutzutage alle so.«

»Laut Franziska Reisinger ist das Verhältnis zwischen Vater und Sohn allerdings nicht sonderlich gut, die sollen kaum Kontakt haben«, teilte Kollegin Maurer ihr Wissen. »Ansonsten haben sich alle arrangiert. Eva Reisinger ist nach der Trennung mit den Kindern zu den Eltern in den Malerweg gezogen, aber zu ihrem Ex hatte sie anscheinend immer guten Kontakt. Die Tochter steht inzwischen auf eigenen Füßen, wohnt in der Ilzstadt, studiert noch.«

»Was?«, wollte Kroner wissen.

»Medizin.«

»Medizin?« Die cheflichen Brauen sprangen jäh in die Höhe.

Tina Maurer verstand sofort. »Reisingers Schwester schwört, dass sie ihrem Bruder kein Benuron besorgt hat. Niemals. Ich selbst habe in der Klinik angerufen, wo sie gerade im Einsatz ist. Mir wurde versichert, dass es dort keine Möglichkeit gibt, an Medikamente dieser Art heranzukommen.«

»Das behaupten garantiert zehn von zehn Klinikmanagern, wenn man sie danach fragt«, zweifelte Arslan die Verlässlichkeit von Maurers Angaben an.

Nicht von der Hand zu weisen, dieser Aspekt, dachte Kroner bei sich und stand auf. »Das mit dem Zettel habe ich selber verbockt. *Mea culpa.* Tut mir leid«, gestand die erlegte Wildsau. »Mir wäre im Traum nicht eingefallen, dass Baschts Vater anders heißen könnte als die Mutter und die Kinder.« Das Idealbild der heilen Familie nahm in Kroners Gedankenwelt noch immer einen recht prominenten Platz ein – fast ein bisschen zurückgeblieben, direkt etwas hinterwäldlerisch fand er das auf einmal.

»Und was Überprüfung von Arztpraxen, Krankenhäusern et cetera anbelangt, hast du selbst den Einzugsbereich auf dreißig Kilometer festgelegt.« Reischl zischte ein paar selbstgerechte Schnaufer ins Kabuff, um seiner letzten Entlastungsthese Nachdruck zu verleihen. »Jacobis Praxis in Bad Füssing liegt knapp jenseits dieser Schallmauer.«

»Kreizsakrament! Zsakrament!«, schalt Kroner, kratzte sich am Kopf und setzte sich wieder hin. »Und sonst? Was gibt es sonst Neues?«, fragte er. »Wo wir jetzt schon so gemütlich beieinandersitzen, könnt ihr mich gleich noch auf den neuesten Stand bringen. Auf geht's!«

Der Haftbefehl für Reisinger ließ weiter auf sich warten. Das stimmte Kroner froh. Auch dass der Facebook-Kommentar des wiedererstandenen Stevie Sturm mittlerweile gelöscht war und die Wirtin des »Anpfiffs« Windisch nicht heimgefahren hatte, um ihn zu vergenusswurzeln.

Bezüglich der komischen Aussage von Stevies Tante, von wegen die Reisingers hätten jetzt beide Windisch-Söhne auf dem Gewissen, hatten die Kollegen bislang nichts in Erfahrung bringen können. Waffenschmidt hatte zwar mit der Gabler telefoniert, aber ihm gegenüber bestritt die Dame vehement, überhaupt je etwas in diese Richtung erwähnt zu haben. Da müsse sich wohl jemand verhört haben. Die Amnesie hatte ihr einen Termin am Montagmorgen im Kommissariat eingebracht.

»Das ist mir zu spät«, monierte Kroner. »Ich möchte mich mit der so bald wie möglich unterhalten. Fragt sie mal jemand, ob ich sie morgen oder übermorgen zum Frühstück einladen darf.«

Paulus notierte die Wünsche des Chefs.

»Und was ist mit Stevies Ex? Wurde die noch mal eingehender durchleuchtet? Immerhin waren ihre Fingerabdrücke auf der Benuron-Schachtel.«

»Und sie hat ein Motiv«, fügte Arslan hinzu. »Verschmähte Liebe ist immer mal wieder einen Mord wert.«

Reischl nickte. »Die gute Jacqui Brandmeier wäre die Nächste auf meiner Liste gewesen, aber da mit Reisingers Spuren auf dem Glas dringender Tatverdacht vorliegt, hatte ich erst mal anderes zu tun.«

»Aber vergiss es nicht.« Kroner tippte mit den Fingern auf die Tischplatte. »Wenn's der Reisinger doch nicht war, dann vielleicht –« Heiteres Mörderraten mit Robert Lembke? Da hielt er lieber den Mund.

»Hildegard Ranner war übrigens heute hier«, meldete Kutscher. »Fand es absolut lächerlich, dass wir sie erkennungsdienstlich behandeln wollten, hat dann aber brav ihre Finger auf den Scanner gelegt. Spätestens morgen wissen wir, ob ihre Minutien irgendwo auftauchen.«

»Oder sie gehört zu den ganz Schlauen, hat Handschuhe getragen und weiß deshalb genau, dass niemand etwas finden wird.« Kroner seufzte. »Und was ist mit ihrem Gatten? Mit Ranner?«

»Der hat seine Frau extrem komisch von der Seite angeschaut, als wir sie zur ED-Behandlung von zu Hause abgeholt haben.« Paulus kratzte sich am Kopf, er war selbst dabei gewesen. »Als ginge ihm gerade ein Licht auf.«

Aha! Der traute es seiner Alten also auch zu. Es war wie bei den alten Miss-Marple-Streifen – jeder könnte der Mörder gewesen sein.

»Wir müssen unbedingt mit Franziska Reisinger sprechen«, sagte Kroner. »Ihr Großvater hat heute erwähnt, dass Stefan Windisch und sie in irgendeiner Weise Kontakt hatten. Das stimmte ihn gar nicht froh, wenn mich mein Eindruck nicht getrogen hat. Darüber sollten wir mehr erfahren.«

»Windischs Handy war übrigens im Funkmastenbereich der Telekom in Hacklberg eingewählt, als dieser Kommentar auf Facebook gepostet wurde«, meldete sich Arslan noch mal zu Wort. »Und das ist es immer noch.«

»Tatsächlich?« Sämtliche Verdächtige lebten in Hacklberg. »Was sagt die Funkzellenauswertung?«

»Noch gar nichts. Das dauert.«

Geduld! Davon brauchte ein Ermittler reichlich. Kroners Handy klingelte.

Joja! Aufgeschreckt wie die Henne durch den Fuchs.

Valli sei immer noch nicht zu Hause. Das Zebra auch nicht. Sie bekäme allmählich Angst.

5

Wenn du den Bullen was erzählst, hängst du mit drin.

Alf hatte ihr die Worte draußen auf der Straße vor seiner Wohnung ins Ohr geflüstert.

Wenn du singst, sorge ich dafür, dass du bezahlst.

Lächerlich. Absolut lächerlich! Allein schon seine Ausdrucksweise. *Wenn du singst ...!* Wie ein beschissener Schwerverbrecher. Als ob sie sich davon würde einschüchtern lassen.

Niemals.

Valli eilte durch die Gänge, rannte fast eine Schwester über den Haufen.

Und Joschi dachte, ein lächerliches Bussi auf die Backe brächte alles wieder ins Lot? Das konnte er so was von knicken. Zuerst hatten sie ihr ja nicht mal Jojas Auto zurückgeben wollen. Valli hatte darum betteln müssen.

Diese Idioten. Einfach unfassbar.

Was glaubten die, was passieren würde, wenn sie ohne den Lupo zu Hause antanzte? Da wäre der Teufel los.

Vallis Herz klopfte wild, was nicht allein davon kam, dass sie rannte wie blöd und sich Sorgen machte. Nein. Sie konnte immer noch nicht verstehen, wie Joschi hatte zulassen können, dass Alf sie in seiner Wohnung eingesperrt hatte. Allgeier an Kroner zu verpfeifen, damit hätte sie nicht das geringste Problem. Aber Joschi? Der war in diese Geschichte doch nur aus lauter Dummheit hineingeschlittert. Der war kein schlechter Kerl.

Oder?

Die Hand würde sie seit gestern nicht mehr für ihn ins Feuer legen. Zumindest nicht, ohne vorher drei, vier Sekunden darüber nachzudenken.

Ich bin aber auch eine doofe Kuh.

Und dann noch Ben. Der geisterte ihr ständig im Kopf herum. Zeit genug hatte sie dafür ja gehabt – eingesperrt in Alfs Zimmer.

Allein. Hatte der Schnösel gestern Abend wirklich nur wegen der Lattenknaller-Geschichte vor ihrer Tür gestanden?

Um elf Uhr abends?

Schwer vorstellbar. Valli schüttelte sich, vertrieb das Bruhan-Monster aus ihren Gedanken, orientierte sich an den Schildern.

»Frühgeborenen-Intensivstation.«

Da geht's lang. Aha.

Erst als Valli endlich im Lupo gesessen hatte, hatte ihr Alf das Handy zurückgegeben. Unzählige Nachrichten. Von Julis Handy. Gestern Nacht. Heute Morgen. Heute Mittag.

Und hier stand sie nun. Vor verschlossenen Glastüren. In der Kinderklinik. Eine bunte Window-Color-Lok dampfte ihr ins Gesicht. Eine Maus saß drin, ein blauer Elefant auch.

Zugang nur durch die Schleuse. Für Eltern. Bitte läuten.

Valli kam sich blöd vor. Sie war nicht »Eltern«, sie war nicht verwandt, und eigentlich war sie nicht mal Freundin.

Warum bestellt Bascht mich her?

Wie eine Raubkatze in ihrem Glasgefängnis im Zoo tigerte Valli auf und ab, sah alle zwanzig Sekunden auf die Uhr. Zwischendurch rief sie Joja an, die ihr ein Riesentamtam in die Muschel schickte, dabei war Valli doch nur »mit Joschi unterwegs gewesen«. Diesbezüglich musste sie nicht mal lügen.

Als Bascht auftauchte und zu erzählen begann, starrte Valli die ganze Zeit nur auf den roten Abdruck an seiner Stirn, den das Haarnetz hinterlassen hatte.

***

Ben blickte auf das Messingschild. »Gemeinschaftspraxis Dr. Orichel und Dr. Jacobi – Wir sind immer für Sie da!«

Reisingers Vater und dessen Partner legten also Wert darauf, ihren Patienten einen guten Service mit flexiblen Sprechzeiten zu bieten. Im Wartezimmer saßen am Freitagabend deshalb immer noch fünf Leute. Einige husteten, andere schnupften, nur eine Dame sah ganz und gar frisch und rosig aus. Ben nickte ihr zu, als er auf die Rezeption zuging, dann traf ihn fast der Schlag.

Jacqueline Brandmeier klimperte mit ihren manikürten

Schmetterlingsnägeln auf der Tastatur des PCs herum, und Bens erster Gedanke, nachdem er die Wucht dieses Wiedersehens – ausgerechnet an diesem Ort – überwunden hatte, war: *Wie trifft sie damit nur die richtigen Buchstaben?*

»Haben Sie einen Termin?«, fragte sie Ben, ohne aufzusehen.

»Nein, ich muss dringend mit Dr. Orichel sprechen.« Er klappte seinen Ausweis auf.

Jacqueline erschrak. »Sie? Was machen Sie denn hier?«

»Das könnte ich umgekehrt auch fragen«, erwiderte Ben. »Arbeiten Sie hier?«

»Ja.«

»Seit wann?«

»Schon immer.«

Wie, schon immer?

»Seit der Lehre, meine ich.«

Na toll! Ben sortierte seine Gedanken. Jacqueline Brandmeier kam also kinderleicht an Medikamenten-Musterpackungen heran. Ihre Fingerabdrücke waren auf der Schachtel, die bei Stevie gefunden wurde, und sie hatte zugegeben, Dienstagnacht vor seinem Tod bei ihm gewesen zu sein. Vermutlich hätte sie das sogar geleugnet, hätte nicht Sevo Hielscher gegenüber der Polizei dermaßen konkrete Angaben gemacht. Jacqueline war damit dringend tatverdächtig, er musste sie festnehmen. Oder? Nein, erst mal würde es reichen, sie mit auf das Kommissariat zu nehmen. Unter dem Druck der belastenden Indizien würde sie sicherlich zusammenbrechen, Ben könnte ihren Status von »Zeugin« auf »Beschuldigte« upgraden, und dann würde sie gestehen. Alles.

Wie im Film.

»Was starren Sie mich so an? Habe ich was auf der Nase?« Jacqui holte einen Handspiegel aus einer Schreibtischschublade und kontrollierte ausschweifend, ob mit ihrem Gesicht alles in Ordnung war. Sie legte sogar etwas Puder nach.

Ben verdrehte die Augen. »Ich müsste mal mit Ihrem Chef sprechen«, sagte er. »Aber könnten Sie mir vorher vielleicht etwas gegen Kopfschmerzen geben? Die plagen mich seit dem Nachmittag …« *Was für ein genialer Schachzug!* Spontane Ideen waren immer noch die besten. Er griff sich theatralisch an die Stirn.

»Aber natürlich«, zwitscherte Miss Butterfly und lächelte Ben an. »Wir haben immer ein paar Gratispackungen im Schrank, ich muss nur vorher kurz den Chef fragen.«

Ben latschte Jacqui unaufgefordert hinterher, was sie zwar irritierte, nicht aber davon abhielt, Sprechzimmer eins zu entern, in dem eine ältere Frau mit nacktem Oberkörper auf einer Pritsche lag. Jacqui flüsterte Dr. Orichel etwas ins Ohr und gab Ben schließlich zu verstehen, ihr durch eine Verbindungstür in Sprechzimmer zwei zu folgen. »Der Chef kommt auch gleich«, sagte sie alsdann und öffnete den Schrank. Ihr Zeigefinger wanderte suchend an einer Unmenge von Schachteln entlang. »Kopfschmerzen, sagten Sie?«

Ben nickte, seine Augen scannten den Inhalt des Arzneischrankes.

Benuron? Benuron? Benuron?

Er konnte kein Medikament dieses Namens entdecken. Sollte er fragen?

»Wie wäre es mit Aspirin? Hilft mir immer sehr gut.« Jacqui zog eine Packung heraus, aber sofort suchte ihr Fingernagel weiter. »Ibuprofen geht auch.« Schachtel Nummer zwei landete in Bens Hand, und die dritte flog gleich hinterher. »Oder Dolormin extra. Auch sehr wirkstark.« Fragend zog sie die aufgemalten Brauen hoch.

»Ehrlich gesagt wäre mir Benuron am liebsten«, sagte Ben kurz entschlossen.

Jacqui sah ihn etwas komisch an. »Benuron? Sicher?«

»Das nehme ich zu Hause auch immer. Ja.« Er stutzte. Hatte Jacqui bei ihrem letzten Aufeinandertreffen nicht gesagt, sie wisse nicht, was Benuron war? Sie war vielleicht keine Arzthelferin, aber als Sprechstundenhilfe musste sie das genauso wissen, und hier und jetzt sah es nicht danach aus, als hätte sie von Tuten und Blasen keine Ahnung.

Ben kam nicht dazu, dem auf den Grund zu gehen, da Dr. Orichel in diesem Moment hereinschneite. Er wusch sich die Hände im Waschbecken und begrüßte ihn dann.

»Was kann ich für Sie tun?«

Ben klappte brav seinen Ausweis auf. »Ich hätte da ein paar Fragen an Sie.«

»Worum geht es?« Dr. Jacobis Partner setzte sich an den Schreibtisch, bot Ben ebenfalls einen Stuhl an.

»Würden Sie freundlicherweise draußen warten?«, sagte Ben zu Jacqui. »Mit Ihnen möchte ich mich später auch noch kurz unterhalten.«

Falls Dr. Orichel auf irgendeine Weise irritiert war, ließ er sich das nicht anmerken. Was Ben allerdings danach sagte, veranlasste ihn, zumindest seine Krawatte, die er unter dem Kittel trug, zu lockern. »Was sagen Sie da? Bernds Sohn wird verdächtigt, jemanden umgebracht zu haben? Mein Gott!«

Ben beobachtete Dr. Orichel genau. Er hörte von dieser Geschichte gerade zum ersten Mal, da war er sich sicher. Das wiederum hieß, dass Reisingers Vater die Neuigkeit seinem Partner nicht anvertraut hatte – zumindest noch nicht. »Kam Sebastian Reisinger öfter in die Praxis?«, fragte er.

Dr. Orichel verneinte. »Ich habe Bernds Sohn nur ein einziges Mal getroffen, und das muss mindestens zehn Jahre her sein, seitdem –«

»Dann hat er keinen Schlüssel für die Praxis?«

»Nicht dass ich wüsste.«

»Aber möglich wäre es?«

»Natürlich steht es Bernd frei, seinen Kindern einen Praxisschlüssel nachmachen zu lassen, für alle Fälle, aber«, er schüttelte den Kopf, »ehrlich gesagt glaube ich das bei Sebastian nicht. Franziska hat einen Schüssel, das weiß ich.«

War auch irgendwie logisch. Dr. Jacobis Tochter studierte schließlich Medizin, wollte vermutlich in die Fußstapfen des Vaters treten. »Ist sie denn häufiger hier?«

»Ja. Regelmäßig. Sie ist Bernds ganzer Stolz.«

»Würden Sie bemerken, wenn Medikamente aus den Schränken verschwinden?«

Logischerweise verfinsterte sich der Blick des Arztes daraufhin sofort. »Worauf wollen Sie hinaus?«

»Antworten Sie einfach. Wenn jemand beispielsweise eine

Musterpackung Ibuprofen mitgehen ließe, würde Ihnen das auffallen?«

»Wer sollte das tun? Für meine Leute lege ich die Hand ins Feuer.«

Ben seufzte. »Führen Sie Buch darüber, was die Arzneimittelvertreter dalassen?«

»Nein.«

Das reichte Ben. Er verabschiedete sich, wollte nicht riskieren, dass die gute Jacqui die Wartezeit nutzte, um sich zu verdünnisieren.

Als er nach einem Raum fragte, wo sie ungestört reden konnten, führte sie ihn ins Labor. Fast sah es so aus, als erwarte Jacqui, dass er sie gleich um ein Date bitten würde. Sie klimperte mit den überlangen Wimpern und schob ihre Lippen so dermaßen gekünstelt vor, dass er wegsehen musste. Sollte Jacqueline tatsächlich etwas mit Stevies Tod zu tun haben, verstand sie sich ausgezeichnet darauf, das Unschuldslamm zu mimen.

»Ist Dr. Jacobis Sohn öfter in der Praxis?«, eröffnete Ben die Partie.

Die Frage enttäuschte Jacqui eindeutig. Sie hörte auf zu klimpern. »Dr. Jacobis Sohn? Der hat doch nur eine Tochter. Franziska heißt die.«

»Aber Frau Brandmeier, Sie kennen doch den neuen Spielertrainer des Sturms. Sebastian Reisinger.«

»Häh?« Barbie brauchte eine Ewigkeit, um diese Info zu verdauen. »Bascht soll Dr. Jacobis Sohn sein? Kann ich mir ehrlich gesagt nicht vorstellen. Da müssen Sie sich täuschen.«

Sollte er ihr das abkaufen? Was brachte es ihr, ihm diesbezüglich die Unwissende vorzuspielen? Hatte sie Bascht das Zeug besorgt? War sie Mittäterin? Oder kam es ihr vielmehr zupass, dass Sebastian Reisinger verdächtigt wurde, eine Tat begangen zu haben, für die sie selbst verantwortlich war?

»Würden Sie mich aufs Kommissariat begleiten, Frau Brandmeier? Ich möchte Ihre Aussage zu Protokoll nehmen lassen.« Ein Vorwand, klar, aber das musste er ihr ja nicht auf die Nase binden. Wenn er sie vorläufig festnahm, würde sie als Beschuldigte – wenn sie schlau war – einen Anwalt anrufen, der ihr mit

Sicherheit raten würde, vorsichtshalber keine Angaben zur Sache zu machen. War Jacqui schlau? Ihr präzise gepflegtes Dummerchen-Image ließ Ben jedenfalls das Gegenteil annehmen.

»Aber ich war doch schon am Mittwoch da, und ich –«

»Es muss sein.« Ben bemühte ein Lächeln.

»Nein, ehrlich, ich möchte nicht … Was soll denn der Chef von mir denken? Ich bin …«

Bens Handy vibrierte, er holte es aus seiner Hosentasche. Kroner. »Aha. Gut. Bin gleich da.« *Verdammt!*

Jacqui hörte nicht auf zu lamentieren, sah nicht ein, warum sie schon wieder zur Polizei und überhaupt … Die konnte richtig nervig sein. Ben orderte einen Streifenwagen für Lady Butterfly, da er sie allein nicht mitnehmen durfte, wartete ungeduldig, bis die Kollegen endlich vorfuhren, übergab Dr. Jacobis Sprechstundenhilfe zu treuen Händen und sprang schlussendlich in den eigenen Dienstwagen.

Der Haftbefehl für Reisinger lag vor. Er musste ins Krankenhaus.

Sofort.

***

»Plazentaablösung. In der siebenundzwanzigsten Woche. Notkaiserschnitt.« Baschts Stimme zitterte, er weinte und sah einfach nur schrecklich aus. Wären sie auf der Straße aneinander vorbeigelaufen, hätte Valli ihn nicht erkannt.

Ich weiß nichts von ihm.

Und doch spürte sie Baschts Tränen auf ihrer Haut. Er klammerte sich an ihr fest wie ein Kind, das Angst hat, im tiefen Wasser unterzugehen.

Valli fühlte sich nicht wohl dabei, kam sich vor wie eine von diesen Schaulustigen, die nichts Besseres zu tun haben, als bei schweren Unfällen stehen zu bleiben und zu glotzen. Je schlimmer die Katastrophe, desto besser.

Widerwärtig.

»Ich durfte ihn nur kurz sehen. Seine Lunge macht Probleme, überall in ihm stecken Schläuche drin.«

Ein Bub also. »Wie schwer?«

»Etwas unter tausend Gramm. Das ist okay für die siebenundzwanzigste Schwangerschaftswoche, und trotzdem ist es viel zu früh.«

Zweifelt er immer noch?

Bascht ließ Valli los.

»Wird der Kleine es schaffen?«, fragte sie.

Der frischgebackene Vater starrte auf die bunte Dampflok an der Glasscheibe. »Das kann im Moment niemand sagen, aber heutzutage … die moderne Medizin …«

Ja, die Medizin konnte kleine Wunder vollbringen, und trotzdem gab es häufig Komplikationen, traten Schädigungen auf, wenn ein Kind zu früh geboren wurde. Valli wusste das und Bascht ganz sicher auch. Aber fast tausend Gramm waren besser als fünfhundert. Viel besser. »Wie heißt er?«

Er schüttelte den Kopf. »So weit waren wir noch gar nicht.«

Der kleine Kerl hat nicht mal einen Namen?

»Und Juli?«

»Es war knapp, sie hat viel Blut verloren, aber es geht ihr ganz gut. Sie ist sogar schon auf Normalstation, nur nach der Vollnarkose … Ich konnte nicht mit ihr reden.«

»Das wird schon alles. Bestimmt! Am besten gehst du gleich zu ihr, damit jemand da ist, wenn sie aufwacht.« Valli versuchte, das Gespräch in Gang zu halten, intelligente Dinge zu sagen, Trost zu spenden, dabei musste sie immerfort daran denken, dass Bascht, so wie es aussah, immer noch daran zweifelte, dass dieser arme Wurm, der dort hinter der Glastür um sein Leben kämpfte, von ihm sein könnte.

»Würdest du mir einen Gefallen tun?«

Was kommt denn jetzt? Sämtliche Muskeln in Vallis Körper spannten sich an.

Bascht wühlte durch seine Hosentaschen, zog einen knittrigen Zettel heraus. »Das ist die Nummer von Julis Bruder. Ruf ihn an und erzähle ihm, was passiert ist.« Er atmete tief durch. »Auch das von mir. Alles. Er soll den Eltern Bescheid sagen, sie müssen kommen, es ist nicht richtig, dass Juli sie nicht anrufen will … wegen mir.«

Eine energische Stimme in Valli schrie: *NEIN! Nimm den Zettel nicht, das geht dich alles gar nichts an!* Doch ihre Hand stellte sich taub, griff nach dem Papier und steckte es ein. »Mach ich. Klar.«

Er lächelte dankbar. »Dass Juli sich ausgerechnet dich als Freundin ausgesucht hat ...?«

Valli wusste, worauf er hinauswollte: Kroner.

»Ich wollte nicht, dass Stevie stirbt, auch wenn es im Moment vielleicht so aussieht.« Tollpatschig nahm Bascht Vallis Hand. »Kannst du mir das glauben?«

Sie wusste nicht, was sie darüber denken, und erst recht nicht, was sie dazu sagen sollte. Völlig durcheinander blickte sie an Bascht vorbei aus dem Fenster. Kroner und Ben stiegen gerade unten auf dem Parkplatz aus einem Auto, drei Streifenwagen fuhren vor.

Wenn man vom Teufel spricht.

6

Leo hasste Barbies. Und Jacqueline Brandmeier war eine. Definitiv. Mit ihrem Getue, mit ihrem Wimperngeklimper, mit ihrer Armes-Hascherl-Show und ihrem Wahnsinnsfahrgestell konnte sie vielleicht die schwanzgesteuerten Kollegen Kutscher und Arslan um den Finger wickeln, nicht aber eine Leona Weissenbeck. Angesichts der Ankunft dieses hammermäßigen Geschöpfes im Kommissariat hatten die sie nämlich zu Hilfe rufen müssen, da sie vor lauter Skrupel nicht mehr weiterwussten. Und das ausgerechnet, als die Hauptkommissarin nach der außertourlichen Spontanobservierung gerade zu Hause angekommen war und sich auf eine mindestens vierstündige, mit Nic Nocs angereicherte Liegezeit vor der Glotze gefreut hatte.

»Also noch mal ganz langsam, damit Sie das auch verstehen«, kaute Leo der dussligen Kuh den Sachverhalt nun schon zum dritten Mal vor. »Stefan Windisch starb an den Folgen einer hoch dosierten Einnahme von Paracetamol. Können Sie mir folgen?«

Das blonde Pferdeschwänzchen wippte, als Barbie nickte.

»Er hatte eine Schachtel Benuron bei sich, als er tot aufgefunden wurde.«

Wipp. Wipp.

»Auf dieser Schachtel, Frau Brandmeier, sind Ihre Fingerabdrücke sichergestellt worden.«

»Aber ich habe Ihnen doch schon –«

Ruhig, Brauner! Schschsch, schschsch. »Wir erinnern uns selbstverständlich daran, dass Sie uns sagten, Sie hätten diese Schachtel wahrscheinlich zufällig angefasst, als Sie dienstagnachts bei Stefan Windisch waren. Wir haben es nicht vergessen. Nein. Das heißt aber noch lange nicht, dass wir Ihnen diesen Schmarrn glauben – vor allem jetzt, da wir wissen, dass Sie Sprechstundenhilfe in einer Arztpraxis sind.« Leo machte eine kurze Pause. »Arztpraxis!«, wiederholte sie betont langsam und kam sich allmählich vor wie ein Rindvieh, das doppelt und dreifach kauen musste, damit hinten alles in der richtigen Konsistenz wieder rausflutschte. »Sie haben uns sogar angelogen, was Ihren Berufsstand betrifft. Sie sagten, Sie wären arbeitslos.« Das stank zum Himmel, und zwar weitaus schlimmer als das »grand final« einer echten Rindviehwiederkäuerei. »Sie haben die Polizei angelogen, Frau Brandmeier.« Leo schnalzte tadelnd mit der Zunge. »Das mögen wir gar nicht.«

Barbie schmollte, verschränkte die Arme vor der Brust und presste ihre Äpfel hoch.

Die hat wohl übersehen, dass niemand mehr da ist, der ihre plumpen Signale empfängt.

Keine Sekunde später ertappte sich Leo allerdings selbst dabei, wie ihre Augen – ohne es zu wollen – in der üppigen Pracht versanken. Und zwar ganz tief. *Wie schwer hat es da die Männerwelt, wenn ich schon nicht daran vorbeischauen kann?* »Menschen belügen die Polizei oft und gerne«, bemühte sie sich nach dem tiefen Fall um Gelassenheit. »Vor allem dann, wenn sie etwas zu verbergen haben.«

Jacqueline sah aus dem Fenster, stellte sich taub. Genau wie zuvor, als sie zum ersten, zweiten und dritten Mal an diesem Punkt angelangt gewesen waren.

Die Schlauste war sie nicht, so wie es aussah, sonst hätte

Jacqui doch längst einen Anwalt verlangt. Spätestens jedenfalls, nachdem Kutscher ihr den »Beschuldigten-Stempel« aufgedrückt hatte. Aber Ben hatte extra vom Auto aus angerufen, um ihnen zu sagen, dass er es für möglich hielt, dass das Fräulein Brandmeier nur so tat, als wäre sie saublöd.

Verflixt und zugenäht!

Leo rieb ihre Nase wie Wickie auf der Suche nach einer Idee. »Wissen Sie, was ich glaube?«

Zur Abwechslung wippte Barbies Pferdeschwanz mal nicht vertikal, sondern horizontal. »Sie werden es mir sowieso gleich sagen.«

Dumme Kuh! »Ich glaube, Sie haben Stefan Windisch umgebracht, weil er Sie abserviert hat wie eine dreckige kleine Nutte.« Das nötige Wissen, die geeigneten Mittel hatte Jacqueline Brandmeier als Sprechstundenhilfe einer Praxis für Allgemeinmedizin allemal. Und wie hieß es doch so schön? Gelegenheit macht Diebe. Wieso also nicht auch Mörder? »So ein Geständnis erleichtert ungemein, Frau Brandmeier. Glauben Sie mir. Sie würden sich und uns einen riesigen Gefallen tun, wenn Sie einfach die Wahrheit sagen.«

Und das tat Barbie dann auch.

***

Valli lief der Gendarmerie im Verbindungsgang zwischen Klinikum und Kinderklinik Dritter Orden ins Messer.

»Was machst du denn hier?«, schrie Kroner, als er ihrer ansichtig wurde, schon von Weitem.

Valli sah links und rechts über ihre Schulter, bohrte den Zeigefinger tief in ihre Brust. »Meinst du etwa mich?«, gab sie sich affektiert.

Kroner schnaubte, kam mit Riesenschritten näher, packte seine Nachbarin am Arm. »Wo warst du gestern Nacht?«

Valli wurde heiß. *Weiß er etwa Bescheid? Das kann doch nicht sein, oder?* »Ich war mit Joschi unterwegs, wir –«

»Ihr habt in ein Sportheim in Erlbach eingebrochen!« Kroner mäßigte sich in der Lautstärke, als ein Arzt vorbeiging. »Jojas

Zebra wurde gesehen, also versuch gar nicht erst, mir irgendeine haarsträubende Geschichte aufzutischen.«

Scheiße, jetzt bin ich geliefert! Endgültig.

Ben war die Szene im Krankenhausflur eindeutig peinlich, er wusste nicht, wohin mit seinen Augen, bohrte mit Blicken Löcher in die Wände. Valli bemerkte es, obwohl gerade eine Herde Büffel durch ihren Kopf trampelte. Das machte sie noch kirrer.

»Du hast genau zwei Minuten, um mir eine plausible Erklärung zu liefern.«

Valli holte Luft, etliche Male, brachte aber kein Wort heraus – nicht ein einziges.

»Steckt Joschi Brenner hinter der Einbruchserie?«, fragte der Erste Kriminalhauptkommissar Passaus drohend.

Sie schüttelte den Kopf.

»Wer dann?«

Alf! Alf! Alf! Dieser Scheißkerl! Und Stevie Windisch!, hätte sie am liebsten geschrien. Doch ihr Mund machte nichts anderes, als lang und ausdauernd Luft durch die Lücke zwischen ihren Schneidezähnen zu blasen.

Kroner drosch sich die flache Hand gegen die Stirn, holte sein Handy raus. »Gut. Du willst es anscheinend nicht anders.« Er drückte eine Kurzwahltaste. Es dauerte keine fünf Sekunden, bis sich jemand meldete. »Schickts mir noch einen Streifenwagen zum Klinikum. Wir haben den Fahrer des weiß-schwarz gestreiften Wagens, der bei dem Einbruch heute Nacht gesehen wurde.«

Valli erstarrte. »Du lässt mich verhaften?«

Sie leugnet es nicht mal? Kroner wies Bruhan an, Jojas Tochter zu den Kollegen runterzubringen. »Und sag ihnen, sie sollen gut auf sie aufpassen.«

Ben ging einen Schritt auf Valli zu, konnte sich nicht durchringen, sie am Arm zu packen. *Abführen. Gott! Sie hat doch nicht wirklich bei diesem Bruch mitgemacht? Mit Joschi.*

Letzteres tröstete ihn seltsamerweise, denn wenn die beiden in Erlbach Sportheimtüren aufgebrochen hatten, konnten sie keine lauschige Nacht miteinander verbracht haben. Oder?

Valli wich vor Ben zurück und sah Kroner nach, der seinen Weg in Richtung Entbindungsstation fortsetzte. »Warum seid ihr eigentlich hier?«

Ben presste die Lippen aufeinander, sagte nichts.

Sie verstand auch so. »Ihr wollt Bascht festnehmen? Ausgerechnet jetzt?«

Vorsichtshalber fasste Ben doch Vallis Arm und schob sie ein paar Schritte in die andere Richtung.

»Ihr verhaftet ihn, obwohl er gerade Vater geworden ist? Obwohl sein Kind ums Überleben kämpft?«

Er schloss die Augen, kam sich ungeheuerlich schäbig vor, presste die Lippen fest aufeinander.

Plötzlich riss Valli sich los, stieß ihn vor die Brust und lief Kroner hinterher. »Das könnt ihr nicht machen! Juli braucht Bascht jetzt, sie müssen –«

Ehe sie seinen Chef erreichen konnte, holte Ben sie ein, langte diesmal fester zu und hielt sie davon ab, Kroner anzuspringen, der überhaupt nicht amüsiert aussah.

»Misch dich nicht wieder in unsere Arbeit ein«, drohte Kroner Valli mit tiefer Stimme. »Ich will gar nicht erst wissen, wieso du hier bist. Im Klinikum, wo gerade Juli Quendler eingeliefert wurde. Woher weißt du davon?«

Valli stiegen Tränen in die Augen, sie fühlte sich unendlich hilflos und hatte eine solche Wut auf Kroner, auf Ben, auf die Welt und überhaupt. »Bascht hat mich angerufen, er wollte, dass ich herkomme. Weil Juli sonst niemanden hat.«

»Um was zu tun?«

»Ihr beizustehen.« Vallis Nasenspitze war höchstens zwei Handbreit von Kroners entfernt.

»Ist er bei ihr?«

»Du meinst Bascht?«

»Ja. Ist Reisinger bei ihr?«

»Nein.« Valli musste es tun, sie konnte nicht anders. »Er wollte zu dem Kleinen, sehen, wie's ihm geht«, log sie und mühte sich ab, dabei nicht rot zu werden. Wenigstens ein paar Minuten sollten Bascht und Juli noch für sich haben, ehe das Unvermeidliche geschah.

»Er ist also auf der Frühgeborenen-Intensivstation?«

Nein. Nicht mehr! »Ja.«

»Dort habe ich eben angerufen. Die sagen, da ist er nicht.«

Bumm. Bumm. Bumm. Bumm. Vallis Herz tobte wie ein Ork bei der Schlacht um Minas Tirith. »Weil er sich gerade erst auf den Weg gemacht hat.«

Kroner schlitzte die Augen, sah sie forschend an, dann machte er kehrt. »Und jetzt bring sie endlich runter, Bruhan!«

Im Aufzug sah Valli Ben zum ersten Mal in die Augen. »Dass du dich nicht schämst«, zischte sie.

Dafür hätte er ihr am liebsten den Hals umgedreht. Dachte sie etwa, das hier mache ihm Spaß? »Hast du dir alles schön selbst eingebrockt, Fräulein Milner. Ganz alleine.«

Die Retoure ließ Mademoiselle schnauben wie ein Galopper in der Startkabine vor dem Rennen. »Du bist noch genau dasselbe Arschloch wie früher, dabei dachte ich …«

»Na, was dachtest du?« Ben schubste Valli aus dem Aufzug, umschloss mit der Rechten ihren Oberarm noch ein wenig fester. *Abhauen kann sie knicken! Nicht mit mir.* »Sag schon: Was dachtest du?«

Dass du dich geändert hast. Ein bisschen wenigstens. »Dass du ein Herz hast.«

Das war kindisch. Ben blieb eine Erwiderung schuldig, peilte stur den Streifenwagen an, der direkt vor dem Haupteingang auf Valli wartete.

»Kannst deiner Süßen übrigens ausrichten, dass sie sich eine andere Freundin suchen muss. Ich stehe nicht zur Verfügung.«

Wie bitte? Ben blieb stehen. »Wovon sprichst du?«

»Luisa hat ausgerechnet mich dazu auserkoren, ihre neue Freundin zu werden. Sie hat sogar zweimal angerufen. Absolut ätzend.«

»Sie hat was?« Ben konnte es nicht fassen. Gestern erst hatte er bei Luisas angeblichem Vermieter angeklingelt, um nachzufragen, ob bezüglich der Wohnung nicht doch noch was zu machen wäre. Und was hatte er da erfahren müssen? Sie hatte den Mietvertrag nie unterschrieben, hatte Ben die ganze Zeit nur in dem Glauben gelassen, dass sie ausziehen würde.

»Wir sind grundverschieden, ich kann nicht ihre Freundin sein.« *Wieso erzähle ich ihm das ausgerechnet jetzt?* Valli knallte ihren Kopf gegen die Wand – rein gedanklich. Jahrelang hatte sich ihr kein weibliches Wesen als Freundin aufgedrängt, und jetzt wollten auf einmal gleich zwei? Juli und Luisa?

»Das stimmt«, sagte Ben beißend. »Ihr habt wirklich nichts gemein, aber auch gar nichts.« Was spielte Luisa nur für ein abgekartetes Spiel mit ihm? Grob drückte er Vallis Kopf nach unten, zwang sie auf die Rückbank des Streifenwagens, schloss die Tür und winkte ihr durch die Scheibe hindurch zu. »Wir sehen uns«, sagte er leise und wandte sich ab.

***

Schon eine ganze Weile saß er nun in seinem Versteck und beobachtete. Die Buffe lag auf seinen Knien. Schussbereit. Er würde tun, was nötig war. Er würde nicht zulassen, dass sie … dass sie sein Leben ruinierte. Ihrer aller Leben. Auf keinen Fall.

Als sie tatsächlich auftauchte, so wie er angenommen hatte, als sie herauskam, flankiert von diesem Lackaffen, da war er bereit. Mit geübten Händen entsicherte er die Waffe. Zielte. Und traf.

Zehn Tage zuvor

Das Garagentor ist zu. Bascht rüttelt daran, geht zur Haustür und klingelt.

Niemand macht auf.

Er vergewissert sich ein weiteres Mal, dass der Scheißkerl am Leben ist. Seine Finger fühlen den starken Puls. Stevie schrickt bei der sanften Berührung auf, blinzelt, versucht, durch die geschwollenen Augen auszumachen, was vor sich geht. Als er Konturen erkennt, reißt er zum Schutz vor weiteren Schlägen die Arme über den Kopf. »Wo bin ich?«

»Daheim.«

»Was ist passiert?«

»Gar nichts.«

Mit dem Ärmel seines Pullis fährt er über seine Augen und saugt das Blut auf, das aus seiner Nase rinnt. »Mir tut alles weh.«

»Ist mir egal.«

Der andere erinnert sich, beginnt zu lachen und hält sich vor Schmerz die Seite. »Du warst das?« Seine dreckigen Finger betasten die aufgeplatzte Haut an Kinn und Schläfe. »Dafür wirst du büßen.«

Bascht hört nicht zu, dreht sich um und sieht auf seine Uhr. Was dauert so lange?

Kraftlos rutscht Stevie hinüber auf den Fahrersitz, zieht ein kleines Kästchen aus der Ablage, drückt die Fernbedienung. »Wir waren aus, wusstest du das? Gleich nachdem du sie im Stich gelassen hast.«

Was sagt er da? *In Baschts Kopf streiken sämtliche Dienste, Stevies Worte verzerren, als liefe ein Film in Zeitlupentempo.*

Ebenso langsam rollt das Garagentor hoch, Stevie startet seinen Boliden und spielt mit dem Gaspedal. Immer noch ist die Beifahrertür offen, er beugt sich hinüber, will sie zuziehen. »Jemand musste es ihr mal so richtig besorgen, nachdem du weg warst«, sagt er, steckt seine Finger in den Mund und lutscht das Blut ab.

Verrecken sollst du! Du Drecksau! Verrecken.

Bascht sieht zu, wie Stevie seinen Audi in die Garage fährt, wie das Rolltor sich langsam schließt. Er kann sich nicht bewegen. Jetzt wünscht er sich, dass Stevie tot ist.

Tot.

Im allerletzten Moment taucht er unter dem schmalen Spalt hindurch.

Das Leben besteht zu zehn Prozent aus dem,
was mit dir passiert,
und zu neunzig Prozent daraus,
wie du darauf reagierst.
Lou Holtz, American Football Trainer

Samstag, 7. Juni

1

Die Erde tut sich auf und verschlingt einen Menschen.

Direkt vor meinen Augen.

Den Hauptverdächtigen.

Ausgerechnet.

Wie in einem Hollywood-Blockbuster.

Kroner stand vor Dr. Jacobis Haustür in der Schulstraße und fantasierte am helllichten Tag vor sich hin. Er hatte die ganze Nacht kein Auge zugetan, sich hin- und hergewälzt, weil er Joja ein Zettelchen geschrieben hatte, auf dem er beichtete, dass er es gewesen war, der das werte Töchterchen in Gewahrsam genommen und an die Kollegen vom Einbruch übergeben hatte.

Ein Zettelchen!

Unmittelbar und höchstpersönlich hätte er eine solch haarsträubende Nachricht überbringen müssen – nicht feige, mit eingezogenem Schwanz und schweißigen Händen, die etwas auf einen Fetzen Papier gekritzelt hatten.

Die schaut mich nicht mehr an. Mein Lebtag nicht.

Drei Schlafanzüge in einer Nacht. Schweißausbrüche am laufenden Band. Er läutete.

Reisinger war weder auf der Frühgeborenen-Intensiv- noch auf der Entbindungsstation gewesen und schon gar nicht zu Hause. Nirgendwo. Das Personal der Klinik und des Dritten Ordens sagte, sie hätten gerade noch mit ihm gesprochen, dann ward er verschwunden. Einfach in Luft aufgelöst. Aber der hatte doch nicht ahnen können, dass sie ihn ausgerechnet jetzt, im Krankenhaus … Reisinger musste noch in der Klinik gewesen sein, als Kroner und seine Kollegen sämtliche Ausgänge besetzt hatten. Wo war er ihnen entwischt? Wo nur?

Und Valli?

Hatte er wegen ihr ein schlechtes Gewissen? Weil sie die Nacht im Kommissariat verbracht hatte? Eindeutig nein. So viel Dummheit musste bestraft werden, sollte sie tatsächlich irgendwie aktiv … Aber Joja … deren Reaktion würde …

»Guten Morgen.« Eine kleine, kompakte Person mit braunem Pagenschnitt und dickem Haar um die fünfzig lächelte Kroner an.

Ist das die Freundin? Alle getrennten, geschiedenen oder verwitweten Männer haben Freundinnen – nur ich nicht.

»Ebenfalls. Eigentlich wollte ich zu Dr. Jacobi. Ist er da?«

»Dr. Jacobi junior oder senior?«

Keine Ahnung. »Dr. Bernd Jacobi?«

»Aha, der Junior. Der ist zum Bäcker gefahren, aber er müsste bald zurück sein. Wollen Sie hereinkommen und auf ihn warten?«

»Ja, gerne.« Kroner trat über die Schwelle. »Ist zufällig Sebastian Reisinger da? Dr. Jacobis Sohn?«

»Nein, tut mir leid.«

Wäre auch zu schön gewesen. Kroner musterte die quadratische Dame vor sich. Osteuropäischer Einschlag? Allerdings gut versteckt hinter fast perfektem Deutsch. »Und wer sind Sie, wenn ich fragen darf?« Er holte seinen Ausweis aus der Hosentasche.

Der Anblick machte sie nervös. »Ich bin eine Nichte, ich unterstütze meinen Cousin bei der Pflege seines dementen Vaters.«

Die Nichte aus Osteuropa also. Kroner kombinierte schnell. Das Altenheim wollte man dem Vater ersparen, aber die Zeit und wahrscheinlich auch die Nerven, ihn selbst zu pflegen, hatte niemand. Verständlich und nicht sein Ressort.

»Kroner. Kriminalpolizei Passau. Schutz höchstpersönlicher Rechtsgüter wie Leib und Leben, Freiheit, sexuelle Selbstbestimmung et cetera«, sagte er deshalb und hoffte, die »Cousine« verstand den Wink mit dem Zaunpfahl.

Tat sie. Ohne einen weiteren Kommentar hinsichtlich ihres Verwandtschaftsverhältnisses führte sie Kroner in die Küche, bot ihm Sitzplatz und Kaffee an und ließ ihn allein.

Der Frühstückstisch protzte mit Vielfalt. Eier, Marmelade, Wurst- und Käseplatte, Gurkenscheiben, Mango und Avocadoaufstrich. Alles da. Nur das Gebäck fehlte noch. Kroner lief das Wasser im Mund zusammen, er stibitzte sich ein Gürkchen und kaute noch, als die Tür aufging und jemand hereinkam. Ohne Zweifel Dr. Jacobi senior. Dem jüngeren Abbild seiner selbst erschreckend ähnlich, nur eben um einige Jahre älter. Hundert, schätzte Kroner, stand auf und reichte dem Alten die Hand.

Der aber schlug sie aus und haute doch glatt ein echt zackiges »Heil Hitler!« raus, begleitet von der dafür typischen Handbewegung.

Ups!

Kroner übermannte die Erdanziehung, und er plumpste zurück auf die Bank.

»Gehörten Sie auch der Forschungsgruppe ›Seenot‹ an?«

Kroner schüttelte den Kopf, starrte wie ein Schulbub auf den alten Jacobi, der ihm gegenüber Platz nahm und in eine Art Denkerpose versank.

»Heutzutage werden unsere Leistungen einfach verleugnet, dabei stammt das Hypothermie-Wissen hauptsächlich aus der damaligen Zeit. Ohne diese Versuche in den Konzentrationslagern könnten …«

Kroner ging die Luft aus, er konnte gedanklich nicht mehr folgen. Sprach dieser Mann etwa von den Unterkühlungsversuchen an KZ-Häftlingen während der NS-Zeit?

»Wir haben die Männer nackt und bei Eiseskälte neun bis vierzehn Stunden im Freien –«

»Vater! Hör sofort auf damit!« Dr. Jacobi junior stürmte in die Küche und pfefferte die Bäckertüte auf die Anrichte. »Sie dürfen das nicht so ernst nehmen, mein Vater ist dement, er hängt in einer Zeit fest, von der wir alle hoffen, dass sie nie wiederkommen möge«, richtete der Sohn das Wort an Kroner und rief die »Cousine« herbei, welche den »Onkel« denn auch flugs aus der Küche dirigierte.

»Sie müssen verzeihen«, entschuldigte sich Jacobi, als er mit Kroner allein war. »Er ist geistig ziemlich verwirrt.«

Das würde ich auch sagen, wenn mein Vater mit alten Nazi-

Gräueltaten hausieren ginge. »Gehörte er wirklich zur Forschungsgruppe ›Seenot‹?« Unprofessionell, diese Frage, natürlich, aber Kroner konnte nicht anders.

»Um Himmels willen, nein!« Jacobi lachte. »Aber er kannte Sigmund Rascher, den NS-Medizin-Verbrecher, der im KZ Dachau Menschenversuche durchgeführt hat.« Reisingers Vater schüttete Brezen und Semmeln in das bereitgestellte Körbchen, als hätte er gerade erzählt, dass eine Katze vor der Tür saß. »Mein Vater war etwas jünger als Rascher, hatte aber ebenso große Ziele, und damals …« Er setzte sich hin, hielt Kroner das Körbchen unter die Nase. »So wie sich uns das in den letzten Jahren darstellt, muss dieser Mann eine Art Idol für unseren Vater gewesen sein. Früher hat er jegliche Beteiligung, jede Sympathie gegenüber dem Nationalsozialismus vehement bestritten, aber die unschönen Wahrheiten liegen oft tief im Verborgen, und jetzt kommen sie peu à peu wieder an die Oberfläche.«

Und sicher gab es noch mehr unschöne Wahrheiten in dieser Familie. »Wie geht es Ihrem Enkelkind und Ihrer Schwiegertochter in spe?«

»Den Umständen entsprechend.«

Pauschalantwort. Momentan gab sich Dr. Jacobi umgänglich, ließ sich nicht anmerken, dass er möglicherweise einen Groll gegen die Polizei hegte, die immerhin dem Sohn allerhand anzuhängen versuchte. Damit hob er sich eindeutig vom Rest der Familie ab. Die hatten der Polizei gestern kein bisschen Sympathie mehr entgegenbringen können, als sie mit Blaulicht auf den Hof gefahren war, um Bascht zu verhaften, nachdem sie ihn in der Klinik nicht erwischt hatte. »Ist Ihr Sohn hier? Sebastian?«

»Nein. Er kommt nie vorbei.«

Entweder war der Mann völlig desillusioniert oder bemühte ein echt abgezocktes Pokerface. »Besucht er Sie manchmal in der Praxis?«

»Nein. Nie. Er interessiert sich für Fußball und die Schreinerei seines Großvaters – sonst nichts.«

»Hat Sebastian einen Schlüssel für die Praxis?«

»Ich wüsste nicht, wofür.«

Also nein. Es stimmte also, dass Vater und Sohn kein gutes Verhältnis hatten. »Es liegt ein Haftbefehl gegen Ihren Sohn vor, wir wollten ihn gestern im Krankenhaus festnehmen, aber er konnte sich dieser Maßnahme entziehen. Wissen Sie, wo er sich aufhält?«

Die Nachricht haute Dr. Jacobi aus den Latschen, machte jegliche Gelassenheit zunichte. »Haftbefehl? Wieso?«

Anscheinend war Reisingers Vater nicht up to date, was die Vielzahl belastender Indizien gegen den Sohn und die jüngsten Entwicklungen anging. Kroner wunderte sich darüber. Ziemlich sogar.

»Geht es um Stefan Windisch? Aber mein Sohn hat diesen Mann doch nicht umgebracht! Wie absolut lächerlich!« Die fertig geschmierte Semmel landete wieder auf dem Teller, bewahrte sich die Unversehrtheit. »Wieso hätte er so etwas tun sollen?«

»Wegen dieser alten Geschichte. Lattenknaller. Hodenruptur. Sie wissen schon.«

»Bitte?«

Kroner seufzte, holte weiter aus. »Windisch hat Ihrem Sohn vor Jahren im Training einen Ball ins Allerheiligste geknallt und hinterher herumerzählt, die Hoden hätten entfernt werden müssen. Zuletzt hat Stefan Windisch diesbezüglich sogar geschmacklose Kommentare auf Facebook veröffentlicht. Inklusive Fotos.«

Dr. Jacobi rieb sich mit beiden Händen über sein Gesicht, brauchte etwas Zeit. »Eva hat mich damals angerufen, obwohl wir schon länger …« Er stand auf, ging zur Spüle und lehnte sich an. »Die Ärzte in der Klinik konnten beim Ultraschall nur eine testikuläre Strukturstörung des Gewebes feststellen, also nur ein indirektes Zeichen für eine Hodenruptur.«

Kroner hätte am liebsten seine Hände schützend um seine Kugeln gelegt. Bei dem Thema verging ihm glatt der Appetit.

»Sie müssen wissen, dass bei einer Ruptur der oder die Hoden nur erhalten werden können, wenn man sie innerhalb von zweiundsiebzig Stunden nach dem Trauma freilegt. Damals war das aber eine recht neue Erkenntnis, deshalb plädierten die behandelnden Ärzte für eine konservative Therapie, aber ich habe darauf bestanden, dass …«

Dem Sohn die Eier aufgeschnitten werden, um ein mögliches Hämatom auszuräumen?

Kroner ging in Schnappatmung über, war drauf und dran, nach der leeren Bäckertüte zu greifen, um möglichen Ausfallerscheinungen seinerseits effizient entgegenzuwirken.

Himmelherrschaftszeiten!

»So genau wollte ich das jetzt gar nicht wissen«, presste er hervor. »Alles, was mich interessiert ist, ob … ob Ihr Sohn noch …« *Kreizbirnbaum! Wie soll ich das jetzt sagen?*

Dr. Jacobi legte den Kopf schief. »Sie wollen wissen, ob Sebastian zeugungsfähig ist?«

Kroner nickte.

»Wenn sich an dem Zustand nach dieser Hodenbehandlung nichts geändert hat, dann ja.«

»Keine Spätfolgen des Lattenknallers?«

»Aber nein.« Dr. Jacobi schüttelte beinahe genervt den Kopf. »Der Schuss zwischen die Beine hat wehgetan, aber er hat glücklicherweise keinen bleibenden Schaden angerichtet.«

»Sicher?«

»Ich bin Arzt. Glauben Sie mir einfach. Außerdem ist gerade ein Kind zur Welt gekommen, das den Lenden meines Sohnes entsprungen ist. Haben Sie das schon vergessen?«

Habe ich nicht, nur wäre dieser Junge nicht das erste Kuckuckskind, das im fremden Nest liegt.

Ben hatte Kroner von Julis Besuch bei Valli und ihren Bedenken berichtet. Ein starkes Motiv! Definitiv. Und sicher hätte der Sohn vom Vater Stillschweigen verlangt, wäre die Geschichte damals schlecht für ihn ausgegangen. Es musste also nicht unbedingt stimmen, was der Vater hier erzählte.

»Mein Sohn hat Stefan Windisch nicht umgebracht, glauben Sie mir.«

»Das würde ich sehr gerne, Herr Jacobi, nur spricht im Moment vieles gegen Sebastian, und sollte er hier auftauchen, tun Sie gut daran, uns sofort anzurufen.«

Der Vater nickte.

»Wann haben Sie ihn eigentlich zuletzt gesehen?«

»Gestern. Im Krankenhaus.«

»Und davor?«

Da musste der Papa sich das Hirn zermartern. »Letzten Herbst, bevor er nach Brasilien geflogen ist, glaube ich.«

»Und was hatte Stevie mit Ihrer Tochter Franziska zu tun? Ihr ehemaliger Schwiegervater hat da etwas erwähnt.«

Dr. Jacobi wandte sich um, drehte den Wasserhahn auf und hielt seine Hände darunter. »Windisch und Franziska?«, fragte er. »Ich bin mir ehrlich gesagt nicht sicher, ob die sich überhaupt kannten.«

***

Valli kochte innerlich. Sie war müde, und alle Knochen taten ihr weh von einer Null-Komfort-Pritsche und einer entsetzlich langen Nacht in dieser Zelle.

Eine Zelle!

Überaus karg. Fensterlos. Mit Glaskacheln. Kein Klo, dafür ein Loch im Boden. Die Spülung nahtlos in die Wand eingelegt, Betonliege. Ein paar Decken zum Drauf- und Drunterlegen, mehr nicht.

Kroner, du Aas!

Wie hatte der es wagen können, sie einzusperren!

Unglaublich.

Alles hatten sie ihr abgenommen und in einem Plastikkästchen verstaut. Uhr. Gürtel. Schnürsenkel. Handy. Geldbeutel. Haargummi.

Zwar hatte niemand Valli jede halbe Stunde aufgeweckt, um ihr ein Geständnis zu entlocken, niemand hatte ihr Antlitz mit einem Tausend-Watt-Strahler ausgeleuchtet, niemand hatte sie angeschrien, und niemand hatte sie bedroht, und dennoch zwitscherte Valli um fünf Uhr früh wie eine Drossel beim ersten Tageslicht und gab artig alles schön zu Protokoll.

Alles. Restlos alles.

So eine Nacht im Loch machte redselig. Wie oft hatten das Kroner und Markus ihr gegenüber erwähnt, aber dass sie selbst einmal …

Jetzt geleitete ein gewisser Fuhrmann Valli in eines der Vernehmungszimmer, weil es noch Unklarheiten gebe, wie er sich ausdrückte.

Und hier war sie nun. Wegen Unklarheiten.

Vor der Tür unterhielt sich jemand. Valli konnte nicht verstehen, was gesprochen wurde, aber sie glaubte, Bens saupreußischen Slang zu vernehmen.

Wenn der reinkommt, kratze ich ihm die Augen aus!

»Sie hat verlangt, die Eltern einer gewissen Juli Quendler anzurufen, anstatt einen Anwalt zu kontaktieren«, sagte Fuhrmann und blickte wie Ben durch den venezianischen Spiegel. »Sie sprach von einem Kind, das viel zu früh zur Welt gekommen ist, erwähnte den Hauptverdächtigen im Mordfall Windisch und sagte, dass er das niemals war und dass die Tochter jetzt ihre Familie braucht. Weißt du, was das zu bedeuten hat?«

Ben plagte seit dem Morgen Übelkeit. Vorhin hatte er in die Herrentoilette gekotzt, jetzt ging es besser. Etwas. Hoffentlich wurde er nicht krank. Das konnte er im Moment gar nicht gebrauchen. Seine Eltern kamen morgen zu Besuch. Das erste Mal seit Ewigkeiten, und Valli saß als Beschuldigte im Vernehmungszimmer.

Eine Katastrophe.

»Meinst du, sie hat was mit dem Mord zu tun? Anscheinend hängt alles irgendwie zusammen. Windisch? Sie?«

Ben sah Fuhrmann von der Seite an. Etwa gleiche Größe, gleiches Gewicht, gleiches Alter, nur legte Fuhrmann ganz im Gegenteil zu Ben ganz offensichtlich sehr wenig Wert auf Äußerlichkeiten, kam immer etwas verlottert daher, trug Hemden, die garantiert niemals Wäschestärke noch Bügeleisen verpasst bekamen. »Du weißt schon, wer das ist, oder?« Er tippte an den Spiegel, hinter dem Valli an einem Tisch saß und auf ihrem Stuhl vor und zurück kippte.

»Valli Milner, sechsundzwanzig Jahre alt, wohnhaft in –«

»Sie ist Kroners Nachbarin und eine Art Ziehtochter.«

Die Info trieb dem Kollegen die Äuglein aus den Höhlen. »Wieso sagt uns das niemand?«

Weil Kroner es verboten hat. Und weil es keine Rolle spielen darf.

»Kann ich mit ihr reden?« Ben blätterte durch das kleine Geheft, auf dem Vallis Name stand.

»Meinetwegen.« Fuhrmann verbeugte sich. »Sie gehört dir.«

2

Eine Knarre. Und ein gestohlenes Tablet. In Vallis Zimmer!

Kroner ging die Luft aus, als Joja ihm die Neuigkeiten in Kombination mit einigen echt heftigen verbalen Entgleisungen in Dr. Jacobis Küche via Mobiltelefon durch den Äther plärrte.

Du hast sie festnehmen lassen. Du …!

Sie hatte sein Zettelchen anscheinend gerade im Briefkasten entdeckt. Kroner zerrte am Krawattenknopf, lockerte ihn panisch. Normalerweise trug er nie ein *Schmieserl.* Aber ausgerechnet heute, für den samstäglichen Besuch bei Dr. Jacobi, hatte er den Schlips angelegt. Um seine Autorität zu unterstreichen, um Dr. Jacobi vielleicht wenigstens etwas einzuschüchtern.

Und jetzt krepier ich daran.

Grußlos stolperte der Hauptkommissar aus Küche und Haustür, wankte bis zum Gartentor und stützte sich auf einen aus roten Klinkern gemauerten Pfeiler.

»Sind Sie sicher, dass alles in Ordnung ist?«, rief ihm Dr. Jacobi hinterher.

Von wegen Autorität. Von wegen!

Kroner schaffte es gerade noch, einen Arm zu heben, abzuwinken, irgendwie Entwarnung zu geben, und schleppte sich dann ein paar Schritte weiter. Schnappte nach Luft.

Eine Waffe! Mein Gott.

Er erwischte den falschen Knopf, der Kofferraum des BMW klappte hoch, wollte seinem Herrn das Einladen erleichtern. Am liebsten hätte sich Kroner hineingestürzt. Sich versteckt. Für immer.

Ich brauche Luft! Ich brauche dringend Luft zum Atmen. Zum Nachdenken.

Mühsam drückte er den Deckel zu. Wenn er sonst in einem Fall nicht weiterkam, wenn er sonst im gedanklichen Morast versank, ihn die Panik überfiel, dann nahm er sich eine Stunde Zeit, um auf Knien die Wallfahrtstreppe Mariahilf hinaufzurutschen, und hatte hinterher zwar vielleicht nicht die Lösung parat, aber doch ein deutlich besseres Gefühl. Sein Vater, Großvater und Urgroßvater hatten die Tradition des »Stiegenbetens« gepflegt, und Kroner hielt sie ebenfalls hoch, doch die Innstadt lag weit entfernt.

Zu weit.

Da fiel ihm ein, dass nur ein paar Meter die Schulstraße hoch der »Geistliche Weg« von der Pfarrkirche St. Konrad durch den Stadtpark bis nach Freudenhain führte, zum Ursprung der Pfarrei. Sattes Grün, Ruhe und Besinnlichkeit. Bei Windischs Beerdigung vor ein paar Tagen war ihm der Weg aufgefallen.

Der tut's vielleicht auch.

Allein die Aussicht auf diese Verschnaufpause beruhigte Kroner. Sofort ging sein Atem leichter, das Ausschreiten auf der ansteigenden Straße tat ihm gut. Beim Hort bog er rechts in den Waldweg ein, sog den Geruch nach morschem Holz und verrottenden Blättern tief in sich auf.

Wunderbar.

Seit heute früh kannte Kroner das Ergebnis der Funkzellenauswertung. Eine Enttäuschung sondergleichen. Stevies Handy bewegte sich quasi nicht beziehungsweise eventuell schon, nur innerhalb von fünfhundert bis achthundert oder tausend Metern, denn genauer ließ sich das leider nicht eingrenzen. In dieser Zone lag Windischs Haus, da fiel die Simmerling-Werkstatt rein, vielleicht sogar das Eigenheim der Ranners und auch Dr. Jacobis bescheidene Hütte, aus der Kroner gerade geflohen war. Außerdem lagen darin Allgeiers, Brenners und Jacquelines Wohnungen. Nur Franziska Reisingers und Andreas Schütz' Domizile lagen außerhalb. Nur ihre.

Mist! Mist! Mist!

Bei Reisinger hatten sie das Handy nicht gefunden, und es kam einfach nicht in Frage, bei allen anderen ebenfalls die Bude auf den Kopf zu stellen. Genauso gut konnte der Täter besagtes Handy – vorausgesetzt, der Verfasser dieses Post-mortem-Kommentars von Stefan Windisch war überhaupt der Täter! – hier im Nicolaholz deponiert haben. Verscharrt unter einer Wurzel, versenkt im Bächlein. Von Reisinger. Oder einem anderen. Möglicherweise. Bei so viel »Vagheit« würden sie sich dumm und dämlich suchen.

Immerhin hatten die Kollegen feststellen können, dass der Kommentar definitiv auf Stevies Handy verfasst und gepostet worden war. Am vergangenen Donnerstag direkt nach der Beerdigung um siebzehn Uhr achtunddreißig.

Feierabendverkehr.

Nicht nur auf der Straße, sondern auch im Netz. Massenhaft Daten. Zu viele! Somit würde sie eine Anschlussinhaberfeststellung von allen Nummern, die zur relevanten Zeit in der Gegend aktiv gewesen waren, auch nicht weiterbringen.

Kroner blieb bei einer kleinen Tafel stehen, die neben dem Pfad angebracht war. »Ein Weg in die ›Tiefe‹, ein Weg zum Luftschöpfen, zur Labsal für Augen, Herz und alle Sinne«, stand da. »Dafür ist es gut, sich Zeit zu lassen, zu verweilen, den Gedanken Freiraum zu geben. Bedächtig, achtsam und mit wachen Sinnen will dieser Weg unter die Füße genommen werden.«

Kroner versuchte, sich eine Weile nur auf seine Schritte zu konzentrieren, auf den Weg unter seinen Füßen, doch sein Geist wollte unbedingt weiter den Hirnschrank ausmisten, aufräumen, sortieren – ganz systematisch.

Der *Verhau* in Jacqueline Brandmeiers Schublade kam ihm als Erstes unter. Ihr Geständnis war überraschend gewesen und am Ende doch eine Enttäuschung geblieben. Sie hätte Stevie und seine Mutter mit Aspirin und Tramal aus Dr. Jacobis Schrank versorgt, aber es wären höchstens zehn Schachteln gewesen. Mehr ganz sicher nicht. »Ich schwör's bei meiner toten Mutter!«, hatte sie Leo vorgeflennt. Von Benuron und dass sie dieses zum Zwecke des Rachenehmens an ihrem Exlover Windisch entwendet haben könnte, wollte sie nichts wissen. Barbie hatte also einen Diebstahl begangen und war demnach Beschuldigte dieser strafbaren Handlung, nicht aber eine Mörderin. Gäbe es die plausible Erklärung für die Anhaftung ihrer Fingerspuren auf Blister und Schachtel nicht und wären ihre Abdrücke auch auf dem vereinsamten Glas in der Spüle gewesen, dann wäre das sicherlich anders. Aber als Exfreundin des Toten würden sich ihre Fingerabdrücke sowieso an allen möglichen und unmöglichen Stellen im Haus finden, und das Alter solcher Spuren ließ sich leider bislang noch nicht bestimmen.

Also weiter.

Kroners Handy läutete. Beim echten »Stiegenbeten« hätte er das Ding natürlich ausgeschaltet. Er ging ran. Paulus.

»Der alte Simmerling hat auf die Windisch geschossen.«

Kroner langte sich an die Stirn. Der Mann ließ aber auch nichts aus? »Und?«

»Sie sagt, er wollte sie umbringen, hätte aber nicht getroffen. Er sagt, er würde sie liebend gerne umbringen, hätte aber auf etwas anderes gezielt, denn wenn er sie hätte treffen wollen, dann hätte er das mit Sicherheit auch getan, weil er nämlich immer das trifft, was er treffen will.«

»Und was wollte er treffen?«

»Den Farbeimer.«

»Welchen Farbeimer?«

»Den für eine Nacht-und-Nebel-Aktion. Für neuerliche Schmierereien an der Hausmauer.«

Kroner ballte die Faust, riss sie hoch. *In flagranti erwischt! Hurra!* Nur der Schusswaffengebrauch des Herrn Simmerling alias Reisinger hinterließ einen faden Beigeschmack. Zwar hatte sich das alles anscheinend auf dem eigenen Grundstück abgespielt, aber sobald eine Knarre im Spiel war, wurde es immer verzwickt.

»Und jetzt rate mal, wer die Windisch zu später Stunde bei ihrer Maleraktion begleitet hat.«

»Sag schon.«

»Der Wirt vom ›Anpfiff‹.«

»Da schau her! Ein Sympathisant von Volksverhetzung und Vorverurteilung also, der Herr Gastronom.«

»Es heißt, er und die Windisch hätten seit Jahren ein *gschlampertes Verhältnis*, schon lange bevor Pitt den Rasenmähertod gestorben war.«

»Und was ist mit der Wirtin?«

»Das ist doch seine Schwester, nicht die Frau.«

»So ist das also.«

»Windischs Tante hat deine Einladung zum Frühstück übrigens angenommen. Sonntagmittag im ›Bräustüberl‹-Biergarten.«

»Sehr gut. Danke.« Hoffentlich würde Kroner bei dieser Gelegenheit erfahren, was die Gabler damit gemeint hatte, als sie sagte, dass die Reisingers nun beide Windisch-Buben auf dem Gewissen hätten. Reischl hatte zwar recherchiert, dass Michaels Behinderung von einer Hirnentzündung im Kleinkindalter herrührte, aber sie wussten noch immer keinen Reim darauf, wie das mit der Aussage der Tante zusammenhängen könnte. »Sonst noch was?«

»Von der Rannerin gibt es nirgendwo Spuren. Nicht auf der Schachtel. Nicht auf dem Glas. Entweder trug sie Handschuhe, oder …«

»Oder sie hat nichts getan.«

»Genau.«

Paulus legte auf, und Kroner ging weiter. Die Thementafeln sparte er sich jetzt, er überquerte eine kleine Brücke und marschierte stramm das Berglein hoch bis nach Freudenhain. Das Schloss hatte seinen Namen einem Schreibfehler zu verdanken. Ursprünglich hatte es Freundenhain geheißen, wusste Kroner, weil er sich vor einigen Jahren beruflich mit dem Auersperg-Gymnasium, das dort oben inzwischen residierte, befasst hatte. Suizid. Der Hausmeister. Nicht schön. Aber darum ging es nicht, und eigentlich hatte Kroner gar keine Zeit für Spaziergänge. Sicher stöckelte die Michels bereits im Kommissariat auf und ab wie eine brünstige Hirschkuh und erwartete ihren EKHK, um ihm das Malheur mit Reisingers Festnahme so richtig um die Ohren zu hauen. Sicher hatte sie auch schon Lunte gerochen, was Vallis unglückliche Verquickung bezüglich der Einbruchserie betraf.

Garantiert.

Die Olle war auf Zack, und diese Erkenntnis verdarb Kroner denn auch die Freude an der Frischluft. Er kehrte um. Zu allem Überfluss hatte Leo ihm in aller Herrgottsfrühe auch noch gebeichtet, dass sie Valli gestern mit Brenner und Allgeier gesehen hätte und dass sie sich mittlerweile nicht mehr sicher war, dass Kroners Nachbarin freiwillig mit den Burschen unterwegs gewesen war. Ganz zahm ließ sie verlauten, dass sie das junge Glück vielleicht doch hätte stören sollen.

Mensch Meier!

Zu gerne hätte Kroner sich Valli selbst vorgeknöpft, aber er wusste, wo das enden würde. In einem Streit und damit, dass dieses Saudirndl erst recht auf stur schaltete. Dafür kannte er sie zu gut, und außerdem ging ihn das als Leiter vom Kommissariat für Leib und Leben alles sowieso nichts an.

Eigentlich.

In Sachen Andi Schütz und Spielschulden gab es auch keine neuen Erkenntnisse. Sie hatten von dem Typen keine Spuren am Tatort gefunden, und in dem riesigen Zeitfenster, in dem Windisch die Überdosis Paracetamol verabreicht worden sein musste, konnte sowieso niemand ein lückenloses Alibi vorweisen. Wie hatte das Professor Dr. Kammerlocher ausgedrückt? *Die Paracetamol-Einnahme erfolgte bereits am Montag oder Dienstag, spätestens jedoch am Mittwoch.* Ein in der Tat gigantisches Zeitfenster! Nicht gerade dazu geeignet, Lücken in einem möglicherweise falschen Alibi aufzuspüren.

***

»Bin ich jetzt Angeklagte im Mordfall Windisch?«, blaffte Valli sofort, als Ben die Tür zum Vernehmungsraum öffnete. »Oder warum bist *du* hier?« Sie sah auf die Uhr. »Nach mehr als zwölf Stunden.«

Es ärgert sie also, dass ich jetzt erst auftauche?

»Wo ist Hannes?«

Und Kroner macht sich anscheinend auch rar. Zu Recht. »Der hat Dringenderes zu erledigen.«

»Meinst du mit ›Dringenderes‹ vielleicht, den unschuldigen Vater eines frühgeborenen Kindes zu verhaften?«

Ihm nachzulaufen, traf es schon eher. Ihn zu suchen.

»So wie du schaust, habt ihr ihn noch nicht erwischt.« Sie grinste.

»Dafür haben wir dich.«

»Bravo!« Valli klatschte Beifall. »Welch eine Heldentat.«

Ben warf das Geheft auf den Tisch. »Die Kollegen haben Brenner und Allgeier verhaftet.«

Damit hatte Valli gerechnet. Sie hatte »gesungen«, und die beiden bezahlten nun dafür. Zumindest was Joschi anbelangte, schämte sie sich für ihre mickrig ausgeprägte Standhaftigkeit – nach nur einer Nacht im Bau.

»Brenner schweigt zu allen Vorwürfen, aber Allgeier behauptet, du wärst schon öfter mit von der Partie gewesen. Er sagt, du lügst uns an.« Ben glaubte nichts von alledem, aber natürlich mussten die Kollegen erst einmal das Gegenteil beweisen. »Er sagt, wir bräuchten nur bei dir zu Hause vorbeizuschauen, dort würden wir so allerhand interessantes Zeug finden.«

Bitte? Vallis Stirn legte sich in Falten. »Was redet der für einen Scheiß? Du glaubst ihm das doch nicht etwa?«

»Zwei Beamte waren gerade im Brunnhäuslweg, haben deine Mutter aufgeschreckt, eine Pistole unter deinem Bett gefunden und ein Tablet sichergestellt. Wie mir Kollege Fuhrmann gerade mitgeteilt hat, stammt das Tablet aus einem Einbruch, der zur Serie gehört, und für die Waffe hast du ganz sicher weder Besitzkarte noch Waffenschein, nehme ich an?«

Valli gefror auf ihrem Sitz. Ihr fehlten die Worte, sie starrte Ben mit offenem Mund an.

Der setzte sich endlich. »Niemand glaubt Allgeier«, *zumindest ich nicht*, »aber wir müssen alles nachprüfen. Wir können dich nicht einfach laufen lassen, nur weil du Kroners Nachbarin bist.« Sie tat ihm echt leid.

»Aber –«

»Ich habe vorhin mit Joja gesprochen. Sie ist hier.« Dass Vallis Mutter geschrien hatte wie ein Offizier bei der Rekrutenausbildung, erwähnte er lieber nicht. Dass sie angedroht hatte, Kroner höchstpersönlich den Arsch zu versohlen – aber wie! –, auch nicht. »Sie hat angegeben, dass sie in der Nacht etwas gehört hätte, dass jemand in deinem Zimmer gewesen sein muss. Sie dachte, du wärst es, aber anscheinend …« Natürlich könnte Joja das nächtliche Poltern auf der Treppe auch einfach erfunden haben, um ihre Tochter zu schützen. Tief verwurzelt, so ein

Mutterinstinkt. »Deine Fingerabdrücke sind auf der Waffe und auf dem Tablet. Das musst du mir erklären, dafür muss es einen plausiblen Grund geben.«

Joschis Tablet? Diebesgut? Valli wurde schwindelig, kalter Schweiß perlte auf ihrer Stirn. *Also hat er mich angelogen. Von wegen, er war nur einmal dabei. Mit diesem Tablet gibt er schon seit einem halben Jahr an. Und die Knarre? Natürlich habe ich die angefasst. In Erlbach. Joschi hat sie mir förmlich aufgedrängt, wollte, dass ich sie einstecke, damit Alf nicht noch Dummheiten macht. Dieser Wichser! Hieß das möglicherweise …?*

»Valli? Was hast du?« Ben langte über den Tisch, nahm ihre Hände in seine.

Sie zitterten.

3

Das gibt's doch nicht!

Kroner hechtete instinktiv in die Dunkelheit der lichtlosen Kaffeenische, drückte sich dicht an die Wand.

Flucht! Deckung! Leben retten!

Manche Urinstinkte blieben der Menschheit trotz rasanter zivilisatorischer Fortschritte erhalten. Gott sei Dank, denn direkt vor Kroners Bürotür standen Staatsanwältin Dr. Dorothee Michels und Joja Milner. Ein Szenario, das Kroner das »Panikwasser« aus allen Poren quellen ließ. Er wagte nicht, ums Eck zu schielen, er konnte hören, verstand jedes Wort — das reichte vollkommen aus. Am liebsten wäre er im Erdboden versunken.

»Sie lassen meine Tochter sofort frei!«

»Liebe Frau Milner, das geht nicht, wir müssen –«

»Reden Sie nicht mit mir, als hätte ich ein paar Schrauben locker, Sie aufgetakelte Rechtsverdreherin, Sie! Heute Nacht war jemand in meinem Haus, ich habe das ganz eindeutig gehört, aber ich dachte natürlich, es wäre Valli.«

Joja schnaubte wie ein Nashorn kurz vor dem Angriff. Kroner konnte es bis in sein Versteck hören.

»Da Valli aber nachgewiesenermaßen eine Nacht in der Zelle«, empörte sich Joja weiter und schnappte nach Luft, »in einer *ZELLE!!!* verbringen musste, kann sie es nicht gewesen sein. Also?«

»So beruhigen Sie sich doch, Frau Milner. Wie wäre es mit einem Kaffee oder Cappuccino?«

»Ich wüsste nicht, wie Ihre koffeinhaltigen Aufputschmittel auch nur im Entferntesten zur Beruhigung beitragen könnten. Die dürfen Sie gerne selber saufen. Und außerdem rege ich mich erst ab, wenn meine Tochter zusammen mit mir dieses Gebäude verlässt. Erst dann und bis dahin …«

Kettet sie sich irgendwo fest. Macht sie einen Sitzstreik. Kroner hatte beides schon erlebt. Das Ketten, als Joja den Abriss einer denkmalgeschützten Villa in der Innstadt verhindern hatte wollen, die mannigfaltigen Sitzstreiks gegen Castor-Transporte, gegen Atomkraft, gegen Tierversuche, gegen Tiefflieger, gegen Rassismus, gegen … Eine endlos lange Liste, und anscheinend sollte diese Litanei nun um eine Demo gegen Polizeiwillkür erweitert werden.

Vom Treppenhaus kamen Leo und ihr ganz spezieller Freund Fuhrmann strammen Schrittes anmarschiert. Sie blieben vor Kroner in seiner dunklen Kaffeenische stehen, blickten abwechselnd von Joja/Michels zu EKHK und konnten sich ein Grinsen nicht verkneifen.

»Versteckst du dich *davor*, Hannes?«, plärrte Fuhrmann, ehe Kroner einen Finger auf die Lippen legen konnte, und zielte mit seiner Rechten in Pistolenmanier auf Joja und die Michels. »Jagt dir die geballte Weiblichkeit vor deiner Bürotür solche Angst ein?«

Minimum tausend sone. Definitiv Düsenflugzeuglautstärke.

***

»Deine Fingerabdrücke sind außerdem an diesem Stemmeisen, das wir in Allgeiers Kofferraum gefunden haben, und an der Tür, die in Erlbach aufgebrochen wurde.« Ben wollte Valli hinsichtlich Alfs wahnwitziger Aussagen eigentlich nicht auf den Zahn fühlen, überhaupt nicht, aber er empfand die Situation ein bisschen so, als müsse der Hund, der einen zwölf Jahre lang durchs Leben begleitet hat, eingeschläfert werden. Da zog man auch nicht den Schwanz ein, da streichelte man dem treuen Freund über den Kopf, bis alles überstanden war, und blieb nicht feige im Wartezimmer sitzen. Mit dem Unterschied, dass Ben Valli erst ein Jahr kannte und sie davon elfeinhalb Monate nicht gesehen hatte.

Das arme Hündchen zog seine Tatzen aus Bens Händen und verschränkte die Arme vor der Brust. Der Valli-Wauwau wusste Bens Akt der Nächstenliebe offensichtlich nicht zu schätzen. Er ärgerte sich. »Du hast behauptet, du wärst nur dort gewesen, um zu verhindern, dass Allgeier und Brenner eine Dummheit begehen.«

»Alf ist mir egal, aber Joschi … Ich dachte …« Vallis Herz pumpte wie wahnsinnig. Was war sie nur für eine dumme, leichtgläubige Gans gewesen! Sie hätte schreien können.

»Ja?«

»Ich dachte, Joschi wäre da hineingestolpert, ich dachte, Alf hätte ihn mit reingezogen, aber wenn dieses Tablet …« Valli kam ein Gedanke. Es könnte irgendein Tablet gewesen sein! Nicht Joschis. »Was war das für ein Tablet?«

Ben schüttelte den Kopf. »Darf ich dir nicht sagen.«

»iPad, vierundsechzig Gigabyte, Wi-Fi, weiß? Hinten ist was eingraviert …« Valli überlegte. »›Man lernt eine Zeile von einem Sieg und ein Buch aus einer Niederlage.‹ Ein Zitat von irgendeinem ehemaligen Footballtrainer?« Eine ganz zarte Blüte der Hoffnung keimte in ihr auf, dass es sich doch nicht um Joschis Tablet …

Ben nickte, trat das Pflänzchen tot. Und er wunderte sich. *Woher weiß sie das alles?* Joja Milner hatte angegeben, das Tablet nie zuvor gesehen zu haben. So was gäbe es in ihrem Haus gar nicht. Ein Verantwortlicher des SV Hebertsfelden wiederum hatte die Gravur nach dem Diebstahl des Tablets gegenüber der Polizei als besonderes Kennzeichen angegeben. Der damalige Trainer war anscheinend ein Philosoph gewesen.

Valli schloss die Augen. *Es ist Joschis iPad! Und es stammt aus den Einbrüchen. Er hat mich angelogen.*

»Das Alibi, das du Joschi gegeben hast«, begann Ben zaghaft, »du hast doch nicht etwa geschwindelt, oder?« Zuzutrauen wäre es ihr. *Und was genau habt ihr da überhaupt gemacht? In dieser Nacht?*

»Nein. Ja. Doch.«

»Na, was jetzt?«

»Nein! Joschi hat wirklich an diesem Dienstag bei mir übernachtet. Irgendwann ist er gefahren. Sehr früh. Um sechs vielleicht.« *Dass er mir vor kaum mehr als vierundzwanzig Stunden eine Pistole an die Schläfe gehalten hat, das habe ich nicht gesagt. Und dass mich Alf und Joschi eingesperrt haben, diesbezüglich habe ich auch gelogen.* Sie schnaubte. »Dachte eigentlich, das hätte ich längst zu Protokoll gegeben?«

Sogar jetzt kann sie sich den schnippischen Ton nicht verkneifen. Sogar jetzt! Ben blätterte durch Vallis Akte. Es passte alles zusammen, Brenners Alibi stimmte demnach. Erni Kaiser hatte den ominösen roten Passat schon um zwei Uhr nachts vor Windischs Garage stehen sehen, was aber nicht heißen musste, dass Brenner nicht später bei Windisch vorgefahren war, um …

Stopp!

Brenner hatte Diebstahl begangen. Nicht nachweislich, sondern vorerst nur mutmaßlich. Das war ein Riesenunterschied! Bislang wurde er auch nicht verdächtigt, eine entscheidende Rolle bei Windischs Tod gespielt zu haben. Hatte Brenner ein Motiv?

»Joschi hat mir gesagt, dass … Also, er hat …«

Ben nickte Valli aufmunternd zu, lächelte.

Sie verdrehte die Augen. Es wäre ihr tausendmal lieber, Ben würde seine übliche Arschlochmasche abspielen. Diese Verständnisheuchelei rief Gegenwehr in ihr wach, und die stand ihr in dieser prekären Lage eigentlich nicht zu. Eigentlich. »Ich glaube, irgendwie hängen Stevies Tod und die Einbruchserie zusammen.«

Wie kommt sie nur wieder darauf? Sie kann doch gar nicht wissen, dass Stevie –

»Stevie war bei den Einbrüchen dabei.«

Ben drückte mit Daumen und Mittelfinger auf seine Lider. »Woher weißt du das?«

»Von Joschi.«

»Aha. Und wie kommt's, dass er das ausgerechnet dir erzählt hat?«

»Er mag mich«, blaffte Valli Ben an und legte den Kopf schief.

»Und hat er dir auch gesagt, wer die treibende Kraft war?«

»Ja. Allgeier und Windisch.«

Zu einfach!

»Die Knarre, die in meinem Zimmer gefunden wurde, sah die aus wie eine Spielzeugpistole, schwarzes Rohr und brauner Griff mit einem Stern drauf? Nur viel schwerer und etwas größer als meine Hand?«

Mit »Rohr« und »Griff« meinte Valli vermutlich das schwarze Zinkdruckguss-Vollmetallgehäuse und die braunen Kunststoffgriffschalen der Makarov. Seit mehr als fünfzig Jahren von der sowjetischen und russischen Armee und von den dortigen Polizeikräften gleichermaßen geschätzt. Eine der beliebtesten illegalen Schusswaffen. Zuverlässig. Billig. Tödlich.

Gefunden in Vallis Zimmer!

»An der linken Seite ist so einen Hebel mit einem roten Punkt«, fuhr Valli fort. »Die Sicherung, glaube ich.« Joschi hatte ihr die Knarre in die Hand gedrückt und sie eine Sekunde später angeschrien, sie solle den Hebel umlegen, bis der rote Punkt verdeckt war. *Sofort!* Valli konnte ihn jetzt noch brüllen hören.

»Könnte hinkommen«, sagte Ben ruhig, obwohl er am liebsten an die Decke gesprungen wäre. Valli verfügte über Täterwissen ohne Ende. Sie kannte das Tablet und die Waffe viel zu genau.

Valli krallte die Fingernägel in ihre Oberarme, presste die Lippen fest aufeinander. Ihre Gedanken drehten gerade durch. *Ein Hebel, der einen roten Punkt verdeckt oder eben nicht? Eine Sicherung? Das kann doch nur bedeuten, dass Joschi mir eine scharfe Waffe an den Kopf gehalten hat, oder? Rot bedeutete immer Gefahr, nie Sicherheit.*

»Ich verstehe das alles nicht«, sagte Ben. »Deine Mutter behauptet, weder Tablet noch Makarov gehören dir, und ich hätte ihr das sofort geglaubt, wenn du hier nicht all diese Details runterrattern würdest.«

Er beginnt zu zweifeln. Hurra! Valli ließ den Kopf in die Hände fallen. *Wenn ich den letzten Rest jetzt auch noch ausplaudere, dann werden Alf und Joschi bis über beide Ohren im Schlamassel versinken.*

»Erklär es mir. Bitte.«

Er hat mir eine ungesicherte Waffe an den Kopf gehalten. Ungesichert! »Na schön. Ich bin den beiden nachgefahren, ich wusste, Joschi würde irgendeine riesengroße Dummheit an dem Abend begehen, als du so spät bei mir warst, um …«

Um dir zu sagen, dass –

»Joschi und Alf hatten die Knarre dabei. Joschi hat sie mir an den Kopf gehalten und hinterher dafür gesorgt, dass ich sie anfasse.« Zumindest kam Valli das im Nachhinein jetzt so vor. »Aber nur ein paar Tage zuvor hatte er mir noch erzählt, die Knarre läge bei Stevie im Haus. Er hätte Schiss, die Polizei könnte sie dort finden.« Sie seufzte. »Alf muss sie vor Stevies Tod da rausgeholt haben.«

Hochinteressant. Ben überlegte. Das könnte natürlich ein Motiv sein, aber Alf, Stevie und Joschi mussten nicht die einzigen Komplizen gewesen sein. Womöglich gab es noch weitere. »Dir ist aber schon klar, dass nur deine Fingerabdrücke auf der Pistole sind?«

»Ist mir egal.« Valli zuckte mit den Schultern, obwohl doch Joschi befürchtet hatte, seine Fingerabdrücke wären – »Was sagt eigentlich Joschi zu dem ganzen Dreck, den Allgeier verzapft hat?«

»Er hat ihm nicht widersprochen.« *Der Dreckskerl schweigt sich aus.*

Joschi hat Alf nicht widersprochen? Valli konnte, sie wollte das nicht glauben. Sie zu vergackeiern, war eine Sache, dafür zu sorgen, dass sie nicht ungeschoren davonkam, weil sie nicht dichtgehalten hatte, eine andere. Ihr stiegen Tränen in die Augen, und ein Strom glühender Lava wütete in ihrem Bauch.

***

Kroner wartete ab, bis Fuhrmann und Leo Joja wie angeordnet in eines der Besprechungszimmer verfrachtet hatten, erst dann wagte er sich aus seinem Schlupfloch, erst dann stellte er sich dem

Tiger. »Life of Pi«. Die Zeiten auf der sicheren schwimmenden Insel außer Reichweite des Bootes waren vorbei.

»Kroner! Endlich.« Die Michels runzelte die Stirn. »Hatten Sie schon wieder ein Problem mit dem Kaffeeautomaten?«

»Ähm. Nein. Doch. Genau.«

»Egal.« Sie winkte ab. »Also, Ihre Nachbarin, das ist vielleicht ein Teufelsweib, Respekt!« Dorotheechen schnalzte mit der Zunge. »Einen Messie habe ich mir ehrlich gesagt anders vorgestellt.« Sie stutzte. »Oder heißt es *eine* Messie?«

Messie? Die angenehmen Schwingungen, die der Anblick von Dr. Michels Hügelkette in Kroner gerade noch ausgelöst hatte, wurden von diesem Wort empfindlich gestört. *Woher weiß sie das?*

»Jetzt verstehe ich endlich.« Madame Staatsanwältin lächelte ihren EKHK an, klopfte ihm anerkennend auf die Schulter.

»Was meinen Sie?« Kroner hätte sich nur zu gerne zurück in seine dunkle Ecke verzogen, wäre viel lieber noch eine Weile auf seiner Insel mitten im Meer gedümpelt.

»Die Frau mag ein Messie sein, aber sie ist heiß.«

Was geht denn hier ab? Tat seine Staatsanwältin gerade so, als hätte sie sich die Finger verbrannt? Konnte das sein? Kroner rieb sich gedanklich die Augen.

»Sie sieht umwerfend natürlich aus und hat ein beeindruckend feuriges Temperament. Gratuliere.«

»Wozu?«

»Nicht so schüchtern, Kroner. Die Spatzen pfeifen es doch von den Dächern. Wird ja auch allmählich Zeit. Joja Milner ist Ihre Auserkorene.«

»Meine Auserkorene?« Allmählich wurde Kroner schwindelig. Wie konnten das andere wissen, wenn er selbst …?

»Die Weissenbeck hat mal eine Bemerkung fallen lassen, und Paulus, Schlegel und Reischl reden von nichts anderem, wenn Sie ihnen den Rücken kehren.«

»Aha.« *Na, denen werde ich was erzählen!*

»So was spricht sich rum. Und da sogar ich davon gehört habe, wissen es inzwischen sicher alle vom K1 – ach, was sage ich! –, alle in der KPI wissen das.«

»Alle?« *Nur Joja nicht.*

»Jetzt tun Sie doch nicht so. Dafür brauchen Sie sich nun wirklich nicht zu schämen.«

»Aber –«

»Kein Aber, Kroner, und jetzt zum Dienstlichen.« Das Gesicht der Michels verlor jede Heiterkeit, erstarrte binnen Sekunden in Pflichterfüllungsmanier. »Wir gehen am besten in Ihr Büro.«

Im Freischwinger-Besucherstuhl schlug Dr. Michels die Beine übereinander. Es klappte nicht auf Anhieb, da Drallheit der Schenkel und Glätte der Strümpfe das Unterfangen fast unmöglich machten. »Ich sollte Sie von dem Fall abziehen.«

Kroner ließ sich ebenfalls in seinen Stuhl fallen, kippte zurück und verschränkte die Hände über dem Kopf. »Und warum, wenn ich fragen darf?«

»Zwei Zimmer weiter sitzt Ihre kleine Nachbarin, bei der die Kollegen ein gestohlenes Tablet und eine Makarov gefunden haben und deren Mutter in der KPI Amok läuft. Letztere ruft anscheinend gewisse Gefühle in Ihnen hervor, demnach könnten Sie kaum befangener sein. Wollen Sie mir da etwa widersprechen?«

Himmelherrschaftszeiten! Gefühle! Gefühle, Gefühle! Kroner wollte auf keinen Fall mit der Michels über seine Gefühle für Joja sprechen. Wollte er mit niemandem. Auf der ganzen Welt nicht. Aber von Befangenheit konnte nun wirklich nicht die Rede sein. Zumindest nicht, was den Fall Windisch betraf. »Ich habe Valli Milner verhaften lassen, als mir klar wurde, dass sie mit dem Auto ihrer Mutter am Tatort gewesen sein musste. Ich habe sie Fuhrmann übergeben und mich nicht eingemischt. Was wollen Sie noch?«

»Ich will wissen, was Sie von der ganzen Sache halten. Von Allgeiers Anschuldigungen. Von der Pistole und dem Diebesgut im Zimmer Ihrer –«

»Nachbarin!«, plärrte Kroner schnell.

Dr. Michels lächelte. »Paulus nennt sie Ihre Ziehtochter. Könnte das heißen …?«

Er haute auf den Tisch. »Jetzt ist aber Schluss! Hören Sie auf damit! Wir haben uns noch nie über Privatangelegenheiten ausgetauscht, und mir wäre es recht, wenn das so bleiben könnte.« Die Michels hatte Kroner letztes Jahr aus einer Laune heraus das Du angeboten, woraus sich ein beinahe freundschaftliches Verhältnis entwickelt hatte. Mit gegenseitigem Respekt und Vertrauen. Die Michels war auch davor eine gute Staatsanwältin gewesen. Überhaupt nicht versnobt oder eingebildet – höchstens ein bisschen arg *gschaftig*. Dennoch ein Teamplayer. Auf jeden Fall. Doch leider hatte sich die Vertrautheit mit dem Bekanntwerden von Michels Liaison mit Oberstaatsanwalt Herrlich deutlich abgekühlt. Das Du war passé und das gute Verhältnis beinahe auch. Tja.

»Von mir aus, wenn Sie darauf bestehen.«

»Sind Sie jetzt eingeschnappt?«

»Ein bisschen.«

Kroner lachte und atmete auf. So wie es aussah, blieb der Sturm aus, den er wegen Reisingers missglückter Verhaftung erwartet hatte.

Doch da täuschte er sich. Und zwar gewaltig. Die Michels legte einen Kaltstart hin, der sich gewaschen hatte. Sprach von Dilettantismus, von Kopflosigkeit, ja sogar von Dummheit.

Kroners Strategie bei solchen Gelegenheiten war denkbar einfach: Ohren auf Durchzug, nichts persönlich nehmen, abwarten, bis ihr die Luft ausgeht, und erst dann den atomaren Gegenschlag einleiten.

»Niemand konnte annehmen, dass sich Reisinger aus dem Staub machen würde. Sein Kind war gerade zwei Stunden alt, Zustand kritisch. Nur ein Unmensch haut in so einer Situation ab.« War Reisinger das? Ein Unmensch? »Die Fahndung läuft national und über Interpol, wir überwachen alle möglichen und unmöglichen Anlaufstellen. Die Klinik, die Werkstatt, das Haus und die Praxis des Vaters, die Schwester.«

Die Michels nickte. »Was hat eigentlich Windischs Kontoabfrage ergeben?«

Krasser Schauplatzwechsel, aber endlich ein unverfängliches Thema. »Von seinem Gehalt als Lackierer konnte sich Stevie kein Audi Sportcoupé leisten. Auffällig ist, dass er seit ungefähr einem halben Jahr kaum noch Geld abgehoben hat. Auch die üblichen

Abbuchungen für Lebenshaltungskosten fehlen. Anscheinend hat er alles aus einer anderen Kasse bezahlt.«

»Von den Einbrüchen und Ranners Erpressung?«

»Eher unwahrscheinlich. Arslan hat das mal hochgerechnet. Wenn stimmt, was Ranner angegeben hat, und wir alle Einbrüche, die zur Serie gehören, auf dem Schirm haben, hätte das nicht gereicht.«

»Es ist also möglicherweise noch eine weitere Einnahmequelle im Spiel, von der wir im Moment nichts wissen?«

»Windischs Mutter hat einen Gewinn in einer Rubbellotterie erwähnt, aber in dem Laden, den sie auf Nachfrage angegeben hat, ist schon seit Jahren kein größerer Gewinn mehr ausgezahlt worden.«

»Wenn die Mutter eine plausible Erklärung für den Reichtum ihres Sohnes zu liefern versucht hat, könnte das doch heißen, dass sie über die Herkunft des Geldes Bescheid weiß.«

»Möglich.« Die Michels durchschaute einfach alles. Kroner verkniff sich ein Lächeln. »Aber das war bereits Thema in der gestrigen Morgenandacht. Reischl hat sich diesbezüglich Stevies Mutter zur Brust genommen, aber nichts aus ihr herauskitzeln können. Sie bestreitet es vehement.«

»Was dann?«

»Ich weiß es nicht, aber vielleicht liegt das Motiv für die Tat da, wo dieses Geld herkommt, und nicht bei Reisinger.«

»Motive gibt es in diesem Fall wahrlich genug.« Die Michels stand auf.

»Das ja, aber irgendwie …«

»Was? Immer raus damit.«

»Irgendwie bin ich nicht davon überzeugt, dass Reisinger den Windisch umgebracht hat. War ich noch nie, aber da so viele Indizien gegen ihn sprechen …«

»Und genau das ist der Punkt. Sonst hätte ich doch niemals diesen Haftbefehl unterstützt.«

»Ich weiß.« *Trotzdem.*

»Um auf meine Frage von vorhin zurückzukommen: Wie schätzen Sie die Lage ein? Inwieweit ist Ihre ›Ziehtochter‹ in die ganze Sache verwickelt?«

Ziehtochter! Und der Ton dazu! Das macht sie doch mit Absicht. So eine Matz*!* »Der traue ich alles zu.« Punkt. Was sonst hätte er auch sagen sollen? Es war die Wahrheit.

»Sie trauen ihr alles zu?« Madame Staatsanwältin zupfte am Blüschen, brachte etwas Luft zwischen Stoff und Hüftgold. »Das enttäuscht mich.«

Gerade als Dr. Dorothee Michels die Tür aufmachen wollte, kam Ben herein, was sie veranlasste, die Schultern zurückzunehmen, den Bauch einzuziehen und strammzustehen.

Mein Gott! Kroner legte sich eine Hand über die Augen, konnte die Peinlichkeit kaum ertragen.

»Gnädigste«, sagte Ben, zwinkerte Kroner zu, während er der Michels einen Handkuss hinhauchte. »Wie gut, dass ich Sie hier antreffe.«

»Was gibt's, Bruhan?« Kroner plinkerte nicht retour, sondern *stierte*. Böse. Sehr böse sogar.

»Valli Milner hat gerade ausgesagt, dass Allgeier und Brenner sie mit einer Waffe bedroht und zwölf Stunden gegen ihren Willen festgehalten haben.«

»Wie bitte?« Kroner kippte nach vorn.

»Ja, und das ist noch nicht alles.«

Dr. Michels wedelte mit der Rechten, wollte Fakten hören.

»Es war Windischs Waffe.«

»Wer sagt das?«

»Valli. Und Brenner. Der hat nämlich endlich sein Schweigen gebrochen und alles bestätigt, was Valli zu Protokoll gegeben hat.«

»Bedrohung mit einer Schusswaffe und Freiheitsberaubung.« Kroner schnalzte mit der Zunge.

»Aber wieso hat Valli Milner Ihnen nicht vor dem Einbruch Bescheid gegeben?«, begehrte die Michels Auskunft. »Sie wusste ja anscheinend, was Allgeier und Brenner vorhatten.«

Kroner zuckte mit den Schultern. »Das frage ich mich auch.«

»Wir sollten sie gehen lassen«, sagte Ben. »Sie hat nichts getan.«

Der Erste Kriminalhauptkommissar zog einen Flunsch und verschränkte die Arme vor der Brust.

»Du meine Güte, Kroner!«, empörte sich Frau Staatsanwältin.

»Jetzt lassen Sie das arme Mädchen doch nach Hause gehen. Ist sicherlich auch besser für Ihre Beziehung zu –«

»Wir brauchen Haftbefehle für Allgeier und Brenner«, grätschte Kroner dazwischen, ehe die Michels fertig fabulieren konnte. »Und Durchsuchungsbeschlüsse für ihre Wohnungen.« Er musste an Leo denken und daran, wie Allgeier sie vor der Haustür abgefertigt hatte. Bis heute hätte er Zeit genug gehabt, belastendes Material wegzuschaffen.

»Laut Valli war die Makarov in Windischs Haus. Jemand muss sie kurz vor dessen Tod von dort weggeholt haben.«

»Und wer?«, tönten EKHK und Staatsanwaltschaft ausnahmsweise einstimmig.

»Das konnte Valli nicht mit Sicherheit sagen. Höchstwahrscheinlich Allgeier. Natürlich könnte es auch Brenner gewesen sein. Beide bestreiten es.« Würde jeder, wenn er damit etwas Abstand zwischen sich und ein Tötungsdelikt bringen könnte.

»So wie sich mir der Sachverhalt darstellt«, mischte sich die Staatsanwältin ein, »sollten wir Valentina Milner aus dem Beschuldigtenstatus nehmen und als Zeugin befragen. Das hätte den Vorteil, dass ihr Aussageverweigerungsrecht als Beschuldigte aufgehoben ist und sie wahrheitsgemäß zur Sache berichten müsste.«

Juristengeplänkel. Das nervte Kroner seit jeher am Job. »Wurden die zeitlichen Abläufe überprüft? Passt wirklich alles zusammen?«

Ben sah die Michels an. »Bestimmt passt das zusammen. Darum kümmern sich gerade die Kollegen vom Diebstahl.«

»Solange das nicht hundertprozentig geklärt ist, sollten wir den Beschuldigtenstatus aufrechterhalten«, wandte sich nun Kroner an die Michels. »Gerade weil ich ihr ›Nachbar‹ – ! – bin, muss alles lupenrein ablaufen.«

»Sie sind ein Unmensch, Kroner, aber Sie haben recht«, nörgelte die Michels. »Dann bitte ich den Richter, den Haftbefehl gegen Auflagen außer Vollzug zu setzen. Damit bleibt der Beschuldigtenstatus gemäß Strafprozessordnung so lange erhalten, bis genügend Gründe vorliegen, das Verfahren gegen Valli Milner einzustellen. Einverstanden?«

Kroner nickte. Ihm wäre es lieber gewesen, sie hätten seine »Ziehtochter« hierbehalten, bis alles vorbei war. Bei ihr wusste man nie, was ihr als Nächstes einfiel.

4

Unter Auflagen. Wie absolut lächerlich!

Zweimal wöchentlich musste Valli sich von nun an bei der Polizei melden, wo ihr Reisepass seit einer Stunde sicher verwahrt lag. Der kleinste Verstoß würde die Aufhebung der Aufhebung des Haftbefehls bedeuten. Das hatte Fuhrmann ihr in Kleinkindsprache erklärt.

Wie einer Schwerverbrecherin.

Die Luft in der näheren Umgebung ihrer Mutter war Valli nach ihrer Freilassung bald zu muffig geworden. Nicht mal zehn Minuten hatte sie es daheim ausgehalten. Eine Tür weiter, bei Opa Kroner, hatte sie keine Vorwürfe gehört, obwohl der natürlich auch Bescheid wusste und obwohl der auch mal Chef der Passauer Kriminalpolizei gewesen war. Ausgesprochen angenehm, doch zu groß war die Gefahr, dass sein Nachfolger hier unerwartet aufschlagen, dass Markus aus München heimkehren könnte. Nicht mal ihn wollte Valli sehen.

Nicht mal ihn.

Sie musste weg, aber zu Joschi konnte sie nicht flüchten. Dafür hatte Valli selbst gesorgt. Die Zeiten waren vorbei. Endgültig. Der würde im Knast landen.

Valli drückte auf den Auslöser. Sinnlos, ohne irgendeine Szene im Fokus zu haben. Einfach nur, um sich abzulenken. Sie war sich nicht mehr sicher, das Richtige getan zu haben.

»Du? Hier?«

Valli rutschte die Kamera aus den Händen.

Ben fing sie auf. Ganz lässig.

»Danke.«

»Tut mir leid, ich wollte dich nicht erschrecken.«

»Hast du aber.«

Ben verfolgte einen grenzwertigen Zweikampf, der sich direkt vor ihren Augen abspielte. »Hätte nicht gedacht, dass du deine neu gewonnene Freiheit dafür nutzen würdest, ins Stadion zu gehen.«

Valli nahm Ben die Nikon aus der Hand. »Ich bin ›FuPa‹-Bildreporterin, schon vergessen?«

»Miss Megapix. Klar.«

»Schiri, du Blinder, des war a Foul!«, schrie jemand direkt hinter ihnen.

Valli drehte sich um. »Außerdem ist das hier das erste Heimspiel nach Stevies Tod. Ich wusste, das würde interessant werden.« Sie zeigte mit dem Finger auf eine Gruppe von Leuten, die um Anneliese Windisch herumstanden und Banner in die Luft hielten.

»Sperrt den Mörder endlich ein!«

»Verhaftet das Schwein!«

»Mörderhure!«

»Die Polizei dreht Däumchen.«

»Dürfen die das überhaupt?« Der Angriff auf Juli ärgerte Valli am meisten, und natürlich hatte sie diesen Idioten ihre Parolen aus den Händen gerissen, gleich als sie deren ansichtig geworden war. Hatte rumgeschrien wie eine Irre. Ergebnis: Die Affen hatten zurückgeplärrt, aber wie. Und gleich als Valli außer Reichweite gewesen war, hatten sie ihren minderbemittelten geistigen Auswurf erneut hochgehalten.

Voller Stolz. Voller Inbrunst. Ohne den Hauch eines schlechten Gewissens.

Jetzt spürte Valli die Blicke, jetzt gafften sie die Leute an, die mitbekommen hatten, wie sie auf die Mutter des Toten losgegangen war. Für die arme Anneliese hatte jeder Verständnis. War doch klar, dass eine Mutter wollte, dass der Mörder ihres Sohnes eingesperrt wurde. Da stellte man gern einen Freifahrschein aus.

Jederzeit!

Diesem »Mord« und der Tatsache, dass es bei dem Spiel um den Verbleib in der Landesliga ging, verdankte der Sturm einen Zuschauerrekord. Dass Allgeier und Brenner verhaftet waren, durfte sich auch bereits herumgesprochen haben. Die Autos standen bis hinauf nach Patriching. Fast.

»Wie fandest du die Schweigeminute und Schütz' Rede?«

Wie ich die fand? Ätzend. »Ging so.«

»Etwas dick aufgetragen, oder?«

Valli nickte. Alle Spieler trugen heute schwarze Armbinden, und Kapitän Andreas Schütz hatte Stevie vor Schweigeminute und Anpfiff via Mikrofon förmlich in den Himmel hinauf gelobt, ihn als »Helden des Fußballs« betitelt und ihm den Erhalt der Liga versprochen – quasi als letzte Ehrerweisung an einen toten Kameraden.

»Pure Heuchelei«, schwallte es aus Vallis Mund, ehe sie sich mäßigen konnte. »Windisch hatte Spielschulden bei Schütz. Der war sicher nicht gut auf seinen ›Helden des Fußballs‹ zu sprechen.«

Auch das weiß sie also. Ben wunderte nichts mehr.

»Du fragst dich sicher, woher ich das habe. Von Joschi, und ich hoffe, die Polizei hat ebenfalls Kenntnis davon.«

»Yep.« Kein klares Ja, kein klares Nein. Das passte immer.

»Hey, Schiri, Abseits! Drei Meter mindestens, und du siehst as ned! *Bist deppert oder was?*«, brüllte der gleiche Fußballexperte wie vorhin über sie hinweg.

»Passiv!«, bellte Valli nach hinten. »Schon mal was von passivem Abseits gehört?« Sie sah Ben an und schüttelte den Kopf. »Über so was könnte ich mich endlos aufregen. Schimpfen dauernd über den Schiedsrichter und haben keine Ahnung.«

»Das ist Fußball. Da ist jeder Experte.«

Valli schoss ein paar Fotos. Halbherzig. Sie nahm auch Matzeder ins Visier, der heute als »Interimslösung« an der Seitenlinie stand. »Bist du etwa in der Hoffnung gekommen, Reisinger hier zu erwischen? Habe gehört, ihr wolltet ihn verhaften, aber er ist euch durch die Lappen gegangen.«

Hat Fuhrmann ihr das gesagt? Oder Kroner? Ben versuchte, sich auf das Spielgeschehen im heimischen Strafraum zu konzentrieren. Brenzlig ging's da gerade zu. Ungeheuerlich brenzlig sogar. Und dabei lag die Sturm-Elf eins zu null im Rückstand.

»Hau 'n weg! Hau doch endlich den *Boi* weg!«

Valli blickte sich um und verdrehte die Augen. Heute konnte sie das übliche Laiengequatsche überhaupt nicht vertragen. Dass

Bascht den Bullen tatsächlich entwischt war, hatte sie von seiner Mutter. Vor dem Fußballspiel war sie bei ihr vorbeigefahren – lag ja quasi auf dem Weg – und hatte sich nach Juli und dem Baby erkundigt. Von Eva Reisinger wusste sie auch, dass der alte Simmerling auf die Windisch geschossen hatte. Wenn der den Schilderwald hier sehen könnte, dachte Valli, würde er treffen. Und zwar diese Furie – nicht den Farbeimer. Hundert Prozent. »Da wäre Bascht aber saublöd, wenn er heute hier als Spielertrainer auflaufen würde.«

Wie recht sie hat. »Weißt du, wo er ist?«

»Nein.« Valli sah Ben von der Seite an. »Ich habe keinen blassen Schimmer.« *Und wenn ich es wüsste, würde ich es dir garantiert nicht sagen.*

Und wenn sie es wüsste, würde sie es mir garantiert nicht sagen. »Kommst du morgen?«

»Wohin?«

Er sah sie an und blieb an ihrem Grübchen hängen. *Sie erinnert sich nicht. Dabei ist es für mich eine echt große Sache.* »Na, meine Eltern kommen doch zu Besuch. Ich habe dich eingeladen. Dich und Markus.«

Valli wusste nicht, was sie sagen sollte. »Hab ich total vergessen, und außerdem …« Sie klickte den Nackengurt der Kamera umständlich in die Ösen. Die Nikon gehörte Markus, die durfte Valli keinesfalls schrotten. »Außerdem steht mein Leben gerade kopf. Ich bin Beschuldigte in einer Einbruchserie. Müsste dir eigentlich bekannt sein. Würde sich das überhaupt schicken? Oberkommissar und Hauptverdächtigte an einem Tisch? Noch dazu, wenn der Vater Diplomat ist?«

»Ja. Durchaus.« Ben lächelte. Er wünschte sich wirklich, dass sie kam.

»Ben. Echt jetzt …« Die Ösen waren durchklickt, der Fotoapparat hing sicher um ihren Hals, es gab nichts mehr für ihre Hände zu tun. »Das passt gerade gar nicht. Und außerdem: Warum ich? Luisa wird sicher nicht begeistert sein, wenn du ihr eine –« *Das Objektiv könnte ich noch wechseln …*

»Deshalb wollte ich doch vorgestern Abend mit dir reden.«

»Über die Lattenknaller-Geschichte? Schon wieder?« Valli sah äußerst skeptisch drein. *Oder will er mich als Luisas neue Freundin dabeihaben. Das kann er vergessen.*

»Nein. Ich wollte dir eigentlich was anderes sagen, etwas, das ich dir schon –«

»Tor! TOR! T O O O R!«

Eine Welle der Begeisterung brach über sie herein, überschwappte alles. Die Sturm-Anhänger um sie herum sprangen in die Luft, fielen einander in die Arme. Sogar Valli erwischte sich dabei, wie sie die Fäuste ballte und in die Höhe reckte.

Ben ballte ebenfalls die Fäuste, aber nicht, weil er sich über das Tor des Sturms freute. *Vielleicht soll es einfach nicht sein.*

Sie zupfte ihn am Ärmel. »Schau. Sind das nicht Stevies Bruder und die Tante?«

Aber Ben sah nichts als jubelnde Massen. Trommeln, Hupen und Gequietsche torpedierten seine Ohren, keine zehn Meter entfernt qualmte ein bengalisches Feuer. In Grün. In den Vereinsfarben. Echte Fankultur eben!

»Dahinten, direkt neben dem Kiosk.«

Tatsächlich. Durch den grünen Rauch hindurch sahen Michael und seine Tante aus wie Aliens – gerade weil sie die Einzigen in diesem Fußball-Mikrokosmos zu sein schienen, die sich für den Abfalleimer interessierten, nicht für das Tor.

»Wisst ihr schon, was sie damit gemeint hat?«

Valli sprach natürlich von diesem merkwürdigen Satz, den Christa Gabler nach der Beerdigung von sich gegeben hatte: *Jetzt haben die Reisingers beide Windisch-Buben auf dem Gewissen.* Ben war kein Idiot. »Sie konnte oder wollte sich nicht mehr daran erinnern, als wir deswegen bei ihr waren.«

»Echt? Komisch.«

Natürlich war das komisch, aber bislang ließen sich Gedanken nicht extrahieren. Leider.

»Und habt ihr im Umfeld der Windisch herumgefragt? Irgendjemand muss doch was wissen.«

Ben packte Valli am Arm, zwang sie, ihn anzusehen. »Nicht mal Paulus konnte diesbezüglich was rauskriegen, und jetzt versprich mir, dass du nicht wieder anfängst, auf eigene –«

»Für wie blöd hältst du mich?«, knurrte Valli, doch dann

schossen ihr Tränen in die Augen. Auf einmal flossen aller Trotz, alle Kraft und jede Standhaftigkeit in einem Sturzbach aus ihr heraus.

Ben legte hilflos einen Arm um sie, traute sich nicht, mehr zu tun.

Valli kam sich vor wie eine schlecht gezeichnete Comicfigur, der die Tränen in übertrieben hohem Bogen aus den Augen spritzen und neben der es die Sprechblase wie üblich dick und fett auf den Punkt brachte:

Wäh! Wäh! Wäh!

***

Jacqui kaute nervös auf ihren Schmetterlingsnägeln, als Leo Weissenbeck sie im Warteraum für Besucher abholte.

Die Hauptkommissarin hielt Barbie die Glastür auf, schwieg und blickte böse drein. Es war Samstagnachmittag. Gerade eben hatte Leo ihren Schreibtisch aufgeräumt, ihre angebrochene Wasserflasche im Rucksack verstaut und wollte heimradeln, als die Jungs vom Eingang durchläuteten, um ihr mitzuteilen, dass eine gewisse Jacqueline Brandmeier dringend mit ihr zu sprechen wünsche.

Nur mit ihr. Von Frau zu Frau.

Na schön. Nervosität machte redselig und ein kalt serviertes Schweigen umso mehr. Leo konnte sich diese Boshaftigkeit nicht verkneifen, sagte kein Sterbenswörtchen, sogar dann nicht, als Jacqueline bereits geschlagene zehn Minuten heulend auf dem Stuhl in ihrem Büro hockte. *Solange die Boshaftigkeit nur eine Facette des Gesamtbildes bleibt, ist mit mir alles in Ordnung*, beruhigte sie sich selbst. Irgendwo hatte sie das kürzlich gelesen. Im Feuilleton einer Zeitung. Sie kratzte sich am Ohr.

Als die Last der Stille zu erdrückend wurde, packte Barbie endlich aus. »Stevie hat vor ungefähr einem Dreivierteljahr einen Termin bei Dr. Orichel gehabt. Nichts Schlimmes. Wegen Rückenschmerzen«, erzählte sie von Schluchzern geschüttelt. »Als er fertig war, kam er zu mir an die Rezeption, und ich dachte, er wolle einen neuen Termin vereinbaren, aber er hat mich angeflirtet. Er hat gesagt, ich wäre die heißeste Braut, die er je gesehen hätte, und er würde mich heute Abend ausführen.«

Und das hast du ihm so einfach geglaubt?

»Er sah so gut aus, ich hab ihm meine Nummer gegeben und ihm gesagt, wo ich wohne, damit er mich abholen kann. Aber er wollte dann doch, dass ich ihn …«

Ist ja auch viel praktischer. Spart Zeit und Benzin.

»Wir sind in eine Kneipe gefahren, und nach einem Bier hat er mich gefragt, ob ich mit ihm ins Bett gehen wolle.«

Schnurstracks auf den Punkt.

»Also … eigentlich … normalerweise … bin ich nicht so eine, aber Stevie war so lieb und einfach zu knuddelig, da habe ich mich ausnahmsweise überreden lassen. Sie verstehen?«

Jaja. Ich verstehe. Ganz genau sogar. Leo verdrehte die Augen.

»Wir sind dann zu ihm gefahren und … Aber gleich, als wir fertig waren, hat er mich gefragt, ob ich für ihn etwas tun könne. In alten Unterlagen aus der Praxis nachsehen nämlich. Das war doch komisch, oder? So was fragt man doch nicht, wenn man gerade zum ersten Mal …?«

Nein. So was fragt man nicht nach dem ersten und auch nicht nach dem zweiten oder dritten Mal. »Welche Unterlagen? Um was ging es da?«, wollte Leo wissen.

»Das hat er mir nicht gesagt, weil ich ihm gleich zu verstehen gegeben habe, dass ich nicht einfach Daten aus alten Krankenakten weitergeben kann. Da muss ich vorher den Chef fragen. Sonst geht das nicht.«

Respekt, Jacqui.

»Er hat aber keine Ruhe gegeben – auch nicht, als wir uns schon länger kannten. Immer wieder hat er mich bedrängt, das sei ziemlich wichtig für ihn und überhaupt. Wenn ich ihn wirklich lieben würde, dann könne ich ihm doch diesen Gefallen tun.«

»Und? Haben Sie?«

Barbie schüttelte den Kopf.

»Wie lange ging das so?«

»Ein halbes Jahr vielleicht. Wir waren ja nicht so eng, wir führten eine eher lockerere Beziehung.«

Eine Bettgeschichte also. Zumindest für Stevie. Leo erkannte einen Elefanten, wenn er vor ihr stand.

»Und immer, wenn er mich treffen wollte, dann haben wir erst ... und hinterher hat er mich nach den Unterlagen gefragt. Aber ich bin hart geblieben. Wenn es um die Arbeit geht, bin ich wirklich diszipliniert. Da mache ich keine Fehler.«

Aber bei den Männern schon.

Barbie übermannte eine neuerliche Tränenflut, sie kramte ein frisches Tempo aus ihrer Handtasche. »Und dann hat er mich eines Tages angebrüllt, ich solle ihm wenigstens sagen, wie lange Patientenakten aufbewahrt werden.« Sie schluchzte auf. »Das World Wide Web kennt die Antwort darauf, er hätte nur selbst nachsehen müssen, also habe ich es ihm gesagt. Zehn Jahre. Manche auch zwanzig oder maximal dreißig Jahre. Je nach den Umständen. Und dann hat er mit mir Schluss gemacht. Einfach so.«

Leo notierte »Patientenakte« und »zehn bis dreißig Jahre Aufbewahrung« auf ihre Schreibtischunterlage. Was Barbie da gerade ausspuckte, war in der Tat sehr interessant.

Jacqueline Brandmeier wischte sich indes mit dem nassen Taschentuch über ihr Gesicht und drückte den Rücken durch. »Wissen Sie, wie mir das im Nachhinein vorkommt?«

Leo hatte da so einen Verdacht.

»Ich glaube, Stevie hat sich nur an mich rangemacht, um an diese Unterlagen zu kommen.« *Schluchz. Schluchz.* »Er hat mich nie geliebt.«

Mit beiden Vermutungen traf Barbie vermutlich ins Schwarze. »Und Windisch hat wirklich nie erwähnt, welche Patientenakte ihn so brennend interessierte?«

»Nein. Nie.«

Den wohlverdienten Feierabend konnte Leo knicken.

5

Baschts Hände schwitzten, er starrte auf den uniformierten Beamten, der vor Julis Zimmertür saß. Sein Herz klopfte.

Wenn sie mich hinterher erwischen, ist es mir egal, aber ich will meinen Sohn sehen … und Juli. Wenigstens noch ein Mal.

Er durfte nicht zögern, musste tun, als hätte er jedes Recht, hier zu sein. Also drückte Bascht die Blumen an seine Brust und ging weiter.

Wenigstens noch ein Mal, bevor …

Jeder Schritt, jeder Atemzug wurde zur Qual, die wenigen Schritte bis zur Tür kamen Bascht vor wie die letzten zehn Kilometer seines ersten Marathons, als die Kohlehydratspeicher restlos leer gewesen waren.

Ich wollte ihn nicht töten, ich habe das nicht mit Absicht getan. Aber ich habe es in Kauf genommen. Durchaus.

Totschlag. Darauf standen Minimum fünf Jahre. Wenn er Glück hatte, würde der Richter die Tat als Körperverletzung mit Todesfolge werten, dann säße es eventuell nur drei Jahre ein.

Das hatte Bascht heute Nachmittag in Salzburg gegoogelt, wo er untergekrochen war. Ausgerechnet bei Julis Bruder, der ihn auch nicht gerade gut leiden konnte, der aber als Einziger aus Julis Familie den Freund seiner Schwester akzeptiert hatte. Moritz Quendler.

Drei Jahre oder länger! In dieser Zeit lernte ein Kind so viel, doch seinen Vater würde es nicht kennenlernen. Ihn nicht. Egal ob er der Vater war. Oder Stevie.

Bascht schluckte die Panik hinunter, nickte dem Beamten zu und fühlte den kühlen Stahl der Klinke in seiner Hand.

***

Kroner angelte sich die Schlüssel für den BMW vom Brett. Wenn er da war, nahm er immer den spacegrauen, den mochte er am liebsten – genau wie Fahrzeugpfleger Hummel, der den Fünfer wie ein Baby betüdelte.

Pflichtbewusst erledigte Kroner den Eintrag im Dienstnachweis und setzte sich dann in den Wagen. Doch ehe er losfahren konnte, kam Ben durch die Schranke und parkte den grünen Opel direkt neben Kroners Liebling. Beide ließen die Fenster runter.

»Wo willst du hin?«, fragte Bruhan seinen Chef.

»Ich schaue bei Reisingers Mutter vorbei, und dem alten Simmerling werde ich auch noch mal ins Gewissen reden.«

»Na dann, viel Erfolg.«

»Was war im Stadion los?«

Valli. Eine heulende Valli war los. Ben fühlte sich völlig ausgelaugt. Heulende Weiber machten ihn fertig.

»Hat der Sturm gewonnen?« Trotz allem wollte Kroner wissen, ob Hacklberg den Liga-Erhalt geschafft hatte oder nicht.

»Drei zu zwei nach Verlängerung. Da war die Hölle los.«

Das konnte Kroner sich gut vorstellen, und unter normalen Umständen hätte er sich diesen Schlager nie im Leben entgehen lassen. »War sonst noch irgendwas?«

»Die Windisch hat polizeifeindliche und volksverhetzerische Parolen ausgerollt.«

Hoppala! Für das Anschmieren der Wände bei den Reisingers würde Anneliese schon eine empfindliche Strafe kassieren, und das öffentliche Durch-die-Luft-Wedeln solcher Slogans machte es nicht besser. Kroner sparte es sich, nach Reisinger zu fragen. »Übrigens hat sich die Windisch an oberster Stelle beschwert.«

»Worüber?«

»Dass die Polizei sie bestiehlt.«

»Der Block?«

»Ja, der Block. Was war da los?«

Kroner sah müde aus, fast tat er Ben ein bisschen leid. Es war ihm sicher nicht leichtgefallen, Valli verhaften zu lassen – und sie freizulassen erst recht nicht. »Ich war gestern noch mal in Stevies Zimmer, weil uns das doch die ganze Zeit schon so verdächtig aufgeräumt vorkam. Plötzlich sehe ich da diesen jungfräulichen Block in der Schreibtischschublade liegen, und auf einmal will ich unbedingt wissen, was zuletzt darauf geschrieben wurde. Also habe ich ihn mitgenommen, doch bevor ich ihn ins Sicherstellungsverzeichnis eintragen konnte, behauptete die Windisch schon, ich hätte ihn mitgehen lassen.«

»Wolltest du aber nicht?«

»Nein. Vielleicht hat es für Stevies Mutter so ausgesehen,

aber es lief alles nach Vorschrift. Ich schwöre es.« Das dämliche In-den-Hosenbund-Schieben ließ Ben lieber aus.

»Gut.« Noch mehr Rüffel von der Obrigkeit konnte Kroner im Moment nicht brauchen. »Und was ist jetzt mit diesem Block?«

»Den habe ich ans LKA nach München geschickt.«

»Wozu?«

»Zur ESDA-Untersuchung. Weil ich wissen will, was zuletzt darauf geschrieben wurde.« *Wie oft muss ich ihm das eigentlich noch sagen?* Ben konnte sich ein ungeduldiges Schnaufen nicht verkneifen.

»ESDA?« Kroner stand auf dem Schlauch.

»Ja. Mit dem elektronischen Oberflächenabbildungsverfahren können latente Durchdruckspuren auf Schriftträgern aus Papier sichtbar gemacht werden. Dann wäre auch ein Handschriftenvergleich möglich.«

»Du meinst …?«

»Das Zimmer war so aufgeräumt, als hätte jemand etwas verschwinden lassen.«

»Hm.« Kroner startete den BMW. »Wann bekommst du ein Ergebnis?«

»Frühestens am Montag. Anscheinend herrscht in der Landeshauptstadt kriminalistisch gesehen derzeit Hochbetrieb.«

»Und wie schaut's mit Franziska Reisinger aus? Hast du mit der schon gesprochen?«

»Ja. Am Telefon. Sie hat sich sehr beschäftigt gegeben, hat total geblockt.«

»So was musst du persönlich machen, von Angesicht zu Angesicht.« Am Telefon konnte man niemandem in die Augen sehen, da flutschte eine Lüge allzu leicht durch.

»Das wollte ich.« Ben hatte Baschts Schwester geradezu angefleht, sich noch heute Abend mit ihm zu treffen, aber sie hatte einen Grund ins Feld geführt, den er nicht aushebeln konnte. Franziska Reisinger wollte ins Krankenhaus zur Freundin ihres Bruders, der per Haftbefehl gesucht wurde. Sie wollte sehen, wie es Juli und ihrem viel zu früh geborenen Kind ging.

»Du musst Druck ausüben. Wir können keine Rücksicht nehmen auf –«

»Deshalb habe ich sie auch für Montag aufs Kommissariat bestellt.« Die Androhung einer richterlichen Verfügung hatte dann doch Wirkung gezeigt.

»Für Montag? Das dauert mir alles zu lange.«

»Ich habe ihr gesagt, sie kann mich zu jeder Tages- und Nachtzeit anrufen, falls sie es sich anders überlegt.«

»Hast du sie auch gefragt, was sie mit Stefan Windisch verbindet?«

»Ja.«

»Und?«

»›Nichts. Absolut gar nichts‹, hat sie gesagt.«

»Mehr nicht?«

»Nein.«

Verdammt! Kroner schlug mit beiden Händen gegen das Lenkrad.

»Wie läuft die Fahndung?«, wollte Ben noch wissen.

»Bescheiden. Kein Hinweis. Nicht der allerkleinste.«

»Irgendwelche anderen bahnbrechenden Neuigkeiten?«

Kroner schüttelte den Kopf. »Jacqueline Brandmeier hat Leo eine durchaus interessante Geschichte erzählt, aber das kann sie dir gleich selber sagen. Sie ist noch da.«

Also hängte Ben die Schlüssel seines Dienstwagens artig ans Brett, trug sich vorschriftsmäßig im Verzeichnis aus und verschwand im Kommissariat.

Währenddessen heizte Kroner seinem spacegrauen Liebling ordentlich ein.

***

»Neunhundertneununddreißig Gramm bei sechsunddreißig Zentimetern«, sagte die Schwester. »Für die siebenundzwanzigste Schwangerschaftswoche ist das recht ordentlich.«

Bascht knöpfte sein Hemd auf, legte sich in den hellblauen Liegestuhl und sah zu, wie die Kinderintensivpflegerin das kleine Bündel Mensch aus dem Brutkasten nahm und auf seine Brust legte.

Weich. Warm.

Sein Herz klopfte wie verrückt, durch seinen Kopf schwappte laue Flüssigkeit. Honig. Süß.

Mein Kind? Mein Kind!

»Gut, dass Sie gekommen sind«, sagte die Schwester und ordnete die vielen Schläuche, die aus dem kleinen Krieger wuchsen. »Körperkontakt ist sehr wichtig, gerade für Babys mit Atemproblemen. Wenn er auf Ihrer Haut liegt, hört er Ihren Herzschlag und spürt, wie sich die Brust hebt und senkt.«

Bascht atmete tief ein, verstand, dass er seinem Sohn zeigen musste, wie Leben funktionierte. *Deine Lunge muss atmen, dein Herz muss schlagen. Atmen und schlagen. Vergiss es nicht!* Tränen rollten über sein Gesicht.

Die Schwester strich ihm aufmunternd über den Arm. »Das wird schon, Sie werden sehen. Der Kleine macht das sehr gut.«

Vorsichtig streichelte Bascht dem Jungen über die weiche Haut am Kopf, über das kleine Gesicht, über die Arme. In Baschts Inneren summten eine Million Insekten. Ihm wurde schwindelig. Dann legte die Schwester eine kuschelige Decke über sie beide, und seine großen Hände hüllten den kleinen Körper vorsichtig ein.

Ein Wunder.

»Seine Mama war auch kurz hier, obwohl sie noch sehr schwach ist. Sie hat viel Blut verloren, und der ganze Kummer mit dem Vater des Kindes …«

Bascht nickte. *Ja, der Kummer mit dem Vater des Kindes …*

»Frau Quendler braucht jetzt dringend Unterstützung. Ich hoffe wirklich, dass die Polizei den Täter bald erwischt. Sie können sich sicher vorstellen, dass das auch für das Personal der Klinik keine angenehme Situation ist. Er könnte schließlich jederzeit hier auftauchen und versuchen …«

Was könnte ich versuchen? Mein Kind zu entführen? Juli zu ermorden? Vor den Augen der versammelten Polizei?

Bascht schloss die Augen, fuhr mit einer Hand über die Stoppeln auf seinem Kopf. Alles fühlte sich extrem ungewohnt an. Der Bart, die fehlenden Haare, die hippen Klamotten.

Julis Bruder hatte ihm letzte Nacht nur widerwillig geöffnet, als er vor seiner Tür aufgetaucht war. Wie ein geschlagener

Hund. Der Loser höchstpersönlich. Genau das, wofür Julis gesamte Familie ihn immer gehalten hatte. *Und sie werden recht behalten, wenn …*

Der kleine Mensch auf Baschts Brust bewegte sich, streckte die Beine durch.

Der Überwachungsmonitor begann zu piepsen, die Schwester kam, nahm die Decke weg, legte eine Hand auf den Rücken des Babys. Ganz leicht.

»Was ist los?«, flüsterte der Vater. Er hatte Angst. Angst um seinen Sohn.

Die Pflegerin drückte an den medizinischen Apparaturen herum, überprüfte alle Werte auf dem Monitor. »Ein kleines Tief, eine kleine Krise, schon vorbei.«

Sie lächelte, klopfte mit der flachen Hand aufmunternd gegen den zerbrechlichen Rücken. Kaum spürbar. Der Kleine wurde wieder in die Kuscheldecke gewickelt, die Schwester verschwand.

Geht es dir wirklich gut? Bascht legte seine Linke schützend um das winzige Köpfchen, das direkt in der Kuhle unter seinem Kinn lag – so, als gehöre es genau dahin.

Zu mir.

Bascht atmete. Sein Herz klopfte.

Ich muss ihm zeigen, wie es geht.

Moritz wusste Bescheid. Über alles. Die viel zu frühe Geburt, den Haftbefehl. Baschts Flucht.

»Ich habe damit gerechnet, dass du auftauchst«, war alles, was er zu sagen hatte, als er die Tür aufmachte, das Sofa für Bascht umbaute und ihm eine Decke gab. Alle Erklärungsversuche, die Bascht startete, wiegelte er ab. »Jemand hat sich bei mir gemeldet. Eine gewisse Valli Milner. Sie hat mir alles gesagt, was ich wissen muss.«

Am Morgen rief Moritz seine Schwester an, sie weinten. Beide. Bascht wusste es, hörte zu, wie der Bruder lange mit Juli telefonierte, wie er sich tausendmal bei ihr entschuldigte, wie er sie beruhigte, ihr Mut zusprach. Alles Dinge, die er hätte tun müssen. Bascht. Julis Freund. Der Vater ihres Kindes.

Aber das kann ich nicht. Ich bin dazu nicht in der Lage.

Anschließend rief Moritz seine Eltern an. Sie stritten. So lange, bis Julis Bruder das Gespräch grußlos beendete und sein Handy auf das Sofa warf.

Der Rest war Julis Idee gewesen. »Er sieht ein bisschen aus wie du«, hatte sie zu ihrem Bruder gesagt. »Er sieht dir ähnlich. Hilf ihm. Bitte.«

Und das hatte Moritz Quendler getan. Für Juli. Seine kleine dumme Schwester. Er rasierte Baschts Kopf. Er trimmte Baschts Bart auf die gleiche Weise, wie er es immer bei sich tat. Er legte ihm ein hellgraues tailliertes Hemd und passende dunkelgraue Businesshosen heraus. Dazu sündteure italienische Schuhe. Und dann stopfte er Bascht Geld, sein eigenes Handy, die Schlüssel seines Porsches und sogar seinen Personalausweis in die Hosentasche. Seither war Bascht Moritz Quendler. Erfolgreicher Jungunternehmer aus Salzburg. Julis Bruder.

Ein anderer Mensch.

Und all das, damit Sebastian Reisinger wenigstens einmal seinen neugeborenen Sohn auf der Haut spüren konnte.

Wenigstens einmal.

Bascht schlug die Hand vors Gesicht, konnte den Schmerz kaum noch ertragen.

»Dein Vater ist ein Verbrecher«, flüsterten seine Lippen und berührten dabei die zarte Kopfhaut des Babys, »dein Vater hat einen Mann getötet. Dein Vater ist ein Mörder.« *Aber dafür kannst du nichts, mein Kleiner. Du sollst leben! Wenigstens du sollst glücklich sein.*

***

Valli wollte sowieso nicht nach Hause. Wollte nicht noch mehr Vorwürfe hören. Ihre Mum rief gerade zum zwanzigsten Mal an, hatte schon zweihundert Nachrichten über WhatsApp geschrieben.

Katastrophal.

Auch Juli hatte Valli bombardiert. Mit Hilferufen allerdings.

»Mein Bruder hat angerufen. Er sagt, du hättest mit ihm telefoniert. Er sagt, Bascht hätte dich gebeten, meiner Familie

Bescheid zu geben. Stimmt das? Du weißt ja nicht, was du damit ins Rollen bringst …«

»Und das Baby?«, hatte Valli dazwischengefragt.

»Der Kleine macht sich gut, braucht aber noch Hilfe beim Atmen. Erst mal muss er die nächsten Tage ohne Komplikationen überstehen. Ich hab ihn schon gesehen. Ich habe ihn gespürt. Mein Kind. Bitte komm her. Ich muss mit jemandem reden, bevor meine Eltern morgen auflaufen.«

Valli hatte keine Kraft für so etwas. Hatte selbst genug eigenen Kummer.

So egoistisch.

Dabei war ihr Kummer nichts verglichen mit dem von Juli. Mit dem von Bascht.

Ein ultradünner Gar-nichts-Kummer.

Na ja. Jetzt war sie halt hier. Würde es schon überstehen. Irgendwie. Wenn nur mit dem Baby alles in Ordnung kam. Der kleine Wurm konnte doch am allerwenigsten dafür.

Valli drückte auf die Taste mit Pfeilrichtung nach oben. Das Display über der Aufzugtür sprang von drei auf zwei auf eins auf null. Ein junger Mann rannte sie über den Haufen, rammte ihr den Ellbogen in die Seite. »Hey, kannst du nicht aufpassen?«

Der Rüpel drehte sich um und erstarrte. Einen Moment nur.

Valli auch. Sie musste an Ben denken. Er gehörte in eine ähnliche Kategorie Schnösel wie dieser trampelige Businesstyp. Ihr Herz klopfte. Viel zu schnell. Genau wie vorhin im Stadion. An Bens Schulter. Als sie sich ausgeheult hatte. Wegen allem.

So peinlich.

Längst hetzte der junge Mann weiter. Ohne Entschuldigung. Ohne ein Wort. Valli sah ihm hinterher.

Komisch.

Elf Tage zuvor

Wie ein Irrer geht er wieder auf ihn los, packt ihn mit beiden Händen am Pulli und zerrt ihn aus dem Sportwagen. Eine Faust landet in Stevies Magen, eine in seinem Gesicht.

Windisch lacht nur darüber, wehrt sich kein bisschen. »Das bringt mir einen schönen Batzen Schmerzensgeld«, freut er sich sogar.

Bascht dreht den Kopf, kann den Alkoholdunst aus Stevies Mund nicht ertragen. Der Kerl muss so besoffen sein, dass er nichts mehr spürt. Gar nichts mehr.

»Kennst du Liquid Ecstasy? Ein paar Tropfen unbemerkt ins Getränk gemischt, und deine Juli war richtig scharf.« Er holt kurz Luft. »Ich hab sie wund gescheuert, und sie hat nichts gemerkt. Höchstens hinterher.«

Er lacht sich schlapp.

Baschts Hirn springt in tausend Teile. Er drischt Stevie ins Gesicht, auf die Nase, in den Bauch. Bis ihm die Lichter ausgehen, bis er auf den kalten Betonboden der Garage sackt.

Bascht auch, direkt neben ihm. Tränen laufen über seine Wangen.

Was, wenn es stimmt?

Zeitlich kommt es hin.

Ganz genau sogar.

Warum hat sie nichts gesagt?

Der Drecksack hustet, beginnt zu würgen, fällt auf den Rücken, kommt nicht hoch. Die Kotze schon, die quillt in seinen Mund, läuft über.

Bascht sieht es, weiß, dass der andere keine Luft bekommt, dass er bewusstlos ist, dass er sich selbst nicht helfen kann, und rührt keinen Finger. Langsam rappelt er sich auf und genießt. Genießt es, den anderen sterben zu sehen.

Aber dann gibt er Stevie doch einen Tritt. Und noch einen. Und noch einen, immer fester, bis das Arschloch zur Seite rollt und hustet.

Jetzt kann der ganze Dreck raus, jetzt macht er Platz für Leben. Etwas, das Stevie nicht verdient.

Sollte mich jemand erwischen,
wenn ich Mitte oder Ende sechzig bin
und mache noch so ein Zeug,
dann hätte ich wirklich einen Lattenschuss.
Jürgen Klopp, Trainer von Borussia Dortmund

Sonntag, 8. Juni

1

Sechs Tore in einer Halbzeit!

Kroner nahm den Topf mit den Weißwürsten und die Brezen entgegen, arrangierte alles neben seinem alkoholfreien Weißbier und der Radlerhalben auf dem Tablett.

»Dank einer starken Leistungssteigerung nach der Pause fertigte das deutsche WM-Team im letzten Test die Gäste aus Armenien sechs zu eins ab und machte Lust auf die kommende Woche beginnende Weltmeisterschaft. Nur die Knöchelverletzung von Marco Reus, der einen Teilriss des Syndesmosebandes erlitt, trübte die Freude ein wenig.«

»Vierzehn sechzig, bittschön.«

Kroner öffnete seinen Geldbeutel, holte einen Zwanziger raus. »Machst *fuchzen gradaus*, gell?«

»Vergelt's Gott.«

»Seng's Gott.«

Der Kassier vom Hacklberger Biergarten zeigte mit dem Kuli auf das plärrende kleine Radio hinter sich. »Schlimm, des mit dem Reus, oder?«

Kroner nickte. Er war kein Dortmund-Fan. Und Klopp-Fan war er schon dreimal nicht. Aber mit Reus verlor die Nationalelf um Jogi Löw einen wichtigen Spieler, und die erste WM-Teilnahme wegen einer Verletzung im letzten Testspiel zu verpassen, das war schon hart. Das wünschte er niemandem.

Des Kassiers Kuli dirigierte Kroners Blick hin zu einer riesigen schwarzen Plastikplane mit güldener Hacklberg-Aufschrift. »Des können die auch gleich wieder abbaun. Wer braucht scho *Pablic*

Fjuing, wenn de Deitschn in da Vorrundn ausscheidn?« Er gab sich die Antwort gleich selbst. *»Koana.«*

Kroner nickte, verstaute das Rückgeld, steckte den Geldbeutel in die hintere Hosentasche und wackelte sodann durch eine massive Aneinanderreihung von Biertischgarnituren bis dahin, wo Christa Gabler auf ihn wartete.

»Kommen S', ich helf Ihnen.« Anscheinend erkannte Stevies Tante Kroners Not. Sie nahm ihm das Tablett aus den Händen und stellte es auf dem Tisch ab.

»Tut mir leid, hat ein bisserl gedauert.«

»Das macht gar nichts.«

Im Gegensatz zu ihrer Schwester sah Christa Gabler unheimlich natürlich aus. Keine Schminke, vor allem kein Make-up – das hasste Kroner sowieso –, die Haare hübsch geföhnt, aber nicht aufgedonnert. Davon sollte die Anneliese sich mal eine Scheibe abschneiden.

»Ich bin wirklich froh, dass Sie gekommen sind«, sagte Kroner und stieg über die Bierbank. »Wissen Sie, das mit dem Stefan ist eine Tragödie, nur«, er legte Annelieses Schwester ein Paar Weißwürste auf den Teller, »ein wenig selbst heraufbeschwört hat er sie auch, der Stevie.« Öha! Recht behutsam war dieser Einstieg jetzt nicht ausgefallen.

Doch Stevies Tante ließ sich nichts anmerken, steckte sich ein Stück Breze in den Mund und begann zu kauen.

Kroner hätte Entrüstung erwartet. Mindestens. Wenn nicht sogar Verbitterung und Raserei. »Hat Ihnen Ihre Schwester erzählt, was Ihr Neffe alles angestellt hat?«

»Was denn?«

»Einbruch. Erpressung. Verletzung höchstpersönlicher Lebensbereiche.« *Außerdem illegales Glücksspiel, Spielschulden, Drogen …*

Mit Messer und Gabel pellte Christa Gabler die Haut von der Wurst – anscheinend gehörte sie nicht zur Fraktion der *Weißwurst-Zuzler* –, drückte den Händlmaier-Senf auf den Teller. »Der Stevie war ein *Lump*. Immer schon.«

Ein Zugeständnis. Holla! Aber »Lump« lag für Kroners Geschmack weit daneben, in Bayern musste das nicht unbedingt etwas Schlechtes bedeuten. Die Bezeichnung war so ähnlich wie: *Mei, is des a Matz!* Wenn man das sagte, war das fast schon ein Kompliment. So eine Matz! Damit war eins von den ganz raffinierten Frauenzimmern gemeint, eine, die auch noch schön anzusehen war und keinesfalls mit ihren Reizen geizte. Die Michels war eine Matz. Und was für eine! Aber Kroner schweifte ab. Er gabelte ein Stück Weißwurst auf und schob es sich in den Mund. Auch er war kein Ego-Zuzler. Wenn schon, dann lutschte er im Herdenverband – aber nur, wenn's unbedingt sein musste.

»Die Anneliese hatte immer ein Brett vorm Hirn, was den Stefan anbelangte. Ein riesengroßes sogar.«

Aha. Wenigstens das schien die Tante richtig einzuschätzen.

»Aber mit dem Michael war der Stefan ein Engel. Wenn er sich für den mal Zeit genommen hat, dann …« Die Tante blinzelte. »Dann war er wie ausgewechselt.«

Für Kroner kaum vorstellbar. »Dieses schicke Audi Sportcoupé, woher hatte Stefan das Geld dafür?«

»Einbruch? Erpressung?« Christa Gabler sah Kroner offen und direkt an. »Sie haben die Antwort doch vorgegeben.«

Kroner stutzte. War die Gablerin auch eine Matz? Dann allerdings eher im negativen Sinne. Eine, die ihn übers Ohr hauen wollte?

»Die Liesel ahnte, dass der Stefan krumme Dinger drehte. Ach was! Sie hat's genau gewusst, aber sie wollte es partout nicht wahrhaben.« Christa Gabler knüllte die Serviette zusammen, warf sie auf den Tisch. »›Mei, der Bub‹, hat sie jedes Mal gesagt, wenn ich ihr einbläuen wollte, dass sie mal richtig durchgreifen muss. ›Der Bub kann ja nix dafür!‹«

Jaja, der arme Bub. Und jetzt war er tot. Mausetot. »Ihre Schwester hat angegeben, dass Stefan das Geld in einer Rubbellotterie gewonnen hätte. Das stimmt nicht. Sie hat uns angelogen.«

Stevies Tante lachte. »Als ich mich eben von ihr verabschiedet habe, wollte sie mich dazu überreden, dass ich Ihnen sagen soll, der Stefan hätt das Geld für den Audi von mir gehabt.«

»Und? Hatte er?«

Sie schüttelte den Kopf. »Ach woher. Zahlen Sie mal in München eine Wohnung. Da bleibt nichts übrig. Und schon gar nicht so viel, dass man dem Neffen schnell mal fünfzigtausend Euro schenken könnte, wo man doch selbst zwei Kinder hat, die zur Miete wohnen.«

Fünfzigtausend Euro! Eine recht exakte Summe, die die Gabler da raushaute. Kroner sortierte die Info kurz ein. »Wissen Sie, woher das Geld stammte?«

»Einbruch. Erpressung.«

Kroner wiederholte eine Frage, und die Gabler machte mit der Antwort das Gleiche. Sackgasse. Neuer Versuch. »Ihre Schwester lügt die Polizei an. Sie verstehen sicherlich, dass uns das misstrauisch macht, dass das bei uns den Anschein erweckt, als wolle Ihre Schwester damit eine noch viel größere Sache vertuschen.«

»Da interpretieren Sie etwas hinein, was es nicht gibt. So schlau ist die Liesel nicht.«

War das so? Kroner blieb skeptisch. »Warum lügt Ihre Schwester dann?«

»Können Sie sich das nicht denken?« Die Gabler seufzte. »Die Anneliese lügt, weil sie nicht will, dass all die Abscheulichkeiten, die ihr Sohn vollbracht hat, jetzt an die Öffentlichkeit kommen. Nach seinem Tod.« Sie schnaufte noch einmal tief durch. »Er ist tot, das muss doch Strafe genug sein. Da braucht jetzt nicht auch noch jeder erfahren, was Stefan wirklich für ein Mensch war.«

»So einfach ist das leider nicht, Frau Gabler.« Kroner wischte sich mit der Serviette über seinen Mund. »Wir müssen aufklären, wie genau Ihr Neffe zu Tode gekommen ist und wer daran schuld ist.«

»Aber das wissen Sie doch längst.«

»Tun wir das?«

»Ja.«

»Glauben Sie denn, dass Sebastian Reisinger es war?«

»Gründe genug hatte er.«

»Warum?«

Schnell stopfte sich Stevies Tante den Mund voll, kaute übermäßig lang.

Hinhaltetaktik? Zeit schinden, um sich eine Antwort zu überlegen?

Sie schluckte. »Damals, diese Drogensache …«

»Ja?«

»Meine Schwester hat falsch ausgesagt.«

Wie bitte? Mit so einer Offenbarung hatte Kroner nun ganz und gar nicht gerechnet.

»Stevie hat meine Schwester angefleht, ihm aus der Patsche zu helfen, also hat sie für ihn gelogen.«

»Und Sie wussten das?«

»Ich habe davon erst hinterher erfahren. Zwei, drei Jahre später hat sie Stefan das mal vorgehalten, da habe ich das aufgeschnappt.«

Das war starker Tobak. Christa Gabler hätte zur Polizei gehen, sie hätte die Sache aufklären können.

»Ich habe meine Schwester zur Rede gestellt, ihr Vorwürfe gemacht. ›Das hast du jetzt von deiner Kuschelpädagogik!‹, habe ich sie geschimpft. ›Damit machst du's nur noch schlimmer!‹, habe ich sie angeschrien. ›Jetzt glaubt der doch, er kann sich alles erlauben.‹ Und leider …«

»Leider was?«

»Leider hat sich das bewahrheitet. Stefan dachte wirklich, er könne sich alles erlauben.« Christa Gabler spülte die bitteren Worte mit einem Schluck Radler fort.

Auch Kroner brauchte einen tiefen Zug von seinem *Bleifreien.*

»Und schuld an allem bin eigentlich ich.«

Hoppala! Kroner kippte ob dieser Offenbarung gleich noch die halberte Halbe hinterher, wischte sich mit dem Handrücken über seinen Mund und sperrte die Lauscher auf. *Jetzt nur nicht dazwischenplappern! Ganz ruhig.*

»Der Pitt war ein Säufer. Einer von der ganz üblen Sorte. Der hat auch schon mal hingelangt, wenn er rauschig heimkam. Ich hab der Liesel immer gesagt, sie solle ihn rausschmeißen, aber sie hat ihn ja so geliebt.« Die letzten beiden Worte trieften nur so vor Zynismus.

»Hat er Stevie auch geschlagen?«

»Nein.«

»Und Michael?«

»Manchmal.« Jetzt half das Blinzeln nicht mehr, jetzt stürzten die Tränen die Wangen hinunter. »Der Pitt ist mit Michaels

Behinderung nie klargekommen. Auch finanziell ist so ein Kind eine enorme Belastung, müssen Sie wissen. Die Anneliese konnte nicht mehr arbeiten gehen, die Betreuung war ja ein Vollzeitjob. Schlimm.«

Kroner dachte an seine vier Jungs und daran, was für ein Geschenk es war, wenn ein Kind gesund zur Welt kam. Was für ein riesengroßes Glück!

»Dabei war der Michael am Anfang gesund. Ein richtiger Wonneproppen. Nicht einmal krank war er, bis …« Sie holte ein Tempo aus ihrer Jackentasche. »Bis zu dieser verdammten Impfung. Die Anneliese hätte nicht zustimmen dürfen, sie hätte Nein sagen müssen, aber seinerzeit … Wenn der Doktor einem sagte, das wäre nötig … dann hat man das halt gemacht. Mein Gott.«

Also war doch keine herkömmliche Erkrankung ursächlich für Michaels Behinderung gewesen. Bisher hatten Kroner und sein Team das angenommen.

»Eine Pockenimpfung im April 1970. Dabei wurden Kleinkinder zu der Zeit eigentlich gar nicht mehr dagegen geimpft.« Christa Gablers Hände zitterten, als sie weitersprach. »Michael war fast ein Jahr alt, als dieser Arzt ihn einfach kaputtgespritzt hat. Wahrscheinlich, weil er noch ein paar Dosen des Impfstoffs auf Lager hatte und dafür das Geld einstreichen wollte.«

Hilflos saß der gestandene Kriminaler der Frau gegenüber, wusste nicht, was er tun, was er sagen konnte, um sie zu trösten. Trotzdem klingelte etwas in ihm. Eine Alarmglocke. Ein Signalton. *Wieso sagt sie, dass sie schuld an allem wäre? Wieso nur?*

»Der noble Herr Doktor hat sich rausgeredet. Zuerst hieß es, das wären nur leichte Ausfallerscheinungen – gar kein Grund zur Sorge. Aber die Ausfallerscheinungen dauerten an. Ein paar Tage, eine Woche. Dann habe ich die Liesel und das Baby eingepackt und bin mit ihnen ins Krankenhaus gefahren. Dort hieß es dann, Michael hätte eine Hirnentzündung. Es wäre mit bleibenden Schäden zu rechnen.« Christa Gabler stützte den Kopf in ihre Hände. »Damals waren wir so saublöd und haben uns einreden lassen, dass all das nichts mit der Impfung zu tun hätte. Rein gar nichts, wie auch die Ärzte im Krankenhaus sagten. So was käme schon mal vor.« Sie sah Kroner an. »Können Sie sich das vorstellen?«

Nein. Konnte er nicht. Aber es war gewiss die reinste Hölle.

»Den gesunden kleinen Kerl gab's nicht mehr. Von einem Tag auf den anderen. Der Pitt fing an zu saufen, verlor seinen Job, alles ging den Bach runter. Familiär und finanziell. Sie konnten die Miete nicht mehr bezahlen, mussten umziehen. Ich habe dem Pitt dann den Job in der Brauerei hier in Hacklberg besorgt. Mein damaliger Freund arbeitete dort. Ich war zwar die kleine Schwester, aber ich musste mich um alles kümmern. Immer schon. Unsere Eltern sind früh gestorben, auch die Anneliese hatte es nicht leicht im Leben.«

Das glaubte Kroner gern, nur –

»Also habe ich auch das in die Hand genommen.« Christa Gabler leerte ihr Glas, zog ihre Strickjacke aus. Allmählich wurde es sogar hier im Schatten ordentlich warm.

»Was haben Sie in die Hand genommen?«

Sie knotete die Jacke um ihren Bauch. »Ich wollte, dass Michaels Behinderung als Impfschaden anerkannt wird. Ich wollte, dass Anneliese und Pitt wenigstens finanziell eine Entschädigung bekommen, wenn schon ...« Sie brach ab, kratzte sich an den Ellbogeninnenseiten. »Ich war doch mindestens so dumm wie meine Schwester und ihr Mann, habe den Ärzten die fadenscheinigen Erklärungen genauso abgekauft wie sie. Von wegen, so was – ! – könne schon mal vorkommen! Wir haben uns damals einfach nicht getraut, etwas anderes zu behaupten, obwohl der Zusammenhang ganz offensichtlich war. Erst als Michael in die Schule hätte gehen müssen, ist mir bei der Arbeit in der Krankenkasse ein Artikel der ›Lebenshilfe‹ in die Hände gefallen. Darin stand, dass die Frühförderstellen, die ja bislang mit einer bestimmten, ungefähr gleichbleibenden Anzahl von Neuaufnahmen von Kindern mit Förderbedarf rechneten, um 1975 und 1976 herum einen deutlichen Rückgang der geistig behinderten Kinder bemerkt hatten.«

»Das verstehe ich jetzt nicht.«

Christa Gabler lachte. Es war kein heiteres Lachen. »Ab Januar 1970 wurden normalerweise keine Säuglinge mehr gegen Pocken geimpft. Bereits im Jahr zuvor impften verantwortungsbewusste Ärzte nur noch zurückhaltend. Sechs Jahre später, also zu einem Zeitpunkt, da all diese Kinder, die nicht mehr geimpft worden waren, eingeschult werden sollten oder kurz davorstanden und geprüft wurde, ob sie schulfähig wären, war die Anzahl der üblichen Neuanmeldungen geistig behinderter Kinder in den Frühförderstellen plötzlich auffallend niedrig. Es gab auf einmal viel weniger Förderbedarf.«

Kroner legte eine Hand vor den Mund. Atmete tief durch. *Mein Gott! Michael hätte ein ganz normales Leben führen können, wenn dieser Arzt nicht …*

»Ein jahrelanger Kampf begann. Massen an Papier. Millionen Anrufe bei Behörden und Ämtern. Herablassende Kommentare. Immer neue Rückschläge. Anneliese hatte dafür keine Kraft, und Pitt wollte von alledem sowieso nichts wissen. Den interessierte nur noch der Verein und wann er die nächste Halbe saufen konnte. Aber ich wollte mich so schnell nicht geschlagen geben. Ich habe weitergekämpft.« Sie heulte regelrecht auf. »Aber am Ende kam nichts dabei heraus. Die Anneliese hat nie auch nur einen Cent gesehen.«

Das war doch krank! Kroner kämpfte um die nötige Distanz, aber manchmal war das schwer. Verdammt schwer.

»Der Stevie wusste von alldem nichts, und ich bin mir ziemlich sicher, dass der Reisinger-Junge genauso ahnungslos war.«

»Was hat jetzt der damit zu tun?« Kroner stellte das Weißbierglas ab, dem er gerade einen Schluck hatte entlocken wollen.

Anneliese Windischs Schwester sah auf, wischte sich die Tränen fort. »Na, weil es sein Großvater war, der Michael geimpft hat. Das Dreckschwein.«

Durch Kroners zerebrales Zentrum ackerte ein Pflug, zog tiefe glänzende Furchen. »Dr. Jacobi senior?«

»Genau der.«

Dr. Jacobi senior! Aus den frischen Wunden im Kroner-Hirn spritzte das Blut nur so.

»Und der wohnte ausgerechnet in Hacklberg, obwohl er doch in Bad Füssing praktizierte.« Christa Gabler schüttelte den Kopf. »Nach dem Umzug von Tutting hierher waren Pitt und Anneliese Nachbarn von ihm. Fast jedenfalls. Dabei war er der Arroganteste von allen, sprach von einem bedauernswerten Kollateralschaden, aber die Mutter habe nun mal ihre Zustimmung gegeben, ja, er könne sich sogar erinnern, dass sie ihn um diese Impfung gebeten hätte.« Stevies Tante schnaubte. »Hätte er seinen Fehler zugegeben, hätte die Anneliese wenigstens die Entschädigung bekommen.«

Genau so schätzte Kroner den Alten ein. Null Empathie, und schon gar nicht für Menschen, die nach seinem Dafürhalten im Wert weit unter ihm und seinesgleichen rangierten – und das taten die Windischs in Dr. Jacobi seniors Augen garantiert. Da musste Kroner nur an dieses haarsträubende Gespräch von gestern denken.

»Zu allem Überfluss waren Stevie und Bascht auch noch im gleichen Alter, besuchten dieselbe Grundschule, spielten miteinander Fußball. Jedes Mal, wenn Anneliese den Sebastian sah, kam alles wieder hoch, jedes Mal wurde ihr Hass noch ein bisschen stärker.«

Ist das die alte Geschichte zwischen Bascht und Reisinger? Und nicht der Lattenknaller? Wie viele Leute wissen davon? Ranner?

»Wenigstens einmal hat die Anneliese auf mich gehört und dem Stefan nichts von der Impfsache erzählt. Aber es half nichts.«

»Was half nichts?«, musste Kroner nachfragen.

Die Tante zögerte. »Stevie wusste vielleicht nicht, was ihn mit den Jacobis und der Familie Reisinger verband, aber Kinder haben ein feines Gespür. Natürlich hat er mitbekommen, dass seine Mama Bascht hasste. Seinen Vater. Seine Mutter. Und am Ende tat er das auch.«

Konnte das stimmen? Hatte Stevie Windisch Bascht deshalb seit Jahren auf dem Kieker gehabt? Weil ihm seine Mutter unbewusst ihren eigenen Hass eingeimpft hatte? War das nicht zu weit hergeholt?

»Hätte ich nie damit angefangen, Michaels Behinderung zu hinterfragen, dann wären Stevie und Bascht vielleicht Freunde geworden und es hätte nicht so enden müssen.«

Puh! Kroner schwirrte der Kopf.

»Und für meine Schwester wäre es auch besser gewesen. Es ist leichter, sich mit etwas abzufinden, das man nicht hätte ändern können, als zu wissen, dass all das nicht passiert wäre, wenn …« Christa Gabler streckte den Rücken durch und wischte die Tränen fort. »So, jetzt ist alles gesagt. Ich bin froh.«

Kroner atmete tief durch. Er musste diese Geschichte erst mal sacken lassen. »Soll ich Ihnen noch eine frische Halbe besorgen?«

Stevies Tante schüttelte den Kopf, zeigte auf die lange Schlange vor dem Selbstbedienungshäuschen. »Mittagszeit. Da stehen Sie ewig, und ich muss ohnehin weg.«

»Eine Frage noch.«

»Ja?«

»Sie haben auf dem Friedhof zu einer jungen Frau gesagt, jetzt hätten die Reisingers beide Windisch-Buben auf dem Gewissen. War damit das gemeint, was Sie gerade erzählt haben?«

Sie nickte. »Wie kommt's, dass Sie wissen, was ich dieser mutigen jungen Dame …? Sie war die Einzige, die Michael ihr Beileid ausgesprochen hat, dabei fehlt ihm der Bruder am meisten von uns allen.«

Ihre Worte drückten Kroner die glühende Kokarde des Stolzes auf die Brust. Ja, Valli war ein tapferes Mädchen, mit dem Herzen am rechten Fleck. Schon immer gewesen. Und für einen Moment vergaß der Erste Kriminalhauptkommissar Passaus, dass er ebendieses »Fräuleinwunder« vor ziemlich genau vierundzwanzig Stunden noch am liebsten rundumgfotzt hätte. »Valli Milner war in Begleitung eines Beamten. Deshalb.«

»Aha. Das hat sie mir aber verschwiegen. Sehr schlau. Sonst hätte ich bestimmt nichts gesagt.«

Kroner lächelte.

So wie die Gabler. Bemerkenswert. »Wissen Sie, ich kann Bascht sogar verstehen. Stefan hat ihm viele Jahre übel mitgespielt, und er wusste natürlich, dass die Aussage meiner Schwester in dieser Drogensache erstunken und erlogen war. Aber Anneliese hatte nicht die Kraft, ihrem Sohn die Abscheulichkeiten gegen Bascht auszutreiben. Ich glaube, sie hat sich sogar manchmal in gewisser Weise daran erfreut.« Etwas unbeholfen, möglicherweise verlegen, strich Christa Gabler ihren Rock glatt. »Vielleicht sind wir jetzt quitt. Ein Schlussstrich täte beiden Familien gut.«

Na ja. Dem konnte Kroner nicht so ohne Weiteres zustimmen. Das war ihm viel zu viel Auge um Auge, Zahn um Zahn.

Anneliese Windischs Schwester stand auf. »Ich hoffe, Sie sind zufrieden. Ich hätte die Liesel lieber geschont, aber … irgendwo gibt es eine Grenze, und diese habe ich schon vor Jahren überschritten. Es wurde Zeit.«

»Danke für Ihre Offenheit, Frau Gabler.« Kroner erhob sich ebenfalls, reichte Stevies Tante die Hand und konnte auf einmal nicht wieder loslassen. »Und Sie sind absolut sicher, dass Stevie und Bascht nicht wussten, dass Dr. Jacobi senior die Schuld an Michaels Behinderung trägt?«

Die Tante zögerte nur einen kurzen Augenblick. »Stevie hat das anderen gegenüber immer gerne so ausgedrückt: ›Mein Bruder ist schon als Spast zur Welt gekommen.‹ Zuletzt habe ich ihn das vor ungefähr einem Monat sagen hören, als ich mit einer Freundin in Passau zu Besuch war. Also?«

Kroner hörte am Ton, dass die Tante das Verhalten ihres Neffen unmöglich gefunden hatte, aber es schien tatsächlich zu belegen, dass Stevie bezüglich der Ursache der Behinderung seines Bruders bis zuletzt ahnungslos gewesen war.

»Und ein Dr. Jacobi wird wohl kaum mit seinen Verfehlungen hausieren gehen, denke ich?«

Darin stimmte Kroner ihr zu. Vermutlich gab man derlei Dinge nicht an nachfolgende Generationen weiter, sondern legte über einen solchen Vorfall gewissenhaft den Mantel des Schweigens. Und im Ausbreiten eines solchen Mantels schien Dr. Jacobi senior Übung zu haben, gedachte man seiner offensichtlich nationalsozialistischen Vergangenheit, die er lange Zeit geheim gehalten hatte.

»Aber man kann nie wissen«, sagte die Gabler, bevor sie sich endgültig verabschiedete.

2

Ich schwör's, ich geh nicht ins Gefängnis, nicht jetzt!

Valli stand bei den Reisingers vor der Haustür, hörte, dass sich drinnen jemand stritt. Drei, vier, vielleicht sogar fünf Personen. Sie konnte nichts verstehen, gar nichts, dachte ständig nur an diese Worte.

Ich schwör's, ich geh nicht ins Gefängnis, nicht jetzt!

Boscht hatte sie zu Juli gesagt. Gestern Abend. Am Telefon wahrscheinlich, wie auch sonst? Vor Julis Tür hatte ein Bulle gesessen, der Vallis Ausweis verlangt und sich ihren Namen notiert hatte.

Ätzend.

An dem wäre Boscht doch nie vorbeigekommen, oder? Jedenfalls hatte Valli geschlagene zwei Stunden auf Julis Bettkante gesessen, ihre Hand gehalten und zugesehen, wie literweise Salzwasser im Laken versickerte.

Dass ein Mensch so viel heulen kann!

Valli hatte die ganze Nacht gebraucht, um die Ausmaße dieser Wochenbettdepression zu verdauen, wobei …? Reiner Babyblues war das nicht gewesen. Juli hatte eine Scheißangst vor ihren Eltern. Vor den Vorwürfen. Vor deren Überreaktion. Vor der Zukunft. Und um Boscht und um ihr Kind. Nur der Bruder war einigermaßen gut weggekommen. Einmal hatte sie ihn sogar »Schatz« genannt. Warum genau, das hatte Valli nicht verstanden. Irgendwie hatte Juli damit nicht so recht rausrücken wollen.

Valli klopfte.

Seit gestern Nacht hatte sie in einer Art Selbstrettung versucht, etwas Distanz zwischen sich und Juli zu bringen. Worte wie »Heulsuse« oder »Flennhenne« hatten ihr dabei geholfen, doch dann hatte dieser eine Anruf alle Mühen kaputtgeklingelt.

Lungenblaschen sind geplatzt.

Haben einen Pneumothorax verursacht.

Daraufhin ist das Rippenfell gerissen.

Luft neben der Lunge, nicht in der Lunge, wo sie hingehört, deshalb kann sie sich nicht mehr ausdehnen und fällt zusammen.

Die Ärzte saugen die fehlgeleitete Luft über Schläuche in der Brustwand ab.

Der Riss im Rippenfell lässt den Blutdruck ansteigen.

Das löst eine Kettenreaktion aus.

Bei so einem Winzling steigt der Druck ins Unendliche.

Und verursacht eine Gehirnblutung.
Folgeschäden wahrscheinlich.
Vielleicht stirbt er.
Und dabei hat er noch nicht mal einen Namen.

In Vallis Kopf wütete seither ein Strudel. Der Trichter musste riesig sein, hatte mindestens die Ausmaße des Regensburger Strudels unterhalb der Steinernen Brücke. Er verschluckte alles. Jeden klaren Gedanken.

Und wie zerstörerisch musste dann erst der Strudel in Julis Kopf sein? So wie der Whirlpool von Corryvreckan in Schottland?

Valli war hier, um die durchaus besorgniserregenden Neuigkeiten den frischgebackenen Omas und Opas vorzutragen. Den stolzen Urgroßeltern. Was dachte sich der Schöpfer nur dabei? Als ob die Sache mit Bascht nicht schon schlimm genug wäre!

Valli klopfte. Lauter diesmal. Sie versuchte, sich vom Strudel nicht nach unten zerren zu lassen, strampelte sich frei. Allmählich drang nicht nur der Lärm des Streits durch das Rauschen, sondern auch der Sinn der Worte, die drinnen fielen.

»Wir nehmen ihre Sachen mit«, kreischte eine weibliche Stimme. »Juli wird nicht hierher zurückkommen. Wenn sie entlassen wird, kann sie mit dem Kind bei uns wohnen. Wir sorgen für alles und wünschen keinen Kontakt zu diesem Verbrecher. Haben wir uns da verstanden!«

»Das wäre ja noch schöner!«, retournierte Eva Reisinger scharf. »Sie meinen wohl, weil Sie von Salzburg hierhergefahren sind und sich der dortigen High Society zughörig fühlen, könnten Sie sich alles erlauben. Das soll die Juli selbst entscheiden. Und der Bascht mit ihr. Er ist der Vater des Kindes.«

»Der entscheidet gar nichts mehr. Auf jeden Fall nicht, wenn es um meine Tochter und mein Enkelkind geht.« Das musste dann wohl Julis Vater sein.

»Wenn Sie mir jetzt nicht sofort aus dem Weg gehen, dann rufe ich die Polizei!«

Auf geht's. Rein mit dir ins Getümmel!, feuerte sich Valli selbst an. Langsam drückte sie die Klinke durch, stolperte über die Türschwelle und wäre der Länge nach hingefallen, wenn nicht starke Arme sie aufgefangen hätten.

Der Mann aus dem Aufzug.
Gleich zweimal.
Valli fasste sich an die Stirn.

***

»Hast du Ben erwischt?«

»Ja, Chef. Er ist im Bilde«, musste Leo Kroner beruhigen, der normalerweise nie wie eine geisteskranke Amsel im Kommissariat herumflatterte.

»Die Sache mit der Impfung muss er nämlich wissen, *bevor* er mit Franziska Reisinger spricht.«

Leo verdrehte die Augen. »Er weiß es, ruhig Blut! Ich habe es ihm in einer auch für Männer verständlichen, einfach gehaltenen Sprache erklärt.«

»Das ist nicht lustig, Weissenbeck!«, donnerte Kroner. Er wollte jetzt endlich erfahren, was Franziska Reisinger mit Windisch zu schaffen hatte und ob sie von der fatalen Impfung wusste. Außerdem gedachte er, Anneliese Windisch bezüglich der Herkunft des Geldes für das Audi Sportcoupé auf den Zahn zu fühlen und sie zu fragen, warum sie deshalb die Polizei belog. Denn mit dem, was er von ihrer Schwester gerade erfahren hatte, ließ sich ordentlich Druck ausüben. Vor allem mit der Drogenlüge. Für eine Falschaussage vor Gericht sah das Gesetz ein Strafmaß zwischen drei Monaten und fünf Jahren vor. Dass die Sache verjährt war, weil der Vorfall länger als fünf Jahre zurücklag, mussten sie der Windisch ja nicht unbedingt auf die Nase binden.

Die Schonzeit war vorbei. Endgültig.

Gleich nach dem späten Frühstück mit Christa Gabler hatte der Chef die sonntägliche Ruhe seiner schärfsten Klinge gestört. Er brauchte seine Hauptkommissarin unbedingt für das Good-cop-bad-cop-Spielchen.

Und Leo enttäuschte Kroner nicht. Tat sie nie. Sie drückte den Klingelknopf unverschämt lange.

Christa Gabler öffnete. »Ich hab's mir fast gedacht«, sagte sie nicht unfreundlich. »Die Anneliese ist in der Küche. Sie wartet schon, ich habe sie vorgewarnt.«

Kroner »ähte« zwei-, dreimal perplex. Irgendwie war ihm das jetzt auch noch peinlich.

»Brauchen Sie mich?«

Commissario Äh schüttelte den Kopf.

»Gut, dann fahre ich mit Michael zurück nach München. Wir bleiben so lange fort, bis das hier überstanden ist. Meine Schwester will mich sowieso nicht mehr hierhaben. Verständlich, oder?«

Der Koffer stand im Flur, Stevies Bruder versuchte, seine Schuhe anzuziehen, scheiterte aber schon beim Hineinschlüpfen. Die Tante half.

Kroner schloss die Augen, dachte daran, wie anders Michaels Leben hätte verlaufen können, wenn Dr. Jacobi senior ihm nicht diese eine Spritze gegeben hätte.

Wenn, wenn, wenn …

Wahrscheinlich hatte Christa Gabler recht, und für die Mutter wäre es leichter gewesen, die Behinderung ihres Sohnes irgendwann als Laune der Natur zu akzeptieren.

Leo marschierte voran, forsch der Schritt und zackig das »Schönen Sonntag, Frau Windisch, wir hören, Sie haben Polizei und Gericht angelogen. Mehrfach. Darüber müssen wir uns dringend unterhalten.« Sie zog einen Stuhl vom Tisch weg, drehte ihn um, schwang ihr bejeanstes rechtes Bein darüber, hockte sich hin und verschränkte die Arme auf der Lehne. All das keine zwanzig Zentimeter von Anneliese Windischs verheulter Visage entfernt.

Mein Gott!, schrie Kroners endogener Anstandswauwau. *Die Frau hat einen Sohn verloren, Leo. Reiß dich zusammen!*

Selber schuld!, verhohnepipelte ihn sofort der exogene Scheißkerl. *Dafür hast du sie schließlich hergebracht.*

Auch wieder wahr.

Doch das alles hätten sie sich sparen können, denn die Windisch war schon vorgegart – schön medium sozusagen.

Ja, sie hätte gelogen. Bei der Drogengeschichte damals und wegen der Rubbellotterie auch, aber alles nur zum Wohl des Bubileins. Wie Mütter das halt so machen. Ein Instinkt. Den könne man nicht so leicht ausblenden.

»Und was ist mit der Hetze gegen Reisinger?«

»Sperren Sie ihn ein, dann hör ich auf.«

»Wussten Sie von Stevies Spielschulden beim Schütz?«

»Spielschulden? Nein. Davon höre ich zum ersten Mal.«

»Aha. Und woher kam das Geld für den Audi? Wieso die Komödie mit der Rubbellotterie? Oder soll ich besser von Tragödie sprechen?«

»Sie haben ja selbst gesagt, dass der Bub … dass er …«

»Ein Einbrecher. Das Wort kommt Ihnen wohl schwer über die Lippen, wie? Aber leider hat er nicht so fleißig Vereinsheime geplündert, dass er dadurch genug Geld für ein so schönes Auto zusammengeräubert hätte. Da ist noch was anderes. Und Sie wissen davon.«

»Überhaupt nichts weiß ich!«

»Wer's glaubt!«

»Sie können mich mal.«

Und das war's. Anneliese Windisch presste die Lippen aufeinander wie ihr Glätteisen, wenn sie ihre Haare pimpte, und hielt ausnahmsweise den Mund.

Medium war nun mal nicht gar. *That's it.*

***

Vor dem »KaffeeWerk« auf dem Kirchplatz der Innstadt plauderten die Leute an den Tischen über Gott und die Welt. Entspannte Atmosphäre, lächelnde Gesichter, Sonnenschein.

Ben zog zwei der Liegestühle ein Stück von den anderen fort. Franziska Reisinger setzte sich in den gelb-weiß gestreiften, er in den schwarzen. Baschts Schwester hatte ihn vor zwei Stunden angerufen. Sie wolle nun doch mit ihm reden. Endlich.

And here we go.

Auf Bens Attraktivitätsskala sortierte sich die junge Dame gerade bei zehn von zehn möglichen Punkten ein.

Wow!

Ihr gutes Aussehen war ihm damals vor der Simmerling-Werkstatt gar nicht ins Auge gestochen. Ein Kellner fragte nach ihren Wünschen.

»Einmal ›Milchmädchen‹, bitte, und ein Stück vom veganen Kuchen.«

Ben sah Franziska an. »›Milchmädchen‹? Das hört sich aber verdächtig nach tierischer Herkunft an.«

Baschts Schwester lächelte. »Ich bin keine Veganerin, nicht mal Vegetarierin, aber mir schmecken die Kuchen einfach so gut.«

Aha! Ein Schleckermäulchen also. Sah man ihr nicht an. »Ich nehme das Gleiche.«

»Schoko-Orangen- oder Schoko-Himbeer-Kuchen?«, wollte der Kellner wissen.

»Könnten wir teilen?«, intervenierte Franziska, bevor Ben sich entscheiden konnte.

»Gerne.« Er mochte Baschts Schwester auf Anhieb. Nicht nur, weil sie wahnsinnig gut aussah, nein, sie hatte eine Art, die er gut leiden konnte.

»Dann ein Stück von jedem, bitte.« Der Kellner notierte ihren Wunsch, verschwand, und Franziska lehnte sich auf ihrem Liegestuhl zurück. »Ist mein Lieblingscafé. Nett, oder?«

»Ja, sehr nett.« *Das Mädchen schindet Zeit. Eindeutig. Und sie ist aufgeregt.* »Wissen Sie, wo sich Ihr Bruder im Moment aufhält?«

»Nein.«

»Sicher?«

Ihr Blick verfinsterte sich. »Ja, sehr sicher, Herr Bruhan. Ich lüge nicht, das gehörte noch nie in mein Repertoire.«

»Es sei denn, Verschweigen zählt als Lüge, richtig?« *Sie hat also ein Repertoire. Interessant.*

Der Kellner rettete »Fräulein« Reisinger vor einer Antwort, servierte galant die Milchmägde samt Kuchen.

Ben halbierte sein Stück mit der Gabel und schob es Franziska auf den Teller. »Wenn wir schon das Essen teilen, könnten wir auch Du sagen, oder?« *Und Telefonnummern austauschen.* Zu seinen besten Zeiten hätte er sich bei einer Zehn-Punkte-Frau dieses Frageanhängsel gepaart mit einem Zwinkern niemals verkneifen können, aber da er …

»Von mir aus.«

Ben fuhr sich durch die Haare. Begeisterung sah anders aus.

Egal. »Ich würde gerne erfahren, was dich mit Stefan Windisch verbindet.«

Sie räusperte sich. Verlegen. Eindeutig. »Er hat mich sexuell belästigt und bedroht.«

Windischs Liste wurde länger und länger …

»Meine Eltern und mein Großvater haben das verschwiegen, weil ich ihnen das Versprechen abgenommen habe, es niemals jemandem zu erzählen.«

»Warum?«

Franziska spielte mit dem Kettchen an ihrem Handgelenk. »Weil ich nicht wollte, dass jeder davon erfährt.«

»Sexuelle Belästigung? Drohungen?« Ben probierte sein »Milchmädchen« und musste dabei prompt an die Tote denken, die Valli vor einem Jahr unterhalb des »Scharfrichterhauses« gefunden hatte. In der Milchgasse. Von den Medien fürderhin als »Milchgassenmädchen« bezeichnet. »Wovon sprechen wir genau?«

Franziska balancierte den Kuchenteller auf ihren Knien, hielt den Kaffee in Händen. Sie sah aus wie eine verschreckte Fünfzehnjährige. Wie ein Kitz.

Sie tat Ben leid – und trotzdem. »Bitte.«

Baschts Schwester gab sich einen Ruck. »Etwa vor zwei Monaten habe ich bemerkt, dass mir manchmal, wenn ich zur Arbeit fahre, ein Wagen folgt. Immer derselbe. Ein Sportwagen.«

Windischs Karre. Logisch.

»Zuerst dachte ich mir nichts dabei, aber da ich an der Uniklinik Regensburg natürlich Schichtdienst mache, ändern sich die Zeiten ständig, das heißt, der Typ wusste ziemlich gut Bescheid.«

»Das machte dir natürlich Angst. Verständlich.« Das Du fühlte sich komisch an.

»Ja, ich fürchtete mich. Sehr sogar. Ganz besonders, als dieser Typ eines Nachts auf dem Parkplatz vor mir stand.«

»Wusstest du, wer er war?«

»Ja. Und deshalb war ich im ersten Moment erleichtert, aber dann …« Sie nippte vom Kaffee, schluckte schwer. »Aber dann hat er mich gegen mein Auto gedrückt und angefasst.«

»Wo?«

»Überall.«

»Hat er dich …?«

»Nein, er hat mich nicht vergewaltigt oder mir wehgetan, und ich hatte auch gar nicht den Eindruck, als ginge es um mich. Ich glaube, er wollte mir nur Angst einjagen.«

»Was meinst du damit?«

»Stevie hatte es nicht auf mich abgesehen, er war kein Stalker oder so was. Er hatte etwas anderes im Sinn, aber ich weiß nicht, was.« Sie malte Achter in ihr Milchmädchen. Ununterbrochen.

»Hat er irgendetwas gesagt?«

»Nicht viel, nur ›Wie gefällt dir das?‹ und so schmieriges Zeug. Und dass er jederzeit ›alles‹ mit mir tun könne. Als er mich endlich losließ und wegging, hat er sich noch mal umgedreht und mir etwas zugerufen.«

»Was?«

»›Schöne Grüße an die Frau Mama und den Herrn Papa und an meinen ganz speziellen Freund‹.«

»Meinte er damit deinen Bruder?«

»Ja. Da bin ich mir ziemlich sicher.«

»Wieso bist du nicht zur Polizei gegangen?«

Sie zuckte mit den Schultern.

»Wusste Bascht davon? Deine Eltern?«

»Ja.«

»Und die haben auch nichts unternommen?« Ben wunderte sich immer mehr.

»Sie mussten es mir versprechen. Es war ein Fehler, ihnen überhaupt davon zu erzählen, die machten sich natürlich schreckliche Sorgen, aber ich glaube, Stevie hätte mir nichts getan.«

Etwas blauäugig, die junge Dame. Ben stellte seinen leeren Teller auf dem Kopfsteinpflaster ab. »Glaubst du, dass Bascht Stevie umgebracht hat?«

Franziska nickte, ihre Hände zitterten. »Ja. Er hat es mir gesagt.«

Wie bitte?

»Bascht wollte Stevie nicht töten, er konnte sich nur nicht mehr zurückhalten. Du weißt ja nicht, was Windisch für ein Arschloch sein konnte, wenn er –«

Allmählich bekomme ich eine Ahnung davon. »Dein Bruder hat dir die Tat gestanden?« In Bens Hirn stapelten sich die Fragen zu einem Achttausender auf.

»Wir haben gestern Nacht geskypt. Er war total verzweifelt.«

Das wurde ja immer schöner. Franziska wusste, dass Benuron im Spiel war, vielleicht nicht, dass Stevie daran gestorben war, aber doch, dass es eine Rolle gespielt hatte. Hatte sie ihrem Bruder nichts davon gesagt? Oder meinte sie mit »Er konnte sich nicht mehr zurückhalten« etwa nicht Baschts Prügelattacke? »Hast du die Polizei informiert? Immerhin stand eine Streife vor deiner Tür.«

Sie schüttelte den Kopf. »Ich saß am Rechner, er hat mich rein zufällig erwischt und …«

Ben stand auf. »Ich muss jemanden in deine Wohnung schicken, der zurückverfolgt, woher der Anruf kam.«

»Okay.«

»Du weißt es nicht zufällig?« Könnte ja sein, dass die Schwester wusste, von wo aus der Bruder sie angeskypt hatte.

»Nein. Er wollte es mir nicht sagen.«

Klar. Na ja. Ben benachrichtigte die Zentrale, gab Franziskas Adresse in der Ilzstadt durch, dann reichte er ihr seine Hand und zog sie hoch. »Wie ist das Verhältnis zwischen Bascht und eurem Vater?«

»Schlecht.«

»Wie schlecht?«

»Sehr. Sie reden nur miteinander, wenn es sich nicht vermeiden lässt.«

Ben verschwand kurz im Café, um zu bezahlen. Wieder draußen auf dem Kirchplatz, hakte er Baschts Schwester unter, weil sie sich von selbst nicht von der Stelle rührte.

»Wo fahren wir hin?«

»In deine Wohnung.«

Sie verstand nicht gleich. Ben zeigte auf sein Handy. »Meine Kollegen werden gleich da sein.«

»Ah.«

Ben schob Franziska in die Richtung, wo er geparkt hatte. »Warum ist das Verhältnis zwischen den beiden so schlecht?«

»Bascht gibt ihm die Schuld an der Trennung unserer Eltern.«

»Und? Ist das so?«

»Da gehören immer zwei dazu, aber Paps hat unsere Mama betrogen, also … Außerdem konnte Bascht es meinem Vater nie recht machen.«

»Weshalb?«

»Weil er aus lauter Frust über Papas Fehltritt das Abi versemmelt und alle väterlichen Träume damit zunichtegemacht hat.«

Das kam Ben irgendwie bekannt vor. Dass er Kriminalbeamter geworden war, passte auch nicht zum Hochglanz-Image seines Übervaters.

»Aber die Medizin ist tatsächlich nichts für Bascht. Mein Bruder ist handwerklich sehr begabt, das hat er vom Opa, und wenn er jetzt die Werkstatt übernommen hätte, dann bin ich mir sicher, dass …« Sie blieb stehen, senkte den Kopf und begann wieder, an ihrem Silberkettchen rumzufummeln. »Dass er mit Juli glücklich geworden wäre, aber …«

Aber jetzt wanderte er hinter Gitter. Ben verstand schon. »Und weil das Verhältnis so schlecht war, hast nur du einen Schlüssel zur Praxis eures Vaters?«

Sie sah auf. »Nein. Wir haben beide einen bekommen und für das Haus in der Schulstraße, wo Papa seither allein mit Opa wohnt.«

Ben horchte auf. Das hieß, Dr. Jacobi hatte bezüglich des Schlüssels gelogen. Oder er hatte es vergessen. War ja schon ein Weilchen her. Möglich wäre auch, dass Bascht ihn zurückgegeben hatte, ohne dass Franziska davon wusste. »Kennst du Michael Windisch?«

»Ja. Das ist Stevies behinderter Bruder.«

»Wusstest du, dass seine Behinderung wahrscheinlich von einer Pockenimpfung herrührt, die dein Großvater durchgeführt hat, obwohl diese Impfung für Säuglinge bereits abgeschafft war?«

Franziska Reisingers Knie sackten weg, sie stolperte ein paar Schritte vorwärts. »Was?«

»Wir wissen das von Christa Gabler, Michaels und Stefans Tante.«

»Mein Gott!« Sie schlug die Hand vor den Mund. »Deshalb also.«

Deshalb was?, wollte Ben schreien, doch er bremste sich. Ließ Baschts Schwester die Zeit, die sie brauchte.

»Deshalb diese Abneigung gegen das Impfen. Für einen Allgemeinmediziner, wie mein Paps einer ist, ist das sehr ungewöhnlich. Ich habe mich schon immer darüber gewundert, denn an der Uni sind wir Nachwuchsmediziner einem wahren Impf-Mantra ausgesetzt. Impfungen wären die wichtigsten und wirksamsten präventiven Maßnahmen überhaupt. Da gibt es normalerweise keine abweichende Lehrmeinung, und es ist gewiss nicht leicht, sich davon zu lösen.«

Darüber hatte sich Ben bislang wenig Gedanken gemacht.

»Aber seit ich studiere, hat mein Vater mir immer wieder eingebläut: ›Impfen ist ein schäbiges Geschäft mit der Angst, bei dem bestimmte Leute Milliarden verdienen.‹« Tränen liefen über Franziskas Wangen.

Ben wischte sie fort, er konnte nicht anders.

Sie lehnte ihren Kopf an seine Schulter. Sehr kurz zwar, aber dennoch. »Kann ich dich anrufen, wenn all das vorbei ist? Deine Karte habe ich ja.«

Wenn all das vorbei ist? Ben versteifte sich. *Ihr Bruder wandert in den Knast, und dann ist alles vorbei, und es herrscht Friede, Freude, Eierkuchen? Komisch.* »Wo warst du eigentlich in der Nacht von Dienstag, den siebenundzwanzigsten, auf Mittwoch, den achtundzwanzigsten Mai?«, fragte er kalt.

»Du fragst nach einem Alibi?«

Er nickte.

Franziska kniff entrüstet die Augen zusammen, holte aber ihr iPhone aus der Tasche und checkte den Kalender. »Nachtdienst.«

»Bis wann?«

»Sechs Uhr früh.«

3

Hannes Kroner stopfte alles in sich hinein. Den Salat, das Baguette, das blutige Rindersteak.

Halb gar. Genau wie die Windisch. Verdammt!

Er war sich so sicher gewesen, dass Stevies Mutter heute einknicken würde.

So sicher.

Irgendwo gab es eine Geldquelle, aus der sich Windisch ungeniert bedient hatte, und dort lag der Ursprung dieser ganzen Misere. Darauf würde Kroner seinen Allerwertesten verwetten. Und die Mutter wusste was.

Hundertprozentig.

Sogar Kroner senior hatte sich geduckt und kurze Zeit später die Terrasse geräumt, als Hannes heimgekehrt war, um auf dieser zu speisen – die Brauen auf Sturm gebürstet, die Laune unterirdisch.

Jetzt vegetierte Kroner allein auf weiter Flur vor sich hin und überhaupt. Er wischte sich den Mund ab, pulte Fleischfetzen aus seinen Hauern und streckte sich. Bens Anruf und *the latest Franziska Reisinger news* brachten sie auch nicht weiter. Jetzt hatten sie zwar allerhand neue Erkenntnisse, aber die Liste der Verdächtigen wurde dadurch nicht kürzer.

Ganz oben stand nach wie vor Sebastian Reisinger. Flüchtig. Oberkacke. Neu im Reigen der möglichen Kandidaten mittanzend: Franziska Reisinger, die sich vielleicht höchstpersönlich ihres Stalkers entledigt hatte. Denn auch, wenn die Herren Klinikleiter behaupteten, es wäre ganz und gar unmöglich, eine kleine Schachtel Benuron mitgehen zu lassen, so ließ sich ein Kroner – der schon allerhand im Leben gesehen hatte – nicht so leicht überzeugen wie etwa eine junge, naive Kollegin namens Maurer. Im Übrigen besaß Franziska einen Praxisschlüssel.

Hallo?

Benuron lag bei Orichel und Jacobi im Schrank. Frei zugänglich für Barbie und damit erst recht für die Tochter des Chefs.

Auch Baschts Eltern hatten ein gewichtiges Motiv. Den Sohn schützen. Den Sohn rächen. Für Kroner absolut nachvollziehbar. Der Vater, seinerseits Arzt, verfügte zudem über die Mittel, wenn auch nicht über die Gelegenheit. Jedenfalls nicht nach Aktenlage. Und Opa Simmerling traute Kroner sowieso alles zu. Der wollte endlich Gerechtigkeit für seinen Enkel. Aber dann hätte er die Schuld wohl längst auf sich genommen, genau wie die Eltern, anstatt mitanzusehen, wie das Bubilein von der Streif gejagt wurde. Außerdem trug so ein Giftmord eher die Handschrift einer Dame. Und da drängten sich wiederum die Rannerin und ihr erpresster Gemahl ins Bild, schrieben sich erneut auf Kroners Zettel – wenn auch ganz am unteren, ausgefransten Rand. Sogar der alte Nazi kam Kroner hie und da in den Sinn, obwohl der ohne Hilfe nicht mal mehr die Küche im eigenen Haus fand.

Es war zum Aus-der-Haut-Fahren!

Doch unter dem Strich blieb Passaus Bulle Nummer eins trotz allem an immer derselben Person hängen: an Sebastian Reisinger.

Nur er war nachgewiesenermaßen in Stevies Haus gewesen, nur er hatte das Glas mit den Paracetamol-Rückständen angefasst.

Er oder der große Unbekannte mit den Handschuhen.

Außerdem hatten nur Reisinger und Barbie Minutien auf der Benuron-Schachtel hinterlassen. Barbie! Die hätte er beinahe vergessen. Ebenfalls eine Frau, noch dazu mit Motiv und Mittel ausgestattet. Und Brenner und Allgeier gab es auch noch, diese Deppen. Hatten ihr Leben für ein paar Euro ruiniert. Oder hatten sie sogar Schlimmeres getan, hatten sie einen Mord begangen?

Quietschvergnügt und mittendrin: Valli! Schon wieder.

Kroner schnaufte schwer, bekam endlich die letzte von den ekelhaften Fleischfasern zwischen seinen Backenzähnen zu fassen, pulte sie heraus und schnippte sie in den Rasen.

Ich muss mit Joja reden.

Und zwar sofort.

***

»Wo ist Joschi? Ich wundere mich ehrlich gesagt, dass er nicht gerade das Zäpfchen dahinten in deinem Gaumen ablutscht«, sagte Markus Kroner, der neben Valli die Milchgasse hinunterrollte und dabei seinen *Bleschel* der interessierten Passauer Öffentlichkeit präsentierte.

Valli legte eine Vollbremsung hin. »Was laberst du für einen

Scheiß? Außerdem geht dich das nichts an, wer mir die Zunge in den Hals steckt, klar?« Sie stieg ab. »Hat der Schnösel dir das erzählt?« Markus konnte nur von der Verabschiedung in Bens Bus reden, das war das einzige Mal gewesen, dass Joschi sie richtig geküsst hatte. Auf den Mund. Ohne Zunge. Das vor Alfs Wohnung zählte nicht, und außerdem hatte das niemand gesehen.

Eros sprang ebenfalls von seinem Mounti und grinste unverschämt. »Es stimmt also?«

»Was?«

»Dass Joschi dein Freund ist? Ben hat was in diese Richtung erwähnt. Er wollte von mir wissen, ob es wahr ist. Also?«

Anscheinend befand sich Markus auf einem als noch recht defizitär zu bezeichnenden Stand der neuesten Entwicklungen. Er war erst heute Nachmittag vom Dienst in München heimgekehrt, und Kroner hatte vorhin auf der Terrasse nur grantig vor sich hin geschwiegen, als Valli Eros abgeholt hatte. »Joschi ist verhaftet worden. Genau wie ich.«

Das knallte dem Kroner-Spross die *Schusser* raus. »Du? Joschi? Verhaftet? Aber warum?«

Valli fasste die Lage in zwei, drei schnörkellosen Sätzen zusammen, haute das liebe Stiefbrüderlein damit erst recht um.

»Du bist ja total irre. Echt. Wie blöd kann man sein?«, schimpfte Markus, als er wieder Luft bekam.

Valli schob ihr Rad weiter, Markus' Beschimpfungen perlten von ihr ab wie Wasser von einem gut gefetteten Entengefieder. Sie musste immerfort an den kleinen Kerl denken, der in der Klinik um sein Leben und um eine Zukunft kämpfte, und an die saublöden Quendler-Eltern, die nicht mal dann Ruhe gegeben hatten, als Valli ihnen eröffnete, dass der Zustand des Enkelkindes sehr kritisch sei und Juli außer ihrem Bruder niemanden sehen wolle. Und dann der Bruder, den es gleich zweimal gab. In fast identischer Ausführung. Valli hatte nicht glauben wollen, dass sie Bascht am Tag zuvor in der Klinik über den Weg gelaufen war, ohne ihn zu erkennen.

Erst nachdem sie sich von diesem Schock und dem versammelten Simmerling-Reisinger-Quendler-Mansch etwas erholt hatte, lachte sie sich schlapp. Über sich selbst, über die Polizei und über Baschts Verkleidung. Völlig unpassend, natürlich! Aber ihre Nerven lagen blank. Sie konnte nicht anders. Und sie freute sich so sehr, dass Bascht seinen Jungen gehalten und gespürt hatte.

Wenigstens ein Mal.

Die Nachricht, dass Komplikationen aufgetreten waren, hatte dem jungen Vater den kläglichen Rest Boden, der unter seinen Füßen übrig geblieben war, auch noch weggezogen, und selbstverständlich hatte Valli weder Kroner noch Ben noch sonst irgendjemandem Bescheid gegeben, dass der Flüchtige im Malerweg in Hacklberg quasi abholbereit stand. Etwas, das Herr und Frau Quendler drauf und dran gewesen waren zu tun, die aber von ihrem echten Sohn äußerst energisch davon abgehalten wurden. Sonst würde der ja wegen Strafvereitelung – oder wie man das nannte – am Ende auch noch im Gefängnis landen. Der Trumpf hatte letztlich gestochen. Die Sorge um das Wohl des eigenen Fleisches und Blutes. Nur das. So was von schäbig, wie Valli fand.

Zufällig wusste sie, dass Angehörige sozusagen straffrei »strafvereiteln« durften, nur hatte sie keine Ahnung, ob ein Schwager in spe – noch dazu einem »in spe«, dem jede Hoffnung auf baldige Heirat verloren gegangen war – überhaupt als »Angehöriger« zählte.

Egal. Hauptsache, die Quendlers sorgten nicht dafür, dass die Polizei Bascht schnappte. Vielleicht konnte er noch mal ins Krankenhaus fahren, ehe … Das Versprechen, sich freiwillig zu stellen, wenn die kritische Phase überstanden war, hatte Valli Bascht im Gegenzug für ihre Vereitelungsbemühungen nämlich durchaus abgenommen.

»Valli?« Eros schwenkte seine Linke vor ihrem Gesicht. »Erde an Valli.«

Sie ging definitiv nicht als Angehörige durch, wenn das rauskam. So viel war klar.

»Tut mir leid«, sagte Markus und packte Valli am Arm. »Ich weiß, du kannst tun und lassen, was du willst, aber –«

»Passt schon«, wehrte Valli ihn ab. Wieso sollte sie sich angesichts dessen, was bei den Reisingers gerade los war, über ein paar unbequeme Wahrheiten aus Markus' Mund ärgern? Nicht mal ihm durfte sie sagen, dass sie erst vor ein paar Stunden mit Bascht gesprochen hatte. Nicht mal Eros, der wie ein Bruder für sie war – früher jedenfalls.

Sie lehnten die Räder gegenüber dem »Scharfrichterhaus« an die Wand. Markus legte eine schwere Kette um beide Oberrohre und schloss ab. »Seid ihr jetzt zusammen oder nicht? Du und Joschi?«

Valli verdrehte die Augen. »Klar, ich werde den Typen im Knast heiraten, und wir werden einen ganzen Stall voll Kinder haben.«

Markus atmete auf. »Gut, dass in der Evolution nur vier Jahre Treue und Gemeinsamkeit vorgesehen sind, weil dann die Kinder aus dem Gröbsten raus sind. Danach kannst du dich neu orientieren und triffst hoffentlich ein paar klügere Entscheidungen.«

Aha. Er war also wieder ganz der Alte. Valli lächelte. »Was hast du eigentlich gegen Joschi?«

»Der Typ ist nicht gut für dich.«

Sie sparte sich eine Antwort. Es stimmte ja. Irgendwie jedenfalls. Sie boxte Eros in die Seite und nickte in Richtung Wimmerhaus. »Sollen wir uns das wirklich antun?«

»Aber sicher doch!« Der jüngste Kroner-Spross hakte seinen Arm in Vallis Nacken ein, wie er es immer tat, und grinste. »Und ich bete zu Gott, dass Luisa wieder dieses goldene Nichts anhat – ohne BH darunter.«

Valli boxte sich frei, holte ein Papiertaschentuch aus ihrem Rucksack und tupfte Markus den Sabber ab. »Wieso wirst du eigentlich nicht Luisas neue beste Freundin, dann wäre ich aus dem Schneider?«

Markus verstand null, war ihm auch egal, denn sein Schwänzchen wackelte bereits vor lauter Vorfreude, als er auf den Klingelknopf drückte.

Braver Hund.

***

»Dass du dich überhaupt hierhertraust?«

»Joja, äh –«

»Sperrst meine Tochter ein und –«

»Ähm, so lass es mich doch erklären, ich hatte –«

»Du hattest keine andere Wahl? Willst du mir das sagen?« Sie zog das nudefarbene Cape enger um die Schultern. »Ich fasse es nicht!«

Kroner sah betreten auf seine Zehenspitzen.

»Fällt dir jetzt schon nichts mehr ein, was du zu deiner Verteidigung vorbringen könntest?«

»Ähm, äh …« Commissario Äh war ein echter Schlappschwanz, wenn es um Joja ging. Sein Hirn brachte partout keinen passablen Satz zustande, der zur Entspannung der Lage hätte beitragen können, also musste er schwerere Geschütze auffahren. Ohne aufzusehen, zog er ein Stück Papier aus seinen Bermudas und reichte es Joja Milner.

Erst nach reichlichem Zögern nahm sie den Zettel, faltete ihn auf und las: *Gäbe es keine trüberen Tage, verlören schöne Zeiten an Bedeutung.*

Ein Gedicht. Puh. Für Giulia hatte er nie ein Gedicht geschrieben. Kroner übermannte das schlechte Gewissen. Aber eigentlich war es nur ein Satz, das zählte bestimmt gar nicht, so kurz wie –

»Wo hast du das denn geklaut?«

Er sah sie an.

»Hast du etwa …? Meinst du damit uns beide …?«

Er nickte.

Sie starrte auf den zerknitterten Zettel und auf ihre Hände, und auf einmal lächelte sie. Ziemlich verhalten, aber sie lächelte. »Möchtest du eine Tasse ayurvedischen Chai?«

Ayurvedischer Chai? Ausgerechnet. »Liebend gern.«

»Dann komm rein.«

Kroner hatte seit Jahren keinen Fuß mehr über die Schwelle des Hexenhauses gesetzt, hatte sich davor gedrückt, sich davor gefürchtet wie ein kleiner Junge vor dem Spott seiner Freunde.

Das Haus eines Messies! Jojas Haus!

Was, wenn es genauso darin aussah wie in diesen TV-Sendungen? Was dann? Doch zumindest in der Küche fand Kroner das Chaos gar nicht so schlimm.

Joja öffnete die Terrassentür, bot ihm auf einem furchtbar unbequemen, für ihn viel zu kleinen Klappstühlchen Platz an. Dann bekam er besagtes Tässchen Chai in die Hand gedrückt und fühlte sich prompt an Peter Pan erinnert, der zu Wendy sagte: »Möchtest du gleich ein Abenteuer erleben oder lieber erst Tee trinken?« Kroner wünschte inständig – wie Peter das sicherlich auch getan hatte –, dass Wendy den Tee vergessen und sich gleich mit ihm ins Abenteuer stürzen möge, doch Joja goss sich enttäuschenderweise ebenfalls eine Tasse ein und setzte sich neben ihn.

Er hat mir ein Gedicht geschrieben. Wow! Hätte ich dem verstaubten Oberbeamten gar nicht zugetraut. »Du weißt, dass sie nichts getan hat. Nichts Falsches jedenfalls. Ihre Absichten waren ritterlich.«

Kroner brummte, sein Stuhl quietschte, sobald er nur den Kopf drehte. »Mich anzurufen, wäre vielleicht nicht ritterlich, dafür aber richtig gewesen – und zwar *sofort, nachdem* sie von Brenners und Allgeiers bescheuerten Plänen erfahren hatte.«

»Sie wollte Joschi vor einer Dummheit bewahren.«

»Und hat deshalb selbst eine begangen. Brenner ist nicht das Unschuldslamm, für das sie ihn hält.«

Joja schlug die braun gebrannten Beine übereinander.

Kroners Stuhl quietschte munter drauflos, plärrte gnadenlos hinaus, dass Commissario Äh ganz genau hingesehen hatte. Er lief rot an, schaute weg, woraufhin der Stuhl erneut Verrat beging.

Mann!

Zu gern hätte Kroner sich sofort ins Abenteuer gestürzt. Hals über Kopf. *Aber ich bin fünfzig Jahre alt, um einiges älter als sie, und außerdem weiß ich gar nicht mehr, wie das geht und ob sie überhaupt auch nur im Entferntesten in Erwägung zieht, dass …*

»Du wirst doch auf sie achtgeben?«

»Äh … Ich kann ihr keine Sonderbehandlung zukommen lassen, nur weil sie …«

»… wie eine Tochter für dich ist?«

Kroner nickte. *Quietsch. Quietsch.* Er und Joja hatten bisher nie darüber gesprochen. Seit sechsundzwanzig Jahren nicht. Dazu hatte ihm der Mumm gefehlt, und wenn es so wäre, dann hätte sie ihm doch längst etwas gesagt. Oder?

Joja lächelte. »Du denkst immer noch, dass Valli …?«

Dass Valli was? Der Gedanke plagte Kroner seit mehr als einem Vierteljahrhundert, war Qual, Hoffnung und Scham zugleich.

»Du glaubst wirklich, Valli könnte deine Tochter sein, oder?« Joja stellte ihre Tasse auf dem runden, mit Mosaiksteinen gefliesten Tisch ab. »Stimmt's?«

Kroner nickte. »Wie sie die Brauen hochzieht, wie sie lacht.« Diese eine Nacht tanzte wie ein Scherenschnitt durch seine Gedanken. Seit vielen Jahren. Immer wieder. An manchen Tagen träumte er davon, an anderen überkam es ihn mitten am Tag. Giulia, Kroners blutjunge Frau, hatte damals gerade ihren vierten Sohn Markus zur Welt gebracht, lag noch im Krankenhaus, und er liebte sie wahnsinnig. Das *Kindlbier* im Hinterhof des Kroner-Hauses war ziemlich ausgeartet. Nachdem die letzten Gäste gegangen waren, war Hannes in einem Durcheinander von leeren Bierflaschen und ausgedrückten Kippen in der Hollywoodschaukel eingeschlafen.

Joja berührte ihren Nachbarn leicht am Arm. »Kannst du dich überhaupt erinnern? Du warst besoffen und ich total zugedröhnt.«

Etwas weckte ihn. Ein Kitzeln um seine Nase, an seinen Ohren. Er schlug danach. Immer wieder. Dann hörte er sie. Ihr Lachen. Ihren Spott. Die kleine Madonna setzte sich neben ihn, schaukelte sie beide hoch. Und hörte nicht mehr auf zu lachen.

»Mein Freund hatte damals mit mir Schluss gemacht. Ich war am Boden zerstört.«

»Du warst erst sechzehn.«

»Und du warst älter, aber trotzdem grüner hinter den Ohren als ich.«

»Aber ich war Vater von vier Kindern. Von vier kleinen Lausbuben. Und Polizist.«

»Das war verrückt. Ja.« Joja lachte wie damals. »Dabei warst du selbst noch fast ein Junge. Zumindest diese eine Stunde dort auf der Hollywoodschaukel.«

»Genau genommen habe ich mich strafbar gemacht.«

»Deshalb war es für mich wahrscheinlich so interessant.«

Sie zog eine Tüte aus ihrem Hippiebeutel, den sie immer bei sich trug, zündete sie an und paffte ihrem spießigen Nachbarn ins Gesicht. Hannes. Verantwortungsbewusst und nett. Attribute, die sie, Joja, zutiefst verabscheute und um die sie ihn insgeheim beneidete. Auch um die heile Familie, um den Zusammenhalt, um die Normalität. Sie hasste und liebte ihn zugleich. Und sie nahm es ihm übel, dass er nicht auf sie gewartet hatte, dass er diese Giulia aus Italien mitgebracht hatte. Da war sie zehn oder elf gewesen. Fast erwachsen also.

»Ich hatte ein schlechtes Gewissen. Ich kam mir so schäbig vor. Giulia gegenüber. Und dir.«

Irgendwann rauchten sie schweigend, beobachteten die Sterne. Er spürte sie wie einen Supermagneten neben sich, und ihm war ein bisschen schlecht. Immer schon hatte er sie angehimmelt. Immer schon. Aber er liebte Giulia. Sehr sogar. Und dann zog sie einfach ihr Oberteil über den Kopf, lachte und nahm einen weiteren tiefen Zug von der Tüte.

»Das musst du nicht.« Joja umschloss ihre Tasse mit beiden Händen. »Du musst kein schlechtes Gewissen haben. Es war meine Schuld. Du konntest nichts dafür.«

Sie nahm seine Hand, legte sie auf ihre glatten Schenkel und schob damit ihren Rock hoch. Er zog die Hand weg. Oft. Wehrte die kleine Nachbarin ab, so gut er konnte. Aber dann kletterte sie auf seinen Schoß und legte ihre Arme um ihn und ihren Kopf an seine Schulter. Nur so. Um ihn zu ärgern. Und weil es so guttat. Sie hatte ihn schon lange spüren wollen.

»Ich hätte das niemals tun dürfen.« Kroner raufte sich die Haare. »Giulia … Sie …«

Joja wog fast nichts, war leicht wie eine Feder. Und sie roch so gut. So frisch. So unschuldig und auch wieder nicht. Er spürte ihren Atem an seinem Hals und wie ihr fester Busen seinen Körper streifte. Überdeutlich. Und dann wusste er nichts mehr. Gar nichts. Filmriss.

Jammerschade, dachte er heute manchmal. »Ich weiß nur noch, dass du dein Oberteil ausgezogen hast und dich auf meinen Schoß …«

»Ich war ein böses Mädchen.« Joja lachte. »Ich habe es darauf angelegt. Als Kind habe ich mir immer ein gemeinsames Leben mit dir ausgemalt. Als Mann und Frau. Dass wir Kinder haben würden. Ein halbes Dutzend mindestens. Aber eines Tages hast du Giulia mitgebracht, und von da an habe ich mich bemüht, dich zu hassen.«

Über Kroners Gehirn schwappte eine Welle heißen Sirups. *Was sagt sie da? Sie hat sich ein Leben mit mir ausgemalt? Mit mir?*

»Ich war eine dumme kleine Göre. Ich hatte nichts als Flausen im Kopf.« Sie nippte am Chai. »Es tut mir leid.«

Auch Kroner klammerte sich an seinen Tee. Trank. Verbrannte sich die Lippen. Hustete. »Und neun Monate später kam Valli zur Welt.«

»Ja. Oma und Opa waren nicht sonderlich begeistert.« Jojas eigene Mutter war kurz nach ihrer Geburt an einer Überdosis Heroin gestorben. Die Großeltern hatten das Mädchen aufgezogen. Dunkle Zeiten. Sehr dunkle Zeiten.

»Ist Valli meine Tochter?«

Jetzt verbrannte sich auch Joja die Lippen, hustete ebenfalls. »Ich weiß es nicht, Hannes. Ich hatte gerade die Wahrheit über meine Mutter und meinen Vater erfahren, das hat mich ziemlich aus der Bahn geworfen.« Sie sah ihn nicht an. »Um ehrlich zu sein, machte ich damals gerade eine recht freie Phase durch, was meine erst kürzlich erlangte Sexualität betraf.«

Zu direkt! Für Kroners Geschmack viel zu direkt. Ganz spitzes, widerhakiges Zeug, das sich da in sein Innerstes bohrte. »Leichtes Mädchen«, das war noch das Netteste, was ihm dazu einfiel. »Und du wolltest es nie wissen?«

»Doch. Manchmal schon. Aber was hätte es geändert? Da waren Giulia und deine Söhne. Das durfte ich nicht kaputt machen. So viel Schamgefühl hatte sogar ich.«

»Aber …«

»Als Giulia starb, war ich einmal kurz davor, es dir zu erklären, nur … was hätten wohl die Jungs dazu gesagt? Eine Wahrheit, die ihnen sicher nicht geschmeckt hätte. Vor allem Markus nicht. Er hing sehr an seiner Mutter, und all das war schließlich ausgerechnet am Tag seiner Geburt passiert.« Joja seufzte tief. »Und außerdem …«

»Außerdem was?« Wenn schon, dann wollte Kroner jetzt den Rest auch noch erfahren.

»Außerdem hatte ich mich zu der Zeit schon so sehr mit der Rolle der kratzbürstigen Beamtenverabscheuerin angefreundet, dass es mir schwerfiel, überhaupt mit dir zu reden.«

Das stimmte. Joja hatte Kroner mit ihrer Art und ihren kleinen Boshaftigkeiten stets auf Abstand gehalten. »Trotzdem hätte ich es gerne gewusst. Wenigstens mir hättest du es sagen können.« Nur ein Mal hatte Kroner Joja gefragt, ob er Vallis Vater wäre. Ein Mal. Sie hatte ihn ausgelacht, war fast hysterisch geworden, als sie hörte, dass er sich nicht daran erinnern könne, ob sie nun … oder nicht … und er fragte, wie sich das weiterentwickelt hätte, dort auf der Hollywoodschaukel? Danach hatten sie nie wieder darüber gesprochen. »Ich will es wissen.«

»Was sollte das ändern?«

»Alles.«

»Alles?« Joja sah Kroner an. »Sie war bei dir, die ganze Zeit. Sie war immer wie eine Tochter für dich. Auch als Giulia noch lebte.« Joja lachte auf. Dann fing sie an zu weinen. Völlig überraschend. »Du hast ihr das gegeben, was ihr bei mir gefehlt hat.«

»Was?«

»Sicherheit und Geborgenheit. Und eine Familie.«

Kroner schluckte. »Aber –«

»Ich hätte dir längst dafür danken müssen, stattdessen habe ich dich …«

Verspottet und ausgelacht, ja. Kroner streckte den Arm aus und nahm Jojas Hand. Der Stuhl quietschte wie verrückt und hörte lange nicht mehr auf.

4

Diplomatie ist die Kunst, jemanden so in die Hölle zu schicken, dass er sich auf die Reise freut.

Ernst Freiherr von Münchhausen hatte das mal sehr treffend formuliert, und Bens Eltern bedienten nach Vallis Einschätzung jedes Klischee, das man dem Berufsstand der Diplomaten zuschrieb.

Oder will ich sie nur so sehen?

Valli konnte nicht verstehen, dass Bens Eltern nach dem Verlust der Tochter den Sohn hatten gehen lassen, dass sie nicht erkannt hatten, wie sehr er litt, wie sehr er ihre Hilfe gebraucht hätte. Und vor allem nahm sie ihnen übel, dass sie nicht von sich aus den Kontakt zu ihm gesucht hatten – nach so vielen Jahren und nach allem, was geschehen war.

Durch die vielen Umzüge und den Tod seiner Schwester war Ben entwurzelt worden. Nichts in seinem Leben hatte wirklich Wert – er war ein Getriebener, Zynismus sein einzig treuer Begleiter. Wäre Zoe nicht diesem Verbrechen zum Opfer gefallen, wäre Ben wahrscheinlich nie bei der Polizei gelandet, sondern hätte den Wünschen seiner Eltern entsprochen – schon seiner Schwester zuliebe. Es war immer Zoe gewesen, die als Bindeglied zwischen ihm und den Eltern fungiert, die harmonisiert, die vermittelt hatte. Als sie starb, war dieses Band gerissen.

Vor Valli auf dem Tisch lagen zu viele Gabeln, zu viele Messer und standen eindeutig zu viele Gläser. Sogar eine Stoffserviette wärmte ihre Knie, wenn sie nicht – wie gerade eben – zu Boden rutschte. Sie und Eros beugten sich gleichzeitig unter den Tisch, um sie aufzuheben.

»Woher hat er bloß den ganzen Schnickschnack?«, flüsterte Markus und drückte Valli ihre Serviette in die Hand. »Sonst tischt er nie so auf.«

»Frühkindlich einstudierte Verhaltensmuster sind schwer zu durchbrechen, wie es aussieht.«

Einvernehmlich tauchten sie zurück an die Oberfläche. Valli entschuldigte sich dafür, dass der »Stofffetzen« runtergefallen war, und beantwortete die neuerlichen Fragen zu Herkunft, Schullaufbahn und Karriereplänen. Hauchte Herrn und Frau Bruhan ein »Keine Ahnung!« nach dem anderen hin. In der Kunst des Small Talks glänzte sie wie die neuerdings bei Autos angesagten Mattlackierungen, erwähnte beiläufig, dass sie auch an ihre Mutter denken müsse, die schließlich ein Messie war. Ganz schlimm! Vor allem jetzt, da sie bei sich ähnliche Tendenzen bemerke. Oder müsse man nicht eher von Defiziten sprechen?

Das ließ Bens Eltern betreten schweigen. Sonst so weltgewandt, aber bei der kleinsten Abweichung von der Norm peinlich berührt.

Tja.

Vielleicht benahm sich Valli auch deshalb so daneben, weil sie Ben ärgern wollte. Und um dem Ganzen die Krone aufzusetzen, erzählte sie von ihrer Verhaftung und garnierte alles mit Details, die ihrer Phantasie entsprangen wie Wasser einem Brunnen. *Sie hat mal wieder ihre destruktive Phase*, hätte Mama Joja das genannt.

Auch eine Erbschaft.

Valli goss den Wein absichtlich ins Wasserglas, trank und wischte mit dem Handrücken über ihren Mund – nicht mit der wiedergefundenen Serviette. Ben saß ihr gegenüber und machte ein ernstes Gesicht. Da musste man den Verantwortlichen im Himmelreich wohl danken, dass er bei so einem Elternhaus nicht ein noch größeres Arschloch geworden war. Und dennoch war Valli gekommen. Und hatte sich auch noch gefreut, dass er sie dabeihaben wollte. Ein wenig jedenfalls.

»Wo ist eigentlich Luisa?«, fragte Markus, und die Enttäuschung darüber, dass die Superfrau mit dem erhofften zweimal Nichts durch Abwesenheit glänzte, war nicht zu überhören.

»Ja? Wo ist sie?«, wollte nun auch Bens Mutter wissen. »Erst vor ein paar Tagen habe ich ein sehr nettes Telefonat mit ihr geführt. So gute Manieren, so zuvorkommend ihre Art. Und sehr hübsch.« Susanne Bruhan zeigte auf eine gerahmte Fotografie, die auf einem Regal stand und Ben und seine Freundin glücklich in die Kamera lachend zeigte.

»Wir haben uns sehr darauf gefreut, sie kennenzulernen«, pflichtete Dr. Dr. Julius Bruhan seiner werten Gattin bei und warf Valli einen frostigen Blick zu.

Ben legte Messer und Gabel weg, pfefferte seine Serviette auf den Tisch, stand auf und steckte das Bild in die Schublade, wo er es vor über einem halben Jahr eigentlich hineingelegt hatte und aus der anscheinend Luisa höchstselbst das Foto in den letzten

Tagen wieder hervorgeholt und aufgestellt hatte. »Wir sind nicht mehr zusammen.«

»Es stimmt also wirklich?«, posaunte Markus hinaus, ehe sonst jemand nachfragen konnte. Ben hatte zwar irgendwann mal etwas in diese Richtung erwähnt, aber da Luisa immer noch bei ihm wohnte ...? Markus verstand die Welt nicht mehr.

Valli saß da und begann, auf ihren Nägeln zu kauen. Tat sie sonst nicht – nicht mehr oft jedenfalls.

»Schon über ein halbes Jahr.«

»Aber sie wohnt doch hier?« Susanne Bruhan sah ihren Mann an. »Der Anruf, ich dachte, weil sie hier abgenommen hat ...«

Also erzählte Ben die ganze Geschichte. Sparte nicht mal aus, dass er Luisa, ehe sie nach Passau gezogen waren, betrogen hatte und sie sich nach der Versöhnung einfach nicht mehr richtig hatten zusammenraufen können. Den gefakten Mietvertrag erwähnte er nicht.

Als Bens beschwingtem Vortrag nichts als düsteres Schweigen folgte, sammelte er reihum die Teller ein und verschwand in der Küche, um die Nachspeise anzurichten, wie er sagte. Markus sprang auf, stolperte hinterher. Nur Valli blieb sitzen.

»Er läuft davon. Schon wieder.« Dr. Dr. Julius Bruhan verzog abfällig den Mund, seine Frau legte ihre Hand auf seinen Arm. »Lass, Julius, es ist für uns alle nicht leicht.«

Valli hörte nichts, sie taumelte durch dichte Nebelschwaden, konnte nichts sehen, nichts fühlen.

Luisa und Ben ... Ein halbes Jahr schon.

»... Sie nun spielen?«

Valli sah Susanne Bruhan an. »Wie bitte? Was haben Sie gesagt?«

»Uns ist nicht ganz klar, welche Rolle Sie in Bens Leben spielen?«

»Ähm. Keine.«

»Und warum hat er Sie dann heute Abend eingeladen?«

Valli kippte einen Viertelliter Wasser in ihren Mund, verschluckte sich daran. »Keine Ahnung.«

Keine Ahnung, die zwölfte. Mindestens.

»Und Markus ist der Sohn des Ersten Kriminalhauptkommissars? Ein Freund?«

»Ja.«

»Und Sie sind eine Art Stieftochter für Herrn Kroner?« *Und wurden verhaftet?*, schrie es Valli zwischen den Zeilen ins Gesicht. »Wie dürfen wir das verstehen?«

So viele Fragen! Valli hatte eigentlich angenommen, dass Diplomatie derlei Intimitäten nicht vorsah. »Ähm. Ich bin nur die Nachbarin, aber Markus und ich sind im gleichen Alter, wir haben schon als Kinder miteinander gespielt, und das tun wir immer noch. Sozusagen. Irgendwie. Sie wissen schon.« Vallis Hirn kollabierte, sie konnte nicht denken, alles war grau und schwarz und zwischendrin ganz unpassend farbenfroh.

Rosa. Du meine Güte!

»Ah!«, stellte Susanne Bruhan erleichtert fest. »Dann sind Sie Markus Kroners Freundin. Deshalb. Jetzt verstehen wir.« Sie sah ihren Mann an. »Nicht wahr, Julius?«

Ganz falsch! Das hatte Valli mit »Wir spielen immer noch. Sozusagen. Irgendwie. Sie wissen schon« ganz bestimmt nicht gemeint. »Ich helfe den Jungs jetzt besser in der Küche«, presste sie hervor und flüchtete.

Ben faltete Crêpes, halbierte und tunkte sie in eine Soße, die nach Orangen roch, um anschließend alles auf einem kleinen Teller zu arrangieren. Eros gab eine Kugel Vanilleeis dazu, Ben streute geröstete Mandelblättchen darüber.

Valli zog sich auf die Anrichte und schwieg. Ausnahmsweise trug sie heute ein Kleid. Aus Jojas Kleiderschrank. Hippiestyle. Was sonst? Sie hatte sich sogar frisiert, die braunen Fransen hochgesteckt. Zur Feier des Tages, zum Anlass einer glücklichen Familienvereinigung und um im direkten Vergleich mit Luisa nicht allzu schlecht wegzukommen. Erbärmlich. Zugegeben. Allerdings fehlte in diesem Esszimmer nicht nur Fräulein Theissen, sondern ganz offensichtlich auch die nötige Emotion für so ein Versöhnungsvorhaben.

Schrecklich.

»Ähm. Hast du was dagegen, wenn ich mich um sie bemühe?«, fragte Markus und sah einer Kugel Vanilleeis nach, die, statt auf dem Teller zu landen, auf die Fliesen klatschte. »Also, um Luisa, meine ich.«

Ben schlug weitere Palatschinken ein, halbierte, vierteilte, beträufelte und arrangierte, als ginge es um sein Leben. »Tu dir keinen Zwang an. Von mir aus kann sie sofort bei dir einziehen.«

Markus grinste wie ein Idiot. »Okay. In München oder Passau?«

Jetzt verdrehte auch Valli die Augen.

»Ist mir egal. Hauptsache, sie packt ihre Sachen und zieht endlich aus.« Ben wischte seine Hände an einem Handtuch ab, drehte sich um und sah Valli an. »Das wollte ich dir schon die ganze Zeit sagen.«

Ihr Herz schlug einen extrem schnellen Beat an, sie steckte die Finger unter ihre Oberschenkel, um nicht zu zappeln.

»Deshalb war ich neulich Abend bei dir. Nicht wegen dieser Lattenknaller-Geschichte. Nicht wegen des Falles.«

»Ach so.« Valli schaute auf die Crêpes, aus dem Fenster, auf ihre Füße, nur nicht in Bens Richtung.

Markus »entwickelte« eine Küchenrolle, riss zwei Meter davon ab, bückte sich und verteilte das Eis in kürzester Zeit auf eine maximale Fläche. »Ich komm nicht ganz mit. Warum warst du bei Valli? Neulich Nacht?«

Ben machte einen Schritt auf sie zu. Dann noch einen.

Markus sah auf, wischte eine finale, fatale Runde über die Fliesen und kam wieder hoch.

Ben ging noch einen Schritt weiter.

Valli geriet in Panik, wollte nach hinten ausweichen, saß aber auf der Anrichte in der Falle.

Hilfe!

Dann legte er seine Hände auf ihre Beine.

Eros blieb der Mund offen stehen. »Was läuft hier eigentlich?«

Vallis Oberschenkel brannten, alles Blut flüchtete in die Zehenspitzen. Ihr wurde schwindelig. *Noch näher überlebe ich nicht!* Und wahrscheinlich aufgrund des kritischen Blutmangels in Vallis Gehirn quoll ein Satz unkontrolliert aus ihrem Mund, den sie erst kürzlich in einem Film gehört hatte. »Miss Undercover«. Die Parallelen zwischen Agentin Gracie Hart und Valli Milner waren unübersehbar. Vielleicht nicht in Sachen versteckten Glamours, aber ganz sicher, was die Trampelhaftigkeit betraf.

Valli haute die Worte raus, ehe ihre Gedächtnisleistung sich mit logisch abstrakter Symbolverarbeitung mischen und vernünftige Ergebnisse erzielen konnte. »Er findet mich hinreißend, er will mich küssen …«

Und das tat Ben dann auch.

Zwölf Tage zuvor

Bascht zieht die Schlüssel ab, sperrt damit die Tür auf, die von der Garage direkt in den Flur führt. Grob reißt er Stevie hoch, versucht, den Kotzefäden auszuweichen, zerrt den leblosen Körper die paar Schritte ins Haus hinein, findet eine Küche und eine alte Couch.

Er sieht auf die Uhr. Wieso dauert das so lange? Zehn Minuten sind längst um.

Zwanzig.

Locker.

Er geht zur Spüle, macht ein Oberschränkchen auf und nimmt sich ein Glas.

Ein Schluck Wasser.

Ich brauche dringend einen Schluck Wasser.

Das tut gut.

Er stellt das Glas in den Ausguss, sieht sich um und bemerkt die schmale Tür. Eine Besenkammer, ein Vorratsraum und ein Kästchen, auf dem ein rotes Kreuz aufgemalt ist.

Genau richtig.

Bascht öffnet es, findet, was er sucht, zieht einen Blister aus der Schachtel, füllt an der Spüle das Glas mit Wasser und geht damit zurück zu Stevie.

Wütend drückt er die weißen Dinger auf seine Linke, kippt mit der anderen Hand Stevies Kopf zurück und wirft sie ihm in den offenen Schlund.

Der Mistkerl hat Juli was ins Glas getan! Er hat sie …

Bascht spült mit Wasser nach, es läuft über Stevies Kinn, Brust, unter das T-Shirt. Dann hat er eine Idee. Ein Foto. Ein Selfie für die längst fällige Gegendarstellung. Genau.

Er holt Stevies Handy aus dessen Hose und drückt auf den Auslöser. Gleich mehrere Male. Zur Sicherheit. Er kann gar nicht aufhören damit, so lange nicht, bis jemand ans Fenster klopft.

Endlich.

Mit den Toren ist es wie beim Ketchup,
wenn etwas kommt,
kommt gleich alles auf einmal.
Cristiano Ronaldo, zweimaliger Weltfußballer

Montag, 9. Juni

1

»Hast du's schon gehört?«, fragte Leo.

Keine Reaktion.

»Ob du es schon gehört hast?« Leona Weissenbeck tippte Ben an.

»Was?«

»Dass der Löw den Mustafi für Reus nachnominiert hat.«

»Wo spielt der überhaupt?«, mischte sich Waffenschmidt ein.

»Sampdoria Genua«, wusste Kutscher. »Zuletzt sogar recht erfolgreich. Dreißig von achtunddreißig Ligaspielen in der Serie A über neunzig Minuten. Dreiunddreißig insgesamt.«

»Ein Italien-Legionär. Na wunderbar!« Paulus begeisterte das wenig. Überhaupt herrschte bei den Kollegen vom K1 und dem Rest der Passauer Kripo eher Pessimismus, was die bevorstehende Weltmeisterschaft anging. Bis auf Tina Maurer hatte niemand auf die Deutschen als Turniersieger getippt – wahrscheinlich, weil immerhin fünfhundertzwanzig Euro im Pott lagen und man sich da keine Nostalgiewetten erlauben wollte. Die Maurer hatte aber auch überhaupt keine Ahnung von Fußball.

Ben saß auf seinem angestammten Platz im Kabuff und blätterte in seinen Unterlagen. Wie die anderen wartete er darauf, dass Kroner mit der neuen, von ganz oben vorgegebenen Marschrichtung anrückte, kritzelte hier und kritzelte da ein paar Worte, schaffte es aber nicht, sich zu konzentrieren.

Er findet mich hinreißend, er will mich küssen …

Wie recht Valli damit hatte. Am liebsten hätte Ben gleich dort in der Küche alles nachgeholt, was er in den letzten Monaten versäumt hatte, aber Markus hatte dermaßen schockiert reagiert, dass er Ben ganz aus dem Konzept gebracht hatte. Und Valli hatte zwar diesen vorlauten Spruch losgelassen, sich aber hinterher schüchtern wie ein verschrecktes Reh gegeben – ganz entgegen ihrer sonst so direkten Art. Bens Mutter, die in die Küche kam, um nachzufragen, ob sie irgendwie behilflich sein könne, hatte nur kurze Zeit später jedes aufflammende Gefühl im Keim erstickt.

Zurück im Esszimmer, hatte Valli ihre Nachspeise weggeputzt, als ginge es darum, ihre persönliche Bestzeit im Schlingen zu unterbieten, sich verabschiedet und nur wortlos genickt, als Ben ihr sagte, dass er sie morgen anrufen werde. Ganz sicher.

Und das war's! Punkt. Aus. Äpfel. Amen.

Ben hatte keine Ahnung, wie es um Valli stand. Eigentlich wusste er nicht mal, wie es um ihn selbst stand. Das werte Fräulein Milner hatte sich gestern beim Essen ja aufgeführt wie … wie … Bens Wortschatz hatte dafür keinen passenden Ausdruck parat, und Markus war ihm auch keine Hilfe gewesen.

Du hast mit Luisa Schluss gemacht? Wegen Valli?

Eros Kroner. Nullchecker. Typisch!

Ben überlegte schon die ganze Zeit, was er Valli am Telefon sagen sollte. Heute Abend.

Oder soll ich direkt vorbeifahren?

Kroner enterte sein Hoheitsgebiet, schritt ohne Umschweife zu seinem Tisch und *pflanzte sich nieder.* Schlegel, Reischl und Paulus zogen die Köpfe ein. Gleich heute Morgen, ehe die Geschäfte in der KPI überhaupt richtig ins Rollen kommen konnten, hatte Kroner den dreien den Marsch geblasen.

Wenn ihr noch einmal hinter meinem Rücken über mein Privatleben sprecht, dann … dann … dann …

Nach den inflationär ausgestoßenen »Danns« war ihm nichts Griffiges mehr eingefallen, also hatte er sauber auf den Tisch gehauen und die Tür zugeschlagen, dass es sicher noch in der Altstadt zu hören gewesen war.

Gleiches Spiel bei der Weissenbeck, aber die hatte ihn nur ausgelacht. »Da musst du halt mal Farbe bekennen, da hilft alles nichts«, hatte die sich erdreistet zu spotten.

»Was haben wir?« Kroner dachte an die Worte seiner einst

hoch geschätzten Staatsanwältin. »Jetzt sehen Sie zu, dass wir hier Ergebnisse bekommen«, hatte die ihm beim Hinausgehen doch glatt hinterhergeträllert, als wüsste er das nicht selbst.

Fast hätte Kroner auf Michels' überflüssige Bemerkung hin zurückgeblasen, sie solle ihre klimakterisch akzentuierte negative Vitalitätsschwankung gefälligst an jemand anderem auslassen. Kurz: »Du Periodengurke, du saudumme, halt endlich den Rand!«

Jetzt beglückwünschte sich Kroner still zur gezeigten Selbstbeherrschung. *Puh!*

»Fahndung Sebastian Reisinger hat nichts ergeben«, begann Kutscher.

»Franziska Reisingers Alibi habe ich überprüft«, machte Ben weiter. »Sie hatte in besagter Nacht an der Uniklinik Regensburg Dienst bis um sechs Uhr früh.«

»Mindestens eine Stunde Fahrzeit«, rechnete Kroner das gleich selbst durch, »das heißt, sie hätte nicht vor sieben Uhr früh im Windisch-Haus sein können, um ihren Stalker endgültig loszuwerden.«

»Richtig. Laut Rechtsmedizin ist Mittwoch spät nachmittags der letztmögliche Zeitpunkt der Paracetamol-Verabreichung.«

»Aber mit welcher Begründung hätte sie dort auftauchen sollen?«, hakte Arslan ein. »Und wie hätte sie Windisch dazu überreden können, gleich eine solche Menge zu schlucken? Einfach so?«

»Und wenn er es doch selbst genommen hat?« Leo sprach aus, was viele dachten.

»Dann stehen wir dumm da. Saudumm sogar.« Kroner nahm einen Schluck aus seiner Kaffeetasse. Ausnahmsweise hatte der Automat ihn nicht angemeckert, doch irgendwie koppte ihm das ayurvedische Chaigesöff von gestern noch immer hoch und verdarb ihm den Koffeingenuss.

Was man nicht alles tat für ein bisschen Raumgewinn. Der Gedanke an das Minigedicht trieb ihm jetzt noch die Farbe ins Gesicht. Wenigstens hatte es sich gelohnt. Und wie! Nicht im Traum hätte Kroner gedacht, dass –

»Franziskas Vater hat die sexuelle Belästigung seiner Tochter wirklich deshalb verschwiegen, weil sie es so wollte.« Ben hatte erst vorhin bei Dr. Jacobi angerufen. »Das hat er bestätigt.«

»Trotzdem reitet sie damit ihren Bruder erst recht rein«, merkte Leo an. »Denn so was geht weit über die bis jetzt als Motiv angenommenen Streitigkeiten zwischen Windisch und Reisinger hinaus.«

Damit hatte sie absolut recht. »Was ist mit Michaels fataler Impfung?«, fragte Kroner. »Wer wusste, dass Baschts Großvater dafür verantwortlich ist?«

Diese Aufgabe war Reischl zugeschanzt worden. »Arg viel konnte ich noch nicht rausfinden, aber die Ranners hatten Kenntnis davon, möglicherweise auch der Matzeder und –«

»Was heißt möglicherweise?«, wollte Kroner wissen.

»Der Ranner hat es behauptet, aber nachprüfen konnte ich noch nichts.«

»Gut. Weiter. Wer von den Reisingers wusste Bescheid?«

»Sebastian und seine Schwester wahrscheinlich nicht.« Ben hielt kurz inne. »Es sei denn, diese Franziska lügt gekonnter, als man ihr das zutrauen würde. Bei Eva Reisinger bin ich mir nicht so sicher. Sie tat zwar sehr überrascht, aber … und die alten Simmerlings sind auch aus allen Wolken gefallen. ›Das hören wir zum ersten Mal‹, haben die gesagt. Trotzdem hätten sie Bescheid wissen können.«

»Wusste eigentlich Dr. Jacobi junior davon?« Kollegin Weissenbeck suchte nach dem Zettel, auf dem sie die Personendaten der Familie Reisinger/Jacobi notiert hatte. »Dr. Jacobi senior war bei der Impfung 1970 sechsundfünfzig Jahre alt. Sein Sohn erst zwanzig, der studierte noch nicht mal, sondern war bei der Bundeswehr.«

»Hat ihn niemand gefragt?« Kroner sah in Bens Richtung. »Du hast doch heute schon mit ihm telefoniert.«

»Richtig, aber ich dachte, es wäre besser, wenn ich ihm dabei in die Augen sehe, und außerdem glaube ich, dass er es weiß, denn seine Tochter hat ihn als glühenden Impfgegner beschrieben. Es ist nicht schwer, den Grund dafür zu erraten.«

Kroner brummte. »Kann schon sein, trotzdem wäre das dann eher ein Motiv für die Windischs, so könnten sie den Reisingers ein ähnliches Leid zufügen wie das, das sie selbst erfahren mussten. Aber Stefan Windisch ist tot – nicht Bascht.« Kroner notierte ein paar Stichworte in sein schlaues Buch. »Frag noch mal nach und schau Jacobi dabei meinetwegen in die Augen.«

Bruhan nickte, und Leo nutzte die Lücke, um sich über Jacqueline Brandmeier zu mokieren. »Die ist wirklich ziemlich unterbelichtet. Sicher hat die ›ihrem‹ Stevie die Akten doch besorgt. Darauf wette ich, nur will sie uns das nicht erzählen, könnte sie schließlich den Job kosten.«

»Jaja, Liebe macht bekanntermaßen blind«, säuselte Fuhrmann und zwinkerte seiner neuen Lieblingswurst zu.

Leo sandte tödliche Blitze retour. »Der hat sie doch bloß ausgenutzt.«

»Vielleicht hat sie sich deshalb an ihm gerächt?«, warf Kutscher ein. »Die Weiber sind ja in der Regel hypersensibel, was das angeht. Vor allem in der Regel!«

Der letzte Zusatz erheiterte vor allem Fuhrmann, aber die restliche männliche Kollegschaft konnte sich ebenfalls ein Grinsen nicht verkneifen. Leo musste erst auf den Tisch hauen, damit Ruhe einkehrte. »Einen kaltblütigen Mord traue ich ihr ehrlich gesagt nicht zu. Die Geschichte, die sie erzählt hat, klingt plausibel. Auch dass sie bezüglich ihres Berufes gelogen hat, wird nachvollziehbar, wenn man weiß, dass sie Medikamente aus der Praxis gestohlen hat. Da müsste sie schon eine verdammt gute Schauspielerin sein, wenn alles nur ein Märchen war, oder?«

Arslan stimmte Leo voll und ganz zu. »Auf mich hat die den Eindruck gemacht, als könne sie nicht mal eins und eins zusammenzählen.«

Ben grübelte. War Jacqui wirklich so blöd, wie sie alle glauben ließ?

»Es gibt ein paar Neuigkeiten zur Vereinsheim-Serie.« Fuhrmann reckte seine Rechte in die Luft, anscheinend hatte er den Menstruationswitz endlich verdaut. »Allgeier hat mir gebeichtet, dass er am Donnerstagabend bei Windisch im Haus war, um die Makarov aus einem Versteck in der Garage zu holen.«

»Am Donnerstag? Das ist neu.« Leo blätterte durch Stefan

Windischs Akte. »Schütz hat Windisch am Mittwochabend lebend angetroffen. Bislang nahmen wir an, dass er der Letzte –«

»Wie ist der überhaupt reingekommen?«, ging Kroner dazwischen. »Hat Stevie ihm aufgemacht?«

Fuhrmann winkte ab. »Nein. Allgeier hat was von einem Schlüssel unter dem Blumentopf geschwafelt.«

Sehr schlau, so ein Versteck!

»Und wo war Stevie?«, wollte Ben erfahren.

»Der lag auf der Couch in der Küche. Völlig dicht. Nicht ansprechbar.«

»Und?«, legte Leo nach. »Hat ihn das nicht beunruhigt?«

»Nein. Allgeier war froh, dass Stevie kaum Notiz von seinem Besuch nahm, dass es keinen Stunk gab.«

»Stunk? Weshalb?« Kroner lehnte sich nach vorn.

»Angeblich, weil Windisch aussteigen wollte.« Fuhrmann holte einen Zettel aus seiner Hosentasche. »›Windisch bräuchte sich mit so einem Scheiß die Hände nicht mehr schmutzig machen.‹ O-Ton Allgeier. Stevie hatte kein Interesse mehr an den Einbrüchen, und Allgeier wollte die florierenden Geschäfte übernehmen und brauchte dafür die Knarre.«

Kroner schloss die Augen. »Stevie hatte eine neue Geldquelle, deshalb der Ausstieg. Und dort liegt das Motiv für die Tat.« Inzwischen war er sich dessen extrem sicher.

»Und was, wenn Stevie den Ranners doch mehr abgeluchst hat, als die zugeben?« Leo kritzelte ihre Gedanken ans Flipchart. »Was, wenn es um ganz andere Summen ging? Das lässt man sich doch auf die Dauer nicht gefallen.«

»Es wurden schon Menschen wegen zwanzig Euro umgebracht«, warf Paulus ein. »Auf die Höhe des Betrages kommt es meist nicht an.«

Auch wieder wahr.

»Mich würde ja interessieren, weshalb Ranner überhaupt so fleißig gezahlt hat«, warf Arslan ein. »Sind die ›Geheimunterlagen‹, die Pitt Windisch für seinen Freund Ranner aufbewahrt hat, bereits ausgewertet?«

Bachmeier schreckte von seinem Platz hoch. »Was?«, fragte er hektisch. »Sorry, ich war kurz abgelenkt.«

»Was die Hausdurchsuchung bei den Windischs ergeben hat, wollen wir wissen!« Kroner bauschte die Brauen, schüttelte den Kopf. *Saubande!*

»Nichts.«

»Wie, nichts?«

»Wir haben nichts gefunden.« Bachmeier zuckte mit den Schultern. »Die Kollegen haben alles auf den Kopf gestellt, aber nirgendwo eine solche Geheimakte gefunden. Absolut gar nichts, was Grundlage für eine Erpressung sein oder auf andere Weise mit den Unregelmäßigkeiten im Verein zu tun haben könnte.«

»Hat Windisch geblufft?« Schlegel kratzte sich am Kopf.

»Glaube ich nicht«, konstatierte Leo. »Ranner hat seinem Freund Pitt die Unterlagen anvertraut, das hat er selbst gesagt. Sie müssen existieren. Irgendwo.«

»Oder sie *haben* existiert. Womöglich hat Pitt sie vernichtet, als Ranner ins Visier der Polizei geraten ist.«

Alles war möglich.

Kroner kam eine Idee. »Fragt mal diesen Alf, wo genau die Makarov in der Garage versteckt war. Vielleicht war die ja nicht das Einzige, was Windisch dort aufbewahrt hat.«

Bachmeier verpasste seiner To-do-Liste einen neuen Spiegelstrich.

Ranner. Allgeier. Schütz. Brandmeier. Kroner zermarterte sich das Hirn. Dabei könnte alles so einfach sein. Der Hauptverdächtige war flüchtig. Punkt. Wieso andere Löcher graben? Doch Ranner und sogar seiner Gattin hing ein gewichtiges Motiv wie ein Klotz an den Beinen, und Schütz, die Brandmeier und Allgeier waren alle in den Tagen vor Stevies Tod bei ihm gewesen. Was, wenn Stevie sich selbst mit Schmerzmitteln vollgepumpt hatte und Alf nur noch eine Schippe drauflegen musste? Hoch dosierte Paracetamol-Verabreichung spätestens am Mittwochabend, das sagte die Rechtsmedizin.

Erleuchtung nicht in Sicht.

Und zu allem Überfluss büxten Kroners Gedanken ständig aus. Zu Joja. Zu ihren knackigen Beinen, ihrer glatten Haut und zu diesen tollpatschigen Küssen. Sie hatten sich beide angestellt wie Teenager.

Unglaublich.

»Was diese Valli Milner bei dem Ganzen für eine Rolle spielt, ist mir auch nicht ganz klar.« Fuhrmann zupfte sein T-Shirt zurecht, hakte den Daumen in seinen Cowboygürtel. »Brenner entlastet, Allgeier belastet sie. Ihre Fingerabdrücke passen allerdings zu keinem der früheren Tatorte, waren lediglich auf Brecheisen, Makarov, iPad und Türrahmen in Erlbach zu finden.«

»Sie könnte Handschuhe getragen haben«, mutmaßte Bachmeier.

Kroners versammelte Mannschaft stöhnte genervt auf. Keiner von ihnen glaubte, dass Valli sich tatsächlich am Einbruch hatte beteiligen wollen, jeder fand, dass die von ihr geschilderte Verhinderungsversion absolut plausibel klang.

Waffenschmidt formte mit Daumen und Zeigefinger einen Kreis und präsentierte die Geste den Kollegen Fuhrmann und Bachmeier mit einem ganz und gar vernichtenden Blick.

Kroner musste lächeln. Ja, Valli hatte einen Fehler begangen, allerdings in ritterlicher Absicht. So hatte Joja das in ihrer pathetischen Art formuliert. Müde drückte er Daumen und Mittelfinger gegen seine Lider, wühlte in seinen Gedanken. Sein Fazit für den gestrigen Abend und diesen verzwickten Morgen – müsste er es jetzt in Worte fassen – war: respektabler privater Raumgewinn in Sachen Joja Milner, aber null Raumgewinn, was Stevie Windischs Dahinscheiden betraf. Kroner dankte allen Göttern, dass es nicht andersherum war, und schämte sich eine Sekunde später dafür.

Gerade als der Erste Kriminalhauptkommissar die Morgenandacht für beendet erklärte, vibrierte Bens Handy.

Textnachricht.

Er holte es aus der Hosentasche, legte seinen Daumen auf den Home-Button und wartete.

Ah! Vom LKA. Endlich.

Blablabla … Die Auswertung der Druckprobe finden Sie im Anhang. Mit freundlichen Grüßen …

Ben tippte auf das PDF, der Download dauerte nur wenige Sekunden.

Fünfzigtausend in bar. Am Sonntag beim Spiel. Sonst überrasche ich Franziska demnächst wieder – und zwar richtig.

Bens Herz klopfte sich in Rage. Die andere Geldquelle! Genau wie Kroner vermutet hatte. Er sprang auf, verstellte seinem Chef den Weg und hielt ihm die kolossale Neuigkeit unter die Nase. Vom Gang her lief ihnen Mel entgegen. Barbie hätte heimlich aus der Praxis angerufen. Bascht wäre dort!

Kroner fuhr sich durch die Haare und schnaufte tief durch. Mit den Erkenntnissen in verzwickten Fällen war es manchmal wie mit Ketchup: Wenn etwas kommt, kommt gleich alles auf einmal.

2

Valli stand vor Julis Bett und spürte, wie der Schweiß in Bächen an ihrem Rückgrat entlangfloss.

Helios.

Das härteste Workout seit Menschengedenken.

Nachschwitzen. Aber wie!

Sie hätte ein schwarzes T-Shirt anziehen sollen, nicht dieses naturweiße Hemdchen, das überall an ihr festklebte und durchsichtig wurde.

Hundert Burpees. Hundertfünfundzwanzig Lunges. Hundertfünfzig Climbers. Hundertfünfundzwanzig Sit-ups. Hundertfünfzig Climbers. Hundertfünfundzwanzig Lunges. Hundert Burpees.

Genau richtig nach diesem denkwürdigen Abend in Bens Wohnung. Die totale Erschöpfung. Achtundvierzig Minuten. Persönliche Bestzeit. Nichts lenkte den Fokus mehr auf den eigenen Körper als unmenschliche Schinderei. Und das war *Freeletics* definitiv.

Krass unmenschliche Schinderei.

Aber Hauptsache, es blieb keine Zeit, keine Kraft, keine Kapazität mehr, um nachzudenken. Zuletzt hatte Valli das gebraucht, um zu vergessen, um nicht verrückt zu werden – nach dem Milchgassenmord. Seit gestern brauchte sie den Kick, um nicht dauernd an ihn zu denken.

Ben.

Und an ihren dämlichen Spruch.

Er findet mich hinreißend, er will mich küssen … Wie konnte ich nur?

Valli sah Julis tränennasse Wangen, verfolgte, wie sich ihre Lippen bewegten, wie ihr Mund sich öffnete und schloss – nur die Worte, die verstand sie nicht.

Diesmal saß der echte Bruder auf der Bettkante – nicht Bascht. Der war endgültig untergetaucht, er müsse Dinge regeln, wie Juli ihr schon am Telefon offenbart hatte.

Und der Kleine? Dem ging es schlecht. Der kämpfte eine Schlacht, bei der nicht klar war, ob es etwas zu gewinnen gab. Stunden voller Hoffen und Bangen. Stunden, denen Tage, vielleicht sogar Wochen folgen würden – wenn alles gut lief. Was die Polizei Bascht vorwarf, rückte angesichts dessen fast in den Hintergrund.

Fast.

»Er darf nicht mehr auf meiner Haut liegen, ich kann ihn nur durch die Grifföffnungen an den Seiten des Brutkastens streicheln, muss ihm so zeigen, dass ich da bin.« Juli klammerte sich an ihren Bruder. Valli kam sich fehl am Platze vor, aber Baschts Freundin hatte sie hergebeten.

And here we go again.

»Er sieht aus wie ein Vögelchen ohne Federn.«

Valli sah die Spatzenkinder vor sich, die manchmal aus dem Nest fielen und im Kroner-Hinterhof auf die Betonsteine klatschten.

Kalt. Tot. Schmucklos. Ohne Namen.

Und dazwischen Ben in Pink und Knallrot, umhüllt von einem Schleier Pastell.

Absurd.

Valli spürte seine Hände auf ihren Oberschenkeln und seine Lippen auf ihrem Mund, als wäre es eben erst passiert.

Ich bin die blödeste Urschel überhaupt!

Sie durfte sich da nicht hineinsteigern. Sie durfte sich nicht zu viel erhoffen … Valli war nicht gut im Enttäuschungen-Verdauen, hatte einen überaus empfindlichen Magen, was das anging, vor allem, weil sie Ben erst vor Kurzem ein erstes Mal verdaut hatte.

»Er muss sich der Polizei stellen«, sagte sie. »Bascht muss sich stellen, das werden die ihm anrechnen.«

Juli wischte die Tränen fort, Moritz drehte sich um.

»Die kriegen ihn sowieso. Früher oder später.« Jetzt laberte sie genau wie die Herren Kommissare. Valli biss sich auf die Lippen.

»Er ist zu seinem Vater gefahren. In die Praxis.«

»Warum?«

Juli zuckte mit den Schultern. »Weil niemand damit rechnet, dass er ausgerechnet dort aufkreuzt, denke ich.«

Ganz sicher standen die Bullen auch dort vor dem Haus, die Polizei war nicht blöd. Aber um Bascht zu warnen, dafür war es jetzt zu spät, und vielleicht funktionierte die Maskerade ja ein zweites Mal. »Ist er mit deinem Auto unterwegs?«

Moritz nickte.

»Und danach will er ein letztes Mal zu unserem Sohn, bevor er zur Polizei geht.«

Valli hatte so ihre Zweifel, dass diese Rechnung noch aufgehen könnte.

***

Ab elf Uhr sechsundfünfzig observierten Zivilbeamte die Gemeinschaftspraxis Orichel und Jacobi in Bad Füssing, genau wie es in der zuständigen Dienststelle kurz vorher anhand des Einsatzplanes besprochen worden war. *Zugriff, wenn der Gesuchte das Haus verlässt!*, so lautete die Weisung von Einsatzleiter Kroner.

Generalmobilmachung. Die hatte er nämlich angeordnet, nachdem Ben ihm vorhin im Kommissariat das Ergebnis der Druckprobenauswertung offenbart hatte und Barbie telefonisch verlauten ließ, dass Reisinger bei seinem Vater in der Praxis aufgetaucht sei.

Der Hammer!

Kroner ärgerte sich mächtig darüber, dass Jacqueline Brandmeier Baschts Auftauchen gemeldet hatte und nicht seine Leute, die extra für diesen Zweck vor der Praxis postiert worden waren. Denen würde er die Löffel lang ziehen.

Sauerei!

Außerdem interessierte Kroner brennend, warum Windisch Dr. Jacobi erpresst hatte, dessen Name als Adressat auf dem durchgedrückten Erpresserbrief stand. Möglicherweise hing alles mit der fatalen Impfung zusammen, möglicherweise hatte Jacqueline Brandmeier die Patientenakte »Michael Windisch« doch für die Liebe ihres Lebens besorgt. Sehr wahrscheinlich sogar. Gerade im Moment hatte aber Sebastian Reisingers Verhaftung oberste Priorität, erst danach konnte Kroner sich Dr. Jacobi zur Brust nehmen.

Passaus Erster Kriminalhauptkommissar saß also in seinem Lieblings-BMW direkt gegenüber der Praxis und schwieg gemeinsam mit Bruhan heiter die nervige Wartezeit weg.

Niemand nahm an, dass Sebastian Reisinger über eine Schusswaffe verfügte, also hatte Kroner darauf verzichtet, das Sondereinsatzkommando zu bemühen, auch nicht vorsorglich, da es ihm zu lange gedauert hätte, bis die vor Ort aufgetaucht wären. Wer wusste schon, wann Reisinger gedachte, die Praxis wieder zu verlassen? Wenigstens ein Notarzt parkte zwei Straßen weiter – für alle Fälle.

Von Jacqueline Brandmeier hatten sie erfahren, dass sich drei Patienten im Wartezimmer befanden und einer gerade von Dr. Orichel in Behandlungszimmer drei durchgecheckt wurde. »Endlich!«, hatte Barbie aufgeregt durch den Hörer geflüstert, als Ben anrief. »Fast hätte ich ihn nicht erkannt, er hat sich als Moritz Quendler vorgestellt und wollte mit Dr. Jacobi reden. Aber dann …« Viele aufgeregte Schnaufer und Worte folgten, ehe Ben erfuhr, dass Reisinger mit seinem Vater in Sprechzimmer eins unüberhörbar stritt und auch Franziska hie und da dazwischenschrie.

Kroner hauchte gegen seine Sonnenbrille, polierte mit seinem Hemd nach. »Die Tochter? Hat die heute frei?«

Ben sah seinen Chef von der Seite an. Woher sollte er das wissen? Er kannte Franziskas Dienstplan nicht auswendig.

»Wir warten auf jeden Fall, bis die Patienten, die Sprechstundenhilfen und Dr. Orichel draußen sind.«

»Angeblich verlassen normalerweise alle um die Mittagszeit die Praxis.«

Und das taten sie. Um zwölf Uhr vierunddreißig trat Dr. Orichel als letzter der Genannten auf die Straße. Kroner stieg aus und nickte seinen Leuten zu. Alles geschah unaufgeregt, ohne gezogene Waffen, ohne Geschrei, ohne Hektik.

Vorschriftsmäßig sicherten Kroners Leute einen Raum nach dem anderen, und als zwei Beamte die Tür zu Sprechzimmer zwei öffneten, überraschten sie Franziska Reisinger dabei, wie sie mit ihrer Rechten Medikamentenschachteln aus den Regalen des Schrankes, aus dem Jacqui vor nicht allzu langer Zeit ein Schmerzmittel für Ben herausgesucht hatte, in eine Papiertüte schob. »Papa, soll ich den Rest auch noch …?« Erst als sie sich umsah und Kommissar Bruhan bemerkte, erstarrte sie wie ein Wassertropfen in einer kalten Nacht an einem Fenstersims.

Ben ging auf sie zu, berührte ihren Arm und nahm ihr die Tüte aus der Hand. »Komm.«

In Sprechzimmer eins wallte dann doch eine gewisse Unruhe auf, als Kollege Reiter eintrat und sagte: »Sebastian Reisinger, Sie sind wegen Mordverdachts festgenommen. Stellen Sie sich mit dem Gesicht Richtung Wand und strecken Sie die Arme aus.«

Kroner blieb der Mund offen stehen. Jetzt verstand auch er, warum seine Leute Bascht nicht erkannt hatten. Ein vollkommen anderer Mensch schaute ihnen voller Entsetzen entgegen, und dann ging alles viel zu schnell. Franziska kippte ohnmächtig zu Boden, Jacobi trat Reiter gegen das Knie, verstellte den anderen Beamten den Weg, und Bascht stieß zwei Hocker um, die Kroner und Ben bei dem Versuch, ihn davon abzuhalten, durchs Fenster auf einen Balkon zu springen, genauso mühsam überwinden mussten wie seine besinnungslose Schwester.

Und weg war er.

Kroner sah ihm nach, kickte mit den Füßen gegen die Hocker und durchbohrte Jacobi mit finsteren Blicken. »Sie machen doch alles nur noch schlimmer.« Erst dann kümmerte er sich um Franziska Reisinger, die langsam wieder zu sich kam.

Ben setzte indes Bascht nach, hangelte sich elegant durch das Fenster auf den Balkon, rannte um ein Hauseck und sprang in einen kleinen Garten.

Nichts. Keine Spur von Bascht.

Langsam drehte er sich im Kreis, scannte die Büsche, die Gartenmöbel, die umliegenden Häuser und hielt die Luft an, um auch ja jeden Laut wahrzunehmen.

Und dann hörte er es. Draußen auf der Straße. Das Quietschen von Reifen, die darauffolgende Stille, den dumpfen Aufprall.

Hysterische Stimmen erhoben sich nach Augenblicken des Entsetzens, übertönten einander bald, schrillten in Bens Ohren. Er lief los, registrierte nur wenig später das Martinshorn des Notarztes, der ja nur um die Ecke geparkt hatte. Leo rannte über die Straße, ein Uniformierter beugte sich zu Bascht hinab, der bäuchlings dalag. Ben sah das Blut auf dem Asphalt und die Furcht in den Augen der Autofahrerin, die gerade aus ihrem Golf stieg.

Verdammt! Verdammt! Verdammt!

Kroner hörte den Lärm durchs Fenster, wäre am liebsten aus der Haut gefahren.

Kreizbirnbaum!

Reiter saß neben der Patientenliege, auf der Franziska mittlerweile lag, hielt sich das Knie und stöhnte: *»Da feid's weida.«*

Kroner hörte nicht hin, war allein damit beschäftigt, Jacobi gegen die Wand zu drücken und ihn abzutasten. »Sie pfuschen uns nicht mehr ins Handwerk, dafür sorge ich!«, knurrte er und verpasste dem Mann die Schließen – und zwar hinten. Ein eherner Grundsatz bei der Polizei.

Es folgte ein »Pass auf die Tochter auf!«, gefolgt von einem »Ich schick dir jemanden rein!« in Reiters Richtung, dann umschloss er mit der Rechten fest die Handschellen und schubste Jacobi durch die Praxis nach draußen. Als sie auf die Straße hinaustraten, sahen sie Bascht inmitten von Sanitätern und Notarzt am Boden liegen. Jemand hielt eine Infusion mit durchsichtiger Flüssigkeit über seinen Kopf.

Von der gegenüberliegenden Straßenseite kam ihnen Ben entgegengelaufen.

»Wie sieht's aus?«, fragte Kroner, obwohl ihm eher nach einem »Wie konnte das passieren?« zumute war.

Ben zuckte mit den Schultern, hätte auch auf die andere Frage keine Antwort gewusst.

»Sehen Sie hin«, zischte Kroner Jacobi in den Rücken, »sehen Sie hin! Das ist allein Ihre Schuld!« Bascht hatte nicht vorgehabt zu fliehen. So was hatte Kroner im Urin. Dieses Schlamassel hier war nur entstanden, weil der Vater dem Reiter eine verpasst, weil er den Beamten den Weg verstellt hatte.

Ein Reflex.

Ein saudummer Reflex, der den jungen Reisinger dazu veranlasst hatte, durchs Fenster abzuhauen. Nach all den Jahrtausenden war der Mensch noch immer ein Fluchttier. Kroner hatte da so seine Erfahrungen.

»Und was hat Ihre Tochter mit alldem zu tun?«, fragte er, ehe er sich zu weiteren Schuldzuweisungen hinreißen ließ.

Dr. Jacobi sah auf. »Gar nichts.«

»Und wieso lässt sie dann Musterpackungen von Medikamenten verschwinden?«

Der Vater ließ den Kopf fallen, schloss die Augen. »Franziska und Sebastian haben nichts getan. Es ist genau, wie Sie sagen. Ich bin schuld. Alles ist allein meine Schuld.«

Dreizehn Tage zuvor

Die Scheibe ist schmierig, man kann kaum etwas sehen. Oder? Doch. Er sitzt dort auf der Couch. Neben ihm. Diesem Irren.

Klopf. Klopf.

»Endlich!«, flüstert Bascht, als er die Haustür aufmacht. »Ich dachte schon, du kommst gar nicht mehr.«

»Musste erst den Koffer holen, und du weißt ja, der –«

»Schon gut. Hauptsache, du bist da. Danke übrigens.«

»Wieso machst du so was?«

»Keine Ahnung.«

»Er wird dich anzeigen. Garantiert.«

Bascht zuckt mit den Schultern. Jetzt ist es zu spät für Reue und Vernunft. »Ich hab ihm ein paar von denen hier gegeben. Gegen die Schmerzen und das Kopfweh.«

»Weißt du denn gar nichts?«

»Was?«

»Dass solche Wirkstoffe in Verbindung mit Alkohol und bei Blutungen … Er hat doch gesoffen, oder?«

»Und wie.«

»Wie viel? Wie viel hast du ihm gegeben?«

»Weiß nicht genau. Drei?«

»Zeig her.«

Bascht legt den Blister in die flache Hand.

Ungläubiges Kopfschütteln. »Hilf mir.«

Bascht öffnet den Koffer, wühlt sich durch Medikamente, reißt sterile Wundauflagen auf, hält Desinfektionsspray bereit, reicht Verbände, die dann doch nicht zum Einsatz kommen. Ihm ist schlecht, er stopft Zellophanhüllen in eine Tüte, die er im Vorratsraum findet. Trinkt noch ein Glas Wasser.

»Er hat gekotzt. Vorhin wäre er beinahe erstickt …«

»Kinder und Besoffene …«

Haben einen Schutzengel, ja. Bascht kann nicht mehr hinsehen. Was hat er nur angerichtet? Wie konnte er das tun?

War er das Monster? Nicht der andere?

»Meinst du, er hat innere Verletzungen?«

»Hm.«

»Sollen wir ihn ins Krankenhaus bringen?«

Der Strahl einer Taschenlampe leuchtet in Stevies Augen, ein Stethoskop sucht nach auffälligen Geräuschen im Brustraum.

»Nicht nötig.«

»Sicher?«

»So besorgt? Nach alldem hier?« Eine ausladende Armbewegung umfasst Stevies erbärmlichen Zustand und den Hass, der dazu nötig war.

Verprügelt. Blutend. Bewusstlos?

»Schläft er, oder ist er …?«

»Eine Mischung aus beidem, nehme ich an.‹

»Stabile Seitenlage?« Buscht versucht, sich zu erinnern, kippt Stevie um, überstreckt den Hals und schiebt ihm erst die eine, dann die andere Hand unter das Kinn. Er bekommt Hilfe, von Händen, die besser wissen, was zu tun ist.

Buscht ist zufrieden. Einigermaßen.

»Komm, wir gehen!«

Buscht sieht sich um, ist froh, dass dieser Alptraum ein Ende nimmt.

»Warte, besser, wir nehmen den Weg durch die Garage, dann merkt niemand, dass wir hier waren.« Er läuft zur Vordertür, durch die er seinen Helfer hereingelassen hat, sperrt ab, geht zur Garage voraus, dreht auch dort den Schlüssel zweimal um und wirft ihn ins Auto. Das Rolltor lässt Buscht nur so weit runter, dass sie beide noch darunter hindurchschlüpfen können.

Ein Audi Sportcoupé!

Blitze fahren in Schläfen, Kopf und Herz.

Gewaltige Blitze.

Kroner räusperte sich, zwischen seine buschigen Augenbrauen gruben sich tiefe Täler. Er sah Ben wie einen Spiegel an.

Habe ich das richtig verstanden?, fragten dessen Augen zurück.

Energisch packte Bruhan Jacobi am Arm, führte ihn zu Kroners Liebling auf die andere Straßenseite, öffnete die Tür und schob den Mann in den Fond des BMW.

»Ist das ein Geständnis?«, flüsterte Ben, als die Tür zu war. Mit dem Handrücken wischte er sich über seine Stirn. Die Sonne stand hoch, es war heiß geworden. Er schwitzte.

Kroner hob die Schultern, zupfte an seinem Poloshirt, brauchte Luft auf der Haut. »Sieht so aus.«

Gespannt stiegen sie zu Jacobi in den Wagen.

Auch Bascht steigt zu seinem Vater ins Auto, gurtet sich nicht an, weil er sowieso gleich wieder aussteigen wird.

»Danke für alles.«

»Schon gut.«

Er sieht seinem Sohn durch den Rückspiegel nach, fährt weiter bis in den Klausenweg, biegt nicht ab, fährt nicht heim, dreht eine große Runde, gibt Gas, bremst, ist wütend und kann nicht mehr richtig denken. Irgendwann parkt er ein Stück weit vom Haus entfernt, durchwühlt seinen Koffer auf der Suche nach …?

Er weiß nicht, nach was, und findet es doch.

Bevor er aussteigt, zieht er ein neues Paar Einmalhandschuhe über.

Diesmal geht er nicht durch die Vordertür, diesmal schleicht er sich heran, schlüpft unter dem Garagentor durch wie ein Dieb in der Nacht.

Sein Herz klopft, er braucht mehrere Versuche, bis der Schlüssel in den Schlitz gleitet. Seine Hände zittern. Chirurg hätte er nicht sein können. Auf keinen Fall.

Stevie liegt stabil auf der Seite, genauso, wie sie ihn verlassen haben. Mit geübtem Griff setzt der Arzt ihn auf, legt seinen Kopf zurück auf die Lehne. Dann geht er zur Spüle, nimmt das Glas und drückt die Tabletten hinein. Acht Stück? Zu viel? Zu wenig? Er weiß es nicht, will es nicht wissen. Wasser läuft über die weißen Dinger, die aussehen wie überdimensionale Tic Tacs – nur der Gürtel um ihre Mitte stimmt nicht.

Der Zerfall beginnt langsam, wie schwerelose Teilchen im All lösen sich die ersten Flocken vom Rest.

Er wird niemals damit aufhören.

Seit er Franziska bedroht hat, ist alles anders.

Sie ist nicht sicher.

Nie mehr.

Früher oder später wird er …

Mit einem Finger hilft er nach. Rührt und drückt und zögert, schwenkt das Glas in seiner Hand. Vermischt, schüttelt auf. Ein weißlich dickes Gesöff.

Tödlich?

Möglicherweise.

Er geht zur Couch.

Stevie blinzelt, der Alkohol vernebelt ihm noch immer die Sinne, und doch erkennt er seine Rettung. Dr. Jacobi. Ein Arzt!

Baschts Vater starrt auf ihn hinab. Gerät in Panik.

Stevie öffnet den Mund, versucht, das Glas zu greifen. Ihn dürstet nach Linderung seiner Schmerzen.

Baschts Vater zögert.

Er hat es verdient.

Er ist ein schlechter Mensch.

Die Drogensache. Der Lattenknaller. Das Facebook-Mobbing. Auch wenn der Kontakt zwischen Vater und Sohn schlecht ist, weiß er doch Bescheid. Franziska erzählt ihm alles.

Von den vielen kleinen Schikanen.

Und von den großen.

Stevie hat es verdient. Mehr als das.

Und dann schüttet er den weißen Matsch hinein.

Nach dem Schlusspfiff habe ich gemerkt,
das Leben geht weiter
und endet nicht mit solch einem Dreck.
Jürgen Klopp

Dienstag, 10. Juni

1

Das Kaffeeeck auf der K1-Etage kam Kroner heute Morgen vor wie ein Biwak, das dem einsamen *Hochgebirgsklapperlwanderer* – der weder vernünftiges Schuhwerk noch Jacke, Mütze oder Handschuhe dabeihat und dennoch ungerechterweise von einer Schlechtwetterfront überrascht wird – Schutz bietet.

Ich bin der Wanderer. Der Kaffee ist meine Rettung.

Zwei Stunden hatte Kroner auf dem Freischwinger-Besucherstuhl in seinem Büro geschlafen. Viel zu wenig für einen Mann in seinem Alter, und jetzt tat ihm auch noch das *Gnack* weh.

Doch die Worte waren nur so aus Jacobi und auch aus dessen Tochter herausgeflossen. Es hatte kein Halten gegeben, alles musste raus. Und Kroner hätte sich einen Rucksack mit der nötigen Ausrüstung herbeigesehnt, um diese Herausforderung besser zu meistern.

Puh!

Er trat einen Schritt zur Seite, ließ Leo ihre Monstertasse füllen. Auch sie und Bruhan hatten die ganze Nacht hier verbracht.

»Wenn ich Bascht wäre, hätte ich eine *unbandige* Wut.« Leo holte ein Zuckertütchen aus dem Schrank und ließ dessen Inhalt über ihren Milchschaum rieseln.

Kroner wusste, dass sich ihre unbändige Wut gegen Dr. Jacobi richten würde, und er gab ihr vollkommen recht. Der Vater war schuld daran, dass Bascht die Hölle durchlebt hatte und dabei fast draufgegangen wäre.

Fast.

Schwere Gehirnerschütterung, etliche Prellungen, eine Rippe

angebrochen. All das würde heilen. Der Rest ließ mehr zurück, das vergaß er in seinem ganzen Leben nicht.

Nach Baschts missglückter Festnahme und dem Geständnis seines Vaters war Kroners Team seit gestern damit beschäftigt, alles schön auseinanderzusortieren.

Obwohl? Von einem astreinen Geständnis konnte noch immer keine Rede sein, denn Jacobi behauptete steif und fest, dass er Windisch den tödlichen Drink schlussendlich doch nicht verabreicht, sondern das Glas in den Ausguss gepfeffert hätte.

Kroner spürte, wie der Vorschlaghammer, der gestern angesichts dieser jähen Wendung seinen Schädel malträtiert hatte, immer noch schwang. Erst das Wunder einer überraschenden Aufklärung und jetzt blieb davon nur ein halbseidenes Geständnis übrig. Mehr nicht.

Die Schuld an Stevies Tod gab sich Jacobi trotzdem. Für ihn war es einerlei, ob Stevie der Benuron-Cocktail, den er samt Glas möglicherweise doch im Ausguss hatte stehen lassen, oder die Tabletten, die noch in der anderen Schachtel gewesen waren und die ja schließlich auch er zurückgelassen hatte, das Leben gekostet hatten.

Ich bin schuld an Windischs Tod.

Jacobi wiederholte die Worte seit dem Morgen in Endlosschleife. Allerdings hätten – egal bei welcher von Jacobis Versionen – Stevies Fingerabdrücke auf dem Glas sein müssen.

Sehr dubios.

Trotzdem störte sich Baschts Vater kein bisschen daran. *Ich bin Arzt. Ich sollte Leben retten, nicht nehmen.*

»Das sagt er doch nur, um einigermaßen heil aus der Sache rauszukommen«, erriet Leo Kroners Gedanken und legte beide Hände um ihre Tasse. »Er muss es sich schönreden. Damit lebt es sich leichter. Glaub es mir.«

Möglich. Klar. »Jacobi behauptet aber, er hätte zwei Schachteln Benuron dabeigehabt. Gefunden haben wir nur eine, nämlich die, in der acht von zehn Tabletten fehlten.« Kroner hielt den Zeigefinger in die Luft. »Nur eine.«

Leo störte sich an dieser Diskrepanz nicht weiter. »Jacobi weiß noch nicht einmal mit Sicherheit, ob er das Glas in den Ausguss gekippt oder nur gestellt hat, wieso sollte er dann die ›angeblich‹ andere Schachtel nicht auch eingesteckt und mitgenommen haben? So oder so, für ihn war diese Zeitspanne in Windischs Küche auf jeden Fall eine emotionale Stresssituation, da nimmt sich die Erinnerung gerne mal eine Auszeit. Das kennst du doch, das hatten wir schon oft.«

Kroner gab Leo natürlich recht, aber glücklicher machte ihn das im Moment nicht. Die Schilderungen der Tochter stimmten jedenfalls haargenau mit der Version des Vaters überein. Entweder weil diese schlicht und ergreifend der Wahrheit entsprach oder Jacobi ihr all das gestanden hatte, als Bascht gestern in der Praxis aufgekreuzt war, um seinen Vater zu bitten, ihn wenigstens kurzzeitig dort unterkriechen zu lassen. Danach war die Situation eskaliert, alles aus dem Ruder gelaufen, und ausgerechnet Barbie, die alle für minderbemittelt hielten, hatte die Moritz-Quendler-Maskerade durchschaut und sich nicht blenden lassen wie all die Beamten im Klinikum und vor der Praxis. Den Chef auf ihrer Motorhaube hatte sie allerdings nicht erkannt. Es sei »voll dunkel« gewesen, hatte sie gejammert, als Kroner sie gestern noch einmal darauf angesprochen hatte. Nun ja. *Nobody is perfect.*

All das hätte nicht passieren müssen, wenn Stevie ein anständiger Kerl gewesen wäre. Kroner hörte jetzt noch Franziskas Verzweiflung, als stünde sie vor ihm.

Papa ist kein Mörder!

Und mit ihrer Einschätzung lag sie vermutlich richtig, denn die Merkmale eines Mordes erfüllte die Tat nicht: Jacobis Beweggründe gehörten nicht zur niederen Sorte. Totschlag, vielleicht sogar »nur« fahrlässige Tötung. Obwohl? Jacobi war Arzt, das wirkte sich garantiert nicht mildernd aus, und seine Approbation war er damit sowieso los.

Einige Kollegen hielten es allerdings für möglich, dass sich der Vater all das nur ausgedacht hatte, um seinen Sohn zu schützen, dass er die Tat auf sich nahm, obwohl Bascht der Schuldige war, und er nun natürlich alles möglichst so hindrehte, dass er einigermaßen heil aus der Sache rauskam.

Doch Kroner glaubte nicht, dass Jacobi Bascht deckte. Er hatte Sebastian Reisinger als einen jungen Mann kennengelernt, der nicht begreifen konnte, was vor sich ging. Einen Kerl, der von einer Hölle in die nächste stolperte. Erst die Nachricht, dass Windisch an den Verletzungen, die er ihm zugefügt hatte, gestorben war, dann die dramatische Geburt seines Sohnes, der Haftbefehl und die Flucht und jetzt die Erkenntnis, dass nicht er, sondern ein anderer an allem schuld war – dass sein Vater der Bösewicht war. Wie sich ihnen momentan die Lage darstellte, hatte Bascht bis gestern keine Kenntnis davon gehabt, dass Stevie nicht an den Folgen der Verletzungen gestorben war, sondern schlussendlich an einer überdosierten Einnahme von Benuron. Weder Vater noch Schwester hatten ihm gegenüber etwas erwähnt, wie sich herausgestellt hatte. Und trotzdem waren seine Fingerabdrücke auf der Schachtel, die zuvor nicht in Stevies Hosentasche gewesen war, wie sie ja lange Zeit angenommen hatten. Kroner konnte sich das nur damit erklären, dass Bascht das Medikament angefasst hatte, als er in jener Nacht seinem Vater half, Stevie auf der Couch zu verarzten, und deshalb im Arztkoffer herumwühlte. Sicher sein konnte er sich dessen jedoch nicht.

Absolut nicht!

Als Kroner Bascht heute früh kurz befragt und informiert hatte, lag dieser stocksteif in seinem Krankenbett – völlig apathisch. Kroner hätte ihm gerne einen Klaps verpasst, ihn zur Tür hinausgeschoben und ihm gesagt, er solle jetzt erst mal zu Juli und seinem Kind gehen. Soll die Periodengurke mir dafür die Federn rupfen, mir wurscht!, hatte er bei sich gedacht. Aber das war unmöglich. Nur der Ermittlungsrichter konnte den Haftbefehl aufheben, und das würde er erst tun, wenn endgültig feststand, dass Reisinger nicht für Windischs Tod verantwortlich war.

Ein Haufen Arbeit lag vor ihnen.

»Jacobi hat wohl gar nicht gecheckt, was er seinem Sohn damit antat«, sagte Leo. »Er dachte, weil Bascht unschuldig ist, würden wir ihn schon nicht für Stevies Tod verantwortlich machen.«

Tja, da hätte Jacobi sich fast verspekuliert. Baschts Fingerabdrücke waren ein paarmal zu oft aufgetaucht.

Kroner nippte an seinem Kaffee. Sebastian Reisinger hatte Stevie in dieser verhängnisvollen Nacht Aspirin aus dem Apothekerschränkchen gegeben – kein Benuron. Und als Dr. Jacobi beim Hinausgehen das Audi Sportcoupé gesehen hatte, waren bei ihm alle Sicherungen durchgebrannt.

Windisch hatte im Herbst erstmals Geld gefordert. Einen kleinen Betrag. Zweitausend Euro. Dr. Jacobi war damals aus allen Wolken gefallen, weil er zwar von der Impfung wusste, nicht aber von der Tatsache, dass durch die Sturheit seines Vaters, der seinen Fehler nicht hatte einräumen wollen, es nie zu einer Anerkennung des Impfschadens gekommen war.

Laut Anneliese Windisch und Christa Gabler musste Stevie die alten Unterlagen zur Anerkennung des Impfschadens nach dem legendären Rasenmähertod seines Vaters in die Hände bekommen haben. Jacobi hatte das Geld aus seines Vaters Vermögen genommen, für das er längst verfügungsberechtigt war, und gezahlt. Späte Gerechtigkeit, so nannte er es, aber dann war Windisch zu dreist geworden, und die Summen waren ins Unermessliche gestiegen. Zuletzt hatten fünfzigtausend Euro den Besitzer gewechselt, eine Summe, die Stevie offensichtlich postwendend in den Audi investiert hatte.

Und Anneliese Windisch hatte alles gewusst. Von den Erpressungen, von den Diebstählen, von den Drohungen. Jetzt saß sie bei Paulus im Vernehmungszimmer und flennte, wollte aber immer noch nicht einsehen, dass ihr Sohn selbst viel dazu beigetragen hatte, dass er nun in einem Fichtensarg unter der Erde auf dem Friedhof lag und die Würmer anfingen, seine menschliche Hülle zu verspeisen.

Mit nicht mal dreißig Jahren.

Leid tat sie Kroner dennoch. Vielleicht hätte ihr Leben glücklicher verlaufen können, wenn Jacobis Vater nicht … Vielleicht wäre Stevie dann ein besserer Mensch geworden.

Vielleicht.

Und weil das alles nicht schon schlimm genug war, hatte sie mit ihrer beispiellosen Hetzkampagne und den Schmierereien selbst noch eins draufgesetzt.

So dumm!

»Fuhrmann hat vorhin angerufen.« Leo holte die Milch aus dem Kühlschrank und kippte einen kleinen Schuss in ihre Tasse.

»Er war bei Allgeier in der JVA.« Alf verbrachte seine U-Haft in Straubing, Joschi in Passau. So konnten sie ihre Aussagen nicht abstimmen.

»Und?«, tönten Kroner und Ben wie aus einem Munde.

»Er hat zugegeben, Joschis Tablet und die Makarov in Vallis Zimmer deponiert zu haben. Brenner hat Allgeier das Tablet vor einigen Monaten zu einem Spottpreis abgekauft, wusste aber nicht, dass es gestohlen war, und da Valli und Joschi gemeinsam die Berichte für ›FuPa‹ darauf verfasst haben, fanden sich zwangsläufig ihre Fingerabdrücke auf dem Ding. Auf der Waffe sowieso, die hatte sie in Erlbach ja in der Hand. Damit ist Valli raus aus der Sache.«

Kroner atmete auf, und Ben erinnerte sich an ein Versprechen, das er gestern nicht mehr hatte einlösen können.

***

Zwanzig Minuten später läutete er an Vallis Tür. Sie öffnete, stand barfuß und mit zerzausten Haaren vor ihm auf den uralten Steinfliesen – genau wie damals. Nur das Diddl-Nachthemd fehlte und die Angriffslust.

Ein Jahr. So lange her.

»Hi.« Mehr brachte Ben nicht raus.

»Hi.«

»Kann ich reinkommen?«

Sie schüttelte den Kopf, umfasste das Chaos im Gang mit einer Handbewegung. »Besser, wir gehen ein Stück.«

»Es macht mir nichts aus. Ehrlich.«

»Aber mir.« Valli schlüpfte in ihre Flipflops und schlug die Haustür hinter sich zu, dass der weiße Lack nur so abplatzte.

Dicke Luft, angereichert mit einer monumentalen Prise Schweigen. Seit jeher ein Problem zwischen ihnen. Valli schlurfte über den Hinterhof und bog in einen kleinen Trampelpfad ein, der ins Wäldchen hinter dem Kroner-Anwesen führte. Sie trug kurze Hosen und T-Shirt. Alles schön verwaschen. Wie immer.

Wo will sie bloß hin? Mit wachsender Besorgnis betrachtete Ben die Brombeerhecken, die Wurzeln, das dichte Gestrüpp, sein weißes Hemd und den *Batz* unter seinen guten Schuhen. Seine Augen brannten – ein Gruß der durchwachten Nacht. Er fühlte sich schwach, ausgelaugt und dumm.

»War's noch nett mit deinen Eltern?«

Ob es nett war? Keineswegs. »Ging so.« Ben musste zusehen, dass er den Anschluss nicht verlor. Er duckte sich unter einem Ast durch, blieb hängen, aber nicht am Gestrüpp, sondern mit den Augen, und zwar an Vallis Hinterteil und den abartig knackigen Beinen. »Du hast einen bleibenden Eindruck bei ihnen hinterlassen. So viel ist sicher.«

Valli lachte zu laut, zu lang und zu ordinär. »Ich habe mich ganz schön danebenbenommen. Tut mir leid, aber ich war irgendwie durcheinander …« Sie fiel auf die Knie und kroch auf allen vieren durch ein Loch in der Hecke.

Was für ein Arsch! In Bens Magen rieselte kiloweise Zucker, er schlüpfte aus den Schuhen, ruinierte seine Hose. Das Wiedersehen mit seinen Eltern war okay gewesen. Sie hatten über Zoes Verlust, den Schmerz, die Verzweiflung, die Ohnmacht und die leeren Jahre danach gesprochen. Dennoch war alles steif und fremd und unterkühlt geblieben, sogar als Eros und Valli am letzten Abend dabei gewesen waren. Es brauchte Zeit. Viel Zeit wahrscheinlich, möglicherweise war es aber auch zu spät. Ben wusste es nicht. »Ich konnte gestern nicht anrufen, der Fall und –«

»Ich war sowieso nicht zu Hause.« Valli verschwand erst in einer Senke, dann hinter einem Haselbusch.

Wo ist sie? Ich kann sie gar nicht mehr sehen. »Sicher hattest du dein Handy dabei?«

»Das war ausgeschaltet …« *Du Vollidiot!* Lange vor Dämmerung und bis weit nach Mitternacht hatte Valli weder Mobiltelefon noch Festnetzanschluss aus den Augen gelassen. Gewartet und gehofft, gezittert und geflucht.

Wieder ein leeres Versprechen.

In Bens Haaren verfingen sich Zweige, an seinen Wimpern klebten Spinnweben. Nach zwei, drei Metern krabbelte er über eine Kuppe und kam auf eine kleine Lichtung. Valli saß auf einem alten Baumstamm im hohen Gras, die Arme vor der Brust verschränkt.

Das Biest! Ben grinste.
»Was lachst du so saublöd?«
Kein Biest, eine Furie!
»Hör auf!«
»Ich kann nicht.«
Er lacht mich aus. Ich fasse es nicht! »Wie lief die Versöhnung?« Eigentlich hatte Valli darüber nicht spotten wollen, die Wiedervereinigung mit den Eltern war für Ben eine große Sache, das wusste sie genau.
»Es gibt keine Versöhnung, Luisa ist –«
»Ich meinte die mit deinen Eltern!« Wie Frosthauch stiegen die Worte aus Vallis Mund auf.
Puff.
Und da war es wieder, das große Schweigen. Ben setzte sich neben Valli, rupfte einen Halm aus, steckte ihn sich in den Mund und schaute durch die langen Gräser und Blüten auf einen kleinen Teich. Grillen zirpten.
Puff. Puff!
Valli spürte ihre Finger und Zehen nicht mehr, ihr Herz klopfte wie wild, und in ihrem Bauch sendete irgendein Stromdings ziemlich starke Signale aus. *Hui!* Das hier war ihr geheimes Versteck, ihr Zufluchtsort. Eine Oase mitten im Chaos ihres Lebens. Schon immer gewesen.
Ben rückte näher, legte seine Hand auf ihren Oberschenkel. Ganz leicht.
Valli schob sie weg. Ganz fest.
Er versuchte es noch mal.
Sie auch.
Patt.
Tja. Aber wem half ein Unentschieden schon weiter? Niemandem. Manchmal musste man was riskieren. »Er findet sie hinreißend, er will sie küssen …«, singelsangelte Ben also mutig in den Sommerhimmel hinein.
Das kappte Vallis Hauptleitung binnen Sekundenbruchteilen, und die Wallung kam über sie wie ein Schwarm Heuschrecken über ein Kornfeld. »Du machst dich über mich lustig?«
»Wo denkst du hin?« Er lachte breit, hätte die ganze Welt

umarmen können. »Sie findet ihn hinreißend, sie will ihn auch küssen …«, sang er lauter.

Valli ging auf ihn los, schubste ihn um, doch er war schneller, erwischte sie am Handgelenk und zog sie mit sich über den Stamm ins Gras. Seine Hose zerriss, Vallis Haut schürfte ab, und nach zwei gescheiterten Anläufen landete sein hungriger Mund auf ihren bissigen Lippen.

Autsch!

Leben ist wie Fußball.
Man muss Probleme attackieren,
Ängste aufhalten und Treffer erzielen,
wenn es die Gelegenheit erlaubt.
Lewis Grizzard, amerikanischer Schriftsteller

Sonntag, 13. Juli

Epilog

Die Riesenleinwand im Hacklberger Biergarten kam doch noch zum Einsatz, das anfänglich eher mäßig besuchte »Pablic Fjuing« mauserte sich zu einem Megaspektakel.

WM-Finale!

Deutschland gegen Argentinien.

Wer hätte das gedacht?

Vor Kroner stand eine frische Mass, und ganz dicht neben ihm saß Joja Milner. Im Leben war es wie im Fußball, man musste Ängste überwinden, angreifen und nach Möglichkeit einen Treffer landen. Und genau das hatte Kroner in den letzten Tagen und Wochen getan. Attackiert. Angegriffen. Nicht lockergelassen. Und am Ende lag der Ball im Tor, am Ende hatte er den wichtigen Treffer erzielt.

Bei Vallis Mum.

Das Leben konnte so schön sein, auch wenn für seinen Geschmack das Gedränge zu dicht war, der Geräuschpegel zu hoch und der Spielstand nach neunzig Minuten zu unspektakulär. Kroner war kein Public-Viewing-Typ, das alles hier war nicht sein Ding, aber darauf kam es nicht an.

Überhaupt nicht.

Dabei konnte er noch froh sein, dass Markus den Tisch hier im »Hacklberger Bräustüberl«-Biergarten mit guter Sicht auf die Leinwand ergattert hatte und nicht beim Fanfest der Löwenbrauerei hinter der Uni, wo in diesem Moment garantiert doppelt so viele Leute grölten und jubelten.

Ein Finale mit deutscher Beteiligung, zusammen mit seinen

Lieben, das konnte sich Kroner nicht entgehen lassen, obwohl er bis zum Hals in Arbeit steckte, seit Dr. Jacobi und dessen Sohn vor vier Wochen verhaftet worden waren.

Ein Drama. Definitiv. Für Anneliese Windisch ebenso wie für die Reisingers und auch für Jacobi selbst, der in einem Alptraum gelandet war, den er selbst heraufbeschworen hatte: Verhaftung, ED-Behandlung, DNA-Abnahme, Antrag auf Durchsuchungsbeschluss für Wohnung, Praxis, Autos, dann der Haftbefehl durch den Ermittlungsrichter, Untersuchungshaft und Überführung nach Landshut in die Justizvollzugsanstalt.

Bascht hatte nach seiner Entlassung aus dem Krankenhaus ebenfalls einige Tage in U-Haft verbracht, denn selbstverständlich musste das K1 erst überprüfen, ob er tatsächlich unschuldig war, ob wirklich alles so abgelaufen sein konnte, wie von Dr. Jacobi geschildert. Sämtliche Einzelheiten und Kleinigkeiten wurden durchleuchtet, jeder unscheinbare Halbsatz überprüft, ob Details mit Untersuchungen am Tatort und an der Leiche zusammenpassten. Nachdem absolute Deckungsgleichheit zwischen Jacobis und Reisingers Schilderungen und den polizeilichen Kenntnissen vom Tatablauf vorgelegen hatte, hob der Ermittlungsrichter auf Antrag der Staatsanwaltschaft den Haftbefehl auf, und Bascht durfte endlich zu Juli und seinem Kind. Tag und Nacht hatten Kroner, Ben und Leo dafür geschuftet.

Tag und Nacht.

Franziska Reisinger hatte mit Windischs Tod rein gar nichts zu tun. Ihre einzige Verfehlung war gewesen, dass sie dem Vater – nachdem er ihr alles gebeichtet hatte – helfen wollte, ungeschoren davonzukommen. Ein paar Tage waren nötig gewesen, um auch diesbezüglich Gewissheit zu erlangen.

Elende Sisyphusarbeit. Definitiv.

Für Bascht und Franziskas Vater hing nun alles davon ab, ob das Gericht ihm die Kurzzeitamnesie abkaufte, ob glaubhaft war, dass er die Paracetamol-Gabe zwar vorgehabt, dann aber doch nicht durchgeführt hatte, wie er nach wie vor behauptete. Zwischen vorsätzlich, fahrlässig und minderschwerem Fall des Totschlags lagen Welten. Der Unterschied konnte – gemessen in Gefängnisjahren – beträchtlich sein.

Kroner hasste den faden Nachgeschmack, den die Aufklärung dieses Falles bei ihm hinterließ. Er vermisste die Euphorie, die ihn sonst packte, wenn der Bösewicht endlich hinter Gittern saß.

Dr. Jacobi war kein Bösewicht. Im Gegenteil. Selbst wenn er Stevie den Benuron-Mix doch eingeflößt haben sollte, konnte Kroner das irgendwie nachvollziehen. Windisch war ein Scheißkerl gewesen, und Gelegenheit macht Diebe und manchmal eben auch Schlimmeres.

Such is life.

Nicht mal das Bier konnte Kroners Verdruss wegspülen. Und Stevie war ja selbst schuld, hatte es einfach zu weit getrieben, sich zu viel herausgenommen. Dazu der übermäßige Alkoholkonsum, der die Wirkung des Paracetamols noch verstärkt hatte, weil beides die Leber angriff.

Kroner selbst würde nie wieder eine Dreifachdosis Aspirin gegen seinen Brummschädel einwerfen. War zwar nicht derselbe Wirkstoff, aber auch ein Medikament, mit dem man eher lax umging.

Anpfiff der Verlängerung.

Joja drückte unter dem Tisch Kroners Hand.

Kroos auf Höwedes, Schürrle fällt vor dem Sechzehner, Ball landet bei Götze, Schürrle rappelt sich hoch, läuft in den Strafraum, bekommt den Ball und … Romero hält!

Tausend Leute sprangen gleichzeitig von ihren Bänken, ein Aufschrei brandete durch die Reihen.

Sofort der Konter der Argentinier, der überragende Boateng klärt in letzter Minute gegen Agüero, Hummels nur Sekunden später gegen Messi.

Was war denn jetzt los?

Beide Teams riskierten einiges, und wer aufmachte, lief automatisch Gefahr, in einen Konter zu laufen. Kroner setzte sich hin, nahm zur Beruhigung einen tiefen Zug von seiner Mass. Etwas weniger Spannung hätte es für seinen Geschmack auch getan.

Kreizsakrament!

Auch Stevie hatte riskiert – zwar im negativen Sinne –, und

auch er war in einen Konter gelaufen. In den finalen Konter sozusagen. Als Bascht erfahren hatte, dass Stevie tot war, hatte er sofort seinen Vater angerufen, um nachzufragen, ob die Verletzungen … ob er an allem schuld sein könne. Der Vater hatte ihn beruhigt, aber darum gebeten, ihn rauszuhalten. Denn sollte die Polizei erfahren, dass er, der Arzt, vor Stevies Tod bei ihm gewesen war, so könne ihn das seine Approbation kosten. Den in die Spüle gekippten beziehungsweise eben nicht ausgekippten oder sogar eingeflößten Benuron-Mix erwähnte er nicht. Und obwohl Vater und Sohn kein besonders inniges Verhältnis pflegten, hatte Bascht natürlich eingeleuchtet, dass er mit seinem Ausraster den Vater in Schwierigkeiten gebracht hatte, und davon gegenüber der Polizei nichts erwähnt. Ihm war gar nicht in den Sinn gekommen, dass Dr. Jacobi, dass sein Vater, auf irgendeine Weise in Stevies Tod verwickelt, dass er zurückgefahren sein könnte, und Jacobi hatte sich davor gehütet, es ihm zu erzählen.

Langer Ball, Hummels verschätzt sich, Palacio frei vor Neuer … und lupft – oh mein Gott! – nur knapp links am Tor vorbei.

Eine Monsterchance für Argentinien. Wieder standen sie alle, wieder schrien Jung und Alt hysterisch durcheinander. Kroner, der alte Pessimist, gierte nach einem weiteren Schluck aus seiner Mass, soff sie vorsichtshalber gleich ganz aus. Die einzige Verlängerung in einem WM-Finale mit deutscher Beteiligung war 1966 in die Hose gegangen. In England. Ein Wembley-Tor noch dazu. Legendär, ja, und ein ganz schlechtes Omen.

Wirklich ganz mies.

Sebastian Reisingers Flucht aus dem Krankenhaus konnte Kroner durchaus nachvollziehen, wenngleich es eine absolut hirnrissige Aktion blieb. Dennoch. Baschts Erfahrungen mit Polizei und Gericht waren zu negativ geprägt, da hatte ihn wohl einfach die Vernunft verlassen. Für Kroner blieb das größte Rätsel, warum der Vater zugelassen hatte, dass der Sohn so lange als Täter gesucht wurde. War ihm nicht klar gewesen, was er damit anrichtete? Zumindest lange Zeit musste es so gewesen sein, denn erst, als Franziska unerwartet in der Praxis aufgetaucht war, war dem Vater die Tragweite seines Tuns bewusst geworden. »Ich wollte meine Haut retten«, hatte Jacobi sich vor Kroner gerechtfertigt. »Ich wusste ja gar nicht, dass Stevie tatsächlich an den Folgen einer Paracetamol-Vergiftung gestorben war, ich dachte ja …«

Ist das so? Oder will Jacobi uns das nur weismachen?

Ben hatte bei anderen Ärzten nachgefragt. Keiner von denen konnte die letale Dosis von Paracetamol spontan nennen, ihre Einschätzungen lagen weit auseinander. Das wiederum legte nahe, dass Jacobi tatsächlich nicht hatte wissen können, ob Windisch an acht Tabletten Benuron 1000 sterben würde oder nicht. Eine vorher durchgeführte Recherche zu dem Thema kam auch nicht in Betracht, da Jacobis Sicherungen erst nach dem Anblick des Wagens durchgebrannt waren. So behauptete er jedenfalls.

Eine Spontantat?

Selbstverständlich hatten die Kollegen Jacobis Mobiltelefon überprüft. Gegoogelt hatte er die letale Dosis weder bevor noch nachdem er den Audi in der Garage gesehen hatte. Also.

Seitenwechsel.

Joja zwickte Kroner in sein *Hüftschwarterl* und stieg über die Bank. »Soll ich dir auch noch eine mitbringen?« Sie tippte auf Kroners leere Mass.

»Gern.« Er grinste blöd, so wie immer, wenn Joja ihn anlächelte.

Und weg war sie. Eine Frau halt. Kroner hätte nie seinen Platz verlassen können. Nicht jetzt, wo die Jungs total am Ende auf dem Rasen lagen und die Physios Muskeln schüttelten und Waden massierten, jetzt, da Mertesacker Rücken klopfte und Jogi Männer umarmte. Die letzten fünfzehn Minuten in der vierundsechzigsten WM-Partie.

Davon darf ich keine Minute versäumen.

Kroners Geistesblitz bezüglich des Versteckes der Makarov hatte sich als Volltreffer erwiesen. Bachmeiers Leute hatten in der Garage tatsächlich die »Sturm-Geheimakte« gefunden, allerdings hatte diese kaum Sachverhalte offenbart, die den Ermittlern nicht schon bekannt gewesen wären. Exvorstand und Verein würden relativ ungeschoren davonkommen, so viel stand mittlerweile fest. Der gute Ranner hatte also all das schöne Geld umsonst bezahlt.

Tja.

Kroner schmunzelte. Der Kaiser Erni hatten sie ebenfalls allesamt unrecht getan. Deren Beobachtungen hatten sehr genau mit allem übereingestimmt, was Kroner und sein Team inzwischen zusammengetragen hatten. Lediglich mit Farbe und Fabrikat des Wagens, den sie Dienstagnacht vor Windischs Haus gesehen haben wollte, hatte sie sich vertan. Jacobi fuhr einen silbernen Ford Focus, keinen roten Passat, aber vermutlich hatten das Laternenlicht und die roten Vorhänge an Ernis Schlafzimmerfenstern ihren Teil zur Verzerrung der »kaiserlichen« Wahrnehmung beigetragen. Und er und seine Leute hatten sich beinahe lieber tagelang am Hintern gekratzt, als diesen Hinweisen nachzugehen. Schande.

Foul!

Kroner sprang auf. Markus, Opa Kroner, Lorenz und Simon mit ihren Frauen und den restlichen tausend Fans auch.

Schweinsteiger hat's voll erwischt. Agüero. Schon wieder. Der hat doch schon Gelb. Jetzt stell ihn endlich vom Platz, Schiri!

Schweini blutet. Ein Cut unter dem Auge.

Die Rote bleibt drin, dafür spielt Deutschland mit einem Mann weniger – denn Schweinsteiger muss vom Platz.

Kroner konnte es nicht fassen. »So eine Sauerei!«

Eine Sauerei war auch, was Windisch, Allgeier und Konsorten angestellt hatten. Insgesamt zwölf Einbrüche in Vereinsheimen gingen auf ihr Konto. Fuhrmann und seine Leute rotierten, seit Allgeier mit Namen und Details herausgerückt hatte. Ein fester Stamm von fünf Personen hatte alles organisiert. Windisch als Kopf der Bande, Allgeier als sein erster Handlanger – aber nicht Brenner. Joschi hatte tatsächlich nur einmal Schmiere gestanden – und zwar in Simbach am Inn – und war in Erlbach dabei gewesen. Hätte er nicht die Makarov an Vallis Stirn gehalten und zugelassen, dass Alf Valli in seinem Zimmer einsperrte, würde er wahrscheinlich heute lachend in einem Biergarten sitzen und das WM-Finale sehen.

Tja. Dummheit muss bestraft werden.

Valli hingegen war davongekommen – obwohl sie ähnlich dumm gewesen war wie Joschi. Ritterlich dumm zwar, aber dumm nichtsdestotrotz. Immerhin blieb ihre Weste weiß. Es gab keinen Eintrag ins Führungszeugnis, da es keine rechtskräftige Verurteilung geben würde. Aber Kroner als Insider kannte die Abläufe. Das lief so ähnlich wie in einer Waschküche. Erst ist da der böse Fleck, der zwar weggewaschen wird, aber wenn man weiß, wo man hinschauen muss, findet das geschulte Auge sehr wohl die Stelle, wo der Stoff nicht mehr ganz so jungfräulich ist wie der Rest.

Jaja. Irgendwas bleibt immer hängen.

Bens Instinkt, was das aufgeräumte Zimmer anging, hatte sich ebenfalls als Volltreffer erwiesen. Die ESDA-Analyse des Briefblocks durch das LKA hatte den Beweis dafür geliefert, dass Jacobi doch ein Motiv hatte.

Erpressung und Drohungen gegen seine Tochter.

Insgesamt einhunderttausend Euro hatte Dr. Jacobi an Windisch bezahlt. »Es stand der Familie zu«, sagte er zu Kroner bei der Vernehmung. Mit Geld könne man so einen Fehler zwar nicht wiedergutmachen, aber es half – im Alltag und überhaupt. Der Michael, die Anneliese und der Pitt hätten es schon viel früher bekommen müssen.

Damit hatte Jacobi sicherlich recht, aber das Geld war nie dort angekommen, wo es eigentlich hätte landen sollen. Stevie hatte das meiste verprasst, hatte teures Zeug gekauft und seine Kumpels ausgehalten. Erst als Jacobi das Auto in der Garage gesehen hatte, war ihm das so richtig bewusst geworden. Sagte er.

Kroner hatte sich schon ein wenig gewundert, denn wenn Jacobi so ein williger Zahler gewesen war, wieso hatte Windisch dann Franziska bedroht? Aus welchem Grund? Jacobi hatte die plausible Antwort postwendend selbst präsentiert. Er habe geahnt, dass Stevie das Geld für sich allein wollte, und ihm daraufhin angekündigt, dass er nicht endlos weiterzahlen würde. Stevie habe prompt reagiert, hatte sich in Stalking und Parkplatzbegrabsche ergangen. Dadurch eingeschüchtert habe Jacobi fleißiger denn je gezahlt und schließlich den Beweis für seine Vermutungen in jener verhängnisvollen Nacht in Windischs Garage gefunden.

Dann war er durchgedreht.

Schweini wird am Spielfeldrand von Müller-Wohlfahrt geklammert. Er steht auf und ist wieder auf dem Feld.

Tausend Fans rasteten total aus. Kroner auch.

Schweini, ein Held! Egal wie das hier ausgeht.

Kroner stieg Wasser in die Augen.

Hawe die Ehre!

Hätte die Polizei Stevies Handy gefunden, hätte sich sowieso alles viel früher aufgeklärt. Dann hätte die Kripo nämlich erfahren, dass es der Vater gewesen war, den Bascht in der Nacht mit Windischs Handy angerufen und um Hilfe gebeten hatte. Aber besagtes Handy war nach wie vor unauffindbar, die Nachfrage bei allen großen Mobilfunkbetreibern hatte nichts ergeben. Seit der Facebook-Aktion direkt nach der Beerdigung hatte das Ding keine Signale mehr ausgesandt – auch nicht über die IMEI-Nummer, also den numerischen Fingerabdruck, den jedes Handy hat und auch behält, wenn eine neue SIM-Karte eingelegt wird. Bascht behauptete nach wie vor, er hätte es in jener Nacht neben Stevie zurückgelassen. Sein Vater konnte sich nicht erinnern, überhaupt irgendwo ein Handy liegen gesehen zu haben – auch nicht, nachdem er in Windischs Haus zurückgekehrt war. Sehr irritierend all das, denn irgendwo musste es sein. So ein Ding löste sich nicht einfach in Luft auf, und wenn stimmte, was Bascht sagte, und er es tatsächlich neben Stevie auf der Couch hatte liegen lassen, dann kamen nur Dr. Jacobi, Jacqueline, Schütz, Allgeier, Brenner und die Kaiser Erni dafür in Frage, es gefunden zu haben.

Nur! Ha. Ha.

Sechs Personen, die allesamt zwischen Dienstag und Sonntag in Windischs Haus aus und ein marschiert waren. Vielleicht gab es sogar noch mehr Kandidaten, von denen sie nichts wussten. Es war zum Haareraufen.

Um Kroner herum brach Unruhe aus, er konzentrierte sich jetzt wieder ganz auf die Geschehnisse auf der Leinwand.

Palacio fällt Lahm. Eindeutig Trikotzupfen! Taktisches Foul! Rizzoli behält die Gelbe in der Hosentasche.

Sauerei!

Keine Minute später passt Kroos von der Mittellinie auf Schürrle, der wagt einen Vorstoß zur Grundlinie, wird von Mascherano und Zabaleta bedrängt, schlägt seitlich des argentinischen Strafraums eine Flanke über Demichelis hinweg in Richtung linkes Eck des Fünf-Meter-Raums, wo Götze den Ball mit der Brust annimmt und per Drehschuss mit dem linken Fuß im langen Eck … versenkt.

Tor!

Kroner glaubte es nicht.

Tor!

Freudentaumel. Jubel. Geschrei.

Tor! Tor! Tor! T O R!!!!!!!!

Kroner kriegte sich nicht mehr ein, packte Markus und drückte ihm die Luft ab, umarmte Lorenz und küsste ihn auf die Stirn, hob Opa Kroner in die Luft und haute Simon auf den Rücken, dass es nur so krachte. Mit seinen Schwiegertöchtern klatschte er ab.

Deutschland führt eins zu null.

Hundertdreizehnte Minute.

Noch sieben Minuten.

Wahrscheinlich zehn.

Sicher wird nachgespielt.

Kroner fuhr seine Gefühlswallungen runter, vermisste Joja, die immer noch in der Schlange bei den Getränken stand.

Argentinien macht jetzt ganz schön Druck.

Jedes gegnerische Überqueren der Mittellinie wird zum Horrortrip. Neuer muss raus gegen Rojo, Minuten später köpft Messi über das Tor. Kampf. Mann gegen Mann. Mobilisieren der letzten Kräfte. Ein Gegenangriff von Müller entlastet in der letzten Minute der Verlängerung die Abwehr. Özil geht raus, Mertesacker wird eingewechselt.

Taktisches Geplänkel.

Nachspielzeit zwei Minuten.

Müller kommt nicht mehr hinterher, läuft wie Pinocchio auf seinen Holzbeinen. Schweinsteiger foult und bleibt selbst mit einem Krampf am Boden liegen.

Freistoß.

»Ja, braucht's das jetzt auch noch?«

Messi führt aus.

Kroner schloss die Augen, konnte einfach nicht hinsehen.

Der viermalige Weltfußballer legt sich den Ball zurecht.

Kroner bekam keine Luft mehr.

Schweinsteiger liegt immer noch.

Messi nimmt Anlauf … und … und … schießt drüber.

Das Maracanã weint und jubelt. Alles zugleich.

Des einen Freud, des anderen Leid.

Neuer schlägt ab, fast bis zum gegnerischen Torraum. Schweinsteiger ist inzwischen wieder auf den Beinen, wird ein weiteres Mal niedergerammt, und dann … und dann ist es vorbei. Deutschland ist Weltmeister!

Halleluja!

Im Biergarten herrschte pure Glückseligkeit. In Kroners Herzen auch.

Zehn Minuten vergingen, zwanzig, dreißig. Wildfremde Menschen fielen sich vor Glück in die Arme. Sangen. Tanzten. Schrien. Weinten. Hauten ihre Krüge aneinander. Soffen.

Joja bahnte sich einen Weg durch die Wahnsinnigen, schleppte zwei Mass und zwei bekannte Gesichter an.

Valli und Ben.

Kroner spürte einen Stich in der Brust, mochte es gar nicht, dass sein junger Kommissar in letzter Zeit dauernd um seine kleine Nachbarin herumschwänzelte.

Valli.

Jojas Offenbarungen in der Nacht auf dem Quietschestuhl brodelten noch immer in ihm nach. Valli könnte seine Tochter sein. Könnte! Er wollte diesbezüglich Gewissheit, auch wenn sich dadurch nichts ändern würde, wie Joja behauptete.

So ein Schmarrn!

Und ob sich etwas ändern würde! Alles nämlich. Nur wusste Kroner nicht, ob das so positiv wäre. Seine Jungs würden ihm nie verzeihen, dass er ihre Mutter am Tag von Markus' Geburt betrogen hatte, da könnte Joja tausendmal die Schuld auf sich nehmen. Sie war ein Teenager gewesen. Damals. Und er ein Mann. Ein Vater. Ein Beamter. Ein Verantwortungsträger.

Ein dreckiger *Sauhund*! Dieses eine Mal jedenfalls. Und wie

Valli eine solche Neuigkeit aufnehmen würde, das ließ noch viel mehr Spielraum in jede erdenkliche Richtung.

Kroner blickte finster drein, spreizte die Augenbrauen.

»Schau, wer da ist!«, rief ihm Joja entgegen und lächelte ihn an.

Und schon strahlte der Kroner-Trottel wieder wie ein Glühwürmchen. So richtig saublöd vor Glück. Dass Joja und er zusammengefunden hatten, freute fast alle, nur Markus und Valli zierten sich, machten einen riesigen Bogen um ihre neue Zweisamkeit.

»Die werden sich schon daran gewöhnen«, sagte Joja dann immer leichthin. »Und die können mich mal«, retournierte er jedes Mal *saugrantig*.

Aber egal jetzt.

Deutschland ist Weltmeister!

»Wo kommts ihr jetzt her?«

»Ich war bei Juli und Bascht eingeladen.«

»Und er?« Kroner buffte Bruhan an.

»Auch.«

»Warum?«

Joja zupfte den Kroner-Ignoranten am Ärmel, flüsterte in dessen Ohr, ob er die bombastischen Schwingungen zwischen den beiden denn immer noch nicht wahrnehmen könne.

Die EKHK-Brauen plusterten sich daraufhin erst recht auf.

Sollte ich tatsächlich ihr Vater sein, dann werde ich in Zukunft ein Wörtchen mitreden, was ihre Partnerwahl betrifft.

Kroner stellte sich vor, wie er den Bruhan-Schädel an die Wand klatschte, sollte er es je wagen, Valli wehzutun.

»Wie geht es dem kleinen Kerl?«, wollte Joja wissen.

»Mittlerweile wieder ganz gut, aber es gab noch mal einen Rückschlag. Die Hirnblutung hat die Zirkulation des Hirnwassers gestört, dadurch konnte im Kopf nicht genug Flüssigkeit abgebaut werden, und es musste punktiert werden. Ihm wurde ein kleiner Schlauch unter die Haut gepflanzt.«

Kroner wurde schlecht. So etwas konnte er nicht hören. Schon gar nicht, wenn es so einen kleinen Wurm betraf.

»Aber es geht bergauf. Die Schläuche werden jeden Tag weniger, sagt Juli.«

»Und …?«, fragte Markus, und alle wussten, was er meinte.

»Der Kleine folgt mit dem Kopf Licht und Lauten, dreht die Händchen, strampelt mit den Beinen … All das sind gute Zeichen, sagen die Ärzte, aber Gewissheit gibt es frühestens, wenn er ungefähr zwei Jahre alt ist.«

»Hat er immer noch keinen Namen?«, fragte Markus.

Valli lächelte. »Doch. Er heißt Bernd. Wie der Opa.«

Die Denkaufgabe war für Kroner im Moment zu abstrakt, Joja griff ihm unter die Arme. »Heißt das, sie sind miteinander im Reinen? Bascht und sein Vater?«

Valli nickte. »Irgendwie schon. Komischerweise hat diese schreckliche Geschichte Vater und Sohn nicht noch weiter voneinander entfernt, sondern näher zusammengebracht. Und endlich glaubt Bascht auch, dass er der Vater seines Kindes ist.« Valli freute sich darüber. Hinter ihrem Rücken schlüpfte ihre trockene kleine Hand klammheimlich in die von Ben. Dieses Mal würde er sein Versprechen halten.

Ganz bestimmt.

Ben grinste in Vallis Rücken. Das übermannte ihn jedes Mal, wenn ihre Haut die seine berührte – auch nach einem Monat noch. Genau wie Kroner, der auch vor Leidenschaft verglühte, wenn Joja auch nur das Wort an ihn richtete.

Wie in einer Schmierenkomödie.

Unendlich peinlich.

Die Blicke, die Kroner Ben zuwarf, gefielen ihm allerdings überhaupt nicht. Wie ein Stier, der den Torero ins Visier nimmt. Oder das rote Tuch.

Kroner ist der Stier. Ich bin das rote Tuch. Puh! Das kann ja heiter werden.

Valli drückte Bens Hand, er drückte zurück. Sie drückte zweimal, er auch.

Gleich drücken wir uns alle! Mein Gott!

An so viel Emotion musste Ben sich erst noch gewöhnen, das war neu für ihn. Vollkommen neu.

In all der Begeisterung und Leidenschaft tänzelte plötzlich ein blondes Etwas durch die Massen. Ben erkennt den wippenden Pferdeschwanz und das barbietastische Fahrgestell sofort.

Jacqueline Brandmeier.

Die interessiert sich garantiert nicht für Fußball, aber eine solche Party lässt sie sich nicht entgehen, obwohl »die Liebe ihres Lebens« vor nicht mal zwei Monaten das Zeitliche gesegnet hat.

Aus irgendeinem idiotischen Grund stieß Ben das sauer auf. Er sah ihr zu, wie sie hier und dort ein Küsschen verteilte, ein paar Worte wechselte, mit ihrem Arsch wackelte und allenthalben mit dem energischen Schub der Hände ihre Äpfel nach oben bugsierte und das knappe Oberteil in der Gegenbewegung nach unten zog.

Wahnsinnsaussicht! Das muss man ihr lassen.

Aber irgendwie sah Barbie verändert aus. Teurer. Stilvoller. Weniger billig. Ben grinste.

Die sieht richtig gut aus!

Er dachte an die Schmetterlinge an ihrer Wohnungstür, während sie wie besessen auf ihrem Handy herumtippte. Unglaublich, wie schnell Barbies Finger die Buchstaben fanden, obwohl die Länge ihrer Nägel das doch unmöglich machen müsste.

Ben staunte. Er staunte so sehr, dass seine Gedanken durcheinanderpurzelten.

Brennender Totenkopf auf schwarzem Grund? Bunte Glitzersteine auf Pink, das würde viel besser zu ihr passen. Er stupste Kroner an, der kapierte aber wieder einmal gar nichts, scharrte und stierte lieber das rote Tuch an, das ihn neuerdings so in Rage versetzte.

Einen kurzen Moment graute es Ben vor der rosa ausgemalten Zukunft mit Valli, doch dann zückte er sein iPhone, berührte mit dem Daumen den Home-Button und wartete, bis der fleißige Helfer bereit war.

Es dauerte ein Weilchen, bis er das Foto fand, hielt seinem Chef dann das Display unter die Nase und war überrascht, dass es nicht vor lauter »stierischer« Schnauferei beschlug.

»Brennender Totenkopf auf schwarzem Grund?«, musste er dem Erinnerungsvermögen seines Vorgesetzten erst auf die Sprünge helfen. »So hat die Windisch das Handy ihres Sohnes beschrieben.« Mit seinem Daumen deutete er für Kroner Jacquis Standort an, da dessen Augen den Weg sonst nie gefunden hätten. »Anneliese Windisch wusste zwar die Marke nicht, weil Stevie es noch nicht lange hatte, aber die Schutzhülle konnte sie sehr genau beschreiben. Es ist so eine ähnliche wie auf dem Foto hier. Ziemlich auffällig und relativ selten.«

Endlich runzelte sich Kroners Stirn. Beide hatten sie Jacqui jetzt fest im Blick. Irgendein Fremder umarmte sie gerade von hinten, wirbelte die Puppe durch die Luft und drückte als großes Finale seinen Mund auf ihren. Barbie schob ihn entrüstet von sich, lächelte dann aber, während sie routiniert das Hochpress-/Runterzupfritual wiederholte.

Das war das Schöne an diesen großen rauschenden Festen. Auf einmal liebten sich alle. Barbie drehte sich im Kreis, genoss die Stimmung und machte sich auf die Suche nach weiteren, noch fescheren Kandidaten zum Liebhaben. Als ihre Augen Ben streiften, griff sie sich an den Pferdeschwanz. Doch erst, als er fast bei ihr war und mit dem Finger auf das Display seines eigenen Handys zeigte, erst da verging ihr das Lachen.

Und zwar für immer.

47 Tage zuvor

»Was tut ›er‹ hier?«

Sie glotzt durch die Windschutzscheibe ihres Fiats, haut sich mit der flachen Hand links und rechts ins Gesicht, muss ihre Gedanken sortieren.

»Was macht der Chef hier?«

Langsam steigt sie aus, sieht ihm nach, wie er die Straße runterrennt.

Wundert sich.

Sehr sogar.

Obwohl?

Sie schüttelt ihre Arme aus, atmet tief ein. In ihrem Kopf dreht sich alles, ihr ist schwindelig.

Die Finger finden den Schlüssel unter dem Geranientöpfchen ganz von alleine. Sie sperrt auf, kickt im Flur die High Heels von den Füßen.

Alte Gewohnheit.

Wenn Michael und Anneliese zu Hause sind, schleicht sie sich barfuß zu ihm hoch. Heute nicht. Die alte Giftspritze ist mit dem Bruder in München.

In der Küche brennt Licht, sie geht hinein. Ein spitzer Schrei entfährt ihrer Kehle, ihre Knie kollabieren fast.

Ist er tot?

Jacqui traut sich nicht in seine Nähe, beobachtet aus sicherer Entfernung, bis sie genau sieht, dass sich der Brustkorb hebt und senkt. Dann flüchtet sie in den Flur, schnauft durch und sammelt sich. Sie holt den Verbandskasten aus dem Auto, muss sich überwinden, muss zurückgehen. Zu ihm und seinem Blut.

»Ich arbeite bei einem Arzt«, spricht sie sich selbst Mut zu, setzt einen Fuß vor den anderen, wirft den Kasten zu Stevie auf die Couch, zieht ihm das T-Shirt aus und tut, was getan werden muss.

Ehe sie den Verband anlegen kann, kotzt sie ins Klo. Kotzt alles aus sich raus. Die Wut. Die Ohnmacht. Die Angst.

Ihr Chef hat ihn so zugerichtet. Er war hier. Und Stevie hat es verdient. Und zwar so was von verdient!

Die ausgekotzte Wut kriecht zurück in ihren Magen. Brennt.

Brennt so stark, dass Jacqui nicht mehr atmen kann. Sie sieht auf Stevie hinab, tritt ihm gegen das Schienbein und in das Allerheiligste. Wenigstens das wird er morgen noch spüren.

Wenigstens das.

»Du hast mich ausgenutzt. Immer nur ausgenutzt«, schluchzt sie auf, »dabei hätte ich alles für dich getan.«

Kraftlos lässt sie sich neben ihm auf die Couch fallen und nimmt seine Hand. Sie liebt ihn. Hat ihm vertraut.

Und er ihr irgendwie auch, denn eines Tages hat er ihr alles erzählt. Einfach alles. Hat damit angegeben. Das war, nachdem ihm Jacqui die Akte besorgt hat.

Hinterher.

Hätte sie gewusst, was er vorhat, hätte sie niemals …

Aber jetzt ist es zu spät.

»Wenn du mich verpfeifst, hängst du auch mit drin«, hat er zu ihr gesagt, als sie wollte, dass er aufhört.

Mit den Erpressungen.

Mit den Drohungen gegen Franziska.

Aber er hat sie nur ausgelacht.

Und jetzt liegt das viele Geld oben in seiner Schreibtischschublade.

Unmengen davon.

Jacqui erschrickt. Stevie bewegt sich, schlägt die Augen auf. Langsam hebt er den Kopf, stöhnt auf vor Schmerz. »Du? Wo kommst du auf einmal her? Ich dachte, der Doc …?«

Barbie wird fast ohnmächtig, schnell zieht sie die Hand aus seiner. Er sieht sie angewidert an, aber sie bemerkt es nicht, denn unter ihrem Po piekst etwas in ihr Fleisch.

Sie tastet danach, findet Stevies Handy. Aber sie spürt noch etwas, schiebt ihre Finger ein weiteres Mal unter ihren Hintern und hält Sekunden später einen vollen Blister in der Hand. Sie dreht ihn um.

Liest.

Benuron 1000.

Schmerzmittel. Klar.

Stevie fallen die Augen zu, er verschwindet lieber wieder für eine Weile. Der menschliche Körper weiß, wann eine Pause nötig ist, der menschliche Körper ist ein wahres Wunderwerk.

Jacqui macht mit seinem Handy Fotos von den Verletzungen. Von nah. Von fern. Viele. Und dann ist Stevie wieder da und öffnet die Augen. Er versucht aufzustehen, schafft es aber nicht und sinkt zurück in die Kissen.

»Da!«, knurrt er nach einer kleinen Ewigkeit und nickt in Richtung Küchenzeile. »Bring das her. Der Doc wollte mir das geben.«

Jacqui gehorcht. Tut sie immer. Wenigstens das hat sie in ihrem Leben gelernt. Sehr früh. »Tu, was Papi dir sagt, und verlier hinterher kein Wort darüber.« Das ist ihr in Fleisch und Blut übergegangen, an den Grundsatz hat sie sich eisern gehalten, bis der Stiefvater die Mutter endlich sitzen ließ.

Jacqui springt also auf und geht zur Spüle. Im Ausguss liegt ein Glas.

Leer.

Oder?

Nein.

Da liegt Schnee drin.

Dicker, matschiger Schnee.

Jacqui gefällt das.

Schnee hat sie als Kind geliebt.

Schnee verschluckt alles.

Die Sorgen. Die Bilder. Manchmal sogar die Träume.

Schnee ist gut.

In ihrer Faust steckt immer noch der volle Blister. Auf der Spüle liegen die passende Schachtel und der gleiche Blister, nur dass der bis auf zwei Tabletten leer ist. Sie nimmt die Medikamentenpackung in die Hand.

Benuron 1000.

1000!

Ganz schön viel Schnee. Massenhaft sozusagen. Handschuhe liegen auch da. Latexhandschuhe aus der Praxis. Sicher vom Chef.

»Jetzt bring mir das Zeug endlich«, befiehlt Stevie von seinem Couch-Thron aus. »Reisingers Dad wollte mir das gegen die Schmerzen geben, aber dann hat er es sich anders überlegt. Das Arschloch.«

Jetzt versteht Jacqui. Und zwar alles. Sie holt das Handy von der Couch, geht auf Google. Schon der vierte Treffer verrät ihr, was sie wissen will.

So einfach?

Wie einen Luftballon bläst sie die Einweghandschuhe auf, ehe sie hineinschlüpft, dann nimmt sie das Glas mit dem Schneematsch, öffnet den Wasserhahn und lässt es regnen. Ein klein bisschen nur, denn es soll ja wieder schneien. Zehn frische dicke Flocken fallen ins Glas und verwandeln sich langsam zu Matsch.

Sehr langsam.

Stevie dauert das zu lange. Er stöhnt und wetzt auf der Couch hin und her, weil er vor Schmerzen nicht mehr weiß, wie er sitzen soll.

Jacqui stört es nicht. Sie lässt sich Zeit. Bewundert die Verwandlung im Glas. Genau wie ihr Chef zuvor, aber das kann sie nicht wissen.

»Jetzt bring mir endlich das Schmerzmittel, du Schlampe, sonst …«

Mehr muss er nicht sagen, Jacqui pariert, wie sie es immer tut. Stevie will das Glas selbst halten, als sie bei ihm ist, doch sie schiebt seine Hände weg, legt seinen Kopf behutsam in den Nacken und setzt sich neben ihn.

Wieder genau auf sein Handy.

Autsch!

Der kurze Schmerz schenkt ihr eine Idee. Sie nimmt das Mobiltelefon, tippt auf das Kamera-Symbol, schaltet auf Video um und legt den Arm um Stevie. Eng schmiegt sie sich an ihn. Er jammert ein bisschen, aber das ist ihr egal. Mit der anderen Hand schüttet sie den Schneematsch in seinen Mund.

Es geht doch nichts über ein paar schöne Erinnerungen!

Stevie schluckt brav seine Medizin, hebt augenblicklich die Hand, als er fertig ist, und wedelt, als wolle er eine lästige Fliege vertreiben. »Und jetzt hau ab, du Schlampe«, sagt er leise.

Und das tut sie.

Erst vier Tage später kommt die Schlampe zurück, macht ein paar Erinnerungsfotos mit der Liebe ihres Lebens draußen auf der Hollywoodschaukel und einen Abstecher in Stevies Zimmer, um das Geld aus der Schublade zu holen.

Jetzt weiß sie, was sie tun muss. Sie hat sich alles genau überlegt.

Überlebensguide für Preißn und andere Ahnungslose
(aufgelistet nach Vorkommen im Buch)

Als *Krachlederne* bezeichnet der Bayer seine Lederhose erst, wenn diese nach Jahren des *extensiven* Gebrauchs von allein steht.

Ein *Dapperl* ist ein dummes Weiberleid (= *Frauenzimmer*).

Streif nennt der Bayer charmant die Polizei.

Die *Schafkopfspezln* sind eine verschworene Gemeinschaft, die sich regelmäßig zum Schafkopf trifft (*Schafkopf* = anspruchsvolles Kartenspiel/*Spezln* = gute Freunde).

Der *Dengelbock* ist eine Holzbank mit Amboss zum Schärfen der Sense (*Dengeln* = Schärfen der Sense).

Der *hinterfotzige Bachratz* ist eine gemeine, hinterhältige Person beiderlei Geschlechts, die zu allem Übel auch noch asozial ausschaut.

Wenn einer *deppert* ist, dann ist der einfach saudumm.

Als *Erdäpfel* bezeichnete man früher die Kartoffeln.

Das gute alte *Weißbier* ist der Muttersaft des Bayernlandes. Harry G weiß alles, was man als *Preiß* wissen muss, um nicht als Depp dazustehen. www.youtube.com/watch?v=N9-9fb5xnJ4

Eine *Boazn* ist je nach Intonation entweder eine heruntergekommene Kneipe oder ein kleines, gemütliches Lokal; auf jeden Fall aber ein Ort, wo man richtig gut feiern kann.

In der *Hammelklass* spielt man, wenn fußballerischer Abstieg ausgeschlossen ist.

Der *Schneizhodan* ist ein manchmal kunstvoll mit Initialen besticktes Baumwolltuch zum Entfernen des Rotzes. Wird nach Gebrauch bei sechzig Grad gewaschen und schön gebügelt.

»(Himmel-)Herrschaftszeiten!« – universell anwendbares gemäßigtes Schimpfwort oder Ausdruck der Empörung.

De Schanen sind natürlich unsere lieben österreichischen Nachbarn.

Der »Haslinger Hof« gehört zu den Perlen der Erlebnisgastronomie in Bayern. Angesiedelt in Kirchham, Nähe Bad Füssing, auch bekannt als *Anbandl*-Schuppen (*Anbandeln* = näheren Kontakt zum anderen Geschlecht suchen).

Wenn den Bayern *der Grant übermannt*, dann kocht ihm das Mütchen hoch – und zwar gewaltig.

»Jetz is fix, i bleib blaad« – so sagt der Österreicher, wenn es auch mit eisernem Willen nicht zu schaffen ist, den Body-Mass-Index unter 30 zu bringen. Wenn man halt fett bleibt. Dick. Kurz: *A gwamperte Sau!*

Wenn man *vom Stangerl fällt*, dann wird man ohnmächtig oder steht kurz davor.

Seine *sieben Zwetschgen zusammenpacken* heißt, alles Wichtige bei einer möglicherweise überstürzten Abreise einzupacken.

Kreizsakrament! – gehört zu den universell einsetzbaren Flüchen. Der Pfarrer darf's halt nicht hören, gell?

Die viel bemühte *Ratschkathl* ist ein Frauenzimmer (nie ein Mann!), das sich gerne und ausgiebig über persönliche Verhältnisse anderer austauscht. Eine, die Neuigkeiten verbreitet wie ein Orkansturm Blütenstaub und sich mit der Überprüfung des Wahrheitsgehaltes nicht lange aufhält.

Das Attribut *fingerdapperfrei* verdient sich die adrette Hausfrau, indem sie alle Glasflächen in ihrem Zuständigkeitsbereich stets fettfrei hält.

Rauschig beschreibt den Zustand nach übermäßigem Alkoholkonsum; geht einher mit einer weitläufigen Gefühlspalette und noch vielfältigeren körperlichen Zuständen; kann schwerelose Glückseligkeit bedeuten, aber genauso den Verlust sämtlicher Kontrollmechanismen des menschlichen Körpers. *You know what I mean!*

Eine *Urschel* ist ein weiblicher Idiot, jemand, der nichts schafft.

D'Scheißerei wünscht man dem ärgsten Feind nicht. Auch bekannt als Spritzgebäck oder dünnflüssige Ausscheidungen. Ein gescheiter Durchfall halt – nicht, wenn bloß ein bisserl was daherkommt.

Aufs *Häusl* geht man dann, wenn einen *d'Scheißerei* (s. o.) plagt.

Das *Weibaleid* ist ein Frauenzimmer. Je nach Umstand ist der Ausdruck eher negativ belegt.

Unter *Gewuzle* versteht man die notwendige handwerkliche Fertigkeit, um *Knödel* zu formen (*Knödel* = Kloß).

Fürs *Gewuzle* braucht man natürlich den *Semmelbatz*, ein Gemisch aus Brötchen, Eiern, Milch, Salz und etwas Mehl. Wenn besondere Gäste kommen, z. B. der Pfarrer oder die Erbtante, dann tut man auch etwas Butter rein und je nach Geschmack eine Prise Muskatnuss.

Ausm Häusl ist man, wenn man die Sinne nicht mehr ganz beieinanderhat, aufgeregt ist.

Alle damlang bedeutet recht häufig, in kurzen Abständen, also, so ungefähr in Daumenlänge. Kapiert?

»So ein *Gschiss*!« – schimpft man, wenn etwas mehr Mühe macht als gedacht.

»Den hat sie ja ledige ghabt!« – bezeichnet nicht die unbefleckte, sondern die voreheliche Empfängnis.

Wenn einer *gschert* ist, dann ist der gemein – und zwar richtig gemein.

Eine *oide Schoaßrodl* ist die alte Muttl, die ihrer Winde nicht mehr Herr wird.

Schnauferl ist ein liebevoller Kosename für ein Auto, das nicht der Kategorie Rennwagen zuzuordnen ist.

Ein *Flaschlausschank* ist eine Bierquelle, wo der Gerstensaft nicht aus dem Hahn ins Glas, sondern ausschließlich aus der Flasche in den Schlund rinnt.

Rundumfotzen ist eine gute Möglichkeit, um jemandem, der nicht hören will, der einen ärgert oder der Mist baut, zu kurieren und auf die rechte Bahn zurückzuführen. Gern gebrauchter Ausruf: *»Der g'hört amal so richtig rundumgfotzt!«* Und dann ist alles wieder gut.

Hornochs, Deppenhaufa und *Gschockter* erklären sich quasi von selbst. Komplimente sind's jedenfalls keine.

Etwas dick haben heißt, etwas ganz und gar nicht mögen.

»Duad ma load« – so sagt der Österreicher, wenn ihm etwas leidtut.

»Madonna Klara!« – ruft der Österreicher aus, wenn ihn etwas erstaunt, entsetzt, empört; sehr universell einsetzbar.

Schraazn sind Kinder; oft dreckig und mit Rotzglockn. Und Letzteres wischt sich das ursprünglich aufgewachsene Kind in den Ärmel oder in die Hand. Rotz also, und zwar ein ganzes Pfund davon.

»Mei, so a schön's *Wegal*!« – ruft der Bayer aus, wenn er einen schmalen Pfad in heimischer Idylle erblickt.

Das gute alte *Schnapperl* ist eine Bierflasche mit dem jüngst wiederentdeckten Bügelverschluss.

Von einem *armen Hascherl* spricht man, wenn ein oft hübsches weibliches Wesen sich unselbstständig und mitleiderregend gibt.

Wer kennt sie nicht, die *Gscheidmeierin*? Ein Frauenzimmer, das einen in den Wahnsinn treibt, weil es alles besser weiß.

Wenn man jemanden *ungspitzt in den Boden neihaut*, dann hat man erstens einen Grund, so richtig grantig auf den zu sein, und zweitens genügend Kraft, ihn kopfvoran und ohne anzuspitzen in den Boden zu hauen. Dann is a Ruh!

Wenn ein Madl richtig *schiach* ist, dann braucht's allerhand Tagwerk und Aussteuer, dass der Vadder für die einen Hochzeiter findet.

»Hoidaus!« – schreit der Bayer, wenn er jemandem Einhalt gebieten will.

Statt »Hoidaus!« kann der Bayer auch ein tiefklingendes *»Öha!«* bemühen. Der Preuße braucht dafür weitaus mehr Worte: Jetzt mach aber mal halblang!

Wenn die Meinungen ganz weit auseinandergehen, dann packt der Bayer schon mal ein »Du *dumme Drutschn*, du!« aus. Ein schönes Schimpfwort für die Frau, das sehr gerne auch bemüht wird, um besonders dümmliches, langsames und ungeschicktes Weibsvolk näher zu benennen.

»Mistbritschn!« – passt immer, wenn der Bayer ein ausgekochtes, bösartiges Weib ansprechen muss. Anwendungsbeispiel: »Was mechstn überhaupt, du hinterfotzige Mistbritschn, du?«

»Kircharutschn, verlogene!« – dieser Ausdruck gehört eindeutig zu den schweren Geschützen. Mit ihm sind die Weiber gemeint, die ständig in die Kirche rennen, es aber eigentlich mit der Frömmigkeit nicht so genau nehmen.

»Hundsmatz, greislige!« – der Superlativ für ein durchtriebenes, hinterhältiges Weibsbild.

Haderlumpen sind Taugenichtse und Betrüger.

Ein *krachertes Weibaleid* ist einfach nur ordinär. Allerdings weiß der Bayer diese Eigenart durchaus zu schätzen – manchmal. Siehe Monika Gruber.

Mit *Saudirndl* ist keinesfalls eine Schweinehirtin gemeint, sondern ein junges Mädchen oder eine junge Frau, die es faustdick hinter den Ohren hat.

Kasweiß, also so weiß wie Käse, wird man, wenn man etwas Schreckliches mitansehen muss, wenn man sich erschrickt, man krank ist oder es einem ganz schön graust.

»Halt die Bappn!« – bayerische, weitaus charmantere Version vom preußischen »Halt die Fresse!«.

»Schauts gefälligst, dass weiterkommts!« – taugt als Synonym für »Jetzt aber raus hier, und zwar flott!«.

»Dem pressiert's!« – so sagt man, wenn es der Bayer eilig hat.

Wenn man einen *unbandigen Glusta* hat, dann läuft einem das Wasser grad so im Mund zusammen, dann hat man einen Mordsappetit auf was ganz Bestimmtes.

Ein *Obadzdn* ist ein pikantes bayerisches Käsedurcheinander, geht sehr gut mit einer kühlen Halben und *am Scherz* (= einem Stück) Brot.

Da Schnidla ist der Schnittlauch und *da Zwiefe* eine Zwiebel. Und die *Brezn* kennt sowieso ein jeder.

Sakrisch gschmackig ist etwas dann, wenn man gar nicht mehr aufhören kann zu essen. *Sakrisch* deutet dabei an, dass der

Herrgott im Himmel auch nichts gegen eine gute Mahlzeit einzuwenden hat.

»Des derfst glaum!« – so sagt der Bayer immer dann, wenn er seinen Worten Nachdruck verleihen will.

Haderer und *Hauer* sind das Gewaff der *Wuidsau* (siehe unten) (*Haderer* = Eckzähne im Oberkiefer; *Hauer* = Eckzähne im Unterkiefer).

Eine *Wuidsau*? Na, was wohl? Ein Wildschwein halt!

Wenn einer *dasitzt wie ein Zeiserl*, dann hat der garantiert was ausgefressen und wartet nur darauf, dafür Anschiss zu kassieren.

»Kreizbirnbaum!« – so sagt der Bayer, wenn er eigentlich *»Kreizkruzefix!«* meint, er es aber im letzten Moment mit der Angst zu tun bekommt, dass womöglich ein Blitz aus dem Himmel auf ihn niederfährt, wenn ihm das über die Lippen kommen tät.

Schmieserl ist das altbayerische Wort für Krawatte, Fliege, Binder (ursprünglich aus dem Französischen; chemise = Hemd).

Einen rechten *Verhau* kann man z. B. im Mund haben, wenn die Zähne kreuz und quer stehen, oder daheim, wenn's zugeht, dass es einer Sau graust.

Ein *gschlampertes Verhältnis* kann an dieser Stelle aus Gründen des Anstands nicht detailliert erläutert werden. Nur so viel sei gesagt: Das Gegenteil vom *gschlamperten Verhältnis* wäre die (rechtzeitige) Heirat.

Gschaftig ist der Bayer dann, wenn er vor lauter Tatendrang gar nicht mehr weiß, wohin mit seinem ganzen Elan. Für sein direktes Umfeld schwer zu ertragen. Eine eher weibliche Charaktereigenschaft.

Was ist eine *Matz*? Wenn du das immer noch nicht weißt, schaust am besten auf Seite 4 nochmal nach.

Es *stiert* der Mann z. B. in einen üppigen Ausschnitt oder auf sonst was Begehrenswertes oder einfach ins Nichts, wenn er schon einige Mass intus hat.

»Bist deppert oder was?« – kann man gut verwenden, wenn jemand etwas ganz und gar Dummes tut.

Boi ist nicht etwa der englische Begriff für Junge, nein, *da Boi* ist der runde Ball.

»Machst fuchzen gradaus, gell!« – sagt der Bayer, wenn er an der Kasse oder beim Wirt über vierzehn Euro achtzig zahlen soll. Drunter nicht.

»Seng's Gott!« – retourniert der Bayer auf ein *»Vergelt's Gott!«*.

Pablic Fjuing ist die original bayerische Aussprache von Public Viewing.

Koana ist niemand, *noone* ist weniger als nichts.

Der *Weißwurst-Zuzler* ist der Profi unter den Weißwurstfressern. Anleitung und alles, was der *Preiß* (= Preuße) über die Weißwurst wissen muss, unter: www.youtube.com/watch?v=FbIAlcjbUKQ

Der *Lump* ist ein kleiner Betrüger, aber längst noch kein Verbrecher.

Ein *Bleifreies* ist ein Bier ohne Alkohol, etwas, das der pflichtbewusste Beamte öfter zu sich nehmen muss, als ihm lieb ist.

Statt Zunge sagt der Bayer *Bleschel*, und wenn jemand völlig außer Atem ist, passt immer ein *»He, was hengdn dia da Bleschl a so außa?«*. Und wenn die frisch Verliebten mit der Schmuserei wieder mal nicht warten können, bis sie daheim sind, passt: *»Pfui Deife, so a Bleschlerei!«*.

»Da haut's dir *die Schusser* außa!« – gleichzusetzen mit: *»Was für eine Überraschung!«* Und zwar eine, die den Überraschten ansatzlos von den Beinen holt, die ihn umhaut.

Zum *Kindlbier* kommen alle Freunde und Bekannte, wenn ein Kind das Licht der Welt erblickt hat.

Niederpflanzen bedeutet hinsetzen.

»Da feid's weida!« – sagt der Bayer, wenn gesundheitlich alles im Arsch ist oder irgendein *Drum* (= Ding) nicht mehr zu reparieren ist.

»Saubande!« – Ausruf der Empörung, wenn man mit dem Tun einer bestimmten Personengruppe unzufrieden ist. Oft schwingt allerdings auch Bewunderung oder Wohlgefälligkeit mit.

Hochgebirgsklapperlwanderer – häufig jenseits des Weißwurstäquators heimische menschliche Gattung, die glaubt, mit Sandalen und T-Shirt ausreichend für einen Bergausflug gerüstet zu sein. Hirnloses Pack allesamt (*Klapperl* = Sandalen).

Das *Gnack* ist der Nacken/das Genick vom Menschen, und wenn ein solcher ein *Gnack hat wie ein Stier*, dann zieht man am besten den Schwanz ein und rennt, wenn der einem blöd kommt.

Eine *unbandige Wut* ist eine Wut, die sich nicht bändigen lässt.

An rechten *Batz* hat's, wenn es im Hof oder auf der Straß draußen schlammig, dreckig oder mistig ist.

Das *Hüftschwarterl* besteht aus Riesenfettzellen, die sich um die Mitte des Körpers herum ansiedeln und schön griffig sind. Da *zwickt* (= greift) der Bayer gern hinein.

»Hawe die Ehre!« – kann durch *»Oh, mein Gott!«* ersetzt werden. In anderem Zusammenhang kann es auch *»Hat mich sehr gefreut, Gnädigste!«* heißen.

Der bayerische *Sauhund* kann's mit den Weibern und *scheißt sich nix drum*. Soll heißen: Der Kummer, den er wie eine Brandschneise hinterlässt, geht ihm am Arsch vorbei.

Wenn einer *saugrantig* ist, dann brodelt der Zorn nur so im Inneren.

Fiktion und Wirklichkeit

Den Hacklbergern wird es hoffentlich nicht die Zehennägel aufdrehen, wenn sie die ein oder andere Örtlichkeit ihrer schönen Heimat in »Lattenknaller« wiederentdecken und sie lesen, dass ihr Fußballverein in die Landesliga aufgestiegen ist, die Stockschützenhalle weichen musste, Tribünen gebaut wurden und sich auch sonst so einiges verändert hat. Sämtliche Personen, das Fußballwunder Sturm Hacklberg und die Unregelmäßigkeiten im Verein, von denen im Buch die Rede ist, sind frei erfunden und haben rein gar nichts mit der Lebenswirklichkeit zu tun.

Sturm Hacklberg → eindeutig Fiktion

Eine gschmackige Brotzeit und allerhand andere Leckereien hingegen gibt es tatsächlich im »*Hacklberger* Bräustüberl« und dem dazugehörigen Biergarten – dem größten übrigens in Passau und einem der größten in ganz Niederbayern –, wo die Großbildleinwand zur Fußballweltmeisterschaft vielen Gästen Freude bereitet hat. Im »KaffeeWerk« in der Innstadt trinkt der Kenner ein Milchmädchen und isst ein Stück vom veganen oder vom Ribisel-Schokokuchen – je nach Geschmack. Und im »Café Stephan's Dom« – dessen Pink und Schwarz mir übrigens sehr gut gefallen – und in der angrenzenden Pralinenmanufaktur am Domplatz füttert nicht nur Kommissar Kroner sein Hüftschwarterl. Ebenfalls einen Besuch wert sind das »Café Duftleben« in der Theresienstraße und das »Alte Bräuhaus« vor der Hängebrücke in der Altstadt. Bleibt zu hoffen, dass sich Valli nicht wieder beim »Innsteg« in die Hecke haut und Gäste belauscht, denn nach dem verheerenden Hochwasser 2013 wurde das Café komplett neu renoviert und sieht wieder wunderschön aus.

Gasthäuser, Kneipen und Cafés → eindeutig Wirklichkeit

Fakt ist auch, dass Paracetamol falsch dosiert erheblichen Schaden anrichten kann. Schon eine Dosis von 7,5 Gramm kann tödliche

Folgen haben. Also aufgepasst oder besser gleich Finger davon lassen!

Todesursache Paracetamol → eindeutig Wirklichkeit

Traurige Wahrheit ist auch, dass Impfen nicht nur positive Effekte hat. So manches Kind – genau wie Michael – könnte ein normales Leben führen, wäre es nicht geimpft worden. Meines Erachtens ist es Pflicht für junge Eltern, sich kritisch mit dem Thema auseinanderzusetzen, denn allein die Tatsache, dass die Impfbefürworter eine extrem starke Lobby haben – immerhin geht es dabei um Milliarden! –, nicht aber die Impfgegner, spricht Bände. Empfehlenswert sind das Buch »Impfen – Das Geschäft mit der Angst« von Dr. med. G. Buchwald und die Internetpräsenz von Rolf Kron, praktischer Arzt und Homöopath. www.rolf-kron.de

Impfen – Das Geschäft mit der Angst → Wirklichkeit

Sehr real ist auch die neue Trendsportart Freeletics. Menschenschinderei pur, dennoch mitreißend, effektiv und irgendwie stylish. Ich habe mich selbst durch die meisten Workouts gequält. Die Body-Transformation-Videos von Arne und Levent auf Youtube sind der Hammer. Anschauen und ausprobieren lohnt sich definitiv. www.freeletics.com

Trendsport Freeletics → Wirklichkeit

Dank

Der helle Stern an meinem Schreibtisch-Firmament heißt Kurt und ist mein persönlicher Kroner a. D. Ihm möchte ich ganz besonders danken, denn er ist derjenige, der mich immer wieder auf den rechten Weg zurückführt, wenn ich in meinem Überschwang vom wahren Pfad der polizeilichen Ermittlung abkomme.

Dafür, dass die brandaktuellen Aspekte der Polizeiarbeit nicht zu kurz kommen, sorgt Hauptkommissar Heinz aus München, der sein Wissen mit mir teilt. Dank dir!

Sehr herzlich bedanken möchte ich mich bei Prof. Dr. Dr. Kay Brune vom Institut für Experimentelle und Klinische Pharmakologie und Toxikologie in Erlangen, der mir so viele Fragen rund um Paracetamol-Überdosierung beantwortet hat.

Immens wichtig für mich ist natürlich der Kontakt zur Rechtsmedizin in München. Allerlei Fragen beantwortete mir eine sehr nette Medizinerin, die aber nicht näher benannt werden möchte, da sie sich sonst vor Anfragen von Leuten wie mir kaum retten könnte.

Umarmen muss ich meine Freunde Andrea und Mario aus Passau, die meinen Krimis die nötige Portion Lokalkolorit verpassen. Was täte ich ohne euch?

Besonderer Dank gilt selbstverständlich meiner Agentur Gerd F. Rumler in München, allen voran Sophie Schultheis, die mir mit Rat und Tat zur Seite steht, und natürlich dem Emons Verlag, der es erst möglich machte, dass Hauptkommissar Kroners Fälle und Vallis Spinnereien in den Buchläden aufliegen. Den letzten Schliff und den ein oder anderen Schubser in die richtige Richtung verpasst Lektorin Susanne Bartel meinen vielen Worten. Ihre nette Art macht die Zusammenarbeit ganz leicht.

Last but not least danke ich meiner Familie. Meinen Eltern, denen die Schreiberei der Tochter immer noch etwas suspekt ist. Meinen Schwestern Lisa und Christiane, die meine Manuskripte zuallererst in die Hand bekommen, und ganz besonders Georg, der größter Kritiker und wichtigster Unterstützer zugleich ist. Danke.

War noch was? Ach ja, die lieben Kinder Levin, Sofia und Jonah. Auch ihnen will ich Danke dafür sagen, dass sie mit so viel Begeisterung mitverfolgen, wie meine Bücher entstehen, und es »ertragen«, dass ich manchmal am Schreibtisch festklebe.

REGINA RAMSTETTER
Leichrevier
NIEDERBAYERN KRIMI
emons: